MARKETING

吴长顺 编著

营销学教程

第2版

清华大学出版社

北　京

内容简介

本书是一部论述企业营销管理的著作。作者有丰富的教材编写经验,曾出版多部营销学教材,受到广泛欢迎。本书是作者在归纳前几部著作的精华的基础上,充分吸收了各类读者的反馈意见后编写而成的,满足了教育界和实务界对营销学基础理论与最新知识的完整了解。全书分为12章,分别讲述了营销环境,消费者行为分析,市场调研与预测,营销战略,市场细分、目标化及市场定位,产品策略,品牌策略,价格策略,分销渠道策略,整合营销传播策略,营销组织与控制等内容。

本书系统全面,论述清晰,文笔简练流畅,实用性强,既可作为各类高等院校经济、管理专业及 MBA、EMBA 的通用教材,也可用做企业管理人员及营销人员工作参考、培训用书。

图书在版编目(CIP)数据

营销学教程/吴长顺编著 . —2 版 . —北京:清华大学出版社,2011.2
ISBN 978-7-302-24321-2

Ⅰ.①营… Ⅱ.①吴… Ⅲ.①市场营销学-高等学校:技术学校-教材 Ⅳ.①F713.50

中国版本图书馆 CIP 数据核字(2010)第 253418 号

责任编辑:刘士平
责任校对:李 梅
责任印制:王秀菊
出版发行:清华大学出版社　　　　　　　　　　地　　　址:北京清华大学学研大厦 A 座
　　　　　http://www.tup.com.cn　　　　　　邮　　　编:100084
　　　　　社　总　机:010-62770175　　　　　邮　　　购:010-62786544
　　　　　投稿与读者服务:010-62776969,c-service@tup.tsinghua.edu.cn
　　　　　质　量　反　馈:010-62772015,zhiliang@tup.tsinghua.edu.cn
印 装 者:清华大学印刷厂
经　　销:全国新华书店
开　　本:185×260　印　张:22　字　数:530 千字
版　　次:2011 年 2 月第 2 版　　印　　次:2011 年 2 月第 1 次印刷
印　　数:1~4000
定　　价:38.00 元

产品编号:036019-01

　　21世纪对中国的企业来讲充满着机遇与挑战。伴随着中国经济社会的巨大变迁,中国企业所面对的环境是前所未有的。为体现我国的营销管理实践和理论的迅速发展,满足教育界和实务界对营销学最新知识与基础理论的完整了解,笔者在总结以前所著多部著作并归纳自己多年学术研究与教学心得的基础上编写了本书。

　　本书着力反映西方营销学本土化的要求。营销学作为一门研究社会的科学,其理论产生的基本依据是对人的判断和把握。对人的心理和行为的不同理解,会产生不同的理论框架。20世纪后半期,伴随着改革开放制度的实行,大量西方管理理论涌入中国社会,给我们这个封闭已久的古老民族带来了全新的思维和理论,给中国的理论界、教育界和实务界带来巨大的影响。一大堆来自西方社会的新名词、新概念、新思想和新方法汹涌而来,在我们还没有把这些新玩意儿的真正内涵搞清楚之前,它们就已经迫不及待地在中国的土壤中生长起来了,其中不乏有益的成果,但也产生了很多歧义。众所周知,以中华民族为代表的东方民族与西方民族在逻辑思维、价值理念、生活方式、行为准则等诸多方面都是迥然不同的。产生于西方文化背景中的营销学完全适合于西方人的思维模式和经营理念,其理论框架、推理过程、理论模型及基本原则、战术技巧等都是依据于西方人的心理结构和行为模式来设计的,作为东方人要准确地理解其精神实质恐怕都要颇费周折,更何况付诸于实践。这样一来,如何把西方人的营销学准确地翻译成东方人的营销学就成为一个颇为复杂的课题,很多中国的营销学学者一直在为此付出心血和精力。本书的撰写就是在这方面所做的一次积极的尝试,其目的是尽可能把西方的营销原理中国化,把西方营销学的精神实质按照中国人的思维习惯去解读,从而让中国读者准确把握营销思想的精髓。

　　本书力求体现营销学内容的系统性,以消费品营销管理为主线,兼顾工业品营销管理,本着"研究市场机会→制定STP战略→设计4P策略→组织和控制"的营销管理的逻辑思路安排全书的内容。从管理决策的角度来说,营销活动首先要找到市场机会的存在,只有市场机会存在,企业营销活动才有存在的土壤,否则即便营销活动策划得再好也是"巧妇难为无米之炊"。那么,如何发现、鉴别、评价市场机会就成为营销活动的首要任务。在市场机会找到以后,就要对如何利用这种机会做出决策,这种决策的性质属于战略决策的特性,它对企

业营销活动起着方向性、引导性和统领性的作用,处于中枢神经的地位,有着至关重要的影响。我们把营销战略决策称为"STP"战略。为实施特定的营销战略,必须设计与之匹配的战术方案。一般来讲,目前在营销学中占主流地位的营销战术方案是"4P"策略。尽管近年来学者们提出许多营销战术方案的理论架构(像"4C"、"4R"等),但由于其实用性和可操作性的缺陷,最终没有在实务界流行起来。本书依然采用经典的"4P"理论战术模型。营销的战略、战术方案的形成是营销实战的关键点,它能最终体现出营销者的营销智慧和能力。在战略、战术方案规划完成后,下一步就是付诸具体的实施,在实施过程中,还要进行有效的控制,以保证不发生偏离规划目标。

本书在编写过程中参考了国内外大量著作及文献,在此一并致谢。由于作者水平有限,书中难免存在疏漏和不足,恳请专家和读者批评指正。

吴长顺

于广州市中山大学善思堂

2011 年 1 月

II

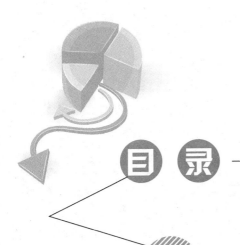

目 录

 第 11 章　整合营销传播策略 \ 270

第 1 章

导　论

　　企业活动的出发点和归宿点都在市场,市场是检验企业经营绩效的唯一场所。企业与市场相互依存、相互依赖、相伴而生。认识市场、适应市场、驾驭市场,使企业的经营活动与市场需求有效衔接,为消费者创造卓越的消费价值,是企业营销活动的核心与关键。20 世纪最具影响力的管理学大师德鲁克曾说过,“企业有两项基本职能:营销和创新”。世界著名的营销学学者科特勒指出:“新技术的发明只解决了一半问题,另一半则有赖于成功的营销。”当今世界,营销不仅是发达国家企业和组织在激烈的市场竞争中获取市场的领导地位、赢得市场份额、谋取市场生存的必备武器,也被越来越多发展中国家的企业视为开拓市场、满足市场需求、提升自身竞争力,从而促进企业发展的有效手段。随着人们营销实践的不断丰富和创新,全面、系统地掌握营销管理的新思维、新知识,不断将营销新思想运用到工作实践已成为不同类型企业的高级管理人员和专业营销人员的必须行为,而他们的成功实践又反过来不断地为营销学提供丰富的素材,使其更加完善。

1.1　市场、营销与营销学

1.1.1　市场的概念

　　企业营销活动的主要舞台是市场。没有市场的存在就没有营销活动的展开,于是,市场便成为营销活动的前提条件。所以,要研究营销学,首先必须弄清市场的含义。

　　在大多数人的思想中,市场是指货币的出入、有买有卖的产品的交换场地,好像十分简单。实际上市场是个复杂的概念,在不同的领域有不同的含义。我们应认识到市场是一种非常复杂的经济活动和经济关系,它不仅直接牵涉千家万户的消费活动和消费水平,而且也同企业的命运和国家的兴衰相联系。那么,究竟什么是市场呢?

　　市场既是一个市场经济的范畴,又是一个历史的范畴。市场的概念是与社会分工和产品生产紧密相关的,哪里有社会分工和商品生产,哪里就有市场。但市场的内涵是随着历史的发展而不断变化和演进的,它是一个推陈出新的东西,它在不同的历史条件下有着不同的活动、内容和性质。因此,市场具有多层次的含义。

1. 市场是社会分工的产物

社会分工越发达，市场就越繁荣。当不同的产品由不同的人去完成时，市场产生的基本条件就具备了。市场是随着社会工种大分化、大组合的发展而发展的。

2. 市场是商品经济的范畴

没有商品经济的发展，没有商品生产者的商品交换，就不会有日益扩大的市场。市场是与商品经济紧密联系的经济范畴。

3. 市场是商品交换的场所

生产的商品不是为了满足自己的需要，而是为了交换或出售，去满足别人的需要。所以，商品必须拿到市场上出售，才能完成其使命。因为各个生产者都是相对独立的商品生产者，彼此必须通过交换或买卖的形式获得对方的产品，因此就促使商品交换和商品买卖逐步在一定时期和地点形成市场。古代的庙会集市，现今的城乡集市、农贸市场等，都是商品交换和买卖的场所。

4. 市场是买卖关系的总和

从交易行为来看，市场是在一定经济范围内或一定空间内进行的商品交换和买卖活动；从市场区域大小看，有国际市场、国内市场和地方市场等；从经济关系看，市场有产销之间、行业之间、企业之间的产品交换或买卖关系。可见，市场是国民经济的综合反映，是各经济部门之间比例关系的"晴雨表"，是洞察产品供求关系的"窗口"。在商品流通领域中，除买卖双方有密切的经济关系外，还有为商品流通提供服务的银行、保险、信托、仓储、商情咨询等方面的关系。它们通过自己的职能工作，促使买卖双方有机地结合起来，顺利实现商品的价值和使用价值。这样，市场就发展成为多种商品交换或买卖关系的总和。

5. 市场是商品流通的综合反映

在商品经济条件下，商品交换和买卖活动，都是在市场中进行的。商品交换或买卖的范围扩大，商品流通领域便随之扩大，因而使场所和商品交换或买卖关系在流通领域中有机结合起来。在商品流通领域中，市场既是商品交换或买卖的场所，也表明了生产者（制造者）、销售者和消费者之间的密切关系。所以，整个商品流通的各种问题，都集中在市场上反映出来了。因而市场是商品流通的综合反映。

6. 市场是人类社会一定历史阶段的产物

众所周知，没有社会分工，没有生产资料和劳动产品属于不同的所有者，也就没有商品生产和商品交换，自然也就不需要市场了。因此，市场并不是一个永恒的范畴，它只同商品经济以及商品经济的高级形态——市场经济——密切联系在一起。到了马克思主义设想的共产主义社会，人们将按各自的需要领取报酬，商品经济和等价交换原则将被取消。于是，人们的社会经济活动就摆脱了市场这一特定的历史环境而直接与产品经济联系在一起。在社会主义的初级阶段和市场经济体制建立与完善的过程中，社会分工还在继续发展，生产资料和劳动产品属于不同所有者的状况还未能彻底消除，还要在等价基础上交换自己的劳动产品，还必须依靠商品经济的大力发展来丰富人们的物质生活和精神生活，因此，也就不能不利用市场作为交换的媒介。

7. 市场是指一切具有特定的欲望与需求并且愿意和能够以交换来满足此欲望和需求的潜在购买者集合

从企业和卖主的角度来理解市场的含义,市场实际上成为一种产品或劳务的所有购买者的需求总和。这种市场范围,既可指一定的区域,如国际市场、国内市场和农村市场;也可指一定的产品范围,如汽车市场、服装市场、旧货市场;甚至还可指某一类产品不同年龄、性别的购买者范围,如儿童用品市场、老年营养品市场、女性时装市场。这便是营销学中的市场含义。

1.1.2　营销

营销有多种不同的定义。每一位研究者都会提出一个不同的定义,研究这些不同的定义是一件有价值的事情,因为它将有助于我们从多个角度加深对营销理论和实践的理解。

在早期,不少人认为推销(selling)或销售(sales)就是营销(marketing)。这是一种不正确的看法。推销是指企业如何将已经生产出来的产品卖给顾客的一种行为,销售是指企业把产品出售给顾客的一系列活动,而营销在产品尚未生产之前就已经开始,如寻找市场潜在需求、开发研制新产品、营销策划等,并且在产品出售以后尚未结束,如售后服务、用户追踪调查和信息反馈等,除此之外,还有营销传播、顾客关系开发与维系、渠道规划与价格设计等多个方面。因此,推销和销售只是营销过程的一个环节。也有人认为,营销是商家欺骗、诱惑消费者吃亏上当的一门艺术,是一种骗术。其实,这些认识都是片面或错误的。有的学者认为,"营销的目的就是要使推销成为多余"。

那么,究竟什么是营销呢?其实,它的定义也是随着时间的推移而在不断发展、深化和完善的。

1960 年,美国营销协会(American Marketing Association,AMA)定义委员会将营销定义为"把产品和劳务从生产者引导到消费者或用户所进行的企业活动"。这就是说,营销这一企业活动开始于产品的生产活动结束之时,然后经过产品交换、市场推广、仓储和运输等业务活动,直至把产品送到消费者或用户手中便告结束。这实际上就是产品的流通过程。这一定义显然过于狭窄。事实上,早在 20 世纪 50 年代,美国的一些企业,如美国通用电气公司的营销实践就已经突破了流通领域。该公司当时宣称,要将置于企业经营过程最后一个环节的营销移到最前面来,这就意味着该公司的一切活动将以营销为出发点,也就是说,营销活动早在产品生产之前就已经开始了。但是,AMA 1960 年对营销的定义确实反映了当时大多数企业营销的实际情况。

1985 年,美国营销协会对营销的定义又作了如下的解释:"营销是(个人和组织)对思想、产品或服务的构思、定价、促销和分销的计划与执行过程,以创造达到个人和组织的目标的交换。"科特勒也认为,营销普遍性的定义是"便利和完善产品交换的人类活动"。这种定义把交换作为营销的立论基础,指出了营销活动的一般性,对于营销活动的扩展和理论研究的深入是有好处的。但它也存在着明显的不足,因为营销的根本任务如果仅仅是买卖双方的交换行为,那么就会很容易导致营销商[①]注重一次性的交易行为,实行交易营销,以短期的眼前利益为出发点,忽视顾客的长期利益。而且,交换双方利益的满足并不意味着社会的利益得到关注。

---

① 所谓营销商是指进行主动交换的一方。

1990年，芬兰学者格鲁斯提出了一个颇有新意的营销定义："营销就是企业为了实现利润目标，确定、建立、维持和加强与顾客和其他公众的关系，并使所有参与者的目标得以实现，这种关系是靠相互交换和履行承诺达到的。"

2004年美国营销协会对营销的定义作了如下的修订："营销是一项组织职能及为顾客创造、捕获并递送价值以及管理有利于组织和利益攸关者的顾客关系的一系列过程。"

显而易见，后两种对营销的解释比AMA对营销的定义有了很大的改进，它在坚持把交换作为营销立论基础的前提下，强调了关系营销的色彩，把关系营销作为营销活动的重要方面。这种定义一方面反映了理论研究的深入；另一方面也是现实中各类组织20世纪90年代以后营销活动的客观反映，对指导组织营销活动的开展是大有裨益的。有学者认为，人类的营销活动从交易营销为主的阶段转向关系营销为主的阶段是一种营销范式的转移。

关系营销最根本的特性是能够给营销商带来非同凡响的赢利。像其他有形资产和无形资产一样，关系营销对于改进企业未来的财务绩效和降低成本是非常有用的，其价值产生于持续不断的交易、增量销售（up-selling）或交叉销售（cross-selling）。增量销售指的是刺激现有顾客消费更多其当前购买的产品，或者促使其减少对其他供应商的替代品的消费，增加对本企业产品的消费。交叉销售指的是向现有顾客销售其可能感兴趣的其他类型产品或服务，扩大与现有顾客的接触范围，增强对企业同顾客之间关系的支撑力度，分散关系破裂的风险，使顾客关系更为牢固，从而提高顾客关系的质量。例如，购买会议桌的顾客可能也会对其他类别的办公会议用品感兴趣，最有可能购买企业推出的其他相关产品。事实上，增量销售是交叉销售的一种特殊形式，其特点是向顾客提供的新产品或服务是建立在顾客现行消费的产品或服务的基础之上的。比如，长途电话公司规定，"两年以上的客户可以享受50％的话费折扣"。

交易营销与关系营销的区别如表1-1所示。

表1-1 交易营销与关系营销的区别

项　　目	交易营销	关系营销
适合的顾客	适合于目光短浅和转换成本低的顾客	适合于具有长远眼光和转换成本高的顾客
核心概念	交换	建立与顾客之间的长期关系
企业的着眼点	近期利益	长远利益
企业与顾客的关系	不牢固，如果竞争者用较低的价格、较高的技术解决顾客面临的问题，交易会与本公司中止	比较牢靠，竞争者很难破坏企业与顾客的关系
对价格的看法	是主要的竞争手段	不是主要的竞争手段
企业强调	市场占有率（"一锤子买卖"也干，顾客不一定满意）	回头客比率、顾客忠诚度、建立长久的关系、顾客满意
营销管理的追求	单项交易的最大化	追求与对方互利关系的最佳化
市场风险	大	小
了解对方文化背景	没有必要	非常必要
最终结果	未超出"分销渠道"①的概念范畴	超出"分销渠道"的概念范畴，可能成为战略伙伴，发展成为营销网络

---

① 分销渠道将在第10章阐述。

其实,企业营销可以这样来定义:以创造顾客消费价值为根本宗旨,企业为实现经营目标而与市场需求之间动态平衡的整体性管理活动。这种对营销的界定,包含了以下几层含义:

首先,企业的营销活动是在为顾客创造价值,价值反映了消费者对产品或服务的满足欲望或需求能力的主观评价,一件产品或一项服务满足消费需求的能力越强,它的价值就越高;反之,就越小。企业进行营销活动的基本目的是满足顾客的消费欲望或需求,也就是创造顾客消费价值。创造卓越的顾客消费价值是企业营销追求的最高境界。

其次,企业营销活动是针对市场需求而进行的,营销管理在本质上是对需求的管理,即为实现企业的目标,通过市场调研、计划、执行、组织与控制来管理目标市场的需求水平、时机和构成。在实际操作中,企业对市场需求的态度,不仅要满足和适应市场上目前存在的需求(做到这一点仅仅是一般的销售经理的水平而已,适用于卖方市场条件),而且要积极引导、创造和开发市场需求,在市场上处于主动的地位,做到这个层次,便可展现出营销大师的魅力,它适用于买方市场条件。

最后,企业营销活动是涉及企业全组织的一项活动。管理学大师彼得·德鲁克曾说过:"营销是如此基本,以至不能把它看成是一个单独的功能(指一项单独的技能或工作),……从它的最终结果来看,也就是从顾客的观点来看,营销是整个企业的功能。因此,对营销的关心和责任必须渗透到企业的所有方面。"现实中,我们不能把营销仅仅看做是企业内营销部门一个职能部门的事情,而应把它看成企业组织内所有部门和所有人员的事情。也就是说,企业内所有部门和所有人员都要树立与履行为顾客创造卓越消费价值及为顾客服务的思想及责任。营销原则成为现代企业首要的、至高无上的、无可替代的工作准则。总之,获取顾客并留住顾客从而为企业创造利润是营销活动的本质。

导致人们对营销有不同定义这一现象有两个重要原因:一是由于人们从不同的角度解释营销的含义,因此,很难简单地断言哪个定义正确或哪个定义不正确;二是因为营销学是一门应用性很强的学科,它的产生、形成和发展无一不与社会发展和企业营销实践紧密相关。因此,随着营销实践的日益深化和不断创新,必然会出现一些营销学新思想和新概念。正如科特勒所言:"一门学科应欢迎新概念,而不是担心概念多余。"

不难看出,营销作为企业经营管理的一项基本职能,其基本内容应该包括以下方面:

(1) 寻求市场机会,估计企业的营销环境,确定消费需求的性质和规模。

(2) 调查市场信息,分析与研究市场供给和需求状况,研究消费者行为。

(3) 审时度势,趋利避害,使企业外部环境、内部条件与企业经营目标协调一致,制定营销战略和策略规划。

(4) 根据企业营销战略规划,通过市场细分①,确定目标市场,明确市场定位。

(5) 拟定营销组合②策略,即产品策略、价格策略、营销传播策略、分销渠道策略等。

(6) 把有关产品或服务的信息传递给企业的现实和潜在购买者,进行有效的传播。

---

①　市场细分的概念详见第 6 章。

②　营销组合(marketing mix)的概念是指企业可以控制的各种营销因素的总和,主要包括产品(product)、定价(pricing)、渠道(place)和促销(promotion)等。不过,在当今的时代,"促销"为适应形势的发展要演变成"营销传播(marketing communication)"。

(7) 预测销售,把产品或服务推销及分销给目标消费者,并维持与消费者的良好关系。

(8) 营销活动既包括国内市场又包括国际市场,组织与实施跨文化的国际市场营销也是营销的重要任务。

在将营销理解成一种人类的实践活动时,我们还要进一步说明,营销的含义远不止这一点。实际上,营销还是一门科学和艺术。作为一门科学,它有一整套系统的体系和结构,有严谨的概念界定、严密的逻辑推理和科学的理论架构,后面的有关章节就将对此问题进行阐述;作为一项艺术,人类的营销实践活动丰富多彩,千变万化,没有统一的模式和套路可供遵循,需要根据营销商个人对营销问题的独特理解和认识,去个性化地提出处理和解决现实中问题的方案,带有很强的个人色彩和艺术化特色。

1.1.3 价值营销的原则

1. 六项价值营销原则

为顾客创造卓越消费价值是现代营销的基本出发点,以下六项价值营销的原则是价值营销观念的核心。

(1) 消费者原则

消费者原则即把营销活动集中在创造和提供消费者价值上。价值营销是以消费者为核心的。这意味着与消费者进行交换是公司的主旋律。企业要充分了解消费者的所思、所想,以及他们如何购买和使用产品或服务。然而,价值营销不仅要把企业的营销活动聚焦于消费者,更重要的是,要为消费者创造价值。营销商应通过为消费者提供卓越的消费价值来实现营销的目标。

在许多情况下,营销商要与消费者建立长期的关系。当然,建立长期关系所带来的收益和潜在利润必须能抵消为此而增加的成本。不难看出,营销商至少有两种建立与消费者关系的方法:

第一,直接关系。营销商要全面了解消费者的姓名和其他信息,例如,通信地址、电话号码和偏好。营销商能通过信件、电子邮件、MSN、QQ、传真或面对面与消费者直接沟通。当产品或服务被频繁购买的时候(如办公用品、干燥清洁剂),或单价较高(如新建筑物、汽车),或边际利润较高(如机器、珠宝)时比较适合这种方法。直接关系要求营销商更多地了解消费者,从而更好地为消费者服务、为消费者创造卓越的价值,进而获取更多的利润。直接关系对便宜产品,甚至频繁购买品都是少用的,因为它的成本太高。

第二,间接关系。如果直接关系成本太高,营销商还可以和消费者保持间接关系。在这类关系中,产品和品牌对消费者在一个比较长的时期内甚至一生中都是有意义的,但是营销商可能不知道消费者的姓名是什么。例如,乐百氏、两面针、娃哈哈等都是许多消费者了解、信任和多年购买的品牌,但是这些厂家恐怕不知道每一个购买者的姓名。

(2) 竞争者原则

竞争者原则即比竞争者提供更优越的价值。价值营销认为企业制定的营销战略类型对消费者有重要的影响。对许多产品或服务来讲,如果有许多竞争性选择方案提供给消费者,那么,消费者就会得到很好的满足。因而,营销商不仅要考虑提供给消费者的产品或服务的价值,而且也要考虑与竞争对手比较其所提供的产品或服务价值的卓越程度。如果做不到这一点,那么营销商在未来比较长的一段时间内的生存就会面临严峻的形势。例如,"TCL"和"长虹"给消费者提供比较好的价值,那么,"海信"和"海尔"就会给消费者提供卓越的价值。一种可行的战略是与竞争者合作,建立战略联盟,比如通用汽车和克莱斯勒的联合。

（3）先动原则

先动原则即在适当的时候改变环境为成功创造机会。价值营销商不是静坐在那里等待市场和环境提供商机和作出反应。对环境作出反应的通常是保守的战略,营销商应该提前积极行动,通过改变市场和环境来改善市场竞争中的地位。

价值营销认为营销商不应该操纵消费者,也不应该做非法的事、不道德的事和没有社会责任的事。当然,也不应该宽恕那些违背营销责任的营销商。

然而,价值营销认为社会应该给予营销商改变环境关系、求得生存和成功的权利与责任。如果企业不能生存,就不能为消费者服务并为他们创造价值。因而,企业能够并应该影响股东把资金投资于企业;银行放款于企业;供应商给企业提供更高质量和更低价格的原材料和零配件;中间商为推销企业的产品更加卖力;政府部门更公平、公正地监控企业和接受他们推出的新产品;各种社会团体支持企业;通过提供更好的福利和更高的报酬,雇员更加积极地工作;竞争者改变他们的战略或与企业一起组成战略联盟;当地社区用土地、劳力和资本支持企业等。

总之,价值营销认为企业在营销活动中要反应灵敏。营销商应该思路清晰地影响顾客购买他们的新产品或现有产品或服务,或诱导消费者成功地从竞争者那里转换品牌,或观看他们的产品广告,或去他们的商店购买产品,或为他们的事业捐款,或使用他们的信用卡,并成为他们的忠诚顾客。企业营销过程中的道德性和伦理性色彩以及创造卓越消费价值的行动,使得营销成为社会中一种积极的力量。

（4）跨职能原则

为提高营销活动的效率,要使用跨职能的团队。营销不是企业唯一的职能,也不是一个企业所做的一切。例如,当营销和市场调研在新产品开发中起重要作用的时候,其他的职能诸如技术开发、工程、财务和生产也起着关键的作用。在第 12 章中将详细阐述营销与其他职能领域的矛盾与冲突。

价值营销主张营销人员在持续不间断的基础上与其他职能领域的人员互动。许多企业使用跨职能的团队或委员会来完成策划、执行和控制任务。

（5）持续改进原则

持续改进原则即不断改进营销的规划、执行和控制。价值营销认为企业需要持续不断地改进他们的经营、流程、战略以及产品或服务。同时要周期性地监控和审计企业的营销活动,对营销和其他所有的人员来说不断地寻找更好的方法为消费者提供价值也是有用的。

（6）利益攸关者原则

要考虑到营销活动对利益攸关者的影响。价值营销是聚焦于消费者的,但我们也不能忽视企业中对其他利益攸关者的责任和关系,企业中的利益攸关者是指对企业营销决策结果有利害关系并能影响这些决策的个人和群体。利益攸关者包括消费者以及应被公平对待的竞争者。他们包括公司的所有者、顾客、竞争者、供应商、转卖者、政府机构、雇员、当地社区、特别利益群体、借贷者等,如图 1-1 所示。

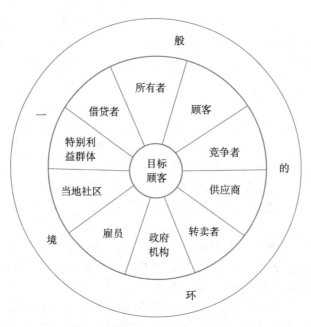

图 1-1　营销活动中的利益攸关者

价值营销是建立在消费者为什么购买产品或服务这个基础上的。如图 1-2 所示,消费价值是消费者从购买和使用产品或服务中感受到的利益与为得到这些产品或服务而进行交换所付出的感受到的成本之间的差异。价值营销假定愿意并能够作出交换的消费者在下列条件下将会发生交换行为:①交换的利益超过交换的成本;②与竞争者所提供的选择方案相比较,产品或服务能提供卓越的价值。

> 消费价值=感受到的利益-感受到的成本

图 1-2　消费价值等式

选择方案也许是目前或以前使用的产品或服务。消费者知道购买某一产品能够解决一个问题或改善他的境况。例如,海尔移动电话通过一系列广告告知消费者其具有防辐射功能,因而消费者对它生产的移动电话有更高的利益认知,并购买海尔的移动电话。选择方案也许是竞争者的产品或服务。例如,美国 Hardee 快餐通过广告宣传告知消费者它的汉堡包比麦当劳的大来影响消费者的价值知觉。选择方案也许是消费者处理他们问题的不同方案。例如,在国庆假期,消费者可以出去旅游,也可以去图书馆看书,也可以在市内逛商店购物,也可以走亲戚串门,等等。

在许多情况下,消费者是以前一次购买的产品或服务的满意度为基础的,很少或根本不做选择方案的评价。这就是营销商吸引消费者非常困难或耗资很多的原因,也是商家维持现有顾客(老顾客)如此重要的原因。也有这样的情况——消费者是根据广泛流行的大众化的口碑作判断的,例如海尔的家电质量确实不错,川菜的口味很好等。

价值营销认为消费者对价值的知觉是会改变的。不同的消费者会以不同的方法评价同一种产品。一些消费者认为高路华彩电有一个比较好的价值,因为它比较便宜,而另外一些消费者认为索尼彩电价值较高,因为它的画面非常清晰。因而价值营销强调消费者对价值的理解程度。

最后,价值营销认为消费者对产品或服务价值的评价随着时间和环境的变化而变化。消费者可能会认为美的落地风扇有比较好的价值并购买了它,下一次购买时他却认为科龙落地风扇价值较高并购买它。同样,产品或服务的价值在不同的环境中是不同的。快餐馆对工作午餐来讲是有价值的选择方案,对一次休闲晚餐来讲,种类繁多的中餐拼盘是有价值的选择方案。

凭经验可以判断出,消费者可以从购买和使用产品或服务过程中得到共同的四种利益,同时,他们也需要尽力去降低四种类型的成本。

2. 利益的类型

消费者从购买产品或服务过程中得到的利益包括以下四种。

(1) 功能利益。购买产品或服务可以得到许多无形的利益。使用"中华牌"药物牙膏可以防止许多牙病的发生,并能提供舒适的口感和令人愉快的交谈氛围。食用压缩饼干可以提供能量和消除饥饿。医疗保健可以治愈疾病和使身体比以前更健康。功能利益时常被营销商作为营销诉求的核心。工业品的采购商把产品的功能利益作为关键性的考虑因素,电视机生产商把显像管的性能和质量作为第一位要考虑的因素。

(2) 社会利益。消费者在购买了特定的产品或服务之后会从其他人那里得到许多积极的反映。朋友们可以在家庭舞会上享受到美妙动听的音乐,恭维主人生活的高雅品味。当消费者购买能够显示高阶社会地位的品牌(如"奔驰"轿车或"索尼贵翔"彩电)的时候本身也是在寻求社会利益。组织购买者购买了有价值的产品可以从老板那里得到表扬而获得社会利益。

(3) 个人利益。消费者可以从购买产品、拥有产品、使用产品或接受服务的过程中寻求刺激、愉悦身心和满足欲望等。集邮爱好者能够享受拥有稀缺邮票的快乐,尽管他可能从来没有用它作为邮资。环境保护主义者使用自行车作为交通工具而不是使用尾部喷着难闻的黑烟的汽车作为交通工具而感到满足。组织购买者因为为自己所在的单位采购到了急需的物资而自我感觉良好。

(4) 感官利益。消费者可以从产品或服务的消费过程中获得感觉上的享受。摩托车和冲浪快艇能给驾驶者带来刺激的感觉。可口的饭菜、清馨的香水、得体的服装、优美的艺术品、激动人心的音乐能提供感官方面的利益。

许多产品有能力提供上述四种类型的利益。例如,牙膏提供使牙齿洁白的功能利益,迷人微笑的社会利益,口腔健康的个人利益,新鲜、舒畅口感的个人利益。牙膏营销商在不同的广告宣传中强调这四种利益。

价值营销商通过给消费者增加利益而创造卓越价值。例如,美国有一家叫 Zane 的自行车商行,在它为之服务的纽海温和肯尼塔克州,通过给消费者提供卓越的利益而成为最大的独立自行车商行。虽然大的连锁店正在冲击着其他独立自行车商行,但 Zane 自行车商行却由于对顾客购买的零部件和维修服务提供终身保证而得以生存并壮大起来。Zane 自行车商行的主人克瑞斯·简尼认为,顾客的终身购买所产生的利润远远超过了更换某些零件的成本。同时,Zane 自行车商行也提供一间咖啡吧和一处儿童玩耍的场所,以便他们的父母在购买产品或维修自行车时无后顾之忧。结果,Zane 自行车商行以价值导向为经商的指导

思想,带来了每年25%的销售额增长。

3. 成本的类型

至少有四种类型的成本影响到消费者对价值的评估。

(1) 金钱成本。这些是指消费者在购买产品或服务时必须支付的货币数量。包括产品或服务的价格、运输和安装费用、修理费用、信贷的利息支出。金钱也包括由于购买了错误的产品或服务而导致的产品功能失效或降低而带来的财务风险。单位采购员时常把货币成本作为决策的主要考虑标准。

然而,在许多情况下,较高的货币成本实际上能够增加产品或服务的价值。尤其是当消费者在支付了较高的价格以后能够取得社会和感官利益的情况下更是如此。同样,某些消费者把高价格的产品看做是高质量的象征。消费者通过购买最昂贵的产品来降低购物成本。

(2) 时间成本。对大多数人来讲,时间是有价值的。花费在购买(如有必要的话还需改变及修理)活动上的时间可以被用做更愉快的或营利性的活动中去。在邮局花很长时间排队寄钱或取钱是浪费时间的;在餐馆里花比较长的时间等待服务员把饭菜端上来是很不愉快的,尤其是消费者在饥肠辘辘之时。对企业采购员来讲,花费在比较各家产品供货方案或等待供应商交货上的时间如果影响到企业的生产效率或效益时将是很可观的成本。

然而,花费在购物或等待交货上的时间并不总是一种成本。某些消费者喜欢花时间购物及等待一个特别产品的交货。

(3) 心理成本。心理成本是智力消耗及在作出重要购买决策或接受事先没有预料到的产品或服务风险时的紧张感。购买复杂和贵重产品涉及各方的信息调查和评估,以及思虑正确的购买决策。例如,长时间等待汽车或小巴去购物也是一种挫折。对有些消费者来讲,这些工作是一种心力损耗,尽管对其他消费者来讲,作出购买决策是一件快事。现在许多商家打出"不讲价"的广告,即针对要降低心理成本的消费者,是让他们放心。单位采购员也是在极大的压力下以合理的价格采购合适的产品。

(4) 行为成本。购买产品或服务通常需要某种程度的实在行动。如果消费者不得不走很长一段路程去商场才能购买产品,又需把车停在很远的停车场后步行一段很长的距离,寻找产品时要走过许多柜台和通道,买到称心的产品后又要排很长的队付款,那么消费者的行为成本就会增加。那些不得不周游世界各地考察许多工厂和产品的单位采购员,要耗费相当大的体力不断地从这一航班转到那一航班。当然,对某些消费者来讲,购物过程中的体力消耗并不总是成本,而是一种体能锻炼。

时间、心理、行为成本之和称为购物成本或交易成本。

营销商可以操纵利益或成本的一方或双方实现消费价值的增值。因为有各种各样的利益和成本,因而也就有创造消费价值的多种战略选择。例如,现有产品或竞争性产品可以通过提供卓越质量、附加特色或更方便的包装提升功能利益;通过为产品塑造积极的社会形象来增加社会利益;强调旁人对产品的美好印象,意味着购买此产品的消费者可以取得良好的心情和感觉,从而增加个人利益;通过提高产品或服务消费过程中的感觉体验来增加感官利益。

营销商也可以通过降低成本来提高价值。降低价格、降低贷款利率、提供免费安装或送货可以达到降低货币成本的目的。中国联通可以通过降低通话资费标准或比中国电信的入网费低的方式来降低它的价格。降低购物成本,可采取多种方式来实现,例如,在互联网上发布产品目录,降低产品品牌的数目和型号等;把商场布局在居民较多的区域;使用信用卡支付;设置更多的付款通道和柜台;像可口可乐那样在多个地点摆放售卖专柜,使消费者能够方便地得到所需要的产品等。

营销商给消费者提供卓越价值可以使消费者满意甚至愉悦。这能带来消费者的忠诚,而这又是非常重要的,因为保持现有顾客比开发新顾客更能给商家带来效益,消费者的忠诚能带来营销商和消费者之间长期的赢利性的关系。总之,价值营销是在为商家实现其目标提供更好的取向。

1.1.4　顾客资产管理

1. 顾客资产的定义

顾客资产(customer equity)是指企业所有顾客折现的终生价值之和。现代企业追求的目标不是利润最大化而是企业价值的最大化。真正体现企业价值的不在于企业拥有多少固定资产和无形资产,也不在于它当前的产品市场占有率有多高(因为只表明企业过去的业绩,而无法表明企业将来的业绩),而在于它拥有多少在未来能够给其带来现金收益的顾客数量。很明显,这类顾客的数量越大,企业的价值也就越高。以往,顾客被看做是一种游离于企业之外的外生变量,现如今,由于市场供给日趋丰富,人类进入产品丰裕的社会,各商家为争夺市场(顾客资源)展开残酷的竞争,这样一来,顾客就如同其他生产要素(物质资本、人力资本)一样,被看成是一种资产、一种内生变量,具有内在的增值性。只有顾客资产增值以后,企业的有形资产和无形资产才具有实际的经济意义。正是从这个意义上说,顾客是一项资产或一种经济资源。也就是说,对现代企业来讲,拥有市场比拥有企业更重要,拥有顾客比拥有产品更重要。

2. 顾客资产的意义

顾客资产的意义在于以下几个方面。

(1) 顾客及顾客资产在企业中居于首要地位,而品牌及品牌资产退居次要地位并必须服从于顾客资产管理的需要。相应的,企业管理理念也从长期以来的"品牌导向"转入"顾客导向",企业的核心竞争力主要体现在顾客资产上。显然,顾客的忠诚度越高,顾客资产就越大。

(2) 顾客资产把顾客看做"资产"或"资本"而不是其他。顾客资产像其他生产要素(人力资本、物质资本等)一样具有内在增值性,它能产生收益现金流,具有投资风险,需要成本支出以进行维护管理。这和一般的资本(如人力资本和物质资本)具有共同性。顾客是企业的利润来源。简单地说,顾客是一种重要的生产要素,需要纳入企业要素管理范畴。

(3) 既然视顾客为资产,必然涉及如何"资本化"顾客资产,并且像管理其他资产一样建立一个资产账户,以便进行评估、优化并正确衡量相关的投入和产出。

(4) 打破了过去一切为了市场占有率而不计较顾客成本的管理模式。如何以最小成本获得顾客、以最小成本巩固顾客资产、争取最有价值的顾客才是提升企业资产质量的核心。

3. 顾客资产的组成

顾客资产由以下三部分组成。

(1) 价值资产是指顾客基于对获得的利益与成本支出之间差异的知觉判断基础上对商家提供物(产品或服务)效用的客观评估。价值资产的决定因素包括质量、价格和方便性。

(2) 品牌资产是指顾客对品牌的主观和无形的评估,它超越了客观的知觉价值。品牌资产的决定因素包括:顾客品牌的知晓;顾客对品牌的态度;顾客对品牌伦理的知觉。

(3) 关系资产是指顾客"黏住"品牌的倾向,超越了主观和客观的评价。目的是防止顾客"移情别恋"。关系资产的决定因素包括:忠诚奖励计划;特殊礼遇规划;亲和规划;社区建设规划;知识积累规划。

顾客资产在数量上等同于企业所有顾客的顾客终生价值(customer lifetime value, CLV)之和。顾客终身价值是顾客在未来一段时间内(顾客生命周期)给企业带来的净现金流的现值。雷赤黑尔德(Reichheld)认为顾客终生价值是指在维持顾客的条件下企业从该顾客持续购买中所获得的利润流的现值,主要取决于三个因素:①顾客购买所带来的边际贡献;②顾客保留的时间长度;③贴现率。

4. 客户关系管理

提高顾客资产的价值需要企业实施客户关系管理(customer relationship management, CRM)和大客户管理(key account management, KAM)。目前,人们对客户关系管理有不同的解释。美国著名的IT研究组织Gartner Group将客户关系管理(CRM)定义为:"通过围绕客户细分来组织企业,鼓励满足客户需要的行为,并通过加强客户与供应商之间的联系等手段,来提高赢利、收入和客户满意度的遍及整个企业的商业策略。"

英国斯通和伍德科克认为CRM是营销学、销售学、营销沟通和客户管理技巧与过程在以下方面的广泛运用:找到你所列出的每一个客户;建立公司与这些客户间的关系——一种在许多交易中都存在的关系;管理这些事关客户和公司利益的关系。

卡尔松营销集团认为:CRM是通过培养公司的每一个员工、经销商或客户对该公司更积极的偏爱或偏好,留住他们并以此提升公司业绩的一种营销策略。

NCR的罗纳德·史威福特认为:狭义的CRM是指企业通过富有意义的交流沟通,理解并影响客户行为,最终实现提高获得、客户保留、客户忠诚和客户创利的目的。广义的CRM是指通过满足甚至超出消费者的要求,达到了使他们愿意再次购买的程度,并将潜在的消费者转变成忠诚客户的所有活动。

综上所述,客户关系管理有以下几层意思。

(1) CRM是一种从以产品和企业为中心转向以客户为中心的经营理念,是一种围绕客户展开一切商业活动的全面企业战略。这是CRM的根本之所在,其他的手段、方法都应为这一理念服务。

CRM的主要作用可以从三个层面来体现。从对外的层面而言,能够及时有效地解决来自外部客户抱怨的问题,为客户提供超出其期望值的产品或服务,达到提高客户满意度的目的。从企业内部的层面而言,可以改善企业内部工作人员,如销售人员、市场推广人员以及服务支持人员的工作环境,使得原来一些重复性的工作减少了,增加了具有增值性和创造性的工作,提高了知识工作者的劳动生产率。从ERP的层面而言,CRM的应用,能够有效地释放 ERP 的潜力。

（2）CRM 是一套客户信息管理系统。CRM 系统多年的发展经历了销售自动化（SFA）、客户服务系统（CSS）和呼叫中心（CC），后来逐渐综合了现代营销理念——忠诚度、满意度、客户价值、一对一营销、大规模定制以及客户化等，这些都是利用计算机电话集成技术（CTI）、因特网功能以及专门的 CRM 技术为基础的一套客户信息管理系统，也是今天CRM 的主要表现形式。

（3）CRM 是一种营销管理的方法和流程。企业实施 CRM，将在组织结构和业务流程上围绕客户进行重构，形成一套以客户为中心的业务流程，从这个意义上讲，CRM 是一种区别于传统营销的一种方法和流程。

所谓大客户管理，简单地说，就是一个获取、保持和增加可获利大客户的过程，是一种向忠诚大客户提供优良的服务品质的做法，其目的是为了更有效地获取、开发并留住企业最重要的资产——大客户，最终获取大客户的终身价值。大客户也可以是我们通常称呼的"VIP客户"，是最大、最重要、最有价值的客户。KAM 的目标应该是，在生产、营销和服务方面为大客户打造专门的服务和针对性、个性化的解决方案。KAM 以"一对一营销"理论为基础，通过将人力资源、业务流程与专业技术进行有效的整合，最终帮助企业将涉及大客户的各个领域完美地集成于一体，使得企业可以低成本、高效率地满足大客户的个性化需求，从而让企业可以最大限度地提高大客户满意度及忠诚度，挽回失去的大客户，保留现有的大客户，不断发展新的大客户，发掘并牢牢地把握住能给企业带来最大价值的客户群，取得与大客户的战略性双赢。

1.1.5　营销的作用

在现代经济生活中，绝大多数人所需要的大部分产品或劳务，都是依靠别人的生产而获得的。而有效营销的最基本内容就是传递消费者所需要的产品或服务，就是在适当的时间、适当的地点，以适当的价格将消费者所需要的产品从制造者（生产者）那儿传送给消费者。这不是件容易的工作，因为制造者（生产者）和消费者之间存在着诸多矛盾。著名的营销学家 J.E. 麦卡锡认为，在制造者（生产者）和消费者之间存在七个方面的矛盾。

（1）空间上的分离。制造商往往按行业集中在某些地区，而消费者分散在各地。

（2）时间上的分离。许多农产品生产是季节性的，但消费者可能常年需要这些产品；有些工业品是常年生产的，但消费可能是季节性的。

（3）信息的分离。制造者（生产者）不知道谁需要什么产品、何时需要、在何地需要，顾客愿意出什么价格；而消费者则不了解谁能提供自己需要的产品，在何时、何地、何种价格水平上提供。

（4）对产品价值估计上的分离。制造者（生产者）通常按成本和竞争价格来估计产品或服务的价值，而消费者则是按其经济效用和支付能力来估计价值。

（5）所有权的分离。制造者（生产者）拥有产品或服务的所有权，但他们自己不需要这种产品，消费者需要这些产品或服务，但他们并不拥有所有权。

（6）产品数量上的分离。制造者（生产者）往往愿意大批量生产和销售某种产品，而消费者通常是少量零星地购买和消费。

（7）产品花色品种上的分离。制造者（生产者）往往专门生产有限的几种产品，而消费

者则需要各种各样的产品。

随着科学技术的进步、社会化大生产和商品经济的发展,随着人民生活水平的提高和消费需求由低层次向高层次递进、由简单稳定向复杂多变转化,这些矛盾更加复杂。而营销的根本任务就是克服上述种种分离。营销在解决供求矛盾、弥合生产与消费的差异和分离方面的基本功能主要是:交换、物流和便利。

交换功能主要是通过销售和购买,将产品最终出售给消费者,使消费者拥有产品所有权。销售就是指寻找顾客、市场推广等决策;购买包括买什么、向谁买、买多少等决策。

物流功能,也称实体分配功能,主要包括产品的运输和储存等。运输是为了实现产品在空间位置的转移,储存则是为了解决产品在生产和消费时间上的分离。

便利功能主要是指便利交换、便利物流的功能。它包括资金融通、风险承担、信息沟通、产品标准化和分级,等等。资金融通主要是通过向制造、销售、物流、中间商等提供必要的资金和商业信用,方便交换。风险承担是指在产品交易和产品储运中必然要承担的某些财务损失,如因产品积压而不得不削价出售,产品损坏、短少、腐烂而造成的经济损失等。市场信息的搜集、加工与传递,对于制造商、中间商、消费者或用户都是重要的,没有信息的传播,交换功能、物流功能都难以实现。产品的标准化和分级,可以大大简化和加快交换过程,不但方便储存与运输,也方便顾客购买。

执行上述营销功能,可以创造出产品的时间效用、地点效用和占有效用,并有助于创造产品的形态效用。

形态效用是指产品满足人们某种需要的使用价值,这是由直接生产过程创造的。但直接生产过程结束时创造出的产品形态效用还只是潜在效用,并不能现实地满足消费者的需要而发挥出实际效用。具体说来,常年生产季节性消费的产品(如风扇、凉鞋),季节生产常年消费的产品(如粮食、棉花)等,都要通过储存活动才能供应市场,这就创造出了时间效用。社会的生产与消费之间总是存在着空间的分离,而物流活动使产品由产地向销地运动,这就创造出了地点效用。产品还要经过一次以上的销售活动,发生产品所有权的转移与让渡,由制造者(生产者)手里转到消费者或客户手里,也就是创造出占有效用,才能最终进入消费。此外,营销的信息传播与沟通功能把市场需求反馈给制造商,有助于开发出符合市场需求的产品或服务,从而对产品形态效用的创造也发挥着不可或缺的重要作用。

1.2 营销观念与营销管理的发展

1.2.1 营销观念及其发展

营销观念是指企业管理者在组织和谋划企业的营销管理实践活动时所依据的指导思想和行为准则。营销观念是一种观点、态度和思想方法,是一切经营活动的出发点,也是一种商业哲学或思维方法。中国人有这样的说法:行成于思;三思而后行。这充分说明"思"对"行"有着重要的前提性作用。企业的营销活动,是一种管理实践活动的过程,它必须在一定的营销观念支配下进行。可以说,人类的任何一次营销管理实践的变革都隐含着营销观念的深刻转变。因此,我们在研究各项具体营销活动之前,必须对营销观念的产生和发展有一定的了解。

营销观念是一种指导营销活动的基本思想,但是人类自产生商品交换以来,由于生产力发展缓慢,直到产业革命前很长一段时期,交换制度都停留在极其简单的基础上,交换对象仅限于小量生产的手工业品,营销活动处于萌芽阶段。那时一小群木匠、制鞋匠、裁缝师傅等各种各样的手工业者,只与少数顾客进行小规模的交易。后来,随着产业革命的到来,个体商品生产让位于大工业生产,从而商业活动也变得更复杂了。买者与卖者之间的个人对个人的关系已很少见了。这时营销活动才真正向前迈进了一步,营销观念才逐步形成,并一直处于发展中。

产业革命以后,就西方社会来说,营销观念的发展,可分为两个明显的阶段。

1. 以企业内部为中心的传统营销观念阶段

（1）生产观念阶段

生产观念阶段为 19 世纪末到 20 世纪初。当时西方各国普遍的情况是,国民收入低,生产落后,整个社会的产品不太丰富,企业只要通过提高产量和生产效率,降低生产成本就可获得巨额利润。营销商在与消费者的关系中居于有利的主导地位,一般只生产品种单一的产品,消费者需求比较被动,没有多少选择余地。

所谓生产观念是指在上述整个社会产品不太丰富,需求大于供给,消费者购买产品毫无选择余地的情况下,营销商们所持的一种指导营销实践的观念。他们认为,消费者会接受任何买得到、买得起的产品。这种观点立足于两个重要前提:第一,消费者只集中于是否买得起及价格便宜与否;第二,消费者并不了解同类产品还有非价格差异(如质量、花色品种、造型、外观等差异)。因此,营销商把营销活动的重点放在如何有效利用生产资源及提高劳动效率,以获得最大产量及降低生产成本上。如"汽车大王"福特早期的营销观念便是如此。美国的福特在汽车发明后不久,于 1903 年自己创办了福特汽车公司,从 1914 年开始生产 T 型汽车——一种 4 个汽缸、20 马力的低价汽车。到 1921 年,这种汽车在美国汽车市场上的占有率已上升到 56%。当时,福特的经营哲学便是如何使 T 型车生产效率趋于完善,从而降低成本,使更多的人买得起汽车。他曾说过这样的话:"不管顾客需要什么,我的汽车就是黑颜色的。"这是只求产品价廉而不讲究花色式样的生产观念的典型代表。显然,在生产观念指导下,生产和销售的关系必然是"以产定销"。这种观念也称做生产者导向(中心)观念,是指导企业经营实践的最古老的观念。

（2）产品观念阶段

所谓产品观念是指以消费者会选择价格相同而质量最好的产品的假设为前提的营销思想。这种观念认为,只要产品的质量上乘,具有其他产品无法比拟的优点和性能,就会受到消费者的欢迎,消费者也愿意多花钱去购买优等的产品。在这种观念的指导下,企业往往把注意力集中在产品的精心制作上,而根本不去考虑市场上消费者是否真正接受这种产品。像"酒香不怕巷子深"、"一招鲜、吃遍天"等都是这种营销观念的反映。

以上是这一阶段先后出现的两种营销观念,它们有一个共同的特点,就是营销商要高效率地生产产品,为消费者提供"优良"的产品。它们对丰富市场供给、增加社会财富、提高社会生活质量方面的积极作用不可否认。但它们最终会使企业患上"营销近视症"。所谓"营销近视症",就是不适当地把注意力放在产品上,而不是放在市场需求及其发展演变上,其结

果可能会导致企业丧失市场,失去生存和竞争能力。这是因为产品只不过是满足市场需求的一种媒介,一种手段,一旦有更能充分满足消费需求的新产品出现,现有的产品就会被淘汰。同时,消费者的需求是多种多样并且不断变化的,不是所有的消费者都喜好价高质优或经久耐用的产品。

（3）推销观念阶段

推销观念阶段大约为20世纪的30年代和40年代。随着科学技术的进步,生产力的提高,产品的数量与花色品种也开始大大增加,市场上的产品逐渐供过于求。1929年爆发的经济危机,给资本主义世界的经济带来了沉重的打击,企业面临的主要挑战是如何扩大产品的销售而不是如何扩大产品的生产。这样,推销观念(selling concept)开始兴起并占据了主导地位。

推销观念是以下列判断为前提,即消费者不会因自身的需求与愿望主动地购买产品,而必须在强烈的广告攻势和市场推广的刺激引导下才会采取购买行动。在推销观念的指导下,企业认为主要的任务是扩大销售,通过各种推销手段想方设法促使消费者购买。因此,企业注意运用推销术、广告术等来刺激消费者。于是形成了一种所谓"高压式"的"硬卖"风气——不问消费者是否真正需要,不择手段地采取各种推销技巧,把产品推销给消费者。推销观念的核心仍然没有摆脱以企业为中心的导向,从而使企业的经营观念仍然停留在传统营销观念的阶段上。

2. 以企业外部为中心的现代营销观念阶段

（1）市场营销观念

市场营销观念阶段是从20世纪50年代开始的。由于社会生产力的迅速发展,第二次世界大战期间形成的巨大军品生产能力转移到民用产品生产以后,社会产品供给能力极大提高,市场呈现一片繁荣景象,消费者的选择余地大大拓展。各企业逐渐意识到,要提高产品的销量,获得高额利润,不能再单纯依靠以销售为中心的"硬卖"的办法,而必须转到以消费的需求和欲望为导向的轨道上来,即必须把高压式的"硬卖"转变为诱发式的"软卖",将整个营销活动建立在如何满足消费者需要的基础上。这就形成了一种新的营销思想——市场营销观念(marketing concept)。

市场营销观念是要确立这样一种信念:企业的一切计划与策略应以顾客需求为中心;满足消费者的需求与愿望是企业的责任;在满足需要的基础上,实现长期的合理的利润回报。因此,"顾客至上"、"顾客就是上帝"、"顾客永远是正确的"等口号,成为奉行这种营销观念的营销商及企业家的座右铭。

这种观念下的营销活动,不仅包括了销售,同时还包括了市场调研、新产品开发、广告宣传以及售后服务等活动,并且都站在消费者的立场来考虑这些活动,以消费者的需求为出发点,围绕着消费者开展一切营销活动,因而,它是一种有组织的整体性营销活动或经营行为。

市场营销观念奠基于四个主要的支柱,即目标市场、顾客需要、整体营销和利润。

① 目标市场。市场营销观念起于市场,但没有任何一家营销商(不论它的规模多大)能够在每一个市场中营运,并能满足市场中的每一种需要;也没有哪家公司能够在一个广大的市场中做好营销工作。因此,企业要慎重严谨地界定它们所要进入的目标市场(target market),并针对目标市场的情况开发出营销方案,才可能有最好的营销绩效。

② 顾客需要。营销工作有赖于充分了解顾客的需要与欲望,但要真正去了解顾客的需

要和欲望并非易事。譬如,某位顾客说他想要有一套"物美价廉"的音响组合,到底他所说的"价廉"是指什么价钱、"物美"是指什么品质水准呢?营销商要进一步去探究。

营销商要界定顾客需要时应从顾客的观点去界定,而非从自身的观点去界定。因此,要对顾客做研究,了解他们的真正需要,并让顾客满意。顾客导向的企业通常会定期追踪顾客的满意水准,并依此制定改进的目标。

③ 整体营销。整体营销有两方面含义。

首先,各种营销职能——销售、广告、产品管理、营销研究(marketing research)等——都必须互相协调配合。例如,销售部门常认为产品经理制定的"价格太高"或"销售目标太高"。这些营销功能都必须从顾客的观点来加以协调和整合。

其次,营销部门必须和企业的其他部门有良好的协调。如果营销只是一个部门的工作,那么营销是做不好的;要让所有的员工都认识到他们对顾客满足的影响,营销才能奏效。因此,市场营销观念要求企业不仅要做好外部营销(external marketing),也要做好内部营销(internal marketing)。内部营销是指雇用、训练和激励公司内部的员工,让他们都能了解顾客满足的重要性,并愿全力做好服务顾客的工作。事实上,内部营销必须优先于外部营销。当企业的员工都有心为顾客提供卓越服务的时候,企业对顾客的服务承诺才有意义。

④ 利润。市场营销观念的目的是帮助组织达成它们的目标。对私人企业而言,主要目标是利润;对非营利或公共组织而言,主要目标是维持生存和吸引资金来从事活动。营利性公司以让顾客获得满足,并且比竞争者更能让顾客满意来实现其利润目标,它们把利润看成为顾客服务、让顾客满意、为顾客创造消费价值的自然回报。这样的营销商奉行"拥有市场比拥有企业更重要,拥有顾客比拥有产品更重要"的经营原则。

(2) 社会营销观念

以消费者为中心的营销观念,进入 20 世纪 70 年代以后又有所发展,逐渐演变成社会营销观念(social marketing concept)。所谓社会营销观念,就是不仅要满足消费者的需要与欲望并由此获得企业的利润,而且要符合消费者自身和整个社会的长远利益,要正确处理消费者的需求与欲望、消费者利益和社会长远利益之间的矛盾。社会营销的任务在于把上述几方面的利益协调起来,做到统筹兼顾。

这种社会营销观念的基本前提是:

① 消费者的需要与消费者本身或社会的长远利益并非总是一致的。

② 关心是否满足消费者需求及消费者长远利益和社会长远利益的公司,将会越来越受到消费者的欢迎。

③ 公司能否吸引并留住大量顾客,关键不仅在于满足消费者的眼前需求,而且还应顾及个人及社会的长远利益。

这种营销观念的兴起,具有一定的社会历史背景。

20 世纪 70 年代以来,人们逐渐怀疑,在今天这样一个环境不断遭到破坏、资源日趋短缺、人口爆炸性增长、通货膨胀席卷全球、各国普遍忽视社会利益的年代里,单纯的市场营销观念是否还是一种适宜的经营思想。单纯的市场营销观念回避了消费者当前需要与消费者长远利益的冲突。社会营销观念还有许多提法,如"人类观念"、"理智消费观念"、"生态学营销观念"等,基本上讲的是同一问题的不同侧面。这一新观念要求营销人员在制定营销政策时,必须平衡以下三点:公司的利润考虑,消费者的需求满足考虑及社会方面的人类福利考虑,如图 1-3 所示。同时,图 1-3 也表示了营销观念的演变过程:最初,公司的营销决策主要以公司获利多少为依据,后来,他们开始认识到满足消费者需求的深远意义,于是市场营销观念产生。今天,他们在做营销决策时,开始考虑到社会的利益,从而形成了新的社会营销观念。这种观念要求全面平衡三点考虑,即对公司的利润、消费者的需要和社会的利益加以全面平衡。

（3）大营销观念

进入 20 世纪 80 年代后,国际市场竞争日趋激烈,许多国家和地区政府干预加强,贸易保护主义抬头。在此形势下,科特勒提出了一种新的营销观念——大营销观念（megamarketing concept）。他认为,企业在进行营销活动时,不仅要顺从和适应周围环境,而且可以影响它;企业不仅仅是满足顾客需要,而且可以利用"6PS"①打开和进入某一市场,创造或改变顾客需要。

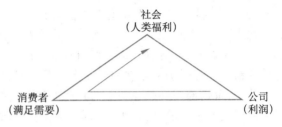

图 1-3 社会营销观念强调的三点考虑

以上两个阶段的 6 种营销观念,总的说来,就是新旧两种观念。前一个阶段为旧观念;后一个阶段为新观念。下面将上述几种营销观念作一个归纳总结,如表 1-2 所示。

表 1-2 营销观念的演变

营销观念		营销程序	重点(中心)	手段	营销目标
传统营销观念	生产观念	产品→市场	产品	提高生产效率	通过增加产量、降低成本取得利润
	产品观念	产品→市场	产品	生产优质产品	通过提高质量、扩大销售量取得利润
	推销观念	产品→市场	产品	促进销售策略	通过加强推销活动,扩大销量,取得利润
现代营销观念	市场营销观念	市场→产品→市场	消费者需求	整体营销活动	在满足消费者需求的过程中取得利润
	社会营销观念	市场→产品→市场	消费者需求社会公众利益	多层次的整体营销活动	通过满足顾客需要,增进社会利益,企业取得利益
	大营销观念	市场→产品→市场	消费者需求	大营销组合	满足、创造或改变需求取得利润

1.2.2 营销管理及其发展

1. 营销管理的含义及其目标

营销管理的发展过程与营销观念的发展过程是一致的。因为"营销管理"实质上就是"营销观念"的应用,将营销观念付诸实施,即为营销管理。具体来说,营销管理就是企业为达到生产经营的目标,履行企业的使命,通过分析、计划、执行、控制等职能,创造、建立、维持与目标市场之间增进相互价值的交换关系。依据对目标市场的需要、欲望、知觉与偏好的分

---

① 6PS 为 Product（产品）、Price(价格)、Promotion(促销)、Place(地点)、Power(权力)和 Public Relation(公共关系)。

析来制订产品或服务计划,提供有效的产品或服务、定价、营销传播和分销渠道,去激活和服务目标市场。这样一来,营销管理便是维持市场上对公司的产品或服务的有效需求。营销管理实质上是需求管理。

营销管理作为企业内部的专业性职能要受到公司目标和战略的限制,亦即公司的目标和战略对营销经理在制定和选择营销战略时有一种"限定"。但这并不表明营销经理对公司目标和战略的形成毫无影响。事实上,对大多数公司而言,营销经理的角色都是枢纽性的。公司中所有的部门都必须认识到以消费者为中心的价值观对公司的生存和发展至关重要,而以消费者为中心的公司的经营价值观的具体执行者就是公司的营销部门,其他部门都必须围绕公司的营销部门来开展工作。也就是说,公司各个部门要通力合作为顾客创造价值,但这种"价值"的选择和最终传递给消费者的具体执行者的主体便是公司的营销部门,消费者对这种"价值"的感受和评价也是由营销部门来搜集的。因而,营销经理对市场的判断和分析决定着企业成长机会的状况、新产品或服务提供的质量以及其他左右市场的要素的配置。

从营销经理的业绩立场来看,营销管理应该有三个基本目标:销售量、市场占有率和利润贡献。从长期来看,这三个目标是用来评价营销管理业绩的主要指标。从短期来看,有更狭隘的目标,它们是一些细小项目和短期的目标。下面对这三个主要目标作简单描述。

(1) 销售额

与公司中其他部门相比,营销部门的主要职责是评估消费者的欲望。营销工作是以适当的价格把产品足量地卖出去从而实现已经建立的利润目标。这就把销售量和销售量的实现放在了营销部门各类目标之首。

营销经理制定的所有决策都会在某种程度上影响到公司的销售量。特别是在评估市场的成长、竞争者的实力、广告宣传的效率、降价的效果,以及作出扩大销售队伍等决策时更能体现这种意义。

(2) 市场占有率

从业绩衡量的角度来看,市场占有率有着特别的价值。它为公司管理者提供了考核公司市场竞争地位的比较公正客观的总括性标准。它比销售量指标更加优越,因为销售量会在市场占有率下降的情形下而得到提高。而且,提高市场占有率的各项措施有利于提高公司在市场上的竞争实力。高的市场占有率意味着比竞争对手有相对成本优势和在销售及最终消费者方面占据有利的位置。最后,因为市场占有率资料可以经常系统性编撰,因而可以迅速在第一时间提供事态进展的数据。正因为这些原因,市场占有率被广泛用作一种营销目标。同时,对市场占有率首先作为市场业绩的度量;其次作为营销目标的做法会受到某些人的质疑和争论。由于寻找和编撰相关细分市场的资料一般不太容易,因而很难比较不同细分市场之间的市场占有率。幸运的是,事先设计很好的细分市场战略能够使大多数公司明确地了解它们的市场。一旦做到了这一点,就可以自动地衡量市场占有率的业绩。

反对使用市场占有率作为营销目标的人提出,市场的无限制扩张会带来太大的风险,可能会给公司造成负利润。在这种情况下,有意识地降低市场占有率可能有利于公司的长远发展。当市场占有率过大时,就标志着垄断的产生,可能引起反托拉斯行动。

(3) 利润额

高的销售额和市场占有率表明公司处于一个健康的运行状态。然而,这两者都可能是以公司利润的损失为代价来取得的。公司最终的营销目标是利润,公司所采取的任何措施都是为了利润的增长而不仅仅是保本。因为营销经理对公司的非营销职能不负有责任,因而其业绩应该用容易受他控制的因素来衡量。在大多数情况下,是用边际利润或利润额来表示营销经理的业绩状况。例如,知道某一产品线的单位制造成本,那么这种制造成本与销售价格之间的差异就是一种边际收益,它覆盖了营销和某些非生产管理成本以及利润等。因为营销管理在制定价格和分配营销费用支出的过程中时常起着核心作用,所以在测量利润贡献的时候应该区分营销成本和总的边际收益之间的差异。

长期营销目标通常要考虑以前所有的业绩衡量标准,每一个标准都以自己的方式在各种各样的营销业绩取向中发挥着作用,反过来,也对业绩作出评价。

2. 营销管理的演变

由于营销管理是营销观念在企业营销活动中的应用与实施,营销管理也随营销观念的演进,相应经历了几个不同的发展阶段。随着20世纪30年代以来各国生产力的普遍提高,制造商将与日俱增的过剩产品大量投入高度竞争的市场中,营销的作用也变得越发重要,从而导致营销管理方式和重心的改变,以及营销经理在公司整个业务经营中地位的变革。营销管理从简单、比较不重要的地位发展到今天复杂、极其重要的地位,经历了四个演变的阶段[1]。

(1) 注重产品的阶段

19世纪末到20世纪初这一段时间,由于整个社会产品不丰富,生产企业处于卖方市场,即市场对产品的需求远远超过其生产能力,产品的销售和分销毫无问题,企业的管理工作基本上都放在开发产品、扩大生产和提高效率上,因此,企业营销部门的组织非常简单。企业只设有一个营业单位或销售部门,由一个销售经理或营业主任主管,主要是负责销售人员的销货工作,而对其他的市场活动,如销售计划、广告活动及市场研究等,却从未考虑过。至于产品计划及预算,则由其他部门负责。因此,这时还没有一个可称为“营销”的部门。

(2) 注重销售的阶段

到20世纪30年代,由于工业生产的急剧增长,卖方市场已转为买方市场。这时,市场上的产品大大超过了消费者的需求。竞争变得越来越激烈,销售已显得与生产同样重要了。这一阶段,企业营销的功能被分割到许多部门中,销售工作的重要性已得到承认,这表现在销售经理已与其他部门的经理平起平坐。但值得注意的是,这时的营销负责人称为销售经理,他除了负责销售以外,其他营销职能概不承担。

(3) 市场计划阶段

到20世纪50年代,营销管理进展到第三阶段。由于市场竞争的进一步加剧,各企业为增强自己的竞争地位,纷纷开发较复杂的产品,推出各式各样具有全新性能的产品。而要使这些产品顺利进入市场并获得成功,就要求全面了解市场,有些企业已经逐渐采用市场营销观念,并通过营销管理部门将这种市场营销观念加以具体应用。

在这一时期,营销部门的职能与任务进一步加强和扩大了。营销部门的职责已不仅

---

[1] 见《市场学原理》,何永祺主编,中山大学出版社,1999年版

仅限于销售，许多传统上属于生产、财务或其他部门主管的活动，已有部分移交给营销管理部门了。例如，销售训练、产品销售服务、销售分析等，都开始移交给营销部门，并增添了广告宣传、市场调研等活动。这时企业营销部门的主管，已由"销售经理"改称"营销经理"，其地位已提高到与生产经理同等重要的位置，而且无论是生产、财务或工程部门的主管，都要求接受市场营销观念，只不过还没有把这些部门的活动直接纳入营销部门之内。

（4）市场控制阶段

在市场控制阶段，企业不仅接受了市场营销观念，而且营销部门已成为企业最重要的部门，负责引导、协调和控制企业的全部工作，包括生产和财务等非营销领域的工作。这类企业具有一个综合、完整的营销部门，营销经理直接负责整个营销过程的控制和执行。实际上，整个企业在这一阶段变成了一个"营销"组织，企业的一切活动都以"营销"为出发点。正如美国的布鲁斯公司(Burruoghs Corporation)董事长所说："任何公司无非是一个营销组织而已。"

1.2.3 营销管理的层次

1. 营销管理的两个层次

在企业中，营销管理是分层的。一般来讲，在较为大型的企业中，营销管理是分为中层和高层两个层次的，这两个层次有着不同的功能和职责。每一层次上的管理者都要清楚地了解自己的职责范围及其与其他方面协调配合的方式，如图 1-4 所示。

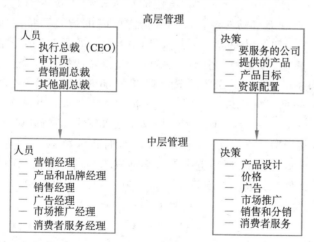

图 1-4　营销管理的两个层次

一方面，市场营销观念需要企业实行消费者导向的经营方式，中层营销经理的活动集中在公司所面对的特定消费者需求和制定产品、价格、渠道、营销传播策略和实施其他活动以满足这些需求。另一方面，市场营销观念也是一种为企业提供长期的方向和目的的经营哲学，这样一来，营销必须和其他的企业职能性活动相协调。因此，营销决策也发生在高层管理的等级上。（需要说明的是，高层管理和中层管理的区别是以它们决策的性质上来划分的，而不是以它们的职位头衔来确定的，在小型和中型公司中，同一个人可能是两种类型决

策的担当者。）

作为一般的规则，中层营销管理的决策集中在单个产品、品牌和产品线（如康佳的彩电产品线或别克轿车的各种款式）的销售和赢利率上。一般来讲，广告策划、市场推广、定价、产品开发和确定针对购买者及分销商的销售队伍是中层经理的一般性职责。

高层管理决策集中在企业要为之提供产品或服务的市场和消费者需求这类涉及组织发展的长期方向的问题上，以及满足这种市场及消费者需求的产品或服务的种类上（例如，康佳公司进入手机行业或 TCL 生产计算机产品），这些决策常被冠之以"公司战略"的名称，它们有一个清晰的营销含义，指明了公司未来需要被创造的顾客的种类。同时，它也对其他的职能领域作出了限定，因为它确定了公司未来的财务融资、研究与开发、生产计划和人力资源的开发等。一般来讲，高层管理的基本目的有以下几个方面。

（1）通过提供全公司的总体目标，在营销、财务、制造和技术开发之间建立一个解决冲突的框架。

（2）在主要产品或产品线之间提供一个分配稀缺的人力和财务资源的原则。

（3）确定每条产品线在实现公司销售和利润目标中的特殊作用。

虽然高层营销管理人员和中层营销管理人员在公司中集中于不同的决策，但他们的决策在两个重要方面是相互关联的：首先，中层经理能为高层经理提供有关销售的信息以及每个产品在市场上存在的问题和机会。这些信息对高层经理设计公司总体战略是很有帮助的。其次，高层经理的决策会影响中层经理未来任务的难易程度。

高层经理如果选择能够取得很好效果的市场机会，确立能够实现的目标，分配适当的资源，中层经理才可能更有效地决策。例如，美国的克莱斯勒（Chrysler）汽车公司，1979 年以前的营销战略是扩大在欧洲市场的经营规模来抵消国内市场的萎缩，然而这种进入欧洲市场的决策太迟了，克莱斯勒仅仅并购了一些失败的公司。每当克莱斯勒需要把资本用于应付国内市场的耗油经济、排放物和安全规则之时，这些公司便挤占资金。

1971 年，福特和通用汽车公司引入了超小型汽车，此时，克莱斯勒选择了重新设计它的大型车的战略。大型车所具有的较大的利润空间被看做是为以后生产较小型汽车提供资金支持的手段。然而，1973 年海湾石油危机使得这个决策给克莱斯勒带来几乎致命的伤害。在以后的 6 年中，克莱斯勒又作出了一个又一个不合时宜的决策。就在市场上小型汽车的销售出现疲软之时，没多久，克莱斯勒也推出了小型汽车。超小型汽车因为不能从其供应商 Volkswagen 那里得到足够的发动机而把生产量限制在每年仅300 000台的水平。在购买者开始寻求更小、更节约能源的小汽车时，克莱斯勒开始减少中间商。克莱斯勒认为政府的排放物标准和燃油标准是导致其财务困难的主要原因，观察家则认为政府的标准不是问题所在，关键的问题是它的市场地位。许多批评者认为，克莱斯勒选择了与福特和通用汽车公司面对面的营销战略是不合时宜的。另外，克莱斯勒向市场提供的汽车的质量和型号也被看做是市场份额下降的主要原因。

克莱斯勒的问题说明市场营销观念的重要性及高层与中层营销决策之间相互关系的重要性。当然，中层经理设计和生产一种正确产品的能力受制于高层管理的决策。克莱斯勒公司没有及时鉴别出正在变化的购买者需求，也没有提供进入小型车市场所必需的资源。而且，在市场上出现对经济型汽车有日益增长的需求时还向市场推出大型汽车（因为较大型车的边际利润高），显然克莱斯勒陷入了销售导向而不是市场营销观念导向。自然,克莱斯勒成为动态市场变化的牺牲品。外部环境的变化比预期的快(至少比公司希望的快)。不妨"事后诸葛亮"一下,克莱斯勒公司缺乏强烈的市场导向意识是其遭遇悲剧命运的罪魁祸首。

2. 中层营销经理的主要困难

实践经验证明,高层管理的决策对一个组织的成长至关重要。由于市场的发展变动不均以及很难确定成功所需要的资源,所以选择一种有效的企业战略是非常困难的。然而,即使是一种很好的企业战略也可能因为中层经理在执行过程中若干个关键步骤的失误而化为乌有。

首先,选择正确的营销行动不是一件容易的事情,因为消费者的需求并不总是那么轻而易举就能够确定的。而且并不是所有的消费者(或潜在的消费者)都会对诸如价格、广告和产品这些营销要素作出同样的反应。因而,中层经理需要知道哪一群购买者是企业在创造顾客过程中需要集中力量去攻取的目标。

其次,营销需要耗费成本。虽然创造新顾客能够给公司带来销售额的有效增长,但中层经理需要知道预算的底线及对每件产品的赢利性要求。

再次,可以利用的营销因素的组合变数太多,以至很难对所有可能的营销组合作出评价。假定某位中层经理的决策包含 5 种可能的产品设计、5 种价格、5 种分销模式和 5 种对消费者的营销传播方法,那么就有 625 种战略选择;如果市场上现在有 4 位竞争者,假定每位竞争者也有 625 种可以使用的战略选择方案;又假定有 5 种自然状态(市场状况),那么就可能产生 476 837 168 203 125 种不同战略决策选择方案。具有讽刺意味的是,这种想象出来的庞大的近乎天文数字与现实情况相比较而言只是小巫见大巫。

最后,各种各样的营销决策领域不仅是独立的,而且是相互关联着的。例如,削减价格能强化一次新的广告攻势,或弱化这种攻势——如果广告是旨在建立一种质量形象。进一步地讲,销售的效果依赖于竞争者的价格行动(或反应)和其他外部因素(例如经济形式)。因为这些不确定性,中层经理的决策需要时常在结果已经明确以后进行修订。

上述的困难还没有穷尽,但它却指出了中层经理所面临的基本问题。特别是,这些基本问题说明了中层经理需要系统的方法来确定公司所要服务的特定市场,明确销售和利润目标的重要性,降低可能的营销行动方案数量以达到一个可进行操作的程度,监控实施的结果以便对决策作出适当的修改。在更大的程度上,解决这些问题需要与高层之间建立一种互动关系。于是,任何一种系统的方法必须能够包括多种决策乃至多层决策。

1.2.4　营销思想的新发展

20 世纪后半期,特别是进入 90 年代后,由于社会经济环境的迅速变化,知识经济和互联网(Internet)的出现,新经济时代诞生。在已有营销学理论不断充实、丰富、日趋成熟的同时,又涌现出不少新的营销思想和观念,尽管其中有一些尚不十分成熟,但这些新思想无疑拓宽了我们的视野,向我们显示了营销管理又一个新纪元的来临。下面将对其中几个重要的营销新思想进行简要阐述。

1. 全球营销

1983 年美国哈佛大学教授西奥多·莱维特(Thoedore Levitt)在其一篇论文中明确提出

了"全球营销"的概念,其目的是想与当时的国际市场营销相区别,国际营销①强调的是国家之间的差异,企业必须针对不同国家目标市场的顾客开发不同的产品,采用不同的营销组合方案。结果,人们发现假如某一跨国公司以众多的产品面向不同的国家市场,而且,每一产品在不同国家市场都要作适应性调整和采用不同的营销传播、品牌策略等,甚至专门为某一外国市场开发新产品,这必然会给国际营销管理带来一系列的难题。

而莱维特所主张的全球营销认为,多国公司应向全世界提供一种统一的产品,并采用统一的营销传播手段。他指出,过于强调对各个当地市场的适应性,将导致生产、分销和广告方面规模经济的损失,从而使成本增加。莱维特的观点在学术界和实业界引起了巨大的反响。实行全球营销具有充分的依据:首先,国际交通通信工具的现代化使各国之间在地理和文化上的差距逐步缩小。美国一份研究报告显示,在一个充满密集传播、标准化以及采用类似的决策技术的营销世界里,文化差异似乎逐步消失,产品供应的全球化已经开始。其次,经济上的全球化促使跨国公司逐步消除国别色彩,汽车、食品、服装、电子等产品的全球化品牌正在不断增加;标准化的跨国连锁经营方式正盛行于世界各地,以便争取和吸引更多的国际消费者。最后,国际市场的统一化推动全球消费品市场出现了趋同倾向,生活在不同国度的居民更乐于接受相同的产品和生活方式。现在世界各地的青年对摇滚乐、快餐、时装、健身用品等的爱好和需求所出现的高度一致性,就是一个很有说服力的例证。即使在许多发展中国家,人们也开始从全球的观点来看待消费品和市场。

在关注全球营销的同时,人们也从新的角度对"当地营销"进行了审视。所谓当地营销,其核心思想就是每个市场都是不同的,企业必须提供适应当地市场的产品,才能取得营销的成功。"全球营销"策略与"当地营销"策略孰优孰劣?这场争论的唯一答案只能是"视具体情况而定"。巴莱特和戈夏尔两位学者提出了这两种营销方式的适用条件。适合全球营销的一系列因素有:资本密集型生产、同质需求等;适合当地营销的因素有:地方标准和壁垒,强烈的当地化偏好等。他们提出了三种不同的战略:①将世界视为一个整体市场的全球战略。当全球一体化的倾向较强,而当地化倾向较弱时,宜采用这一战略,如电子消费品,全世界的大多数买主都会接受一个标准的 MP3、DVD 机、电视机等。②将世界视为一个由各国不同机会组合而成的集合体的多国战略。在当地化倾向较为强劲,而全球一体化倾向相对较弱时,宜采用这一战略,如食品、清洁剂等包装产品。③主要部分标准化而其他部分当地化的战略。这一战略比较适用诸如电子通信等产业。不难看出,有关"标准化"和"当地化"争论的最具本质意义的是:人类已经进入了一个"全球营销"的时代。在过去的几十年里,由于科学技术的迅速发展,现代交通和通信使在世界范围内传递市场信息与产品服务变得十分便捷。跨越国界的商务活动日趋频繁,国际市场和国内市场之间的界限已经变得十分模糊。因此,不管企业是选择"标准化"战略,还是"当地化"战略,重要的是必须从"全球市场"这一视角出发来规划未来,否则就会处于劣势。

2. 体验营销

20 世纪末,美国出现了一种崭新的营销理念——体验营销,它是伴随着体验经济时代的到来而出现的一种新的营销观念和方式。体验营销是继商品营销、服务营销之后的一种

---

① 在本书中,国际市场营销与国际营销是同一含义。

新的营销模式,它强调的是营销商如何在与消费者交换过程中给消费者营造一种由体验所产生的乐趣、愉悦、感受等精神享受的情景,最终实现销售并提高顾客忠诚度。体验是人们在实践中亲身经历的一种心理活动,并在亲身经历中体会知识、感受情感。体验包括两种含义,一种是行为体验;另一种是内心体验。人们在消费过程中,不只是希望从产品或服务中获得功效性价值,还希望在消费中获得惊奇、震撼、激动的终极体验和难以忘怀的愉悦记忆。营销商通过体验营销强化了传统的产品或服务中"4P"策略的作用。体验营销是由派恩(Pine)和吉尔摩(Gimore)在1998年首先提出的,他们认为,体验营销是要从消费者的感官、情感、思考、行动、关联五个方面重新定义、设计营销理念,消费者消费时是理性与感性兼具的,消费者在消费前、消费中和消费后的体验是研究消费者与企业品牌经营的关键。施密特(Schmitt)认为,体验营销是以个别顾客的心理学理论及顾客的社会行为为基础,并将传统营销的观点融入其中的。他认为体验营销有四个特点:聚焦点在顾客的体验上;检验消费者的情景;顾客是理性与感性的动物;方法与工具有多种来源。

根据派恩和吉尔摩的研究,体验营销可以分为四类:①娱乐体验营销。它是企业以满足顾客的娱乐体验来吸引顾客,娱乐体验是顾客参与度较低,主要依靠感觉被动地感受的一种体验,它多是一种单一的行为。②教育体验营销。企业通过教育者与受教育者互动来使受教育者吸取体验(知识),企业要创造条件和环境促使顾客积极使用其大脑与身体。教育体验营销包含了客体更多的积极参与。③审美体验营销。营销商通过巧妙地利用美的元素,如色彩、音乐、形状、图案等,以及美的风格,再配以美的主题,来迎合消费者的审美情趣。④逃避现实的体验营销。营销商在某种环境中营造某种氛围,使顾客不仅完全沉浸在某种体验里,还主动地参与到这种体验的营造之中,这种逃避现实的体验是一种完全互动的体验。

3. 绿色营销

当前,绿色浪潮正席卷全球,环保意识、低碳经济日益深入人心。所谓绿色营销,是指将环保视为企业责任和企业发展机会的营销活动。为了保护人类赖以生存的环境,世界公众正在提出越来越高的环境保护要求,各国政府也纷纷推出有关环境保护的法规条例。不少企业仅仅是迫于法律的压力,采取了相应的措施,在环境保护中扮演了一个被动的角色。而一些具有战略眼光的企业家则敏锐地抓住了这一新的机遇,从开发有效技术、防止和治理污染到发展环境教育,推出绿色、低碳产品等,为企业赢得了无数营销机会。

绿色营销就其本质来说,就是在传统的营销变量中增加了一层绿色色彩,即环保概念。但这是一个独一无二的变量,因为它无所不在,无论是研制产品、设计包装、制作标签,还是广告宣传、市场推广,绿色营销者都必须将环境因素融合其中。绿色营销导致了企业经营观念的深刻变化,并因此带来了经营策略中的一些根本性变革。对于广大消费者来说,对于其所生活的环境的污染和退化的深切关心,是与环境恶劣而对其健康和安全构成威胁的个人焦虑交织在一起的。因而,企业制定其绿色营销策略无疑是极其重要的。随着经济的发展和人民生活水平的提高,消费者越来越注重生活质量,而绿色营销正是满足消费者"绿色消费需求"的具体体现。

4. 在线营销

在线营销也叫互联网营销、因特网营销、网络营销等,其英文也有多种,如 On-line marketing、Internet marketing、cybermarketing、emarketing、Web marketing 等。21 世纪是

在线营销的世纪。在线营销是知识经济和计算机网络技术飞速发展的产物。在线营销并没有统一的定义，简单地说就是利用互联网进行的企业营销。随着互联网及万维网的盛行，利用无国界、无疆域的 Internet 来销售产品或服务已成为新潮，发展速度飞快。利用互联网，形成了 B to C, B to B, C to C, C to B 等营销方式，极大地拓宽了营销活动的空间、丰富了营销活动的工具。据美国国际电信联盟和国际数据公司统计，全球互联网上的交易额 1999 年达到 3 000 亿美元，2000 年突破 7 000 亿美元，预计到 2010 年年底网络贸易额将达到 20 000 亿美元，约占全球贸易总额的 42%。有人估计，世界各国公司通过互联网购买的商品和服务的贸易额在 2005 年有望达到 4.3 万亿美元，到 2006 年，全球电子商务交易额将占到全球贸易总额的 18% 左右。根据 Forrester Resarch 的报告，从 2000 年到 2004 年，欧洲国家的电子商务贸易总额将以每年 100% 的速度增长，并在此后 4 年内达到贸易总额 16 000 亿欧元的水平，约占欧洲贸易总额的 6%。

互联网作为跨时空传输的"超导体"媒体，具有开放、自由、平等、免费、合作、交互、虚拟、个性、全球和持续的特性，因此互联网可以说是最富魅力的营销工具。在线营销主要是传统营销扩展到互联网上的营销活动，与传统营销相比，它具有跨时空、多媒体、交互式、拟人化、成长性、整合性、超前性、高效性、经济性、技术性等特点。虽然在线营销有很多传统营销所不具备的优点，但它仍然是传统营销的一个补充，不可能完全取代传统营销方法和手段。在线营销与传统营销是相互促进和相互补充的。

在线营销可以以零售方式建立虚拟商店和虚拟商业街等。虚拟商店又称为电子空间商店，它不同于传统的商店，不需要店面、货架、服务人员，只要拥有一个网址连通互联网，就可以向全世界进行营销活动。它具有成本低廉、无存货样品、全天候服务和无国界区域界限的特点。

另外，还可以在互联网上进行广告宣传和市场调研及搜集信息等营销方面的活动。互联网为企业和客户之间建立了一个即时反应、交互式的信息交流系统，拉近了企业与消费者之间的距离，带来了企业营销的一场革命。

5. 宏观营销

宏观营销的研究产生于 20 世纪 70 年代。它从总体或从社会的角度来考察营销活动。宏观营销活动，引导产品和服务从生产者手中流转到消费者手中，可以有效地调节产品供需的基本平衡，实现社会的发展目标，提高社会及广大消费者的福利。不仅如此，宏观营销还从总体或社会的角度，研究企业营销策略的社会作用，即研究当企业营销策略符合法律规定及商业道德标准的要求时，企业营销策略的实施如何给社会及广大消费者带来积极的影响，为社会及广大消费者造福；反之，当企业营销策略违背法律及商业道德标准时，企业的营销活动又如何给社会及广大用户带来消极影响，损害社会及广大消费者的利益。

1.3 营销决策与规划

1.3.1 决策的性质

营销管理人员是决策者。决策是对争论的裁决。决策既可以花很少的时间对问题进行考虑,很快作出;也可以经较长时间的深思熟虑后作出。前面已经阐述过营销经理的决策职责,非常有必要根据决策的复杂性对其决策加以区分。

可以设想一个水平轴。轴的一端是重复的、例行的次要决策,这些被称为常规性决策的实例有以下几个方面:

(1) 处理消费者的抱怨和投诉。

(2) 选择一种广告宣传攻势。

(3) 雇用一批新的销售代表。

(4) 批准一批新的信贷合同。

(5) 评价销售代表的业绩。

(6) 选择陈列在产品目录中的产品项目。

(7) 与生产经理一同检查目前的库存。

(8) 对经过挑选的产品削减价格以降低库存。

一般而言,解决这些日常问题有一系列程序和标准的准则。

而轴的另一端是全新的、重大的或非程序性的决策。

(1) 为公司新的产品线选择一个新的产品项目。

(2) 建立一个新的销售补偿计划。

(3) 制定公司的销售培训政策。

(4) 改变公司的分销渠道类型。

(5) 调整公司的价格水平。

(6) 策划广告攻势。

(7) 重组公司的销售部门。

(8) 为不同类型的营销活动制定预算。

这些决策需要个性化处理。正是在这里,管理人员解决问题的能力得到了真实的检验。因为此时管理人员不但要具备对所要处理问题的知识,而且还要掌握解决问题的技能和技巧。这类问题的决策是非常重要的,它常常需要在对各种备选方案进行仔细和深入分析的基础上作出。

在后续章节中所要讨论的营销问题都是非重复发生的和重大关系的决策。强调这一点是非常重要的,有两方面的原因可以说明:第一,如果不认识到这一点,可能会对营销经理的工作产生错误的看法。第二,强调营销决策的非常规性也提供了研究决策过程的最大机会。所有这些都是建立在营销决策者是后天塑造而非天生的前提之下的。决策者要作出科学的决策必须认真研究和系统考虑决策过程。

在重复发生的、无意义的、例行的决策与非重复发生的、重要的、非例行的决策之间作出区分是很重要的;同样重要的是在决策过程与决策者之间作出区分。20 世纪的高级职业经理人常被描绘成坐在装饰考究的办公室的大老板桌后作着决定公司命运的重大决策的人。事实上,重要的大型决策很少是由个人作出的。大多数是许多人集体智慧的结晶,这些人准备了许多备选方案的信息,在企业中职能人员的不断增长就是这种现象的有力佐证,他们的任务在本质上是为各种各样的决策者提供信息。这样一来,对高级职业经理人来讲,决策并不是多重要的。不过,这种状况正在改变,在当今的大公司中,搜集广泛的资料使得资料选择过程中的经济性问题日益突出,这便迫使高级职业

经理人为确保产生高质量的低成本决策而进行深入的调查和信息搜集系统化。这就产生了计划职能。

1.3.2 营销决策的过程

营销决策过程包括：①认识问题；②拟订各种行动方案；③搜集资料；④评估各种行动方案。这四个步骤是所有决策的基本要素。依据特定的情景，对每一阶段分配不同数量的时间和精力。

决策要解决问题，但时常也会引起问题。一旦决策被制定，静态的行动方案就必须得到切实的执行。这个过程可能很简单，例如，为加快消费者的订货速度制定一套程序；这个过程也可能很复杂，需要公司改变整个经营哲学来整合和突出不同的营销要素。一项以仔细分析为基础的科学决策如果得不到适当的执行，那将是一个极大的浪费。总之，制定一项好的决策是重要的，贯彻执行决策同样也是重要的。在有些情况下，人们往往会过分强调战略的形成而忽视战略执行这个关键环节。

在详细分析决策过程的四个步骤之前，必须说明的是决策过程的这四个先后次序纯粹是任意的，它不是一个刚性的程序。人们不必要完全遵循认识问题、设计各种行动方案、搜集资料、在各种备选方案中进行选择这一过程。正确的做法是在整个过程中的不同阶段，耗费的时间、侧重点有所不同。例如，在初始的开发备选行动方案的过程中，会认识到新的问题，或原先的问题需要重新定义。下一步是搜集资料，这时还是可以发现新的问题和新的备选行动方案。即便是在我们评价各种备选方案时，还是可以发现新的问题。如果发现了新的问题，就需要在行动上开始又一次新的决策过程。

1. 认识问题

决策是在问题得到确认以后才开始进行的。然而，问题既不是自动显现的，也不是能够准确讲清楚的。因而，制造商认识到问题的症状，比如说，在某个区域销售额下降，经过仔细探察，这可能是下面几个原因导致的：不称职的销售代表，不合格的服务机构，缺乏广告支持，物流成本过高，零售网点较少，当地消费者的特殊偏好，等等。现进一步假定是不称职的销售代表的原因造成的，问题认识清楚了吗？确定了吗？可能还没有。进一步的调查发现不称职的原因——不科学的招聘、筛选、培训和监管方法。现在，我们假定是不适当的培训所致。不科学的培训是由于受训时间的长度？还是受训的内容？抑或受训的方式？现假定是受训的内容出了问题，到此我们把"问题"找出来了吗？寻找"问题"的工作结束了吗？在寻找问题的阶段至少要把问题限制在可操作的层面上，也就是我们应该相信它是极其重要的、是经过仔细审查的。同时，我们要清楚地认识到任何一个问题都是由诸多次要的问题组成的。

上述说明是一种非常简单的情景，因为在每一个阶段，我们假定引起问题的原因都是一个。在实际操作中，引起问题的原因是多种多样的。例如，在上述的第一阶段，存在的问题可能是不称职的销售代表和缺乏广告支持。正是由于有许多原因引起了营销问题才使得对营销管理的研究面临巨大的挑战。

认识问题是不容易的，但这是决策过程中的重要环节。现实中恐怕没有什么能比解决了错误的问题而更让人感到沮丧的了。对认识问题来讲，没有什么捷径可言。有一些人具有天生的挖掘问题本质的能力。大多数人必须谨慎行事,却又时常发现自己走在错误的道路上。对人类来讲,认识到问题的关键或找出所有问题是永无止境的探索。传统的会计系统几乎不能提供成功决策的关键因素方面的信息。常常最需要的是企业以外的各类信息,例如,消费者的知觉、市场结构的性质和未来变化的趋势。发现关键因素或问题有时是偶然的现象。然而,在更多情况下是利用管理工具通过各种各样的控制系统来揭露问题所在。这些控制系统包括财务报表、销售报表和旨在揭示企业运营情况的各种专题报告。但不是所有的问题都反映在传统的报告材料中,这时非常有必要做一些彻底的细查深究。当然,营销管理人员要永远对各类问题保持敏感性,毕竟他们的工作是做决策。决策涉及问题的解决。发现问题是营销经理工作的重要组成部分。

2. 拟订各种行动方案

营销决策过程的第二步是拟订各种行动方案。一旦发现了问题,管理决策者通过经验和洞察力以深思和评估解决问题的各种方式。这时许多潜在的备选方案反映了过去的经验,但是,此时同等重要的是创造性的想象力。成功的营销经理要具有开阔的思路和应用创新手段解决问题的能力。比如,需要新的分销渠道的概念、新的广告媒体、新的包装形式、新的激励销售代表的机制、新的价格结构等等。

开始时大多数营销经理对各种营销问题解决方案的思考是坐在办公室里进行的。之后要与其他经理非正式地交谈一下自己的思想,或者在几个关键的销售代表、中间商或供应商中间征询他的想法。此时,目标是尽可能多地寻找哪怕是似是而非的备选方案,并舍弃那些太过于幻想而不切实际的方案。同时,这些想法必须根据一些事先给定的标准作出评价。而这些标准又与公司目标有关。显然,没有考虑到决策的标准或公司的目标而进行备选方案的设计和筛选是根本行不通的。但是这些标准或目标是主观产生的。

在思考备选解决方案时,应注意的是,这些备选方案都是具有试探性质的。我们常常把这些备选方案称做“假设”。为了验证这些假设,需要搜集必要的资料,然后对这些假设实施评价过程。从这点来看,好像要摒弃了所有的方案。不过,也确实有把全部备选方案都放弃的情况。这时,就迫使我们返回到重新寻找新的备选方案的阶段。显然,我们不希望这种情况发生,而是经过适当地对备选方案的筛选可以最终找出符合严格检验标准的实施方案。最重要的是要认识到解决问题的过程,特别是在这个阶段,总是具有试探性质的。

超一流的营销经理能有效地降低问题备选解决方案的数目,这些问题备选解决方案的开发需要花费昂贵的、消耗大量时间的资料搜集过程来完成。优秀的管理人员有宽泛的知识、丰富的经验和依据其对这些方案的优缺点的判断并摒弃其中一些特别方案的决策能力。当然,这些技能所要解决的问题种类与决策的重要性有关。对涉及公司长期方针的基本问题——这些问题会在根本上影响企业的成功——要经历资料搜集的过程和严格的评价备选方案的过程。

3. 搜集资料

(1)搜集和处理资料

一旦确认关键问题,提出众多备选方案,就要开始搜集资料来帮助挑选出一个可行方案。要什么样的实际资料?什么样的资料容易得到?得到的资料有什么局限性?什么时候才需要放弃容易得到的现有资料而搜集较难得到的新资料?这个过程如何进行?营销经理会碰到哪些特殊的困难？为了有效地回答这些问题，需要丰富的有关资料来源的知识，以及对各种资料分析手段的娴熟运用。

只有那些资深的管理人员具备这方面的知识。虽然资料搜集工作是一项例行性工作，但新的问题或解决老问题的新方法时常需要超出已有经验的能力。一旦碰到这种情况，管理人员就需要知道如何寻找新的资料。培养和具备这种技能——如何搜寻资料——是管理人员最重要的职责。在日常的一些非正式和无意识的活动中，像读行业发展报告、新的研究技术和管理方法等，都可以获得这种技能。在偶然情况下，各类经贸会议、展览会、博览会和管理研究课题是比较正式的和有意识的资料搜集方式。不论使用什么样的方法，目标是搜集到对解决问题的方案有帮助的资料。

营销经理有许多传统的资料来源渠道和方法。只有充分理解和掌握这些传统的资料来源渠道和方法的性质和价值，才能培养出解决营销管理问题的技能。同时，如何处理这些资料也是非常重要的。当一位管理人员不管是有意识还是无意识地开始为解决问题而搜集资料时，必须作出对这些资料如何使用的价值判断。这种判断毫无疑问是针对资料搜集过程的。将资料搜集过程组织和整合到管理人员的决策过程中是非常重要的，它反映出管理人员的费时费力的资料搜集工作的效率，以及决策的质量。同时，我们要认识到资料搜集受到人们的决策理念和理论、假设、政策和概念的制约。

（2）运用理论制定政策

理论这个词在内涵上有时差异非常大。那些把这个词与梦呓者而不是实践家联系起来的人常常贬低它。那么，理论的真实含义和它在分析中的作用是什么呢？

理论是对任何事物一般化和抽象化的原则。正因为理论被一般化和抽象化，因而它时常被认为是无用的。但理论对问题的系统解决方案来讲绝对是必要的。不幸的是，在有些学科领域，理论没有得到很好的构建，因而极可能给我们带来错误的结论，这也是人们更难以接受这些理论的原因之一。幸运的是，特别是对社会科学家而言，没有得到经验证据证明或经受严密检验的理论也是可以成立的。

管理人员有意识或无意识地在他们的日常营销决策过程中运用许多理论。在本书中，我们将会考察一些在提出假设和决定政策过程中的理论。那么，什么是假设呢？

假设是对事物现象的原因和关系的一种试探性表述。与理论相反，假设不需要证实，它与一般现象而不是与特定现象有关。既可以借助理论也可以不借助理论来提出假设。因为理论与必须加以证实的假设有关，在解决问题过程中，我们从一般（理论）到具体（假设）。企业经理对政策和假设的使用有同样的目标：制定政策。

政策是一种固定的行动方案，它代表着对重复发生问题的标准答案。个人、政府、组织（营利或非营利性的）都有自己的政策。本书将描述和分析与企业营销管理有关的那些政策。

4. 评价各种行动方案

营销决策过程的第四个也是最后一个阶段是评价各种行动的备选方案。在找到了问题、提出了各种解决方案、搜集对这些解决方案的评价材料以后，必须在这些备选方案中进行挑选，这便是决策的行为。那么，在这个挑选过程中要涉及哪些问题呢？

为了便于作出决策，营销经理要对每一个行动备选方案运用特定的标准进行评价。

每种标准都与特定的营销问题有关。对销售组织而言,标准可能是销售代表访问客户的次数、市场推广的地点、订单的大小等。当考察新产品的优点时,评价的标准可能是市场上处于领先地位的竞争对手的产品特点以及相似的其他企业的产品特点。在对某一问题的各种备选方案的挑选决策过程中,对所使用的标准作出怎样的选取是非常重要的。

最广泛使用的标准是利润,也就是最大化利润(最小成本)。我们时常听到经理们说"公平利润"、"合理的报酬"或"正常利润"。这些都是相当主观的表述,主要反映了经理们对竞争状况的合理看法。在最终的分析中,依然盛行着最大化利润的原则。在自由市场体制下,对所有的经济单位(个人、企业和政府)来讲,这是必然的。

然而,当企业使用利润作为评价一个特定的备选方案的标准时,会遇到很多困难。公司盈亏报告可能会引出存货估价和折旧率的问题。如何解决这些问题会明显地影响到利润的多寡,利润在很大程度上是与会计中成本计算方法上所采用的历史还是现时成本的问题有关。认识到未来的因素在评价各种行动备选方案中是特别重要的。

决策在性质上总是具有预测性的。我们是在"将来最有效的行动方案"这个原则下进行备选方案的挑选的。因此,在把利润作为评价行动方案的标准时,也是将来利润的含义。总之,我们谈论的未来行动方案和利润是一种"长期"的概念。

那么,这个"长期"确切的含义是什么? 可以把"长期"看做一个产品、公司、营销规划等的生命周期。撇开这些成见,"长期"意味着一种持久程度。我们常说:"从'长期'来看,我想最好每 10 年更换一次冰箱。"这里"长期"是冰箱的生命周期。

因此,经过一个特定的时期,一种行动方案可以导致一定的结果。管理人员是从长期的观点来看待利润的。一般来讲,一项营销业务既是建立在持久发展基础上的,又是建立在长期利润最大化观念基础上的。正是短期和长期之间的差异,导致了管理人员在事实上对是否接受利润最大化观念的问题摇摆不定。管理人员采取了从短期来看不会导致利润最大化的某一行动方案,但却会带来从长期来看的利润最大化。

长期利润是营销管理决策中的利润标准。每个企业都有某种利润目标,这也就承认了其具有某种控制利润的能力,对大多数产业来说,在一定限度内是可能的。利润标准是某项业务风险的函数,可以根据资本成本加以数量化。但是,决定资本成本不是一件容易的事。而且,我们还需要面对这样的问题,"是现在的成本还是将来的成本"? 虽然公司股票的市场价格是一种有价值的指示器,但这些价格在短期内会起伏变化。

1.3.3 营销规划

营销决策的最终结果是制订出营销规划方案。在这里我们将主要阐述营销经理进行营销管理决策的程序和方法。我们要了解一下这些程序和方法总体的轮廓。营销规划设计和执行顺序的总体框架,如图 1-5 所示。这个流程图的主要特点和各部分之间的相互关系的要点如下。

公司的目标和战略规定着营销规划的产生与形成。营销规划是在企业的使命、宗旨、任务和战略基础上产生的,是为实现这些使命、宗旨、任务和战略服务的。然而,对于一个新公司来讲,适宜的营销战略可能会影响到公司的目标和战略。现行的公司目标和战略在外部市场环境发生剧烈变动时也会随之变化。但不管怎样讲,制定营销规划的首要步骤是清晰

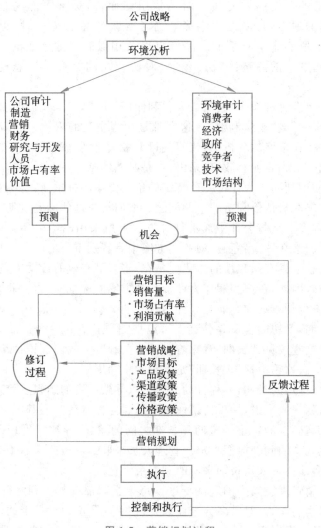

图 1-5　营销规划过程

地理解公司的目标和战略。

　　制定营销规划的下一个步骤是环境分析。在这里营销商要详细了解影响营销规划的首要环节——各类环境因素。这些环境因素既包括涉及整个公司范围的内部因素,又涵盖作为环境集合的外部因素。我们用对公司和环境的"审计"来做简单的概括。

　　公司的审计对公司所具有的优势和劣势作出分析,分析的领域包括生产、营销、财务和研究与开发等环节。对这些领域的深入、全面和客观的分析可以掌握公司的真实状况(优势与劣势)。例如,制造优势可以反映出公司的规模经济性、超凡的生产能力或专有的生产技术。在营销领域,公司实力体现在已经建立的分销渠道、开发和推广新产品的能力,或利用电视广告媒体的专业技能等。相反,公司财务资源的客观评价可能会对某种营销规划方案提出超越了公司的能力范围的警告。强大的研究与开发能力成为诸如杜邦(DuPont)、通用电气(General Electric)、贝尔实验室(Bell Laboratories)等企业的象征。在公司审计中考虑最多的是企业中的人力资源情况。虽然人力资源是企业所有职能性活动中既有的内在要素,但在许多规划活动中由于在短期内既缺乏高质量、足够数量的人员而使规划方案不可行。销售能力的缺陷、专业技能的不足、生产线上工人的匮乏等都可能限制管理人员能力的发挥和宏伟蓝图的实施。

对现有公司来讲,不能受到忽视的是要考虑目前的市场份额状况。到了市场被彻底渗透之时,公司就拥有了各种各样的资产,可以容易地获得中间商的订单和消费者的认可。销售人员的培训成本和新产品开发成本也可以降低。当然,所有的这些也可能使公司走向反面,即:市场份额过高,以至于增长的销量需要高额的费用支出来实现。

最后,在公司审计中,对公司主要管理人员价值观的评价也是非常关键的。管理团队的目标和准则体现出明确的领导风格。彼得斯(Peters)和沃特曼(Waterman)在其著作《追求卓越》一书中指出:"实际上,所有卓越的公司都被几个关键的价值观所驱动,……"

公司审计的终点是对企业的优势和劣势作出综合评测,也就是常用的一句综合性的说辞——"比较优势"。

在公司内部审计进行的同时,也需要对另外一个环境展开分析,即外部环境审计也要同时进行。而且,对下面的一些外部因素要做客观的、综合的分析:消费者(当然包括工业品购买者),经济形势的发展趋势,竞争者的实力,政府出台的有关法律、法规等。人们仅需要瞥一眼经济预测中的分歧,就可以断定环境审计中的潜在错误,消费者和竞争者的行为具有同样的不可捉摸性,因此要引进风险的理念来分析其发展趋势。消费品市场的人口统计资料(如人口年龄)可以以极高的准确度进行预测。然而,产品分布甚广的消费者偏好(如女装的流行款式和汽车的款式等)的预测却极易出现致命的错误。

在这里,市场结构这个词需要给予解释和特别的关注。广义地讲,市场结构表示在市场竞争环境中买者和卖者的集中程度。美国著名的战略管理专家波特在他的颇具影响力的著作《竞争战略》一书中说过下面的一段话:制定竞争战略的本质是把公司与它的环境联系起来。虽然相关的环境是非常广泛的,包括社会以及经济状况,但公司环境的关键因素是所处的行业和与公司发生竞争关系的其他相关行业。行业结构在决定竞争的规则以及可利用的战略方案方面有着重要的影响。

公司和环境审计的最终目的是发现明确的市场机会。最初发现的一般的市场机会要成为公司最终建立的营销目标和战略。而且,这是一个目标和战略方案被反复修订和评估的过程。一旦营销目标和战略确定下来,它们就要形成一个叫做营销规划的正式文本。营销规划的形成要跨越一年以上的时间周期。在小公司中营销规划是由高层管理人员拟订的,在多样化经营的大公司中是由产品经理来拟订的。作为一个协调的方法,营销规划旨在为公司制定一个时间表,明确责任的分派,确定营销目标和战略的性质以及基本规则,以及跟随营销规划之后的其他层次的目标(制造、分销渠道、价格和营销传播策略,包括更次级的一些重要目标,如媒体目标和策略)。

一旦营销规划制定出来并通过批复,接下来的任务就是执行和保证公司始终执行这些制定出来的各项原则和各种标准。近年来,在实际规划工作中越来越强调执行力的重要作用。最后,还应该有一个评价过程,使之成为未来下一轮营销规划的起点。

复习思考题

1. 什么是营销？什么是营销学？营销的作用是什么？

2. 什么是交易营销？什么是关系营销？

3. 营销观念经历了哪几个阶段？它对现代营销学的诞生及发展的作用如何？营销管理是怎样发展的？

4. 企业营销思想有哪些新发展？意义如何？

5. 营销决策的步骤有哪些？

6. 企业中营销管理的职权是怎样划分的？

第 2 章

营销环境

　　企业的营销活动是在一定的环境下进行的,要受到各种各样环境因素的影响。那些能抓住环境提供的各种机会的企业往往是市场竞争的胜利者,同样,那些规避了环境所产生的威胁的企业也是市场竞争的胜利者。企业的营销环境不仅决定着企业能做什么和应该做什么,而且还影响到最终消费者和组织购买者的行为模式,影响着消费者对交换媒介价值的评价。企业的营销环境也是不断变化的,这种变化一方面给企业造成新的市场机会;另一方面也给企业带来威胁。因此,企业应该经常监视和预测其周围营销环境的发展变化,并要善于分析和识别由于营销环境变化而造成的主要机会和威胁,及时采取适当对策,使其经营管理与其营销环境的发展变化迅速适应。

2.1 营销环境、营销环境系统及营销环境分析评价

2.1.1 营销环境的概念及构成

　　营销环境是指与企业营销活动有关的外部因素的集合,是企业营销活动的基础与条件。
　　环境因素对企业营销活动的影响方式有两种:一种是直接影响;另一种是间接影响。前者称直接营销环境,后者称间接营销环境。
　　直接营销环境是指直接影响与制约企业营销活动的环境因素。主要包括:顾客、营销中介、供货者、竞争者。这些环境因素往往与企业具有或多或少的经济联系,因此又可称为作业环境、工作环境、特定环境或微观环境。
　　间接营销环境是指随着时间的推移,能够间接地影响与制约企业营销活动的环境因素。间接营销环境一般以直接营销环境为媒介去影响与制约企业的营销活动。企业与间接营销环境之间不存在直接的经济联系。因此它又称为一般环境或宏观环境。
　　直接营销环境与间接营销环境两者之间并不是并列关系,而是主从关系。即直接营销环境要受制于间接营销环境,两者关系如图 2-1 所示。
　　按照著名的企业战略学学者钱得勒的观点:"环境决定战略。"营销环境是企业营销活动的基础与条件,企业的营销活动绝不能脱离营销环境而孤立地进行。营销环境不是一成不

变的、静止的，它是一个不断变化和发展的动态概念，这是营销环境的明显特征。正是营销环境的这一特性，给企业的营销活动带来了极大的难度。企业的营销活动必须适应营销环境，充分利用环境所提供的市场机会。而营销环境的经常变化使企业对它的了解与判断产生偏差，这一偏差导致企业的营销战略与策略出现失误，最终使企业铩羽而归，丢失市场机会。因此，了解营销环境的特征，对企业的营销活动的开展具有重要的意义。

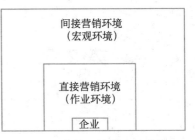

图 2-1　营销环境对企业的作用

　　企业的营销活动必须和营销环境相适应。至于如何和营销环境相适应，则应从积极的、主动的角度出发，能动地去适应营销环境。也就是说，企业在必要的时候，应该运用自己的经营资源和力量尽可能地去影响和改变营销环境，创造出一个更有利于企业活动的空间，然后再使营销活动与营销环境取得有效的匹配。这种适应性观点的最重要意义在于使企业始终处于主导地位，推动企业去积极地发掘市场机会，使自己能取得市场竞争的优势。

2.1.2　营销环境系统

　　企业为实现与目标消费者的成功交换，需制定以消费者为中心的营销战略与计划，并有效地实施与控制，以便充分发挥可控制的各种营销要素的营销功能，实现企业的战略目标。企业这种以消费者为中心的营销活动，无疑是以既定的营销环境为背景而展开的。随着营销环境的不断变化，企业战略目标与战略计划也不得不作适应性的调整。这样，企业的目标、战略计划与环境之间构成一个高度关联的系统。这个系统以企业的目标消费者为中心，以对目标消费者实施营销刺激的营销组合要素为手段，以企业内部为规划与实施营销组合策略而建立的营销信息系统、营销计划系统、营销组织和执行系统、营销控制系统来对企业的微观环境和宏观环境进行监测，从而使企业的一切营销行为与营销环境相适应。这便构成了以企业为主体的营销环境系统，如图 2-2 所示。

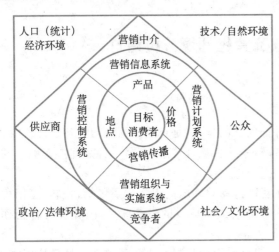

图 2-2　营销环境系统

　　在这个系统中，主体是企业，中心是目标消费者，可控制的变量或内部变量是营销组合的"4P"要素与四个子系统，不可控制的变量或外部变量是微观环境与宏观环境。

2.1.3　企业对市场机会或市场威胁的分析和评价

　　企业的营销战略工作是从分析企业的市场环境开始的。企业在制定和调整营销战略和计划时,要根据其掌握的市场信息,进行市场机会和市场威胁分析。市场机会是指营销环境中出现的一种对企业具有吸引力的消费变化趋势。抓住并顺应这种趋势,企业将拥有竞争优势。市场威胁是指营销环境中出现的一种对企业未来发展不利的变化趋势。企业如果不能及时洞察这种趋势并及早采取规避行动,将会危及企业的生存和发展。

企业营销环境的分析和评价,主要包括以下步骤。

1. 找出影响企业营销的相关环境因素

如前所述,影响企业营销活动的营销环境包括微观环境和宏观环境,它们又各自包含若干因素。这些因素数量多,变化快,相互关联,复杂性强,但它们并不一定都与该企业的营销活动相关,企业也不可能逐一详细分析、评价。因此,企业有必要首先从各种环境因素中找出与本企业营销活动密切相关的那些重要因素,以便缩小范围。

分析辨别营销环境因素的实用方法是环境扫描法,即由熟悉外部环境的专家和营销人员组成环境扫描小组,对影响企业组织的所有外部环境因素进行分析和估测。

营销商应该对所有的外部营销环境的因素进行扫描。其结果可以帮助营销商发现市场机会,以便更好地为所要服务的市场创造更优越的消费价值。在一般环境扫描中列入考察和测定范围的环境因素,主要包括六个方面:经济;科技;人口;政治和法律;社会与文化;竞争者;自然环境。

对这些环境变数进行环境扫描工作时,所进行的环境估测的作业大都以数量分析和经验判断为基础。

目前美国的一些跨国公司都建立了一整套的环境扫描方案,本书选用通用电气公司、国际商业机器公司和壳牌石油公司三家公司的方案进行比较(见表 2-1),可以看出它们各具特色,但共同点都是根据本企业的特点和需要,对营销环境进行动态的分析和把握。

表 2-1　几家跨国公司的环境扫描

公司	扫描目的	运用	涉及范围	未来性	组织层次	特色
通用电气公司	企业战略的形成必须涵盖四大参数:社会、政治、经济与科技	企业规划的第一步是订立一套长期环境预测	国际、政治、法令、经济、科技、人力与财务环境	10年历史资料加上若干事件的未来10年的预测	总部的环境小组及事业部管理层	环境小组已成立10年以上,利用交叉影响矩阵推论各种未来情景
国际商业机器公司	决策者认为企业的成功在于对经济环境与总体环境的认识	属于总体规划的一个重要部分	主要经济形势及其他环境因素	短期与长期	两个组织:一个营业单位;一个企业参谋部门	总体预测每年四次通报至高级主管;在美国总部拥有25位专家,海外另有35位专家
壳牌石油公司	以预测配合提高管理品质和远见	与企业规划关系密切	经济、政治与社会发展	未来20年预测	总部及地区营运单位	企业环境分析与策略分析是总部规划的两大部门,合计30人

洞察环境威胁、分析其发展趋势,可从环境威胁的严重性及环境威胁的可能性两个角度进行,由此便可出现四种情况:①出现的可能性高,严重性程度也高。②出现的可能性高,严重性程度低。③出现的可能性低,严重性程度高。④出现的可能性低,严重性程度也低。

企业应预先觉察到市场威胁的存在并判断其存在的现状及趋势,从而及早作出应变计划。捕捉市场机会,判断机会的大小,可从一个机会获得成功的可能性与市场吸引力的大小两个角度进行,由此形成四种状况:①成功的可能性高,市场吸引力大。②成功的可能性低,市场吸引力大。③成功的可能性高,市场吸引力低。④成功的可能性低,市场吸引力低。

通过对市场机会的分析,企业可知应抓住何种机会,并应密切注意这种机会的发展变化。

2. 评价企业环境及对策

基于对环境的监测,企业可洞察与判断由环境变化所带来的市场机会与市场威胁,并将面临的市场机会与市场威胁结合起来,判断企业在一定营销环境下的状况与特征,其结果无非四类:①理想型的企业,即高机会和低威胁的企业。②冒险型的企业,即高机会和高威胁的企业。③成熟型的企业,即低机会和低威胁的企业。④困难型的企业,即低机会和高威胁的企业。

	威胁程度	
	低	高
机会程度 高	① 理想型	② 冒险型
低	③ 成熟型	④ 困难型

图 2-3　企业类型

这四种类型,如图 2-3 所示。

企业对面临的市场机会,必须慎重地评价其质量。而对所面临的主要威胁,主要有三种可能选择的对策:①反抗对策,即试图限制或扭转不利的外部威胁。②减轻对策,即通过调整"营销组合"等来改善环境,以减轻环境威胁的严重性。③转移对策,即决定将经营资源转移到其更有发展前途的产品领域。

2.2 微观营销环境分析

微观营销环境,即直接营销环境对企业营销活动的影响,主要体现在企业具体的对外业务往来过程中。企业的营销管理者不仅要重视目标市场的需求,而且要了解微观因素对企业营销活动的影响。供货人、营销中介、竞争者、目标顾客是企业微观营销环境的主要构成要素。

2.2.1　供货人

企业营销活动的展开,首先要生产出一种能满足消费者需要的产品或劳务,这就需要有特定的各种原材料、辅助材料、能源等的供应作保障,否则,企业根本无法正常运转,也就无法提供市场所需之物。因此,企业的所有供货来源(单位)对企业营销活动的影响主要体现在以下几个方面。

1. 供货的稳定性与及时性

原材料、零部件、能源以及机器设备等的货源保证是企业营销活动顺利进行的前提。企业必须和供货人保持密切的联系,及时了解掌握供货人的变化与动态,使货源的供应在时间上和连续性上能得到切实的保证。

2. 供货的价格变动

毫无疑问,供货的价格直接影响到产品的成本。企业要注意它们的价格变化趋势,特别是对原材料和主要零部件的价格现状及走势更要做到心中有数,这样才能使企业应变自如,不致措手不及。

3. 供货的质量水平

供货的质量除了产品本身的内在质量外,还包括各种售前和售后的服务水平。有的机器设备需要有优良的维修服务保障,才能表明机器设备本身的质量水平。例如,机器设备中的易耗部件的货源保证与有效的更换就是非常必要的。所以,供应货物的质量也直接影响到产品的质量。

要使企业与供货商之间相适应,对供货商应在以下两方面进行协调。

(1)对供货商进行等级归类。所谓等级归类即对供货商按重要程度进行划分,以使企业抓住重点,合理协调。对于某一企业来说,供货方的队伍可能是一个不小的数字,企业不可能均衡地予以协调。因此,根据所供货物在企业营销活动中的重要地位,划分等级,确保重点,兼顾一般,这是一个比较合理的协调对应办法。比如,企业对于主要的原材料、零部件及能源的供货商就应重点予以协调,而对于办公用品之类的供货商就可以按一般对象予以处理。

(2)使供货商多样化。企业越依赖于一家或少数几家供货商,受到供应变化的影响与打击就越大。为了减少对企业的影响与制约,企业就要尽可能多地联系供货商。供货来源的多样化,还能促使供货商进行竞争,使企业处于有利的位置,从而使所供货物的质量得到提高并可稳定价格。要注意的是,使供货商多样化,并不排斥与一些主要的供货方保持长期良好的特殊关系,这种特殊关系在某种场合还是必要的。比如,在遇到货物短缺时,有了这种特殊关系就可以使企业得到优先照顾。

2.2.2 营销中介

营销中介是指在企业将产品卖到最终顾客手中这一过程中,承担对营销商的产品或服务的营销传播、分销和销售职能的各类组织。正是因为有了营销中介所提供的服务,才使企业的产品能够顺利地到达目标顾客手中。按承担的工作划分,营销中介包括中间商、物流机构(公司)、营销服务机构等。

1. 中间商

中间商是协助企业寻找顾客或直接与顾客磋商交易合同的商业企业,依据中间商的不同类型,它可能拥有或不拥有产品所有权。中间商主要包括各种经销商(由批发商和零售商组成)和代理商。

对中间商进行选择是企业营销管理的一项重要工作。由于中间商情况各异,能力各异,因此在选择中间商伙伴时一般应考虑顾客特性、产品特性、竞争特性、环境特性等因素,综合比较以后选择出最理想的中间商,并且要尽可能同有影响、有能力的中间商建立良好的战略合作伙伴关系,这对于开拓市场,扩大销售,提升市场占有率,增强竞争力都是十分重要的。

2. 物流机构

物流机构协助企业储存产品和把产品从原产地运往销售目的地。

物流机构包括仓储公司和运输公司,前者是指在货物运往下一个目的地前专门储存和保管产品的机构,后者则包括从事铁路、汽车、航空、轮船运输的公司。

对于营销商来说,由于其营销活动在很大程度上受到实体分配机构服务水平高低的影响,因此,营销商必须从成本、运送速度、安全性和交货方便性等因素进行综合考虑,力求选择成本低而效益高的运输储存方式。

3. 营销服务机构

营销服务机构是指那些为企业选择恰当的市场,并帮助企业向选定的市场推销产品的市场调研公司、广告代理公司以及各类营销咨询公司。

营销商与营销服务机构之间,通过委托的方式建立业务关系。营销服务机构受企业的委托,代理市场调研、广告宣传或营销咨询策划方面的业务。企业在利用这些机构时,关键是要选择出最适合本企业并能有效提供所需服务的营销服务机构。

2.2.3 竞争者

当一个营销商选择了它为之服务的目标市场后,同时也就将自身置于某种竞争集合之中。因此,营销商要想有效地为目标市场服务,必须分析其生存及竞争企业与品牌的状况。

1. 竞争环境

经济学家将市场分为四种:完全竞争、寡头垄断、垄断竞争、完全垄断。置身于不同的市场环境,营销商的自由度大不相同,特别是对价格的影响及控制上,更表现出较大的差异。弄清楚营销企业自身所处的市场和竞争环境,无疑是一项重要任务,因为企业所属市场的特性决定着竞争的特性。

这四类市场的特点如表 2-2 所示。

表 2-2　四类市场的特点

市场类型 重要特点	完全竞争	寡头垄断	垄断竞争	完全垄断
各企业产品独有特点	无	无	一些	唯一
竞争者数量	许多	少	由少到多	无
竞争者规模	小	大	由大到小	无
企业的需求弹性	充分弹性	突点弹性需求曲线 (有弹性或无弹性)	具有弹性或不具 有弹性	具有弹性或不具 有弹性
行业的需求弹性	具有弹性或不具 有弹性	无弹性	具有弹性或不具 有弹性	具有弹性或不具 有弹性
企业对价格的控制	无	有一些	有一些	完全

2. 竞争力分析

大多数的营销商至少都会有一些竞争者,营销管理人员必须注意这些外在的竞争力量。营销商可能面临的竞争力量可分为五种类型,即现有的竞争对手、新竞争者的威胁、替代产品的威胁、供应商的议价力和购买者的议价力,如图 2-4 所示。

（1）现有的竞争对手

在设计产品或服务的营销策略时,营销人员须分析现有的竞争者。谁是主要的竞争者？他们的销售额有多少？他们控制多大的市场？他们的优势和劣势是什么？他们的营销策略是怎样的？依据对这些问题的了解,营销人员可以制定较好的策略来对抗现有的竞争对手。

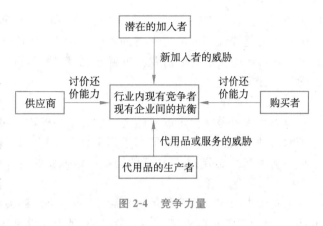

图 2-4　竞争力量

（2）新竞争者的威胁

除非政府禁止,否则新竞争者进入市场的可能性是始终存在的。有些市场较容易进入,有些市场则不那么容易进入。进入的障碍可能包括投资金额大、需要有多年经验来降低生产成本、设备等投入要素的可获得性、政府政策、专有产品差别化、品牌认知、转换成本、分销渠道的可获得性和竞争对手的防守与反击策略等。进入障碍低的产业较可能有新的竞争者。

（3）替代产品的威胁

广义地说,一个产业中的所有营销商都在和提供替代产品的营销商展开竞争。例如,民航和铁路之间为争夺客源的竞争;行驶市区和郊区间的公共汽车和地铁,对上班族而言是相互竞争的替代产品。

替代产品的存在有助于制约某些产品的价格。价格太高,最后将无利可图。例如,企业如发现购买财务软件和雇用兼职财务人员比聘用会计师事务所更便宜,会计师事务所就可能会失去为企业提供服务的机会。

（4）供应商的议价力

供应商是一种重要的竞争力量,因为他们能决定零部件或原材料的价格或质量。当少数的供应商控制很大的市场占有率时,购买者可能须接受较高的价格或较差的质量水准。有时供应商也可以把它原先供货的厂家兼并过来,而使自己成为一个新的竞争者。

（5）购买者的议价力

购买者能迫使价格下降,要求较高的质量或较多的服务,并使竞争者相互对抗。势单力薄的购买者也许不得不接受供应商的涨价要求,但势强力大的购买者则有能力要求降价。购买者也可能把供应商买下来。

3. 竞争类型分析

在当今社会中,有许许多多的企业与本企业共同生存在一起,他们共同创造产品或服务满足消费者的需求。这样必然会引起各种类型的竞争。企业在进行营销规划之前,必须认真分析所面对的竞争态势。具体来讲,竞争类型可以分成下述几类。

（1）欲望竞争者

消费者的同一时刻的欲望是多方面的,但很难同时满足,这就出现了不同需要,即不同产品的竞争。例如,某一消费者在年底得到一笔5万元奖金,到底该如何支配(假设该消费者准备把这笔钱大部分用于消费而不是于储蓄)?是外出旅游?上街购物?还是用于学习充电?从而产生了不同的需要。也就是说,消费者可以任意地选择一项,作为他在这一时期的满足目标。

（2）属类竞争者

属类竞争者是在决定需要的类型之后出现的次一级竞争。例如,"需要"是上街购物,到底是购何种物品?是家用电器?还是家具?衣物?日常用品?高档饰品?属类竞争即消费者购买何种产品或劳务,消费者的需要决定他要的是哪一类。

（3）产品竞争者

消费者在决定了需要的属类之后,还必须决定购买何种产品。例如,如果决定购买家用电器,可以通过购买电视机、空调、微波炉、消毒柜等来满足需要。

（4）品种竞争者

产品还有许多品种,例如,决定购买电视机,电视机又有许多具体品种:数字电视机、黑白电视机、背投电视机、液晶电视机,等等。

（5）品牌竞争者

每一种彩色电视机又由许多不同的企业生产,如决定购买数字彩色电视机,又有长虹、康佳、创维、TCL等不同品牌供选择。

以上几种竞争方式从上一级到下一级,是紧密相关的。具体过程如图2-5所示。

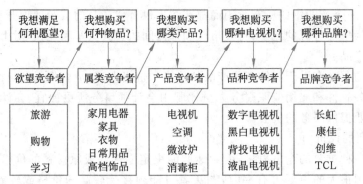

图2-5　五种竞争图示

4. 竞争者分析

确定了企业存在的市场竞争环境之后,企业还需选择竞争方式。大多数情况下,产品的提供者不是一个而是多个(在当今"产品丰裕"的社会尤其如此),消费者对产品与服务存在着选择与偏好。为了与竞争者争夺有限的消费者,营销管理人员必须回答这样的问题:我们的竞争者是谁?他们的实力和弱点何在?会对我们制定的营销战略带来什么影响?要回答这类问题,首先必须进行全面的竞争分析。竞争分析越来越受到营销商的普遍重视,起因于几个方面的因素:竞争的激烈程度越来越强,竞争对手越来越高明,产品生命周期越来越短,环境尤其是其中的技术创新变化越来越快。越来越多的公司开始进行识别竞争对手、监察竞争对手活动以及判断其优势与弱势等方面的活动。实践业已证明,在当今动态环境中,一个企业若不做上述工作,将可能招致致命的灾难。

竞争分析是指对竞争对手的原材料供应、技术能力、资金实力、制造水平与质量,以及针对其目标市场所进行的营销活动等全方位状况的系统观察、追踪与分析。为此,对竞争对手的情况进行系统的搜集与分析,显得极为重要。竞争分析应使用下述分析程序:①识别主要品牌、次要的产品与机构以及潜在的竞争者;②了解竞争对手的规模、增长率;③分析竞争对手活动的各个领域,把握其优势与弱点;④分析的重点放在竞争对手的产品策略、分销渠道策略、营销传播策略与价格策略四个方面的营销能力上;⑤估计竞争对手在不同的环境状态中最可能采取的战略方案和行动,以及竞争对手会对我们实施的营销计划作出的最可能的反应。

通过这种分析,企业的营销人员可以切实了解其竞争对手成功与失败的关键原因,并能反过来指导自己的营销战略。

2.2.4 顾客

顾客就是企业产品或服务的消费者或购买者,是企业的目标市场。企业的顾客可以是消费品市场(B to C 市场),也可以是工业品市场(组织市场、产业市场、B to B 市场等)。顾客对企业的重要程度远远胜于前面三个直接营销环境因素,顾客是企业产品的直接购买者或使用者。顾客的转变意味着企业市场的获得与丧失,分析与掌握顾客的行为及其变化趋势是企业管理层一项极其重要的工作。对顾客的分析与了解可以从量和质两个方面来进行。市场规模是量的指标,顾客需求是质的指标。

1. 市场规模

市场规模仅仅从静态的角度来考虑,很简单也很容易掌握。如果企业只从静态的角度去分析,那是非常危险的,最终会使企业的营销行为发生偏差。市场规模由于受到各种因素的影响,会发生不断的变化。企业必须掌握这种变化趋势。宏观营销环境中的人口、经济环境因素对市场规模的影响最大。

考察市场规模最简单的公式如下:

市场规模(数量)=顾客数×平均每次购买量×平均购买频度

市场规模(金额)=顾客数×平均每次购买量×平均购买频度×产品单价

2. 顾客需求

顾客需求可分为消费者需求(对消费品的需求)与组织需求(对工业品的需求)。消费者需求来自个人(或家庭)的生理与心理的需要。1943 年,美国心理学家马斯洛(A. H. Maslow)提出了"需求层次论"。这是目前学术界公认的最有说服力的需求理论。需求层次论把人的需求划分为五个层次或五种类型(见表 2-3)。

表 2-3　消费者的需求层次

需求层次	需求类型	需求的主要内容
5	自我实现需求	对取得未来最高目标的需求(能力的需求、成功的需求等)
4	尊重需求	对获取尊敬的需求(荣誉的需求、支配力及地位的需求、受到承认的需求等)
3	爱情、归属需求	社会的需求(荣誉的需求、支配力及地位的需求、受到承认的需求等)
2	安全需求	对安全、安定的需求(避免事故、战乱、疾病、经济拮据、痛苦、受胁迫等的需求)
1	生理需求	对日常衣食住的需求(吃、喝、穿、休息、睡觉等的需求)

这5个层次的需求中,第1、第2、第3个层次是消费者的低级需求,第4、第5个层次是消费者的高级需求。5个需求层次呈阶梯状,消费者的生理需求得到比较充分的满足之后,一般就会产生安全需求,安全需求得到满足后就会进一步向社会的需求发展。依此类推,消费者需求就这样从低级需求向高级需求不断地上升。对于消费者来说,最基本的需求是低级需求。

根据消费者需求的特性,企业可以在总体上预测某一国家、某一地区或某一目标市场的消费者的消费趋势。消费者需求除了阶梯性特点外,还具有差异性。消费需求会因时、因地、因人而有差异,不同的国家、地区的消费者在需求层次的内容上是不相同的。组织的需求来自消费者需求的派生需求。组织的买是为了更多的卖。从根本上来讲,消费者的需求决定了组织的需求。但是,组织需求与消费者需求又是两种不同性质的需求,两者很难互相代替。与消费者需求的特征相比,组织需求具有以下两个最大的不同点:①需求的目的。消费者的需求目的是为了满足自身的生理与心理需要。组织需求目的是为了生产产品获取赢利或为了组织的有效运作。②需求的决策基准。消费者以个人满足为基准,决策往往是非合理的、冲动的。组织需求以计划、专业技术为基准,对决策的要求是合理的、理性的。这一问题将在后面有关的章节中详细阐述。

2.2.5 公众

公众就是一个组织在完成其目标过程中具有实际或潜在利害关系和影响力的一切团体和个人。现代企业是一个开放的系统,它在经营活动中必然与各方面发生联系,必须处理好与各方面公众的关系。公众可能有助于增强一个企业实现自己目标的能力,也可能弱化这种能力。公众对企业是持欢迎、反感或是抵制的态度,对企业的生存与发展会产生巨大影响。一个公司需花时间和精力关注公众的态度,了解他们的需要和偏好预测他们的动向,采取积极的措施,搞好公共关系,清除那些可能带来麻烦的隐患,发展同公众的建设性的战略合作关系。

2.3 宏观营销环境分析

2.3.1 宏观营销环境的构成及特点

宏观营销环境由人口、经济、自然、科学技术、政治法律、社会文化六个环境要素组成,这些环境要素主要以间接的形式(以微观营销环境为媒介)作用于企业的营销行为。

一般来说,企业营销的宏观环境具有以下特点。

1. 变化性与相对稳定性

宏观环境中各因素都是处于变化之中的,只是变化有强、弱、快、慢之分。在这些因素中,人口、社会与自然因素的变化相对较弱、较慢,对企业营销的影响则相对长而稳定;科技、经济、政治因素的变化相对快和激烈,因而对企业营销的影响相对猛烈、跳跃性较大。其中,科技因素变化最快、最强,它是促使企业技术改造和产品创新的主要动力。

然而,同其他事物一样,宏观环境中诸因素在一定时期内总具有相对稳定性,在对企业活动产生良好或不良影响的同时,也为企业预测其变化并采取相应对策提供了可能性。

2. 关联性与相对分离性

如果从较长历史时期对整个宏观环境进行考察,便可发现,各种环境因素都在程度不同地相互关联着的。比如,一个国家的体制、政策与法令总是影响着该国科技、经济的发展速度和方向,继而会改变社会的某些风俗与习惯;同样,科技和经济的发展又会引起政治和经济体制的相应变革。由于相互关联的环境因素会共同对企业活动产生有利或不利的综合影响,因此,会给企业开展营销活动带来复杂性。

在某一特定时期,从某些特定环境因素的特定变化去考察,环境中某些因素又彼此相对分离。事实上,在某一特定时期,各国、各地区科技、经济的发展与其政治制度并无相关关系。彼此相对分离的环境因素对企业营销活动的影响程度不同。例如,在战争或社会动乱时期,军事和政治因素的影响强烈;在和平、稳定时期,科技、经济、自然因素的作用突出。此外,在同一时期,环境诸因素影响的重点不同,如科技主要影响企业产品的质量及更新换代,而产业结构政策则主要影响企业的投资方向。这种相对分离性为企业分清主次环境威胁或机遇提供了可能性。

3. 环境的不可控性与企业的能动性

企业一般不可能控制宏观环境因素及其变化,例如,几个企业是不可能改变国家的政策法令和社会的风俗习惯的,更不可能控制人口的增长及消费时尚。然而,企业可根据环境因素的变化来主动调整营销战略,或防患于未然,或避免于未发,以逢凶化吉,甚至可通过众多企业的联合力量去冲破环境的制约,化解环境的不利局面。例如,许多跨国公司的成功经营就是最好的例证。事实上,在复杂多变且威胁性较大的宏观营销环境中,无数企业已经求得了生存与发展。

2.3.2 宏观营销环境因素分析

以下我们分别分析各种宏观营销环境因素的变化及其对企业营销活动的影响。

1. 人口环境

市场是由那些想购买货物,同时又具有购买力的人构成的。人口的多少直接决定着市场的潜在容量。但任何企业的产品都不可能面向所有的人。因此,除了分析总人口外,还要研究人口的年龄结构、地理分布、人口密度、流动性、出生率、死亡率等人口特性,它们会对市场格局产生深刻的影响。

人口的数据资料可以从各级政府的有关部门出版的有关的统计年鉴上获得。最为重要的资料可能来自每隔几年进行的人口普查的数据。在有些发达国家还有些私人机构(例如美国的 Roper Organization 和 Gallup Poll)也会提供比较准确的人口统计数据。

人口特性主要包括以下几个方面。

(1) 人口数量与增长速度。特定区域内的人口规模及其增长速度会给在其领域内进行营销活动的企业带来机会和威胁。就中国来讲,目前,我国人口已越过 13 亿,面对如此庞大的人口,加之是发展中国家,社会分层和贫富不均极为明显,占人口大多数的低收入人口面临的首要问题是解决基本生存和发展,消费主要集中在基本的、中低级别、低耗能、节约型的物品上。另外,高速增长的人口也必然导致对人类生存基本条件需求的迅速增加,而且需求结构也会急剧变化。

(2) 人口的地理分布。地理分布是指人口在不同地区的密集程度。任何一个国家,乃至一个省、市,其人口的分布绝不是均匀的。我国的人口分布主要集中在东南沿海一带,人口密度由东南向西北方向逐渐递减。

人口的地理分布又是一个动态的概念,它并不是一成不变的。目前,世界上普遍存在着农村人口向城市人口集中的倾向。但在一些工业发达国家和地区,反过来开始出现人口由大城市向郊区及卫星小城镇转移的现象。

人口的地理分布同时也表明了不同的消费习惯及需求特征。比如在中国,不同地区的食物消费结构就有很大的不同。南方人以大米为主食,北方人以面粉为主食,江、浙、沪沿海一带的人喜食甜,内地川、湘、鄂一带的人则喜食辣。

(3) 人口的年龄结构。年龄结构是指在一定时期的不同年龄构成。年龄包含了如下几层含义,它决定了收入的高低、家庭的规模、消费者对产品的价值观念,等等。我国的个人工资水平和工作年限相关,因此,收入就和年龄有着直接的联系。一般情况下,一个人从踏上工作岗位开始,收入就随着年龄的增长而增加,这种情况会一直持续到退休。不同的年龄又决定了家庭的规模。一个人有了第三代,其年龄至少已达到了 50 岁左右。现在的趋势是 20~50 岁年龄层中以三口之家为主。因为,现在男女双方组合成家庭以后,往往与双方的父母分开生活,中国传统大家庭观念已越来越淡薄了,这势必造成中国的家庭规模变小。

不同的年龄层有着不同的偏好与需要,因而市场也就客观地形成了老年市场、中年市场、青年市场、儿童市场和婴幼儿市场。了解了不同年龄结构所具有的需求特点,也就知道了企业产品的投向。

(4) 家庭单位。家庭单位的数量直接影响到某些产品的数量。比如,以一户家庭需要一台微波炉计算,10 户家庭需要 10 台微波炉,如果 10 户家庭中又分离出一户家庭,那么很显然,对微波炉的需求量又增加了一台。像微波炉这种主要以家庭单位为对象的产品要受到家庭单位数量变化的直接影响,其他类似的产品还有电视机、电冰箱、饮具用品等。

目前,世界上普遍呈现家庭规模缩小的趋势,这意味着家庭单位数量的增加。人口统计表明,越是经济发达的地区,家庭规模越小。欧洲、北美国家的家庭规模,基本上每户平均为 3 人左右。而亚非拉的发展中国家,每户人数平均接近 5 人。

(5) 种族结构。像中国这样的大国是由 56 个民族构成,每个民族都有自己与众不同的文化和习俗,相应的也就有各自的消费行为和模式。这样,对营销商来讲,要在中国这样的多民族国家中进行营销活动,就必须注意到民族多样性对营销策略的影响。在全球范围内,不仅中国如此,像美国、印度、澳大利亚等许多国家都是多民族的国家。当然,也有许多单一民族的国家,比如日本等,在这类单一民族国家中进行营销活动,其营销策略比多民族国家简单。进行全球营销的公司,多民族的问题是其在制定营销策略时要经常考虑的问题。

2. 经济环境

市场是由人组成的,这些人还必须具备一定的购买力。而社会购买力是受宏观经济环境制约的,是经济环境变化的反映。

（1）经济周期和支出模式

了解经济环境可以帮助营销商掌握消费者是否愿意和能够对所提供的产品或服务支付货币。消费者的支出模式与商业周期是紧密联系的。经济周期的基本形态如图 2-6 所示。经济周期是指经济活动水准从繁荣（prosperity）到萧条（recession）到复苏（recovery）的变动形态 。一般而言，工业化国家的经济周期相互之间基本是类似的，而发展中国家的经济和经济周期由于受到政治的影响可能不明显。

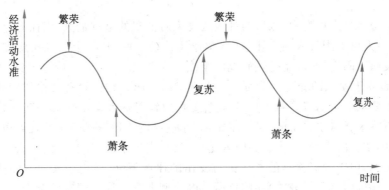

图 2-6　经济周期

① 繁荣。在繁荣期间，生产和就业水准都高，消费者对产品或服务有较多的需求，他们不仅随意地购买基本生活用品，而且大方地购买高档豪华物品。他们每一样产品或服务都要求"最好的"，并且情愿付钱去购买。因此，营销人员在繁荣期可推出"豪华型"新产品、增加市场推广活动和提高售价，用于增加利润。

在繁荣期最明显的现象就是通货膨胀（inflation）——价格水平在总体上攀升和高企。这种现象可以发生在经济周期的任何一个阶段，但它最容易、最典型地出现在繁荣期。在通货膨胀期间，不断上升的价格减少了每一元货币所能购买的产品或服务的数量。除非所得增加的速度能赶上通货膨胀率，否则通货膨胀将导致购买力的下降。

② 萧条。在萧条期间，生产减少，失业增加，消费者（个人或家庭）的需求下降，组织购买者也会降低他们的支出水准。消费者（个人或家庭）和组织购买者都只购买基本的必需品，寻求最有价值的购买。大众性的一般化的产品在此期间是最受欢迎的。

③ 复苏。在复苏阶段，经济从萧条走向繁荣，生产水平提高，失业减少。消费者（个人或家庭）和组织购买者的手中虽已比较有钱，但花费仍然审慎。许多消费者（个人或家庭）在努力地工作，积蓄着钱财，并且很少用分期付款购物。当经济愈来愈景气时，购买者才会开始较大方地花钱购物。

（2）消费者的收入

国民收入水平、消费结构、产业结构、经济增长率、货币供应量、银行利率等均是经济环境的构成要素。下面主要分析与市场消费直接有关的几个因素。

① 消费者实际收入的变化。消费者收入的高低，直接影响着购买力的大小，从而决定了市场容量和消费者的支出模式。实际收入和货币收入不完全一致，由于通货膨胀、失业、税收等因素的影响，有时货币收入虽然增加，但实际收入却可能下降。消费者收入，是指消费者个人从各种来源中所得的全部收入，包括消费者个人的工资、退休金、红利、租金、赠与

等收入。消费者的购买力来自消费者收入,但消费者并不是把其全部收入都用来购买产品。全部收入分为个人可支配的收入和可随意支配的收入。个人收入中扣除税款(如所得税等)和非税性负担(如工会会费、交通罚款等)所剩下的余额,即个人能够用于消费或储蓄的部分,称为可支配的个人收入,它构成了实际购买力。若从个人可支配的收入中再减去维持生活所必需的费用(如衣、食、住等费用)和固定支出(房屋、保险费、分期付款等),其余额即为个人可随意支配的收入。消费者可将这部分收入任意花费,往往用来购买高档物品、旅游、奢侈品等。

以上的消费者收入类型中,以后两种收入类型对消费的影响最大,因而与企业的关系也最大。其中,个人可支配收入因变化缓慢,企业还较易掌握,唯有个人可任意支配收入在产品消费中的投向不固定,所以是企业研究的重点。

② 消费者支出模式的变化。消费者支出模式即支出结构或消费结构的变化,对企业营销活动也有重要意义。消费者收入的变化直接影响到消费者支出模式的变化。对此,德国统计学家恩斯特·恩格尔提出的"恩格尔定律"作过描述。根据恩格尔的观点以及后人的修正,这个定律的主要内容是:一个家庭收入越少,其总支出中用来购买食物的比例就越大;随着家庭收入增加,用于购买食物的支出占总支出的比例下降,而用于其他方面的开支(如通信、交通工具、娱乐、教育、保健等)和储蓄所占的比例上升。许多国家的调查表明,恩格尔定律基本是正确的。例如,美国家庭用于食物的支出占家庭总支出的比例即"恩格尔系数",1935 年为 35%,1960 年为 22%,1970 年为 19%。日本职工家庭用于食物的支出占家庭总支出的比例,1950 年为 57.3%,1963 年为 39.7%,1980 年为 29.3%,而其他支出(医疗保健、交通、通信、娱乐和教育等)所占比例则由 1963 年的 35% 上升到 1980 年的 48.1%。一般来说,恩格尔系数越小,表明生活越富裕,系数越大,则表明生活水平越低。它是衡量一个国家、地区、城市、家庭生活水平高低的标准。按联合国划分富裕程度的标准:"恩格尔系数在 60% 以上,为饥寒;50%~60% 为温饱,40%~50% 为小康,20%~40% 以下为富裕,20% 以下为最富裕。"中国在 2002 年时的恩格尔系数:农村为 46.2%,城市为 37.7%。这样,企业可从恩格系数了解目前市场的消费水平,也可以推知今后消费变化的趋势及其对企业营销活动的影响。

③ 消费储蓄和信贷情况的变化。消费者的购买力还要受储蓄和信贷的直接影响。大多数家庭都有一些"流动资产",即货币及其他能迅速变成现款的资产,包括银行储蓄存款、债券、股票等。储蓄来源于消费者的货币收入,其最终目的还是消费。但是,在一定时期,储蓄多少不能不影响消费者当期的购买力和消费支出。在一定时期货币收入不变的情况下,如果储蓄增加,当期的购买力和消费支出便减少;反之,如果储蓄减少,当期的购买力和消费支出便增加。了解这种规律对企业的营销活动有重要意义。例如,在 1979 年,日本电视机厂商发现,尽管中国人可任意支配的收入不多,但中国人有储蓄习惯,且人口众多。于是,他们决定开发中国黑白电视机市场,不久便获得成功。当时,西欧某国电视机厂商,虽然也来中国调查,却认为我国人均收入低,电视机市场潜力不大,结果贻误了商机。

在现代大多数国家中,消费者不仅以其货币收入购买其需要的产品,而且可用贷款来购买产品,所以消费者信贷也是影响消费者购买力和支出的一个重要因素。所谓消费者信贷,就是消费者凭信用先取得产品使用权,然后按期归还货款以购买产品。这实际上就是消费者提前支取未来的收入,提前消费。有的经济学家认为,消费信贷允许人们购买超过自己现时购买力的产品,创造了更多的就业机会、更多的收入以及更多的需求,从而刺激了经济增长。

3. 自然环境

营销学上的自然环境,主要是指自然物质环境。自然环境会对产品策略、分销渠道策略、物流策略的形成产生重要的影响。而且它是处于不断发展变化之中的。当代最主要的动向是:自然资源日益短缺,能源成本趋于提高,环境污染日益严重,政府对自然资源管制的干预不断加强。

众所周知,人类生产所有的产品都需要自然资源。某一产品的价格确定取决于一定资源的可获得性。由于对产品的过度需求而导致了资源供给的短缺,也可能是自然资源正在耗尽而使厂家面临资源的危机,也可能是因为禁运、战争或政治或经济的制裁导致资源的短缺,所有这些,都会直接或间接地给企业带来威胁或机会。自然资源的短缺会给那些以矿产品为原料的企业带来成本大幅上升的威胁,同时也给其提供了积极从事研究开发寻求新能源的机会。

对环境的保护加强,结果是一方面限制了某些行业的发展;另一方面也造成了两种营销机会:一种是为治理污染的技术和设施提供了大市场;另一种是为不破坏生态环境的新的生产技术和包装方法创造了营销机会。当今许多营销商感觉到环境意识既是必需的又是有利可图的,这也就是绿色营销或满足消费者保护环境愿望的营销活动。营销商可以在许多方面为环境的保护履行责任。比如,在人们的价值观念方面,某些人在购买了对环境有益的洗涤剂或空调之后可能有良好的心理感觉;企业采购员也是因为这样的原因购买"绿色产品":减少废物处理成本及遵从环保法律。在产品开发方面,可以设计重复利用的产品或在产品中使用重复使用的材料。在产品包装方面,可使用重复使用的包装或尽量简单的包装。在产品运输方面,使用耗能尽可能少的运输方式或重复利用的运输工具,等等。

4. 科学技术环境

科学技术是第一生产力。科学是人类认识自然的知识体系,是潜在生产力;技术是生产过程中的劳动手段、操作方法、工艺方法,是现实的生产力。科学技术作为营销总体环境的一部分,不仅影响企业的内部环境,而且与其他环境因素相互依存,直接影响经济环境和社会环境。技术的发展为营销商提高消费价值提供了重要机会,新的产品、新的服务不断涌现,人类的生活水平达到了前所未有的舒适度。进入 20 世纪以后,科学技术日新月异,尤其是第二次世界大战以后,新的科技革命蓬勃兴起,形成了科学—技术—生产体系,科学技术在现代生产中起着领头和主导的作用。在现代化大生产中,在高新技术产业中,科学技术是第一生产力体现得最为突出。工业发达国家科技因素在国民生产总值中所占比重已从 20 世纪初的 5%~20%,提高到 80 年代的 60%~80%,这一上升趋势还在不断持续。在 21 世纪,新能源技术、计算机技术、软件技术、互联网技术和通信技术等的迅猛发展对人类社会生活各方面产生了极其深远的影响,这是每一个生存于当代的营销商不能回避的客观现实。

科技环境对企业的营销活动的影响主要表现在以下几个方面。

(1) 科学技术的发展直接影响企业的经营活动。在现代,生产率水平的提高,主要依靠设备的技术开发(包括原有设备的革新、改装以及设计、研制效率更高的现代化设备),创造新的生产工艺、新的生产流程,同时,技术开发也扩大和提高了劳动对象的利用广度和深度,不断创造新的原材料和能源。这不可避免地影响到企业的管理程序和营销活动。科学技术既为营销提供了科学理论和方法,又为营销提供了物质手段。

(2)科学技术的进展和应用影响企业的营销决策。消费者、经营者、竞争者和市场都受到科学技术的冲击。这种冲击,意味着科技的发展给企业既带来机会,也伴随着风险和隐患。消费者为成千上万的科技发明感到迷惑,每天都有新品种、新款式、新功能、新材料的产品在市场上推出。因此,科学技术进步所产生的效果,往往借助消费者和市场环境的变化而间接地影响企业营销管理。营销人员在决策时,必须考虑科技环境所带来的影响。

(3)科技的发展对人们的生活方式、消费模式和消费需求结构均产生深刻的影响。科学技术是一种"创造性的毁灭力量",它本身创造出新的产品,同时又淘汰旧的产品。一种新技术的应用,必然导致新的产业部门和新的市场出现,使消费对象的产品品种不断增加,范围不断扩大,消费结构发生变化。所以,企业在实施营销活动时,必须注意科技环境的变化,以看准营销机会,避免科技发展给企业造成的威胁。

5. 政治、法律环境

这里所说的政治、法律环境,主要是指与营销有关的各种法规以及有关的管理机构和社会团体的活动。企业的一切营销活动,都必须遵守国家的方针、政策和法令,不允许背离。当国家在一定时期内调整或改变某项政策、法令时,企业要相应的调整经营目标和策略。此外,企业还可以用有关的法律保护企业的利益。

(1)管制企业的立法增多。西方国家一贯强调依法治国,对企业营销活动的管理和控制也主要通过法律手段来实现。在这方面,立法的目的主要有三个:第一是保护企业间的公平竞争。第二是保护消费者的利益,制止企业非法牟利。有些企业以欺骗性的广告和包装招徕顾客,或以次品低价引诱顾客,对此也必须通过法律手段加以防止和制裁。第三是保护全社会的整体利益和长远利益,防止对环境的污染和破坏。许多企业只顾增加生产、追逐利润,而不顾社会效益,导致生态环境遭到破坏,危及人类的生存和发展。在西方,许多国家加强了在上述各方面的立法,并且逐渐细化。

近几年来,我国一直在加紧制定适应社会主义市场经济体制的法律体系,已经出台了许多经济法律,如《广告法》《反垄断法》《消费者权益保护法》、《产品质量法》《商标法》等。

(2)政府机构执法更严。市场经济的发展不但需要建立若干经济法规,而且要有严明的执法机构。有法不依或执法不严必为市场经济所不容。西方发达成熟的市场经济国家,都有明确的执法机构。在美国,有联邦贸易委员会、联邦药物委员会、环境保护局、消费者事物局等,这些官方机构对企业的营销决策有极大影响力。近年来,执法更加积极和严格。

(3)公众利益团体力量增强。20世纪60年代以来,西方国家消费者保护运动已成为一支强大的社会力量,成为企业界的一大社会课题。在消费者保护运动的影响下,企业界本身也采取行动,以促进消费者的理解。如惠而浦公司设有一条24小时服务的"冷线"电话,在任何城市均可直拨投诉,且不必付电话费。我国各大中城市的消费者协会纷纷成立,但各地的工作进展很不平衡,消费者投诉无门的事件时有所闻。但总的来说,消费者自我保护意识增强,各种消费者保护运动正蓬勃兴起。

6. 社会文化环境

文化就是在某一社会里,人们所共有的后天获得的各种价值观念和社会规范的综合体,即人们生活方式的总和。它包括各种社会组织、生活规则、信仰、艺术、伦理道德、风俗习惯、法律、审美观、语言文字等。文化一般由两部分组成:一部分是全体社会成员所共有的基本核心文化;另一部分是具有不同价值观、生活方式、风俗习惯的亚文化。下面主要从文化的总体内容出发,谈谈价值观念、风俗习惯和审美观所引起的消费者需求与购买行为的差异。

(1) 价值观念。价值观是行为的判断观念,代表一个人对周围事物的是非、善恶和重要性的评价与看法。价值观是人的文化心理结构中潜藏于深处的部分,它总是不自觉地、无意识地对人的文化心理、文化行为发生影响。每一种文化就像一座冰山,在各种显在准则、规范、行为后面有一整套价值判断系统作为根据,这些根据就是价值观。在不同的文化背景下,人们的价值观念相差很大。在西方文化中,新奇、变化的东西往往被认为是进步的好现象;而在另一些保守的文化中,新的、变化的事物被视为冒险、扰乱,甚至是罪过的。消费者对产品的需求和购买行为深受其价值观念的影响。一种新产品的消费,往往会引起社会观念的变革,具有不同价值观的消费者对其有明显的消费差异。这样一来,对于那些乐于变化、喜欢猎奇、富有冒险精神、较激进的消费者,应重点强调产品的新颖和奇特;而对一些注重传统、厌恶新潮、喜欢沿袭传统习惯的消费者,企业在制定营销传播策略时最好把产品与目标市场的文化传统联系起来。

(2) 风俗习惯。风俗习惯是人们根据自己的生活内容、生活方式和自然环境,在一定的社会物质生产条件下长期形成,并世代相传,约束人们思想和行为的规范。它在饮食、服饰、居住、婚丧、信仰、节日、人际关系等方面,都表现出独特的心理特征、伦理道德、行为方式和生活习惯,对人们的消费行为具有直接或间接的影响。了解目标市场消费者的禁忌、习俗、忌讳、信仰、伦理等,是企业进行营销的重要前提。

(3) 审美观。审美观通常是指人们对不同事物所产生的好坏、美丑、善恶的评价。审美观是与美、高雅、舒适等有关的文化概念,包括对音乐、艺术、色彩、建筑式样等的鉴赏与评判。在不同的文化环境中,美有着不同的评价标准,在美的具体形式即形式美方面,人们的审美活动体现在对数字、色彩、图案、旋律等的喜好或忌讳之中。而这些正是营销沟通活动的重要工具,因此,一个社会的美学观念对不同产品的设计和营销策略有很大影响。不同的国家、民族、宗教、阶层和个人,往往有不同的审美标准。人们的审美观也不是一成不变的,它受包括社会舆论、社会观念、身份地位在内的多种因素的影响。审美观会影响到消费者的消费模式。企业应制定一个良好的营销策略,把握不同文化背景下的消费者审美观念及其变化趋势。

复习思考题

1. 营销环境及营销环境系统的构成如何?
2. 微观营销环境的构成因素有哪些?
3. 宏观营销环境的构成因素有哪些?

第 3 章

消费者行为分析

营销管理的核心是满足消费者的需要和欲望。准确理解和掌握消费者行为是制定营销规划和策略的前提。消费者的购买行为有其自身的特有规律,营销商必须了解和掌握这些规律。因此,消费者购买行为研究是营销学的重要内容。市场上的购买主体除了最终消费者(也称个人或家庭消费者)外还有中间消费者(也称工业品采购者)。因此,本章首先分析最终消费者的消费品购买行为,最后一小节将讨论中间品购买者的工业品采购行为。

3.1 消费品市场及其购买行为模式

3.1.1 消费品市场

消费品市场是指所有为了最终消费目的而购买货物和服务的个人和家庭。一切企业,无论是生产企业还是商业企业、服务企业,无论是否直接为最终消费者服务,都必须研究消费品市场,因为只有消费品市场才是产品的最终归宿,即最终市场。其他市场,如工业产品市场、中间商市场等,虽然购买量很大,常常超过消费品市场,但其最终服务对象还是消费者,仍然要以最终消费者的需要和偏好为转移。因此,消费品市场是一切市场的基础,是最终起决定作用的市场。所以,一切企业,即使以制造商或中间商为主要对象的市场,都必须认真研究最终消费者的需要,以消费者的需要为依据制订营销方案。如果企业不掌握消费品市场的情况,盲目发展,势必导致营销失败。所有这些,必须依赖营销人员充分掌握消费者心理、行为及其变化规律,摸清消费品市场动态,才能制订有效的营销方案和营销决策。总之,企业营销活动和计划只有以市场为起点,营销的产品才能更好地满足消费者的需要,才能在激烈的市场竞争中立于不败之地。

相对于后面要分析的工业品市场及购买行为而言,消费品市场及购买行为具有一些特点,企业的营销管理必须适应这些特点。概括起来,它们主要表现在以下三个方面。

(1) 消费品市场及购买行为具有多样性。消费者人数众多、差异性大。由于年龄、性别、职业、收入、教育程度、居住区域、信仰、种族、宗教等方面的不同,消费者有各种各样的需要、欲望、兴趣、爱好和习惯,对不同的产品和同种产品的不同品种、规格、质量、外观、式样、服务、价格等会产生多种多样的要求。而且,随着生产的发展和消费水平的提高,消费者的需求在数量、结构和层次上也在不断地变化。

(2) 消费者的购买行为具有较大程度的可诱导性。同工业品市场,特别是同其购买行为相比,消费者在购买什么产品,什么品牌和何时、何地购买等方面有较大的选择性,容易受企业营销刺激的影响,使购买力发生转移。造成这种状况的原因,一是消费品花色、品种繁多,质量、性能各异,消费者很难掌握各种产品知识,属于非专家购买者。他们在购买许多产品,特别是复杂的耐用消费品或新产品时,需要卖方的宣传、介绍和帮助。二是不少消费品替代性强,需求弹性较大,消费者对产品规格、品质的要求也不如生产者那样严格。三是消费者一般自发、分散地作出购买决策,不像工业品市场的购买决策那样,常常直接地或间接地受国家政策的制约和影响。

(3) 消费品的购买多属少量多次购买。消费品市场以个人或家庭为购买和消费的基本单位。限于每个单位的人数、需要量、购买能力、存放条件、产品有效期等因素,消费者购买的批量小、批次多,尤其是购买日常消费品比较频繁。

在这里,首先建立一个消费品购买行为的分析框架,概括影响消费品购买行为的各种因素和消费者购买行为的过程以及这两者之间的关系,如图 3-1 所示。

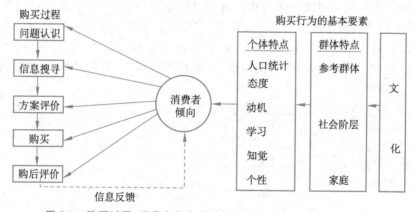

图 3-1　购买过程、消费者倾向和购买行为的基本要素之间的关系

3.1.2　消费者购买行为模式

过去,营销人员只要通过与消费者打交道的日常体验,就能很好地了解消费者。但随着企业和市场规模的扩大,企业的决策人员失去了与消费者直接接触的机会,因而不得不更多地通过消费者调查来研究消费者行为。在这种情况下,了解消费者购买行为模式对营销人员来说非常重要。因为模式是为解释现实事物或行为所假设的一种理论构架,它将复杂的现实事物简化,便于分析。营销人员掌握了消费者购买行为模式,可以通过对影响消费者行为因素的分析,预测出其行为的变化规律,为制定营销策略打下基础。

1. 黑箱模式

黑箱模式(Black Box Model)是解释消费者购买行为的最简单的依据之一,是消费者行为理论中的基本模式。在此模式中,消费者是被作为"黑箱"来看待的。在此,消费者心理过程是个未知数,消费者的内在心理过程及其购买决策过程构成了一个"黑箱",见表 3-1。

表 3-1　消费者购买行为的"黑箱"模式

刺　激		黑　箱		反　应
投　入		消费者黑箱		消费者行为
营销手段	环境影响	消费者行为	决策过程	购买
产品或服务策略	文化环境	态度	寻找信息	购买地点
价格策略	经济环境	认知	方案评价	购买时间
分销渠道策略	政治环境	个性	购买决策	购买数量
营销传播策略	技术环境	动机	购后行为	购买总额

　　这一模式不能说明消费者的行为和决策过程。因此,一般假设消费者受一定的刺激(营销手段和环境影响),然后产生一定的有形或无形的消费者购买行为。

　　因为该模式只局限于消费者行为(产出)和刺激(投入)的比较,没有涉及消费者的内在心理过程,所以该模式的实用价值是有限的。

2. 恩格尔—科拉特—布莱克威尔模式

　　恩格尔—科拉特—布莱克威尔模式(Engel-Kollat-Blackwell,EKB)如图 3-2 所示。该模式强调了购买者制定购买决策的过程。这一过程始于问题的确定,终于问题的解决。在这个模式里,受许多因素影响的消费者心理成了"中央控制器",其输入内容——包括产品的物理特性和诸如社会压力等无形因素——输进"中央控制器"。在那里,这些内容在"插入变量"——态度、经验和个性的作用下,便得出了"中央控制器"的输出结果:购买决定。当然,

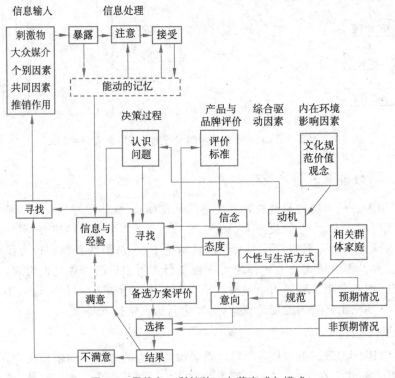

图 3-2　恩格尔—科拉特—布莱克威尔模式

如果输入内容不与"插入变量"相结合，就不会得出输出结果。

3. 霍华德—谢思模式

尽管霍华德—谢思模式（Howard-Sheth）较为复杂，但可使人们很容易理解个人消费者寻求某种产品所必须经历的唯一途径。该模式（见图 3-3）利用四种变量来描述购买行为：①输入变量，指销售控制的因素，如价格、质量、可供性；还指社会因素，如相关群体和家庭。②外生变量，指购买决策过程中的外部影响因素，如个性、文化和财力状况。③内生变量，指表现购买状态和过程的因素，如搜集信息、从以前的购买者得到经验、对购买行为的限制（价格和时间）、动机、产品抉择及态度等。④结果变量，指购买决策过程所导致的顾客行为。根据这些变量，霍华德—谢思模式认为：输入变量和外生变量就是购买行为的刺激物，它们通过唤起和形成动机、提供关于各种选择方案的信息等影响购买者的心理状态。购买者受到刺激物和以前购买经验的影响，开始接收信息，产生自己的一系列动机，作出对可选择产品的一系列反应，形成一系列购买决策的中介因素，或者制定出一系列使其动机能与满足动机的备选方案相配合的规则。这些动机、选择方案和中介因素的相互作用，便产生了某种倾向或态度。这种倾向与其他变量（如购买行为的限制因素）结合以后，便得出了购买结果、购买意向和实际购买行为。

霍华德—谢思模式在许多方面与 EKB 模式相似，如前者的外生变量相当于后者的环境影响等。两者之间的主要差异就在于强调的重点不同。EKB 模式强调的是态度的形成与产生购买意向之间的过程，认为信息的搜集与评价是非常重要的方面；而霍华德—谢思模式正相反，它更加强调购买过程的早期情况、感觉、学习和态度。

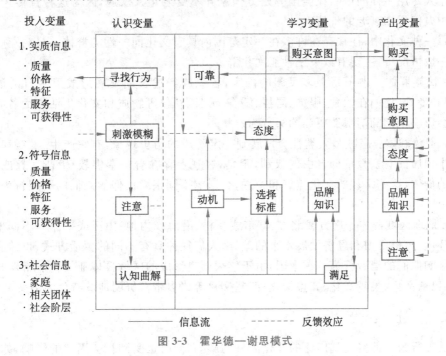

图 3-3　霍华德—谢思模式

3.2 影响消费品购买行为的主要因素

消费者的购买行为取决于他们的需要和欲望,而人们的需要和欲望以致消费习惯和行为要受到文化、社会、个人、心理四类因素的影响。下面分别阐述这四类因素的具体内容及其对消费者购买决策、购买行为的影响。

3.2.1　文化因素

文化的影响无处不在。美国学者爱德华·贺耳对文化下的定义是:"文化是社会的方式,是人类继承的行为模式、态度和实物的总和。"也有的学者简单地认为"文化是社会大众所共同具有的行为特征"。营销学中的文化具体是指某个社会和某个国家在一定的物质基础上以一种特定的哲学、宗教或处事方式为中心形成的综合体,生活在其中的人们所具有的一些共同的价值观、信仰、态度、道德和习俗。这种作为观念的文化虽然是看不见和摸不着的,但人们毕竟生活在某种文化环境中并能感觉到它的存在。由于不同社会或国家的文化往往围绕不同的因素或在不同的物质基础上建立起来,因此,处于不同文化环境的人们在价值观、信仰、态度、道德和习俗方面常常有较大的差别。由于文化具有互感性、继承性和学习性,因此,文化是影响人们欲望和行为的基本因素。大部分人尊重他们的文化,接受他们文化中共同的价值观和态度,遵循他们文化的道德规范和风俗习惯。所以,文化对消费者的购买行为具有强烈而广泛的影响。例如,家用电脑以使用者具有系统的专门知识和一定的价值观为先决条件,它只有在以先进技术为基础的文化环境中才能引起消费者的兴趣。再如,标有老年人专用字样的产品在美国等西方国家并不受老年人欢迎,因为这种宣传违背了这些国家中人们忌讳衰老的价值观。

在每一种文化中,往往存在许多在一定范围内具有文化同一性的群体,它们被称为亚文化群。一般情况下,主要有以下三种亚文化群。

(1) 民族群体。中国是个多民族的国家,各民族经过长期发展形成了各自的语言、风俗、习惯和爱好,他们在饮食、服饰、居住、婚丧、节日、礼仪等物质和文化生活方面各有特点,这些都会影响他们的消费欲望和购买行为。

(2) 宗教群体。宗教是人类社会发展到一定阶段的历史现象,有它产生、发展和消亡的过程。中国居民有宗教信仰自由的权利,于是,客观上存在着信奉佛教、伊斯兰教或天主教等宗教的群体,这些宗教的文化偏好和禁忌,会影响不同宗教信仰的人们的购买行为和消费方式。

(3) 地理区域群体。南方或北方、城市或乡村、沿海或内地、山区或平原等不同地区,由于地理环境、风俗习惯和经济发展水平的差异,人们往往具有不同的生活方式、口味和爱好,这也会影响他们的消费行为。在中国,由于悠久历史形成的区域群体亚文化非常明显,如岭南文化、巴蜀文化、吴越文化、齐鲁文化、燕赵文化等诸多带有鲜明地域特色的消费文化。

3.2.2　社会因素

消费者行为不但要受到广泛的文化因素的影响,同时也受到社会因素的影响,如社会阶层、相关群体、家庭、社会角色和地位的影响。

1. 社会阶层

差不多每一类型的社会都有各种不同的社会阶层。这些社会阶层具有相对的同质性和持久性，它们按等级排列，每一阶层的成员都具有类似的兴趣、价值观和行为方式。具体来说，他们具有几项特征：①同一阶层的成员，行为大致相似。②人们处于同一社会阶层不单由某一变量决定，而且由他们的职业、收入、财富、教育、价值观等变量综合决定。③个人能够改变自己的社会阶层，既可以晋升到更高阶层，也可能下降到较低的阶层。

不同社会阶层的人，由于经济状况、价值观念、生活方式、消费特征和兴趣各有不同，因而在购买行为和购买种类上都具有明显的差异性。在诸如服装、家具、娱乐活动和耐用消费品等领域，各社会阶层显示出不同的产品偏好和品牌偏好。因此，社会阶层也是影响消费者购买决策、购买行为的一个重要因素。美国社会学家劳埃德·沃纳(W. Lioyd Warner)把美国社会分为6个阶层：①上上层。这个阶层占美国总人口不到1％，是出身名门望族的社会名流，占有大量的财富，过着穷奢极侈、挥金如土的生活。他们是珠宝、古玩、豪华住宅等昂贵产品的主要消费者，其生活方式、购买决策和行为往往被其他阶层所效仿。②上下层。这个阶层约占总人口的2％，通常来自中产阶级。他们由于在职业上有卓越能力或善于做生意，赚得高收入和巨额财富。他们在社会活动中很活跃，要购买能显示其身份地位的产品，是豪华住宅、汽车、游艇、私人游泳池等产品的主要市场。③中上层。这个阶层约占总人口的12％，包括律师、医生、科学家、大学教授等。他们是高档服装、家具、用具、住宅的主要市场。④中下层。这个阶层约占总人口的30％，包括"白领"（如一般教师、职员等脑力劳动者）、"灰领"（如邮递员）、"蓝领贵族"（如工厂领班）。他们占领了各种中、低档产品的主要市场。⑤下上层。这一阶层约占总人口的35％，由生产工人、技工、低级职员等组成。该阶层人士受教育水平大都较低，属于低收入阶层。在消费上多属于习惯性购买者，喜欢购买实用价廉的产品。⑥下下层。这个阶层占人口的20％，处在社会的底层，是一般食品、旧货的主要市场。

2. 相关群体

所谓相关群体（也称参考群体），就是能直接和间接影响人们的态度、行为和价值观的群体。凡直接对人们产生影响的群体称为认同群体，即人们所属并且相互影响的群体。认同群体又有主要群体和次级群体之分，主要群体就是那些密切的、经常互相发生影响的群体，如家庭、朋友、邻居、同事等；次级群体则是人们相互影响较小的群体，如宗教组织、专业性协会等。此外，人们也受非所属群体的间接影响：首先要受所谓崇拜性群体的影响，这些群体是个人向往和有志于跻身其中的群体。例如，一些年轻的运动员和演员，往往希望有一天能与某些体坛名将和著名歌唱家同场或同时参赛表演，虽然他们与这些名流从未面对面接触过，但却对其无比神往，在行为、衣饰、嗜好等方面都向这些群体的成员看齐。另外，人们也受隔离群体的间接影响。所谓隔离群体，就是其价值观念和行为遭到人们拒绝的群体。例如，同是上述这些年轻人，他们都会力图避免与声名狼藉的球队或乐团发生任何关系，更耻于与其为伍。因此，企业营销人员，应能精确辨认出自己目标市场的相关群体，才有利于作出科学的决策。

3. 家庭

购买者的家庭成员对购买者的行为影响很大。一般人在整个人生历程中所受的家庭影

响,基本上来自两方面:一是来自自己的父母。每个人都会由双亲直接教导或潜移默化获得许多心智倾向和知识。例如,宗教、政治、经济以及个人的抱负、爱憎、价值观等。另外,对一个人日常购买行为更直接的影响,则来自自己的配偶和子女。这样构成的家庭组织,是社会上最重要的消费者购买单位,营销人员对此已进行了广泛的研究。他们注意分析家庭不同成员,如丈夫、妻子、子女在许多产品购买中所起的作用和影响。

一般来说,夫妻购买的参与程度随着产品的不同而不同。家庭主妇通常采购家庭生活用品,特别是食物、服装和日用杂品等。但是随着妇女就业的增加,男子愿意更多地参与家务劳动,这种妻子支配家务型的观念正在改变。所以,如果日用品的营销人员仍然认为妇女是其产品唯一的或主要的购买者,那么在营销决策中会造成很大的失误。当然,家庭的购买决策并不总是由丈夫或妻子单方面作出的。实际上,有些价值昂贵或是不常购买的产品,往往是由夫妻双方共同作出购买决定的。不过,这里仍有一个到底夫妻中哪一方对购买决定有较大影响力的问题。可能是丈夫支配型,也可能是妻子支配型,或是夫妻双方共同支配型。丈夫支配的产品,如汽车、摩托车、电视机、烟酒等;妻子支配的产品,如衣饰、洗衣机、餐具、吸尘器等;夫妻共同支配的产品,如住宅、家具、旅游和某些文娱活动等。

此外,购买者家庭成员在不同层次的决策中,影响力也不同。美国有人研究发现,"何时购买汽车"的决策主要受丈夫影响的占68%,受妻子影响的占3%,共同决定的占29%;但"购买什么颜色的汽车"的决策则受丈夫影响和妻子影响的各占25%,共同决定的占50%。因此,汽车公司在设计产品和拟订营销传播方案时,必须考虑各决策者和参与者可能的影响。

4. 角色和地位

角色是指一个人在不同场合中的身份。每个人一生中都会参与到许多群体中,如家庭、社会和各种组织机构等。一个人在不同群体中的位置可由角色和地位来确定。例如,一位能诗会画的女经理,在她父亲的眼光里,她的角色是女儿;在她的家庭里,她的角色是妻子;在她的公司里,她的角色是经理;在她兼任工作的社团里,她的角色是艺术家。一种角色包含着一组自己及周围的人所期望的行为活动。一个人在各种群体中的各种角色,都会影响其购买行为。而每一种角色又都伴随着一种地位,反映社会对他/她的评价。例如,一位博士学位获得者的社会地位在一般情况下总是高于另一位硕士学位获得者,周围的人对前者的要求、期望往往高于后者。事实上,人们在购买产品时往往根据自己在社会中所处的角色和地位来考虑,选择符合或代表自己身份和地位的产品作为标志。因此,营销人员应该认识到产品成为地位标志的可能性,以便采取相应的营销策略打入市场,或提高原有市场的占有率。但地位标志性产品会随着社会阶层和地理区域而有所变化。敏锐的营销人员还必须善于识别这种差异。

3.2.3 个人特征

消费者的购买行为除受上述文化因素和社会因素的影响外,还受其个人特性的影响,特别是受其年龄与家庭生命周期阶段、职业、经济状况、生活方式以及个性与自我观念等的影响。

1. 年龄与家庭生命周期

显然,不同年龄的消费者对于产品有不同的需要和爱好,人们对衣、食、住、行各方面的消费需求,会随着年龄的变化而变化。购买者的年龄是影响消费者需要和购买行为的一个重要因素。

年龄不仅影响人们的购买行为,而且消费还根据家庭生命周期阶段来安排。西方学者指出,购买者的家庭生命周期大致分为七个阶段:①单身阶段。年轻,单身,不住在家里。②新婚阶段。年轻,无子女。③满巢阶段一。最幼的子女不到6岁。④满巢阶段二。年轻夫妇有6岁或6岁以上的孩子。⑤满巢阶段三。年纪较大的夫妇有未独立的孩子。⑥空巢阶段。年纪较大的夫妇,与子女已分居。⑦孤独阶段。单身老人,独居。

消费者处在不同的家庭生命周期,会有不同的爱好和需要,营销人员应明确自己的目标市场所处的家庭生命周期阶段,并在此基础上开发合适的营销组合方案以满足目标市场消费者的需求。

2. 职业

一个人的职业也会影响其消费模式。例如,普通工人与工程技术人员的需求有很大的不同,普通工人需要从事体力劳动的服装、午餐盒、烈性酒等产品,而工程技术人员一般都需要图书、报纸杂志、计算机等文化用品。因此,营销人员有必要调查和识别那些对其产品或服务感兴趣的职业群体,从而选择专门提供某一特定职业群体所需的产品或服务。

3. 经济状况

一个人的经济环境通常会影响其对所购买的产品或服务的选择。所谓人们的经济状况,包括个人可支配的收入、存款与资产、借债能力以及对储蓄与花钱的态度等。正因为个人的经济状况对购买行为具有极大的影响,因此,营销那些收入弹性比较大的产品的商家,应该经常注意消费者个人收入、储蓄及存款利率的变化。如果经济处于衰退期,商家就应采取适当的步骤对产品重新设计,重新定价,减少生产和存货,或重新决定目标市场以及采取其他相应的措施来吸引目标顾客,维持或提高自己产品的销售量。

4. 生活方式

人们的购买行为也受其所选择的生活方式的影响。虽然有些人可能都来自相同的亚文化、相同的社会阶层甚至相同的职业,也可能具有不同的生活方式。

一个人的生活方式,是他根据个人的中心目标或价值观安排生活的模式,并通过他的活动、兴趣和意见表现出来。例如,某人以成为艺术家为目标,必然采取艺术家所特有的生活方式,具有与艺术家相似的兴趣和见解,从事各种与艺术有关的活动。生活方式是影响个人行为的心理、社会、文化、经济等各种因素的综合反映。一个人的生活方式确定以后,就勾画出了他完整的行为模式。市场调研人员根据价值观分类法或活动、兴趣、意见分类法,可以划分各种类型的生活方式。如把大量时间和精力投入工作和学习的"进取型"生活方式和重视家庭生活、依惯例行事的"归属型"生活方式等。具有不同生活方式的消费者对一些产品或品牌有各自的偏好。企业可以设计与他们的目标、价值观、活动、兴趣、意见相适应的产品、品牌和广告。

5. 个性与自我观念

每个人都有影响其购买行为的独特个性。所谓个性,是指一个人身上经常地、稳定地表现出来的心理特点的总称。它导致一个人对其所处环境的相对一致和持久的反应。如自信或自卑、冒险或谨慎、倔强或顺从、独立或依赖、合群或孤高、主动或被动、急躁或冷静、勇敢或胆小等。个性使人对环境产生比较一致和持续的反应，可以直接或间接地影响人的购买行为。例如，喜欢冒险的消费者容易受广告的影响，成为新产品的早期使用者。自信的或急躁的人购买决策过程较短，缺乏自信的人购买决策过程较长。直接与消费者个性相联系的六种购买风格是：几乎不变换产品的种类和品牌的习惯型；经冷静、慎重地思考后购买的理智型；特别重视价格的经济型；易受外界刺激而购买的冲动型；感情和联想丰富的想象型；缺乏主见或没有固定偏好的不定型。

另一个与个性相关的概念是自我观念或自我形象。自我观念是描述人们如何看待自己，或别人如何看待自己的一幅复杂的内心图像。每一个人都会自认为自己是属于什么类型的人，或认为别人会把自己看做是属于什么类型的人，因而在行为表现上也与自己的身份相符。因此，消费者一般选择符合或能改善其自我形象的产品或品牌，这就要求企业设计出符合目标顾客自我形象的产品和品牌形象。

3.2.4 心理特征

消费者的购买行为还会受到四个主要心理因素的影响。这些因素是：动机、知觉、学习以及信念与态度。

1. 动机

人类的一切活动，包括购买行为，都是为了满足自身的需要。所谓需要，是指个体缺乏某种生理或心理因素而产生的心理紧张，从而形成与周围环境之间的某种不平衡状态。一种尚未满足的需要，会产生内心的紧张或不舒适，当它达到迫切的程度，便成为一种驱使人们行动的强烈的内在刺激，称为驱策力。这种驱策力被引向一种可以减弱或消除它的刺激物，如某种产品时，便成为一种动机。因此，动机是一种推动人们为达到特定目的而采取行动的迫切需要，是行为的直接原因。在一定时期，人们有许多需要，只有其中一些比较迫切的需要才能发展成为动机。

人们的需要和动机有多种多样，可以从不同的角度加以分类。最基本的方法，是根据它们影响人们身心的那一部分来分类。一些需要和动机由饥渴等生理的紧张状况所引起，是维持和延续生命、保持人体生理平衡所必需的，因而是初始动机。另一些需要和动机是由想得到承认、尊重等心理紧张状况所引起的，属于精神或感情上的需要，因而是高级动机。

需要和动机还可以根据重要性和满足的先后顺序进行分类。如前一章所阐述的马斯洛需求层次理论。马斯洛的需求层次理论虽然提出了需要和动机的基本模型，但是，研究消费者的购买动机，是一项极为复杂的工作。因为，消费者常常根据几个动机作出一种购买选择。为了更具体地了解几种主要的购买动机及其与营销管理的关系，下面把购买动机进一步划分为三点。

（1）以使用为主要目的的动机和以得到心理满足为主要目的的动机。前者是为了利用产品的使用价值或性能，如日常生活购买的米、面、油，是为了利用它的充饥性能。企业关于产品质量、性能、服务、价格等方面的决策，主要是以这种动机为根据。后者是为了占有和使用产品获得某种心理满足，如购买贵重的首饰等。企业关于品牌形象、包装等方面的决策，主要是为了诱导这种动机。在更多的场合，消费者则根据这两种动机购买同一种产品。

（2）感情动机、理智动机和信任动机。感情动机是由喜欢、爱慕、好奇、快乐、道德感、集体感、美感等情绪或情感引起的动机。理智动机是消费者经过对各种需要、不同产品满足需要的效用和价格进行认真思考后产生的动机。信任动机是消费者对特定的产品、品牌和商店产生信任和偏好，引起重复购买的动机。这三种动机时常交织在一起。

（3）初始动机、挑选动机和惠顾动机。初始动机引导购买某一种产品，由内部刺激和外部刺激诱发。挑选动机引导购买某一种品牌，主要受企业产品、价格和营销传播决策的影响。惠顾动机引导在某家商店购买，主要受店容店貌、产品组合的深度和广度、商店位置、服务方式和态度的影响。

2. 知觉

知觉是个人根据自己的经验和知识，用内在的精神世界说明外在事物的过程。知觉的重要意义在于，只有知道和觉察到某一产品存在，并与自身需要相联系，购买决策才有可能产生。

知觉不同于人的感官功能，而是人脑的机能，它依赖于外在事物的刺激作用。从消费者行为角度看，唤起知觉的主要是营销刺激。营销刺激分两种：第一种是产品本身，它包括产品的功能、用途、款式和包装等；第二种是反映产品的信息，即通过营销传播、服务、环境等表现出来的语言、画面、音乐、设计等。

知觉有四个基本特征。

（1）知觉的主观意识性。知觉是对客观世界的主观反映，要受到人的世界观、兴趣、教育程度、生活条件和经历的制约。对于一棵古松，画家的兴趣在于它青翠苍劲的姿态；诗人的兴趣在于它顶天立地的傲骨气质；而樵夫的兴趣则往往在于它可以用来照明和燃烧。

（2）知觉的理解性。人们借助过去的知识经验对当前的事物进行理解，从而能够对事物获得比较迅速、细致和全面的知觉，这就是知觉的理解性特征。人们对所接触的客观事物理解愈深，所得的知觉愈好。

（3）知觉的选择性。消费者与周围环境的关系是复杂的，有许多事物同时对他们发生作用。但是，在同一时间内，他们能清晰地得到知觉的对象很有限。因此，在知觉过程中，为了清晰地反映对象，消费者总是从许多事物中被动或主动地分离和选择出想要获得知觉的对象，这就是知觉的选择性。

（4）知觉受刺激客体的影响。知觉可以是对刺激物的反映，因而刺激物以不同的形式出现会产生不同的知觉效果。表 3-2 表明刺激物与知觉的关系。

表 3-2　刺激物与知觉的关系

刺激物的特征	容易引起知觉	不易引起的知觉
规模	大	小
位置	显著	偏僻
色彩	鲜艳	暗淡
动静	运动	静止
反差（对比）	明显	模糊
强度	强烈	微弱

3. 学习

人们要行动就得学习。学习是指由于经验积累而引起的个人行为的改变过程。这种改变的形式既可表现为公开行动的改变，也可表现为语言和思想的改变。人类的行为有一些是本能的，但大多数行为是通过学习，即从后天经验中得来的。

消费者的学习大致有四种类型。

（1）行为学习。人们在日常生活中，不断学得许多有用的行为，包括工作、学习、与人交往，等等。作为一个消费者，他要不断学习各种消费行为。行为学习的方式就是模仿，通过模仿，人们学会吃饭、喝水、喝咖啡、听录音、看电视、骑自行车、用洗衣机洗衣服等。模仿的对象是众多的。孩子模仿父母，学生模仿老师，观众模仿影视人物，等等。

（2）符号学习。借助外界的宣传、解释，消费者了解各种符号，如语言、文字、造型、色彩、音乐的含义，从而通过广告、商标、品牌、标签、招牌与营销商进行沟通。

（3）解决问题的学习。人们通过思考和见解的不断深化来完成对解决问题方式的学习。思考就是对各种消费行为和各种体现现实世界的符号进行分析，从而形成各种意义的结合。思考的结果便是见解，见解是对问题中各种关系的理解。消费者经常思考如何满足自身的需要，思考的结果常被用于指导消费行为。

（4）情感学习。消费者的购买行为带有明显的感情色彩，如偏爱某个公司、某家商店、某种产品或服务、某种品牌等。这些来源于消费者的感受，包括消费者自身的实践体会和外界鼓励、支持、劝阻、制裁等因素。消费者这种感受的积累和定型便是情感学习的过程。

消费者的基本学习模式由内驱力、指示（线索）、反应、强化四个部分组成。内驱力是指引起个人采取行动的心理紧张状态。饥饿可算是一种内驱力。内驱力分原始驱力和衍生驱力。原始驱力由生理需求造成，如口渴。衍生驱力是后天学来的，如想喝水或仲夏的中午想喝一杯冰镇啤酒。指示又称线索，是一种环境刺激。例如，人们饥饿的时候常会为饭店的招牌、食物的香味所吸引，因为以往学习的知识和经验告诉他们那儿是解决他们饥饿的去处。反应是指个人在环境中找寻线索，采取行动。反应有不同的层次，如婴儿饥饿时的反应是啼哭或做吸奶的动作，成年人饥饿时就会四处寻找食品。强化是指当反应受到回报时产生的作用。在饥饿时进食可满足个人的需要，于是进食的反应得到强化。当强化再次发生时，个人遇到同一的刺激，会马上作出某种固定反应，形成学习。

4. 信念与态度

通过行动和后天经验，人们树立起自己的信念与态度。反过来，这些信念与态度又影响其购买行为。所谓信念，是指人们对事物所持的一种描述性的想法。如相信某种空调省电、噪声小、价格合理。又如，某些消费者以精打细算、节约开支为信念。一些信念是建立在知识的基础上，能够验证其真实性，例如，认为空调省电的信念可以通过测试证实。另一些信念则建立在成见的基础上，很难验证其真实性。企业应关注消费者对其产品的信念，因为信念会形成产品和品牌形象，会影响消费者的购买选择。

消费者在学习和社会交往的过程中形成了态度。消费者态度是消费者对有关事物的概括性评估，是以持续的赞成或不赞成的方法表现出来的对客体的倾向。心理条件是态度的基础，但两者不能等同。态度带有浓厚的感情色彩，而且它往往是思考和判断的结果。

一般来说,态度和行为是直接相关的,态度能使人们对相似的事物产生相当一致的行为。当一个人根据过去的体验或其他信息,已对某些产品、某些服务形成了肯定或否定的态度时,购买决策过程可大大加快。由于态度是比较难以改变的,企业应使自己的产品或服务尽可能适应消费者现有的态度,而不要勉强去改变消费者的态度。当然,如果改变人们的信念和态度所付出的巨大代价能够得到补偿,则另当别论。

总之,以上文化、社会、个人、心理四个方面的因素,是影响消费者购买行为的主要因素,营销人员研究这些因素,有助于制定产品、价格、营销传播和分销策略,有助于更好地为消费者服务,并有效地开拓市场。

3.3 消费品的购买决策过程

对营销人员来说,仅仅了解影响消费者行为的主要因素是不够的,还需要了解消费者购买行为的参与者、购买者倾向、消费者投入度、购买行为类型以及购买决策过程的步骤。

3.3.1 购买行为的参与者

消费品的购买通常是以家庭为单位进行的,究竟谁是决策者,要依不同产品而定。就有些产品而言,识别其购买者相当容易。对另外一些产品所涉及的决策者往往就不止一个人。因此,人们在购买决策过程中可能扮演不同的角色,这些角色按其在购买过程中作用的不同,可以划分为倡议者、影响者、决策者、购买者和使用者五种类型。倡议者即最初提出购买某种产品的人;影响者是直接影响最后购买决策的人;决策者即对部分或整个购买决策,如是否购买、购买什么、如何购买、何处购买和何时购买等,有权作出最后决定的人;购买者即实际执行购买决策的人;使用者即实际使用和消费该产品的人。

企业的营销人员有必要研究这些角色,了解购买决策中的主要参与者和他们所起的作用,对于企业设计产品,确定传播信息,制订营销计划,安排营销传播活动都具有重要的意义。

3.3.2 消费者购买倾向

图 3-1 中就指出了在消费者购买过程和影响消费者购买行为的因素之间有一种联系。这种联系称为消费者"倾向"。"倾向"这个词意味着接受或拒绝的准备状态,表示以一种特殊的方式行动的意愿。消费者的某种倾向将会影响到决策过程每个阶段的行为。因而,在问题确认阶段购买者确认需要时就会发生作用,或在评价阶段购买者接受或拒绝某一特殊的评价标准时发生作用。

是什么因素在决定消费者的消费倾向?消费倾向与态度有什么不同?西方学者Berelson和 Steiner 在定义消费倾向时把它与大众传播联系起来,他们认为:倾向是指在传播开始阶段,受众或其中的一员的社会或心理状态——他们的信息、兴趣、态度、群体成员特征、个性特征等。这包括了与沟通有关的任何特点或理所当然地内含于受众的注意、行为或结果中。

这个定义指出了"倾向"比"态度"这个词语更具排他性。一种态度是一个人心理世界的一部分。我们时常说心理态度。某一消费者是因为诸如性别、年龄、收入或职业等人口统计方面的特征而去购买、消费，而这些人口统计特征与心理状态没有任何关系。态度可以被看做说明个体之间差异的插入变量。性别也有同样的功效。在这里我们不进一步深究这种差异。我们的目的是要把消费者的"倾向"比消费者态度放在更大的背景中去研究的。对营销经理来讲，消费者倾向有着特殊的含义。营销战略通常聚焦于有"倾向"的细分市场。新产品的设计、营销信息的选择和指向、分销渠道的安排必须反映出营销商有意识地满足那些有需求"倾向"的消费者的欲望。在市场的细分、销售预测时要根据已知的潜在购买者的特点来进行，这些特点包括人口、收入、地理位置和中间商的存在和重要性等。可以看出市场的界定和目标市场的确定是根据观察到的购买者的行为为依据的。营销管理的重心集中在那些重量级的购买者身上，或对特定产品或服务"利益"有购买动机的消费者群体上。这时，营销商的任务便是更好地揣摩为什么这些购买者会产生购买行为，而另外一些却不会。事实上，营销商一直在努力探寻促成一个人对某一产品或服务而不是另一个产品或服务发生有利倾向的复杂原因。

我们要强调有"倾向"的消费者的概念。从务实的角度来看，营销经理必须把有限的资源集中到已经对其产品或服务有"倾向"的细分市场上。虽然营销商有时刻意投入一定的营销费用去说服消费者形成对某一产品或服务的正面态度，增加未来有"倾向"的消费者人数，但大量的工作还是投向了对产品或服务已经有"倾向"的消费者人群上。看一看下面的例子，某个汽车制造商可以面对一个较大的市场，认为纯电动汽车是有价值的，完全可以开发和推广这种新能源汽车，显然，这种方案是既耗资又费时。经过比较，汽车制造商可以寻求对汽车大小有"倾向"的购买者，把他们看做一个已经成形的市场，如果对这种汽车有充足的需求，便可以设计开发和推广这种纯电动汽车。这种推论在某种程度上已在美国市场上得到证实。美国主导的汽车制造商把他们的汽车从传统的汽车转向小汽车，再转向运动型小汽车，最终转到了迷你型小汽车，这些转变反映了对小汽车购买者"倾向"的适应和应变。美国小汽车制造商通过汽车的市场推广使得美国汽车市场更加对小汽车有"倾向"行为。主流的美国汽车制造商首次在 1959 年向市场推出小汽车。如果是在那年推出今天的迷你型小汽车，消费者也许会拒绝接受这种产品，因为在那时消费者还没有对这种大小的汽车有"倾向"。这就导致了一个问题："是什么决定了消费者的倾向？"

有三个一般的因素决定着消费者的倾向。它们是：①个体；②社会群体；③文化。为了更好地理解消费者的行为，大多数市场调研都要瞄准个体。然而，对其他两方面的更好理解和认识会使得营销管理人员更有效地设计、分析和评价营销规划。

3.3.3 消费者购买投入度

1. 消费者投入度类型

消费者的购买决策过程可能相当复杂而费时，也可能非常简单而快速，这主要取决于消费者对产品的投入程度。投入是指某一决策对消费者个人的重要程度或相关程度。投入程度愈大，消费者作正确抉择的重要性就愈高。有研究指出：当产品对个人具有私人或象征意义时、当产品与中心价值观相关联时、当产品的购买或使用涉及风险时以及当产品具有高的享乐价值时,投入程度是最高的。消费者购买决策的高度投入与低度投入的区别见表 3-3。

表 3-3　消费者购买决策的高度投入与低度投入的区别

购买决策的高度投入	购买决策的低度投入
①消费者是信息处理者	①消费者随机地得到信息
②消费者是信息寻找者	②消费者是信息搜集者
③消费者是主动的广告听众,因此,广告对消费者的效果是微弱的	③消费者是被动的广告听众,因此,广告对消费者的效果是强烈的
④消费者在购买之前评价品牌	④消费者首先购买,如果他们评价品牌也是在购买之后
⑤消费者努力使期望满意度极大化,消费者通过比较品牌以发现谁能提供与需求相关的最大利益,并且根据多属性比较来购买	⑤消费者寻求可接受的满意水平,因此,消费者购买最不可能给其带来问题的品牌,并且几乎不利用属性
⑥个性和生活方式特征十分重要,因为产品与消费者的身份及信仰密切相关	⑥个性和生活方式特征并不重要,因为产品与消费者的身份和信仰的关系不紧密
⑦参考群体影响消费者行为,因为产品对群体的标准和价值很重要	⑦参考群体对产品选择不施加影响,因为产品与群体的标准和价值似乎并无关系

依据消费者的投入程度,可将购买行为分成三种类型,见表 3-4。

表 3-4　消费者购买行为类型

问题解决类型 项目	例行的问题解决	有限的问题解决	广泛的问题解决
参与	低	低到中等	高
时间	短	短到中等	长
成本	低	低到中等	高
信息搜寻	仅限内部	内部为主	内部和外部
可供选择数	一个	几个	很多个

（1）例行的问题解决:投入程度最低,如消费者购买他们常用的牙膏品牌。消费者不会考虑其他的方案,他们只是依习惯自动购买。

（2）有限的问题解决:如果常买的品牌缺货,消费者只从货架上陈列的品牌中作选择。消费者对产品的投入程度低,没有很偏好的品牌,只利用少数的属性作判断,从少数的品牌中作选择时,即属此种购买行为。

（3）广泛的问题解决:只有很少数的购买决策(如购买新汽车)会有此种购买行为,投入程度高,并对一些方案作复杂的评估。

有限的问题解决和广泛的问题解决在各阶段购买决策过程(注:购买决策过程将在3.3.4 小节中阐述)的比较如表 3-5 所示。

表3-5　广泛的问题解决和有限的问题解决比较

购买决策阶段	广泛的问题解决	有限的问题解决
需要确认	高投入和知觉风险	低投入和知觉风险
信息搜寻	①强烈的搜寻动机 ②使用多种来源,包括媒体、朋友和销售点沟通 ③积极严谨地处理信息	①低的搜寻动机 ②广告的接触是消极的,信息处理也不深入 ③可能作销售点的比较
方案评估	①严谨的评估过程 ②使用多种评估准则,有些准则较为重要 ③各方案被认为有显著的不同 ④补偿策略,在特定属性上的缺点可由其他属性来抵偿 ⑤坚持利益、态度和意图	①不严谨的评估过程 ②使用有限的评估准则,集中在最主要的准则 ③各方案被认为大致相似 ④非补偿策略,在重要属性上达不到标准的方案即予以剔除 ⑤不坚持利益、态度和意图 ⑥购买和试用可以是评估的主要方法
购买	①必须坚持到许多零售据点去选购 ②通常偏爱自我服务 ③通常需要在销售点谈判和沟通	①不想做广泛的选购 ②零售据点的选择可能需要决策过程 ③通常会由陈列和销售点诱因来促进选择
购买过程	① 疑虑会引发售后再保证的需要 ②满意是重要的,而忠诚是结果 ③如有不满意之处,会去寻求补偿	①由于惰性,而非忠诚,会使满意成为再购买 ②不满意的后果是品牌转换

2. 决定消费者投入程度的因素

消费者在购买中的投入水平取决于五个因素:经验、兴趣、预期风险、情景和展露度。

(1)经验。一般来说,消费者对某一产品或劳务具有若干次消费经验时,投入程度较低。在反复使用过该产品之后,一旦产生对该产品的需求,消费者会迅速作出决策。因为消费者对该产品比较熟悉,并且知道它能否满足自己的需求,他们对该项产品购买的投入程度较低。例如,经常出差的人对旅途中的消费方式和随身携带的物品都了如指掌。

(2)兴趣。投入程度与消费者的兴趣直接相关,如消费者对汽车、音乐、计算机和其他电子产品感兴趣,那么平时他就会耗费较多的精力和时间,注意和搜集这方面的资料与信息,并且时常会关注所感兴趣产品的市场行情以及各方面的消费反应。当然,对产品或服务的消费兴趣会因人而异。年轻的父母们可能对少年宫不感兴趣,但望子成龙的心态及邻居的孩子在少年宫的良好学习成绩却使他们对少年宫的项目和价格非常感兴趣。

(3)预期风险。随着消费者对某项产品购买的预期风险的增加,消费者的投入程度也会相应的提高。消费者所关心的风险类型包括财务风险、社会风险和心理风险。第一,财务风险会带来财富的减少和购买力的下降。显然,高价位会带来高风险,消费者的投入程度会极大地提高。因此,价格与投入程度通常是直接相关的:价格越高,投入程度越高。例如,购买商品房的消费者就会比买福利房的消费者花更多的时间和精力去寻找在环境、质量、价格、地理位置等方面合适的楼盘或小区。第二,当消费者所购买的产品会引起其他人对他们的看法时,就要承担社会风险。例如,出席亲朋好友聚会时穿着的服装,进行重大商业项目洽谈时乘坐的小汽车。第三,如果消费者觉得做错了决策可能会导致一些焦虑,他们会承担心理风险。对工薪阶层来说,他们会考虑是购买股票保险还是购买国库券保险。

(4) 情景。购买环境可能会暂时将一个低度投入决策变成一个高度投入决策。当消费者在特定的情景中预期到较大风险时,就会出现较高的投入程度。例如,一位平时着装随便的青年男士去找工作或与自己心爱的姑娘约会时对服装的选购就会很慎重。这样,对这位男士而言,服装的购买行为就从一个低度投入的决策变成一个高度投入的决策。

(5) 展露度。当一件产品的社会可见度增加时,消费者在购买时的投入程度也就会提高。经常跟随消费者参加社交活动的产品(如服装、手机、手表、汽车、珠宝、领带、手包等)或能够为别人看到的产品(如家具、摆饰等),往往展示在大庭广众之下,容易受到别人的"评论",是消费者的"面子",这些产品对购买者都是一种说明、一种象征、一种标志,因此,这些产品带有社会风险。

3.3.4 购买决策过程中的主要阶段

消费者行为集中表现为购买产品,但购买者作出决策并非一种偶然发生的、瞬间的、孤立的现象。消费者的购买过程早在实际购买之前就发生了,并且在购买之后还会有持续的影响。因此,消费者完整的购买决策过程是以购买为中心的,包括购前和购后一系列活动在内的复杂的行为过程。具体来说,消费者的购买决策过程一般可以分为确定需要、搜集信息、评估选择、购买决定、购后行为五个阶段。因此,企业营销人员不要仅仅把注意力集中于购买决策阶段,而且要注意调查研究和了解消费者整个购买过程。图3-4给出了消费者购买决策过程的五个阶段。

图 3-4　消费者购买决策过程的五个阶段

1. 确定需要

确定需要是消费者购买过程的起点,当消费者感觉到一种需要并准备购买某种产品以满足这种需要时,购买决策过程就开始了。这种需要,可能是由内在的刺激因素引起的,如成年人的某些正常需要——饥饿、干渴等,在突破阈值后就成为一种动力。而此人从以前的经验中已学会如何应付这种动力,进而激励自己寻找能满足这种动力的某类产品。需要也可能是由外部的刺激因素所引起。例如,看到别人穿的时装、戴的首饰很好看,于是自己也想买;听说邻居家买了一个42英寸等离子平板彩电,自家也决定买一台。

企业营销人员在研究消费者购买过程第一阶段时,主要内容是确定并激发出消费者某种需要的环境。要注意:第一,必须了解那些与本企业产品有实际和潜在关联的驱动力;第二,消费者对某种产品的需要强度会随着时间的推移而变动,并且由一些诱因所触发。因此,营销人员需要去识别引起消费者某种需要和兴趣的环境,以找出消费者会产生什么类型的需要或问题,这些需要或问题是怎样形成的,它们是如何引导到特定产品的。营销人员要善于根据这些规律和特点采取相应措施,唤起和强化消费者的需要,并转化为购买行为。

2. 搜集信息

如果消费者的需要很强烈,可用来满足需要的产品易于得到,消费者就会马上采取购买行动。但在多数情况下,消费者的需要并非马上就能得到满足,因而必须寻找或搜集某些信息。消费者搜集信息的积极性与需要有关,有些消费者的需要不很强烈,因而对搜集信息不很积极,但对于满足需要的信息很关心;还有些消费者的需要比较强烈,因而搜集信息的积极性很高。消费者需要搜集的信息量取决于其购买情况的复杂程度,即需要的满足是属于高度介入还是低度介入的问题。消费者的信息来源一般可以分为四个方面:①个人来源,如家庭、亲友、邻居、同事等;②商业来源,如广告、推销员、经销商、包装品、展销会等;③公共来源,主要包括大众传播媒介,如电视、电台、电影、报纸、杂志、互联网以及政府部门与公众组织等非广告性质的信息传播渠道;④经验来源,操纵、实验和使用产品的经验。以上这些信息来源的影响力随着产品的类别和购买者的特征而变化。

一般说来,消费者得到的产品信息,大部分出自商业来源,而影响力最大的是个人来源。各种来源的信息对购买决策都有相当大的影响。应当注意的是,对消费者购买决策造成影响的信息必须在消费者的记忆中留下一定的印象,否则再多的信息也会成为无用信息。在正常情况下,商业来源主要起通知作用,而个人来源主要起评估作用。企业必须设计适当的营销组合策略,以使其品牌纳入消费者熟知的品牌组、可供考虑的品牌组以及选择的品牌组。因此,营销人员对消费者使用的信息来源应该仔细分析识别,并评价其重要性,以便针对不同的产品和消费者,选择并使用有效的信息传播渠道,从而影响消费者的购买决策。

3. 评估选择

消费者根据得来的信息便可以了解市场上出售的某些品牌,并考虑选择一些品牌,最终决定购买某个品牌。消费者在评估选择过程中,以下一些因素应引起营销人员的重视:第一,产品属性,尤其是与消费者需要密切相关的产品属性;第二,消费者对产品的各种属性给予的重视程度,即重要性权数;第三,消费者对品牌的信念,即品牌形象;第四,消费者对产品每一属性的效用函数,即消费者所期望的产品满足感;第五,消费者经过某些评价程序所产生的对各个可供选择的品牌的态度。因此,营销人员可采取如下对策,以提高消费者对其品牌的兴趣,具体有:

(1) 修正产品的某些属性,使之接近消费者理想的产品,这称为"实际的重新定位"。

(2) 改变消费者心目中的品牌信念,通过广告和宣传报道努力消除其不符合实际的偏见,这称为"心理的重新定位"。

(3) 改变消费者对竞争品牌的信念。当消费者对竞争品牌的信念超过实际时,可通过比较性广告宣传,改变消费者的信念,这称为"竞争性反定位"。

(4) 通过广告宣传,改变消费者对产品各种性能的看法及重视程度,设法提高自己产品的优势性能及重要程度;引起消费者对被忽视的产品性能的注意。

(5) 改变消费者心目中的理想产品的标准。

4. 购买决定

消费者在评估选择阶段对选择组的各种品牌进行比较和评估后,就会形成购买意向。消费者一般会偏向购买其喜爱的品牌。但是,从购买意图到购买决策之间,还会受到两个因素的影响,如图 3-5 所示。

第一个因素是其他人的态度。如果消费者已准备购买某种品牌的产品,但他的家人或亲友或同事持反对态度,就会影响购买意图。别人的反对态度愈强烈,或持反对态度的人与

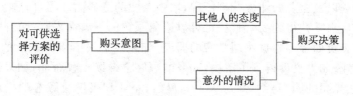

图 3-5　影响购买决定的两个因素

购买者的关系愈密切,修改购买意图的可能性就愈大。

第二个因素是意外的情况。购买意图是在预期家庭收入、预期价格和预期从产品中得到的效用等基础上形成的,如果发生了意外的情况,如失业、生病、涨价或亲友带来该产品令人失望的信息,则很可能改变购买意图。

消费者出现修正、延迟或避免某项购买决定,往往是由于深受可觉察风险的影响。许多购买活动都或多或少地要承担一些风险,消费者由于无法确定购买的后果,从而感到不安。可觉察风险的大小随着投入金钱的多寡、产品属性的不确定程度和消费者自信程度而有所不同。因此,消费者发明了一些常用的方法,如避免决策、向朋友搜集信息、偏好全国性的品牌和各种有关保证等。所以,营销商必须了解哪些因素会让消费者感到有风险的存在,并提供能降低可觉察风险的信息和依据。

5. 购后行为

消费者购买产品后,往往会通过使用体验和他人的评价,对其购买选择进行检验,把所觉察到的产品实际性能与以前对产品的期望进行比较。消费者若发现产品性能与期望大体相符,就会感到基本满意;若发现产品性能超出了期望,就会感到非常满意;若发现产品性能达不到期望,不能给他以预期的满足,就会感到失望和不满。消费者是否满意,会直接影响他购买后的行为。如果感到满意,他下次就很可能重复购买同一牌子的产品,并常对周围的邻居、朋友、同事、亲戚等称赞这种产品。这种称赞往往比广告宣传更有效,能够在消费者中形成良好的口碑。如果感到不满,他除了可能要求退货或寻找能证实产品优点的信息来减少心理不平衡以外,还常常采取公开或私人的行动来发泄不满,如向营销商、新闻媒介和消费者协会投诉抱怨、反映意见,向家人、亲友和熟人发泄不满等。这势必会损害企业的品牌形象,弱化企业为使顾客满意所做的种种工作。当然,也有些消费者对不满意的购买结果沉默不语,认为那是一件有损自己脸面的事情,默不作声,只是以后不再购买此种产品而已。

企业采取各种措施,尽可能使顾客购买后感到满意。产品宣传如实反映产品的实际性能或适当留有余地是举措之一。另外,企业还应经常征求顾客意见,加强售后服务,同购买者保持各种可能的联系,为他们发泄抱怨和不满提供适当的渠道,以便迅速采取补救措施。

3.3.5　顾客投诉管理

对营销商来讲,处理购后行为的重要工作是解决顾客的投诉与抱怨行为。一个企业几乎每天都要面对各种各样的顾客,处理着种类繁多的复杂的销售业务,要使每一项业务让每一位顾客都满意是很难的。即使是世界上最优秀的企业也不可能保证永远不发生工作失误或不引起顾客投诉。这样,必然使某些顾客对所购买的产品或服务在某些方面或环节上心怀不满或疑问,顾客的投诉或抱怨便不可避免。因此,解决顾客的投诉和抱怨,可以促进企业改进产品或服务以及企业的业务管理流程,增强企业的竞争力。另外,顾客的投诉和抱怨如果能够及时发泄出来并得到妥善解决也可以避免顾客的不满在人际社会网络中四处传播给企业的形象带来负面影响。据美国学者的研究,如果投诉没有得到企业的重视,2/3的顾客会转向其他企业;如果投诉得到了解决,70%的顾客会继续光顾企业;如果投诉得到妥善、及时的处理,继续光顾的顾客会上升到95%。显然,企业积极解决顾客的投诉和抱怨,还可使企业拥有再次赢得顾客的机会。

顾客投诉管理既然对企业的营销活动如此重要,企业就应该建立和加强对顾客投诉和抱怨的管理机制。

首先,企业的各级管理人员要充分认识到顾客投诉和抱怨对企业发展的意义。要积极鼓励顾客投诉和抱怨,不能将其看做洪水猛兽或漠然视之。顾客投诉处理的好坏,归根结底取决于能否建立勇于、乐于接受顾客投诉,并从顾客投诉中学习的企业文化。在企业中要树立一种积极受理顾客投诉光荣,拒绝、推脱顾客投诉可耻的风气。对于在处理顾客投诉工作中成绩显著的员工,企业要像对待销售状元那样给予重奖。在企业中,要鼓励销售和服务第一线的员工直接受理并解决顾客投诉,因为这是最受顾客欢迎,也是最有效率、最为经济的处理顾客投诉的方式。因此,要引导企业员工真挚关心顾客,积极接待并受理顾客投诉,迅速、圆满地解决顾客的投诉问题。

其次,建立、健全有关规章制度。在企业中,要设立专门部门、制定专门制度并安排专门的人员来负责顾客投诉工作,并明确投诉受理部门在企业组织中的不可或缺的地位。要明确规定受理顾客投诉的目的,规定处理顾客投诉的业务流程、处理方法,顾客投诉受理部门的工作职责和各岗位要求、考核标准以及奖惩制度等。

为了提高处理顾客投诉的效率,企业应建立严格而又科学的顾客投诉处理责任制度。明确每一位顾客投诉的接待者、实际问题的处理者、业务部门领导者的责任范围,做到层层衔接,环环相扣,保证每一件顾客投诉都得到迅速、及时、圆满的解决。对于不负责任、玩忽职守、不按照要求处理顾客的投诉,造成顾客怨言和不满增加甚至流失,给企业造成较坏影响和损失者,要给予严厉的处罚。

再次,建立便捷的顾客投诉渠道。在建立了严密的顾客投诉渠道制度后,还要建立便捷的顾客投诉渠道,以使顾客能轻而易举地利用这一制度。从一些企业的实践来看,较为便捷的投诉渠道有:

(1) 在产品销售现场或销售地点设立意见箱。由于它可以最大限度地接近目标顾客,且又不需要花费顾客多少费用和时间,因而受到普遍欢迎,利用率高。但意见箱必须每天开启一次,以及时掌握并处理顾客反映的问题。

(2) 建立全天候的电话投诉接待系统。这是更为有效的一种方式。如800电话引入美国的三年中,企业投诉电话数量从每年的700万个增加到100亿个。这并不是因为产品或服务质量下降了,而是由于800电话的方便、快捷、节约成本等优点使沉默的顾客开了口。电话投诉被大量采用,还有一个重要原因,对于愤怒的顾客来说,它有时比信件更能够表达关怀和同情。而且,与当面和信函等投诉方式相比,电话能使投诉者在自然、轻松、无压力感的状态下倾其所怨。正因为如此,电话投诉是发达国家顾客投诉的一种主要形式。近年来,我国也有越来越多的企业设立全天候免费顾客投诉电话接收系统,从而带来了顾客投诉量的明显增加。

（3）随着家庭计算机和互联网的普及，一种更为先进的顾客投诉工具（网上社区、论坛、俱乐部、E-mail、QQ、MSN 等）出现了。由于互联网具有传统通信工具无法比拟的全球性、互动性、实时性的特点，它可能会成为顾客投诉的重要工具之一。在具体操作时，究竟采用哪一种方式受理顾客投诉，要根据顾客所反映问题的性质、复杂程度、距企业路途的远近、交通和通信条件优劣等因素综合考虑加以选择，总的要求是，尽量减少顾客的投诉成本，节约投诉时间和精力，并能迅速解决问题，让顾客在投诉中得到安慰和补偿，重塑甚至强化顾客对企业及企业的产品或服务的信心。

最后，力争迅速解决顾客投诉问题。企业建立顾客投诉系统的目的是及时解决顾客产生的不满和抱怨。一般来讲，凡属常规性、涉及面不广、在现有条件下能够解决的投诉，应该即刻予以解决，以平息顾客的抱怨。对涉及面大、需用一定时间才能解决的投诉，要尽一切可能，尽快加以解决。对因严重失误所造成的具有特殊性、企业一时解决不了的投诉，要给顾客以明确的书面答复，承诺在未来条件成熟之时给予彻底解决，同时，要创造条件，在人、财、物资源上给予优先保证，全力争取早日解决。

另外，为保证顾客投诉的迅速、有效解决，企业内部要树立顾客导向的组织氛围和整体性营销思想，建立市场驱动型组织架构。一方面，要求企业内各部门要相互协作，密切配合；另一方面，对于一些把维修、售后服务等业务外包给其他组织的企业来讲，要注意与这些组织的合作，并加强考核和监督工作。

3.4 工业品购买行为分析

工业品购买者是指工商类企业等营利性用户和政府、事业性单位等非营利性客户等组织类客户以及从事个体经营的各类个体客户（如个体农场、个体商店等），又可称为"非最终用户"。由于工业品购买者购买产品是要用于业务运作的经营性消费，因而他们的购买行为与最终消费者的购买行为有明显不同。

3.4.1 工业品购买者的主要特征

工业品市场与消费品市场有一些显著的不同点，分别说明如下。

1. 购买者较少

工业品市场的购买者人数通常比消费品市场少。例如，盐业公司所生产的盐，在工业品市场上主要是卖给以盐为生产原料和辅料的厂商（如食品工厂），而在消费品市场上则是卖给所有的家庭或个人，消费品市场上的购买者数目远比工业品市场多。在某些情况下，工业品制造厂可能只有一位购买者。

2. 购买量较大

工业品市场中即使有许多厂商，但通常少数几家厂商的购买量就占了市场的一大部分。将原料或设备等工业品卖给这些厂商时，常会发现所面对的是规模很大的顾客。有时一位买主就能买下一个企业较长时期内的全部产量，有时，一张订单的金额甚至能达到数千万甚至数亿元。

3. 供应商与顾客间的关系较密切

由于购买者较少,而购买量较大,因此供应商必须密切注意与其顾客之间的配合,甚至必须依照特定顾客的需要来提供产品与服务。因此,在工业品市场中供应商与顾客间的关系通常是较密切的。

4. 购买者的分布集中

工业品市场的购买者常集中于某些地区,这就好比消费者市场集中在人口众多的城市一样。例如,中国许多重要的制造企业集中在北京、广州、上海、深圳、成都、西安等地区;美国有半数以上的制造厂商集中在纽约州、加利福尼亚州、宾夕法尼亚州、伊利诺伊州、俄亥俄州、新泽西州和密歇根州七个州。

5. 衍生的需求

工业品的需求是由消费品的需求衍生而来的。例如,工业用户购买皮革的原因是消费者购买皮鞋、皮包及其他皮制品。如果消费品市场不景气,那么工业品市场也会随之不景气。

6. 无弹性的需求

许多工业品的总需求价格弹性(price elasticity)并不大,也就是价格的变动对其总需求量的影响不大。例如,皮包制造厂不曾因塑胶皮价格下跌而增加对塑胶皮的购买,除非:①塑胶皮占皮包制造成本的很大部分;②皮包打算大幅降价;③皮包降价后皮包销售量将大量增加。皮包制造厂也不会因为塑胶皮价格上升而减少购买量,除非:①可以改变生产方式,减少每个皮包使用塑胶皮的数量;②发现更便宜的皮革代替品。至于占总成本甚小的工业品,更是缺乏弹性,例如皮包上的扣子,价格即使上涨,其需求量也不会有多大变化,不过生产者在选择供货商时仍然要考虑到价格的因素。

7. 需求的波动性较大

工业品的需求比消费品的需求更容易变动,新厂房及设备的需求尤其是如此。当消费者的需求增加时,对新厂房及设备的需求会增加得更快,此种现象即经济学家所称的加速原理(acceleration principle)。有时消费品需求上升10%,下一阶段工业品需求就会上升200%;消费品需求下跌10%,就可能导致工业品需求全面暴跌。

8. 专业购买

工业品的采购通常由具备专业知识的人员担任。工业品的采购作业越复杂,则参与采购决策的人越多。在采购重要产品时,组成采购小组是常见的方式,它通常由专业人员及高层管理人员组成。面对组织采购的营销人员为了和这批具有专业知识的采购人员打交道,通常也必须具有良好的专业知识。

9. 直接采购

很多工业品的购买者是直接向生产者购买,而不是通过中间商购买的。在购买比较昂贵、技术较复杂或需要较多售后服务的产品(如飞机、核能电厂等)时尤其如此。

10. 互惠购买

工业品的购买者常常要求其供应商也向他们购买一些产品,而成为自身的客户,使双方具有互惠购买的关系。"你买我的产品,我就买你的产品"是较常见的现象。

3.4.2 工业品购买者的购买行为种类和影响因素

1. 工业品购买者的购买行为种类

工业品购买者的购买行为种类分为三种。

(1) 直接重购,也称连续再购买。这是一般的日常决策,指用户在原来的购买基础上重新订购,通常为曾买过的同一种产品和质量稳定的低值易耗品。在这种情况下,采购人员往往根据过去的采购经验向同一供应商购买或者是在长期有效合同的情况下,向供应商发出要货通知,甚至建立自动再订购系统。供应方亦不必重复推销,只要它努力保持产品或服务的质量,竞争对手要想夺取这个市场是很困难的。

(2) 修正重购,也称变更的再购买。如果购买者对供应商不满意,或是需要发生了一些变化,或者仅仅是为了更好地完成采购任务而希望修改产品的规格,重新签订交易条件。这时他面临的是一个修正的重复购买决策。决策的结果可能是他选择了一家新的供应商,或者是修正从各个供应商那里采购的比重。修正的重复购买对名单内的供应商是一种压力,对于名单外的供应商来说则是一次商业机会。名单外的供应商可以经常地向采购者说明自己的产品或服务优势,以使采购者作出修正的重复购买决策。

(3) 新购买,即购买以前从未买过的产品或劳务。例如,购置新设备或新式办公楼。由于买方对新购买的产品心中无数,故要求获得大量有关信息。首次购买十分重要,购买成本越高,风险越大,参加制定购买决策的人数也越多。显然,这种购买给工业品市场供应方提供了最大的机会,同时也是最有力的挑战,加上新购买的进程比较复杂缓慢,因此,许多卖方企业不仅尽力向买方参与决策的人员施加影响,而且往往还会派出最出色的推销小组与买方购买部门的各层人员广泛接触。

2. 影响工业品购买活动的因素

工业品购买者在作购买决策时,常受到许多因素的影响。许多营销人员认为最重要的影响因素是经济性或性价比,他们认为组织购买者偏好那些价格低、品质好或服务佳的供应商,所以营销人员应提供给组织购买者足够的经济效益。

但事实上,工业品购买者在作购买决策时,除了考虑经济因素之外,往往也会考虑到一些非经济的动机。这些非经济动机在某些环境下会呈现特别明显的状态。例如,为了取得私下的回扣,或为了引起别人的重视,或为了避免风险,或为了个人仕途的升迁,或为了自己关系圈的利益,或为了自己家族亲戚的利益,等等,工业品购买者有时会作出不符经济效益的购买决策。工业品的采购人员同样有其人性的一些特点,他们也会凭某些印象来做决策,向那些较亲密或较尊重自己的供应商采购,而不考虑那些对询问价格时不理不睬或漫不经心地回答问题的供应商。因此,营销人员应注意组织采购情境中的人性因素与社会因素。

工业品采购人员对于经济因素和非经济因素都会有所反应。如果各供应商所提供的条件大致相同,采购人员就无法按理性的原则去作选择,不论他选择哪家供应商都能符合组织的目标,此时他自然就考虑人际关系了。相反的,当不同供应商的产品品质差异很大时,组织的采购人员就会更加注意经济因素。

一般而言,影响工业品购买决策的因素可分为四大类,包括环境因素、组织因素、人际因

素和个人因素,见表3-6。

表 3-6　影响工业品购买活动的主要因素

环境因素	组织因素	人际因素	个人因素
经济环境	目标	地位	年龄
科技环境	政策	权威	所得
政治环境	作业程序	权力关系	教育水准
竞争环境	组织结构	群体关系	人格
文化环境			

① 环境因素。影响工业品购买行为的环境因素包括各种宏观营销环境。环境力量的变动常会带来新的购买机会和威胁。

工业品购买者深受目前与预期未来经济环境的影响,如主要需求水平、预期的经济增长、资金成本等。经济的不确定性提高,常导致组织购买者暂停进行厂房设备的新投资,并降低库存,营销人员在这种情况下很难刺激销售。对于稀有的原物料,工业品客户通常会储存较多的存货以免缺货,甚至会与供应商签订长期契约以保障其供应来源。

工业品购买者也受科技、政治和竞争情势等环境因素的影响;文化和习俗对组织购买者的决策也有很大的影响,在国际营销中尤其如此。营销人员应随时注意这些环境因素的变动对工业品购买者的影响,才能将问题或威胁转变为机会。

② 组织因素。每个采购组织或购买中心都有其目标、政策、操作程序和组织结构。这些组织因素对工业品的购买决策常会有很大的影响力,营销人员应尽可能去了解这些组织因素,诸如:购买中心的管理层级有多少? 有多少人参与购买决策? 是哪些人? 购买中心成员间的互动程度如何? 购买中心的选择或评估标准是什么? 组织的购买政策如何? 对购买者有哪些限制?

在工业品营销过程中,营销商应该了解工业品采购活动在人类进入新世纪后出现的一些新特点:

- 采购升级。在 21 世纪激烈竞争的市场环境下,竞争的压力迫使许多企业将其传统的强调最低成本进货的"采购部",转化为以从少数供应商那里寻求最佳价值为任务的现代"采办部"(procurement department),并把这种部门升级为副总裁级别。而有些跨国公司则把它们提升为"战略材料部",负责在世界范围内搜集资料,寻求和建立战略伙伴关系。总之,企业采购部门的升级要求工业品营销商必须不断地使其销售队伍和销售策略升级,以适应现代企业采购者素质提高的要求。

- 集中采购。为了便于管理和降低采购成本,许多设有多个事业部的大型公司将原来由各个事业部分散进行的采购工作集中起来统一完成,即实行集中采购。显然,采购方式的这种转变会给工业品营销商带来明显的影响,这意味着工业品营销商将面对人数较少但层次较高的采购人员,推销过程将会更加复杂和艰难。原来使用的地区性销售组织和队伍分别直接向一家大型采购者(部门或分厂)销售的方式,现在可能要转变成使用统一的全国性销售组织和队伍来与大公司的采购人员打交道。组织采购权力日趋集中之时,小额购买权力却在下放。许多公司在采购管理中对小额购买项目的采购权下放,让使用者自己去采购。但对采购的地点和项目等作出限制。

- 寻求长期合同。企业采购者越来越愿意与可靠的供应商签订长期、稳定、紧密的供货关系,这样的供货商要具备离工厂近、产品质量可靠等条件。一些组织采购者采用电子订货系统,将订单输入计算机并通过互联网传送给供应商。还有一些组织采购者与其供应商之间建立实时采购—供应系统。通过这种系统,一位供应商在规定的时间在确定的地点提供所需数量的原材料。在这种采购中,供应商的产品质量是百分之百地符合生产的规格要求。买卖双方长期合作关系的建立使彼此之间的依赖程度非常高,只要组织采购者和供应商的合作令人满意,那么这种合作关系就会得以延续。对于非供应商来说,打破这种合作关系所花费的代价是相当大的。

- 即时采购。它是指组织一旦需要就能提供原材料和零部件,供应商就能及时在所需地点提供需要的原材料和零部件,而不是像过去那样把原材料和零部件事先放在工厂的仓库中备用。这大大降低或彻底消除了库存成本,因而给公司增加了利润,并能够导致供应品的质量改善。即时采购要求供应商的供应与客户的生产时间表完全一致,避免供应品忽多忽少。由于在即时采购体制下供应商要经常运送货物,因此许多工业品营销商便在靠近其大型即时采购的客户附近建立货栈或生产基地。在即时采购越来越盛行的情况下,单一供货来源日趋增加,即组织采购者向唯一的或少数几个供应商签订长期采购合同。即时采购还要求购销双方密切合作,加速订购产品的物流过程,降低成本。此时,工业品营销商应充分利用互联网给商务运作带来的便利。

- 交叉职能角色。当今,大多数采购人员的采购工作比以前任何时候都更加富有战略性、技术性、团队精神以及责任心。具体表现在采购工作比以往具有更多的交叉职能,即参购人员要更多地参与到新产品的设计与开发以及要参加到跨职能的工作小组中去。

- 互联网采购。人类进入 21 世纪的一个最大影响就是互联网冲击着我们生活的方方面面,人类已经彻底地进入了数字化时代。赛迪顾问认为,2005 年全球 B2B 电子商务规模将达到 4.3 万亿美元,互联网对组织购买者和工业品营销商来讲所产生的影响更是举足轻重。工业品采购者只需登录商务网站(如阿里巴巴等)或公司网站,就可以查找所需的产品或服务,而且可以随时获得产品和价格的信息,然后选定合意的产品或服务并通过电子邮件发送订单。这样在互联网上工业品营销商能够为采购者提供额外的消费价值,一方面,大大降低了产品交易成本;另一方面,采购者可以随时跟踪了解订单的进展和货物的物流情况。

- 采购业绩评价和买方专业化发展。一些公司建立起了对采购人员的激励机制,奖励那些工作特别出色的采购人员,类似于对那些销售业绩突出的销售人员给予奖金提成的制度。采购绩效评估机制的建立将会促使采购人员努力获取有关采购的信息,认真评估供应商供货的能力,加强谈判技能的培养和训练,以达到对公司最有利的交易条件,为公司获得采购上的竞争优势。这种激励机制的建立实质上对供应商的综合能力提出了更高的要求。

③ 人际因素。人际因素是指购买中心成员间的关系。购买组织中通常有许多位成员,他们的地位、权威和彼此间的权力关系与群体关系各有不同,彼此互相影响。营销人员应尽可能去了解组织购买过程中所发生的群体结构。职位高的成员,并不一定有较大的人际影

响力。某些成员拥有较大影响力的原因可能是因为他们拥有奖赏权或惩罚权,或因为他们较讨人喜欢,或因为他们对购买决策有关的事项有专业知识,或因为和公司的高层经理有"裙带关系"。

购买中心的人际因素往往很微妙,外人不容易了解,但营销人员如能了解组织购买决策过程中所涉及的人际因素,将会很有帮助。

④ 个人因素。个人因素是指购买中心成员的个人特征,包括年龄、收入、教育水准、工作职位和人格等。每个参与组织购买决策的人在购买决策过程中,多少总难免会掺杂个人的动机、知觉与偏好,这些个人因素受年龄、收入、教育程度、职位、人格等个人特征的影响。不同的采购人员常有不同的采购形态,例如,某些年纪轻、教育水准较高的采购者,通常在选择供应商之前会作较多深入的分析;有些采购人员喜欢让供应商互相杀价;有些采购人员则只要供应产品质量下降或无法准时交货,就断然采取惩罚行动。营销人员如能了解这些个人因素的影响,根据不同购买人员的特征和偏好采取不同的做法,即可在工业品市场中争取有利的竞争地位。

3.4.3 工业品购买者购买过程的主要阶段

供货商只有了解其顾客在购买过程中各个阶段的情况,并采取适当措施,以适应顾客在各个阶段的需要,才能成为现实的卖主。工业品购买者购买过程的阶段多少,也取决于工业品购买者购买情况的复杂程度,见表3-7。

表 3-7　工业品购买者购买的类型和阶段

购买情况类型　购买过程阶段	直接重购	修正重购	新购买
①认识需要	不必	可能需要	需要
②确定需要	不必	可能需要	需要
③说明需要	不必	需要	需要
④物色供应商	不必	可能需要	需要
⑤征求建议	不必	可能需要	需要
⑥选择供应商	不必	可能需要	需要
⑦选择订货程序	不必	可能需要	需要
⑧检查合同履行情况	需要	需要	需要

从表3-7可以看出,在直接重购(连续的再购买)这种最简单的购买情况下,工业品购买者的购买过程的阶段最少,在修正重购(变更的再购买)情况下,购买过程的阶段多了一些,而在新购买这种最复杂的情况下,购买过程的阶段最多,要经过八个阶段。下面分别阐述。

1. 认识需要

在新购和变更的再购买情况下,购买过程是从公司的某些人员认识到要购买某种产品以满足企业的某种需要开始的。认识需要是由以下两种刺激引起的。

(1)内部刺激。下列情况是导致需要产生的常见内在因素事例:①存货降至安全存量附近而需要补充存货;②采购的一些材料不尽如人意,公司转而寻找另一家供应商;③机器设备的更新或维修;④公司决定推出一项新产品而需要新的设备和各种原材料。

（2）外部刺激。如采购人员看广告或参加展销会等,发现了更物美价廉的工业用品;预测到某些原材料可能会涨价或短缺。

2. 确定需要

确定需要是确定所需品种的特征和数量。标准品没有这方面的问题。至于复杂品种,采购人员要和使用者、工程师等共同研究,确定所需品种的特征和数量,并按照对项目所期望的可靠性、耐用性、价格及其他属性的重要程度来加以排列。供货企业的营销人员在此阶段要帮助采购单位的采购人员确定所需品种的特征和数量。

3. 说明需要

公司的采购部门确定需要以后,出于降低成本和改善产品性能的考虑,要确定专家小组,对所需物品进行价值分析。[①] 专家小组要对价值分析的结果作出文字精练的技术说明,作为采购人员取舍的标准。供货企业的营销人员也要运用价值分析技术,向顾客说明其产品有良好的性能价格比。一般来说,价值分析要回答下述十个问题。

（1）用了该物品,是否有助于增加价值?

（2）它的成本和效用是否相当?

（3）它是否具备所有的特点?

（4）是否有比原来预期更好的用途?

（5）能否以较低成本生产可用的部件?

（6）能否找到可用的标准产品?

（7）根据所用数量加以考虑,生产该产品的工具是否适当?

（8）是否用材料、劳动力、管理费用和利润来计算产品成本总额?

（9）另一家可靠的供应商会以较少的代价供应该物品吗?

（10）是否有人以较低的价格购买它?

4. 物色供应商

在认识需要、确定需要并说明需要之后,企业采购部门开始物色供应商。特别是在新购情况下,采购复杂的、价值高的品种,需要花较多时间通过各种途径物色供应商。

5. 征求建议

企业的采购主管邀请合格的供应商提出建议。如果采购复杂的、价值高的品种,采购主管应要求每个潜在的供应商都提交详细的书面建议。采购主管还要从合格的供应商里挑选最合适的供应商,要求他们提出正式的建议书。因此,供货企业的营销人员必须善于提出与众不同的建议书,引起顾客的信任,争取成交。

6. 选择供应商

企业采购部门根据供应商的产品质量、价格、信誉、及时交货能力、技术服务等来评价供应商,选择最有吸引力的供应商。许多精明的采购主管都宁愿有多条供货来源,以免受制于人,而且这样能够比较各个供应商的价格和工作。

---

① 价值分析(也叫价值工程)的详细内容可参考有关这方面的书籍,限于篇幅,此处不作进一步介绍。

7. 选择订货程序

企业采购部门选定供应商以后，采购主管开订货单给选定的供应商，在订货单上列举技术说明、需要数量、期望的交货期等。现在，西方企业多采用"一揽子合同"的订货方式。采购主管通过和某一供应商签订"一揽子合同"，和这个供应商建立长期的供货关系，这个供应商允诺当采购主管需要时即按照原来约定的价格条件随时供货。这样，库存就摆在供货企业（卖方）那里，采购单位（买方）如果需要进货，采购主管的计算机会自动印出订货单，或者用传真发送订货单给供应商。因而，"一揽子合同"又称"无库存采购计划"。

然而，为了不过分地依赖某一个供应商，购买者通常会在把大部分订单安排给一家信誉较好的供应商的同时，也给其他的几家有竞争力的供应商安排一些订单。

8. 检查合同履行情况

采购经理最后还要向使用者征求意见，了解他们对购进的产品是否满意，了解的内容包括供货的及时性、价格公道与否、服务是否周到等多个方面，来检查和评价各个供应商履行合同的情况。然后根据这种检查和评价，决定以后是否继续向某个供应商采购产品。

复习思考题

1. 消费者行为模式有哪些？
2. 影响消费者行为的因素有哪些？
3. 消费者购买决策的类型及过程有哪些？
4. 影响工业购买者的因素有哪些？工业购买者购买行为要经过哪些阶段？

第4章

市场调研与预测

在现代社会,越来越多的营销商意识到,要驾驭纷繁多变、区域广大的市场,必须保持对环境变化的高度敏感,充分了解和掌握有关的市场信息,才能最大限度地减少营销商决策时所面临的不确定性,提高决策的正确性,从而在市场竞争中处于主动地位。

4.1 市场信息

4.1.1 市场信息的概念和作用

1. 信息及市场信息

信息是各种相互联系的客观事物在运动变化中,通过一定的传递形式揭示的一切有特征性内容的总称。如电闪、雷鸣、鸟语、花香等报道了大自然变化的信息;语言、文字、通信、电波反映了人类社会各种社会活动的信息。无论是自然界还是人类社会,从无机物到有机物,从非生命现象到生命现象,彼此都保持着各种奇妙的信息联系,人类就是生活在这样一个浩如烟海的信息交流世界中。市场信息是指人类经济活动中出现的各种特征和关系,经过加工整理,被营销商所接受,对其完成营销任务有使用价值的情报、数据、资料和消息。

2. 市场信息的分类

市场信息的涉及面非常广,很难给出一种严格的分类方法。根据不同的需要,按不同的标准,市场信息一般可分为以下几种类型。

(1) 根据市场信息的载体不同进行分类

① 实物信息。即用实物作为市场信息的载体,如样机、样品等。

② 文字信息。即用文字作为信息载体而形成的市场信息,如用文字记录的市场供求情况、销售记录、购买力情况等。

③ 声像信息。即通过电话、录音、广播等载体传递的声音和通过照相、绘画、幻灯、录像、电视、电影及互联网等载体传递的图像信息。

（2）根据市场信息加工程度不同进行分类

① 一次信息（原始信息或初级资料），是指没有经过加工整理的信息。一次信息是用数字和文字对市场经营中的各种经济活动的最初的直接记载。

② 二次信息（次级资料），是指在一次信息的基础上经过加工整理而形成的信息。

③ 三次信息，是指在二次信息和一次信息结合的基础上经过归纳、整理分析综合出来的信息。三次信息具有更高的综合性，一般以综述、总结等形式出现。

（3）根据市场信息发生的时间不同进行分类

① 过去信息，是指反映过去已发生过的市场情况的有关信息。掌握过去信息，可以用来指导现在的市场经营活动。

② 现在信息，是指现实市场活动中所发生的信息。由于现在信息是反映正在发生的情况，所以它对现实市场经营活动的指导作用更大。

③ 未来信息，是指通过市场预测得到的信息，或者从分析现实市场情况中推测出来的未来可能发生的市场情况。未来信息对企业的未来营销决策和制定营销战略有重要的作用。

除此之外，还可以按照市场信息的稳定程度以及市场信息发生的规律等进行分类。具体选择哪一种分类方法，要根据对市场信息加工整理的需要而定。

3. 市场信息的作用

企业的营销活动，时时处处都受到外部市场环境和内部条件的制约，要使企业的营销活动适应瞬息万变的客观情况，对信息的把握是相当重要的。尤其是处于信息化时代中的企业，掌握反映市场活动特征及其发展变化情况的市场信息，对于企业更好地参与市场竞争，将越来越重要。

（1）市场信息是企业进行营销决策和为顾客创造消费价值的基础

决策是企业营销活动中最重要的问题，企业的营销活动过程也就是决策的过程。因此，决策正确与否，是企业营销活动成败的关键，而正确的营销决策必须以掌握全面的信息为前提。信息充分、全面，决策的备选方案才能尽可能地多样化，最后的优选方案也才可能科学、合理。信息不全或遗漏，必然会造成决策备选方案的片面和单一，最终会影响到决策的质量。只有掌握充分信息的营销决策才能正确把握消费者的消费行为和心理走势，才能为顾客提供有价值的产品或服务。决策学派创始人西蒙把情报搜集作为决策的第一阶段，也充分说明了信息对决策的重要作用。

（2）市场信息是企业不断提高营销效益的源泉

市场信息是一种无形的财富，关系到企业兴衰存亡，关系到企业在同行业中竞争的成败，也关系到企业经济效益能否大幅度地增长，等等。市场信息可以说是当今社会生产力中最活跃的因素。企业发展的各种生产力要素，诸如有良好的技术设备，现代化的管理方法，较高素质的员工，同时还包括高质量的市场信息。有些企业之所以在同行业中独领风骚，一个重要的原因在于掌握信息准，反应快；反之，有些企业之所以在市场竞争中处于下风，一个重要的原因在于信息不灵。一条信息救活一个企业的实例屡见不鲜，但市场信息不灵，产品方向不对路，也会置企业于死地。

因此，企业在营销活动中，必须及时捕捉那些对企业发展有利的信息，并采取果断措施，迅速付诸行动,这样,才能在市场竞争中独占鳌头,取得更大的营销效益。

(3)市场信息是监控企业营销活动的依据

企业的营销计划在制订以后,就要付诸实施。在计划实施的过程中,要根据原有的信息,监督和调控计划的执行。由于企业多项活动受到各种因素的影响,往往会与原定计划发生偏离情况,这实际上又向企业提供了新的信息。在执行中产生的新信息,有的证明原计划是正确的,有的则证明原计划存在某些偏差。这些信息及时反馈给企业,企业就会根据新的信息,对计划进行必要的调整,并监督、控制整个企业营销活动按新的信息发出指令执行。可见,企业的整个营销活动,都是以市场信息为依据的。

(4)市场信息是网络化社会组织运作的纽带

现代人类社会进入网络化组织时代,整个社会的市场呈现出多结构、多层次的错综复杂的庞大系统。遍及世界各地的营销活动,包括不同性质的企业,有生产性的、技术开发部性的、也有物流性类的、售卖类的,还有服务部门、协调策划部门等。这样庞大的系统,其行动的协调就是靠信息这一"神经系统"。如果没有一个四通八达的信息网络,社会网络的有效运营就会受到严重影响。

4.1.2 市场信息的特征

信息和一般的物质资源相比较,具有许多不同点,所以,把握信息的特征是一个重要问题。

1. 信息的特征

一般信息具有如下主要特征。

(1)可扩散性。信息只有经过传递才能为人们接收和利用,因而信息可以通过各种传递方式被迅速地散布。

(2)可共享性。信息虽然可以被转让,但这种转让并非如物质产品交易那样,你占有后我即失去,而是大家共同享有。

(3)可压缩性。信息可以依据各种特定的需要进行搜集、筛选、整理、概括和归纳,并可建立相应的信息系统,对大量的信息进行多次加工,增强信息自身的信息量。

(4)可存储性。信息可以通过体内储存和体外储存两种主要方式被存储起来。体内储存是指人通过大脑的记忆功能把信息存储起来;体外储存是指通过各种文字性的、音像性的、编码性的载体把信息存储起来。

(5)可扩充性。信息可以随着人类社会的不断发展变化,随着时间的延续而不断地得以扩充。社会愈进步发达,信息扩充的速度就愈快。

2. 市场信息的特征

市场信息作为广义信息的组成部分,除具有上述信息的所有特征外,还因其所处的特定范畴,使其在一些方面表现得更强烈。

(1)市场信息具有系统性。营销系统是一个复杂的大系统,企业在实际营销活动中受到众多因素的影响和制约。市场信息不是零星的、个别的信息集合,而是若干具有特定内容的同质信息在一定时间和空间范围内形成的系统集合,具有层次性和可分性。市场信息的搜集、加工、传递、存储、检索、应用是通过有组织的信息管理系统进行的,市场信息在时间上

具有纵向连续性，在空间上具有最大的广泛性，在内容上具有全面性和完整性。企业必须连续地、大量地、多方面地搜集、加工有关信息，分析它们之间的内在联系，提高它们的有序化程度，才能取得真正反映市场动态的信息。

（2）市场信息具有有效性。市场信息是为了满足开展营销活动的需要而搜集整理的。有用的信息会帮助从事营销活动的企业制定有效的决策方案和措施，从而实现营销目标。仅仅取得大量杂乱无章的信息是无济于事的，甚至还可能干扰决策。

市场信息的有效性包括三个方面：①市场信息价值的大小。市场信息价值的大小与它反映的信息是否及时有关。过时的信息，时过境迁，犹如"雨过送伞"，起不到作用。也就是说，市场信息具有时效性。对此，日本的商业情报专家认为："一个准确度达到100%的情报，其价值还不如准确性只有50%，但赢得了时间的情报。特别是在竞争激烈之际，企业采取对策如果慢了一步，就会遭到覆灭的命运。"市场信息的时效性要求其不断更新已有的积累，以适应营销管理决策的需要。②市场信息必须准确。主要是指提供的信息要符合客观实际情况，不能受任何主观偏见的歪曲和掩盖，要做到真实可靠。如果信息及时而不准确，或准确而不及时，都会延误时机，影响市场信息的价值，甚至导致决策的失误。③市场信息的价值与成本必须进行比较。市场信息的价值随着成本支出的增加而增加，但增加到一定程度就会加速减缓增幅，甚至停止增长。另一方面，随着信息价值的不断增加，信息成本也会相应不断增加，在成本增加到一定程度的时候，成本会比价值以更大的幅度增加，直至超过信息的价值。

（3）市场信息具有社会性。市场信息不同于一般信息，如生物系统内部的自然信息。市场信息是产品交换过程中人与人之间传递的社会信息，是信息发出者和信息接收者所能共同理解的数据、文字和符号，反映的是人类社会的市场经济活动。

（4）市场信息具有多信源、多信宿、多信道的特征。在市场经济的条件下，整个社会的市场呈现出多买方、多卖方、多渠道、多功能的开放式市场状态，无数身份各异的经营者在市场中以买者和卖者的身份交替出现，他们既是市场信息的发布者，也是市场信息的接收者。消费者通过报纸、电视、广播、广告栏目等大众媒介不断搜集最新的市场信息以指导自己的购物活动，同时，他们和宏观控制机构及各种市场咨询机构等常常又是各种市场信息的发布者。市场信息的触角已经渗透到整个世界的生产、消费、政治、文化、社会生活等各个领域，这就决定了市场信息的多信源、多信宿、多信道的特点。

4.2 营销信息管理系统

市场信息对企业实现营销目标所产生的作用已为绝大多数人所认识。然而，更重要的是如何解决这样一个问题：企业对市场信息的需求日益增加，而相当部分的企业又经常感到自己获得的信息有欠准确、过于分散、成本太高、不及时等现象存在。这就需要有一个营销信息管理系统来方便企业取得市场信息和提高企业营销决策投入的能力。

4.2.1 营销信息管理系统的内涵与构成

科特勒认为：营销信息管理系统是由人、设备和程序所构成的持续与相互作用的机构，其任务在于搜集、区分、分析、评估与分配那些恰当的、及时的、准确的信息,以供营销决策者用来改善营销规划、执行与控制的工作。这一定义强调营销信息管理系统的目的在于满足营销决策者的信息需要,提高营销决策的效能和效率,同时也指出营销信息管理系统的资料的整合功能,它不是给营销决策者提供一堆杂乱的、无关的信息,而是要把各种相关的信息结合起来,提供给决策者在整合处理后对未来决策有重要意义的各种信息。

另一位学者斯坦顿认为营销信息管理系统是,"一个互动的、连续的、未来导向的人员、设备及程序的结合,用来产生及处理信息流程,以协助制订营销计划中的管理决策"。伯恩里等人认为,"营销信息管理系统是一个由人、机器和程序组成的有结构的和互为影响的复合体,它从企业内部和外部搜集信息,并产生有序的相关信息流,从而为营销管理决策提供依据"。

图 4-1 表明内部报告系统、营销情报系统、营销调研系统和营销分析系统构成了企业的营销信息管理系统。企业的营销决策者通过它们密切注视和了解营销环境中的动向,搜集和掌握这方面的信息,并加以分类、分析、评价,并由此作出营销决策,制订营销计划和方案,然后又作为营销决策和沟通流回到外部环境中去。

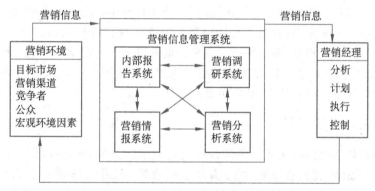

图 4-1　企业的营销信息管理系统

4.2.2　企业内部报告系统

企业内部报告系统又称内部会计系统或订货处理系统,是最基本的信息系统,是企业营销决策者最初使用的信息系统。企业内部报告系统是以内部会计系统为主,辅之以销售信息系统而组成,它的作用在于报告订货、库存、销售、费用、现金流量、应收款、应付款等方面的数据资料。通过分析这些信息,企业能发现重要的市场机会和问题。

1. 订单—发货—账款循环

企业内部报告系统的核心是订单—发货—账单循环。销售人员把订单送至企业,负责管理订单的机构把有关订单的信息送至企业内的有关部门,然后企业把账单和货物送至顾客手中,企业必须快速准确地完成这些步骤。企业实际操作经验证明,使用计算机和互联网处理可以使成本不变而将收到与执行订单之间的时间大大缩短。面对顾客对及时递送的要求,商家需要利用最为先进的通信手段完成各方之间的信息传送。目前,由于计算机和互联网的使用,许多企业都建立了及时全面的销售报告系统,越来越多的企业使用电子数据交换(EDI)和内联网(Intranet)进行订单—发货—账款循环,主管们能在瞬间及时了解分散在各

处的关联企业过去和现在的销售及库存数字,如图 4-2 所示。

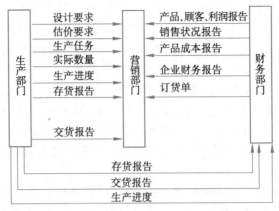

图 4-2　以营销为中心的企业内部信息系统

2. 设计适应使用者导向的报告系统

营销信息管理系统的建立应是符合使用者需要的、使用者感到方便的、为决策提供一切所需资料的标准。一般来讲,管理质量和信息质量之间存在着相互匹配的关系。如果这两种质量水平能够大体上相当,那么事态就会平静地发展下去。相反,一旦信息质量水平单方面提高,将会出现不均衡的现象,结果有可能出现较佳的决策方案,也有可能相反,即管理人员没有能力处理深奥晦涩的信息,从而给管理工作造成混乱。

4.2.3　营销情报系统

企业内部报告系统向企业营销决策者提供的是事件发生后的实际资料,而营销情报系统提供的却是营销环境正在变动中的偶发事件资料,前者为管理者提供的是结果数据(results data),后者为管理者提供正在发生的数据(happenings data)。所谓营销情报系统是营销人员日常搜集的有关企业外界的营销资料的一些来源或程序。

1. 企业管理者搜集环境信息的主要方式

(1) 无目的的观察。观察者心中无特定目的,但希望通过广泛的观察来搜集自己感兴趣的信息。

(2) 有条件的观察。观察者心中有特定的目的,在一些基本上已确定的范围内非正式地搜集信息。

(3) 非正式搜集。为获得特定信息或为特定目的而取得信息的一种比较有限而非正式组织的调查工作。

(4) 正式搜集。根据事前拟订好的计划、程序和方法,以获取一些特定的信息,或获取用来解决某一特定问题的信息。

2. 情报循环阶段

营销情报系统通过企业的各级营销人员、中间商以及专职的营销信息搜集人员形成情报的循环网,如图 4-3 所示。

(1) 情报的定向。该阶段的主要任务确定企业营销所需的外部环境的情报及其先后次

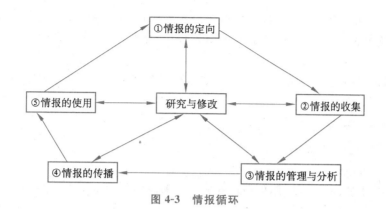

图 4-3　情报循环

序,观察该情报的指标以及建立搜集系统。

（2）情报的搜集。该阶段主要负责观察环境,以搜集适当的情报。情报的来源通常十分广泛,如政府机构、竞争者、顾客、大众传播媒介、研究机构等。

（3）情报的管理与分析。通常情况下,对于搜集到的情报,要分析其是否适用,是否可靠,是否有效,也就是说,搜集到的信息需要经过适当处理才能转变成有用的情报。

（4）情报的传播。经过处理的情报要在最短的时间内传播到适当的人手中,为此,要确定接收人、接收方法、接收时间。在这一阶段,要特别注意经各种途径传播的情报有无失真的情况。

（5）情报的使用。为了有效地使用情报,必须建立一种索引系统,指导营销人员方便地获得存储的情报。同时,还应定期清除一些无效或过期的情报。

3. 如何提高营销情报的质量和数量

（1）强化销售人员的信息观念,明确销售人员的信息搜集职责,提高销售人员的信息搜集能力。

（2）采取有效措施鼓励公司分销渠道的各类成员积极向上传递市场信息。

（3）通过多种方式获取竞争对手的商业信息。

（4）向企业外界有关的信息咨询机构购买情报资料。

（5）建立企业内部营销情报信息中心,专职负责市场信息的搜集。

4.2.4　营销研究系统

营销研究系统就是对企业面临的与营销环境有关的资料及研究结果作系统的设计、搜集、分析和报告的活动。

在企业营销活动中,除了内部报告系统、营销情报系统外,还需要对特定问题和机会作重点研究,这就需要进行市场调研、产品偏好测试、地区销售预测或广告效果研究等。但作为一个企业来说,往往缺乏获取这些信息的技巧和时间,这就需要各种正规的营销研究活动,如企业可以委托有关院校、研究机构设计和执行一个调研计划,聘请专门的市场调研公司为自己服务,或者设立自己的营销调研部门等。

1. 营销研究的范围

随着企业营销活动的深入,营销人员的活动范围与研究技术也在不断扩展。其中,最主

要的研究活动有:市场特性的确定、市场潜量的估计、市场占有率的分析、产品销售分析、消费趋势研究、竞争者产品研究、新产品开发前景分析、短期预测、中长期预测、价格研究和现有产品测试等。

研究技术也日益进步,为研究活动的开展创造了有利条件。计算机技术、数学模型和统计方法的普及便是例证。

2. 有效的营销研究的特征

有效的营销研究的特征有如下几个:

(1) 科学的方法;

(2) 研究艺术的创新,即运用创新性的方法去解决问题;

(3) 运用多种方法;

(4) 模式与资料的相依性;

(5) 信息的价值与成本。

营销研究(也称市场调研)的步骤和内容将在下一节中阐述。

4.2.5 营销分析系统

营销分析系统是指企业用来分析营销资料与问题的一些先进技术。一个营销管理人员要使工作效率得到提高,要使各种研究工具得以充分的、有效的运用,他需要有各种资料、统计程序和模型以供选用,这就要求建立营销分析系统。营销分析系统也称营销管理科学系统。

一个完整的营销分析系统应由资料库、统计库、模式库三部分组成。

1. 资料库

资料库有组织地搜集外部环境资料和企业内部记录的有关营销的资料,使企业营销管理人员随时得以研究分析。外部环境资料包括政府资料、行业资料、市场研究资料等;企业内部资料包括销售资料、订货资料、存货资料、推销访问资料和财务信用资料等。资料库除储存资料外,还具有资料索引、换算、案卷重组及新资料增补等处理资料的作用。

2. 统计库

统计库是一组有意义的、随时可以用于汇总分析的特定资料统计程序。统计库的必要性在于:①尽管有些原始资料可以直接运用,但在多数情况下,资料需经过统计方法的分析,方可供管理人员作决策之用;②管理人员有时还需要测量各变量之间的关系,这就需要多种多变数分析技术;③统计库分析的结果除供管理人员使用外,还可以提供给模式库作为重要投入资料。

统计库可视营销决策的需要,提供多种统计分析方法,如回归分析、相关分析、因数分析、区别分析、分组分析、变异分析和时间序列分析等。

3. 模式库

模式是用来表述某些系统或过程的一组变量和它们之间的相互关系。它是由管理科学家们运用科学方法为对某一管理问题达到认知、预测和控制而建立起来的。模式库搜集和储存了帮助营销管理人员制定决策的各种模式。由于资料库和统计库只能为管理人员提供有关实际状况的信息,所以在回答"在某种情况下应采取何种方案"、"什么是最佳方案"等问题时,只能求助于模式库去解决。如广告预算模型、新产品规划模型、媒体选择模型、竞争模型、营销组合预算模型等。模式库将模型产出的结果展示给决策人员,供其参考,以大大缩短判断时间。当然,模式库与资料库、统计库密切相关,模式库输入的资料来源有两个:一是资料库提供的原始资料;二是统计库分析的结果。

在实际工作中,要根据所要解决问题的性质、营销人员对问题的了解程度和解决能力而选择模式库中的具体模型。

4.3 市场调研[①]概述

4.3.1 市场调研的概念

所谓市场调研,是指运用科学的方法,有目的、有系统地搜集、记录、整理、分析与市场有关的解决企业特定问题的数据资料,提出研究报告,为企业进行市场预测和营销管理决策提供依据。

依此定义,可引申出市场调研的以下特点:

(1) 市场调研是一种管理工具,目的是提高营销效益和取得营销竞争优势。市场调研的基本结果是对企业内外部情况的全面、深入的了解,这对企业的营销决策质量有着重要的影响。市场调研出现问题,必然会影响企业长远发展的战略决策,导致企业经营失败或市场竞争地位下降。

(2) 市场调研具有协助解决营销问题的功能,要从调研分析中提出解决问题的办法。市场调研要向管理决策者提供有关消费者及市场行为的丰富而又精确的资料和建议,作为营销决策的依据。

(3) 市场调研的进行必须符合科学的原则。市场调研所采用的询问法、观察法、实验法等,都必须合乎科学的要求。现代市场调研的方法,随着科学的发展而发展。在市场调研中,必须尽力保持客观的态度,对所有事实不抱成见,不问其结论是否有利;对于资料的搜集必须力求完整,并依据一定的设计方案、严密的逻辑推理,进行系统的整理与分析。

4.3.2 市场调研的作用

市场调研对企业营销管理的作用有以下三个方面。

(1) 市场调研有助于企业开发出适销对路的产品或服务,提高市场占有率。通过市场调研,企业可以了解市场供求动态,掌握市场变化规律,摸清用户当前的潜在需要情况和对产品的未来发展要求,为企业确定战略方向、进行产品或服务的开发、改进售后服务等工作提供依据,使企业的经营有的放矢,不断扩大市场生存空间。

---

① 本书采用术语"市场调研"而没有采用"营销研究",主要是考虑语言表达的习惯。

（2）市场调研有助于企业在市场竞争中赢得有利地位。市场是一个竞争环境，竞争就要体现优胜劣汰。企业要在日益激烈的市场竞争中取得优势，就必须做到知己知彼，采取正确有效的营销策略。为此，企业要通过市场调研确切掌握企业产品的竞争能力和竞争对手的实力以及动向，做到心中有数，扬长避短，掌握竞争主动权，才能立于不败之地。

（3）市场调研有利于企业制定正确的营销战略和策略。通过市场调研，营销商能够掌握影响市场发展的各种有关因素的资料，充分掌握市场发展的信息，有可能依此准确地制定出有关产品、价格、分销渠道和营销传播等方面的策略，引导消费者心理和购买行为朝着有利于企业扩大市场占有率的方向发展。

4.3.3 市场调研的类型

市场调研可根据不同的标准，划分为不同的类型。

1. 根据性质和目的划分

根据性质和目的不同，市场调研可分为探测性调研、描述性调研、因果性调研和预测性调研。

（1）探测性调研也称非正式调研或试探性调研，是指企业对发生的问题缺乏认识甚至毫无知晓的情况下，为弄清楚问题的范围、性质、原因而进行的小规模调研。探测性调研通常采用一些简便易行的调查方法，事先无须进行周密的策划，可以根据研究的进展和发现的问题随时进行调整。它能够有效地识别和筛选问题的疑点，缩小研究范围，明确进一步研究的方案以及主要困难。探测性调研也可以用来探求解决问题的可能方案，帮助决策者拓宽思路，丰富决策内容。

（2）描述性调研主要是对某些专门性问题进行事实资料的搜集、整理，把市场的客观情况如实地加以描述和反映。例如，调查市场潜在需求，产品普及率、市场占有率与市场面的研究，推销方法与分销渠道的研究，消费行为研究，竞争研究，新产品开发研究等。故描述性调研是市场调研的重要组成部分。

（3）因果性调研又称因果关系调研。它是在描述性调研的基础上，进一步研究、分析各变量之间的相互关系及关联程度的大小，并分析何者为因，何者为果。当一种产品销售情况发生变化而引起另一种产品销售的变化时，这两种产品之间就存在因果联系。例如，汽车销售量的增长会促进轮胎、汽油与公路的需求量增加。只有掌握了各种市场需求之间的联系，才能准确地预见市场需求的发展变化趋势。

（4）预测性调研是为预测未来营销发展趋势而做的调研，如对潜在需要的调研，对未来营销变化的调研等。

2. 根据对象和特征划分

根据对象和特征不同，市场调研可分为普遍调研、典型调研、重点调研和抽样调研。

（1）普遍调研是根据调研的目标和任务的要求，制定一些共同的项目，向全体调查对象进行普遍的调研。例如，对人口的普遍调研，必须调研每个人的年龄、性别、民族、文化程度、宗教信仰等。这种调研方法的优点是能掌握全面情况，但工作量大，费用大，需要的人力也大，所以较少采用。如果调研的对象较少，需要了解的项目较简单，也可以在局部地区范围内进行。

（2）典型调研是根据"解剖麻雀"的原理,把调查的对象划分为若干个相同的类型,然后在各类型中选出若干个代表作为典型对象进行调研。掌握了典型对象的情况,就能推测出该类型的基本情况。这种调研方法费时费工少,见效快,是市场调研中经常采用的方式。典型调研的对象,通常采用抽样调查法来选择。

（3）重点调研又称个别调研,主要是针对总体中重点的、个别的调查对象的特殊问题进行深入了解。这也是市场调研中极常用的方式。

（4）抽样调研是在总体中抽取一部分样本为对象进行调研。如儿童市场调研、青年市场调研、妇女市场调研等。

3. 按其他标准分类

（1）按调研方法划分,市场调研可分为观察调研、实验调研和询问调研。

（2）按调研区域划分,市场调研可分为国际市场调研、国内市场调研、城镇市场调研、农村市场调研等。

（3）按调研产品划分,市场调研可分为服装、食品、五金等市场调研,工业品市场调研和消费品市场调研等。

（4）按调研时间划分,市场调研可分为一次性调研、定期性调研、经常性调研、临时性调研等。

4.3.4 市场调研的内容

市场调研的内容非常广泛,凡是影响市场的各种因素,都可作为市场调研的对象,但主要归纳为以下六个方面。

1. 顾客需求调研

从市场营销观念来说,企业的一切活动都是为了满足顾客的需要。因此,对顾客需求情况的调研,应该成为市场调研的主要内容。对顾客需求情况的调查一般应包括:

（1）现有顾客需求情况的调研。

（2）现有顾客对本企业产品(包括服务)满意程度的调研。

（3）现有顾客对本企业产品依赖程度的调研。

（4）对影响需求的各种因素变化情况的调研。

（5）对顾客的购买动机和购买行为的调研。

（6）对潜在顾客需求情况的调研。

2. 产品调研

产品调研主要包括:

（1）产品设计的调研(包括功能设计、用途设计、使用方便和操作安全的设计、产品的品牌和商标设计以及产品的外观和包装设计等)。

（2）产品和产品组合的调研。

（3）产品生命周期的调研。

（4）对旧产品改进的调研。

（5）对新产品开发的调研。

（6）对于如何做好销售技术服务的调研等。

3. 产品价格调研

产品价格调研主要包括：

(1) 市场供求情况及其变化趋势的调研。

(2) 影响价格变化的各种因素的调研。

(3) 产品需求价格弹性的调研。

(4) 替代产品价格的调研。

(5) 新产品定价策略的调研。

4. 营销传播调研

营销传播调研主要包括：

(1) 广告的调研。包括广告信息的调研、广告媒介的调研、广告时间的调研和广告效果的调研等。

(2) 人员推销的调研。包括销售力量大小的调研、销售人员素质的调研、销售人员分派是否合理的调研和销售人员报酬的调研。

(3) 各种市场推广工具的调研。

(4) 公共关系与企业形象的调研。

5. 分销渠道调研

分销渠道结构的选择是否合理、中间商的选择是否满意、产品的储存和运输安排是否恰当，对于提高销售效率、缩短交货期和降低销售费用有着重要的作用。分销渠道的调研包括：

(1) 对各类中间商（包括批发商、零售商、代理商等）应如何选择的调研。

(2) 仓库地址应如何选择的调研。

(3) 各种运输工具应如何安排的调研。

(4) 如何既满足交货期需要，又降低分销费用的调研等。

6. 营销环境调研

营销环境调研主要包括：

(1) 政治环境。主要了解政府对该类产品的有关方针政策和法令、条例。

(2) 经济环境。包括各种重要经济指标，如全国及各主要目标市场的人口总数及构成，国民生产总值及其构成，社会商品零售总额，消费水平和消费结构，币值是否稳定及价格水平，重要输入品、输出品及其数量、余额，气候及其他重要自然条件，能源及其他资源情况。

(3) 科技环境。主要了解新技术、新工艺、新材料的发展速度和发展趋势，应用及推广情况等。

(4) 竞争环境。包括生产或输入同类产品的竞争者数目与经营规模；同类产品各种重要品牌的市场占有率及未来变动趋势；同类产品不同品牌的推出时间与售价水平；用户乐意接受的品牌、型号及售价水平；竞争品的质量、性能与设计；主要竞争对手所提供的售后服务水平和方式，客户及中间商对此类服务的满意程度；竞争对手与不同中间商的关系状态，原因是什么；竞争对手给中间商或销售人员报酬的方式及数量；主要竞争对手的广告预算与所采用的广告媒体。

4.4 市场调研的步骤与方法

4.4.1 市场调研的步骤

市场调研的过程,如图 4-4 所示,大致包括以下八个步骤:
①界定研究问题;②确定研究类型;③决定资料来源;④选择资料
搜集方法;⑤设计抽样程序;⑥搜集资料;⑦分析资料;⑧提出研究
报告。

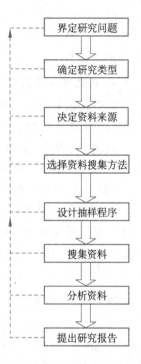

图 4-4　市场调研的过程

1. 界定研究问题

市场调研的第一个步骤是要清楚地界定研究的问题,确定研
究的目的。有人曾经说过,一个明确界定的问题是问题解决的一
半。明确界定的问题能够帮助研究人员为最终获得问题的解决方
案搜集正确的信息。清晰地界定调研工作需要解决的问题能够加
快研究过程的步伐和提高研究结果的准确率。如果对问题的界定
含混不清,或对研究的目的做了错误的界定,则研究获得的结果将
无法协助决策者制定正确的决策,因此在开始进行研究之初,应先
确定研究的问题和目的。问题和目的的界定并不是研究人员单方
面的责任,营销经理应积极参与,和研究人员共同确定研究的问
题,界定研究的目的。

在界定研究问题和目的时,常常先进行环境分析,一方面,搜
集和分析组织内部的记录以及各种有关的次级资料(secondary
data,也称二手资料);另一方面,访问组织内外对有关问题有丰富
知识和经验的人士。环境分析通常可提供足够的信息,协助研究人员和营销主管共同界定
研究的问题和目的。

2. 确定研究类型

市场调研的第二个步骤是依据研究的目的来确定研究的类型。根据研究的基本目的,一
般可将研究设计分为两大类型,即探讨性研究(exploratory research)和结论性研究(conclusive
research)。探讨性研究的内涵已在前文阐述,这里不再赘述。探讨性研究所要回答的问题主要
是"是什么";结论性研究又可分为描述性研究(descriptive research)和因果性研究(causal
research)两类,主要目的是帮助决策者选择合适的行动方案,这两者的内涵均在前文有所阐述,
这里也不再赘述。叙述性研究所要回答的问题主要是"何时"或"如何"等,因果性研究所要回
答的问题主要是"为什么"。一般先进行探讨性研究,然后再进行结论性研究。

3. 决定资料来源

研究人员根据研究的目的,将所需的各种资料一一加以列举,然后根据此资料清单,决
定资料来源。资料通常可分为初级资料(也称第一手资料)与次级资料(也称第二手资料)两
类,前者为原始资料,即为特定研究目的直接搜集的资料,后者为企业组织内外的现有资料。
如有合适可用的次级资料,应优先利用,尤其要优先使用内部拥有的次级资料。

初级资料可以通过公司内部资料、政府出版物、公开发行的杂志和书籍、商业数据库和国际上公开的数据等渠道获得。传统的次级资料的搜集通常是很费力费时的工作。但是，在当今信息技术迅猛发展的时代，因特网或万维网上的在线数据库（online database）减少了搜集二手资料的繁重工作。在线数据库是任何人都可以通过适当的计算机设备进入的公共信息集合。由于已有一万个以上的在线数据库，几乎任何调查者感兴趣的问题都会被包含在某个数据库中。通过查询数据库搜集资料是要收取一定的费用的，从非商业性的只收很少的象征性费用到完全商业化的收费很高的数据库都存在。

4. 选择资料搜集方法

市场调研的第四个步骤是选择搜集初级资料的方法和设计搜集资料的工具。

（1）主要资料搜集的方法

搜集初级资料的方法主要有调查法（访问法）（interview）、观察法（observation）、实验法（experiment）及心理调研法等，这些方法的具体内容将在 4.4.2 小节中详述。

（2）设计搜集资料的工具

一旦决定了搜集资料的方法之后，接着便应设计搜集资料所需的各种工具。如决定利用访问法来搜集初级资料，应设计问卷（questionnaire）；如利用观察法，应设计记录观察结果的登记表或记录表；如决定采用实验法，应设计进行实验时所需的各种道具。研究人员在设计搜集资料所需的工具时，必须考虑到受访者或参加实验者的知识程度和语言等因素。

5. 设计抽样程序

市场调研的第五个步骤是设计抽样程序。研究人员应根据研究目的确定研究的母体（population），明确抽样架构（sampling frame），然后决定样本（sample）的性质（调查对象是谁？抽样单位什么？）、大小及抽样方法（如何选取样本？抽样程序是什么？）。如采用访问法，应决定要访问多少人、如何分配；如采用观察法，应决定观察的次数、时间及地点；如采用实验法，应决定实验的地点、时间长短以及实验单位的种类及数目。

样本愈大，研究的结果愈可靠；样本过小，将影响结果的可靠程度，但样本过大也是一种浪费，故样本的大小应以适中为宜。决定样本大小应考虑以下四个因素：①可动用的研究经费；②能被接受或被允许的统计误差；③决策者愿意去冒的风险；④研究问题的基本性质。

表 4-1 描述了不同的样本种类。

表 4-1　样本的类型

概率样本	
随机抽取样本	总体中的每个人都有平等的被抽取的机会
分层随机	总体被分成互不相关的组别（如年龄组），从每一组中抽取随机样本
群体（地区）样本	总体被分成互不相关的组别（如年龄组），然后调查者从中选一个组别作为样本进行研究
非概率样本	
方便样本	调查者选取最方便的对象去获得信息
判定样本	调查者利用自己的判断来选择从哪些人那里最可能获得准确信息
分组样本	调查者从每组中选定一定数量的人进行调查

6. 搜集资料

市场调研的第六个步骤是根据抽样设计进行抽样工作,并利用选定的资料搜集方法实地搜集各种初级资料。在实地搜集资料时,对访问员、观察员或实验员的选择、训练及监督应特别重视,如果这些资料搜集人员未能按照研究计划去实地搜集资料,可能使整个研究工作失去价值。不管研究计划如何周详细密,在实地搜集资料时往往会发生一些预料不到的问题,因此在实地搜集资料期间,必须经常查核、监督和训练资料搜集人员,和他们保持密切的联系。

7. 分析资料

第七个步骤是分析资料。资料分析工作包括整理初级资料、证实样本的有效性、编表和统计分析等步骤。

(1) 整理初级资料

查看初级资料,去除不合逻辑、可疑及显然不正确的部分,然后加以编辑,以供列表之用。

(2) 证实样本的有效性

营销经理可能怀疑样本的代表性,研究人员如能证实样本的有效性或可靠性,则能增加营销经理对研究结果的信心。

证实样本有效性的方法有好几种。如利用随机抽样(random sampling),可估计样本本身的统计误差。若是采用配额抽样(quota sampling)方法,应先决定样本是不是够大,然后和其他来源相对照,以查看样本的代表性;查核消费者样本时,最常用的方法是将样本和普查的资料相比较,看看二者之间在性别、年龄、经济、社会阶层等重要特征的分布情形是否有显著的差异;如为工业品市场调研,可比较样本和普查结果在厂商的规模、类型、地点分布等方面的情形;如以中间商为样本,则可比较样本和普查资料中有关商店大小、经销产品、商店类型的分布情形。如果比较的结果发现样本和普查结果在重要变数或特征上并无显著的差异,则可推论样本具有代表性。

(3) 编表

将搜集的资料以最易懂、最有用的方式表列出来。

(4) 分析和解释

利用统计方法分析资料,并解释结果。

8. 提出研究报告

最后应报告研究结果,提出有关解决营销问题的建议或结论。报告的写作应针对阅听者的需要与方便。

研究报告可分为两种:一种是技术性报告(technical report),强调使用的研究方法和基本的假定,并详细陈述研究的发现;另一种是管理性报告(management report),尽量减少技术的细节,力求简明扼要。管理性报告主要是向高层经理报告之用,应以生动的表达方式说明研究的重点及结论;技术性报告主要是向研究部门或幕僚人员报告之用,内容较丰富,除说明研究发现及结论外,还详细说明研究方法,提供参考性文件资料。

从图4-4来看,市场调研好像是后一个步骤紧接着前一个步骤逐步来进行,事实上并非如此。图4-4应该有许多的回馈线,例如,在界定研究问题后进入第二个步骤确定研究设计类型时,研究人员可能发现研究问题尚界定得不够清楚,因此有必要再回到第一个步骤把问题界定得更清楚一点;又如原先第五个步骤所设计的抽样方法或样本大小,后来在第六个步骤实地搜集资料时可能发现成本过高或无法执行,此时也必须再回到第五个步骤去重新考虑和修改抽样设计。

4.4.2 市场调研的方法

市场调研的方法很多,选用的方法是否得当,对调研结果影响极大。市场调研一般有以下几种方法。

1. 调查法

调查法(也称询问法)是以询问的互动方式向调查对象了解各种各样涉及他们行为、意向、态度、感知、动机以及生活方式等方面的问题和情况,并将所要询问和调查的问题,以面谈、电话、会议、书面、电子邮件等形式向被调查者提出询问,从而获得所需的各种情况和资料。按调研者和被调研者的接触方式和询问表的传递方式不同可分为访问调研法、电话调研法、会议调研法、通信调研法和在线调研法五种形式。

(1) 访问调研法。访问调研法是调查者与被调查者面对面地进行交谈,由调查者根据事先拟好的调查提纲提出问题,被调查者回答,也可结合产品销售进行随访,征求意见,了解情况。访问调查主要靠"走出去"的方式,但也可以"请进来",如采用召开用户座谈会的方式,二者相比,后者具有省时间、费用少的优点。访问调查法由于是调查者与被调查者面对面的交谈,其优点是能互相启发,具体生动,富于伸缩性,便于控制,资料面广,真实性较大;缺点是费用较高,调查结果易受调查人员水平高低的影响。

(2) 电话调研法。电话调研法是由调查人员根据抽样要求,用电话向被调查者了解情况和询问意见的一种方法。这种方法的优点是简便迅速,了解及时,费用低,不受调查人员在场的心理压迫的影响,使调查对象能畅言无忌;缺点是询问时间短,调查仅限于电话用户,调查面受到影响,不易取得调查对象的配合,问题不能深入。

(3) 会议调研法。会议调研法是利用企业参加各种外协会议和订货会议的机会进行调研。这些会议往往集中各类人员,能搜集到内容广泛的信息。会议调研的优点是能节省时间和费用,资料丰富;缺点是受到开会时间和内容限制。

(4) 通信调研法。通信调研法是由调查人员将设计好的调查表、信函、征订单、订货单等寄给被调查者,请其填写后寄回。通信调研法的优点是调查面广泛,费用较低,调查对象有充裕的时间进行回答,避免了调查人员偏见的影响;缺点是回收率较低,调查花费时间较长,了解的情况不易完整和准确。此调研法一般限于调查较简单的问题,不易探测用户的购买动机。通信调研的效果,决定于回收率的高低。影响回收率的因素通常有:市场调研机构的声誉;调研机构与被调研者之间的关系;调研表所附函件能否引起被调研者的合作;被调研者对问卷是否感兴趣;询问问题是否涉及被调查者的秘密以及完成答卷所需的时间。

(5) 在线调研法又称网上调研法。越来越多的企业建立了自己的网页,这样就可以把调研的问题放到自己的网页上进行所需问题的研究。一般来讲,公司把所要调研的问题放到所建的网页上,对回答问题者给予一定的物质奖励;或者把问题放在人们常去的网页上,实行有奖回答;或者公司进入一个目标聊天室,在这里寻找愿意接受调查的顾客。在线调研所搜集到的数据可能并不能代表目标消费群体的观点,如目标消费群体中的顾客可能根本不上网,或者即使上网也不回答问题等。诸如此类的问题会影响到在线调研结论的质量。

2. 观察法

观察法即在不向当事人提问的条件下,通过各种方式对调研对象作直接观察,在被调研者不知不觉中,观察和记录其行为、反应或感受。观察法常用的方法有以下四种。

(1) 直接观察法。派人直接对调研对象进行观察。例如,调查消费者对品牌、商标的爱好与反应,可派人到零售商店柜台前观察购买者的选购行为。调查销售人员的工作表现,可派人对调研对象的服务态度、方法、效率进行直接观察。

(2) 亲自经历法。亲自经历法就是调查人员亲自参与某种活动来搜集有关的资料。如某一家工厂,要了解它的代理商或经销商服务态度的好坏,就可以派人到他们那里去买东西。通过亲身经历法搜集的资料,一般是非常真实的,但应注意不要暴露自己的身份。

(3) 痕迹观察法。这种方法不直接观察被调研对象的行为,而是观察被调研对象留下的实际痕迹。例如,美国的汽车经销商都同时经营汽车修理业务,他们为了了解在哪一个广播电台做广告的效果最好,对开回来修理的汽车,要干的第一件事就是派人看一看汽车里收音机的指针是对准哪一个电台,从这里他们就可以了解到哪一个电台的听众最多,下一次就可以选择这个电台做广告。

(4) 行为记录法。在调研现场安装收录、摄像及其他监听、监视仪器设备,调查人员不必亲临现场,即可对被调查者的行为和态度进行观察、记录和统计。在取得被调研者的同意时,也可安装一定的装置,记录调研对象的某一行为。

观察法的优点是可以比较客观地搜集资料,直接记录调研的事实和被调研者在现场的行为,调查结果更接近实际;缺点是不易观察到内在因素,只能知道事实的发生,不能说明其原因,调研的花费较大,时间较长。

3. 实验法

实验法在搜集市场研究资料中应用很广,特别是在因果性调研中,实验法是一种非常重要的工具。例如,将某一种产品改变设计、改变质量、改变包装、改变价格、改变广告、改变陈设、改变销售渠道以后,对销售量会产生什么样的影响,可以先在一个小规模的市场范围内进行实验,观察顾客的反应和市场变化的结果,然后再决定是否推广。常用的实验法有以下四种。

(1) 实验室实验调查法。这在研究广告效果和选择广告媒体时常常采用。例如,某企业为了了解用什么样的广告信息最吸引人,就可以找一些人到一个地方去,每人发给一本杂志,让他们从头到尾翻一翻,问他们每一本杂志里,哪几个广告对他们吸引力最大,以便为本厂设计广告提供一些有用的参考资料。

(2) 销售区域实验调查法。就是把少量产品先拿到几个有代表性的市场去试销,看一看在那里的销售情况如何,先得到一些实际资料,然后再分析把这种产品拿到全国去推销可能有多大的市场占有率,需要多少时间、多少费用,值不值得在全国推销,等等。这种试验方法在消费品营销商那里是常用的。

(3) 模拟实验。这种实验的基础就是计算机模型。模拟实验必须建立在对市场情况充分了解的基础上,它所建立的假设和模型,必须以市场的客观实际为前提,否则就失去了实验的意义。模拟实验的好处是,它可以自动地进行各种方案的对比,这是其他实验难以做

到的。

（4）消费购买动机的实验。这是通过各种心理实验来进行的。

实验法较为科学,资料的客观价值较高,对于了解因果关系,能提供其他调查法所不能供给的资料,应用范围也相当广泛。实验法的优点还在于:通过少量产品的试销,获得比较正确、实用的试验资料;通过少量产品的试销,推测产品的未来销售趋势;通过对少数用户的调研,了解广大用户对企业营销活动的评价。实验法的主要缺点是时间长、费用高,选择的调研对象不一定有代表性,市场上各种因素的变化难以掌握,调研的结果也不易比较。

4. 心理调研法

心理调研主要是调查消费者心理状态。心理调研可分为动机调研和投射调研两种。

动机调研是调研消费者的购买动机,例如,为什么购买这种产品？为什么要选购这家企业生产的产品？了解购买动机,有助于企业掌握消费者的偏好特点,开发适销对路的产品。

投射调研是采用心理学方法,并不直接就某一问题提问,而是采用看图发表意见等间接方式,从中发现被调查者的真实心理,目的在于消除被调查者由于种种原因而不愿说出真心话的情况。

4.5 市场预测概述

4.5.1 市场预测的概念

所谓市场预测,就是运用科学的方法,对影响市场供求变化的诸因素进行调查研究,分析和预见其发展趋势,掌握市场供求变化的规律,为营销决策提供可靠的依据。

市场预测的目的是掌握现实及潜在市场需求量的发展变化。企业为使自己的产品最大限度地适应市场的需要,不仅要运用营销原理对市场需求进行各种定性分析,进行营销环境分析,消费品市场、工业品市场（组织市场）及其购买行为分析等,而且必须运用科学的方法,从量的角度去分析研究市场,估计目前和未来市场需求、企业需求规模的大小。

预测对营销决策是至关重要的。营销管理人员必须通过对市场的目前和未来规模的估计,决定是否应该进入该市场;公司也必须对不同的地区和细分市场的需求潜量作出估计,以决定如何有效地分配它的资源;等等。事实上,预测不仅在营销活动中起着关键性作用,而且对于制造、财务以及公司其他职能部门都是十分重要的。

4.5.2 市场预测的原理

市场预测之所以能对未来的发展变化趋势作出符合实际的估计和评价,主要是因为运用了事物具有连贯性、类推性、相关性三个原理。

1. 事物连贯性原理

连贯是指从纵的方面来看,事物的发展虽然千变万化,错综复杂,但总是遵循一定的规律向前发展,其发展的各个阶段,总是紧密联系的,在性质、数量、范围等方面存在着继承性和变异性。事物在经历量变过程时,继承性占主导地位,在性质上没有根本性变化,仅在数量和范围上有所增减。这就为预测事物的发展提供了极大的可能性。

如同其他事物一样,市场发展过程中也含有两种倾向:一是继承性,即市场的某些性质在相当长的时期内会保持不变,持续地发生作用;二是变异性,即某些性质在短期内突然变化,发生转折。当继承性占主导地位时,市场发展呈平稳状态,其主流趋势将会延续下去。如果变异性占主导地位,各种市场因素的内在联系就会重新组合,形成支配市场发展的新机制。

正确区分这两种不同的状态,是成功地进行预测的必要条件。在实际预测中,经常使用一些根据事物过去的变化情况外推未来发展趋势的方法。这里需要指出,连贯性原理并不是要把已经发生的过程简单地向未来延伸,而是要通过识别哪些关键性质是稳定不变的,哪些正在发生变化,来认清事物的过去、现在和未来之间的联系。只有市场处于稳定状态时,才能使用外推式预测方法。

2. 事物类推性原理

类推是指根据以往和现在事物发展的样式和规模,推测事物未来发展变化的情况。这是因为,科学研究表明,当事物的内部结构具有相似或相同的特征时,它们的发展变化也会表现出类同性。世界上存在着许多相似类同的事物,掌握了其中一种事物的演变规律,就可以推测其他类似事物的发展趋势。类推原理就是把事物的类同性作为预测的依据,运用已有的知识、理论来预测尚未完全认识的事物,运用书籍的规律推测未知的发展。

类推原理拓宽了许多市场研究成果的应用范围,使得人们有可能对处于突变状态的市场进行预测。比如,在社会文化构成相似的地区之间,以经济发达地区的消费水平类推相对落后地区未来的市场状况,是预测这些地区市场变化方向的有效方法。

3. 事物相关性原理

相关是指各事物的发展变化往往不是孤立的,而是与其他事物既互相联系、互相依存,又互相矛盾、互相制约的。对事物的各种现象进行相关分析,就能认清各种现象的本质及事物今后的发展方向。相关性原理就是把各种因素之间的关系作为预测的依据,根据一些因素的已知形态对另一些因素的未知形态进行推测。定性分析中特别重视的相关因素分析法,定量预测技术中的因果关系回归预测技术,就是根据相关性原理推导出来的。从分析造成某种市场情况的原因入手,去探求预测目标的发展规律并用于预测,是十分有效的方法。

4.5.3 市场预测的种类

市场预测可以按预测的范围、预测的时间、预测的性质、预测的程度进行分类。

(1) 按预测的范围,市场预测可分为宏观市场预测和微观市场预测。宏观市场预测是对国家经济总体发展的预测,它为制定全局的发展规划提供决策依据。微观市场预测也称销售预测,它直接为企业确定经营方向和制定营销规划提供科学的依据。

(2) 按预测的时间长短,市场预测可分为长期预测、中期预测和短期预测。长期预测是指 5 年以上的预测,它为企业制定重大战略决策提供科学依据。中期预测是指 1～5 年的预测,它为企业制订发展计划提供科学依据。短期预测是指计划年度内的市场需求的预测,它为近期安排企业的生产和营销计划提供科学的依据。预测的准确性随着预测期长短不同而不同,预测期限长,误差就大些;预测期限短,误差就小些。

（3）按预测的性质，市场预测可分为定性预测和定量预测。定性预测又称为判断预测，它是通过市场调研搜集来的资料，根据主观经验来推测市场的发展趋势。定量预测又称统计预测，它是运用统计资料和数学方法来推测市场的发展趋势。

（4）按预测的程度，市场预测可分为乐观预测和悲观预测。乐观预测是企业对未来市场潜量和销售潜量从宽估计，但过分乐观，往往不易达到预测的目标，甚至易造成实际的损失。悲观预测是根据可靠的资料及市场调研，从严估计市场潜量和销售潜量，但过于悲观、保守，目标虽易达到，有时往往会错失良机。

4.5.4 市场预测的步骤

1. 确定预测的目的

市场预测就是明确市场预测所要解决的问题是什么，即为什么进行某项市场预测。在市场预测中，只有确定了预测的目的，才能进一步落实预测的对象，选择适当的预测方法，调查或搜集必要的资料，也才能决定预测的水平和所能达到的目标。预测的对象要明确，目的应具体，避免流于空泛，以便有所遵循。

2. 拟订预测计划

预测计划内容，主要包括预测工作的组织规划、参加人员、具体的预测业务内容、资料搜集计划、各个阶段的要求与完成日期等。在预测过程中发现新问题时，应及时修改计划，使预测工作能反映客观要求。

3. 搜集与整理调查资料

在市场预测中，其预测过程是否能顺利完成，预测结果准确程度的高低，预测是否符合市场发展的客观实际等，在很大程度上取决于预测者是否占有充分的、可靠的、历史的和现实的市场资料。因此，搜集与整理资料是做好预测工作的基础。资料来源主要有两部分：一是历史资料，它是指预测期以前各观察期的各种有关的市场资料，如历年经营统计资料、业务情报资料、各类调查报告等。二是现实资料，它是指进行预测时或预测期内市场及各种影响因素的资料。如全国或各地区在市场预测时及预测期内的人口数量及构成和发展变化趋势；全国或各地区在市场预测时及预测期内居民购买力数量及其发展趋势；全国或各地区在市场预测时及预测期内生产数量及结构的状况和变动趋势；某种产品的生产、技术发展状况、质量、规格、需求状况的资料；等等。资料搜集范围应根据预测目的来确定，范围过宽会分散精力，范围过窄又不能满足预测的要求。工作步骤一般是先内后外，由粗到细，做到有情况、有数字、有根据，方便核对与分析。

在取得市场预测所需的历史和现实资料后，还必须对这些资料进行加工整理。对资料进行加工整理，主要是对反映市场现象整体单位特征的资料，根据研究问题即进行预测的目的，根据市场现象自身的特点，进行分组分类，使这些资料系统化、条理化，使之成为反映市场现象总体特征的资料。

4. 周密分析资料，选择适当的预测方法

市场预测者对经过整理的市场预测资料，还必须进行周密的分析，然后才能选择适合的具体预测方法进行市场预测。对市场预测资料进行周密分析，主要是分析研究市场现象及各种影响因素是否存在相关关系,其相关的紧密程度、方向、形式等如何;还要对市场现象及各种影响因素的发展变化规律和特点进行分析。根据市场现象及各种影响因素的具体特点,才能选择适当的预测方法。预测的具体方法很多,各种方法都有其优缺点及适用范围。选用什么方法合适,应根据预测项目的目的和要求进行选择。已搜集到的资料与数据,应根据本企业的具体情况(如人力与费用支出等),慎重地选择一种或几种适当的方法。

如果要进行比较精确的预测,可运用一定的数学模型。所谓数学模型,是指用数量表示已知现象和未知现象之间、原因和结果之间的相互联系的数学公式。总之,预测方法与模型选择得是否正确,对预测的准确性有重要影响。

5. 根据市场预测模型确定预测值,并对预测结果进行分析判断

在市场预测中,根据市场现象及各种影响因素的规律,建立起适当的预测模型。运用所建立的预测模型,就可以计算某预测期的预测值了。

预测是对事物未来发展的一种判断与估计,而不是事物未来发展的事实,因此,预测数值不可能百分之百地符合客观实际。为了防止由于预测结论失误而造成决策失误,在实际预测之后,要对预测结果进行分析判断,认真评价,对不同预测方法所得的结果进行比较,从中选出最佳预测数值。对预测误差要有充分认识,对误差产生的原因要认真分析。

6. 对预测结果进行核查修正

预测的目的不仅是为了设想未来,更重要的是根据对未来的认识制订当前的行动计划。由于影响预测的诸因素是复杂的、不断变动的,故应经常将实际数字与预测数字相比较,通过核查来发现市场需求情况变化。如情况发生重大变化,就应修正原来的预测方法或模型,从而也进一步修正决策,使预测不仅对未来起指导作用,而且对当前也起指导作用。

4.6 市场预测方法

市场预测的方法很多,目前可以应用的预测方法已超过 150 种,但得到广泛使用的只有 30 多种,经常使用的只有 10 多种。市场预测方法尽管多种多样,但大体上可以把它们归纳为定性预测方法和定量预测方法。

4.6.1 定性预测方法

定性预测方法包括个人判断法、集合意见法和专家意见法。

1. 个人判断法

个人判断法就是由企业领导(决策者)根据对企业内外环境的分析和自己的经验、知识、直觉,预测市场未来发展趋势。这种方法的优点是简单、迅速,特别是在缺乏预测资料时更为有用;缺点是受到领导人员经验和能力的影响,如果预测结果根据不足,可能会发生判断错误,造成预测不甚准确。

2. 集合意见法

集合意见法就是集合管理人员和销售人员判断意见的预测方法。销售人员与管理人员

处于营销实践的第一线，比较熟悉市场需求情况及其变化动向，他们的判断较能反映市场需求的客观实际，因而是近、短期市场预测常用的方法。

3. 专家意见法

专家意见法就是根据市场预测的目的和要求，向有关专家提供一定的背景资料，请他们就市场未来的发展变化作出判断，提出量的估计。专家意见法一般应用于以下情况：没有历史资料或历史资料不完备，难以进行量的分析；需要进行质的分析预测。在具体运用中，基本上采用两种形式：一是专家会议法；二是专家组预测法。

（1）专家会议法。专家会议法就是邀请有关方面的专家，通过会议的形式，对某个产品及其发展前景作出评价，并在专家们分析判断的基础上，综合专家们的意见，对该产品的市场需求及其发展趋势作出量的预测。

为了使这种会议开得有效，会前也需要进行一定的调查研究，提供一定的资料，如市场动态资料，不同生产厂家生产的同类产品的质量、性能、成本、价格对比资料，以及同类产品的历史销售资料，等等。在会议上，应让与会者畅所欲言，各抒己见，自由辩论；召集会议的预测者不发表可能影响会议的倾向性观点，只是广泛听取意见。在充分讨论的基础上，综合各专家的意见，整理出有关该产品的质量、性能、特点、价格、竞争能力和市场需求的质的分析材料，再结合同类产品市场销售情况及其发展变化趋势，确定对市场未来需求量的预测。

专家会议法的优点是具体全面，有利于到会专家互相启发，集思广益；缺点是在会议讨论中心理因素影响较大，易屈服于大多数意见或权威意见，从而忽视少数意见，参加人员也有限。

（2）专家组预测法。专家组预测法是为了避免专家会议的不足而产生的一种预测方法，国外又称德尔菲法。这种方法由美国兰德公司首创，在国外应用广泛。该方法采用函询调查方式，同专家会议法相比，专家组预测法有以下特点：①匿名性。专家组成员彼此互不相识，可以保证信息交流不受权威、资历、口才的影响，避免了专家会议法的缺点。②反馈性。专家组预测法可以使专家们从反馈回来的问题调查表上得到集体的意见和目前状况，以及同意或反对某种观点的理由，从而构成专家之间的相互作用，并依此作出新的判断。③收敛性。经过几轮反复，专家们的意见逐步趋于一致，综合分析专家们的意见，可以使预测结果有较大的可靠性和权威性。

在用此法进行预测时，先要确定预测主题，根据预测主题，选择专家，组成专家预测组。专家组人数一般以20人左右为宜，然后采用函询式向专家们分别提出问题，并提供有关的资料，请专家提出自己的预测。把专家回答的意见经过综合、整理、归纳后，再匿名反馈给专家，征求修改意见，然后再进行综合反馈。这样经过多次反复循环，滤去极端意见，最后得到一个比较一致的可靠性较大的意见。

4.6.2 定量预测方法

定量预测方法是根据以往比较完整的历史统计资料，运用各种数字模型对市场未来发展趋势作出定量的计算，求得预测结果。这类方法有助于在定性分析的基础上，掌握事物量的界限，帮助企业更正确地进行决策。常用的定量预测方法主要有时间序列分析法和因果分析法。

1. 时间序列分析法

时间序列分析法,就是将经济发展、购买力大小、销售变化等同一变数的一组观察值,按时间顺序加以排列,构成统计的时间序列,然后运用一定的数字方法使其向外延伸,预计市场未来的发展变化趋势,确定市场预测值。

时间序列分析法的主要特点是以时间的推移研究和预测市场需求趋势,不受其他外在因素的影响。不过,在遇到外界发生较大变化,如国家政策发生变化时,根据过去已发生的数据进行预测,往往会有较大的偏差。

时间序列分析法具体做法较多,常用的较简便的方法主要有以下四种。

(1) 简单平均法

简单平均法是采用计算一定观察期的数据平均数,以平均数为基础确定预测值的方法。简单平均法有多种,如算术平均法、几何平均法和加权平均法等。常用的是算术平均法,以公式表示为

$$F = \frac{X_1 + X_2 + \cdots + X_n}{n} = \frac{\sum\limits_{i=1}^{n} X_i}{n}$$

式中,F——平均数,即预测值;

$X_1, X_2, \cdots, X_n$——各期实际销售数据;

n——资料期数。

该方法适用于时间序列比较稳定、无明显变化趋势时的预测。

(2) 移动平均法

移动平均法是以假定预测值同预测期相邻的若干观察期有密切关系的数据为基础的。所以,移动平均法是将观察期的数据,由远而近按一定跨越期进行平均,取其平均值,随着观察期的推移,按一定跨越期的观察值数据也相应向前移动,逐一求得移动平均值,并将接近预测期的最后一个移动平均值作为确定预测值的依据。

移动平均法的公式为

$$F_{t+1} = \frac{X_t + X_{t-1} + \cdots + X_{t-n+1}}{n}$$

式中,F_{t+1}——$t+1$ 期的预测值;

X_t——第 t 期实际值;

n——跨越期。

(3) 加权移动平均法

加权移动平均法,是对观察值分别给予不同的权数,按不同权数求得移动平均值,并以最后的移动平均值为基础,确定预测值的方法。

采用加权移动平均法,是因为观察期的近期观察值对预测值有较大影响,它更能反映近期市场变化的趋势。所以,对于接近预测期的观察值应给予较大权数值,对于距离预测期较远的观察值则相应给予较小的权数值,以不同的权数值调节各观察值对预测值所起的作用,使预测值能够更近似地反映市场未来的发展趋势。

运用加权移动平均法计算预测值的公式为

$$F_{t+1} = \frac{W_n X_t + W_{n-1} X_{t-1} + \cdots + W_1 X_{t-n+1}}{\sum\limits_{i=1}^{n} W_i} = \frac{\sum W_{t+1} X_{t-n+1}}{\sum\limits_{i=1}^{n} W_i}$$

式中，F_{t+1}——$t+1$ 期的预测值；

   X_t——时间序列 t 期的观察值；

   W_i——时间序列为 i 的对应权数值。

（4）指数平滑法

指数平滑法，实际上是一种特殊的加权移动平均法。其特点是：第一，指数平滑法进一步加强了观察期近期观察值对预测值的作用，对不同时间的观察值所赋予的权数不等，从而加大了近期观察值的权数，使预测值能够迅速反映市场实际的变化。权数之间按等比级数减少，此级数之首项为平滑系数 a，公比为 $1-a$。第二，指数平滑法对于观察值所赋予的权数有伸缩性，可以取不同的 a 值以改变权数的变化速率。如 a 取小值，则权数变化较迅速，观察值的新近变化趋势较能迅速反映于指数移动平均值中。因此，运用指数平滑法，可以选择不同的 a 值来调节时间序列观察值的均匀程度（即趋势变化的平稳程度）。

运用指数平滑法计算预测值的公式为

$$F_{t+1} = aX_t + (1-a)F_t$$

式中，F_{t+1}——$t+1$ 期的预测值；

   F_t——t 期的预测值；

   X_t——t 期的实际值；

   a——平滑系数。

平滑系数 a 值的选取应根据长期趋势变动和季节性变动情况而定。一般说来，应按以下情况处理：

① 如果观察值的长期趋势变动为接近稳定的常数，应取居中的 a 值（一般取 0.4～0.6），使观察值在指数平滑值中具有大小接近的权数。

② 如果观察值呈现明显的季节性变动时，则宜取较大的 a 值（一般取 0.6～0.9），使近期观察值在指数平滑值中具有较大作用，从而使近期观察值能迅速反映在未来的预测值中。

③ 如果观察值的长期趋势变化较缓慢，则宜取较小的 a 值（一般取 0.1～0.4），使近期观察值的特征也能反映在指数平滑值中。

2. 因果分析法

因果分析法是利用事物发展变化的因果关系来进行预测的方法。它以事物发展变化的因果关系为依据，抓住事物发展的主要矛盾与次要矛盾的相互关系，建立数学模型进行预测。

运用因果分析法进行市场预测，主要是采用回归分析方法。除此之外，计量经济模型和投入产出分析等方法也较为常用。在这里，我们只介绍回归分析法。

回归分析法，是研究两个以上变量之间关系的数学方法。如果只涉及两个变量，称为一元回归分析或单回归分析；如果涉及两个以上的变量，则称为多元回归分析或复回归分析。

（1）一元回归分析法

一元回归分析主要是导出两个变量之间的关系式。借回归分析导出的这种关系式，称为回归方程式。在市场预测中,两个变量之间的关系,一般呈线性关系。所以,一元线性回归分析是市场预测中较为常用的方法。其回归方程式为

$$Y_t = a + bx$$

式中,Y_t——因变量,即预测值;

    t——预测的时间周期;

    x——自变量,即引起市场变化的某种因素。

在市场预测中,回归分析是通过观察值确定回归系数 a 和 b 的值的。推断 a、b 值的常用方法是最小二乘法,其计算公式为

$$a = \overline{Y} - b\,\overline{X}$$

$$b = \frac{\sum X_i Y_i - \overline{X} \sum Y_i}{\sum X_i^2 - \overline{X} \sum X_i}$$

式中,$\overline{X} = \dfrac{1}{n} \sum X_i$;$\overline{Y} = \dfrac{1}{n} \sum Y_i$。

在确定了回归方程之后,还需要判断检验这一线性回归方程对预测是否有意义。如果实际统计数据的波动幅度很大,用求出的线性回归方程进行预测的偏差也就很大,这样利用它来预测的意义就不大了。对预测模型进行检验,一般包括方差分析、标准差分析、相关分析和显著性检验。限于篇幅,在此不再赘述,读者可参阅有关的书籍作进一步的了解。

一元线性回归法可以用于时间回归分析预测,也可以用于因果回归分析预测。

(2)多元回归分析法

在现实生活中,客观事物是复杂的,一个因变量往往会受许多自变量的影响,如果仅根据一个自变量的变化去预计因变量的变化趋势,就会忽视其他自变量的变化对因变量的影响作用。因此,当研究变量之间的关系涉及两个以上变量时,就应当运用多个自变量,采取多元回归分析法。

在市场预测中,运用多元回归分析,就是从多个变量中选一个因变量,而把其余变量作为自变量。常用的是多元线性回归分析,它与一元线性回归分析法基本相同,只是扩展了方程式的内容,增加了解联立方程的过程。多元线性回归分析,也是运用最小二乘法,使估计值(回归方程计算值)与观察值之间方差平方和为最小,达到回归方程与观察值的数据点线性拟合为最佳。

多元线性回归的基本方程是

$$Y_t = a + b_1 X_1 + b_2 X_2 + \cdots + b_m X_m$$

式中,Y_t——因变量,即预测值;

    t ——预测的时间周期;

    $X_1, X_2, \cdots, X_m$——自变量;

    $a, b_1, b_2, \cdots, b_m$——回归系数。

多元线性回归系数的计算方法较为复杂,一般可利用计算软件来计算。

4.6.3　市场预测方法的选择

市场预测的方法有很多,每一种方法都有它的特殊用途,而预测结果的准确性在很大程

度上取决于预测方法的选择是否适当。所以,正确选择预测方法是预测过程中极为重要的一个环节。上面我们讨论了几种较为常用的预测方法,每一种方法使用的广泛程度是不同的。同时,在选择预测方法时不能仅仅根据哪种方法最为常用,还必须考虑其他许多因素:预测的目的、预测的内容、与历史资料的关系和有无历史资料可用、所要求的精确程度、预测的时间、预测费用等。预测人员必须全面衡量这些因素。例如,各种预测方法在费用、规模和精度上都是不同的,预测人员应根据预测的目的来决定预测方法的种类、规模和应有的精度。在考虑是否进入某一市场时,可能只要求对市场容量作一个粗略的估计;而为了制定营销预算而作的预测就应精确得多,其适用的预测方法也就相应的不同。此外,预测人员一般应选择能最佳的发挥资料效用的方法。如果能简单地运用一种有足够精度的方法,就不应该使用更先进的方法,先进的方法虽然可能提供较高的精度,却经常需要一些很难搜集或搜集费用很高的信息。为了增强预测的可信程度,有时也可以同时使用几种预测方法,然后对其结果进行比较分析。

有一点是营销管理者应必须明确的,即不管预测方法是定量的还是定性的,是先进的还是传统的,最后的决定是由营销管理者本人作出的,其判断是至关重要的。正如著名的美国未来学学者托夫勒所言:"你可以使用你所拥有的一切数据,但是你依然不能完全依赖它们,而必须运用你的智慧作出判断。"所以,营销管理者如果了解预测方法的基本特点及其局限性,就能帮助预测人员更正确地界定要预测的问题,更有效地运用这些预测。

复习思考题

1. 市场信息有哪些类型及作用?
2. 企业营销信息管理系统是怎样构成的?
3. 市场调研的类型有哪些?
4. 市场调研有哪些步骤与方法?
5. 市场预测的类型、步骤及方法有哪些?

第 5 章

营销战略

企业在营销活动中,为适应变幻无常的环境及充分利用外部环境提供的机会,需要对其未来的长期发展作出必要的全面规划,也就是说,要为营销活动制定一个长期的战略。这样企业才能在不断变化的市场环境中,把握住市场机会,避开环境威胁,按一定的目标追求企业的发展和营销活动的成功。由于并不存在一个对于所有企业来说都是最好的战略,因此营销商必须掌握制定合理有效的营销战略的方法,并且能够在执行所制定的战略的过程中实施有效的管理。

5.1 营销战略的概念和意义

5.1.1 营销战略的概念

1. 什么是营销战略

从战略的角度看,企业的营销活动集中在市场上的商业活动的领域中,以及实现这些商业活动所需的手段和时机中。从公司的角度来看,营销环境的要素(如竞争状态、市场动态和环境变迁等)对形成公司营销战略是必不可少的。公司营销活动的领域限定在市场和公司之间这个区域范围内,对目前和潜在市场趋势的认识对任何一个战略计划操作来讲都是极其重要的。

本质上,在一个给定的环境中,营销战略涉及三种相互作用的力量,这三种力量被称为"战略 3C":消费者(customer),竞争(competition)以及公司(corporation)。

营销战略应设计出能把公司与竞争者有效区别的方法,以及利用自身独特的能力(实力)为消费者创造卓越消费价值的方法。一个好的营销战略应具有如下特点:①清晰的市场界限;②公司实力与市场需要之间良好的适配;③相对于竞争者来讲,卓越的绩效。

总之,3C 构成了营销战略的三角关系,如图 5-1 所示。组成这三个角的要素都是动态的,且都有其各自要追求的目标。如果消费者的需求不能和公司的目标相匹配,那么后者的生存能力就会受到威胁。消费者需求与公司目标的积极匹配需要它们之间有一种持续的良好关系。但是,这种匹配是相对的,如果竞争对手能够开发出更好的匹配,那么公司就会随着时间的迁延而处于不利的地位。换句话说，公司目标和消费者需求之间的匹配不仅必须是明确的，而且要比竞争对手做得更完美、更扎实、更牢靠。当公司讨好消费者的方法与竞争对手完全一样时，消费者就不能作出区分，结果就是一场价格战，这样当然能满足消费者的需求，但不能实现公司的目标。我们根据这三个关键要素来界定营销战略：在特定的背景下，公司把其与竞争者有效区别开来，利用公司自身的相对实力更好地满足消费者需求的工作。

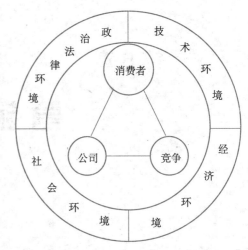

图 5-1　营销战略建构的三个要素

基于战略 3C 的相互作用关系，营销战略的形成需要下面三项决策。

（1）在何处竞争？也就是市场的范围问题。例如，整个市场是一个或多个细分市场[①]？

（2）如何竞争？也就是竞争的手段。例如，引进一种新产品来满足消费者的需要；为现有的产品建立一种新的形象等。

（3）何时竞争？也就是市场进入的时机。例如，是首先进入市场还是等待初级需求建立以后再进入？

宝洁公司进入橙汁市场可以说明营销战略的概念。1982年，宝洁公司面对其美国国内核心业务的不断萎缩，开始寻找新的市场机会。当时，橙汁市场是颇具吸引力的，它在饮料市场上排名于软饮料和咖啡之后。与后两者不同的是，在消费者日益对健康状况显现关注的背景下，对前者的需求有增无减。宝洁在以下三个方面实施其橙汁的营销战略。

① 市场（在哪里竞争）。宝洁决定进入广泛的市场，在全国范围内提供冻缩的现成产品。

② 方法（如何竞争）。宝洁公司为橙汁新建立了一个品牌：Citrus Hill。它与其他的品牌没有什么不同。有趣的是，宝洁公司在一开始进入市场之时，就持有生产好口味的果汁的工艺专利。但开始时并没有使用它，而是采用以仿制品进入市场。宝洁公司在第1年投入4亿美元来推广这种产品，也是公司历史上为新品牌花费最多的投入。首先推出传统的仿制品而不是生产最好的产品被看做是宝洁公司拉开与竞争对手广告战略和消耗它们资源的一种策略，一两年之后便是大规模推出改进的新产品。

③ 时机（何时竞争）。宝洁公司仅仅在经过一年的试销之后就决定把 Citrus Hill 品牌推向全国市场，这是极不寻常的。传统上，宝洁公司是在十分简单而又消耗时间的程序之后才向市场上推出新产品：研究竞争对手，开发创新性产品，进行小心翼翼的市场测试（有时需要数年的时间）。据说宝洁公司提前在金宝（Campbell）、立顿（Lipton）和通用面粉（General Mill）公司进入市场，这些公司也发现橙汁市场的潜在容量，并且一直在检测果汁产品。

上述战略产自于对战略 3C 的通盘考虑。首先，市场进入是由日益增长的消费者需求决定的。其次，进入市场的决策是基于对竞争对手的充分理解。它包括对可口可乐公司的

---

① 市场细分的概念将在下一章中阐述。

Minute Maid 品牌及对 Beatrice 食品公司的 Tropicana 产品进行深入分析。正如所预料的那样,这两家公司都大幅度地增加了它们的广告投入、消费者市场推广和对中间商的市场推广。再次,作为一家雄心勃勃的成功的消费品营销商进入新市场时应充分具备公司实力。最后,环境要出现持续的市场机会。

2. 营销战略的特点

企业的营销战略,应具有如下一些显著的特点。

(1) 强调长期的影响。营销战略决策通常具有深远的影响。用营销战略专家的话讲,营销战略是一种承诺,而不是一项行动。如果是营销战略决策,就不仅仅是对中意的消费者提供迅速的交货,还包括对所有同类消费者提供 24 小时的交货服务。

1980 年,固特异轮胎公司作出了在未来集中资源经营它的轮胎业务的战略决策。而此时它的同行却看淡轮胎业的市场前景,固特异选择了与同行相反的发展战略。这种战略选择对公司的长远发展有着深远的影响。如果这种选择是正确的,那么它的轮胎业务将不仅在北美市场,而且在西欧市场占据统治地位,结果使它的米其林(Michelin)轮胎成为目前世界市场上一个强有力的挑战者。如果出现与预料相反的结局,固特异就会因为比 Unilroyal 和 Firestone 这两家公司过度涉足轮胎业而付出惨重的代价,而这两家公司目前正在实施多样化经营。

营销战略的长期导向需要对环境给予高度的关注。环境从长期来看比从短期来看更容易改变。换句话讲,从短期来看,人们可以假定环境是稳定不变的,但从长期来看,这种不变是不可能的。

对环境的适时监控需要战略情报的投入。战略情报与传统的营销调研在深入探究方面有着明显的不同。例如,仅仅知道竞争对手有成本优势是不够的,从战略的角度,营销商还应该知道竞争对手在成本的进一步降低方面还有多少潜力可挖。

(2) 需要有公司的投入。营销战略决策需要公司在三个方面给予支持和投入,即公司的文化、公司的公关和公司的资源。公司的文化是指经过长期积累被公司接受内化成为行为准则的公司高层管理的仪式、理想、特征、禁忌、习俗、礼仪等。公司的公众包括在组织中具有利益的各种利益攸关者。利益攸关者一般包括公司的消费者、公司员工、中间商、政府和社会。公司的资源包括人力资源、财务资源、物质资源和技术资产/经验等。公司的价值取向限定了营销战略家们的活动范围,包括要进入的市场、要收割的业务、要投资的业务等。营销战略制定过程中的公司资源的投入也有助于组织整体利益的最大化。

(3) 不同的产品/市场有不同的作用。传统理论认为公司内所有的产品都应该尽力追求利润最大化。而战略营销却认为公司内不同的业务有不同的作用。例如,有些业务处于产品市场生命周期的成长阶段,有些处于成熟阶段,而其他的可能处于引入阶段。在市场生命周期每个阶段上的产品都有不同的战略和肩负不同的期望。处在成长期的产品需要额外的投资,而处于成熟期的产品应该为公司贡献更多的现金。把这种思想付诸实施是到了波士顿集团提出业务矩阵分析框架以后才开始的,波士顿业务矩阵以市场份额和行业增长率作为两个维度建立平面坐标轴,每一个轴都用连续的从高到低的刻度标出,公司的所有产品均可在此平面坐标轴上标出其位置。这部分的详细内容将在下一节详述。

波士顿矩阵是基于市场占有率比竞争对手高的公司应该能够以低成本生产产品,相反,市场占有率比竞争对手低的公司应该以高成本生产产品的假定为基础。这个分析框架的重要特点是把公司的业务分成四类，反映出各项业务的现金使用和现金产生能力。波士顿矩阵有两个基本的特征：①根据统一的标准把多种多样的业务进行分类排队。②它提供了平衡公司现金流的一种工具，通过这种工具可以得出哪些业务可能是现金提供者及哪些是现金使用者。

营销战略的实践在确定每项产品/市场的角色之前首先要对这个产品/市场进行检查。进一步讲，不同的产品/市场共同地与公司整体营销努力最大化有关。最后，每个产品/市场都和一个有适宜的经验和背景的经理相对应来管理它。

（4）集中在组织内的业务层次。营销战略主要在组织内的业务单位层次上实施。例如，在 GE 公司内，主要的产品都被组成单独的业务单位来制定各自的营销战略。

（5）与财务密切关系。营销战略决策与公司的财务职能紧密相关。营销战略类型的选择要受到公司财务资源的约束。一般情况下，任何营销战略都需要公司财务资源作为基础。不管是产品开发还是广告、市场推广都需要公司财务资源的投入。在某种意义上，公司的财务资源限制了其营销战略的选择。

5.1.2　企业对营销战略重要性认识的发展

任何一个进行营销活动的企业，都必然地要和其所在的环境发生联系。企业所处的营销环境就对其形成一定的环境压力，企业必须适应环境才能生存和发展。在与环境的相互关系中企业必须通过不断地自我调整，才能和环境的变化保持协调。因此，组织和环境相互适应理论在管理学上被提出后，早期几乎没有营销战略概念的企业，越来越重视营销战略问题。

西方国家的企业和企业家，在较早期的营销活动中，也作出过依靠正确的战略指导而取得经营成功的范例。如 20 世纪 20 年代美国的"汽车大王"福特，在决定要投身加入汽车业的开拓发展时，就意识到要在汽车业取得发展，汽车这种产品的售价就必须是一般的工薪阶层人士（蓝领工人）都能够买得起。因此，他制定了每辆汽车售价 500 美元的目标，这对于当时汽车售价普遍在 2 万～3 万美元之间的市场现实而言，几乎是"神话"。福特在明确的目标规定下，制定了正确的实现目标的方案——通过扩大生产批量、提高劳动生产率来降低成本。他首创了流水生产线的方法，前所未有地提高了汽车生产的劳动生产率。高效率为福特带来了低成本的产出，终于实现了每辆车 500 美元的销售目标。"福特生产方式"也被经济史学家作为现代工业生产的起点。

尽管有成功的事例，但是，真正在企业的营销活动中，将营销战略提到关系全局的成败，关系企业的命运，并使之成为企业营销活动的统帅和纲领的高度，还是进入到 20 世纪 70 年代中后期的事。1970 年以后，西方发达国家企业管理重点发生了新的转移。这一重心的转移不是偶然的或人为的，而是现代生产力水平和社会经济发展的必然结果。其原因主要表现在以下几个方面。

（1）科学技术的飞速发展，使得科学新发现或新发明转化为社会生产力的周期越来越短，从而使生产设备和产品更新速度大大提高。这一客观事实，迫使任何一个企业的管理者必须高瞻远瞩，具有战略发展的观念，认识和预见未来发展可能带来的影响和挑战，作出正确的营销战略决策。

（2）消费者需求日趋变化多端，新的需求层出不穷。随着社会经济和消费者收入水平的不断发展和提高，消费者需求日益向多层次和多样化发展。市场要求企业的产品具有更多的品种、更多的档次和花样、更高的质量和服务。任何一个企业的产品，今天受到顾客的欢迎，明天也许就不再能满足顾客的需要。消费者需求的不断发展和变化，迫使企业着眼于满足潜在的和未来的需求，求得可靠的生存和发展。

（3）社会政治、经济形势复杂多变，时刻给企业的生存和发展带来新的机会或造成新的威胁，这就使得每一个企业必须预计到各方面可能的变化和影响，并时刻能够作出应变反应。1970 年，西方世界发生的一系列经济变动，如经济滞胀、价格上涨、资源短缺、收入增长停顿等，对各国企业都构成了威胁，使得战略问题成为与计算机应用问题同等重要的企业管理的重要课题。

（4）企业经营范围和内容日益扩大和复杂。信息时代的企业经营管理，已经从过去单纯聚焦于生产和销售活动扩大到包括市场研究→制订发展规划→进行产品设计与研制→产品工厂制造→规划和实施营销传播活动→产品的销售与推广→全面的售后服务→产品使用中的信息搜集→信息反馈等各环节密切配合的动态大系统。企业的经营活动形成了大规模的从市场到市场的价值链系统，其中的任何一个环节都不能脱节，否则，就会在薄弱环节上形成"瓶颈"，使整个系统效益受到影响。生产经营活动范围和规模的扩大，使得企业管理者和营销管理人员不能只看近期利益，必须做长远的战略考虑。

5.1.3 制定营销战略的意义

制定营销战略，即从总体上对企业的营销活动进行规划、指导和约束。对于营销企业来说，制定营销战略具有如下重要意义。

（1）实现企业整体营销的目标。"市场营销观念"要求"企业活动目标一体化"，也就是说，营销战略计划使企业的各部门、营销工作的各个环节都能按统一的战略目标来运行，建立一个协调性的运转机制，为创造卓越的顾客消费价值及营销活动的有效性提供相应的保证。

（2）提高资源利用的效率。营销战略计划本身就是从诸多的可以达到既定目标的行动方案中，选择一个对于企业当前的情况来说最可行的方案。因此，凡是制定得合理、正确，并得到了正确贯彻执行的营销战略，都能够保证企业的资源得到最有效的配置和最充分的利用。

（3）增强营销活动的稳定性。由于营销外部环境的不断变化，企业的营销战术活动也需不断地变化或调整。但是，一切战术问题的调整和变化，必须也是为了实现或有利于实现既定的企业总体任务和目标。对战术问题的调整，不应是盲目的，随心所欲的，或仓促被动的。只有在营销战略计划的规定下，营销企业才能够主动地、有预见地、方向明确地按营销环境的变化来调整自己的营销战术，才能减少被动性、盲目性，使企业始终能够在多变的营销环境中按既定的目标稳步前进。

（4）为企业的营销管理提供一种基本的依据和准则。企业的管理决策层，需对企业的各项工作实施有效的管理，要使被管理部门都能自觉地接受管理，就必须有人人都明确和知晓的管理依据。营销战略计划，由于规定了营销活动的任务和目标以及实现的要求和方法，就为企业管理层对营销活动的管理提供了纲领、为日常的管理活动提供了依据，同时，也使

被管理者明白其工作的成效是怎样衡量的,应如何行动。所以,有了营销战略计划的规定,就可以使企业的营销活动有统一的组织、指挥、协调和控制,从而提高对营销活动管理的有效性。

(5)为获取市场竞争的优势地位奠定基础。在市场竞争中,企业与其对手的竞争,不仅仅是企业的现有实力的较量,甚至可以说主要不是现有实力的较量,而是同竞争对手谋略的较量。要想在市场竞争中取得胜利,首先必须有正确的、高人一筹的、出奇制胜的战略谋划。制定正确的并得到有效贯彻的战略计划,可使营销企业在竞争中取得成功。

(6)实现员工参与管理,建立企业发展愿景,激发员工工作热情。从管理的原理来说,管理必须强调统一意志、统一指挥。但是,管理工作也同时强调应极大地调动被管理者的积极性和创造性。在具体的管理操作中,对于全局性的谋划,对于战略的制定,是最需要集思广益,最需要企业人员上下同心,明确企业营销发展愿景的。因此,在战略计划工作中,吸收广大职工参与,不仅体现了管理的民主性,而且也便于管理者吸收广大员工的智慧,起到激励下属的功效,使企业的所有员工都能明白企业的发展愿景和实现路径,增强企业员工的主动性和凝聚力。

5.2 营销战略目标的确定

营销战略是以确定营销目标为主要内容而展开的。战略目标是指企业全部营销活动所要达到的总体要求。营销战略目标规定了企业全部营销活动的总任务,决定了企业发展的行动方向。

5.2.1 选择营销战略目标的基准

我们应该怎样去评估各种可供选择的营销战略?究竟应该使用什么标准?我们可以利用塞缪尔·泰勒斯(Seymour Tilles)提出的公司战略标准来回答这些问题。目标就是要解决一些范围更为广泛、更为基本的问题。可以使用以下的五项标准:内部一致性、外部一致性、资源能力、时间和风险度。

1. 内部一致性

内部一致性主要是指营销战略和营销目标之间的相关性和协调性。另外,营销目标和各种营销组合策略之间也必须是一致的。显然,较高的销量目标和范围狭窄的目标市场之间就是一个缺乏内部一致性的典型例子。同样,一个追求广泛的产品市场占有份额和高销量的营销目标与营销组合中的高价和高产品质量战略是不兼容的。高额的营销传播费用与选择性分销也不一致。内部一致性应贯穿整个营销方案所涉及的各个方面。例如,挑选销售代表所使用的标准必须与相应的报酬方式和水准相一致。

2. 外部一致性

在制定营销战略时,制定者必须分析营销战略与外部环境相联系时的有效性。一方面,市场发展趋势、政府的政策法令以及竞争态势构成了公司的外部压力。由于涉及伦理问题、道德问题,当今各国的制药企业必须对政府法令、法规保持高度敏感。不断下降的人口出生率将对童鞋制造商的营销战略带来较大的冲击。一家想在美国的纺织品市场上寻求较大市场份额的美国公司,必须认识到大量进口廉价品的冲击。以上均是一些外部环境负面影响的例子,它们说明了外部环境对企业构成了制约力量。但是另一方面,外部环境中存在的一些成长机会也具有同等的重要性。近年来,对于生产 IT 产品的厂家来讲,其营销战略必须与迅速成长的市场保持一致。那些在市场投入方面显得过于保守的企业也会因此而遭受到一定的损失,只有具有非凡的眼光和较强的环境适应能力的营销商才能实现外部一致性。

3. 资源能力

资源有助于企业实现自己的营销目标,换个角度而言,一个企业所拥有的资源反映着其对外部环境中的威胁与机会的反应能力。最主要的三项资源是:资金、人力及设备。

财务实力主要包括扩大负债以及资产净值的能力,这对于企业上较大的生产项目和将营销活动扩展到新市场是极其重要的。那些较小或中等规模的企业经常会因为生产能力的限制而不得不延迟或放弃一些有价值的项目,这类现象即使在那些规模较大并且具有较好的资源禀赋的企业内也时有发生,而这类限制因素的影响程度却经常被予以错误的评估。产品的推广费用类似于资本投入,是即将产生销售收入和利润实现之前的现金耗费。

人力资源具体包括质和量两方面。某些营销活动只是简单地需要公司拥有目前并不具备的技巧与能力,我们可从营运良好的工业品生产企业进入消费品企业时的现象得到例证。当规模小的公司寻求发展,并且需要与其他行政部门不同的组织才能时,人力资源量的一面就能清晰地显现出来。通常要评价一个组织是否具有实施新的营销方案的能力并不容易,我们经常会强调具有潜力的新市场和新产品,而忽视了人力资源所具备的能力的现实性。

虽然,我们更多的是将注意力放在销售队伍上,人力资源量的问题可体现在营销组织的各个环节与部门上。让销售代表负责过多的产品或不同的顾客群以致加重他们的负担是极其不合理的。并且,销售队伍以及营销组织的不连贯往往会导致费用的急剧增加。最好的做法是,将有计划的组织成功融入新产品和新的营销方案中去。

设备能代表生产资源和(或)营销资源,尽管我们通常会认为只有物质生产力才是企业的设备基础。当然,正如厂房和仓库的布局一样,生产能力与技巧同样代表企业有形设备运转的制约因素。现实中,市场销售量与生产管理的质量和成本控制之间的矛盾是非常普遍的。正如在许多企业决策中,对生产能力的评估往往是由于错误的预测造成的。

在评估各种可供选择的营销战略时,营销的设施必须予以考虑,这一点通常被认为能够通过分销渠道的结构得到体现。尽管营销设施并非像生产设备那样具体而直观,但是分销渠道作为一种资源可以被看做是半固定的设备。显然,各种新产品都必须要通过分销渠道进行测试。就长期而言,通过追加额外的投资,企业的生产设备和分销渠道都能被调整和改变。虽有例外,但更通常的情况是,企业的管理部门总是通过使这些设备超负荷运行来寻求竞争优势。

4. 时间

在确定营销目标和营销战略时,我们通常都会强调一个时间的尺度,该尺度包括两方面的内涵。一方面它是指战略的时间跨度,大型的以技术为背景的公司——IBM,Lockheed,

杜邦和 RCA 就特别注重企业战略的时间性。较长的计划期使得这些企业必须认真考虑营销战略随时间推移的可行性。一些小企业则视灵活为它们的一大法宝。对于这些小企业而言,是否能迅速采用新的战略和营销方案是非常重要的。消费品制造商更是认识到其营销传播方案在实施结束时,必须相继予以更换。随时间推移而不断变换的营销环境条件和竞争战略通常会影响到最佳方案的有效性。

时间尺度的另一方面与前一标准相关联,即外部一致性。在引入一种新产品时,有效的营销方案必须要考虑同类产品所处的市场生命周期阶段。在前期阶段需要有大量的营销传播费用投入,并且营销传播方案通常会强调这种产品的内在特性,而不是强调企业的相对优势。MP4 制造企业在宣扬其品牌优于另一品牌时,首先必须刺激消费者激发其对 MP4 产品的需求欲望。

作为一项战略标准,时间具有能量化以及能度量的特征。在大多数情况下,时间作为一种尺度具有更为明显的、更为现实的意义。在实施某项新的营销方案前,对所要付出的努力予以有意识的思考及进行相关的文件说明是保证时间标准得以有效运用的前提。

5. 风险度

风险作为一项战略标准可能是最为抽象和最难量化的。怎样去评估与一项特定战略相适宜的风险水平?其中一项最基本的因素就是确保该战略得以实施所必需的资源。另一项因素便是该企业用于实施营销方案的资源占企业所有资源的比例。资源大量投入的事例是非常多的,IBM 号称将 5 亿元的资金投资于 360 条计算机线路的开发便是一个非同寻常的例证。Montgomery 在第二次世界大战前将大量的现金用于库存的增加而导致的失败也是一个风险的典型案例。对于任何一家企业而言,它所愿意承受的风险在某种意义上体现了其所拥有资源以及与某一特定战略的内在关系。所以,事实是资源能随时予以测量,而企业的潜在赢利还有赖于对环境及对竞争对手行为的预测。当评估一项战略的风险因素时,过去的经验可能有助于提高洞察力,但通常是面临的机会越大,挑战性越大,就越缺乏可靠的资料作出决策。在《财富杂志》中,Roy Rowan 高度赞扬 Norton Simon 的大卫 · 麦赫利、McDonald 的瑞 · 克罗克以及 Randon House 的罗伯特 · 伯斯顿等首席执行管(CEO)认识到当考虑某项重大决策的风险因素时个人直觉的重要性。

为了评估风险,需要再一次考虑时间尺度。为进行长期投资而制定的战略通常要承受更高的风险。在更长的时期,技术、政治以及来自消费者的压力等各方面因素将会使环境发生急剧变化。营销管理人员所面对的困境便是越来越大的环境不确定性。在 20 世纪 60 年代早期,许多营销管理人员能非常明确地预测到 20 世纪 70 年代用户至上主义、污染控制、OPEC 以及生态问题将带来的影响。然而事实上,每一家企业还是受到了这些因素的影响,它们必须在分析各种营销战略的风险时融入这些影响因素。

5.2.2 市场占有率、投资利润率与营销战略目标

1. 概念及计量指标体系

(1) 市场占有率

市场占有率是本企业产品或服务销售额对全部该类产品或服务的全部市场销售额的比率。

为更好说明企业的市场占有率状况,除用市场占有率这一目标外,还选用以下辅助目标。

① 产品普及率。它是消费者平均持有某种产品的比率,有按人口与按家庭平均的两种普及率。普及率越高,表明市场潜力愈小,产品生命周期愈短。一般认为,耐用消费品普及率在 15％以下为投入期,16％～50％为成长期,50％～80％为成熟期,80％～100％为衰退期。一般说来,企业不应该进入产品普及率较高的产品市场,因为其容量较小。

② 销售增长率。它是企业报告期较基期销售额增长的比率与企业所在行业销售计算机平均增长率的比率。这一比率若高于 100％,则表明企业营销状况良好,反之则不佳。

③ 相关产品销售增长率。相关产品分两类:一类是互补品,如计算机与打印机;另一类是互替品,如台式电脑与笔记本电脑。如果是互补产品,则该产品销售率越高,本企业产品销售增长率越高,反之亦然;互替性产品则恰恰相反,它的增长率越高,对自己产品销售的威胁就越大,反之亦然。

④ 老用户损失率。它是老用户损失数与原用户总数的比率。造成这种损失一般有三种原因:老用户本身对该类产品的需求萎缩;该产品出现质量等问题不能满足用户需求;其他商家由于提供更优质服务而抢占了自己的市场。对老用户损失率要进行具体分析,它对企业营销战略的制定有一定影响。

⑤ 新用户获得率。它是新用户增加数与原用户总数的比率。造成新用户增加的原因可能有二:一是进入市场的新企业增加,它表明市场对企业所在的整个行业需求增加;二是本企业从其他企业的用户中抢生意,这表明企业竞争力的增强。正确区分这两种原因对营销策略制定意义重大。

（2）投资利润率

投资利润率是指税前的营业收益占自有资本和长期负债总额的比率,英文缩写为 ROI。

ROI 可以用来反映同一行业不同经营领域或同一产品在不同市场上的状况,但用来反映不同行业的状况就有很大缺陷。因为各行业在不同时期 ROI 均不同。例如,计算机行业的 ROI 就明显高于纺织行业。为了能比较计算机行业与纺织行业内各企业的竞争力,必须运用相对 ROI。

$$相对\ ROI = \frac{某一企业\ ROI}{该企业行业\ ROI}$$

2. 市场占有率与投资利润率的比较

（1）投资利润率与市场占有率的关系

根据 PIMS(profit impact of market strategy)的研究与商业实践表明,市场占有率是决定利润率的重要因素之一。一般来说,市场上两个竞争的企业,市场占有率高的企业,其利润率比占有率低的企业高(见图 5-2)。

图 5-2 是经验数据图,它生动地描绘了市场占有率与 ROI(税前)的正相关关系。这种正相关关系建立条件如下:

① 随着市场占有率的扩大,资金周转率略有上升,销售利润率迅速提高。

② 由于市场占有率扩大,材料购置费用在销售额中所占比例明显下降。

③ 市场占有率扩大,营销费用在销售额中所占比例将部分地减少。

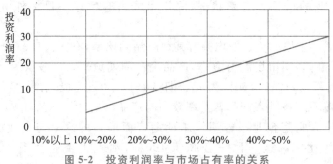

图 5-2　投资利润率与市场占有率的关系

虽然市场占有率与ROI有如此紧密的正相关关系,但它们之间毕竟没有一种必然的联系或称为因果联系。在商业和管理实践中,我们可以发现大量的反例,即市场占有率低的企业具有极高的ROI。所以,只有对企业的经营规模、竞争能力和经营者的能力等诸因素进行综合分析,才能正确认识一个企业的市场占有率与其ROI之间的客观联系。

(2) 两个用做营销战略目标的指标适用性比较

企业之间的竞争主要是为了争夺市场份额,因为市场能综合检验出企业的竞争能力。同一产品市场上的不同商家市场份额的变化,鲜明地反映了各企业竞争力的变化,市场占有率这一指标则直观地表示了这一点。而投资利润率(ROI)虽然也是企业经营状况的综合评价,但是它实质上只是一个绝对指标(虽然在统计学上它属于结构相对指标),因为它不是建立在把本企业ROI与另一企业ROI相比较的基础之上的,故很难直接判断企业的综合经营能力。即使运用"相对ROI"来进行修正,它也远没有市场占有率那样直观。而且同一行业ROI的计算是非常麻烦与困难的,故在短期决策时,企业一般应选择市场占有率作为自己的营销战略目标。

然而,ROI指标亦有其独特的、市场占有率所不可替代的作用。在下述情况下,它比市场占有率更有助于企业管理人员选择营销战略:企业领导受控于所有者时;产品处于成熟期和衰退期而不是投入期和成长期时;产品适合于撇脂定价法而不是渗透定价法时,等等。除此之外,它还有一个非常重要的作用,即它能判断一个行业所处的成长阶段,从而有助于企业进行长期投资决策。一般的,当ROI较高且呈升高趋势的行业是处于成长期的、非常有前途的行业;相反,ROI较低且呈下降趋势的行业是处于成熟期并逐步走向衰退期的行业。例如,钢铁、化学等重化工业的ROI明显高于木材、纺织等行业的ROI,而生物工程、电子、计算机等行业的ROI又明显高于钢铁和化学等行业的ROI。正是各种产业ROI之间的这种比较利益的差别,才诱发与促进了产业结构的变迁。企业可以从自己的ROI变动上对所属行业进行判断,若ROI较低或持平,甚至略有下降,则企业应从该行业抽走资金并转移到新兴的有较高ROI的部门和行业。所以,ROI较适合于长期决策。

总之,在确定营销战略目标时,一方面,要根据不同企业的不同细分市场及其产品的不同生命周期阶段,运用不同的计量指标作为营销战略目标;另一方面,在一般情况下,应选用市场占有率作为企业中短期的营销战略目标,选用投资利润率作为企业中长期的营销战略目标。

5.3 营销战略的制定过程

营销战略的制定,也就是企业对营销活动的战略决策过程。它分为四个步骤,如图 5-3 所示。

5.3.1 确定企业的使命与任务

企业的任务具体表现在企业的各项业务经营范围和领域,是企业寻求和识别战略机会的活动空间和依据。营销环境的不断变化,会使企业原来的发展轨迹或方向与已发生变化的环境发生冲突;企业的组织架构、产品、资源和人员的变更,也会使企业原定的任务变得模糊不清;或者,由于新的市场机会的出现,企业必须变更原来的经营方向和范围来充分利用有利的市场机会;如此等等。因此,企业在

图 5-3 营销战略制定过程

重新审定原来的战略方向或制定新的营销战略时,首先需要对企业的战略任务加以明确,或者为企业在新的营销环境中选定更有利于企业发展的战略任务。制定营销战略任务,就是规定企业在一个比较长的时间内所要取得的发展结果。营销战略任务涉及的是对企业全面发展提出的要求或目标。任何一个企业在确定其具体任务时,都应该明确地回答以下几个问题:"本企业是干什么的?""本企业的主要市场在哪里? 谁是本企业的主要顾客?""顾客的主要追求和需要是什么? 本企业应该如何去满足这些需求?"通过对这些问题的回答,就能明确地确定出企业的任务。

许多成功的组织都把它们的组织使命用文字写下来,称为"使命声明"(mission statement)。组织使命声明至少在以下五方面对公司提供很大的利益:

(1) 使命声明给公司一个清晰的目的和方向,以免公司误入歧途。

(2) 使命声明叙述公司的独特目标,帮助它与其他相类似的竞争公司区别。

(3) 使命声明让公司专注于顾客需要,而非它自己的技术和能力。

(4) 使命声明提供给高层管理人员在选择不同的行动路线时的特定方向和目标,帮助他们决定哪些市场机会是应该去追求的、哪些市场机会是可以放弃的。

(5) 使命声明提供了指引公司的所有员工和管理人员行为和思考的规范,使使命声明像胶水一样可以把公司凝聚在一起。

以下举出一些有影响的国内外公司的"使命声明"。

● IBM 公司:适应企业界解决问题的需要。

● 美国电报电话公司:提供快速有效的通信能力。

● 壳牌石油公司:满足人类的能源需要。

● 国际矿业及化学公司:提高人类农业生产力,满足人类生存的需要。

● (珠海)丽珠集团:致力于人类生命长青的事业。

制定营销战略任务,应考虑以下四个因素。

1. 企业的发展历史

企业是从过去发展至今的。在企业的发展过程中,企业积累了一些经验,留下了不少可

以利用的财富。例如,企业原用的品牌可能为其老顾客所熟知;再如,企业已经拥有了适应生产某类型产品的技术人员和管理者等。所以,企业一般不能无视其发展历史。在面对新的市场环境时,即使有某些看上去诱人的市场机会,如果它不能扬企业之所长,就未必是值得利用的。在制定新的战略任务时了解和明确企业的发展历史,才能充分发挥企业现有的和潜在的优势。

2. 现有主要管理决策成员的当前偏好

企业的主要管理决策人员,各有其性格特征、业务专长、文化背景、价值观和管理风格,由此而形成其对企业当前发展和管理的不同偏好。比如,一个企业的经理,如果追求的是在其任期内企业更稳妥的发展,而不愿意冒过大的风险,则那种具有较大风险的发展要求,会使这类主要决策人员难以适应和承担。

3. 环境因素

环境因素形成市场发展的机会和威胁。战略任务应该能充分利用出现的机会,避开威胁,尤其是那种对企业可能造成毁灭性打击的环境威胁,必须有切实的措施或对策来防止其可能对企业造成的危害。

4. 企业的资源

企业的资源,不但是指传统上所讲的人(数量)、财、物这些硬件资源,也指企业的人员(素质)、管理水平、社会形象、品牌知名度、技术创新的能力等软件资源。一方面,企业制定的战略任务,其能否最终完成,必定受企业的资源限制。制定一个毫无资源保证的战略任务,无异于建空中楼阁或是画饼充饥;另一方面,如果制定的战略任务不能尽企业的资源之利,也会延缓企业的发展,使某些可贵的市场发展机会失之不再,这也是对资源的极大浪费。所以,制定战略任务,必须既有资源保证,又能充分利用企业的资源。

确定了企业的战略任务,也就规定了企业的业务范围。从制定营销战略任务的方法上说,营销战略任务应至少明确三个方面:

(1) 企业所要服务的顾客群,即明确市场类型。

(2) 企业所要满足的顾客需要,即明确市场需求类型。

(3) 企业用于满足顾客需要的技术手段或技术方法,即明确适宜的产品/服务类型或产品/服务形式。

比如,一个电冰箱制造企业,其服务的顾客群就是以家庭为单位的消费者。顾客所需要的是能保鲜储存食品和其他易变质的物品,采用的技术手段是制冷和灭菌。

确定了企业的战略任务,只是对企业的业务范围和发展方向作了规定,战略任务还必须分解成相应的目标,以便实施。目标是指预期要达到的结果,同时也提供了评价企业业绩的标准。表5-1是20世纪最具影响力的管理学大师彼得·德鲁克提出的保证企业总任务实现的目标体系。在战略制定工作中,制定出的战略目标,往往是一个目标体系,这一体系包括对不同的活动环节所规定的目标,也包括对不同的部门和人员所规定的目标。就总体性的目标来说,常见的有赢利(率)、销售(增长)量、市场占有额(率)、品牌的知名度、质量等级等。

表 5-1　成功管理的企业应包括的各种目标

① 市场方面的目标:应表明本公司希望达到的市场占有率或在竞争中占据的地位
② 技术改进与发展方面的目标:对改进和发展新产品,提供新型服务内容的认识及其措施
③ 提高生产力方面的目标:有效地衡量原材料的利用,最大限度地提高产品的数量和质量
④ 物质和金融资源方面的目标:获得物质和金融资源的渠道及其有效的利用
⑤ 利润方面的目标:用一个或几个经济指数表明希望达到的利润率
⑥ 人力资源方面的目标:人力资源的获得、培训和发展;管理人员的培养及其他人才能的发挥
⑦ 职工积极性发挥方面的目标:发挥职工在工作中的积极作用,奖励和报酬等措施
⑧ 社会责任方面的目标:本公司对社会产生的影响

图 5-4 是一家假设的生产微波炉的股份公司的目标层次图。为了使股东能得到更高的分红以提高公司的市场声誉,故确定了"提高投资报酬率"这一目标,这一目标首先符合企业的战略任务的要求,在这一目标下层层分解,得到了一个目标体系。

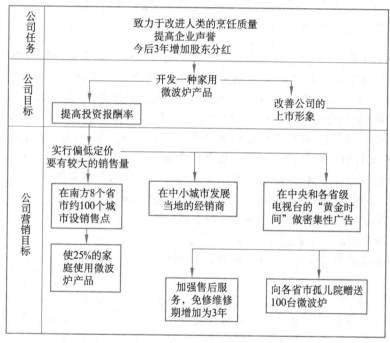

图 5-4　某股份公司的营销目标层次图

企业所确定的营销战略目标应符合以下要求。

(1) 突出重点。对于企业来说,它想实现的目标往往不止一个。但在一个战略周期内,由于受各种条件的限制不可能全部目标都实现,而且,在有些时候,有些目标放在一起施行,还会相互冲突。因此,在鱼与熊掌不可兼得时,应该是确定一个当前更为重要、更为迫切的目标,或者是对实现企业的战略任务更有利的目标,即采取"有所得必有所失"的思维方法来解决相对优先或目前更为关键的问题。

(2) 可以测量。目标必须是具体的和唯一的,即能够被执行者理解,而且此种理解应是唯一的(不可能作出另一种解释或理解)。为此,要求一般能够定量化的目标应定量化,而不能定量化的目标,也应清楚地加以说明,否则,所制定的目标既无法真正得到贯彻执行,也无

法进行检验,甚至当执行者对所确定的目标各按各的理解执行时,还会造成企业内部的混乱。

（3）一致性。一致性也指目标之间的协调性。因为目标涉及对企业营销活动的诸多方面的要求和规定,因此,它们必须是相互协调,或是相互补充的。如果目标之间是相互矛盾、相互冲突和排斥的,这种目标不是不可能执行就是执行后会造成企业的重大损失和失误。

（4）可行性。目标的可行性是指它按企业现有的资源条件是可以完成或实现的,又是经过企业员工付出相应的努力才能实现的。一方面,目标不应成为"精神性的口号"可望而不可即。没有实现的可能性的目标是毫无意义的;另一方面,目标也应对其执行对象具有一定的挑战性,必须付出相应的努力才能完成。过于轻松就可完成的目标,于企业的发展是绝无益处的。

（5）时间明确。对于所确定的营销目标,均应规定明确的完成时间,这样才便于检查和控制。对目标不提出明确的完成时间,这和没有目标几乎是没有差别的。

5.3.2　建立战略业务单位

企业确定了战略任务与目标以后,要对企业内现有的每一项业务进行分析,以确定每一项业务在未来公司中的地位和走向,以便进行战略方案的设计和管理。在对企业的业务进行分析的时候,首先要规定业务的性质,在现代营销观念的限定下,公司必须以市场导向来界定公司的业务,也就是说,要把企业经营看成一个顾客需要的满足过程,而不是一个产品生产过程。产品是短暂的,而基本需要和消费者却是永恒的。例如,在中国有着悠久历史的算盘生产企业,当计算器和计算机问世后便会面临着被淘汰的命运,但是如果这个企业明确规定其任务是提供计算工具,它就会从算盘生产转入计数器或计算机的生产。

一般来讲,企业的业务内涵可以从三个方面进行加以确认:

（1）企业所要服务的顾客群,即明确市场类型;

（2）企业所要满足的顾客需要;

（3）企业用以满足顾客需要的技术和技术方法,即明确适宜的产品类型和产品服务形式。

例如,一个企业专门为家庭生产电视机,那么,它的顾客群就是各类家用电视机（包括客厅和卧室及其他地点使用的电视机）,顾客需要就是清晰的声像,技术就是电子技术。该企业可以根据需要从以上三个方面扩大或缩小业务范围,它还可以决定为其他顾客群体生产电视机,如军队、工业生产单位和教学部门等;或者它还可以为电视机生产其他可以搭配使用的产品,如录像机、DVD机、机顶盒等。

由于大多数企业,包括一些较小的企业都可能同时经营若干业务。在划分了不同的业务内涵和范围之后,就可以建立战略业务单位。所谓战略业务单位（strategic business unit, SBU）,是指具有单独任务和目标,并可以单独制订计划而不与其他业务发生牵连的一个经营单位。一个战略业务单位可以是企业的一个部门或一个部门内的一个产品系列,有时也可以是一种产品或品牌。

一个战略业务单位通常应具备这样的特征:它是一项业务或几项相关业务的集合;它有一个明确的重点任务;它有自己的竞争对手;它有一位专门负责的经理;它有自己独立的经营战略。

5.3.3　分析现有业务组合

企业在明确了营销战略任务并根据战略任务的规定,确定战略业务单位以后,就需要对企业现在所经营的战略业务单位进行成长性分析和资源分配。这样做的原因有二:一是在新的战略任务的规定下,原有的某些业务将会被放弃;二是某些企业现在所经营的业务,需要在企业的现有资源规模的限制下进行调整,或是扩大,或是缩小。企业在一定的时期拥有的资源是有限的,它必须以有限的资源充分保证重点项目,使有良好市场发展潜力的业务项目以及由战略任务和目标所规定的要优先发展的业务项目得以实现,这就不得不削减其他一些较弱的业务项目所占用的资源。这便是业务组合分析(portfolio analysis),就是将企业的资源尤其是资金,在各项业务项目之间,按战略任务和目标的要求进行合理的分配。

对企业战略制定期现有的资金进行分配以后,在今后的一定时期(一般指一个战略周期)具有不可逆性,即某些资金一旦投入经营业务的运作,非到一定时期是无法抽回的。所以,确定业务组合计划是营销商战略计划工作中一项需要极其慎重对待和科学分析的工作。

确定业务投资组合,首先要对企业现在所经营的全部业务单位进行分析,以取得这些业务单位的详细营销资料,如市场占有率、资金占有量、产出能力、市场赢利率、销售量、竞争实力、品牌形象等资料,才能保证作出正确的投资决策。

营销商确定业务投资组合,主要使用以下两个方法。这两个方法,都具有对影响资金分配的各项因素进行综合考虑和统筹安排的特点。

1. 波士顿咨询集团法

波士顿咨询集团法(Boston consulting group approach),是由美国波士顿咨询集团公司在 20 世纪 60 年代提出的。营销学上也简称该方法为 BCG 法,BCG 即波士顿咨询集团三个英文单词的首写字母。波士顿咨询集团为该方法定名为"增长—份额矩阵(growth-share matrix)",由于该方法构造了一个四象限的分析矩阵,也被称为"四象限法"。BCG 法如图 5-5 所示。

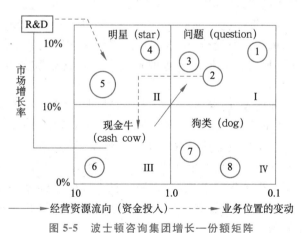

图 5-5　波士顿咨询集团增长—份额矩阵

(1) 首先取"市场增长率"为矩阵的纵坐标。所谓市场增长率,一般是指某项业务的市场年销售增长率。有时,为了能在各项业务之间进行比较,也可以取销售毛利率或利润率。

本书以取销售增长率为例。习惯上以10％的增长率作为高、低增长率的分界点。因为在西方，两位数的增长率一般就被认为是高增长率。但在不同的国家以及不同的行业，面对不同的市场情况，可以取5％、20％、30％等作为高、低增长的界线，以能准确反映本行业的增长率的衡量水平为准。

（2）取"相对市场占有率"为矩阵的横坐标。所谓相对市场占有率，是指本企业现有的市场占有额和在同一市场中的一个具有最大的市场占有额的竞争对手的市场占有额的比值。用公式表示就是

$$相对市场占有率 = \frac{本企业的市场占有额}{最大竞争对手的市场占有额} \times 100\%$$

假定本企业的现有市场占有额为1万件，在市场上一个最大的竞争对手的市场占有额为5 000件，则相对市场占有率为2(10 000÷5 000＝2)。如果市场上有一个最大的竞争对手的市场占有额是2万件，则相对市场占有率就是0.5(10 000÷20 000＝0.5)。一般用1表示相对市场占有率高与低的分界点。就是说，当相对市场占有率的值为1时，说明市场上有和本企业实力相当的竞争者存在，同为市场占有额的领先者。相对市场占有率要求用对数值绘于坐标上，目的是为了能在图上以相同的距离表示实际所代表的市场份额和市场增长的变化值。

（3）将企业现有的全部经营业务，它们或者是一个战略业务单位，或者是一条产品线，以圆圈的形式绘于矩阵中。圆圈的圆心在矩阵图中的位置，是由该项业务的市场增长率和相对市场占有率的值确定的。圆圈的直径（图上反映为圆圈的大小），代表该项业务所占有的资金量。

（4）矩阵图分析。BCG矩阵一共分为四个象限：处在象限Ⅰ中的业务项目称为"问题(question)类"业务。这类业务的特点是具有较高的市场增长率，但其相对市场占有率很小。这类业务的存在有两种原因：一是它们现在的市场需求发展较快，而企业在这些项目上，过去的投资额较少，因而其市场占有额小；二是企业经营的这类项目，与竞争对手经营的相同业务相比，可能缺乏竞争优势，所以属"问题类"业务。对于企业来说，如果要进一步发展，需要进行大量的资金投入，决策时应考虑的是，如果在这些项目上继续增大投资，而最终不能使企业获得一个有力的市场竞争地位，资金的投入将无法收回或者不能达到预期的投资回报率，所以需要企业认真地考虑是投入大量的资金来增强其竞争实力，还是立即放弃这类业务。

处在象限Ⅱ中的业务代表"明星(star)类"业务。"明星类"业务是企业在当前经营得比较成功，具有市场领先地位的业务。这类业务有很高的市场需求，因而具有很高的市场增长率；而且，企业已经取得了市场的领先地位。但是，"明星类"业务是需要企业投入大量的资金来保持其高速增长和巩固其市场竞争地位，以击败可能的进攻者。所以，"明星类"业务是企业的现金消耗者而不是现金生产者，需要占用或投入较多的资金。当"明星类"业务的地位稳固后，它就可以成为企业的高赢利项目。如果企业没有适量的"明星类"业务，其发展前景堪忧，即企业缺乏"后劲"。

处在象限Ⅲ中的业务代表"现金牛(cash cow)类"业务。"现金牛类"业务的市场增长率已不高，表明这类业务在市场上可能新进的消费者数量已不多，产品进入了成熟期。但是，企业经营的这类业务，有最强大的市场竞争地位，拥有很大的市场份额，称之为"现金牛"，就

是比喻这类业务已不需要企业再对其投入大量的资金,而是从这类业务身上得到大量的回流现金。通过"现金牛类"业务收入的现金,或是用于企业当前的现金开支所需,或是用于对"明星类"业务和需要发展的"问题类"业务的资金投入。如果企业的"现金牛类"业务过少或者是"现金牛"过"瘦",说明企业的业务投资组合是不健康的,因为为了维持企业现在的生存和发展,需要依靠少量的"现金牛"的现金收入,如果市场对这类业务的需求发生突然的变化(减少),将使企业面临危机。

处在象限Ⅳ中的业务代表"狗类(dog)"业务。这类业务的市场成长率很低,相对市场占有率也很小。"狗类"业务是进入了市场衰退期的业务,或者是企业在营销中基本上是不成功的业务,或者这类业务不具有和竞争对手竞争的实力。"狗类"业务的存在,在很多情况下可能是由于企业过去成功地经营过该项业务,甚至是企业过去起家时或在成功发展期曾给企业带来过辉煌业绩的业务。因此,保留这些业务,往往是主要管理决策人员的"感情因素"在起作用。由于"狗类"业务占用了企业的资金而又没有发展前途,因此需要决策者下决心放弃这类业务,尤其是"狗类"业务太多时,必须坚决地加以清理。

(5) 业务组合健康状态分析。把企业经营的各项业务在矩阵图上定位后,需要对企业的业务组合是否正常、其状态是否健康进行分析。主要从两个方面分析:

① 从静态上看,在 BCG 矩阵中的业务组合分布中,如果有太多的"狗类"和"问题类"业务,而"明星类"和"现金牛类"业务太少,企业现有的经营业务组合就是不健康的。尤其是当"现金牛类"业务过少且又过小时,企业当前就处于不利的状态。上图反映的正是一个不太健康的经营投资组合业务情况。

② 从动态上看,当前所形成的 BCG 矩阵图,实际上只是一个静态图。成功的业务单位也有生命周期,它们从"问题类"业务开始,继而成为"明星类"业务,然后成为"现金牛类"业务,最后变成不景气的"狗类"业务。所以,企业应将当前的矩阵图与过去的矩阵图进行比较,同时还要对各项业务在未来的矩阵图中的可能的变化情况作出预计,才能作出正确的投资决策。如果某象限处在图中"问题类"的业务,在上期是处于"明星类"象限中,而上期企业又对其作过较大的投资,说明这一经营业务并没有按企业预期的要求发展取得成功,这或是反映了投资的失误,或是反映出竞争对手的营销策略更为有效。因此,企业应就失误的方面进行检查,以便纠正投资错误或避免在本战略周期内再出现同样的错误。

(6) 企业现在可以利用 BCG 矩阵图中所反映的经营业务的现有发展情况进行投资决策,以便决定哪些业务需要在本战略期内增加投资,哪些业务在本战略期内不应再投资,甚至需要收回投资。BCG 法所使用的营销战略有四种。

第一,发展(build)。发展战略意味着要对某项业务进行追加投资,主要的目的是为了扩大该项业务的市场占有额,提高其市场竞争力,甚至是不惜放弃短期收入和赢利来达到这一目的。发展战略主要是用于确定有市场需求增长潜力和竞争实力的"明星类"业务。

第二,维持(hold)。该战略是指保持某一业务的现有市场占有额,既不缩减其规模也不再扩大其规模。维持战略主要适用于强大的"现金牛",使之继续产生大量的现金流转量。

第三,收割(harvest)。收割战略的目的是增加短期的现金流量,而不考虑对某项业务的长期地位的影响。这一战略适用于较弱的"现金牛"和那些目前还有利可图的"问题类"和"狗类"业务。

第四,放弃(divest)。放弃战略意味着对一项业务立即进行清理和歇业,将其占用的非

现金资源(如设备、生产线或产成品的存货)进行出售或拍卖,目的是收回该业务所占有的全部资金,将其用于其他需要发展的经营业务,或是更有利的投资领域。

2. 通用电气公司的"多因素业务组合矩阵(GE)法"

美国通用电气公司的"多因素业务组合矩阵法(multifactor portfolio matrix approach)",简称 GE 法,是由美国通用电气公司在波士顿咨询集团法的基础上加以改进而提出的。通用电气公司提出该法的主要目的,是为了克服波士顿咨询集团法由于只以"市场增长率"和"相对市场占有率"两个因素来决定业务投资的分配,而忽视了在市场情况比较复杂时决定投资分配,还必须考虑更多的相关因素的问题。当然,在问题相对比较简单时,用 BCG 法也是可以的,这样,在有了 GE 法后,BCG 法就被看做是 GE 法的一个特例,因为 BCG 法所涉及的两个因素也被包含在 GE 法之中,分别被作为 GE 法所考察的诸多投资指标的组成部分。由于 GE 法的矩阵是九个象限,故也被称为"九象限法"。GE 法的做法见图 5-6。

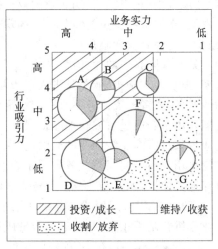

图 5-6　GE 法示意图

(1) 以"行业吸引力"作为 GE 矩阵的纵坐标,将其划分为高、中、低三个区域,其划分点是以"满分值"平均划分的(即如果评价时采用的满分是 5 分,则以 5 被 3 除的平均数来划分,其余类推)。

(2) 以"业务实力"为矩阵的横坐标,也以满分值的平均数划分成高、中、低三个区域。

GE 矩阵中的"行业吸引力"和"业务实力"两个变量各自包含了一系列的评定因素。这些因素是企业对相应的经营业务,在决定应采取何种投资战略时必须要综合考虑的,由这些因素综合构成 GE 矩阵中的两个变量。所以,GE 矩阵的两个变量实际上是一系列影响正确投资的因素的综合反映。在评定每项经营业务之前,首先需要确定两个变量中所包含的每一因素的权数,以表明它们的相对重要性。对各因素所赋的权数是企业根据其重要性来确定的,如表 5-2 所示。

需注意的是,企业所在行业不同,某项经营业务所处的市场情况不同时,构成两个变量的具体因素以及各因素所应赋予的权数应是不同的。

(3) 将企业当前所经营的每项业务,按两个变量所包含的因素逐一进行评定,表 5-2 是对图 5-6 中的业务 A 进行评定的情况。每项因素的评分值和该因素的权数相乘后,再将它们进行相加求和,得到被评定的业务的综合评分值。

(4) 以每项业务所得到两个变量的综合评分值为圆心,以该经营业务所在的市场销售总规模为圆的直径,在 GE 矩阵中标出该业务的位置和圆的大小,再在圆圈中以相同的比例,标出本企业该项业务的市场占有规模(图中用阴影表示部分)。如图 5-5 中所示的业务 A 约占该业务市场总规模的 40%。

(5) 根据每项业务在矩阵中的位置,确定应采取的投资战略。

　　GE 矩阵实际上分为三个部分:从右上角到左下角为对角线,处在对角线左上部的三个象限里的业务是企业最强的经营业务,宜采取"投资/发展"的策略;处在对角线上的三个象限里的业务为中等实力的业务,应采取"维持/收获"的策略;而处在对角线右下部三个象限里的业务为最弱的业务,宜采取"收割/放弃"策略。如业务 G 处于行业吸引力和业务实力均低的象限里,虽然该项业务的市场总销售规模大,但企业在市场中所占的份额太小,说明企业在经营该项业务方面没有什么优势可言,应予放弃。美国可口可乐公司曾经收购过著名的哥伦比亚电影公司。在可口可乐公司经营哥伦比亚电影公司期间,甚至拍出过像《甘地传》这样的获奥斯卡大奖的影片,但可口可乐公司在进行投资战略分析时,发现公司并没有经营此项业务的优势,于是立即放弃经营哥伦比亚电影公司,迅速将其转卖给了日本索尼公司。

　　表 5-2 为美国通用电气公司多因素业务投资组合"行业吸引力"和"业务实力"所含评定因素表。

表 5-2　美国通用电气公司多因素业务投资组合"行业吸引力"和"业务实力"所含评定因素表

	项　目	权数	评分值	加权评分值
行业吸引力	总体市场大小	0.20	4.00	0.80
	市场增长率	0.20	5.00	1.00
	历史毛利率	0.15	2.00	0.30
	竞争密集程度	0.15	4.00	0.60
	技术要求	0.15	3.00	0.45
	能源要求	0.05	3.00	0.15
	通货膨胀	0.05	2.00	0.10
	环境影响	0.05	1.00	0.05
	社会/政治/法律	必须是可以接受的		
	Σ	1.00	—	3.45
业务实力	市场份额	0.10	4.00	0.40
	份额增长	0.15	4.00	0.60
	产品质量	0.10	4.00	0.40
	品牌知名度	0.10	5.00	0.50
	分销渠道	0.05	4.00	0.20
	营销传播效果	0.05	5.00	0.25
	生产能力	0.05	2.00	0.15
	生产效率	0.05	3.00	0.10
	单位成本	0.15	5.00	0.45
	物资供应	0.05	4.00	0.25
	研究开发能力或实绩	0.10	4.00	0.80
	管理人员	0.05	4.00	0.20
	Σ	1.00	—	4.30

5.3.4　规划新业务的发展

　　对企业现有的经营业务做了投资组合分析并拟订了投资策略之后,就可以对企业的现有业务在本战略周期内的业务收入和预期利润作出估计了。如果企业现有的经营业务预期

的收入和利润量达不到战略任务和目标的规定;或者企业现有的经营业务不能充分利用已出现或由企业所发现的新的市场机会,形成战略计划缺口(如图5-7所示),在这种情况下,企业就需要开辟新的业务,扩大现有的经营领域,弥补出现的战略计划缺口。因此,在制定战略工作中,需对新的业务发展拟订战略。

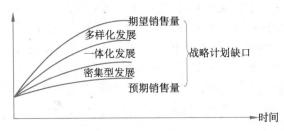

图5-7　战略计划缺口

企业发展新的经营业务,有三种基本的战略类型,如表5-3所示。

表5-3　企业新经营业务开发战略类型

做法 　　　战略类型	密集型发展	一体化发展	多样化发展
1	市场渗透	后向一体化	同心多样化
2	市场开发	前向一体化	水平多样化
3	产品开发	水平一体化	复合多样化

1. 密集型发展战略

密集型发展战略的基本含义,是增大现有经营业务的市场供应量和市场销售量,它适用于尚有扩大现有业务潜力的市场。该战略有三种做法。

(1)市场渗透。它是对企业现有的目标市场,利用现有的产品线,通过增加广告宣传等营销传播手段,或者开发新的分销渠道等,以扩大销售额及提高市场占有率。可采用三种途径实现:①促使现有顾客增加购买量。例如,牙膏生产商可以向顾客说明每餐后刷牙才是护齿洁齿的最好方法。如果能增加顾客的刷牙次数,也就增加了牙膏的使用量而最终能使顾客增加购买量。②争取竞争对手的顾客,使之转而购买本企业的产品。如提供比竞争对手更为先进的产品性能或更为周到的服务或在市场上树立更好的产品信誉、形象。③争取新的顾客。如市场尚有未使用该种产品的消费者存在,他们或是由于支付能力的限制,或是由于产品某些设计不适合其需要,因而还没有使用该项产品,企业就可以针对相应的情况,采取如分期付款或简化产品某些功能的做法来降低价格,或改进现有的设计,使产品适合他们的需要,从而使这些消费者加入使用本企业产品的行列。

市场渗透战略实施的市场条件是:产品本身还没有到达成熟期,竞争对手相对较少;目标市场尚未饱和,还有较大的潜力。

(2)市场开发。企业寻找一些新的、有可能进入但还未进入的市场,①在当地寻找尚未购买此产品的潜在顾客,如使手机进入中小学生的消费群体;②在当地建立新的分销渠道,把产品推向其他消费群体,例如,把一直是放在专卖店销售的手机投放到大众化的电器市场去出售;③在当地或区外或国外增设新的售卖点。例如,在城市里,由于彩电购买量的扩大,黑白电视机销量减少时,将黑白电视机输往农村地区,或者争取使现有产品能进入国际市场。有时,企业甚至只需对产品做很小的改动,就可以适应国外消费者的需要。例如,中国的家电产品,质量提高较快,价格较低,不少产品在国际市场上有相当强的竞争力。由于不少国家的电压标准和我国的不同,如中国产品能像日本家电产品那样适应多种电源,就可以进入许多发展中国家的市场。

(3)产品开发。产品开发战略是通过在现有的产品线上追加新的品种,增加产品项目中的产品系列,来扩大现有目标市场的销售额。产品开发有两种做法:一种是利用现有技术增加新产品;另一种是在现有产品的基础上,增加更多的花色品种或更多的规格。

2. 一体化发展战略

一体化发展战略是指企业将其业务范围向供和(或)销的领域发展。其好处是可以有效地为企业建立较为稳定的营销环境。因为这样做可使企业能对供、产、销所组成的价值链进行自我独立的控制。但是,一体化发展战略在达到同样的业务销售量或达到同样的经营业务收入量时,需占用更多的投资资金,故往往是企业的财力较富裕,或是由于供或销的环节对企业欲取得的营销成果影响较大,过去又确实妨碍了企业的营销战略计划的完成或带来过负面影响时,才宜考虑采用。例如,美国的柯达公司,在涤纶片基发明和使用之前,由于需要严格地要求制造胶卷片基所用的原料——牛骨的品质,所以自己建立几个大型的养牛场,以保证原材料有可靠的质量。一体化战略如图 5-8 所示。

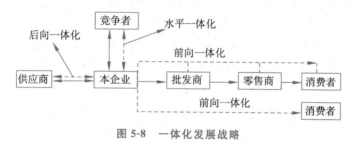

图 5-8　一体化发展战略

一体化发展战略有以下三种做法。

(1)后向一体化。后向一体化是指收购或兼并几个原材料供应商,使本企业拥有隶属于自己的原材料供应体系。

(2)前向一体化。前向一体化是指收购或兼并几个中间商,或者自建分销渠道或商店,将产品的分销渠道控制在企业的手中。

(3)水平一体化。水平一体化是指收购或兼并几个同类型的竞争对手,或者既收购兼并供应商也收购兼并中间商,这样,企业就可以组建供、产、销一条龙的营销体系,常常形成一种托拉斯式的垄断。所以,此做法必须符合国家反垄断法、防止不正当竞争方面立法的相关规定。

3. 多样化发展战略

多样化发展战略是指企业进入目前所未涉足的经营领域和其他的业务范围,也就是企业采取跨行业的多种经营。当企业的财力富裕,在已有的经营领域里没有更多的或更好的发展机会,或者企业在目前的经营领域里继续扩大业务量,会使风险过于集中时,可考虑采取多样化的发展战略。例如,世界上许多大型的香烟生产企业,由于自 20 世纪 70 年代中期

后,都面临着世界范围蓬勃发展的"禁烟运动",故将其经营香烟产品所得的丰厚利润绝大部分转移到其他的业务领域,以分散风险和求得新的发展。

多样化发展战略有以下三种做法。

（1）同心多样化。企业利用现有的产品生产技术或产品生产线,生产相类似的产品或使现有的产品增加新的特色或功能。这是多样化发展战略中较容易的一种做法,因为它不需要企业进行重大的技术开发和建立新的销售渠道,或重创品牌。例如,电热器具的生产企业,过去只生产电炉类产品,而现在可以增加生产电灭蚊器、电褥、电烘干器等。像我国的饮料业巨子健力宝集团,过去是生产运动型饮料的企业,后来增加生产消闲型饮料。

（2）水平多样化。企业如果要进入一个新的市场,或者利用新的生产技术来生产有相同使用性质的产品,也就是说,企业如果生产与其现有技术或经营业务无多少关联,但在市场和分销渠道上具有相同性的产品或业务,就是水平多样化的做法。例如,玩具生产企业发展电子游戏机的生产,录音机生产企业开发生产录像机、数码录音笔等。

（3）复合多样化。复合多样化是企业在同一战略周期内,将经营业务的范围扩展到与现有市场、现有生产技术、现有的分销渠道都无关联的其他经营领域。也就是说,企业进入了其他行业或经营领域,通常也将此称作"多角化经营"。国际上的许多大型跨国经营公司,大都采取了这种发展战略。例如,健力宝集团不仅增加了饮料的新品种,还向服装业、旅游业、房地产领域扩展经营业务。复合多样化发展,可以扩大企业的经营领域,有效地分散经营风险,提高企业适应市场变化的能力。但由于企业要触及过去自己毫无经营经验和营销资本的新领域,所以其投资风险也更大。复合多样化发展做法所具有的管理难度远远大于以上两种做法。由于资金使用的分散,其所能得到的平均利润率是否理想,是决策时必须认真加以考虑的,否则,会因大而难调,造成战略计划完成的困难。

5.4 营销计划的制订

5.4.1 营销计划的意义和作用

所谓计划,就是对未来的目标和行动方案做详细而系统的阐述。虽然根据计划的部门和范围不同可划分为各种不同类型的计划,但作为整体来看,营销计划具有大致相同的基本内容。在营销计划中,与企业日常营销活动相关度最大、占用工作最多、内容最详尽、最具典型性的,要算产品计划和品牌计划,故就以这两种计划为据,说明营销计划的一般内容和过程。营销计划就是对某项产品或品牌在未来1年时间的营销目标和主要行动方案所做的详细说明。

营销计划是营销活动方案的具体描述,它规定了企业各种营销活动的任务、目标、具体指标、策略和措施,这样就可使企业的营销工作按既定计划有条不紊地循序渐进,从而避免营销活动的混乱或盲目性。归纳起来,营销计划的作用主要表现在以下几个方面。

（1）营销计划详细说明了预期的经济效益,这样,有关部门和企业最高管理当局就可预计到现在规定的计划期末本企业的发展状况,既可减少经营的盲目性,又可使企业有明确的发展目标,以便在整个计划执行期中根据预期的目标,不断调整行动方案,采取相应措施,力争达到预期目标。

（2）营销计划确定了实现计划活动所需的资源，从而企业可事先测知这些资源的需要量，并据此判断企业所要承担的成本，从而有利于进一步精打细算，节约开支。

（3）营销计划描述了将要执行和采取的任务和行动。这样，企业便可明确规定各有关人员的职责，使他们有目标、有步骤地去争取完成或超额完成自己被委派的任务。

（4）由于营销计划有助于监测各种营销活动的行动和效果，这样就使企业能有效控制本身的各种营销活动，协调各部门各环节的关系，更顺利而卓有成效地完成企业的各项任务和目标，使企业进一步获得巩固和发展。

总之，营销计划对任何营销商来说，都是至关重要和不容忽视的基本计划。只有根据这种详细阐明企业营销活动方案的计划，企业营销规划的目标才能实现。

5.4.2 营销计划的内容

具体来说，产品计划或品牌计划应包括：计划概要、营销环境现状、威胁和机会、目标、营销战略、营销策略、行动方案、预算及控制等内容，如图 5-9 所示。

1. 计划概要

计划书一开始，便应对本计划的主要目标及执行方法和措施做扼要的概述，要求高度概括，用词准确，表达充分。

计划概要部分的主要目的是让高层主管很快掌握了解计划的核心内容，并据以检查研究和初步评核计划的优劣。为了便于审核者进一步阅读评

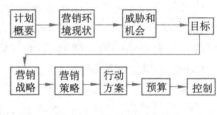

图 5-9　营销计划的内容

核计划所需的资料，通常在计划概要部分之后，紧接着便列出计划内容的目录。

2. 营销环境现状

营销环境现状是正式计划中的第一个主要部分。这个部分的主要内容是对当前营销情况的分析，也就是对企业市场处境的分析，主要有以下内容。

（1）市场状况。包括目标市场的规模与增长率（以单位或以金额表示），以过去几年的总销售量以及按市场细分和地区细分来分别列出，其中有关消费者需求、观念和购买行为的趋势等方面的数据也应列出。

（2）产品状况。包括每一主要产品过去几年的销售额、价格和纯利润等。

（3）竞争状况。在这里要找出主要竞争者，并就他们的规模、目标、市场占有率、产品质量、营销策略以及任何有助于了解他们意图和行为的其他方面加以阐述。

（4）分销渠道状况。包括在各个分销渠道上产品的销售量以及每个渠道重要地位的变化。这种变化不仅包括中间商能力的变化，而且也包括激励他们经销热情所需要的价格和贸易条件。

（5）宏观环境状况。包括对营销前景有某种联系的客观环境的主要趋势，如人口统计因素、经济因素、技术因素、政治法律因素、社会文化因素等的发展趋势。

3. 威胁和机会

威胁和机会分析也称 SWOT 分析，是要探讨公司的优势、劣势、机会和威胁，它要求营

销管理人员对产品的威胁和机会作出预测，并加以具体描述。这样做的目的是使企业管理人员可预见到那些将影响企业兴衰的重大事态的发展变化，以便采取相应的营销手段或策略，趋吉避凶，求得更顺畅的发展。为此，营销管理人员应尽可能列出可以想象得到的市场机会和威胁，以便加以分析检验，并考虑采取哪些具体行动。

首先，要找出公司最重要的内部优势和劣势，然后要找出公司所面对的外部市场机会和威胁。SWOT 的意义如下。

① 优势：能提供杠杆作用的竞争利益，使企业能以少投入获得多回报。

② 劣势：一旦被认清之后就能做某些改进或补偿的情形。

③ 机会：在市场上的情形，如果这些情形和产品之间能够建立适当的联系，则这些情形将可使企业的产品/品牌更易被接受或更受喜爱。

④ 威胁：对营销活动有不利影响的外部环境因素。威胁虽然很少能加以控制，但如能在它们变得不能驾驭之前予以确认，还是能够去影响它们的。能知道威胁的存在，企业通常能设法规避。

（1）内部优势和劣势

内部优势和劣势是指那些企业通常能够控制的内部因素，诸如公司的使命、财务资源、技术资源、研究开发能力、组织文化、人力资源、产品特色、营销资源等。例如，某家公司的优势可能是它有很强的研发能力，它的劣势可能是它的分销渠道比不上主要竞争对手的渠道。

（2）外部机会和威胁

外部机会和威胁是指那些公司通常无法控制的外部因素，包括竞争、政治、经济、法律、社会、文化、科技、自然和人口环境等。这些外部因素通常是公司无法加以控制的，但却对公司的营运有重大的影响。例如，油价的上涨并非一般营销商所能左右，但却会增加商家的产销成本，如不妥善处理，将成为营销商的一种威胁。而环保意识的高涨，对那些比竞争者更重视污染防治和生态保护的营销商而言，可能会是一个机会。

4. 目标

营销目标主要包括销售目标和市场占有率目标。

（1）销售目标

在决定营销战略之前，营销商应先设定销售目标，而在设定销售目标之前，通常需要进行销售预测（sales forecasting），并根据销售预测的结果和其他因素的考虑，设定一个可以实现而又具有挑战性的销售目标。销售目标通常用销售单位（如件、台、箱、公斤、磅、吨等）或销售金额（如人民币、美元、日元、马克等）来表示。

（2）市场占有率目标

另一个重要的营销目标是市场占有率目标。市场占有率的公式如下：

$$市场占有率(MS) = \frac{本公司的销售额}{该产品的市场销售总额}$$

或

$$MS = \frac{本公司的销售金额}{产品的总销售金额}$$

例如，某一年中国分体空调总共销售了 10 万台，格力牌分体空调此年共销售 1 万台，则该公司的 MS=1/10=10%。上述公式只适用于计算有形产品的市场占有率，如为无形的服

务,上述的公式就不适用,而应以顾客的人数来表示:

$$MS = \frac{\text{本公司的顾客人数}}{\text{市场中潜在顾客的总人数}}$$

目标的确立还应符合四个标准:①各个目标必须以不含糊的而且能测度的形式表达,并有一定的完成期限。②各目标应保持内在的一致性。③如果可能,目标应分层次地加以说明。④这些目标是可以达到的,同时它们又具有足够的挑战性,能激发员工的最大努力。

5. 营销战略

(1)目标市场的选择

营销战略包括目标市场选择、市场定位设计。

在营销目标确定后,应考虑要争取哪一部分的市场(或顾客群体),也即要选择哪一个或哪几个市场作为企业未来某一期间内想要全力去占领、真心去服务的市场,这些市场称为目标市场或目标顾客群体。

为了选择目标市场,须先将市场加以细分。在一般情况下,任何一个企业都无法为市场中的所有顾客提供满意的服务,因为顾客的人数可能太多,分布过广,或购买行为的差异过大,而无法对所有的顾客都提供有效率的服务,因此必须以人口统计变数、地理变数、心理变数、行为变数等(对消费品市场而言),或顾客规模、使用率、地理位置、组织结构、购买阶段、产品用途等(对工业品市场而言)细分因素作为市场细分化的标准,将一个异质性的大市场细分成若干比较同质性的小市场,然后从这些较具同质性的小市场中找出较具吸引力且能有效服务的一个或若干部分作为目标市场。

(2)市场定位设计

根据目标市场的需要以及竞争者在目标市场顾客心目中的形象,企业应选定一个有利的竞争性定位,也即决定对目标市场提供什么独特的利益或价值,使目标市场的消费者愿意来购买本公司的产品或品牌而非购买竞争对手的产品或品牌,或惠顾本公司的商店而非惠顾竞争对手的商店。良好的定位应具有独特性,使企业与竞争者具有真正的差别;同时要具有吸引力和竞争力。

市场定位策略要对目标市场的消费者具有足够的吸引力和感召力,所提供的利益要能真正满足或符合目标市场的需要,打动顾客的心、抓住顾客的心。而且,本公司提供给目标市场的消费价值还要比竞争者提供给目标市场的消费价值更具吸引力,也即本公司的定位要比竞争对手的市场定位更受到目标市场的喜爱。

6. 营销策略

营销组合是指公司用来向目标市场的消费者提供消费价值的各种可控制因素。凡是在公司的控制之下而能影响消费者行为反应的任何因素都属于营销组合的一个要素。营销组合一般可区分为产品(product)、地点(place)、营销传播(marketing communication)或促销(promotion)四类,通称为4P策略。营销组合的内容如下。

(1)产品:包括质量、特征、式样、品牌名称、包装、规格、服务、保证等。

(2)地点:包括分销渠道、涵盖区域、位置、实体分配(physical distribution)(含存货、运输)等。

(3)营销传播:包括广告、人员推销(personal selling)、市场推广(sales promotion)和公

共关系（public relation）等。

（4）定价：包括标价、折扣、折让、付款期间、信用条件等。

营销策略完成以后，营销商还要确定营销费用的开支水平。计划书中还必须详细说明为执行各种营销策略所必需的营销费用预算，而且应以科学的方法来确定恰当的费用水平。因为即使是最佳的营销组合策略，企业仍存在费用开支多少的问题。一般来说，营销费用支出越高，销售额也会越高。但不同的产品要达到一定的市场占有率，其费用支出水平却可以是不同的。例如，化妆品的营销预算一般都较高，而农业生产资料的营销预算却可大大缩减。

7. 行动方案

各种营销策略确定之后，要真正发挥效用，还必须将它们转化为具体的行动方案。这些行动方案大致围绕下列问题的答案来制定：①要完成什么任务？②什么时候完成？③由谁负责执行？④完成这些任务需花多少费用？例如，营销管理人员如果想把加强营销传播活动作为提高市场占有率的主要策略，那么就要制定相应的营销传播行动计划，列出许多具体行动方案，包括广告公司的选择、评价广告公司提出的广告方案、决定广告题材、核准广告媒体计划等。

整个行动计划还可列表加以说明，表明每一时期应执行和完成的营销活动，使整套营销传播活动落到实处，循序渐进地执行。

8. 预算

前述的营销目标、战略、策略及行动方案拟订之后，企业就应制定一个保证该方案实施的预算。这种预算实际上就是一份预计损益表。收入方将列入预计销售产品的数量和平均价格；支出方则列出生产费用、储运费用及其他营销费用。收入与支出的顺差便是预期利润。企业的高层主管将负责预算的审查，予以批准和修改。预算一经批准，便成为物资采购、生产安排、人力资源计划和营销业务活动的依据。

9. 控制

计划书的最后一部分为控制，这是用来监督检查整个计划进度的。为了便于监督检查，一般营销的目标和预算方案，都是分月或分季制定的。这样，高层主管就可审查每一时期企业各部门的成果，并指出哪些部门没有达到预算目标。这些不符合要求的部门主管就要作出解释，并阐明它们将要采取的改进措施，从而使组成营销整体计划的各部门工作受到有效的控制，以保证整体计划的有效执行。

5.4.3 编制营销计划的程序

科学地编制计划所遵循的步骤具有普遍性[①]。如同其他类型的计划编制程序一样，营销计划的编制程序，大致也要经过如图5-10所示的8个步骤。

1. 估量机会

营销管理人员在制订营销计划时首先应该对环境中的机会做一个扫描，确定能够取得

---

① 芮明杰. 管理学：现代的观点. 上海：上海人民出版社，1999

成功的市场机会。营销管理者应该考虑的内容包括：期望的营销结果，存在的问题，成功的机会，把握这些机会所需的资源和能力，自己的长处、短处和所处的地位。估量机会的工作就是要根据现实的情况对可能存在的机会作出现实主义的判断，这是整个营销计划工作的起点。

2. 确立目标

为营销计划确立目标就是确定营销计划预期的结果。目标的选择是计划工作极为关键的内容。在目标的制定上，首先要注意目标的价值，计划设立的目标应对企业的总目标有明确的价值并与之一致，这是对计划目标的基本要求。其次要注意目标的内容及其优先次序。在一定的时间和条件下，几个共存的目标各自的重要性可能是不同的，不同目标的优先顺序将导致不同的行动内容和资源分配的先后次序。因此，恰当地确定哪些成果应首先取得，即哪些是优先的目标，是目标选择过程中的重要工作。最后要明确目标，不能含糊不清。目标应该尽可能地量化，以便度量和控制。

3. 确定前提条件

确定前提条件则是要确定营销计划活动所处的未来环境。营销计划是对未来条件的一种"情景模拟"，计划的这个工作步骤就是要确定这种"情景"所处的状态和环境。这种"情景模拟"能够在多大程度上贴近现实，取决于对它将要处在的环境和状态的预测能够多大程度地贴近未来的现实。一般来讲，营销计划只要对计划内容有重大影响的主要因素作出预测便可以了。营销计划的环境因素在上一部分已有阐述。营销计划的环境因素有的是可以控制的，有的是不可控制的。通常，不可控的因素越多，预测工作的难度也就越大。同时，对各环境因素的预测同样应遵循"重要性"原则，即与营销计划工作关系最为密切的那些因素应给予最高的重视。

4. 确立备择方案

几乎任何一种活动都有不同的路径、不同的解决方式和方法。营销计划也不例外。要发掘出多种高质量的营销计划方案必须集思广益、开拓思路、大胆创新，但同样重要的是要初步筛选，减少备择方案的数量，以便集中对一些最有价值、最有希望的方案进行仔细的分析比较。

5. 评价备择方案

确定了备选方案后就要根据营销计划的目标和前提条件，通过考察、分析来对各种备择方案进行评价。评价备择方案的尺度有两个方面：一是评价标准；二是各个标准的相对重要性，即其权数。显然，计划前期工作的质量直接影响到方案评估的质量。

6. 选择方案

选择方案是整个营销计划流程中最关键的一步。这一步的工作完全建立在前四步的工作基础之上。为了保持营销计划的灵活性，选择的结果往往可能会选择两个甚至两个以上的方案，并且决定首先选择采取哪个方案，并将其余的方案也进行细化和完善，作为后备的方案。

7. 拟订派生计划

完成选择之后，计划工作并没有结束，还必须帮助涉及计划内容的各个附属单位支持营销计划的派生计划。几乎所有的总计划都需要派生计划的支持和保证，完成派生计划是实

估量机会

确立目标

确定前提条件

确立备择方案

评价备择方案

选择方案

拟订派生计划

编制预算

图5-10　营销计划
的一般程序

施总计划的保证。

8. 编制预算

计划工作程序的最后一个步骤,就是将营销计划转变为预算,使之数字化。这样做主要有两个目的:第一,营销计划必然涉及资源的分配,只有将其数量化后才能汇总和平衡各类计划,分配好资源;第二,预算可以成为衡量营销计划是否完成的标准,这一点将在本书的最后一章中的控制部分阐述。

5.4.4 营销计划的执行

营销计划得到企业高层管理当局批准后,必须马上呈交给执行部门的有关人员,具体研究贯彻执行的已经制订好的营销计划方案,并有效付诸实施,这就需要一个"执行力"来保证计划方案的实施,产生预期的结果。执行力是一个企业管理素质和竞争力的主要指标之一。一个完美的营销计划方案如果没有好的执行力,就会产生事倍功半、功亏一篑的结局;相反,如果具有好的执行力,那么就会产生事半功倍、锦上添花的效果。

执行营销计划的执行方案大致包括如下步骤或内容:

(1) 将达到目标的行动计划分为几个步骤;

(2) 说明每一步骤之间的关系和顺序;

(3) 确定每一步骤的具体负责人;

(4) 确定每一步骤所需的资源;

(5) 明确每一步骤需要的时间;

(6) 规定每一部分的完成期限。

各级管理人员是计划实施与执行过程中的关键角色,计划的实施与执行需要具有特殊天赋的管理者。通常,计划的制订者与实施者所需的技能各不相同,一个好的计划制订者未必就一定擅长实施与执行所制订的计划。一般来讲,实施与执行计划的管理者需要以下素质:

(1) 理解他人感受的能力和良好的讨价还价能力;

(2) 严格而公正地将人力资源分配到能使其发挥最大效能的能力;

(3) 关注营销活动管理过程中关键环节绩效的有效性的能力;

(4) 建立必要的非正式组织和网络以对每个问题及其相应的解决途径进行管理的能力;

(5) 有一种强烈的使命感和责任感;

(6) 激励团队成员奋发有为、精益求精、努力献身事业的能力;同时,要具备能够制定出公平的绩效标准,奖励超出一般表现的能力。

复习思考题

1. 营销战略的产生及意义如何?

2. 营销战略目标的基准有哪些?市场占有率、投资利润率与营销战略目标关系如何?

3. 阐述营销战略的制定过程。

4. 企业新经营业务发展战略有哪些类型?

5. 企业应如何制订与执行营销计划?

第6章

市场细分、目标化及市场定位

市场细分(segmenting)依据购买者的不同特征,或市场需求的差异性,寻找到企业面临的各种市场机会,为企业营销活动提供选择和比较的余地。目标市场(targeting)决策,要求企业依据一定的条件和方法,对各个分市场的机会进行分析评估,并确定其进入的范围和重点,也就是寻找到企业未来的"用武之地"。最后,企业还要进行市场定位(positioning),为自己及其产品在市场上树立一定的特色,塑造预定的形象。这一过程,通常也叫目标市场营销,简称STP营销。图6-1说明了目标市场营销的过程。在企业营销管理活动中,尤其是消费品的营销管理中,STP战略是至关重要的,它对后续的4P策略起着统领性和指导性的作用,4P策略执行着STP战略的意图。STP战略与4P策略之间高度有机的协调及匹配称为整合营销。

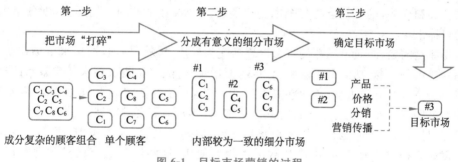

图 6-1　目标市场营销的过程

6.1　市场细分

6.1.1　市场细分的概念及其作用

1. 市场细分的概念

所谓市场细分,就是根据构成总体市场消费者的需求特点、购买行为和购买习惯等标准,将其划分为若干有着相类似需求倾向的、可识别的、有意义的消费者群体或部分的过程。

即把某一产品的市场,根据影响消费者需求的明显标志,细分为若干个细分市场(子市场),营销商选择其中的一个或若干个细分市场作为自己未来进入的领域。针对这些挑选的细分市场,从产品设计、分销渠道、价格政策直至营销传播策略等方面,采取相应的一整套营销方案,使企业营销的产品或服务更符合各个不同消费者群体的需要,从而在每个细分市场上尽可能地扩大市场占有率,提高产品或服务的竞争力。在这里,每一个细分市场就是一个消费者群或客户群,亦称"子市场"或"亚市场",每一个细分市场都是由具有类似需求倾向的消费者构成的群体。不同细分市场之间的需求差异较大。

市场细分不是对产品进行分类,而是对消费者的需求和欲望进行分类,它是于20世纪50年代中期,由美国营销学家温德尔·史密斯(Wendell R. Smith)在总结企业按消费者的不同需要组织生产的基础上提出来的。这一观念的提出及其应用的客观基础在于市场需求的差异性和企业生产经营能力的有限性。消费者对绝大部分产品的需求是多元化的,具有不同质的要求。只有极少数产品的市场,如食盐、大米、食油、火柴等,消费者对产品的需求大致相同,差异极小,这类市场称为同质市场。所谓同质市场,是指消费者对某种产品的需要、欲望、购买行为以及对企业营销策略的反应等方面具有基本相同或极为相似的一致性的产品市场。大多数产品市场属于异质市场,这是由消费者对产品需求的差别所决定的。千差万别的需求就要求有千般万种的产品给予满足。一方面,随着科学技术和社会经济的发展,市场的供给愈充裕,人们的生活水平愈高,需求的差异性就愈大,市场细分的必要性也就愈大。因而,市场细分也就是把一个异质市场划分为若干相对来说同质的细分市场。另一方面,任何企业的开发和生产能力总是有限度的,都是不可能有效充分地满足所有消费者的不同需要的。因此,为了提高企业的经营效益,企业必须对总体市场进行细分,然后结合本企业的特长和优势,选择一个或几个本企业能够为之很好服务的市场部分(细分市场)作为企业的目标市场。

值得注意的是,同质市场有的也可以逐渐变为异质市场。例如,饮用水市场在初期曾是相同的同质市场,主要功能由用水解渴组成,但近年来,随着瓶装饮用水和矿泉水的出现,这个市场愈来愈成为异质市场,不仅包括纯净水消费者,还包括蒸馏水消费者、矿泉水消费者和太空水消费者。原来没有必要进行细分的市场,此时却需要进行细分了。

反之,异质市场有时也在向同质市场转化。例如,寻呼机、缝衣机、自行车、洗衣机等产品曾一度是高档耐用消费品,由少数购买者最先使用,这些产品的市场异质性特征非常明显。但当这些产品在经济水平较高、消费等级达到一定档次时,情况就不同了:在这一时期,产品需求的同质性又占据了主导地位,细分则变得极其有限。

这里应该注意的是,市场细分并不仅仅只是将一个市场加以分解,实际上,细分常常是一个聚集而不是分解的过程。所谓聚集的过程,就是把对某种营销组合策略有一致反应的人或购买者集合成群。聚集的过程可以依据多种变量连续进行。因此,细分市场不仅帮助企业深刻认识某个顾客群体的行为特征,以便使企业能有的放矢地开发产品或服务来满足所选定的顾客群体的需求,更为重要的是,市场细分将帮助企业发现新的需求,发现新的市场机会。因此,我们不能为细分而细分,目的不明就会误导企业的行为。有些企业错误地认为,细分市场就是将市场分得越细越好,甚至实行所谓的"超细分策略",使许多市场因过度细分而导致产品品类陡增,制造成本和管理成本相应剧增,营销绩效降低,结果产生了一种"反细分"策略。实际上,"反细分"并非否定市场细分,而是反对将市场过度细分。

市场细分这一概念的形成和出现,经历了以下四个阶段。

(1) 大批量营销阶段。西方国家在工业化初期,由于产品短缺,市场供不应求,生产观念在企业中极为流行。在生产观念的指导下,许多企业实行大批量营销:卖主面对所有的买主,不加区别、大批量生产、分销和营销传播单一产品,试图以一种产品吸引市场上所有的顾客。

(2) 产品差异营销阶段。从 20 世纪 20 年代开始,由于科学技术的进步、科学管理和大规模生产条件的应用,企业产量迅速提高,美国及其他西方国家逐渐出现"生产过剩"的现象,卖主之间竞争日趋激烈。供过于求的买方市场,使产品价格大跌,企业利润下降。由于同一行业中各个企业产品大体相似,较少差别,所以卖主难以控制其产品价格。一些企业开始实行产品差异营销,向市场提供两种或两种以上在外观、质量、式样、规格等方面有所不同的产品。

(3) 目标市场营销阶段。20 世纪 50 年代,买方市场的严峻形势,使许多企业认识和接受了市场营销观念。这些企业在市场营销观念指导下开始实行目标市场营销,即企业辨别各个不同的市场部分或购买者群,选择其中一个或几个市场部分为其目标市场,集中力量很好地为其目标市场服务,开发适销对路的产品和设计适当的营销组合,以适应和满足其目标市场的需要。

(4) 定制化营销阶段。定制化营销也称个人化营销或个性化营销,是指企业针对单独一个人或客户设计独特的营销组合。在人类进入信息时代以后,由于科学技术的发展,当今的营销人员已经能够精确地掌握单个顾客的需求状况、需求特性和以往的消费行为数据。例如,POS 系统的推广使用,使得顾客数据库更齐全,通过对顾客数据库的分析,营销人员可以较为全面地掌握一个消费者的消费偏好和购买习性,因此,定制化营销亦称数据库营销(database marketing)。另外,现代的生产技术与运作方式也使制造商在某些行业或某些产品上能够生产出符合个人需要的产品。

对大多数消费品来讲,定制化营销方式在现阶段尚处于萌芽和起步阶段,它的进一步发展尚需与科学技术的水平提高相配合。而对于大多数工业品和服务产品来讲,定制化的营销方式已有一段时期了。因此,目前来看,定制化营销更适合于工业品营销和服务营销。

2. 市场细分的作用

市场细分是企业营销观念的一大突破。通过市场细分,反映出不同消费者需求的差异性和类似性,从而为企业在营销活动过程中认识市场、选择目标市场提供依据,进而较好地满足消费者的需要,并取得企业的经营利润。目前,在美国等国家,实行大量营销、产品差异营销、目标市场营销和定制化营销的企业都有,但是,越来越多的公司由实行大量营销、产品差异营销转为实行目标市场营销和定制化营销,而目标市场营销是当今人类营销活动最为成熟的营销方式和形态,居于主流地位。具体地说,市场细分对企业的作用主要表现在以下几个方面。

(1) 市场细分有利于企业深刻地认识市场。市场细分使营销人员能够识别有相似需求的顾客群体并分析这些群体的特征和购买行为。任何消费者都是集多种特征于一身的,而且一个消费者的某一种特征可能与一部分消费者的某种特征相一致,另一种特征又可能与另一部分消费者的某种特征相一致。因此,由消费者组成的市场是一个复合的多面体。市场的内部组织是有规律的,但由于具有多种不同特征的消费者,以及由他们引起的各种不同的需求纵横交错,互相重叠在一起,因而这种内部组织的结构又是极其复杂的。不难想象,如果不加深入地剖析,呈现在我们面前的市场将是一个混沌的世界。

市场细分可以将市场丰富的内部结构一层层地抽象出来,然后再把它们拼成一幅内容全面且十分生动的平面图。借助这幅十分直观的平面图,企业就可以清晰地看到市场的各个部分,并从各方面进行考察。

(2)市场细分有利于企业发掘良好的市场机会,形成新的富有吸引力的目标市场。市场细分能够向营销人员提供信息以帮助他们制定符合一个或多个细分市场的特征和满足不同欲望的营销组合,通过市场细分,企业可以有效地分析和了解各个消费者、各个消费者群的需求满足程度和市场上的竞争状况,发现哪类消费需求已经满足,哪类需求还没有满足;发现哪些细分市场竞争激烈,哪些细分市场竞争不激烈,哪些细分市场尚待开发。而需求满足水平低的细分市场,通常存在着极好的市场机会,不仅销售潜力大,竞争者也较少。抓住这样的市场机会,结合企业自身资源状况,从中形成并确立宜于自身发展的目标市场,并以此为出发点设计出相宜的营销战略,就有可能迅速取得市场优势地位,提高市场占有率。

(3)市场细分体现了市场营销观念,能够在实现组织目标的同时满足顾客的需求和欲望,有利于提高企业的竞争能力。一方面,市场细分能够增强企业的适应能力和应变能力。在较小的细分市场即子市场上开展营销活动,企业易于掌握消费需求的特点及其变化,这就有利于及时、正确地规划和调整产品结构、产品价格、分销渠道和营销传播活动,使产品或服务保持适销对路,并迅速送达目标市场,扩大销售。另一方面,建立在市场细分基础上的企业营销,避免了在整体市场上分散使用力量,企业有限的人力、财力、物力资源能够集中使用于一个或几个细分市场,扬长避短,有的放矢地开展针对性营销,不仅费用低,竞争能力也会因此而得到提高。再一方面,进行市场细分,易于看清楚每一细分市场上各个竞争者的优势和弱点,有利于企业避实就虚地确立自己的目标市场,这有利于增强竞争力,提高经济效益。

6.1.2　市场细分的原则及方法

1. 市场细分的原则

企业可依照各种标准进行市场细分,但并不是所有划分出来的细分市场都是有效的或有用的。要使细分后的市场对企业有用,必须遵循以下原则。

(1)可估量性。细分市场的规模及其购买力是可以估量的,即在这个细分市场可获得足够的有关消费者特性的资料。如果某个市场的资料无法获得,那就无法进行估量,也就不能把它纳入本企业市场细分的范围。在实践中,有些市场捉摸不定,难以估量,就不能对它进行细分。

(2)可进入性。细分的市场部分应是企业可能进入并占有一定的份额,否则,细分没有现实意义。例如,细分的结果,发现已有很多竞争者,自己无力与之抗衡,无机可乘;或虽有未满足的需要,但因缺乏原材料或技术,货源无着落,难以生产经营,这种细分没有现实意义。

(3)效益性。企业所选定的市场部分的规模必须足以使企业有利可图。如果细分市场的规模很小,不能给企业带来足够的经济效益,一般就不值得细分了。

（4）稳定性。细分市场必须在一定时期内保持相对稳定，以便企业制定较长期的营销策略，从而有效地开拓并占领目标市场，获得预期效益。如果细分市场变动过快，目标市场如昙花一现，则企业营销风险随之增加。

2. 市场细分的方法

（1）单一因素法，即按影响消费者需求的某一个因素来细分市场。例如，美国亨氏公司按年龄这一因素把婴儿食品市场划分为：0～3个月、3～8个月，9个月以上等不同的细分市场。

（2）综合因素法，即以影响消费需求的两种或两种以上因素进行综合划分。因为顾客的需求差别常常极为复杂，只有从多方面去分析、认识，才能更准确地把他们区别为不同特点的群体。例如，一家企业

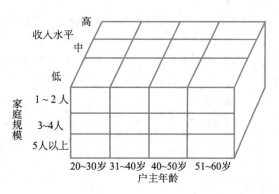

图 6-2　综合因素法示意图

依据户主年龄、家庭规模及收入水平三个因素，将家具市场细分为 36 个（4×3×3）明显的分市场，如图 6-2 所示。

（3）系列因素法。这种方法也运用两个或两个以上的因素，但依据一定的顺序逐次细分市场。细分的过程，也就是一个比较、选择分市场的过程。下一阶段的细分，在上一阶段选定的分市场中进行。例如，某企业细分服装市场就采用系列因素法，如图 6-3 所示。

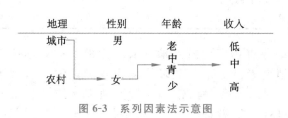

图 6-3　系列因素法示意图

图 6-4　产品—市场方格图

（4）"产品—市场方格图"法，即按产品（顾客需要）和市场（顾客群）这两个因素的不同组合来细分市场。例如，某彩电市场对彩电有 4 种不同的需要：37 厘米、47 厘米、51 厘米、54 厘米，同时有 3 个不同的顾客群：农村家庭、城镇家庭、单位，这样就形成了 12 个细分市场，如图 6-4 所示。

6.1.3　市场细分的标准

营销商用于市场细分的标准（或变量），是导致顾客需要出现异质性、多元化的因素。也就是说，是什么因素使消费者及用户的需要、动机和行为千差万别。

1. 消费品市场的细分标准

在现代社会中，影响和造成消费品市场需求差异性的因素是极其复杂的，因此，细分消费品市场就不可能有一个绝对正确的标准和方法或固定不变的模型。各行业、各企业可采取许多不同的标准和方法来细分市场，以寻求最佳的市场机会。根据长期以来细分消费品市场的实践经验，影响消费者市场需求的主要因素大致可分为四大类，即地理因素、人口因

素、心理因素和行为因素，详见表 6-1。

表 6-1 消费品市场细分的标准

分类标准		具 体 特 征
地理因素	洲际区别	亚洲、欧洲、北美洲、南美洲、非洲、大洋洲等
	国家区别	中国、美国、日本、加拿大、埃及、伊朗等
	国内方位区域	东北、西北、华北、华南、西南、华东等
	省、市、自治区	上海、北京、辽宁、云南、广东、广西、西藏等
	城乡区别	城市、乡村；大城市、中等城市、小城镇等
	气候区别	热带、亚热带、温带、寒带等
	地形区别	山区、平原、丘陵、河网地区等
人口因素	性 别	男、女
	年 龄	婴幼儿、少年、青年、中年、老年
	家庭规模	1～2 人、3～4 人、5 人以上
	家庭经济收入	1 000 元以下、1 000～3 000 元、3 000 元以上
	民 族	汉族、壮族、藏族、维吾尔族、蒙古族等
心理因素	生活方式	事业型、朴素型、时髦型
	性 格	外向型、内向型、理智型、冲动型、冒险型、守旧型等
	品牌忠诚	专一品牌忠诚、几种品牌忠诚、无品牌忠诚
行为因素	购买频率	高、低
	购买时间	白天、夜市；日常、节假日
	购买地点	大众方便商店、大店、名店等

(1) 地理因素。以地理因素为标准细分市场就是按照消费者所在的不同地理位置将市场加以划分（注意并不是单纯按照消费者所处的地理环境对市场加以细分），把市场细分为不同的地理单位。如国家、省、市、区、县、村、镇等。按照地理区域细分市场是市场细分的一种传统方法。由于地理环境、气候条件、社会风俗、文化传统等方面的影响，同一地区市场内的消费者的消费需求具有一定的相似性，不同地区市场的消费者消费需求具有明显差异，这就是按地理作为细分市场标准的客观依据。例如，我国幅员辽阔，各地居民饮食习惯有明显的差异，一直沿袭南甜北咸、东辣西酸的习惯。又如，美国东部地区居民爱喝比较清淡的咖啡，西部地区居民则喜欢味道较浓的咖啡，等等。地理因素包括洲际、国别、方位区域、省市、城乡、气候条件、地理环境等一系列具体变量。

现在许多公司正在实施"营销方案地方化"策略，即对它们的产品、广告、市场推广工作实行地方化，以适应个别地区、城市甚至居民点的需要。例如，宝洁公司设计出的洗涤剂 Ariel(埃里厄尔)主要在洛杉矶、圣地亚哥、旧金山、迈阿密和南得克萨斯州进行销售，这些地区是西班牙后裔集中的地区。

(2) 人口因素。人口因素包括性别、年龄、收入、职业、教育、家庭、种族、宗教信仰等一系列具体因素。人口因素是细分消费者群体的首要和关键依据。之所以如此，是因为首先消费者的需要、欲望和使用率经常紧随人口变量的变化而变化；其次，人口变量比其他大多数变量容易衡量。即使先用其他依据细分市场,如个性或行为来定义细分市场,也必须同时知道它的人口特征,以便能够估计目标市场的规模和有效地进入目标市场。

例如,以性别为标准,整个市场可以划分为男人市场和女人市场。由于生理的区别,男女消费者有着明显不同,这一点在服装、鞋帽、杂志等用品和化妆品方面显得尤为突出。同时,已婚妇女又往往是儿童用品市场的购买主体。

又如,以年龄为标准,整个市场可以细分为老年市场、中年市场、青年市场、少儿市场和婴幼儿市场。老年人需要营养食品、舒适轻便的衣着以及闲暇娱乐方面的消费。青年人朝气蓬勃,好胜好奇,经济负担较轻,往往是新产品、时髦产品的主要购买者。少年儿童需要的是学习用品和各种玩具。同时,他们处于长身体的阶段,需要营养食品,但忌用刺激性补品。如麦当劳用不同的广告和媒介来分别瞄准儿童、少年、成年人和老年人。它用伴有跳舞、打击音乐和快速切割情景的广告瞄准青少年,而针对老年人的广告是柔性的和充满情感的。

再如,以经济收入为标准,整个市场可以细分为高收入市场、中等收入市场和低收入市场。不同的收入水平对产品的档次和销售地点会有不同的选择。从对价格的选择看,人们的收入相差悬殊,有钱的富翁们追求高档豪华的消费品,到大店名店去选购,以显示自己的身份和社会地位。工薪阶层则比较重视价格因素,喜欢光顾大众商店、折扣商店、零售大卖场等。从消费倾向上看,高收入阶层的消费倾向为别墅、豪宅、汽车、EMBA 教育等产品或服务,中等收入阶层消费倾向为手机、个人计算机、旅游、商品房等产品或服务,低收入阶层消费倾向为日常生活用品和填饱肚子的一日三餐。

(3)心理因素。心理因素主要表现在以下三个方面。

① 生活方式。人们的生活方式不同,对产品的要求也就不同。例如,有的女性生活简朴,喜欢大方、清淡、素雅的服装;有的女性则崇尚时髦、追求新潮的服装。表 6-2 是一项对亚洲女士服装市场的调查,它表明亚洲女士喜爱紧身服装有以下原因:视觉上更娇柔、形体更美丽、更自信等,但不同国家的女士的追求在心理上仍有差异。又如室内装饰方面,有的家庭讲究经济实惠,不愿在室内装修上做较多的投入;有的家庭希望有一个高雅、舒适的生活环境;有的家庭则竭尽全力将居室布置得富丽堂皇。

表 6-2 亚洲女士穿紧身服装的原因

追求的利益 城市	穿上后显得 娇柔/%	能体现 体形美/%	我穿着它 就是好/%	我对自己的体 形很自信/%	显得性感/%	我关心男士 如何看/%
北京	53.7	68.3	48.8	31.7	17.1	22.0
汉城	33.3	20.0	46.7	13.3	13.3	0.0
东京	52.2	47.8	17.4	4.3	13.0	4.3
中国台北	30.0	25.0	40.0	45.0	20.0	5.0
中国香港	43.8	68.8	31.3	12.5	6.3	12.5
曼谷	28.6	14.3	50.0	50.0	35.7	0.0
新加坡	62.5	43.8	56.3	37.5	25.0	12.5
雅加达	66.7	33.3	33.3	44.4	22.2	0.0

② 个性。关于消费者的个性在前面已有详细介绍,它也是细分市场的一个重要变量。例如,在汽车已成为人们主要交通工具的西方工业国家,一些汽车厂商就专门为那些"奉公

守法"的消费者设计经济、安全、污染少的汽车；同时，专门为那些喜欢冒险、赶时髦的"玩车者"设计华丽、操作灵敏的汽车，以满足他们各自不同的需要。

日本本田公司为它的低座小摩托车做的市场广告就是一个很好的个性市场细分的例子。从表面上看，本田的狂欢（Spree）、精英（Elite）和航空（Aero）牌低座小摩托车针对的是爱赶新潮的、14～22岁年龄段的人。但实际上，公司做的广告却适合于一个更广泛的个性群体。例如，在一则广告中，画面是一个兴高采烈的小孩在他的床上蹦上蹦下。与此同时的画外音解释说："你这一生都试图到达那儿。"这则广告使观众们想起当年冲破束缚、逆父母教导而行的那种愉快兴奋的感觉。这暗示当他们骑在一辆本田摩托车上时，会再次体味这种感觉。因此，本田看起来是把年轻的消费者作为目标，但它的广告却吸引了所有年轻群中追求时尚和独立的个人。事实上，一半以上的本田摩托车卖给了年轻的专业人士或再年长一些的购买者，而另外有15%却是由50岁以上的人购买的。本田摩托车对人们天性中反叛、独立的一面具有吸引力。

③ 品牌偏好程度。品牌偏好程度又称品牌忠诚性。消费者一般可以分为专一品牌忠诚型、适中偏爱者、无品牌忠诚型（或称非偏爱型）三类。第一种消费者在任何时候都只买一种品牌的产品。例如，有的吸烟者非红塔山牌不买，有的消费者只用一种舒肤佳牌的香皂，等等。第二种消费者对品牌的忠诚不专一，但偏爱少量几种。假定市场上同类产品的品牌有 A、B、C、D、E 5种，他购买5次的结果可能是 B、B、C、B、C。第三种消费者不存在品牌的忠诚性，在购买实践中无品牌规律可循。

企业可以从分析它的品牌忠诚度中学到很多东西：首先，公司研究自己的坚定忠诚者的特征，以确定产品的战略。美国高露洁公司发现它的坚定忠诚者多数为中产阶级，子女众多以及注重身体健康，这为高露洁公司准确指明了目标市场。其次，公司通过研究它的中度的忠诚者，可以确认对自己最有竞争性的那些品牌。如果许多购买格力空调的买主，同时也购买科龙品牌，格力则可设法改进它的定位来与科龙品牌抗争。最后，公司通过考察从自己的品牌转移出去的顾客，就可以了解到自己营销方面的薄弱环节，有了改进自己工作的方向。多变者的人数正在增加。公司可以通过改变营销方式来吸引他们。当然，要吸引他们是不容易的。

（4）行为因素。所谓行为因素，就是指消费者的习惯。

① 消费者购买频率的习惯。有的产品购买者的购买频率是受产品的自然属性影响的，如蔬菜等副食品。但是在电冰箱已比较普及、副食品小包装流行的情况下，有的消费者降低了对其食品的购买频率，有的消费者却仍然喜欢每天光顾菜市场。有的产品购买频率并不受产品自然属性限制，如香烟、牙膏，等等。一些消费者往往购买一次消费一个月，以至半年、一年。一些消费者却习惯了消费完一个单位再买另一个单位。消费者购买产品的频率还会受其收入水平的制约，但即使是收入水平相同的消费者，其购买产品的频率也会不同。

② 消费者购买时间的习惯。消费者购买产品的时间受其工作时间的制约，但习惯也是一个重要因素。例如，同是日班工作的消费者，有的人喜欢将购买活动集中于节假日，有的人习惯于平时购买，节假日休息或做其他家务。在一天的时间里，有的消费者习惯于白天购买，晚饭后便在家中享受天伦之乐，有的消费者对逛夜市特别感兴趣。

③ 消费者购买地点的习惯。按照传统的观点，大众日用品的消费者一般就近购买，一些价值较高的耐用品消费者则要到大店名店去购买。但在商业网点分布比较发达的城市，

上述差异已没有多大意义。例如,在比较发达的城市里,耐用消费品零售店到处可见,这些店里各种品牌的耐用消费品几乎都应有尽有。在这种情况下,消费者大可不必为购买一些高价值的家用电器而走很多的路,但仍有一些消费者舍近求远,即使家门口就有,也坚持要去大店名店购买。他们这样做一方面是出于对那些商店名声的追求;另一方面可能纯粹是喜欢逛街,喜欢领略大城市商业中心所独有的繁华氛围。

2. 工业品市场的细分标准

工业品市场购买活动主要属于组织采购,购买的目的是为了组织业务日常运营和生产消费。工业品购买活动的特点不同于消费品购买活动的特点,因而工业品市场细分的标准主要有三种。

(1) 最终用户的要求。最终用户的要求是工业品市场细分最基本的标准。在工业品市场上,不同的最终用户对同一种类产品往往有不同的要求。例如,对于钢材,有的用户需要线材,有的用户需要板材,有的用户需要钢管。又如,对于橡胶轮胎,飞机制造厂商与拖拉机制造厂商相比,前者对其安全性标准要求要高得多。同一个汽车制造厂商,制造赛车与一般汽车所用轮胎在耐磨性方面也有明显不同的要求。

不难理解,一种最终用户的要求便可成为企业的一个细分子市场,企业应该运用细分市场的方法,不断寻找机会。

(2) 用户的规模。用户的经营规模直接决定其购买的能力和购买的结果,因此用户的规模也是生产资料市场细分的标准。通常情况下,一些大用户投入产出量大,资金雄厚,因而一次性采购量大,但采购次数比较少;相反,一些小用户生产经营规模小,流动资金不充足,不得不增加购买的频率,而减少每一次购买的数量。

企业应该针对大小用户不同的特点采用不同的营销策略。企业可以在调查的基础上将用户分为 A、B、C、D 四类。A 类为经营规模庞大,在市场上居于垄断地位的巨型企业。B 类为经营规模较大,市场占有率较高的大型企业。上述两类企业的购买力极高,企业应该积极向其推销产品,如果能与它们建立长期的购销关系,企业的生存和发展就有了可靠的保证。与 A、B 两类企业的业务往来,一般要由企业的上层领导直接负责。C 类为中型规模企业,这类用户应该是中小型企业的发展目标。中小型企业必须力争与这类用户建立长期稳定的购销关系,应该制定相应的战略和策略,指定外勤人员走访,以达到营销目标。D 类则为那些数量多、分布广的小用户。对这部分客户也不可忽视,应该通过展销、广告等手段向其推销产品。

(3) 用户的地理分布。工业品客户(组织客户/组织购买者)和最终消费者不同,它们的地理分布要受一个国家的物产资源、地形气候分布以及传统的经济技术发展布局的制约。例如,我国煤矿主要在山西、淮北和东北地区;油矿主要有黑龙江的大庆油田、山东的胜利油田和新疆的吐哈油田、克拉玛依油田等;钢铁业主要有东北钢铁工业区、上海钢铁工业区和北京钢铁工业区;轻纺工业区主要分布在东部沿海地区、包括以天津为中心的华北沿海地区、以上海为中心的长江三角洲地区和以广州为中心的珠江三角洲地区。

用户的地理分布作为工业品市场细分标准的原因是:第一,各个工业经济区域都有完整的工业品客户体系,因而形成多个系列工业品地区市场。第二,不同行业工业经济区的客户具有不同的工业品需求,如煤矿工业区的客户主要需要采煤和煤加工机械;油田区客

户主要需要采油和石油加工机械；钢铁工业区客户主要需要铁矿石和炼铁炼钢机械；轻纺工业区客户主要需要轻纺原料和轻纺加工机械等。第三，同一行业不同地区的客户由于所处地区的地质矿产条件不同和自身的技术条件不同，对同类工业品的具体要求也不同。

企业应该对各地区的客户需求进行深入的分析以确定自己在地区市场方面的经营目标，并根据客户的地理位置（车站、码头）和空间距离对运输路线和货物装卸作出整体规划，以提高营销效果。

在美国，有学者比较系统地列举了细分工业品市场的主要变量，并提出了营销人员在选择目标顾客时应考虑的主要问题，对企业细分工业品市场具有一定的参考价值，见表 6-3。

表 6-3　工业品市场的主要细分变量

人口变量
- 行业：我们应把重点放在购买这种产品的哪些行业？
- 公司规模：我们应把公司放在多大规模？
- 地理位置：我们应把重点放在哪些地区？

经营变量
- 技术：我们应把重点放在顾客所重视的哪些技术上？
- 使用者或非使用者情况：我们应把重点放在经常使用者、难得使用者、首次使用者还是从未使用者身上？
- 顾客能力：我们应把重点放在需要很多服务的顾客上，还是只需要少量服务的顾客上？

采购方法
- 采购职能组织：我们应将重点放在那些采购组织高度集中的公司上，还是那些采购组织相对分散的公司上？
- 权力结构：我们应侧重那些现在工程技术人员占主导地位的公司，还是财务人员占主导地位的公司？
- 与用户的关系：我们应选择那些现在与我们有牢固关系的公司，还是去追求最理想的公司？
- 总的采购政策：我们应把重点放在乐于采用租赁、服务合同、系统采购的公司，还是采用密封投标等贸易方式的公司上？
- 购买标准：我们是选择追求质量的公司，重视服务的公司，还是注重价格的公司？

情况因素
- 紧急：我们是否应把重点放在那些要求迅速和突然交货或提供服务的公司？
- 特别用途：我们应把力量集中于本公司产品的某些用途上，还是将力量平均地花在各种用途上？
- 订货量：我们应侧重于大宗订货的用户，还是少量订货者？

个性特征
- 购销双方的相似点：我们是否应把重点放在那些人员及其价值观念与本公司相似的公司上？
- 对待风险的态度：我们应把重点放在敢于冒风险的用户，还是不愿冒风险的顾客上？
- 忠诚度：我们是否应该选择那些对本公司产品非常忠诚的用户？

6.1.4　市场细分的步骤（程序）

美国营销学者 E.J. 麦卡锡提出了细分市场的七个步骤，它们对于正确有效地细分市场有着普遍的指导意义。

1. 依据企业的营销战略任务和市场需求选定市场范围

企业首先确定自己的营销战略任务和目标,才能确定自己应进入哪个行业或哪类产品市场进行经营。这样,企业可以对该产品的市场发展潜力作出估计,并确定行业和产品的有关属性,可以对欲进入的市场的性质进行基本的确认。

2. 分析潜在顾客的基本需要

企业向市场提供的任何产品,对于消费者来说,首先表现为满足其某种基本的需要。细分市场时,企业需要了解产品能满足消费者的哪些基本需要,才能对市场的需要类型作初步的认定。如家用电子游戏机,就是在对早期购买计算机产品的顾客的需要分析后,提出的一种基本需要而后发展出产品来的。

3. 分析潜在顾客中的不同需要

确定了顾客对产品的基本需要,仅解决了一般性需要,还不可作为企业选定目标市场的依据。企业需要进一步了解消费者对一种产品有哪些不同的要求和想法,这就找到了可能作为细分市场的所有因素。

4. 去掉潜在顾客的共同需要

共同的需要是设计和开发某种产品的基本要求,这只是产品的最低要求。从中去掉这些共同的需要后,企业就可以发现具有相互区别的需要类型。如电视机能接收电视信号是必需的,纯净水要卫生、能解渴等。但随着使用人群的不同,对电视机的清晰度和附加功能有不同的要求,这就是不同的需要差别,这些差别就可以成为设计产品和确定营销组合的依据。

5. 暂为不同的细分市场取名

在还没有进行市场检验之前,哪些细分标准适当是不能确定的。企业为了便于对市场的细分标准加以确定,需要为可利用的细分标准而细分出的各子市场暂时取名,如"豪华型"、"价格灵敏者"、"时髦者"、"实惠者"等。这样,细分市场的基本轮廓就有了。

6. 进一步认识各细分市场的特点

现在,企业需要对可能采用的细分标准所得到的细分结果进行市场调查和确认工作。通过走访消费者,通过历史的统计资料和通过其他的市场分析方法,可发现应该采用哪些标准才能最恰当地细分市场,这些市场具有什么特点,可否进行营销规划。

7. 测量各子市场的潜力

企业在调查的基础上,需要确定每个子市场的购买量和在一定时期可能形成的需求量的大小,这样才能最终根据企业的资源、实力、市场的竞争情况选择目标市场。

图 6-5 更为直观、现实、具体地描述了市场细分过程。

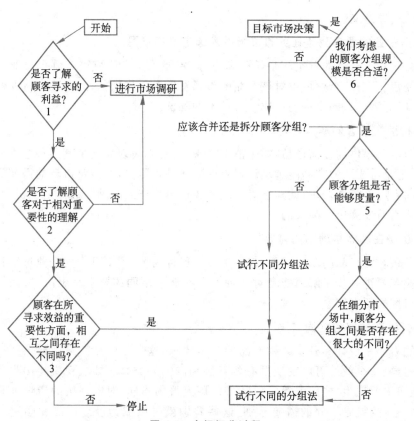

图 6-5　市场细分过程

6.2　目标市场的选择

6.2.1　目标市场的概念

市场细分与目标市场既有密切联系，又有区别。市场细分是按一定的标准划分为不同消费者群体的过程；而目标市场是根据市场细分的结果选择一个或一个以上的细分市场（或子市场），来作为企业未来进入并为之服务和营销的对象，成为企业未来施展才华的舞台，为企业找到用武之地。企业选择目标市场，是在市场细分的基础上进行的。通过分析细分市场需求满足的程度，去发现那些尚未得到满足的需求，而企业自身又具备满足需求的条件，就可选定为目标市场。图 6-6 说明了细分市场与目标市场的关系。

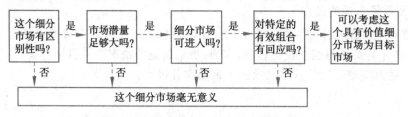

图 6-6　细分市场与目标市场之间的关系

在营销活动中,任何企业都应选择和确定目标市场。因为对企业来说,并非所有的环境机会都具有同等的吸引力,或者说,并不是每一个子市场都是企业所愿意进入和能够进入的。同时,对一个企业来说,总是无法提供市场内所有买主所需要的产品或劳务。由于资源有限,也为了保持有效,企业的营销活动必然局限在一定范围内。在制定营销策略时,企业必须在纷繁复杂的市场中,发现谁最适于销售它的产品或服务,购买者都是哪些人,购买者的地域分布、需要、爱好以及其他购买行为特征是什么。这就是说,现代企业在营销决策之前,必须确定具体的服务对象,即选定目标市场。

企业选择目标市场是否适当,直接关系企业的营销成果以及市场占有率。因此,选择目标市场时,企业必须认真评价细分市场的营销价值,分析研究是否值得去开拓与耕耘,能否实现以最少的成本支出,取得最大的销售效果。

一般而言,所选择的目标市场,应该符合以下要求。

(1)对一定的产品或服务,或是营销商欲提供的产品或服务,应具有足够的潜在购买力。

(2)目标市场的需求变化趋向应和企业的产品或服务开发能力或方向相一致,以使企业能随市场需求或购买方向的变化而保持经营能力。

(3)目标市场的竞争者的数量较少或是竞争激烈程度应相对弱。即在有足够的选择空间的情况下,尽量选择那些竞争强度弱的细分市场作为目标市场。

(4)要有可利用的分销渠道或可以独自建立新分销渠道的现实条件。这样,企业的产品或服务才能进入或以较合理的成本进入。

(5)营销活动所需资源的取得相对比较容易,或是在行业的平均成本以下可以得到;否则,企业可能会由于无法消化高昂的营销成本而陷入经营困难的境地。

显然,选择一个或一个以上目标市场,有利于本企业扩大产品或服务销售,保持市场的相对稳定,而不是越多越好。根据英国营销学协会安德鲁·泰勒斯教授对英、法、德等国家的360家出口大企业的调查,90%的出口产品集中在少数几个目标市场,赢利却比无目标市场的企业高出30%~40%。可见,选择目标市场是相当重要的营销策略。

6.2.2 目标市场的范围选择策略

运用市场细分策略的企业,在选择目标市场时,可采用的范围策略归纳起来主要有五种,如图6-7所示。

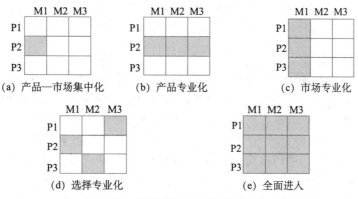

图 6-7 选择目标市场的五种策略

145

（1）产品—市场集中化。具体内容是：企业的目标市场无论从市场（顾客）或是从产品或服务角度，都是集中于一个细分市场。这种策略意味着企业只生产一种标准化产品或服务，只供应某一顾客群。较小的企业通常采用这种策略。

（2）产品专业化。这是指企业向各类顾客同时供应某种产品或服务。当然，由于面对不同的顾客群，产品在档次、质量或款式等方面会有所不同。

（3）市场专业化。这是指企业向同一顾客群供应性能有所区别的同类产品或服务。如一家电冰箱厂专以宾馆饭店为目标市场，根据它们的需求生产100升、500升、1 000升等几种不同容积的电冰箱，以满足这些饭店不同部门（如客房、食堂、冷饮部等）的需要以及不同档次宾馆饭店的需要。

（4）选择专业化。这是指企业决定有选择地进入几个不同的细分市场，为不同顾客群提供不同性能的同类产品或服务。采用这种策略应当十分慎重，必须以这几种细分市场均有相当的吸引力亦即均能实现一定的利润为前提。

（5）全面进入。亦即企业决定全方位进入各个细分市场，为所有顾客提供他们所需要的性能不同的系列产品。这是大企业为在市场上占据领导地位或力图垄断全部市场而采取的目标市场范围策略。

在运用上述五种策略时，企业一般总是首先进入最有吸引力的细分市场，只是在条件和机会成熟时，才会逐步扩大目标市场范围，进入其他细分市场。

6.2.3 目标市场策略

企业在决定目标市场的选择和经营时，可根据具体条件考虑三种不同的策略。

1. 无差异营销策略

如果企业面对的市场是同质市场，或者企业推断（常常是正确的），即使消费者是有差别的，他们也有足够的相似之处而且可以作为一个同质的目标市场加以对待。在这两种情况下，企业采用的就是无差异营销策略，开展的是无差异营销活动。该策略的具体内容是：企业把一种产品的整体市场看做一个大的目标市场，营销活动只考虑消费者或客户在需求方面的共同点，而不管他们之间是否存在差异。因而企业只推出单一的标准化产品，设计一种营销组合，通过无差异的大力推销，尽可能多地吸引购买者，如图6-8所示。

图 6-8　无差异营销策略示意图

一般说来，这种目标市场营销策略除适用于市场是同质的产品外，主要适用于广泛需求的、能够大量生产、大量销售的产品。采用这种策略的企业一般具有大规模的单一生产线，拥有广泛的或大众化的分销渠道，并能开展强有力的营销传播活动，能进行大量的广告和统一的宣传，因而往往能在消费者或客户心目中建立起"超级产品"的印象。美国可口可乐公司常被引为奉行这种目标市场营销策略的典型案例。这家世界著名的大公司，由于拥有世界性专利，在20世纪60年代前曾经以单一口味的品种、单一标准的瓶装和统一的广告宣传，长期占领世界软饮料市场。

无差异营销的最大优点和理论基础是成本的经济性。大批量的生产和储运，必然会降低单位产品的成本;无差异的广告宣传等推销活动可以节省营销传播费用;不搞市场细分,也相应减少了市场调研、产品研制、制定多种营销组合方案等所要耗费的人力、财力与物力。因此,不仅在同质市场上运用这种策略是合理的,而且即使市场异质,只要产品能够大量生产、大量销售,实行这种策略多半也是合理的。

但是,这种策略对于大多数产品并不适用,对于一个企业来说一般也不宜长期采用。因为,第一,消费需求客观上是千差万别、不断变化的,一种产品长期为该产品的全体消费者或用户所接受极为罕见(同质市场的产品除外)。第二,当众多企业如法炮制,都采用这种策略时,就会形成整体市场竞争异常激烈,而小的细分市场上的需求却得不到满足的局面,这对营销商、消费者都是不利的。第三,这种策略易于受到其他企业发动的各种竞争攻势的伤害。当无差异营销商试图尽全力地去适应大多数顾客的需要时,常常在竞争中被另一些企业战胜,这些企业想方设法为得不到满足的顾客提供服务,亦即为特定的细分市场服务。正是由于这些原因,世界上一些曾经长期实行无差异营销的大企业最终也得改弦易辙,转而实行差异性营销。可口可乐公司就是这样。由于软饮料市场竞争激烈,特别是"百事可乐"异军突起,打破了"可口可乐"独霸市场的局面,终于迫使该公司不得不放弃传统的无差异营销策略。

2. 差异性营销策略

差异性营销策略是一种以市场细分为基础的目标市场策略。采用这种策略的企业,把产品的整体市场划分为若干细分市场,从中选择两个以上乃至全部细分市场作为自己的目标市场,并为每个选定的细分市场制定不同的营销组合方案,同时多方位或全方位地分别开展针

图 6-9　差异性营销策略示意图

对性的营销活动。例如,某皮鞋厂为不同性别、不同年龄组、不同收入水平、不同偏好的消费者生产不同质料、不同规格、不同款式、不同颜色、不同档次的皮鞋。该厂在皮鞋市场上实行的就是差异性营销策略,如图6-9所示。

采用这种目标营销策略,进行的是小批量、多品种生产,具有很大的优越性。一方面,针对性的营销活动能够分别满足不同顾客群的需要,提高产品的竞争能力,有利于企业扩大销售;另一方面,如果一个企业在数个细分市场上都能取得较好的营销效果,就能树立起良好的市场形象,大大提高消费者或用户对该企业产品的信赖程度和购买频率。20世纪60年代以来,世界上有越来越多的大企业如美国的可口可乐、日本的松下电器、三洋电机等都采用了这种策略,并取得了经营上的成功。

不过,这一目标市场营销策略并非任何企业、任何时候都可以采用。其一,实行差异化营销,随着产品品种的增加,销售渠道的多样化以及市场调研和广告宣传等营销活动的扩大与复杂化,生产成本、管理费用、销售费用必然会大幅度增加。因此,这一策略的运用必然被限制在这样一个范围内:销售额的扩大所带来的利益,必须超过营销总成本费用的增加。这就要求企业固然不能选错细分市场,也不宜卷入过多的细分市场。其二,由于存在上述问题,采用这一策略必然会受到企业资源力量的制约。较为雄厚的财力、较强的技术力量和素质较高的营销人员,是实行差异性营销的必要条件,这就使得相当一部分企业,尤其是小企

业无力采用此种策略。

3. 集中性营销策略

企业不是面向整体市场,也不是把力量分散使用于若干细分市场,而是集中力量进入一个细分市场(或是对该细分市场进一步细分后的几个更小的市场部分),为该市场开发一种理想的产品,实行高度专业化的生产和销售,这就是集中性营销策略,又称密集性营销策略。采用这种策略通常是为了在一个较小或很小的细分市场上取得较高的、甚至是主导地位的市场占有率,而不追求在整体市场或较大的细分市场上占有较小的份额,如图 6-10 所示。

集中性营销策略主要适用于资源力量有限的小企业。小企业无力在整体市场或多个细分市场上与大企业抗衡,而在大企业未予注意或不愿顾及、自己又力所能及的某个细分市场上全力以赴,则往往易于取得经营上的成功。由于资金占用少、周转快、成本费用低而能取得良好的经济效益,也因为易于满足特

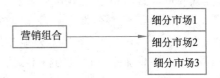

图 6-10　密集性营销策略示意图

定需求而有助于提高企业与产品在市场上的知名度,一旦时机成熟,便可以迅速扩大市场。可以说,寻找"市场缝隙",实行集中性营销策略以创造宜于自身成长的"小气候",是小企业变劣势为优势的唯一选择。

这一策略的不足之处是潜伏着较大的风险。一旦目标市场突然不景气,例如,消费者的需求偏好突然发生变化,或者市场上出现了比自己强大的竞争对手,企业就会因为没有回旋余地而立即陷入困境。因此,采用这一策略的企业必须密切注意目标市场的动向,并应制定适当的应急措施,以求进可攻、退可守,进退自如。

6.2.4　影响选择目标市场策略的因素

1. 企业特点

一般而言,企业如具有大规模的单一生产线,拥有广泛的分销渠道,产品标准化程度高,内在质量好,品牌商誉高,就可以采用无差异的营销策略。如企业具有相当的规模,技术设计能力强,管理素质比较好,则可以考虑施行差异性的营销策略。实力比较薄弱的中小企业,难以有效地开拓整个市场,就应该采用集中性营销策略。

2. 产品性质

一些需求弹性比较小的初级产品,如农副产品、钢材、石油等,一次性交易量大,可以采用无差异性营销策略。有些产品,主要是初级产品,诸如大米、小麦、食盐、钢铁、煤炭等,尽管每种产品自身可能会有某些品质差别,但顾客一般并不重视或不加区别,亦即它们适应消费的能力较强、竞争主要集中在价格和服务方面,因而这类产品适宜实行无差异营销策略;而许多加工制造产品,诸如汽车、机械设备、家用电器、服装、食品等,不仅本身可以开发出不同规格型号、不同花色品种的产品,而且这种种不同会带来品质、性能等方面的较大差别,消费者或用户对这类产品的需求也是多样化的,选择性很强。因此,生产经营这类产品的企业宜采用差异性或集中性营销策略。

3. 市场特点

如果市场上大多数消费者的需求与爱好比较接近,而且每个时期内购买产品的数量变

化不大,对营销刺激不明显就可以采用无差异营销策略;如果市场内各个消费者类群需求差异比较大,则应该采取差异性营销策略或密集性营销策略。

4. 产品在市场生命周期中所处的阶段

企业应随着产品所处的市场生命周期阶段的变化而更换其营销策略。当产品处于投入期,企业投入市场的产品一般只有一种或少数几种,这时竞争者尚少,企业的主要目的是探测市场需求和消费者的反应。这时,消费者对产品的式样尚不很重视,企业宜采用无差异营销策略。当产品进入成长期或成熟期时,竞争者日渐增多,企业为了在激烈竞争中取胜,宜采用差异性营销策略。当产品进入衰退期后,企业为了维持和延长生命周期,集中力量对付竞争者,则宜采用集中性营销策略。

5. 竞争对手的营销策略

假如竞争对手采用无差异营销策略,企业就应采用差异性营销策略,以提高产品的竞争能力。假如竞争对手采用差异性营销策略,企业就应进一步细分市场,实行更有效的差异性营销或密集性营销;但若竞争对手力量较弱,也可以考虑采用无差异营销。

一般说来,企业选择目标市场策略时应综合考虑上述因素,权衡利弊方可作出抉择。目标市场策略应当相对稳定,但当市场形势或企业实力发生重大变化时也要及时转换。对手之间没有完全相同的策略,一个企业也没有一成不变的策略。

6.3 市场定位

6.3.1 市场定位的概念

在战略性营销规划中,在目标市场确定之后,接下来的一项重要决策就是针对目标市场制定本企业市场提供物的市场定位策略。在消费品营销活动中,市场定位策略尤显重要和突出。在某种意义上讲,市场定位是消费品营销策略的神经中枢和灵魂。其目的是打动消费者的心,抓住消费者的心,启发消费者的心智,唤起目标消费者强烈的购买欲望和激情,至少也要让消费者牢牢记住企业产品的诉求,以有效地与竞争对手的产品区别开来。

定位理论的创始人里斯和特劳特认为:"定位要从一个产品开始。那产品也许是一种商品、一项服务、一个机构,甚至是一个人,也许就是你自己。但是,定位不是你对产品要做的事。换句话说,你要在预期客户头脑里给产品定位。所以说,把这个概念称作'产品定位'是不正确的,好像你在对产品本身做什么似的。"营销学者科特勒认为:"定位就是一种对公司的供应品和形象进行设计,从而使其能在目标顾客心目中占有一个独特位置的行动。"

一般认为,所谓的市场定位是指营销商为本企业以及产品在市场上树立一定的特色,在购买者心中打造一定的位置,塑造一种的形象,并争取目标顾客认同的活动。它需要向目标市场说明,本企业将要为顾客提供什么样的独特利益,以使目标顾客理解和正确认识本公司有别于其竞争者的符号象征和概念象征。这样一来,市场定位就是企业对其产品或服务进行策划和设计以使其在目标市场的顾客心目中占据一个与众不同的、清晰的、有价值的位置。

现实中,消费者对营销商提供物的心理感知和认知是多维度的,营销商在对提供物进行市场定位时就不能单一化,需要从多个角度设计定位的构成要素。这样一来,我们可以把市场定位看做是营销商为其提供物在目标市场的消费者心目中建造一种有价值的心理图像。这种心理图像是由多个因素构成的,包括理性因素和感性因素两个方面。上海通用汽车公司对 2006 年上市的 LaCROSSE 君越汽车的定位设计如下。在理性方面:动感洗练的创新设计,高效节能动力,豪华先进配备,全球领先科技平台;在感性方面:激情超越加上完美的驾乘体验。[①] 中国消费者对麦当劳的了解是:洋餐、快餐、针对时尚年轻人或儿童的、高质高价的、对抗肯德基快餐并与中式快餐竞争⋯⋯显然,某一提供物在消费者心里的位置不是单一的维度而是丰富多彩的多面体。某一产品的市场定位选用何种及多少个理性因素和感性因素取决于营销管理人员对目标消费者需求的理解程度。一般来讲,依据产品的复杂程度或消费者的投入度选取 3～8 个因素是比较恰当的。在此基础上,营销商还要提炼出一种"价值主张",这种价值主张是要向目标消费者说明:无法抗拒的购买本公司产品的理由,如"白天吃白片,不瞌睡;晚上吃黑片,睡得香";或一句极为顺口的难以忘记的言语或声音,商务通的"一个都不能少",丰田汽车的"车到山前必有路,有路必有丰田车",奔腾微处理器的声音及佳能喷墨打印机的"小燕子"赵薇的独特笑声;或本产品与众不同的独特差异点,如哈尔滨啤酒的"中国最早的啤酒",小护士防晒霜的"去掉油腻,不再油腻"⋯⋯

在实际操作中,消费者能够清晰感受到的商家的卖点,也应该是市场定位中的价值主张策略的体现。例如,在汽车市场上,丰田 TerceI 和 Suburu 定位在经济,奔驰(Mercedes)和凯迪拉克(Cadillac)定位在豪华,保时捷(Porsche)和宝马(BMW)定位在性能,沃而沃(Volvo)定位在安全;在饮料市场上,可口可乐定位在年轻、欢畅,七喜(7-up)定位为不含咖啡因的健康饮料。

在营销活动中,市场定位、产品定位、营销定位和竞争定位四个概念经常交替使用,这四个术语实质上是从不同的角度认识同一事物。

市场定位与产品差异化有密切关系。在消费品营销过程中,市场定位是通过为自己的产品创立鲜明个性,从而塑造出独特的市场形象来实现的。一项产品是多个因素(或属性)的综合反映,包括性能、构造、成分、包装、形状、质量等,市场定位就是要强化或放大某些或某个有意义的产品因素(或属性),从而形成与众不同的独特形象,甚至赋予各个或这些因素(或属性)艺术化、戏剧化或娱乐化的色彩,引发目标消费者喜爱的情感。因此,产品差异化乃是实现市场定位的手段。但是,产品差异化并不是市场定位的全部内容。市场定位不仅强调产品差异因素,而且要通过产品差异因素建立受目标消费者喜爱的市场形象,赢得顾客的认同和偏爱。市场定位不是从营销商角度出发,单纯追求产品变异,而是在对市场分析和细分的基础上,站在消费者的立场上,从消费者的角度出发,寻求建立某种产品特色,因而它是现代市场营销观念的体现。

市场定位概念提出后,受到实务界的广泛重视。越来越多的企业运用市场定位策略参与市场竞争,扩大市场份额。因此,有学者认为,目前企业的营销已进入市场定位的时代,这主要是针对消费品营销来讲的。总的来看,市场定位的意义主要体现在以下几个方面。

首先,市场定位有利于分析本企业产品或服务的竞争实力。通过市场定位工作,我们可

---

① http://auto.tom.com/2650/2677/2006223-89566.html

以发现：①与竞争对手相比较，本企业的各种产品或服务是否有明显的特色和竞争力？建立产品的市场特色，是参与现代市场竞争的有力武器。在现代社会中，许多市场都存在严重的供大于求的现象，众多生产同类产品的厂家争夺有限的顾客，市场竞争异常激烈。为了使自己经营的产品获得稳定的市场需求，防止被其他竞争对手的产品所替代，企业必须从各方面为其产品培养一定的特色，打开消费者的心扉，树立一定的市场形象，以期在顾客心目中形成一种特殊的偏爱。例如，美国摩托罗拉公司在世界电信设备市场上，成功地塑造了质量领先的市场形象，从而在激烈的市场竞争中处于有利的地位。②本企业的产品或服务是否能够满足消费者的需要，符合消费者的期望？对消费者有多大的吸引力？③本企业按规定的价格和一整套预先的计划策略销售某种产品或服务，预计销售量是多少？

其次，识别新的市场机会，这种市场机会包括：①推出新的产品或服务项目，以哪些细分市场为目标市场？与竞争对手相比较，新的产品或服务项目应有哪些属性？②改进现有产品或服务项目（现有产品或服务重新定位）。通过市场定位工作，我们可以确定是留守原有的目标市场还是进入新的细分市场？是增加、减少、改变哪些产品或服务属性？在广告诉求中强调哪些产品或服务属性？

最后，市场定位决策是企业制定营销组合策略的基础。企业的营销组合要受到企业市场定位的制约。例如，假设某企业决定生产销售优质低价的产品，那么，这样的定位就决定了产品质量要高，价格要定得低，广告宣传的内容要突出强调企业产品质优价廉的特点，要让目标顾客相信货真价实，低价也能买到好产品；分销效率要高，保证低价出售仍能获利。也就是说，企业的市场定位决定了企业必须设计和开发与之相适应的营销组合策略。由此可见，市场定位在企业的营销工作中具有非常重要的战略意义。

表 6-4 列出了宝洁公司不同品牌的洗衣粉的市场定位及其效果。

表 6-4 宝洁公司洗衣粉的定位及其效果

品 牌	定 位	市场份额／%
汰渍（Tide）	洗涤能力强，去污彻底	31.1
奇尔（Cheer）	强劲的洗涤能力和护色能力	8.2
波德（Bold）	洗涤剂加织物柔软剂	2.9
格尼（Gain）	阳光一样清新的除味配方	2.6
时代（Era）	污渍处理，能有效去除污渍	2.2
达诗（Dash）	价值品牌	1.8
奥克多（Oxydol）	含有漂白剂配方，能有效漂白	1.4
梭罗（Solo）	洗涤剂与织物柔软剂的液体配方	1.2
卓夫特（Dreft）	婴儿衣物的杰出洗涤剂，并能保护柔嫩肌肤	1.0
象牙雪（Ivory Snow）	适合洗涤婴儿衣物和精细衣物，保护纤维和皮肤	0.7
碧浪（Ariel）	洗涤能力强，以西班牙语人为目标市场	0.1

6.3.2 市场定位的策略

1. 市场定位的原则

如果企业自身具备若干个潜在的差异性竞争优势，在这种情况下，企业应如何作出选择？是选择其中的一种差异性优势，还是选择若干种差异性优势作为市场定位战略的价值主张策略？从实践操作的角度来看,许多营销商认为企业针对目标市场着力宣传一种利益、一种价值、一种形象,即"USP"策略。

公司应为每一个产品确定一个特点,并使它成为这一特点中的"第一名",特别是在一个信息泛滥的社会中更显得重要。那么,这种"第一名"的品牌具有什么特点呢？表 6-5 列出了在实践中广泛使用的这些特点。企业若着重围绕其中的一个特点进行坚持不懈的传播活动,就很可能声名远扬,被消费者所喜爱和牢记。

表 6-5　定位方式

定位选择	含　义	定位选择	含　义
• 市场份额领先者	最大的规模	• 关系领先者	最致力于顾客的成功
• 质量领先者	最好或可信的产品或服务	• 特权领先者	最具排斥性
• 服务领先者	最迅捷地为顾客解难	• 知识领先者	最好的功能和技术
• 技术领先者	最早开发新技术	• 全球领先者	在国际市场上占据最佳位置
• 创新领先者	在技术应用上最具创造性	• 折扣领先者	最低价格
• 灵活领先者	最具适应性	• 价值领先者	最好的价格/性能比

这样一来,企业在进行产品定位时,必须尽可能地使产品具有十分显著的特色,以最大限度地唤起顾客的需求和激发消费者的购买欲望。通常,评价产品差异化因素(或属性)和市场定位策略时,有以下几个标准可供选择。

(1) 重要性,即产品差异体现出的需求对顾客来说是极为重要的。换句话讲,就是该产品的差异向众多购买者提供高度价值的利益。

(2) 显著性,即企业产品同竞争对手的产品之间有明显的差别和与众不同。

(3) 独占性,即产品差异很难被竞争对手模仿。

(4) 优越性,企业要取得同等利益,该差异比其他方法都要优越。

(5) 沟通性,即这种产品差异能够很容易地为顾客认识、理解和认同。

(6) 可支付性,即目标顾客认为因产品差异而付出的额外花费是值得的,从而愿意并有能力购买这种差异化的产品。

(7) 赢利性,即企业能够通过实行产品差异化而获得更高的利润。

2. 市场定位的策略

定位方法有很多种,营销人员应依据产品的特色与优点、组织拥有的资源、目标市场的反应和竞争者的定位等因素,选择一个有效的定位方法。包维(C. Bovee)等人归纳出以下七种定位方法:①产品差异;②产品利益;③产品使用者;④产品用途;⑤对抗竞争者;⑥对抗整个产品类别;⑦结合。

(1) 以产品差异定位。最有力的定位方法之一是依据本身产品拥有而竞争者产品没有的某些产品独有功能或特性或特色的组合来对产品进行定位。产品差异须是真正的差异,同时对顾客而言是有意义的。譬如,大使馆套房旅馆(Embassy Suites Hotels)将其旅馆定位为以一般旅馆单一房间的价格提供两个房间的套房;两个房间的套房就是使该旅馆不同于其竞争者的重要特色。

(2) 以产品利益定位。以产品利益定位的方法是先找出对顾客有意义的一种产品属性或利益,然后以此属性或利益来定位。譬如,Campbell Soup 公司将其 Home Cookin 罐装汤定位为可立即食用、无防腐剂；此定位迎合两种需要——便利和健康。又如，乐华彩电宣传其为消费者带来健康的利益。

宝洁公司将其海飞丝洗发精定位为"治疗头皮屑的专家"（广告强调"使用海飞丝是您告别头皮屑的开始"），也是以利益定位。较低的价格是定位中常用的一种利益；例如，预算美食家（Budget Gourmet）将其冷冻餐定位为以低价供应的美食家式的餐点。

（3）以产品使用者定位。在广告中明确指出目标市场也可以是为某一产品定位的好办法。譬如，克莱斯勒汽车公司（Chrysler）在1992年推出的鹰眼汽车就以"不是为一般人设计的汽车"为其广告主题。因为广告强调鹰眼不是为一般人设计的，因此购买鹰眼的人会感到自己是与众不同的。百事可乐（PepsiCo）将其可乐定位为"新生代的选择"，也是以产品的使用者来定位。强生公司将它的婴儿洗发露（Baby Shampoo）扩展定位到成年人使用的一种柔和洗发露，结果使得这种洗发露的市场占有率从3％提高到14％。

（4）以产品用途定位。产品的用途也可提供定位的机会。譬如，Arm & Hammer数十年来持续将其烘烤用苏打定位为冰箱除臭剂、牙膏替代品及其他多种用途，因而能长保市场地位。通用食品（General Foods）将其形状如小甜饼的Jell-O水果冻定位为一种假日零食，即是以产品用途来定位。

（5）以对抗竞争者定位。有时候将自己和一家知名的竞争者相比较，并说明自己比竞争者好，也是进入潜在顾客心目中的最有效方法。譬如，1993年AlfaRomeo在一项广告中强调它的164S型号车就像是一辆BMW，但比BMW的525i更好操作；美国艾维斯租车（Avis）针对最大的租车公司赫兹公司（Hertz），提出"老二主义（No.2ism）"的定位（广告强调"当你只是老二时，你更加卖力"），也是以对抗竞争者来定位的成功实例。

（6）以对抗整个产品类别定位。营销人员有时会发现他们在和整个产品类别相竞争，特别是当他们的产品可用来帮助顾客解决某一问题，而对此问题顾客仍习惯用其他产品类别来解决时。

（7）以结合定位。以结合定位的方法是将自己的产品和其他实体相结合，希望那个实体的某些正面形象会转移到产品身上。譬如，有的产品叫做"凯迪拉克"（Cadilac）什么，就是意图以结合来为其产品定位。

3. 重定位

定位一旦确定之后，并非一成不变。营销人员有时必须为产品、商店或组织本身进行重新定位（repositioning），以改变产品、商店或组织本身在顾客心目中的形象或地位。重新定位常常是扩大潜在市场的良好策略。譬如，Kran公司的Cheez Whiz牌干酪曾一度因销售量大幅减少而准备撤出市场，后来Kran的营销人员将其复位为一种快速、方便、微波炉可处理的干酪酱，结果又使Cheez Whiz的销售量大幅回升。产品重新定位也曾使Nutra Sweet公司的Equal牌甜味剂的销路好转；Equal原先被定位为一种好味道的非糖精甜味剂，和竞争品牌Sweet'N Low相比较，Equal主要被认为是泡咖啡和泡茶时使用的一种有营养的甜味剂；后来，为了迎合较大市场的需要，Nutra Sweet公司的营销人员将Equal重新定位，强调它可作为其他食物中糖的替代品；为了支持重新定位，该公司把Equal的包装都改变了。

4. 市场定位传播

当一家公司已经选定了它的市场定位优势，这家公司就必须采取强有力的措施向目标市场的顾客传播其所选择的定位利益。公司的营销组合必须配合这一定位策略。例如,一家公司对其产品的市场定位是高质量的,这家公司就应做到:它所生产的产品必须是高质量的,制定的价格也必须是高位的,同时通过高档次的分销商来分销这些产品,通过高品位的宣传媒体来对产品进行推介,而且必须雇用或培训较多的服务人员,选择有良好服务声誉和地位的零售商,来推销它的产品。

在实际操作中,管理人员经常发现提出一种好的定位策略远比在市场上实现这种策略容易得多。因为公司所制定的定位策略要使消费者准确地接受和理解,需要付出艰苦的努力。而且由于人们知觉上的差异,往往使得公司付出艰辛工作所表达的定位利益最终在消费者脑海里形成的结果出现偏差。实施一种定位或改变一种定位通常需要花费相当长的时间。相反,花了好多年建立起来的一种理想的定位,必须通过一贯的表现和不断的宣传来维护这种定位。另外,企业必须密切关注顾客需要的变化来适当地调整产品定位,也就是说,产品的定位要适应不断变化的外部市场环境而作出适当的变化。当然,在调整过程中,企业应该避免产生混乱的定位变革。

6.3.3 市场定位的步骤

从简单化操作的角度来看,一般认为,市场定位基本上有以下四个步骤。

1. 以产品的特征为变量勾画出目标市场的结构图

产品的特征有:价格(高与低)、质量(优与劣)、规格(大与小)、功能(多与少)等。用两个不同的变量指标组合便可以画出多个平面图,如图6-11(a)和图6-11(b)所示。

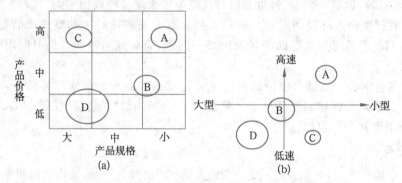

图 6-11　按价格和规格指标确定的目标市场定位图

图6-11(a)是产品的价格和规格组合成的平面图,假定这一产品是某种牌号的电冰箱。图6-11(b)是根据不同的规格型号(规格和速度)组合成的平面图,假定这一产品是某种摩托车。

前者有九个小区,后者分四个小区。事实上,根据需要,使用不同的产品特征组合,可以画出多种平面图。

2. 大致描绘出目标市场目前的竞争状况

企业选中的目标市场可能是无人涉足的新市场,但在更多情况下目标市场内已经是竞争对手林立。目标市场定位的第二步就是要在调查、分析的基础上,将现有的竞争状况反映到目标市场平面图上,以便进行图上的比较,见图6-11(a)和图6-11(b)。图中 A、B、C、D 四个圆圈分别代表目标市场已有的四个竞争者,圆圈面积的大小表示各个竞争者销售额的大小,圆圈的位置则表明各个竞争对手在目标市场上的实际区位。以图 6-11(b)为例,竞争者 A、B、C、D 分别营销小型高速摩托车、中型中速摩托车、大中型低速摩托车和中小型低速摩托车。其中竞争者 D 的规模最大,竞争者 C 的规模最小。通过第二阶段的工作,目标市场的整个竞争态势便一目了然。当然,在实践中,企业选定的目标市场内竞争对手会很多,竞争结构将更为复杂,因而在实际操作中应将竞争状况尽可能描绘得详尽一些。我们这里举的例子十分简单,但已经足够说明问题。

3. 分析各种可能的方案并进行初步的定位

剪一块图纸板,在目标市场平面图的各个位置上试放,看看可以有几种旋转方案,哪种旋转方案比较可行和理想。经过分析研究之后,便可初步确定企业产品在目标市场上的位置。目标市场的初步定位应该被看做是企业的一项重大决策,方案必须通过企业各有关部门的详细论证,最后由企业最高管理层拍板定案。

4. 正式市场定位

一般情况下,目标市场的初步定位很可能就是正式定位了。市场定位是否正确,往往会影响到产品在目标市场竞争中的兴衰成败,一着不慎全盘皆输的现象也并不少见。因此,在初步定位完成后,为了谨慎起见还可以做一些内外调查,以至进行小量的试销。通过调研分析,如果发现初步定位存在偏差,应立即着手修正并进行二次定位。重新定位一般能做到基本正确。至此,目标市场定位工作最终完成。需要指出的是,随着目标市场供求状况的不断变化,企业的产品在目标市场上的定位将不断得以调整。

复习思考题

1. 什么是市场细分?为什么要进行市场细分?
2. 市场细分有哪些标准和原则?
3. 什么是无差异营销策略、差异性营销策略和密集性营销策略?这三种目标市场策略各有何优缺点?
4. 企业如何决定采取某种目标市场策略?
5. 什么是市场定位?定位策略有哪些?市场定位的重要性表现在哪些方面?
6. 市场定位的步骤有哪些?

第 7 章

产品策略

产品是企业营销组合策略中的重要因素。产品策略直接影响和决定着其他营销组合因素的决策。企业的营销目标是否得以实现,能否为目标消费者创造卓越消费价值,交换活动能否得以顺利完成,最终取决于产品能否为消费者或客户所接受和喜爱。因此,设计、生产出一种能切实满足消费者需求并具有竞争力的产品成了企业营销活动的关键。

7.1 产品

7.1.1 产品的概念

对产品概念的解释,有狭义和广义之分。狭义的产品概念是指传统意义上的解释,它仅局限在产品的特定物质形态和具体用途上,这不是现代营销学意义上的产品概念;广义的产品概念是现代营销学上的定义,它被归结为满足人类的需要和欲望、实现企业营销目标的一切东西,这便是现代营销学意义上的产品的概念。这样,广义的产品概念所包含的内容大大扩充了:产品是指营销商提供的能满足消费者或客户某种需求的任何有形物品和无形服务,或解决购买者存在问题的一整套解决方案。有形产品主要包括产品实体及其品质、特色(如色泽、味道等)、式样、品牌和包装;无形服务包括可以给买主带来附加利益和心理上的满足感及信任感的售后服务、保证、产品形象、销售者声誉等。

营销学上"产品"的定义,指明了产品具有三个主要的性质:①产品是用来满足需要和欲望的,也即通常所说的作为产品的物具有的使用价值。②产品是指提供到市场,即用来进行交换的东西。因此,营销学所说的产品,往往是和商品这一概念在同义上使用。③产品有多种存在形式。产品不仅仅是一个有形物,如飞机、汽车、电视机等。其实,像理发,是一种服务(无形的);公园、电影院等是一个场所;咨询,给人们的是一个主意;学校和某种人员的训练机构,提供的是知识和技能的培养,这些都是产品。

7.1.2 产品的层次性

在营销学中,产品是有层次的。著名的营销学者科特勒把产品划分为五个层次,每个层

次都能为顾客增加消费价值,这五个层次也相应的构成了顾客的消费价值层级,如图 7-1
所示。

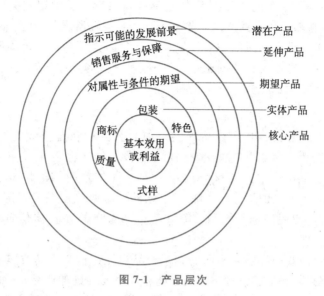

图 7-1　产品层次

1. 核心产品

核心产品是产品最基本的层次,核心产品是顾客购买时所真正需要的效用和利益。有些企业以很明确的广告口号标示出其核心产品:某减肥中心宣称"上帝创造女人,我们雕琢女人";蜜斯佛陀公司(Max Factor)宣称"上帝给你第一张脸,蜜斯佛陀给你第二张脸"。

其实,每一种产品都是在帮助顾客解决问题,妇女购买露华浓(Revlon)的唇膏,不只是在买嘴唇的颜色,正如露华浓公司的雷天森(Charles Revson)所说的:"在工厂,我们制造化妆品;在商店,我们销售希望。"美国哈佛大学的莱维特(Theodore Levitt)教授曾指出:"采购代理商买的不是四分之一英寸的钻孔机,他们买的是四分之一英寸的洞。"营销人员的任务是要挖掘隐藏在产品背后的真正需要;厂商卖给顾客的是产品带给他们的利益(benefits),而不只是产品的功能或特色(feature)。捷安特卖的是休闲和运动的器材、大孩子的玩具,而不只是自行车;永久牌、飞鸽牌卖的自行车则是运输的工具。由于对核心产品的界定不同,营销组合策略(如广告、渠道结构等)也不相同。因此,捷安特自行车要成立专门店、组织自行车俱乐部并赞助自行车旅游活动;而永久牌、飞鸽牌自行车则无须做此规划。

2. 实体产品

产品规划人员必须把核心产品转变成一种有形的东西,以便卖给顾客,这个层次的产品称为实体产品。实体产品是对某一需求的特定满足形式。产品的基本效用必须通过特定的形式才能实现,营销商应努力寻求更加完善的外在形式以满足顾客的需要。自行车、唇膏、电脑、"百花奖"候选人、音乐会等均属实际产品。实际产品可能会有五种特征:品质水准、功能特色、设计(design)、品牌名称(brand name)及包装。

3. 期望产品

期望产品是指购买者在购买该产品时期望得到的与产品密切相关的一整套属性和条件。旅馆的消费者在购买住宿的产品时除了得到休息的场所之外,还期望得到清洁的床位、洗漱用品、干净消毒的浴巾、台灯、安静环境等条件。因为大多数旅馆均能满足旅客这些一般期望,所以旅客在选择档次相同的旅馆时,一般不是选择哪家旅馆能提供期望产品,而是根据哪家旅馆就近和方便而定。

4. 延伸产品

产品开发必须依据核心和实体品提供附加的服务和利益给顾客开发出一种延伸产品。IBM 成功的很大原因在于它能很有技巧地从实体产品身上发展出延伸产品,当其他电脑公司忙于向潜在买主说明该公司产品的功能特色时,IBM 公司已注意到顾客要买的是解决问题的服务,而非电脑硬件。电脑客户需要电脑使用说明、软件程序、程序设计、快速服务以及使用保证等,因此 IBM 营销的重点放在整体信息系统上,而非只是实际产品的电脑硬件。

企业的竞争环境越来越激烈,不同的竞争产品可能在核心产品或实际产品的层次上都有相似的地方。但是如果能够设计出更切合购买者需要的延伸产品,正如 IBM 将营销重点放在整体信息系统而非有形的电脑硬件上一样,将有助于企业从激烈的竞争中脱颖而出。正如李维特教授所说的:"新的竞争并不是公司在它们的工厂生产出来的产品之间的竞争,而是公司在它们的工厂生产出来的产品上加入包装、服务、广告、咨询、财务融资、送货安装、仓储和人们认为有价值的其他事物之间的竞争。"能够开发出合适的延伸产品,将大大有助于取得市场上的竞争优势。

5. 潜在产品

潜在产品是指包括所有附加在内的现有产品可能发展成为未来最终产品的潜在状态的产品。潜在产品指出了现有产品的可能的演变趋势和前景。例如,彩色电视机可发展成为录放机、电脑终端机等。

7.1.3 产品的分类

在营销活动中,需要根据产品的不同特点进行相应的分类,以便营销商制订正确的营销策略。产品依据销售的目标对象(购买者的身份)大致被分成两大类。

1. 消费品

凡是为家庭和个人的消费需要而进行购买和使用的产品或服务都是消费品。消费品是最终产品,它是社会生产的目的所在。如对消费品进一步分类,从不同的角度出发,可以有多种分类。比如,从产品的耐用程度来划分,可以分成耐用品和非耐用品;从产品的价格来划分,可以分成低档品、中档品、高档品;从产品的性质来划分,则可以分成纺织品、食品、家电产品等。但是,营销学把消费品分成四种类型,这四种类型是根据消费者在购买产品时的购买行为特征来划分的。营销的核心是消费者,企业的一切经济活动都要以消费者的需求为前提。因此,以消费者的购买行为特征来划分产品的类型是符合现代营销观念的。

（1）方便品。这是指价格低廉，消耗快，消费者要经常购买的产品。消费者在购买此类产品时的购买特征是：花的时间越少越好，消费者对这些产品几乎不作任何比较，希望就近、即刻买到。比如，顾客购买一卷卫生纸或一盒火柴，一般不会去进行"货比三家"的。方便品可进一步分为：①日用品，指与日常生活有关的，经常购买的产品；②冲动品，指消费者没有计划和专门寻找，而是听到或看到了而购买的产品，如旅游地的小旅游纪念品，书报零售摊的某些杂志、报纸、书刊等；③应急品，指消费者有紧急的需求，要立即购买的产品，如身体突然不适而购买的药品，下雨天未带雨具而购买的雨伞以及肚子饥饿时购买的方便快餐食品等。对方便品来说，适当的营销策略是营销商要广设分销网点，特别是把网点延伸到居民住宅区附近就显得特别重要。此外，营销商还需要对方便品经常作提醒性的广告，以培养消费者的品牌偏好，或是增加消费者对营销品牌的熟悉程度，因为消费者为求购买的方便，往往是选择其所熟悉的品牌购买，这显然要比选择一个生疏的品牌购买省力得多。

（2）选购品。选购品是指消费者愿意花费比较多的时间去购买的单价较高的产品。在购买之前，消费者要进行反复比较，比较注重产品的品牌与产品的特色。选购品占产品的大多数，价格一般也要高于方便品。消费者往往对选购品缺乏专门的知识，所以在购买上花费的时间也就比较长。服装、皮鞋、家具、家电产品等是典型的选购品。

选购品进一步可分为两种：一种是同质品，指消费者认为在有关的产品属性上，如质量、外观等方面没有什么差别的产品。这类产品对消费者来说，之所以有选购的必要，是因为消费者认为通过自己的"市场购买努力"，可得到价格最低的产品。所以，对这类产品的选购，实际上是消费者进行的"价格寻租"活动。对同质品，营销商往往可利用价格作为有效的营销传播工具，以最大限度满足消费者实现"最合算"购买的要求。

另一种是异质品，即消费者认为在有关的产品属性上具有差别的产品。比如服装，不同的消费者会对不同的式样各有其喜好。异质品对于消费者来说，产品的差异比产品的价格显得更为重要。同样质料的服装，消费者可能买了价格昂贵的而没挑选价格便宜的，往往是由于他/她喜欢该服装的样式。经营异质品的营销者，一般需要更重视产品的花色品种，更重视产品的特色和质量，以满足消费者选购产品时所重点关心的或注意的因素。营销者对选购产品提供的售中售后服务，应比方便品更多些。

（3）特殊品。特殊品是指那些具有独特的品质特色或独有著名商标的产品，消费者注重这类产品的商标与声誉，而不注重它的价格，在购买时，愿意努力去搜寻。像皮尔·卡丹西服、人头马、白兰地、茅台酒等即属此类产品。特殊品对于消费者来说并不涉及产品的比较问题。一般消费者在购买活动中所做的购买努力，往往在于想要购买到正宗真实的产品，因此需要花时间对产品进行"确认"，以便能够有效地对产品"验明正身"。

（4）非寻求产品。非寻求产品是指消费者没有听说，或听说了也没有购买兴趣的产品。最为典型的是殡葬用品。企业如果经销的是为消费者所没见过或完全不了解其作（功）用的产品，仅凭一般的广告说服，是难以销售的。非寻求产品，往往要由营销者刺激出市场需求来，也就是说，需要由营销商作出大量的推销努力，使消费者了解该产品，熟悉该产品，进而产生消费欲望。

表 7-1 归纳了消费品的营销变量。

表 7-1　消费品的营销变量

消费品类型 营销变量	方便品	选购品	特殊品	非寻求产品
消费者的购买习惯	经常购买,极少计划,极少费心比较选购,低投入	购买次数少,费心计划和选购,就各品牌的价格、质量、款式进行比较	强的品牌偏好和忠诚,特别的购买努力,极少作品牌比较,价格敏感性低	产品知晓和认识程度低,或即使知晓也没什么兴趣(或负面的兴趣)
价格	低价	较高价格	高价	高低不一
分销	广泛的分销 便利的地点	选择性分销 零售店较少	独家分销,每个市场地区只有一家或少数零售店	方式不一
营销传播	由制造商进行大量广告和市场推广	由制造商和中间商进行广告和人员销售	由制造商和中间商针对慎重选择的市场进行推广	由制造商和中间商进行攻击性广告和人员销售
实例	牙膏、肥皂、洗衣粉	电视机、计算机、家具	奢侈品	寿衣

2. 工业品

工业品是指被用作再生产或实现再生产的产品。工业品是为了得到最终产品而购买和消费的,所以,工业品又是中间产品。麦卡锡(E. J. Mocarthy)根据产品进入再生产过程的重要性程度,把它分成四大类。

(1)原材料和零部件。原材料和零部件是指最终要完全转化到生产者所生产的成品中去的产品。①原材料。原材料是指农、林、渔、畜、矿产等部门提供的初级产品,是任何一件制成品的基础。如粮食、羊毛、牛奶、石油、原木、铜矿石等。这类产品的销售一般都由国家的专门分销渠道来进行,如产品交易市场等,按照标准价格来成交,并且往往要订立长期的销售合同。②零部件和半成品。零部件是被用来进行整件组装的制成品,如汽车的电瓶、轮胎;服装上的花边、纽扣;电视机上的显像管、扬声器等。这些产品在不改变其原来形态的情况下可以直接成为最终产品的一个组成部分。半成品是经过加工处理的原材料,被用来再次加工,因此它通过改变原来的物理形态而成为最终产品的一部分,如钢板、钢材、水泥、白坯布、面粉等即是此类。

(2)生产设备。生产设备是指直接参与生产过程的生产资料,可以分为两大类:①装备设备。由建筑物、地权及固定设备所组成。建筑物主要是指生产厂房、办公楼、仓库等;地权是指矿山开采权、森林采伐权、土地耕种权及土地使用权等;固定设备是指发动机、锅炉、机床、电子计算机、生产流水线等主要生产设备。②附属设备。是指金额比装备设备小、耐用期也短的非主要生产设备,如各种工具、夹具、模具、文件夹、传真机等。用户对此类产品的通用化、标准化的要求比较高,一般经由中间商来购买。

(3)供应品。供应品是指不直接参与生产过程,而是为生产过程的顺利进行提供帮助,相当于消费品中的方便品。供应品一般又可以分成两类:①作业用品。此类产品易耗、使用量大，要经常购买，如打字纸、复印纸、铅笔、墨水、机器润滑油等。②维修用品，也属易耗品，但使用量比作业用品相对要小，主要如扫除用具、油漆、铁钉、螺栓、螺帽等。

供应品大部分是标准产品，消费量也大，用户的分布比较分散，所以企业往往通过中间商购买。用户对此类产品一般无特殊的品牌偏好，价格与服务是用户在购买时的主要考虑因素。

(4) 商务服务。商务服务是指有助于生产过程的顺利进行，使作业简易化的专门服务。主要包括维修服务和咨询服务，前者如清洁、修理、保养等，后者主要是管理咨询、业务咨询、法律咨询、财务咨询等。

商务服务一般由专门的企业提供，服务的质量与价格是购买者考虑的主要因素。

7.1.4 产品组合

1. 产品组合的概念

(1) 产品组合

产品组合是指一个营销商所营销的全部产品的结构。它包括所有的产品线和产品项目。图7-2是假设的某家用电器公司的产品组合示意图。

广(宽)度

长度

电视机	洗衣机	电冰箱	空调机
37厘米	单缸洗衣机	103升电冰箱	窗式空调机
47厘米	双缸洗衣机	165升电冰箱	分体空调机
54厘米	滚筒洗衣机	185升电冰箱	柜式空调机
64厘米		230升电冰箱	
74厘米		280升电冰箱	
84厘米			

图7-2 某家用电器公司的产品组合示意图

(2) 产品线

产品线是指与企业营销的产品核心内容相同的一组密切相关的产品，也叫产品大类或产品系列。密切相关是指产品都是针对具有同质需求的顾客，通过同种渠道被销售出去。例如，一家电器公司生产电视机、洗衣机、电冰箱、空调器，这些组成了这家企业的四条产品线，每一条产品线中的产品的核心内容是相同的。

(3) 产品项目

产品项目是构成产品组合和产品线的最小产品单位。它是指在某些产品属性上能够加以区别的最小产品单位。如电视机可以通过屏幕尺寸加以区别；电冰箱可以通过容积加以区别。所以，“47厘米的电视机”和“103升的电冰箱”就可以分别是家用电器生产厂的电视机产品线和电冰箱产品线中的一个产品项目。

(4) 产品组合的测量尺度

产品组合，通常需要对它进行度量，以掌握其特征。产品组合用以下尺度测量。

① 广度(宽度)。产品组合的广度是指其中所包含的产品线的数目，即在产品组合中包括有多少条产品线。企业的产品组合中包括的产品线越多，其产品组合的广度就

越宽。

② 长度。产品组合的长度是指产品组合中产品项目的总和,即所有产品线中的产品项目相加之和。图7-2中的某公司产品组合有:电视机产品线有6个项目;洗衣机产品线有3个项目;电冰箱产品线有5个项目;空调器产品线有3个项目。这家公司的产品组合长度就是:6+3+5+3=17(个)。

③ 关联度。产品组合的关联度是指各个产品线在最终用途方面、生产技术方面、分销方面以及其他方面的相互关联程度。最终用途是指各个产品线的产品所提供的使用价值,也就是产品的核心内容。生产技术则是指产品的生产、工艺流程、加工技术等。分销方面是指产品的分销渠道、仓储运输、市场推广等。

产品组合的相关度与企业开展多角化经营有密切关系。相关度大的产品组合有利于企业的经营管理,容易取得好的经济效益。反之,则对企业的要求高,经营管理难度大。

2. 产品线分析

进行产品组合的决策,首先需要对现有的产品组合中的产品线进行分析,以明确哪些产品线需要加长,哪些产品线需要维持现状,哪些产品线需要削减。

（1）分析产品线的销售量和利润

分析产品线的销售量和利润,重要的是将产品线上每一个项目对总销售量与利润的贡献程度进行确定。一般可以通过计算每一个项目占产品线的销售额与利润额的百分比来分析。对于企业来说,要重点经营利润比重大的产品项目,对于利润比重很小的产品项目可以不作为经营的重点。但若产品线的利润过于集中于少数几个项目中,可能意味着这条产品线的弹性较差,如果遇到强有力的竞争对手的挑战,往往会受到很大的影响。因此,企业要尽可能地把利润分散到多个项目中去。

（2）产品项目定位分析

产品项目定位是指确定本企业的产品项目与竞争对手的产品项目在市场竞争中的位置。一般可以通过产品项目定位图来分析,如图7-3所示。

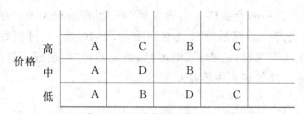

图7-3　产品项目定位图

产品项目定位图的作用有两个:一是了解竞争对手的产品项目与自己企业的产品项目的竞争状况。比如竞争对手A、D就与自己企业的项目竞争激烈。二是为新的产品项目定位提供帮助。在此图中,230升中价档空缺,企业可考虑开发此档产品。

（3）产品线长度的调整

① 增加产品线的长度。增加产品线的长度应视生产的变化和竞争状况、资金的合理利

用、生产技术的充分发挥等综合考虑。

A. 增加产品线长度的理由如下。

a. 增加及稳定企业的收益：

● 避免季节上的波动；

● 避免周期性的波动；

● 减少需求衰退的危险；

● 降低成本及总体管理费用。

b. 有效地利用企业的经营资源：

● 灵活并充分利用技术部门的偶然或有意识的发明；

● 充分利用过剩的生产能力；

● 填补被遗漏的市场需求；

● 充分发挥企业拥有的独特技术；

● 合理利用副产品；

● 充分发掘现有的人力资源。

c. 提高营销效果：

● 吸引新的分销渠道及提高现有渠道经销产品的积极性；

● 满足顾客需求及增加商标的价值；

● 通过销售额的增加使销售费用率下降,实现规模经济。

B. 增加产品线长度的方法如下。

a. 增加一种产品的规格。这时往往以不改变产品的品质及价格为最常见。如为了满足某些运动员体大身壮的需要,增加大尺寸的衣物的生产。

b. 增加同一种产品的价格档次。这是小汽车、钢琴、金笔等产品经常使用的方法,即拉开产品的档次。

c. 向产品项目定位图中的空档发展。增加项目数可以通过发掘尚未被满足的那一部分需求来进行。由于不存在竞争对手,抢先占领市场的可能性较大。

d. 向产品项目定位图中的薄弱环节扩展。寻找竞争对手不稳定的产品,然后对症下药,开发新的产品。

② 缩短产品线的长度。有时候,缩短产品线的长度反而会使产品线的总利润上升,这是因为削减了占利润比重很小的项目可以节约成本,集中优势发展占利润比重大的项目。

削减产品线的产品项目主要针对以下两种项目：

● 削减利润很低或者即将亏损的项目。这是为了集中精力经营好利润比重高的品种。

● 削减竞争中处于劣势的产品项目。这是因为发现竞争对手在相同的项目中占有很大的优势,而本企业的项目不断地走下坡路,并且无法通过努力与之抗衡,这样可以避免无益的投入。

（4）产品线的更新

尽管产品线的长度合适,但企业有时仍会发现其现在所经营的产品线的赢利在不断降低,销售量在不断减少,这说明该产品线已经老化,其中所包含的各产品项目在功能、式样、技术等方面可能比竞争对手的要差。因此,需要进行产品线的更新。

产品线更新方式可采用逐步更新和一步更新两种形式。

7.2 新产品开发策略

产品同任何事物一样,都具有一定的生命周期,会从投入期经过成长期和成熟期,最后走向衰退期,加之科学技术在日新月异的发展进步和消费者需求的不断变化,企业不能只埋头经营现有产品,而要未雨绸缪,着眼于未来。当企业的某些产品进入衰退期,企业必须采取适当措施,进行新产品开发,用新产品代替行将衰退的老产品。另外,企业不断进行新产品开发也是引导消费、提高社会福利和赢得市场竞争优势的需要。科特勒说:"营销计划的主要任务之一就是不断发展新产品创意,并成功地实现它们。"

7.2.1 新产品的概念

营销学中的新产品并不完全是指新发明创造的产品。比如某一公司把现有产品略加改进,贴上自己的品牌,投入现有的市场也称为新产品;在现有的产品系列中增加新的品种,也被认为是新产品;将国外市场上很流行的产品引进投放到国内市场上,在营销学上也属于新产品的范畴。可见,营销学中新产品的范围要比科技上所讲的新产品的范围宽泛得多。

显然,营销学中的新产品可以从市场和企业两个角度来判断。也就是说,对某市场来讲是第一次出现的产品可以称为新产品;对某企业而言,第一次营销的产品也叫新产品。根据这两个标准,可以把新产品分为以下四类。

1. 全新产品

全新产品一般是指新发明创造的产品,是用新产品开拓新市场。全新产品一般是由于科学技术的进步,或者为满足市场上出现的新的需求而发明的产品。这种产品无论对企业或对市场来讲都属新产品。如汽车、飞机、电视机、互联网、计算机、移动电话、MP3等第一次投放市场时都属于全新产品。全新产品的发明难度很大,不仅需要大量资金、先进的技术,而且市场风险也比较大。调查表明,全新产品在新产品中只占10%左右。

2. 新产品大类

新产品大类在市场上已经出现,但对企业来讲属最新产品。它一般是通过引进或模仿别人的技术,并稍加改进,打上自己的品牌,创出本企业的系列产品。例如,一家公司引进3G移动电话生产线开始制造、销售各种型号的3G手机,这些3G手机就属于该类型的新产品。开发这种新产品不需要太多的资金和尖端的技术,因此,比起全新产品来要容易得多。新产品大类在全部新产品中的比重比较大,一般为20%左右。

3. 重新定位的新产品

重新定位是指企业把现有产品投入到新的市场部分。这种产品对企业来讲是老产品,但在某市场上属新产品。我们知道,市场可以按照多种标准划分为若干市场部分,任何一个企业都不可能满足全部市场的需求,它必须选择自己的目标市场。当该企业的产品在现有目标市场上达到饱和时,就可以进入新的细分市场。重新定位要求企业对新的目标市场作认真彻底的调查研究,论证重新定位的可行性,并要考虑到重新定位后,企业在原目标市场上的占有率是否下降。属于重新定位的新产品在全部新产品中占 7%。

4. 中间类型的新产品

中间类型的新产品无论对市场还是对企业而言都属于新产品,但又不是最新产品。这种新产品所占的比重最大,达 63%。具体来说有三类:①增加现有的产品大类,即在原来的产品大类中开发新的品种、品牌、规格、花色等,这些产品与原产品大类中的产品差别不大,所需要的开发投资和技术也比较少。在全部新产品中,有 26% 属于此类。不过,这类新产品也易被竞争对手模仿,竞争比较激烈。②改进或改变现有产品,即利用新的科学技术,对原有产品进行改进,使消费者得到更多的利益满足,或者只是对现有产品的款式、包装等作改变,以适应不同消费者的需求偏好。这些产品与原有产品十分接近,便于在市场上普及,有利于消费者快速接受。缺点仍然是容易被模仿,竞争激烈。这类产品在全部新产品中所占的比重也是 26%。③降低成本,即利用新的科学技术,改进原有产品的原料配方和生产工艺,或者提高生产效率,削减原有产品的成本,降低价格,并保持原有功能不变。这类新产品的比重为 11%。随着科学技术的进步、企业管理水平的提高和经验的积累,这类新产品的比重将不断增加。

总之,对某企业或某个细分市场而言,一切新投产或新出现的产品,都属于新产品。

另外,美国学者菲利普·凯特拉奥根据新产品与消费者固有消费模式的差异程度,将新产品分为以下四类。

(1) 相合性新产品。该产品与某社会群固有的消费模式基本一致,消费者对其不存在陌生感,与原有产品相比较,只是在式样、质量、功能等方面略有变化。

(2) 连续性新产品。该产品与固有的消费模式差异程度不大,是对现有产品进行改进的结果。这种产品能更好地满足消费者的需求。如不断翻新的家具式样、电视机、DVD 机、手机、自行车等。

(3) 动态连续性新产品。该产品与固有的消费模式的差异程度较大,但没有要求建立新的消费模式。人们的生活环境总是处于不断变化之中,这种变化累计到一定程度就会要求人们改变固有的消费习惯。由于不同的消费者对这种变化的敏感性有较大差异,决定了消费者对这种新产品不同的态度。如电动剃须刀、冷冻食品等。

(4) 非连续性新产品。该产品提供了一种新的消费方式,它的诞生往往是由于科学技术的突破而使人类的某一种千百年来可望而不可即的需求最终得以实现。如移动电话、计算机、互联网等。

在上述四类新产品中,相合性新产品在竞争激烈的市场中频繁出现,消费者对之熟视无睹,甚至已不将此类归于新产品之列。连续性新产品不常出现,一旦发生,就意味着在一定的地域,乃至整个世界都会发生产业结构的大规模调整,能够率先把握住这一时机的国家必将获取丰厚的利润回报。在现实经济生活中起重要作用的是连续性新产品、动态连续性新产品。因为这两类新产品开发的难度远比非连续性新产品低,其经济利益却远比相合性新产品高。

7.2.2 新产品开发的过程

现代西方企业为了减少因开发新产品而承担的市场风险,日益重视对新产品开发程序

的研究工作。现代营销学认为,市场导向的新产品开发过程一般有八个阶段。

1. 寻求创意

新产品开发过程是以寻求创意开始的。所谓创意,就是开发新产品的设想。虽然并不是所有的设想或创意都能够变成产品,但寻求尽可能多的创意却可为开发新产品提供较多的机会。所以,现代企业都非常重视创意的激发。

企业在寻求创意时应当搞清:企业重点投资的领域是什么,应该发展到什么程度;开发新产品要达到的目的是什么,计划投入多少资金,要确保多高的市场占有率;在独创新产品、对老产品进行部分改进和仿制竞争的产品中,应向其中的各部门投入多大力量等。只有这样,才能减少创意的失败率。

新产品创意的主要来源:顾客、科学家、竞争对手、企业的销售人员和中间商、企业高层管理人员、市场调研公司、广告代理商、顾问咨询公司等。

西方企业经过多年实践,摸索出了一些寻求创意的方法,其中主要包括以下几种。

（1）产品属性列举法

产品属性列举法是指将现有某种产品属性一一列出,然后寻求改进每一种属性的方法,从而改良这种产品。一般的,企业可以按下面的问题寻求产品属性的改进方法,启发创意:

① 可否找到其他用途? 包括在别的领域使用和修改后做别的用途。

② 可否引申出别的创意? 包括类似的事物、平行联想、仿制等。

③ 能否对现有产品作一改变? 如换个角度来开发,改变一下产品的结构、颜色、形式、形状、气味、声音等。

④ 是否可以扩大现有产品中的某些特征? 如增加些什么,更大、更高、更长、更厚,附加些别的功能,再加入一些别的成分,多功能化等。

⑤ 能否缩小、减少些什么? 如更小、更紧凑、更低、更短、更轻、省略一些不必要的属性、分解等。

⑥ 可否替代? 如以别的成分、别的原料代替,改用别的程序、工艺、动力、地点、方法等。

⑦ 可否重新组合? 如零件互换、组件互换、改变结合方式、改变配料和序列等。

⑧ 能否倒置? 如正反互换、前后反转、上下颠倒、角色互换、改换底座、其他形式的倒置等。

⑨ 可否组合? 如把不同的属性结合在一起,同类属性的结合,创意的组合等。

（2）强行关系法

强行关系法是指列举若干不同的物体,然后考虑每一个物体与其他物体之间的关系,从中引发出更多的新创意。譬如,通过把沙发同床联系在一起,设计出沙发床。系统地考虑上面所列产品属性,在它们之间建立起联系,可引申出许多新的创意。

（3）顾客问题分析法

顾客问题分析法是从顾客所感受到的问题开始分析的。这种方法可以克服上述各种方法脱离市场需要的不足。第一步是向顾客调查他们使用某种产品时所发现的问题或值得改进的地方。第二步是对这些意见综合分析整理,转化为创意。例如,某烟草公司通过调查,发现消费者普遍反映该公司的香烟包装过于陈旧,该企业就可以根据这种意见,改进香烟的包装。

（4）开好主意会

开好主意会是指企业营销管理人员召集若干有关方面的人员和专家(一般以 6～10 人

为宜)一起座谈,寻求创意。企业管理人员在会前提出一些问题,让参加座谈会的人员事先考虑、准备,然后在座谈中交流各自的想法。座谈时要畅所欲言,争取得到尽可能多的创意。

(5) 群辩法

群辩法是指企业的营销管理人员挑选若干性格、专长各异的人员座谈,自由地交换看法,无拘无束地讨论,以发展新的构想,产生更多的好创意的方法。这种方法的优点是可以避免在没有得到充分的构想之前仓促下结论的弊端,而这恰恰是前几种方法所共有的不足。

不论采用什么方法,都必须加强诱导,而且要坚持这样四个原则:①不准批评。在座谈会上,对任何构想都不要批评或嘲讽;②鼓励自由联想,要敢于"离谱"——打破常规;③争取数量;④注意对创意的组合和改良。

2. 甄别创意

取得足够的创意之后,要对这些创意加以评估,研究其可行性,并挑选出可行性较高的创意,这就是甄别创意。甄别创意的目的就是淘汰那些不可行或可行性低的创意,使公司有限的资源集中于成功机会较大的创意上。

甄别创意时,一般要考虑两个因素:一是该创意是否与企业的战略目标相适应,表现为利润目标、销售额目标、销售增长目标、品牌形象和公司形象目标等几个方面。二是企业有无足够的能力开发这种创意。这些能力表现为资金能力、技术能力、人力资源、营销能力等。

3. 产品概念的发展与试验

经过甄别后保留下来的产品创意还要进一步发展成为产品概念。所谓产品概念,是指企业从消费者的角度对这种创意所作的详尽的描述。

一种产品创意可以引申出许多不同的产品概念。例如,一家奶品公司打算生产一种富有营养价值的奶品,这属于产品创意。在把这种创意发展成为产品概念的过程中,必须考虑目标消费者(老年、中年、青年、少年、婴幼儿)、产品所带来的益处(味道、营养价值、增强体力、方便)及使用环境(早餐、小食、午餐、晚餐、睡前)等因素。根据这三个方面的因素,可以组合出许多不同的产品概念。如老年人在早餐时饮用的营养价值高的奶品,青年人在小食时饮用的速溶奶粉,少年在晚餐时饮用的味道鲜美的奶等。企业对发展出来的这些产品概念要加以评价,从中选择最好的产品概念。评价标准是:对顾客的吸引力、销售力、销售量、收益率、生产能力等。选出最佳产品概念后还要分析它可能同哪些现有产品竞争,并据此进行产品定位。

确定最佳产品概念,选定产品和品牌的市场位置之后,就应当对产品概念进行试验。所谓产品概念试验,就是用文字、图画描述或者用实物将产品概念展示于一群目标顾客面前,观察他们的反应。一般的,通过产品概念试验要搞清这样几个问题:①产品概念的描述是否清楚易懂?②消费者能否明显发现该产品的突出优点?③在同类产品中,消费者是否偏爱本产品?④顾客购买这种产品的可能性有多大?⑤是否愿意放弃现有产品而购买这种新产品?⑥本产品是否能满足目标顾客的真正需要?⑦在产品的各种性能上,有什么可改进的地方?⑧购买该产品的频率是多少?⑨谁将购买这种产品?⑩目标顾客对该产品的价格作何反应?通过这些方面的了解,企业可以更好地选择和完善产品概念。

4. 拟出初步的营销战略报告书

开发出产品概念之后,企业的有关人员就要拟订一个将新产品投放市场的初步的营销

战略报告书。它由三部分组成。

第一部分是描述目标市场的规模、结构、行为、新产品在目标市场上的定位；期望在开始几年实现的销售额、市场占有率、利润目标等。

第二部分是略述新产品的计划价格、分销渠道策略以及第一年的营销预算。

第三部分阐述计划未来长期的销售额和目标利润以及不同时间的营销组合策略。

5. 市场综合分析

新产品开发过程的第五个阶段是进行市场综合分析。在这一阶段，企业的管理层要充分估测新产品将来的销售额、成本和利润，看看它们是否符合企业的战略目标。如果符合，就可以进行新产品开发。

销售额估测。企业的管理层在进行营业分析时，首先要估计该新产品的销售额有多少，能否达到企业的赢利目标。为此，就要对同类产品过去的销售情况以及目标市场的情况作深入考察，推算出最低和最高销售额。

成本和利润估测。在对新产品的长期销售额作出预测之后，可推算这期间的生产成本和利润情况。这需由研究与开发部门、生产部门、营销部门和财务部门共同讨论分析，估计成本，推算利润。

6. 进行产品开发

如果产品概念通过了营业分析，研究与开发部门及工程技术部门就可以把这种产品概念发展成产品，进入试制阶段。在这一阶段应搞清楚的问题是，产品概念能否变为技术上和商业上可行的产品。

技术方面的可行性论证是由工程技术部门来负责的，一般包括三个方面：外形设计分析；材料与加工分析；价值工程分析。商业方面的可行性分析由营销部门完成，它要解决的主要是包装设计、品牌设计以及产品的款式设计等方面的问题。

如果经过产品开发、试制出来的产品符合下列要求，就可以认为是成功的。①在消费者看来产品具备了产品概念中所列举的各项主要指标；②在一般用途和正常条件下，可以安全地发挥功能；③能在一定的生产成本范围内生产成品。

当样品制造出来以后，还必须进行严格的检验，它包括功能试验和消费者试验两个方面。功能试验在实验室或制造现场进行，主要是检查产品是否符合有关技术条件，是否符合国家、部颁、企业标准，工艺流程是否合理先进，零部件或成品的质量是否可靠等。消费者试验是请一些消费者试用这些样品，征求他们对样品的意见，包括产品的包装、品牌的设计等。

7. 市场试销

市场试销是指对新产品在有代表性的小型市场范围内进行小规模尝试性的实际销售活动。市场试销实际上是测度消费者对产品的反应。通过试销，一方面可以进一步改进新产品的品质；另一方面可以帮助企业制定新产品全面推向市场的营销组合方案。

市场试销的方法因产品的不同类别而不同。

（1）消费品试销

① 销售波动研究：先让消费者免费试用该新产品，再以低价提供该产品和竞争者的产品，实验3～5次，观察消费者购买该产品的次数和满意程度；

② 模拟商店：征求一批看过新产品电视广告的顾客进模拟商店购物，观察消费者中有

多少人购买新产品或竞争者的产品,并询问买与不买的原因;

③ 控制性试销:企业在某个地理位置选几个商店,并控制新产品的货架摆放、市场推广方式及定价等,通过销售结果进行分析;

④ 实验市场:选择少数城市作为实验市场,利用中间商推销,并有计划地做广告和市场推广活动,以观察销售结果。

(2) 工业品试销

由于样品成本昂贵,工业品试销不同于消费品,其试销目的在于了解产品在实际操纵时的性能、影响购买的主要因素和市场潜力。主要方法有:产品使用测试,即选择部分顾客试用新产品,并了解试用者的购买意愿;贸易展览会,即企业可以从众多的顾客中观察他们对新产品的兴趣、对性能的反应、购买的意愿和购买数量。

由于市场试销也要投入大量的资金,所以是否市场试销要判断试销费用与不试销带来损失额的大小,只有当不试销带来的损失大于试销费用时,企业才值得去进行试销。同时,也并不是任何产品都要进行市场试销。

8. 正式上市

经过市场试销,企业的管理层已经掌握了足够的信息资料来决定是否将这种新产品投放市场。如果决定投放市场,新产品就进入了商业化阶段,商业化阶段决策由四部分组成。

(1) 时机决策。新产品投入市场要选择适当的时机,季节性的产品要在旺季投放;替代性新产品要在旧产品销完时投放。

(2) 地点决策。企业根据市场潜力、公司在当地的信誉、供货成本、对该地区的了解程度、该地的影响力和竞争状况等指标,选取最有诱惑力的地方占领市场。

(3) 目标市场决策。选取最有希望的购买群体以迅速获取高销售量,吸引其他顾客。

(4) 引进产品策略。企业将新产品纳入其他正常产品轨道,分摊营销预算到各个营销组合的要素之中。

7.2.3 新产品开发的方式

在现代市场上,企业要得到新产品,并不意味着必须由企业在从创意到生产的全过程独立完成新产品的创意。除了自己开发外,企业还可以通过购买专利、经营特许、联合经营,甚至直接购买现成的新产品来取得新产品的经营权。这些方式大致分为两类:获取现成的新产品和自己开发。

1. 获取现成的新产品

获取现成的新产品的方式又可以分为以下几种。

(1) 联合经营。如果某小企业开发出一种有吸引力的新产品,另一家大公司就可以通过联合的方式共同经营该产品。这样做,小企业可以借助大公司雄厚的资金和销售队伍扩大该产品的影响,同时提高自己的知名度,大公司则可以节省开发新产品的一切费用。当然,在利益分配上,大公司应保证小企业收回其开发费用并获得满意的利润。也有的大公司直接收买小企业,取得该企业的新产品经营权。

(2) 购买专利。企业向有关科研、开发公司或别的企业购买某种新产品的专利权。这种方式可以节省时间,这在复杂多变的现代市场上极为重要。

（3）经营特许。企业向别的企业购买某种新产品的特许经营权。如世界各地的不少公司都争相购买美国可口可乐公司的特许经营权。

（4）外包生产。一般的，当企业的销售能力超过其生产能力，或没有能力自己生产该产品，或觉得自己生产不合算时，就会把新产品的生产外包给别的企业。这种方式可以分为全部外包和部分外包、部分自制两种。前者如汽车公司把零部件的生产全部包给小企业，自己只进行加工组装；后者在服装行业中较常见。

2. 自己开发

自己开发可以分为如下两种基本形式。

（1）独立研制开发。企业通过自己的研究开发力量来完成产品的构思、设计和生产工作。

（2）合约开发。雇用独立的研究开发机构或企业为自己开发某种产品。它可以对产品进行有效的控制，包括产品的设计、质量、品名，甚至在某种程度上对价格也有决定权。同时，也可以克服企业在技术力量上的不足。

企业在选择获取新产品的方式时，一般要考虑许多因素，主要有：

（1）何者是取得新产品的最廉价方法？这在不同的产品和企业中情况是不完全一样的。企业必须在综合考虑、比较的基础上作出决策。

（2）公司有能力制造这种新产品吗？如果企业在这方面的技术力量不足，最好采取合约开发和获取现成产品的方式。

（3）有购置生产该种新产品所需设备的资金吗？如果缺乏的话，最好采用联合经营、外包生产的方式。

（4）保密性很严格吗？特别是在非专利保护的产品中，如原料、配方、技术、设计等都需要保密，只有独自研制开发的方式最为理想。

（5）已经有人开发这种产品了吗？如果已经有人开发出企业感兴趣的新产品，或者比本企业所构思的还要先进，那就选择与之联合经营、购买专利或申请特许经营等方式。

（6）时间性强吗？任何新产品的开发对时间的要求都比较严格，但各种产品时间性的强弱是不同的。对于时间特别紧迫的新产品来讲，最好是自己开发，因为依靠别的企业很可能会因为控制不严而贻误时机，造成损失。不过，一些大公司，如美国的西尔斯公司是制造商的最大客户，它可以对承包商硬性控制，一般不会出现问题。

当然，企业在选择获取新产品的方法时，可以在实践中灵活掌握，同时采取几种方法，以保证新产品按时开发、上市。

7.3 新产品市场扩散

新产品市场扩散是指新产品正式投入市场后为广大消费者所接受的过程。此过程主要表现为潜在消费者认识新产品进而试用新产品、最后决策采用新产品的行为。很明显，新产品的市场扩散强调的是产品生命周期中的投入期与快速成长期。企业营销策略的重点是根据不同产品及不同目标市场消费者在这两个阶段的消费特性，以及消费者接受新产品的规律,有效地设计营销组合策略,以加快新产品的市场扩散速度。

7.3.1 新产品特征与市场扩散

新技术产品能否迅速为市场所接受,取决于众多因素,但新产品所具有的特征显然是影响市场扩散程度的一个重要因素。具体说来,主要表现在以下几个方面。

(1)新产品的相对优点。新产品创新的相对优点愈多,即在诸如功能性、可靠性、便利性、新颖性等方面比原有产品的优越性愈大,市场接受得就愈快。为此,新产品应力求具有独创性。

(2)新产品的适用性。这一点强调产品创新必须与目标市场的消费习惯以及人们的产品价值观相吻合。当创新产品与目标市场消费习惯、社会心理、产品价值观相适应或较为接近时,就会加速产品的推广使用;反之,则不利于新产品市场扩散。应当确认,在不同文化传统的影响下所形成的社会观念、消费习惯等,是很难在短期内改变的,更不是一个企业所能改变的(当然,可以施加一定的影响,但程度极其有限)。对于开发国际市场的新产品来说,这一点更为突出。

(3)新产品的简易性。这是要求新产品设计、整体结构、使用维修、保养方法必须与目标市场的认知程度相适应。一般而言,新产品的结构和使用方法简单易懂,才有利于新产品的推广扩散,消费品尤其如此;反之,产品结构和使用方法愈复杂,为市场接受的过程也就愈慢。

(4)新产品的可试性。这是指产品在有限范围内试用的程度。消费者都希望冒较小的风险,因而,如能在新产品推广过程中,注重赠送样品,举办展览,进行示范,增强新产品的可试性,往往有助于提高新产品的采用率。

(5)创新产品的可传达性。这是新产品的性质或优点是否容易被人们观察和描述,是否容易被说明和示范。凡信息传播快捷、易于被认知的产品,其采用速度一般比较快。例如,流行服装不用说明,即可知晓,因而流行较快;反之,某些除草药剂,因不能立时看到效果如何,市场扩散就会比较慢。

新产品的上述特征往往并不能一目了然地为消费者或客户所察觉,为此,企业应当认真做好各种营销传播工作。必要时,还应当以适当的方式,为消费者和客户提供一定的试用机会。企业可以选择一定数量的试用品,以展销、示范的方式,或以一定数额的价格折扣,鼓励消费者试用新产品。这样做在一定时期内会增加费用额,但它可以加速消费者明确新产品的优越之处,实施购买决策,加快新产品的市场扩散速度。

7.3.2 购买行为与市场扩散

1. 消费者采用新产品的程序与市场扩散

人们对新产品的采用过程,客观上存在着一定的规律性。早在 20 世纪 30 年代,美国营销学者罗吉斯调查了数百人接受新产品的实例,总结归纳出人们接受新产品的程序和一般规律。他认为消费者接受新产品的规律一般表现为以下五个重要阶段。

知晓→ 兴趣→评价→试用→采用

(1)知晓。这是个人获得新产品信息的初始阶段。新产品信息情报的主要来源是广告,或者通过其他间接的渠道获得,如产品说明书、技术资料、别人的议论等。很明显,人们在此阶段所获得的情报还不够系统,只是一般性的了解,意识到新产品的存在。

(2)兴趣。在这一阶段消费者不仅认识了新产品,而且发生了兴趣。这时,他会积极地寻找有关资料,并进行对比分析,研究新产品的具体功能、用途、使用等问题。如果这些方面均较满意,将会产生初步的购买动机。

(3)评价。消费者在这一阶段主要权衡采用新产品的边际价值。比如,采用新产品可获得利益和可能承担风险的比较,经过比较分析形成明确认识,从而对新产品的吸引力作出判断。

(4)试用。这一阶段是指顾客开始小规模地试用新产品。通过试用,顾客开始正式评价自己对新产品的认识及购买决策的正确性。满意者,将会重复购买;不满意者,将会放弃此产品。因此,在这一阶段,企业应针对不同产品,详细地向顾客介绍产品的性质、使用及保养方法。

(5)采用。顾客通过试用,收到了理想的使用效果,就会放弃原有的产品,完全接受新产品,并开始正式购买、重复购买。从试用阶段到正式采用阶段,在某种意义上说,消费者相互之间的信息沟通比广告的作用更大。从这个意义上讲,新产品信息传达目标,不仅包括目标市场的消费者,还应包括广大社会公众,他们对消费者购买行为往往起着重要的影响作用。

研究新产品在市场上扩散的不同阶段,企业有针对性地采用不同的营销策略,对于新产品成功地进入市场并迅速为消费者所接受具有十分重要的意义。

2. 消费者对新产品的反映差异与市场扩散

在新产品的市场扩散过程中,不同消费者对新产品的反映具有很大的差异。由于社会地位、消费心理、产品价值观、个人性格等多因素的影响制约,消费者对新产品接受快慢程度不同。企业如果善于分析消费者对新产品的反映差异,就有利于新产品市场推广和营销战略的制定,有利于加快新产品市场扩散。就消费品而言,罗吉斯按照消费者接受新产品的快慢程度,把新产品的采用者分为五种类型。

(1)创新采用者。也称为"消费先驱"。这部分消费者求新、求奇、求美的心理需求强烈,具有创新和冒险精神。同时由于经济条件较优越,对风险有较强的承受能力。创新采用者人数很少,但可以起到示范、表率、带动其他消费者的作用,因而是新产品推广的首选对象。

(2)早期采用者。是指新产品上市初期,继创新采用者购买之后,马上投入购买的消费者。这部分消费者对新生事物感兴趣,对新产品有比较强烈的消费欲望,是新产品购买的积极分子。早期采用者与创新采用者一样,人数也较少,但对于带动其他消费者购买新产品有重要作用。

(3)早期大众。这部分消费者一般较少保守思想,受过一定教育,有较好的工作环境和固定的收入;对社会中有影响的人物的消费行为具有较强的模仿心理;他们不甘落后于潮流,但由于他们特定的经济地位所限,在购买高档产品时,一般持非常谨慎的态度。他们的购买行为基本上发生在产品成长阶段,他们经常是在征询了早期采用者的意见之后才采纳新产品。但早期大众和晚期大众构成了产品的大部分市场,他们是形成某一消费热潮的重要力量。他们是促成新产品在市场上趋向成熟的重要力量,对于其他消费者购买动机的形成有重要作用。因此,研究他们的心理状态、消费习惯,对提高产品的市场份额具有很大的意义。

(4) 晚期大众。他们是较晚地跟上消费潮流的人。这些人的工作岗位、受教育水平及收入状况往往比早期大众略差;他们对新事物、新环境多持怀疑态度,反应迟钝,对周围的一切变化抱观望态度。这些人只有当产品出了名以后才愿意接受。他们的购买行为往往发生在产品成熟阶段。

(5) 落后的购买者。这些人受传统思想束缚很深,思想非常保守,怀疑任何变化,对新事物、新变化多持反对态度,固守传统消费行为方式。因此,他们在产品进入成熟期后期以至衰退期才能接受。严格地讲,他们此时购买的已不是新产品。

罗吉斯对消费者接受新产品的上述五种类型的具体描述,尽管不尽准确,但这种划分本身是很有意义的,它是新产品市场扩散理论的重要依据。新产品的整个市场扩散过程,从创新采用者至落后的购买者,形成完整的“正态分布曲线”,这与产品市场生命周期①曲线极为相似。由于上述每一种类型的消费者都有自己的行为方式,这就为企业规划产品市场生命周期各阶段的营销策略提供了有力的依据。

创新采用者和早期采用者同早期大众和晚期大众相比较虽然居于少数,但是,认识他们对待新产品的行为对新产品的营销极为重要。因为,这些使用者作为新产品的试销对象,他们对新产品的反映,对修正新产品的营销策略具有很大的参考价值;他们具有较高的社会地位或舆论影响力,他们的评价,特别是较高的评价,对今后早期大众和晚期大众的购买行为将产生很大的影响。

当然,认识创新采用者和早期采用者并非易事。因为,一种产品的创新采用者不一定是其他产品的创新采用者,他们的购买可能具有专业化性质,他们的影响可能仅局限在某一特定的领域。因此,任何企业都必须具体情况具体分析,分别对待。

除了罗吉斯之外,有关采用者类型的研究还有许多。有学者把这些研究粗略地加以整理,列成表 7-2 进行比较。在表中,新产品采用者被分成早期采用者和晚期采用者两类,对它们在社会经济地位、个人因素和沟通行为三个方面的差异进行比较。这种比较为新产品扩散提供了重要依据,对企业营销沟通具有重要意义。

表 7-2　早期采用者和晚期采用者的比较

特　征		早期采用者	晚期采用者
社会经济地位	年龄	没有差别	
	教育水平	较高	较低
	识字能力	较高	较低
	社会地位	较高	较低
	向上流动可能性	较大	较小
	对信贷的态度	偏爱	不偏爱

① 产品市场生命周期的内涵将在下一节阐述。

续表

特　征			早期采用者	晚期采用者
个人因素		移情作用	较大	较小
		教条主义	较少	较多
		处理抽象问题的能力	较强	较弱
		理性化	较多	较少
		智力	较高	较低
		对待变化的态度	乐意	不乐意
		处理风险的能力	较强	较差
		对待教育的态度	喜爱	厌恶
		对待科学的态度	喜爱	厌恶
		宿命论	较少	较多
		成功的动力	较强	较弱
		欲望水平	较高	较低
沟通行为		社会参与	较多	较少
		与社会制度的一体化	较高	较少
		接受宣传媒体	较多	较少
		接受个人沟通渠道	较多	较少
		信息搜集	较多	较少
		对创新的认识	较多	较少
		舆论领袖	较高	较低

7.4　产品市场生命周期策略

7.4.1　产品市场生命周期的概念

产品生命周期是指某一产品从完成试制、投放到市场开始,直到最后被淘汰退出市场为止的全部过程所经历的时间。一种产品从正式投产上市起,就开始了它的市场生命历程,当它被一种新产品代替而被淘汰时,这种产品的市场生命也就终止了。它是产品的一种更新换代的商业现象。

产品生命周期各阶段可以根据销售增长率、产品普及率等定量指标来划分。根据国外资料,销售增长率在0.1%～10%之间为投入期和成熟期,大于10%为成长期,小于0%为衰退期。产品普及率小于5%为投入期,5%～50%为成长期,50%～90%为成熟期,90%以上为衰退期。这些数量界限固然可以作为划分依据,但人们在营销实践中常采用经验基础上的定性划分。定性划分的依据便是产品生命周期各阶段的特点。

产品生命周期有两种含义,即使用寿命和市场寿命。产品使用寿命是指一件产品能使用多长时间。例如,苏联有关部门对耐用产品的平均使用寿命规定如下:钟表10年、电视机12年、电冰箱15年、洗衣机15年。当然,各厂家的产品质量有差距,一些名牌高档产品的寿命远远超过以上标准。而产品市场寿命则是指市场生命周期,有些产品的使用寿命不长,但市场寿命很长,如鞭炮的使用寿命十分短促,但其市场自火药发明迄今,已经延续十多个世纪;当然,使用寿命长、市场寿命短的产品也存在。由于产品的具体情况不同,周期长短也不一致,长则跨越世纪,短如昙花一现。这是因为影响产品生命周期的因素是多种多样的,主要因素有:产品的实用性和流行性,消费习惯与民族特点,产品价格的高低,新产品的竞争与政治经济形势,以及国民收入水平等。其中新产品的出现是影响周期的一个主要因素。从总的趋势看,随着科学技术的加快发展,产品市场生命周期在日益缩短。因此,企业只有密切注意产品市场生命周期逐渐缩短的趋势,不断进行产品的更新换代,才能立于不败之地。

7.4.2 产品市场生命周期的形态

1. 典型的产品市场生命周期形态

产品市场生命周期,一般都是将典型产品的销售动态描绘成如图 7-4 所示的 S 形销售曲线。

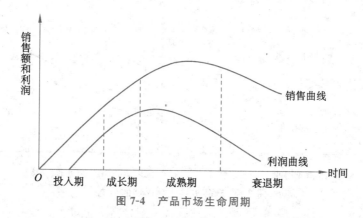

图 7-4 产品市场生命周期

图中曲线可分成投入期、成长期、成熟期和衰退期四个部分。

① 投入期。这是产品初次上市的时期。市场对产品的初期需求是不大的,因为很多人还不知道有这种产品,要让大家熟悉这种产品需要经过一段时间,因此,这是一个缓慢发展的阶段。在利润方面,这一阶段几乎不存在,甚至为负,这是由于产品刚推出时,费用较大、成本较高所致。

② 成长期。这是销售量与利润迅速增长的时期。这时人们不仅知道这种产品,甚至有的人已开始重复购买。这是由于大量生产,成本显著降低,加上销售量的增加,单位产品的利润以及企业的总利润都大大增加了。

③ 成熟期。这是销售量增长比较缓慢的阶段,因为这时产品已为大多数顾客采用,潜在消费者已为数不多了。到这一阶段,利润趋于稳定或开始下降,这是由于为巩固本产品的竞争地位而花的费用不断增加的缘故。

④ 衰退期。这一阶段销售量呈急剧下降趋势,同时,由于生产老产品而引起整个企业总销售量和利润的下降,有的企业便放弃这些产品的生产,从而使这些产品逐渐从市场上消失。

2. 不规则的产品市场生命周期形态

并不是所有产品的市场生命周期都呈现如图7-4所示的那样典型的S形曲线。有些产品一推出市场便迅速发展,因此,一开始就跳过投入期而跃入发展期。也有的产品并没有经过迅速发展的历程,而是在持续缓慢的成长中,甚至跳过发展期和成熟期,由投入期直接到达衰退期。因此,产品的市场生命周期的形态多种多样。下面是两种最典型的变态产品市场生命周期:第一,双重周期(见图7-5(a)),即某些产品可能自然地经过一个市场生命周期,消亡之后经过一段时间,又会复活起来,再经历第二个周期,甚至第三、第四个周期。这种市场演进曲线第二"驼峰"的出现,部分原因是由于前段衰退期所做的营销传播工作,经过一段时间延迟之后才发生作用,更重要的原因还在于人们对某些时尚的复古倾向,尤其是那些经历多个周期的产品更是如此。第二,扇贝形周期(见图7-5(b))。即那些产品具有一个接一个的连续产品市场生命周期。这主要是由于不断发现产品的新特点、新用法、新顾客所引起。例如,在尼龙这一产品的市场开发历程中,由于不断发现新用途——最早用于军事上制作降落伞,后用于制作袜子、衬衫、地毯等,使得尼龙的产品市场生命周期曲线呈"扇贝形"。

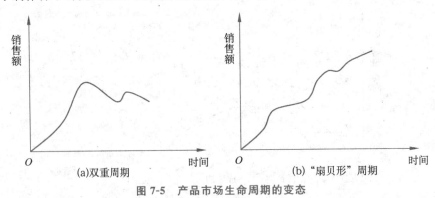

图7-5　产品市场生命周期的变态

7.4.3　产品生命周期各阶段的特点及策略

1. 投入期(也称导入期)

(1) 投入期的特点

当新产品初次上市供消费者或客户购买时,便是投入期的开始。

① 消费者对该产品不了解,大部分消费者不愿放弃或改变自己以往的消费行为,这时的消费者大多是创新追求者,其需要呈现出初级需求形态——也就是对产品本身的需求,而非对品牌的需求。销售量小,销售成长也颇为缓慢。相应的增加了单位产品成本。许多大众熟悉的产品,如即溶咖啡、运动饮料等,都经过一段相当长时间的努力才进入成长阶段。

② 尚未建立顺畅的分销渠道。因为新产品刚刚面市,能否被消费者接受还是个未知数,故渠道成员(中间商)接受的意愿不高,再加上早期的消费者集中于创新采用者人群,因此渠道选择是针对创新采用者的有限的选择性渠道为主,所以投入期的渠道覆盖面较为有限。

③ 价格决策难以确立,高价可能限制了购买,低价可能难以收回成本。

④ 广告费用和其他营销费用开支较大。因此利润偏低,甚至有亏损发生。

⑤ 产品技术、性能还不够完善,产品的规格通常较少、大多是拥有基本功能的产品。

⑥ 由于利润较少,企业承担的市场风险很大。但这个阶段市场竞争者较少,企业若建立有效的营销体系,即可以使产品快速地经过投入阶段,进入市场成长阶段。

(2)投入期的营销策略

根据上述特点,投入阶段一般有四种可供选择的策略,见图 7-6。

① 快速掠取策略。即以高价格和高营销传播推出新产品。实行高价格是为了在每一单位的销售额中获取最大的利润,高营销传播费用是为了引起目标市场的消费者注意,加快市场渗透。成功地实施这一策略可以赚取较大利润,尽快收回新产品开发的投资。实施该策略的市场条件是:市场上有较大的需求潜力;目标消费者具有求新心理,急于购买新产品,并愿意为此付出高价;企业面临潜在竞争者的威胁,需要及早树立名牌。

		营销传播水平	
		高	低
价格水平	高	快速掠取策略	缓慢掠取策略
	低	快速渗透策略	缓慢渗透策略

图 7-6 投入期可选择的营销策略

② 缓慢掠取策略。即以高价格和低营销传播费用将新产品推入市场。高价格和低营销传播费用结合可以使企业获得更多利润。实施该策略的市场条件是:市场规模相对较小,竞争威胁不大;市场上大多数用户对该产品没有过多疑虑;适当的高价能为市场所接受。

③ 快速渗透策略。即以低价格和高营销传播费用推出新产品。目的在于先发制人,以最快的速度打入市场,该策略可以给企业带来最快的市场渗透率和最高的市场占有率。实施这一策略的条件是:产品市场容量很大,潜在消费者对产品不了解,且对价格十分敏感;潜在的竞争比较激烈;产品的单位制造成本可随生产规模和销售量的扩大迅速下降。

④ 缓慢渗透策略。即以低价格和低营销传播费用推出新产品。低价是为了促使市场迅速地接受新产品,低营销传播费用则可以实现更多的利润,企业坚信该市场需求弹性较高,而营销传播弹性较小。实施这一策略的基本条件是:市场容量较大,潜在消费者易于或已经了解此项新产品且对价格十分敏感;有相当的潜在竞争者准备加入竞争行列。

2. 成长期

(1)成长期的特点

① 消费者对新产品已经熟知,销售量急剧攀升。最先的采用者仍旧喜好该产品,而且许多其他的新购买者陆续跟进采用,这时期的消费者大多是早期采用者,消费者的需要转为以选择性需求为主——也就是对品牌的需求而非对产品本身的需求,初级需求为辅。

② 新竞争者被大规模生产及潜在的利润所吸引,纷纷加入市场的竞争行列,市场竞争加剧。

③ 产品已经定型,技术工艺比较成熟。

④ 建立了比较理想的分销渠道。新竞争者的加入会使分销网点的数目增加。

⑤ 因为营销传播成本可由较大的销售量来分摊,加上经验累积改进的效果,单位制造

成本的下降会比价格的下降来得快，因此利润通常会增加，而市场价格趋于下降。同时，营销传播开始强调品牌差异，尽可能建立起消费者的选择性偏好。

⑥ 大部分的营销商会维持其原有的市场推广费用，不过有时也可能因竞争的需要而增加市场推广费用，但因销售额大幅上升，市场推广费占销售额的比率相对降低了。

⑦ 新竞争者引入新的产品特色，进一步扩大了原有的市场。

（2）成长期的营销策略

在成长阶段，企业的营销策略的核心是尽可能延长产品的成长期。具体说来，可以采取以下营销策略。

① 根据用户需求和其他市场信息，不断提高产品质量，努力开发产品的新款式、新型号，增加产品的新用途。

② 加强营销传播环节，树立强有力的产品形象。营销传播策略的重心应从建立产品知名度转移到树立产品形象，主要目标是建立品牌偏好，争取新的顾客。

③ 重新评价现有分销渠道，巩固原有分销渠道，增加新的分销渠道，开拓新的市场。

④ 选择适当的时机调整价格，以争取更多的消费者。

企业采用上述部分或全部市场扩张策略，会加强产品的竞争能力，但也会相应的加大了营销成本。因此，在成长阶段，面临着"高市场占有率"或"高利润率"的选择。一般来说，实施市场扩张策略会减少眼前利润，但加强了企业的市场地位和竞争能力，有利于维持和扩大企业的市场占有率，从长期利润观点来看，更有利于企业的发展。

3. 成熟期

（1）成熟期产品的特点

到达某一时点后，产品销售增长率将逐渐下降，该产品便步入了成熟期。此阶段的持续时间通常比前两阶段长，大部分的产品均处于市场生命周期中的成熟阶段，因此企业营销管理人员大部分是在处理成熟期产品的问题，对营销管理人员提出的挑战亦最大。成熟期又可细分为三个时期。

① 成长成熟期。此时期各分销渠道基本呈饱和状态，销售增长率缓慢上升，还有少数后续购买者继续进入市场。

② 稳定成熟期。由于市场饱和，消费平稳，产品销售稳定。如无新购买者，增长率则停滞或下降。

③ 衰退成熟期。销售水平显著下降，原有用户的兴趣已开始转向其他产品和替代品。全行业产品出现过剩，竞争加剧，一些缺乏竞争能力的企业将渐渐被取代，新加入的竞争者较少。竞争者之间各有自己特定的目标顾客，市场份额变动不大，想有所突破，难度大。

（2）成熟期的营销策略

鉴于上述情况，有三种基本策略可供选择。

① 市场改进。市场改进策略的目的或意图主要是力争充分发掘现有的细分市场和产品的潜力，以求进一步扩大销售量。企业产品的销售量主要受两个因素的影响。

$$销售量 ＝ 品牌的使用人数×每个使用者的使用率$$

因此，若要扩大销售量，有两个主要的努力方向，一是扩大品牌的使用人数。可通过以下策略实现:转变非使用者或寻找新用户;进入新的细分市场;争取竞争对手的客户。二是设法增加顾客的产品使用率。可通过以下策略实现:增加使用次数;增加每次的使用量;发现产品的新用途。

② 产品改进。处于成熟期的产品,还可以对产品的质量、样式、特点及服务等因素进行改进,通过对产品的改良,使顾客对产品产生新鲜感,带动产品销售,出现新的青春期,来保持已有的市场份额和尽力扩大已有的市场份额。

③ 改进营销组合。企业的营销组合应随着企业的内外部环境的变化而作出相应的调整。产品生命周期到了成熟阶段,各种内外部条件发生了重大的变化,因而产品、价格、渠道、营销传播等营销组合要素也就要有一个大的调整。这是为了促进销售,延长产品的成熟期,避免衰退期的早日到来。实际上,企业要使上述前面两个策略取得成功,不依靠营销组合的改进也是很难做到的,所以,改进营销组合是和扩大市场、改进产品策略相辅相成的。

4. 衰退期

(1) 衰退期的市场特点

大部分产品和品牌的销售最后都会步入衰退的阶段。销售的衰退可能是缓慢的,也可能加速衰退。销售衰退的原因很多,诸如技术的进步、消费者口味的变化、国内外的竞争日益激烈等因素,都可能造成产能过剩、销售下降,使利润大受侵蚀。在衰退期,市场呈现出如下特点:

① 产品销售量由缓慢下降变为迅速下降,消费者的兴趣已完全转移;

② 价格已下降到最低水平;

③ 多数企业无利可图,被迫退出市场;

④ 留在市场上的企业逐渐减少产品附带服务,削减营销传播预算等,以维持最低水平的经营。

(2) 衰退期的营销策略

① 集中策略。即把资源集中在最有利的细分市场,最有效的分销渠道和最易销售的品种、款式上。也就是,缩短战线,在最有利的市场上赢得尽可能多的利润。

② 维持策略。即保持原有的细分市场和营销组合策略,把销售维持在一个低水平上。待到适当时机,便停止该产品的经营,退出市场。

③ 榨取策略。即大大降低销售费用,如广告费用减为零、大幅度精减推销人员等,虽然销售量有可能迅速下降,但是可以增加眼前利润。

除非有很充分的理由,否则不应维持一项弱势产品。维持弱势产品要付出相当昂贵的代价,因为处理这些产品需要耗用管理阶层相当多的时间。例如,营销主管需要经常调整其价格及存货成本,广告和销售人员需要经常注意其市场销售情形,如果将这些力量转移到其他产品常常会带来更大的利益。但这并不是说衰退期的产品就一无是处,应该一律淘汰。相反的,如果经过适当的规划,衰退期的产品由于竞争减少可能会有相当的获利机会。某些企业会比其他的企业早些放弃衰退了的市场,因此留在市场的企业所面对的相对竞争压力会降低,其销售额与利润可能会增加。例如,宝洁公司在其他公司先后退出时决定在日趋没落的液体肥皂业务中坚持到底,结果获得了相当可观的利润。

为有效地处理衰退期的产品,企业必须进行一系列工作并作出必要的决策。

① 决定哪些产品是衰退产品

这是处理衰退期产品应该非常认真对待的问题,如果判断不当,过早地加以淘汰,企业便不能回收投资,获得预期的经济效益或可能增加的额外收益;相反,如果延误时机又会造成损失。所以,必须建立一套商情制度来判断某些产品是否已确实进入衰退期。它包括六个步骤。

A. 在企业中成立产品审查委员会,负责处理衰退产品问题。因为牵涉企业的重大决策,这个委员会必须由各方面的代表参加,才能有效地解决产品淘汰的问题。产品审查委员会一般是由营销、生产、财会、采购、人力资源和研究发展部门等人员组成,他们的主要任务是定期检查企业各种产品,以便及时发现问题,因此,必须有许多部门共同参与,征集各方面的意见。

- 营销部门可以提供营销策略、顾客需求、竞争状况和未来销售状况等方面的意见或资料。
- 生产部门可提供生产过程中存在的问题以及存货的情况。
- 采购部门可预计未来的原材料成本及来源。
- 财会部门可提供过去的销售额、成本和利润的资料以及提供淘汰某些产品后对企业利润影响的预测。
- 人力资源部门可提供某些产品淘汰后职工人员的安排问题。
- 研究开发部门可提供开发新产品的资料,并说明因产品淘汰后而闲置的人力、物力,可否用于发展新产品。

B. 由审查委员会确定衰退产品的标准和程序。必须召集一些会议,最好能请企业以外的顾问来参加,既可把他们的经验传授给企业,同时他们看问题较为客观,而且对会议中引起争论的问题,可以毫无顾虑地发表意见。召集会议的目的,是正确找出一定标准程序用来评价衰退产品。

C. 由财会部门提供每项产品的资料,包括市场的大小、市场占有率、价格、成本和利润等方面的情况以及发展趋势。

D. 确定可能不利的产品。这个步骤使用的方法是:先由企业高级主管部门确定一些辨别可疑产品的原则,作为进行具体挑选时的取舍准则。当然,这种挑选工作既可由人员进行,也可借助计算机进行。

E. 对可疑产品进行评估。这种评估主要借助产品评分单来进行,最后得出某种产品的保留指数。

F. 确定淘汰产品。当所有可疑产品的保留指数都算出后,产品审查委员会便应召开会议,决定到底要淘汰哪些产品。在作出这项决定时,则应根据各企业的具体情况确定一个最低保留指数,如可疑产品的指数低于此数便淘汰,高于此数则获保留。

不过,一般说来,产品保留指数只应作为确定淘汰产品的一项指标,而不应把它当作最后决定的唯一标准。

通用电气公司在实践基础上制定了一个淘汰产品评分标准,现整理如表7-3所示。

表 7-3　通用电气公司淘汰产品评分标准

取分范围 评分要素		产品 A		产品 B		产品 C		产品 D	
经济效益	20～50	今后三年内无利润	50	过去三年内一直亏损,并且预计今后两年内的利润在投资额的 20% 以下,或销售额的 7% 以下	40	过去三年不同时间内一直亏损,且今后两年内预计利润在投资额的 20% 以下,或销售额的 7% 以下	30	过去三年不同时间内一直亏损,且今后一年内预计利润在投资额的 20% 以下,或销售额的 7% 以下	20
产品生命周期阶段	2～10	衰退期	10	成熟期	8	成长期	6	投入期	2
产品领先性	2～5	无特色,无独特的优点	5	在主要竞争产品的平均水平以下	4	有竞争性但并非领先	3	领先	2
市场占有率	2～5	5% 以下	5	5%～10%	4	10%～15%	3	15% 以上	2
与其他产品的依存度	0～10	无依存关系	10	有若干依存关系但两年内将改变	5	与现有的畅销产品具有重大依存关系	0		

通用电气公司把评分限定在五个指标内,通过这五个指标的全面考查基本上可以为企业淘汰产品提供决策依据。按照通用电气公司的标准,五个指标的合计分值的意义如下:

- 合计分值为 40～50 分时,企业可以开始考虑有关产品淘汰的问题;
- 合计分值在 50～75 分时,企业应着手淘汰产品工作的实施;
- 合计分值在 75 分以上时,企业应尽快淘汰产品。

② 决定退出市场的时机和方法

A. 决定退出市场的时机。经前述步骤最后被确定为被淘汰的产品,固然终将退出市场,但并不是说所有进入衰退期的产品,都将同时即刻退出市场。实际上,在具体决策时,有的企业可能决定其产品在早期退出市场,有的决定适当延续下去,直至完全衰竭为止。那些决定推迟其产品退出市场的企业,可继续沿用原来的营销策略,如原来的价格、分销渠道、营销传播等,这样往往因其他企业退出市场而可接受其余的顾客,从而获得其他企业撤出市场之后可获得的许多好处。采取这种策略一般适用于产品质量好、市场占有率相对稳定、资金雄厚、竞争力较强的企业。因此,一个营销决策人员,绝不能当一个产品一出现衰退现象时,便机械地、教条地把它放弃掉。

B. 决定退出市场的方法。当某种产品已被决定放弃时,企业仍有一个选择以何种方式放弃的问题。有的产品可用果断而迅速的方式进行,如果认为这个产品确实没有前途就干脆放弃,转而另行设计新产品,把全部资源、人力、物力、资金等用于生产另一种产品,这样,就可以尽快地摆脱衰退期所带来的不利影响。

有的产品则以渐进的方式,按既定计划逐渐减产,这样可使物质资源和生产能力有条不紊地转移,并可适当保留一部分零配件及服务项目,以保证最后出售的那部分产品的预期使

用寿命,使购买者的利益得到应有的维护,而且也便于一部分喜好此种产品的消费者逐步改变消费习惯,以免突然转用其他新产品而产生不适应感。

表7-4汇总产品市场生命周期各阶段的重要特征,并简要列出各个不同市场生命周期阶段的营销目标和营销策略。

表7-4　产品市场生命周期的特征、目标和策略

产品生命周期		投 入 期	成 长 期	成 熟 期	衰 退 期
特征	销售	销售量低	销售量快速成长	销售量高峰	销售量下降
	成本	每位顾客的成本高	每位顾客的成本普通	每位顾客的成本低	每位顾客的成本低
	利润	虚亏	利润增加	利润高	利润下降
	顾客	创新者	早期采用者	早期及晚期大众	落伍者
	竞争者	很少	数目增多	数目稳定,但开始减少	数目减少
营销目标		创造产品知名度	市场占有率极大化	利润极大化并保护市场占有率	减少支出和榨取品牌价值
策略	产品	提供基本产品	提供产品延伸、服务、保证	品牌和样式的多样性	淘汰弱势产品项目
	价格	成本加成	市场渗透价格	迎战或战胜竞争对手的定价	削价
	分销	建立选择性分销	建立密集性分销	建立更密集性分销	选择式:淘汰无利可图的销售点
	广告	在早期采用者和经销商之间建立知名度	在大众市场中建立知名度和引起购买兴趣	强调产品差异和利益	减低到维持最忠诚者需求的水平
	市场推广	大量市场推广以鼓励试用	减少市场推广以收消费者需求强烈之利	增加市场推广以鼓励品牌转换	减少到最低水平

7.5　服务营销

7.5.1　服务的性质与分类

除了有形的货品之外,无形的服务也是可以营销的对象,服务也需要营销。

服务业涵盖的范围很大。政府部门的司法机构、就业服务机构、金融机构、医疗机构、警察及消防机构、邮政机构、立法机构以及学校等都属服务业。民间的非营利事业,如博物馆、慈善机构、宗教团体、大学、基金会及医院等,也均属服务业。在营利性企业中也有相当大的一部分,如航空公司、银行、电脑服务公司、旅馆、保险公司、会计事务所、法律事务所、管理顾问公司、医院、广告公司、电影公司以及房地产中介公司等,也同属服务业。

服务业不但包括许多传统的行业,而且随着社会的进步和人们对生活品质要求的提高,许多新兴的服务业不断应运而生。例如,介绍未婚男女互相认识的婚姻介绍所、负责为大楼提供清洁服务的清洁公司、为团体或个人安排旅游计划的旅行社、为公司和住家提供警卫服

务的保安公司等,都是新兴的服务业。

服务业提供给顾客的往往不是有形的产品,而是无形的服务。服务是指一项行动或一项利益,由一方向他方提供;在本质上它是无形的,也不产生任何所有权的转移,服务的产生可能与某一实体产品有关,也可能无关;例如,租用旅馆客房、在银行存钱、搭乘火车、搭乘飞机、到学校进修、找医生看病、理发、修理汽车、看球赛、欣赏电影、干洗衣服、向律师请教法律意见等,都是在购买一项服务。

服务通常可分为设备基础的(equipment based)服务和人员基础的(people based)服务等两类。设备基础的服务是指需要以设备为主的服务,如自动贩卖机、自动洗车服务等;人员基础的服务则是指主要由非技术工人、技术工人或专业人员提供的服务,如理发、美容、会计服务、法律服务等。

7.5.2 服务的特性

服务有四个特性,即无形、不可分割、易变和不可储存。在制订营销方案时必须考虑这四个特性。

1. 无形

服务是无形的。换言之,服务在购买之前是看不见、摸不着、听不到、也嗅不出来。例如,一位学生前往外语补习学校学外语,在接受此项语言教学服务之前看不见学习的结果;一位病人前往医院看病,事先也不知道此医疗服务的结局。因此,服务的购买者必须对提供服务的人具有信心,才会去购买该项服务。

为了增强服务的购买者对服务提供者的信心,减少购买服务的不确定性,下述是服务营销商可采取的一些做法。

(1)设法将无形的服务予以有形化。例如,减肥中心常常以顾客接受减肥服务前后身材的变化作为广告的基本题材。

(2)强调服务产生的利益,而不仅是介绍服务的内容。例如,大学的招生广告不能只是介绍学校的师资、课程和校园生活,还应多谈毕业校友的成就。

(3)对所提供的服务冠上品牌名称,以建立品牌忠诚度。如"广雅中学"、"鹅妈妈儿童英语教室"等。

2. 不可分割

服务与服务的提供者是无法分割的,不论提供者是人还是机器。例如,美国流行乐天后惠妮·休斯顿(Whitney Houston)的演唱会,其娱乐价值便无法与惠妮·休斯顿本人分开;如果主持人临时宣布惠妮·休斯顿因身体不适不能前来演唱,而请另一位流行乐歌手来代替,那就不是同样的"服务"了。因此,某项服务虽然广受大众欢迎,但却往往受限于服务提供者的时间而无法大量供应。此种限制可以用两种方式来改善。

(1)"服务"复制。例如,将惠妮·休斯顿演唱会拍成录影带或影碟,大量销售。

(2)加快服务速度,以提高供应能量。例如,医术高超的医生将诊断每位病人的平均时间减少,从30分钟缩短到15分钟,则诊断病人的人数便可提高一倍。不过这种做法或多或少会降低服务的质量。

3. 易变

服务通常具有高度的可变性。同一项服务,不但会因服务由"何人"提供而不同,也会因服务于"何时"及"何处"提供而变化。例如,同样是《回娘家》这首歌,著名歌手朱明瑛演唱和由其他歌手演唱,韵味可能很不一样;而同样是朱明瑛本人,演唱效果也可能因为她歌唱时的身心状态及临场环境不同而有所差别。由于服务的质量具有高度的变化性,因此,服务商应加强对服务质量的控制。提供服务的商家常采用三个步骤来控制服务的质量。

(1) 投资于良好的人力资源选用和训练。航空公司、银行和旅馆常对员工培训耗费巨资,希望能提供良好的服务。

(2) 将整个组织的服务过程予以标准化。可准备一份服务流程图,以流程图说明服务的事项和过程。

(3) 监听顾客的满意度。通过顾客建议制度、抱怨投诉制度、顾客调查及比较采购等来观察和改正不良的服务。

4. 不可储存

服务不像实体产品一样可以储存,服务是不能储存的。定期或定时的各项交通运输工具不会因为非高峰时段乘客人数少而将多余的座位储存起来,供高峰时段使用;旅馆、演播厅、电影院也不会在顾客人数较少的季节或时段减少其房间或座位的供应。因此,当市场需求量变化很大时,对服务业是一项非常严重的挑战。如果依据平均需求量来安排生产能力,将造成高峰时段的供应不足;如果依据高峰需求量来规划生产能力将会造成非高峰时段的生产能力的过剩。因此,通过营销手段减少高峰和谷底需求水准的差距,往往是服务提供商可以采取的做法。以下是促进供需平衡的一些建议。

(1) 需求面方面

① 运用差别定价(differential pricing)将高峰时段的部分需求转移到谷底或非高峰时段。例如,电影院可降低早场票价、租车公司在周末时给予顾客折扣价格。

② 开发非高峰时段的需求。例如,麦当劳快餐店开发早餐服务、旅馆业在周末时举办小假期活动。

③ 在高峰时段增设辅助性的服务,使顾客在等待时间可以有其他的活动。例如,餐厅内设置酒吧间以方便等候用餐者、银行内设自动提款机。

④ 预约制度是管理需求的一种方法,常用于航空公司、旅馆及医院。

(2) 供给面方面

① 在高峰时段聘用兼职人员以满足高峰需求。例如,大学在学生人数增多时聘用兼任教师、餐厅在高峰时段招募临时服务员。

② 在高峰时段使用高效率的服务方式。例如,在高峰时段内仅提供必要的服务;医生忙碌时由实习医生协助医师。

③ 增加消费者参与。例如,胃病患者自行填写病历资料;消费者将采购的货物自行装袋。

④ 建立共同服务。例如,若干家医院共同采购某些医疗设备。

⑤ 有关设施预留未来扩充的余地。例如,游乐区购进周围的土地以备将来扩充之用。

复习思考题

1. 如何理解现代产品层次的概念？产品组合及产品线的含义是什么？产品组合的深度、广度、长度及关联性是什么？

2. 新产品开发对企业有何意义？应遵循怎样的开发程序？

3. 新产品的市场扩散与新产品的特征及购买行为之间的关系如何？

4. 什么叫产品的市场生命周期？在市场生命周期的不同阶段,企业应分别采取怎样的营销策略？

5. 服务的特点和营销策略是怎样的？

第 8 章

品 牌 策 略

品牌是产品整体概念下"实体产品"的重要组成部分。品牌策略也是企业产品策略的重要组成部分。品牌对于营销商和消费者都是不可或缺的,在现代消费品营销中起着极为重要的作用,在工业品营销中也起着不容忽视的作用。可以这么讲,现代企业营销成功的最重要的标志就是品牌的创建和价值大小。了解品牌的含义及其在营销管理中的作用,掌握制定和实施产品品牌策略的原理与方法,有利于获得消费者的忠诚,为顾客创造卓越的消费价值,进而提高营销效益。

8.1 品牌的基本概念

品牌(brand)与商标(trademark)都是用来识别不同营销商的不同种类、不同品质产品的商业名称及其标志。但在企业的营销实践中,品牌和商标并不完全相同。商标是指受法律保护的品牌,是获得专用权的品牌。

8.1.1 品牌的含义

人们对品牌的认识是极为复杂的,可以说是众说纷纭,莫衷一是。比较流行的一种看法认为,品牌是用以识别某个营销商的产品或服务,并使之与竞争对手的产品或服务区别开来的商业名称及其标志,通常由文字、标记、符号、图案和颜色等要素构成。其实,这是早期人们对品牌的认识。在现代意义上讲,品牌运作已经超出了这种观点,品牌远远不止是一种商家产品区别的符号,而是具有更复杂、更丰富的内涵,更多的是一种针对消费者心理上的含义,是消费者对产品的一切感觉的总和。有学者指出:品牌是一种心理概念,是一种基于消费者内心期待的,由厂商通过产品表现出来而建立的稳定的符号象征;它在很大程度上可以说是消费者情感价值的转换替代符号。[①] 科特勒和凯勒指出:"一个品牌实际上是一个主观的观念,它既根植于现实,又反映了某种知觉,甚至是某些消费者的个人特质。"

---

① 见《品牌运营与企业利润》(尼克·雷登著,机械工业出版社,2007)中的"推荐序"。

斯科特·戴维斯(Sott Davis)认为：品牌是一种接触不到的但却是一个组织"拥有"的至关重要的组成要素。它代表着与顾客的一种契约关系，传递出产品或服务所具有的质量和价值水平。顾客不可能与某种产品或服务一直保持关系，但却能够与某一品牌保持联系。品牌是一系列可靠的承诺。它意味着信任、始终如一和已明确的期望。品牌让顾客更加确信自己所做的购买决定。品牌是一种资产，除了人员外，没有什么比品牌更重要。

亚当·摩根(Adam Morgan)认为，品牌是：①有人愿意买同时有人愿意卖的事物——比如辣妹(Spice Girls)，而不是王后；②拥有与众不同的名称、符号或者商标的事物——比如给产品起名为汰渍(Tide)，而不是直白地使用其物质名称，比如称为糖或者漂白剂——而有些事物与其周围的其他类似产品有区别的原因不是因为名称或者商标，而是其他一些因素——比如洛杉矶警署，而不是用类似于第14步兵师的方式来命名；③因为书面介绍的产品特性之外的其他原因，而在消费者头脑中形成的对某事物正面/负面的看法；④创造出来的而不是自然形成的事物——《X档案》和《拉斯韦加斯》，而不像亚当·摩根或者肯塔基那样，是自然形成的。

小约翰·F. 谢里认为：品牌是一个鉴别者，是一个承诺，是一张需要支付额外费用的许可证；品牌是阻碍人们进行理性思维的一种心理捷径，是对品牌缔造者精神的一种灌输，是用"这个"载体体现"这种"本质的一种命名；品牌是一种表演，是一种聚会，是一种灵感；品牌是企业以及与企业精神相伴的一种符号表征，是企业的一种全息摄影；品牌是一种合同，是一种关系，是一种保证；品牌是一种具有松散游戏规则的弹性契约，是一种没有零和博弈；品牌最多就像是一个临时搭建起来的表演舞台，最差也应该是一种可以流动的表演舞台。[①]

品牌是一个集合概念，它包括品牌名称、品牌标志和商标等部分。

品牌名称是指品牌中可用语言表达的部分，如海尔、联想、王老吉、东芝、诺基亚、奔驰等中外著名品牌名称。品牌名称也称"品名"。

品牌标志是指品牌中可以被认出、易于认出但不能用语言称呼的部分，包括符号、图案或专门设计的颜色、字体等。例如，美国米高扬电影公司以一只吼狮作为品牌标志；奥迪以4个圆圈相连作为品牌标志；麦当劳快餐店以大写的、艺术化的M字体为品牌标志。一般消费者通过这种标志，识别出某一品牌的产品。品牌标志也称"品标"。

商标实质上是一种法律概念，它是经政府有关部门注册登记后，已获得专用权并受法律保护的品牌，是品牌的一个组成部分。

在企业中，品牌有多种表现形态。最狭义的，品牌是指一件产品，是产品的品牌，如君越汽车、林荫大道汽车、凯越汽车等。品牌也可以是指产品线，是产品线的品牌，如别克汽车等。从最广义上讲，品牌是生产一组多功能的产品或服务的组织或公司，是企业的品牌，如海尔集团、上海通用汽车公司、格力公司、TCL公司等。

品牌可以附着于多种事物之上。品牌可能是一个有形商品的品牌(如诺基亚手机、奇瑞汽车或创维电视机)，一种无形商品—服务的品牌(如中国工商银行、南方航空公司或中国旅行社的欧洲游)，一家商店(如北京市王府井百货商店、国美电器连锁店或百佳超市)的品牌，

一个人（如姚明、宋祖英或袁隆平）的品牌，一个地方（如北京、新疆或伦敦）的品牌，一个组织（如联合国、中国消费者协会或黑鸭子乐队）的品牌，或者一项权利（如言论自由、自由贸易或安乐死）的品牌。

品牌就其实质来说，代表着营销商对交付给购买者的产品特性、利益和服务的一贯性承诺。久负盛名的品牌就是品质优良的象征，是企业获得营销目标的基础，是企业获得利润的保证。不仅如此，品牌还是一个更为复杂的符号，蕴涵着丰富的市场信息。为了深刻地揭示品牌的含义，还需从以下六个方面进行透视。

（1）属性。品牌代表着营销商带给消费者的特定的产品属性，这是品牌最基本的含义。例如，奔驰轿车意味着工艺精湛、制造优良、昂贵、耐用、信誉好、声誉高、再转卖价值高、行驶速度快等，这些属性是奔驰生产商广为宣传的重要内容。多年来奔驰轿车一直强调"全世界无可比拟的工艺精良的汽车"。

（2）利益。品牌不仅代表着一系列属性，而且还体现着某种特定的利益。顾客购买产品实质是购买某种利益，这就需要把属性转化为功能性或情感性利益。或者说，品牌利益相当程度地受制于品牌属性。就奔驰而言，"工艺精湛、制造优良"的属性可转化成"安全"这种功能性和情感性利益；"昂贵"的属性可转化为情感性利益："这车令人羡慕，让我感觉到自己很重要并受人尊重"；"耐用"属性可转化为功能性利益："多年内我不需要买新车。"

（3）价值。品牌还体现了制造商（营销商）的某种价值追求和价值定位。例如，"奔驰"代表着高绩效、安全、声望等。品牌的价值特性要求营销商必须分辨出对这些价值感兴趣的消费者群体。

（4）文化。品牌还附着特定的文化。几乎每一种品牌都是特定文化的产物，体现了这种文化的某种意蕴。奔驰品牌蕴涵着"有组织、高效率、高品质"的德国文化；"麦当劳"内含着美国人的"工作标准化、作业高效率、生活快节奏"的文化；"同仁堂"代表了源远流长的中华民族"草药"医药文化。

（5）个性。品牌代表着一定的个性。如果品牌是一个人，一种动物或一个物体，那么，不同的品牌会使人们产生不同品牌个性的联想。同仁堂会让人想到药工们正在一丝不苟地挑选着每一种药材，把药均匀地碾碎，药剂师在精心调配每种配方等。

（6）用户。品牌界定了购买或使用产品的消费者的类型。如果我们看到一位大学刚毕业的公司员工经常开着奔驰车去高尔夫球场打球就会感到很吃惊。很明显，我们更愿意看到有成就的企业家或大公司的高级经理经常开着奔驰车去高尔夫球场打球。

有了六个层次的品牌个性，企业必须决定品牌特性的深度层次。人们常犯的错误是只注重品牌属性，而且竞争者很容易模仿或仿制这些属性。另外，现有的属性还会随着时间的推移、技术的进步而变得毫无价值。可见，品牌与特定属性联系得太紧密反而会伤害品牌。但是，若只强调品牌的一项或几项利益也是有风险的。例如，如果奔驰汽车只强调其"性能优良"，那么竞争者可能推出性能更优秀的汽车，或者顾客认为性能优良的重要性不如其他利益，此时奔驰就需要定位一种新的利益结合。

品牌最持久的含义是其价值、文化和个性。它们构成了品牌的基础，揭示了品牌间差异的实质。奔驰的"高技术、绩效、成功"等是其独特价值和个性的反映。若奔驰公司在其品牌战略中未能反映出这些价值和个性，而且以奔驰的名称推出一种新的廉价小汽车（如类似于"奥拓"、"奔奔"或"QQ"之类的小车），那将是一个莫大的错误，因为这将严重削弱奔驰公司多年来苦心经营所建立起来的品牌价值和个性。

既然品牌是存在于消费者心智中一个复杂的事物,企业要了解品牌在消费者心智中的认识或位置,就需要采取一定的方法和手段来实现。通常可以通过三种调查方法来了解品牌在消费者心智中的含义。

(1) 词语联想就是询问消费者,当他们听到某个品牌时,有什么词语能够让他们回想起来并说出来。例如,人们对麦当劳这个品牌的联想可能是:罗纳德·麦当劳,金拱门,儿童,便利,快餐,质量,服务,干净,价值,等等。

(2) 人性化品牌就是询问消费者当其听到某个品牌时,能描述怎样的人或动物。中国消费者一想到万宝路香烟,可能会联想到美国西部牛仔,他们呈现出奔放、粗犷、洒脱、豪爽的男性特征。

在市场的舞台上,讲述品牌自己的故事,实现品牌的差异化,让每一个品牌都像血肉丰满、性格鲜明的人,在它的舞台上尽情表演。品牌由三个与生俱来的戏剧性元素构成,分别是:

① 我为谁而生(Who am I for)? 也就是对目标消费者的心理层面进行描述,本品牌是否提供任何特殊的使用者形象(通常比真实的消费者更令人向往),消费者心理层面的哪些部分会被这种形象所吸引? 就像歌星中的青春偶像派、摇滚歌手、校园民谣歌手等,均有比较稳定的歌迷群体。例如,潘婷:现代聪明、掌控自我的女性;沙宣:对时尚敏感的自信女人;海飞丝:害怕头皮屑带来社交尴尬的个人或父母。

② 我是谁(Who am I)? 也就是一个品牌的拟人化或象征性的描述,代表这个品牌的精神与价值,赋予这个品牌以丰富的内涵,使其品牌价值更具形象化。就像喜剧演员,可以演各种各样的喜剧角色,但目的就是带给观众以欢乐。例如,潘婷:国际性的专业领导者;沙宣:引领全球头发时尚的专家;海飞丝:有效率的专家。

③ 为什么买我(Why buy me)? 也就是品牌在功能性、情感性上的利益点以及使消费者相信的支持点。就像张国立演皇帝演得好,《康熙微服私访记》就一再拍续集,观众爱看,爱买他的账。例如,潘婷:健康闪亮的头发,因为维生素 B5,从发根至发梢健康护理,来自瑞士美发学院;沙宣:时髦健康的头发,沙宣是迷人秀发的权威专家;海飞丝:无头皮屑的美丽头发,ZPT 被头发吸收,减少落屑。潘婷、沙宣、海飞丝,一个品牌大家庭里的三枝姐妹花,各有各的舞台,各有各的性格,各有各的故事,消费者不妨按照自己的品牌偏好加以对照,看看自己心目中的品牌是否具有这样的脸谱与个性。运用品牌差异化的三个基本元素去设计、塑造品牌,是一种更贴近消费者的拟人化的方法。

(3) 品牌的实质。是指消费者寻求某一品牌能够让其满意的原因以及感受到最抽象公司理念的方面。诺基亚手机让消费者满意的原因是其优越的品质以及追求"科技以人为本"的公司经营理念。

8.1.2　品牌的作用

品牌的作用可以从多方面来透视。以下就品牌对消费者、对企业、对社会的不同作用分别加以阐述。

1. 品牌对营销商的重要作用

对从事营销活动的企业来讲,品牌的有益作用主要表现在以下几个方面。

（1）品牌有助于建立稳定的顾客群,培养顾客的忠诚度,促进产品销售,增加利润,树立企业形象。

品牌以其简洁、明快、易读易记的特征而使其成为消费者记忆产品质量、产品特征的标志,有些产品,消费者仅知其品牌,而不知为何家厂商所生产。借助品牌,消费者了解品牌标定下的产品;借助品牌,消费者能很容易记住产品,也容易记住企业,如果企业名称与品牌名称相同,那么更容易让消费者记住;借助品牌,即使产品不断更新换代,消费者也会在其对品牌信任的驱使下产生对新产品的购买欲望,在信任品牌的同时,企业的社会形象、市场信誉得以确立并随着品牌忠诚度的提高而提高,从而给品牌运营者带来经济利益。

（2）品牌有利于保护品牌所有者的合法权益。品牌经注册后获得商标专用权,其他任何未经许可的企业和个人都不得仿冒侵权,从而为保护品牌所有者的合法权益奠定客观基础。

（3）品牌有利于约束不良行为。品牌是一把双刃剑,一方面,品牌容易为消费者所认知;另一方面,品牌也对使用者的市场行为起到约束作用,企业经营中的任何欺骗和不轨行为都会引起消费者的反感和不满,最终会波及企业已经建立起来的品牌形象,这样一来就督促企业着眼于长远利益、消费者利益和社会利益,规范自己的营销行为。

（4）品牌有助于扩大产品组合,实施多样化经营战略。在当代竞争激烈的市场环境中,企业为了实现经营目标和分散单一产品经营可能带来的巨大市场风险,往往需要实行多样化经营,扩大现有产品组合。如果企业实施品牌化经营,那么在现有品牌下的产品组合的扩大就会很容易,企业可以利用现有品牌迅速地把产品推向市场,为消费者所接受。若无品牌,再好的产品或服务,也会因为消费者无法与原有产品的经营联系起来而不能判断新产品的价值,也就不敢贸然购买新产品。而有了品牌,消费者对某一品牌产生了偏爱,则该品牌标定下的产品组合的扩大就容易为消费者所接受。不过,在此种情况下,商家要注意新产品万一失败可能对原有产品产生的冲击。

此外,品牌还有利于企业实施市场细分战略,不同的品牌对应不同的目标市场,针对性强,利于进占、拓展业务。

2. 品牌给消费者带来的好处

（1）品牌便于消费者辨识产品,有助于消费者选购产品,减少消费者的支出,增加消费者的消费增加值。随着人类科学技术的进步,产品的科技含量日益提高,对消费者来说,同种类产品间的外观和质量差距越来越难以辨别。一方面,由于不同的品牌代表着不同的产品品质、不同的利益,通过品牌消费者可以直接方便地辨别产品的内涵,消除购买中的不确定性;另一方面,通过品牌消费者可以选择自己所喜爱的品牌的产品,满足自己的情感性消费。

（2）品牌有利于维护消费者的利益,保护消费者的权益。一方面,品牌可以促使商家努力保持产品品质的同一化,维护产品在消费者心目中的地位和形象,维护自己的声誉,这样可以保证消费者的利益不受到损害;另一方面,品牌有利于政府有关管理部门对产品质量进行监督,一旦产品出了问题,也有案可查,追究具体的责任主体。

（3）品牌能够实现消费者的心理利益。品牌往往代表着一定的身份、一定的声誉、一定的美誉度。消费者购买了品牌产品或服务以后,往往能够实现相对应的自我形象、自我追求和社会地位,满足虚荣心和心理需求。企业的 CEO 们坐上了奔驰、宝马汽车之后,就显示出一种经营事业的成就感和社会地位,往往能够赢得人们的尊敬和羡慕,实现其人生的价值。另外,购买品牌产品还可以减少社会和心理风险,消费者购买了符合群体期望的品牌,可能会避免周围人群的冷眼、嘲弄、挖苦等尴尬的境况,赢得他们的认同和接纳,使自己成为其中的一员。同样,合适的品牌产品还是送礼联络感情的需要,避免为人耻笑和不屑的窘境。

3. 品牌对整个社会的益处

(1)品牌可以减少社会交易费用,提高全社会的资源使用效率。使用品牌以后,消费者在寻找产品的过程中,以品牌判断自己所要购买的产品,可以在短时间内迅速找到所需要的产品,避免了无品牌状态下消费者反复比较鉴别的过程,大大缩减搜寻费用,从而可以减少整个社会的成本(时间、金钱等)支出。

(2)品牌可以加强全社会的创新精神,鼓励营销商在竞争中不断进行营销战略和策略创新,原有品牌的新发展和新品牌竞争力的提升,都需要营销商不断地推陈出新,从而使市场上的产品丰富多彩,日新月异。

(3)商标专用权可以保护企业间的公平竞争,使整个社会的商业活动有序地进行,促使整个社会经济健康发展。

另外,中外学者中有人认为,品牌的过度发展,也带来了一些弊端。

(1)品牌的过度盛行造成了同类产品不必要的、脱离实际的区别。比如,本来无多大区别的纯净水,由于有了品牌导致各纯净水商家的产品之间的差异。而这种差异本身却不能给整个社会带来多大的好处。

(2)品牌经营使消费者增加了负担。品牌创立过程中的大量的广告、宣传、包装和其他成本的开支必然会转嫁到消费者身上,使消费者承担了一些不必要的成本。

(3)品牌会强化人们的等级观念。因为品牌建立后,就代表着一定的定位,这种定位可能就意味着一定的等级,指向一定的社会消费阶层和群体,人们往往通过购买某些品牌的产品来显示自己的社会身份和地位。

8.1.3 品牌资产

何谓品牌资产(brand equity)[①]? 目前在理论界尚无统一的解释。西方学者法科(Farquhar)认为品牌资产是"与没有品牌的产品相比,品牌给产品带来的超越其使用价值的附加价值或附加利益"。大致上,我们可以把品牌资产的内涵划分为三个流派:①产品市场模式(product market)。这种模式认为品牌资产一定能够通过品牌在产品市场的产出体现出来。测量产品市场产出最常用的指标是溢价,即与无品牌产品相比,品牌产品索取更高价格的能力。溢价的理论依据是有品牌的产品应比相同功能的无品牌的价格高,溢出的价格就是品牌资产。溢价乘以该品牌的销售量等于该品牌的总价值。品牌资产是品牌给产品或

---

① 对"brand equity"的中文译法,有不同的见解。有翻译成"品牌权益"的,还有翻译成"品牌产权"的,本书中采用较为通行的一种译法,即"品牌资产"。

服务带来的资金流。②金融市场模式(financial market)。这种模式是将品牌视为无形资产,与企业有形资产一起,构成企业金融市场总价值。从金融市场中剔除有形资产、能够为企业降低成本或带来收益的其他非品牌无形资产(如专利)、产业环境(如政府管制)因素的价值后,就可以得到品牌资产的价值。③基于顾客的品牌资产(customer-based brand equity)。这是由凯勒提出的品牌资产模式,凯勒认为品牌资产是因消费者的品牌知识而引起的对该品牌营销效应的差异化反应。当消费者对产品以及它的推销方式有积极的反应时,一个品牌便拥有正面的基于顾客的品牌资产。如果顾客对在相同情形下的品牌营销活动作出较不喜欢的反应,这个品牌则被认为有负面的基于顾客的品牌资产。品牌之所以对制造商和经销商有价值,根本原因在于品牌对顾客有价值。

基于顾客的品牌资产有 3 个关键部分。第一,品牌资产起源于消费者反应的差别。如果没有差别,该品牌的产品基本上被归类为一般性产品。于是这种产品的竞争或许就以价格为基础。第二,这些差别是一个消费者的关于品牌知识(brand knowledge)的结果。品牌知识由消费者记忆中的品牌形象(brand image)和品牌知名度(brand awareness)组成。品牌形象是指消费者记忆中强烈的、积极的和独特的品牌联想;品牌知名度是指品牌在不同情境下被顾客辨认和回忆的强度和范围。第三,构成品牌资产的消费者的不同反应,反映在与一个品牌营销各方面有关的知觉、偏爱和行为上。

不难看出,品牌资产是一种超过产品或服务本身利益以外的价值。在消费者心目中知名度高、认定的质量好并且品牌忠诚度高的品牌,其品牌资产就高。品牌资产通过为消费者和企业提供附加利益来体现其价值,并与某一特定的品牌紧密联系着。某种品牌给消费者提供的超过产品或服务本身以外的附加利益越多,则该品牌对消费者的吸引就越大,从而品牌资产价值也就越高。如果该品牌的名称或标志发生变更,则附着在该品牌上的财产也将部分或全部丧失。表 8-1 表示 2009 年世界著名品牌的排名及其变化情况。表 8-2 表示 2007 年中国著名品牌的排名情况。

表 8-1　Interbrand 公司全球品牌资产排行榜

排名 2009 (2008)年	品　牌	品牌资产/10 亿美元（2009 年）	品牌资产/10 亿美元（2008 年）	增长率/%
1(1)	可口可乐	68.7	66.7	3
2(2)	IBM	60.2	59.0	2
3(3)	微软	56.7	59.0	−4
4(4)	GE	47.8	53.1	−10
5(5)	诺基亚	34.9	35.9	−3
6(8)	麦当劳	32.3	31.1	4
7(10)	谷歌	32.0	25.6	25
8(6)	丰田	31.3	34.1	−8
9(7)	英特尔	30.6	31.3	−2
10(9)	迪斯尼	28.5	29.3	−3

表 8-2　　Interbrand 公司 2007 年中国品牌资产排行榜

单位:亿元人民币

品　牌	行业	品牌价值	品　牌	行业	品牌价值
中国移动	电信	3 130.00	中国电信	电信	300.00
中国建设银行	金融	830.00	中国平安	保险	210.00
中国银行	金融	820.00	招商银行	金融	130.00
中国人寿	保险	640.00	茅台	酒类	130.00
中国工商银行	金融	460.00	中国联通	电信	120.00

品牌资产作为企业财产的重要组成部分,主要有以下几个基本特征。①

(1)无形性。品牌资产与厂房、设备等有形资产不同,它不能使人凭借眼看手摸等感官直接感受到它的存在及大小。所以,品牌资产是一种特殊的资产。一方面,品牌资产的这种无形性,增加了人们对它把握的难度。另一方面,由无形性所决定的品牌资产的所有权获得和所有权的转移也与有形资产存在着差异。有形资产通常是通过市场交换的方式获得其所有权;而品牌资产则一般是经由品牌或商标使用者申请注册,由注册机关依照法定程序确立其所有权。

(2)品牌资产在利用中增值。就一般有形资产而言,其投资与利用往往存在着明显的界限,投资即会增加资产存量,利用就会减少资产存量,而品牌则不同。品牌资产作为一种无形资产,其投资与利用常常是交织在一起、难以截然分开的。品牌资产的利用并不必然是品牌资产减少的过程,而且,如果品牌管理利用得当,品牌资产非但不会因利用而减少,反而会在利用中增值。但是,品牌资产的投资有时并不能带来品牌资产的增值,如果品牌管理不当,反而会使品牌资产减值。例如,TCL 把它的经营业务从五金电器转移到电视机后,由于经营得法,其品牌增值速度非常快。而"太阳神"从它的口服液转移到其他业务时却遇到了麻烦,结果使得"太阳神"品牌价值日渐衰微。

(3)品牌资产难以准确计量。品牌的重要价值已广为认知,如何计量品牌资产是企业非常关心的问题。然而,品牌资产的计量却难于一般有形资产,甚至难以准确计量。一方面,品牌资产的特殊构成决定了品牌资产难以准确计量。我们知道,品牌反映的是一种企业与顾客的关系。这种关系的深度与广度通常需通过品牌知名度、品牌联想、品牌忠诚和品牌品质形象等多方面予以透视,而且,品牌资产的这些组成部分又是相互联系、相互影响、彼此交错而难以截然分开的。另一方面,反映品牌资产价值的品牌获利性(品牌未来获利能力)受许多不易计量的因素影响,如品牌在消费者中的影响力、品牌投资强度、品牌策略、产品市场容量、产品所处行业及其结构、市场竞争的激烈程度等。这也增加了准确计量品牌资产的难度。

(4)品牌资产具有波动性。从品牌资产的构成分析可以看出,无论是品牌知名度的提高,还是品牌忠诚度的增强,抑或品牌品质形象的改善,都不可能一蹴而就。品牌从无到有,从消费者感到陌生,到消费者熟知并产生好感,是品牌运营者长期不懈努力的结果。尽管品牌资产是企业以往投入的沉淀与结晶,但这并不表明品牌资产只增不减。事实上,

---

① 这部分内容主要参考了《品牌运营论》,刘凤军著,经济科学出版社,2000 年版

企业品牌决策的失误,竞争者品牌运营的失败,都可能使企业品牌资产发生波动,甚至大幅下降。

(5)品牌资产是营销绩效的主要衡量指标。由于品牌资产的实质是营销商对交付给买者的产品特征、利益和服务等方面的一贯承诺,所以,为了维系和发展企业与消费者之间互惠互利的长期交换关系,需要积极开展营销活动,履行各种承诺。可以说,品牌资产是企业不断进行营销投入或营销活动的结果,每一种营销投入或营销活动都或多或少地会对品牌资产存量的增减变化产生影响。正因如此,分散的单一的营销手段难以保证品牌资产获得增值,必须综合应用各种营销手段,并使之有机配合。像宝洁、可口可乐、SONY 等品牌之所以能够长盛不衰,与品牌运营者拥有丰富的营销经验和娴熟的营销技巧密不可分。如此说来,品牌资产的大小是各种营销技术和手段综合作用的结果,它在很大程度上反映了企业营销的总体水平。品牌资产是营销绩效的主要衡量指标。

品牌资产的建立与管理应该从战略性行为,而不是战术性行动出发。品牌资产不仅包括品牌本身的构成要素,而应该是由产品质量、广告、营销传播、定价等多个要素构成的综合体。建立品牌资产有 4 个步骤,首先是通过顾客调查,确认品牌优势;其次是通过广告和公共关系建立品牌认同;再次是建立品牌政策及准则以达到长期且成功的品牌资产;最后是定期进行品牌认同调查,充分了解顾客对品牌评价的变化,以妥善管理品牌资产。

建立优质品牌资产有四大要素:①质量卓越。品牌最重要的决定因素是消费者对品牌旗下的产品或服务的感知质量。②优质的服务。服务是获得消费者认同和喜爱以及差异化优势的重要原因。研究表明,有 67%的消费者转换品牌起因于服务不良。③率先进入市场。让品牌最先进入市场的方法有新技术、新定位、新渠道、新细分等。④差异化。以不同的属性创造不同的细分。利基品牌和强势品牌拥有非常高的回报。

艾格(Aaker)认为,建立一个强势的品牌需要从 5 个方面着手。①容易被认同。在特定的产品类别中,该品牌广为人们认同和喜爱。②创造公司品牌。在科学技术日新月异和消费者忠诚度越来越淡的时代里,个别品牌策略往往容易失效,因为个别产品往往会被迅速淘汰。而建立统一品牌策略往往会持久和更有价值。③整合与一致性传播。实施整合营销传播是相当不容易的。④与顾客的关系。品牌是企业与消费者的关系纽带。品牌的价值体现在品牌与顾客的关系之中。提升品牌与顾客的关系可以加强顾客资源的稳定性和忠诚性并提高顾客终身价值。哈雷摩托车有很强的顾客关系优势。消费者认为哈雷品牌能表现出他们的个性,有些消费者甚至把哈雷的标志文在身上。⑤象征与标语。好的视觉象征能增强品牌的知名度、美誉度,容易获得消费者的偏爱和忠诚,甚至表现出强烈的差异性,有力地抗击竞争对手的品牌。

8.1.4 商标与驰名商标

1. 品牌与商标的区别

品牌与商标都是用以识别不同营销商的不同种类、不同品质产品的商业名称及其标志。尽管如此,品牌和商标的外延并不相同。品牌是个营销的概念和商业经营的概念,是产品或服务在市场上通行的标志,它强调与产品及其相关的质量、服务等之间的关系,品牌实质上是品牌使用者对顾客在产品特征、性能、质量等诸多方面利益的承诺,更多的是一种心理的含义;而商标是法律概念,它是已获得专用权并受法律保护的品牌,是品牌的一部分。商标无论是否在产品上被使用,也不管商标所标定的产品是否有市场,只要采用成本法对其评估,它就必然有商标价值;而品牌则不同,不使用的品牌自然没有价值,品牌的价值是其使用中通过品牌标定的产品或服务在市场上的表现来进行评估的。

还需说明的是,在我国,商标有"注册商标"与"非注册商标"之分。注册商标是指受法律保护、所有者享有专用权的商标。非注册商标是指未办理注册手续、不受法律保护的商标。

2. 商标专用权及其确认

商标专用权,也称商标独占使用权,是指品牌经政府有关部门核准后独立享有其商标使用权。其他任何未经许可的企业不得使用。这种经核准的品牌名称和品牌标志,受到法律保护,其他未经许可的企业不得使用。因此,企业欲使自己的产品品牌长久延续,必须通过政府许可的方式获得商标专用权,以求得法律的保护。

国际上对商标权的认定,有两个并行的原则,即"注册在先"和"使用在先"。

(1) 注册在先。注册在先是指品牌或商标的专用权归属于依法首先申请注册并获准的企业。在这种商标权认定原则下,某一品牌不管谁先使用,法律只保护依法首先申请注册该品牌的企业。中国、日本、法国、德国等国的商标权的认定即坚持这种注册在先的原则。

(2) 使用在先。使用优先是指品牌或商标的专用权归属于该品牌的首先使用者。在品牌使用(必须是实际使用,而非象征性使用)所达到的地区,法律对其品牌或商标予以保护。美国、加拿大、英国和澳大利亚等国即是采用这种原则对商标专用权进行认定。

当然,在具体的商标权认定实践中,还有对以上两种原则主次搭配、混合使用的"使用优先辅以注册优先"和"注册优先辅以使用优先"两种原则:①使用优先辅以注册优先是指采用"优先使用"原则的国家也办理品牌注册,但这种注册在一定期限内只起一种声明作用,如有首先使用者在此期限内提出首先使用的证明,则这种注册即被撤销。过了这一期限,任何人都不能再以使用者名义要求撤销这种注册。可见,在采用使用优先的国家里,品牌注册同样具有不可忽视的重要意义。因为这些国家大都有"仅限于使用所达到的范围内有效"的规定,他人可以在其未使用的地区抢先注册。②注册优先辅以使用优先是指采用"注册优先"原则的国家一般也都规定在一定的期限内,其商标连续不使用又无正当理由者将被撤销,这就客观上要求经注册获得的商标专用权的企业要坚持不间断地使用已注册的品牌或商标,否则,也会失掉商标专用权。

3. 商标的侵权

凡不拥有商标使用权,而是假冒他人商标(盗用一个已有的商标并将其贴在劣质的同类产品上出售)、仿冒他人商标(用鱼目混珠的方法模仿他人商标、造出近似的品牌,贴在质次的同类产品上出售)、恶意抢注(非真正的商标使用者钻法律的空子,抢先注册他人商标,取得商标使用权,然后再高价出售或勒索商标真正所有者)等行为,均构成侵权。所谓商标侵权即是指在同一种产品或类似产品上使用与某商标雷同或近似的品牌,可能引起欺骗、混淆或讹误,损害原商标声誉的行为。

4. 驰名商标

驰名商标是国际上通用的为公众所熟知的享有较高声誉的商标。驰名商标起源于《保护工业产权巴黎公约》,现已为世界上大多数国家认同。中国也是巴黎公约成员国之一。根

据《保护工业产权巴黎公约》的规定，我国于1996年8月14日由国家工商行政管理局发布并实施了《驰名商标认定和管理暂行规定》。

（1）驰名商标的法律特征

驰名商标虽为世界多数国家和地区所公认，但什么是驰名商标却未形成一致的概念，《保护工业产权巴黎公约》中没有明确规定，各国赋予驰名商标的法律含义和保护措施也不尽相同。我国的《驰名商标认定和管理暂行规定》的第二条给驰名商标下了定义，即"驰名商标是指在市场上享有较高声誉并为相关公众所熟知的注册商标"。

① 驰名商标的专用权跨越国界。驰名商标的专用权，不同于一般法律意义的有严格的地域性的商标专用权，而是超越本国范围、在巴黎公约成员国范围内得到保护的商标权。如果某一商标在注册国或使用国获得商标主管机关或其他权威组织（如最高法院或其法律机关）认定为驰名商标，即表明该商标得到《保护工业产权巴黎公约》的保护。按照巴黎公约对驰名商标专用权的规定，若某一商标构成对该驰名商标的仿造、复制或翻译，而且用于相同或类似产品上，则应禁止其使用该商标（拒绝或取消其注册）。这种做法常被称为"相对保护主义"，在实施大陆法系的诸国多被采用。在英、美等国，驰名商标所有人不仅有权禁止其他任何人在未经许可的情况下在相同或类似产品上使用其驰名商标，甚至有权将这一禁止使用其驰名商标的范围扩大到其他一切产品上。

② 驰名商标的注册权超越优先申请原则。世界上许多国家都实行品牌注册及优先注册（同一品牌，给予先申请者注册）的原则，我国也是如此。就一般品牌来说，只有注册后才受到法律的保护，不注册的品牌则不受法律保护。但是，驰名商标则不同，如果某品牌被商标主管机关认定为驰名商标，那么，按照《保护工业产权巴黎公约》的规定，即使未注册，也在巴黎公约成员国内受到法律保护。即，对驰名商标而言，他人虽申请在先，只要其申请注册的商标是对驰名商标的复制、仿造或翻译而且用于相同或类似产品上，就不得给予注册；不仅如此，驰名商标注册的优先权还表现在：即便他人经申请已获准注册，驰名商标所有人也有权在5年内请求撤销注册商标。这个五年期限是《保护工业产权巴黎公约》的规定，也是我国《驰名商标认定和管理暂行规定》的规定。如果他人以欺诈手段恶意取得或使用驰名商标，则驰名商标所有者的撤销请求权的期限无限制。

（2）驰名商标的认定

由于驰名商标在国际国内市场上享受特殊的法律保护，所以，积极努力争取获准驰名商标认定是企业在开拓国际国内市场过程中获得竞争优势的重要选择。在我国，驰名商标的认定由国家商标局负责。凡在市场上有较高的知名度和较高的市场占有率的商标都可以向其申请认定驰名商标。从1989年至1998年，我国已经先后认定了87件驰名商标。国际上通行的驰名商标认定的一个最基本的原则是：驰名商标是一种个案认定，不是批量评选，而且这种个案认定常常是由于某个商标在市场上遭受到假冒、仿制等行为的侵害时，在商标所有者向有关主管机关提出的法律请求下，有关部门依法给予被侵害商标以驰名商标认定的。在不同的国家，驰名商标的认定机关也是不同的。大多数国家（包括我国）是由本国的商标主管机关来组织认定，也有一些国家是由最高法院或其他法律主管机关来认定。

根据我国《驰名商标认定和管理暂行规定》的规定，企业在申请认定驰名商标时，应当提交下列证明文件：①使用该商标的产品在中国的销售量及销售区域；②使用该商标的产品近三年来的主要经济指标（年产量、销售额、利润、市场占有率）及其在中国同行业中的排名；

③使用该商标的产品在外国(地区)的销售量及销售区域;④该商标的广告发布情况;⑤该商标最早使用及连续使用的时间;⑥该商标在中国及外国(地区)的注册情况;⑦该商标驰名的其他证明文件。

8.2 品牌策略

8.2.1 品牌设计

在实践中,许多企业不惜重金设计品牌。例如,美国埃克森(Exxon)公司为了给自己的产品创出一个能够通行于全世界、能够为全世界消费者所接受的名称及标志,曾动员了心理学、社会学、语言学、统计学等各方面专家,历时 6 年,耗资 1.2 亿美元,先后调查了 55 个国家和地区的风俗习惯,对约 1 万个预选方案几经筛选,最后定名为 Exxon,堪称是世界上最昂贵的品牌设计。这一事例说明营销商对品牌设计的重视,也反映了品牌设计中充满了艺术性和创造性,在品牌设计过程中,一般要坚持以下几个基本要求。

1. 避免烦琐、容易上口、便于记忆

品牌名称既要独特,又要顺口、简单,符合特定的文化语言习惯,尽量做到让消费者过目不忘。来自心理学家的一项调查分析结果表明,人们接收到的外界信息中,83%的印象通过眼睛,11%借助听觉,3.5%依赖触摸,其余的源于味觉和嗅觉。基于此,为了便于消费者认知、传诵和记忆,品牌设计的首要原则就是简洁醒目,易读易记。适应这个要求,不宜把过长的和难以读诵的字符串作为品牌名称,也不宜将呆板、缺乏特色感的符号、颜色、图案用作品标。一般来讲,拉丁文字以 2~3 个音节的词较符合要求;汉语中文,则是 2 或 3 字词为佳。

例如,Trio 这一名称作为音响的品名,虽然比较简洁但却存有明显的缺憾,主要表现在它的发音节奏性明显不强,从 tr 到 o 有头重脚轻之感,达不到朗朗上口的效果。将其改成 kenwood(健伍),就大不一样了。ken 与英文 can(能够)谐音,wood(茂盛森林)又有短促音的和谐感,两者组合起来,读音响亮,节奏感强,朗朗上口,可谓上乘之作。再如,"M"这个很普通的字母,对其施以不同的艺术加工,就形成表示不同产品的标记或标志:鲜艳的金黄色拱门"M"是麦当劳(McDonald's)的标记。它棱角圆润,色调柔和,给人自然亲切之感。现如今,麦当劳这个"M"形标志已经出现在全世界 73 个国家和地区的数百个城市的闹市区,成为孩子及成人们最喜爱的快餐标志。与麦当劳的设计完全不同,摩托罗拉(Motorola)的"M"虽然也只取一个字头"M",但是,摩托罗拉充分考虑到自己的产品特点,把一个"M"设计得棱角分明,双峰突起,突出了自己在无线电领域的特殊地位和高科技的形象。

2. 避免俗套、追求个性、体现属性

一个品牌要与众不同、充满感召力,在设计上还应该充分体现品牌标示的产品优点和特性,暗示产品的优良属性。Bens(本茨)先生作为汽车发明人,以其名字命名的奔驰(Benz)车,100 多年来赢得了顾客的信任,其品牌一直深入人心。那个构思巧妙、简洁明快、特点突出的圆形的汽车方向盘似的特殊标志,已经成了豪华优质高档汽车的象征。这个品名与品标的有机结合,不仅暗示品牌所标定的产品是汽车,而且是可以"奔驰"的优质汽车。

"方正"作为我国 IT 业的品牌，其品牌设计也是别具匠心的。"方正"整体品牌由中文、图形和英文三部分组成。首先，"方正"二字蕴涵丰富："方正"即一方之正、一方之中、一方之主，指北大方正电子系统为全球中文电子排版技术的主体和正宗，居世界领先地位。"方正"即方方正正，规规矩矩，体现了北大方正集团公司依法经营、诚实经商的经营之道，也反映了公司员工朴实、严谨、求实的科学精神："方正"即八方之正，有吸纳各方优势之意，体现了公司博采众长、广招天下一流人才的博大胸怀；"方正"还有暗含基础雄厚、功底扎实、稳步发展之意。其次，"方正"的英文是 Founder，其含义是"奠基者、创立者、缔造者"，表明北大方正是中文电子排版系统的开创者；其音译为"方的"，与汉字方正实现了有机配合。最后，再从"方正"品牌的图标上看，其立体形状表现为中间的白色方框为正方形，分别与右上角和左下角的黑色部分构成正方体，与文字"方正"相一致；其平面形状表现为右上角和左下角的黑色部分像两个箭头，右上角向上的箭头表示科技顶天，左下角向下的箭头表示市场立地，意味着北大方正集团的高科技产业是顶天立地的事业。

3. 避免浮躁、注重内涵、表情达意

品牌大多都有其独特的含义、解释或释义。有的是一个地方的名称（北京牌电视机），有的是一种产品的功能（万里牌轮胎），有的或者就是一个典故（六必居牌酱菜）。富蕴内涵、情意浓重的品牌，因其能唤起消费者和社会公众美好的联想，而使其备受公众青睐。

"红豆"是一种植物，是人们常用的镶嵌饰物，是美好情感的象征物（又称"相思子"或"相思"），同时"红豆"也是江苏红豆集团的服装品牌和企业名称。红豆之所以具有较高的知名度，主要是因为"红豆"一词与爱情相关，其英文是 The seed of love（爱的种子）。提起它，即会使人们想起唐代大诗人王维的千古绝句，即会勾起人们的相思之情。此外，红豆作为品牌，也表达了企业对消费者的关爱。借助"红豆"传情，年轻的情侣通过互赠"红豆"服装表示爱慕之意，离家的游子以红豆服装寄托其思乡之情。红豆服装正是借"红豆"这一富蕴中国传统文化内涵、情意浓重的品牌"红"起来的。

"和路雪"作为世界上冰淇淋第一品牌，自 1994 年进入中国市场以来发展迅速。1997 年以来，其销售额及品牌知名度稳居同类产品第一位。由于"和路雪"的旧标识显得冷漠，缺少人情味，不足以恰如其分地反映出企业与消费者日益紧密默契的关系，因此，自 1999 年 3 月始更换成富有内涵的红黄搭配的"双心"新标识。双心体现了"和路雪"一贯倡导的珍爱生活、快乐共享的品牌理念，双心的暖色调给人以温暖亲切的感觉。

4. 避免雷同、虑及长远、放眼世界

品牌设计的雷同，是实施品牌创建和运作的大忌。体现个性，突出差异，是品牌设计的基本出发点。因为品牌运营的最终目标是与消费者进行有效沟通，让消费者喜爱和忠诚，最终超越竞争对手。若品牌的设计与竞争对手雷同，不仅使消费者无法产生知觉差异，而且落入俗套，永远居于人后，达不到最终让消费者产生偏爱和超越竞争者的目的。

"固特异"（Good year）是中国人不陌生的轮胎品牌，街道两旁经常见到。它曾以 215 万美元购买了我国鹰牌轮胎商标。固特异的公司总部设在美国俄亥俄州的阿克伦，令人奇怪的是，在阿克伦还有一家与固特异名称非常相似的轮胎公司，叫固特立（Goodrich）。"固特立"的创始人是本杰明·富兰克林·固特立（B. F. Goodrich）。他的轮胎公司在规模和知名度上都比固特异小得多。虽然固特立是美国国内第一家推出"钢丝辐射层轮胎"的公司，然

而在几年之后,当问及购买者,是哪家公司制造钢丝辐射层轮胎时,竟有 56% 的人回答说是"固特异",而只有 44% 的人回答是"固特立"。所以,阿克伦城里的人说:"固特立发明它;固特异销售它。"还有另一个奇怪的现象是,固特异的领先程度几乎每年都在增长。

在我国,由于企业的品牌意识还比较淡薄,品牌运营的经验还比较少,品牌的雷同现象更为严重。据统计,我国以"熊猫"为品牌名称的有 311 家,"海燕"和"天鹅"两品牌分别有 193 家和 175 家同时使用。除重名以外,还有像香烟市场上"凤凰"和"凤舞"、白酒市场上"五加鞭"和"五加白"等品名极其相近的品牌。

除了注意避免雷同以外,为了延长品牌使用时间、扩大品牌的使用区域,在品牌的设计上还应注意尽可能超越时空限制。就时间限制来讲,用具有某一时代特征的词语作品牌名称并不一定是好的创意(如"文革"期间的一些产品品牌),甚至可能是很糟糕的创意。这是因为,具有时代特征的名称有强烈的应时性,可能在当时或随后一段时日会"火",但随着时间的推移,品牌的感召力也会越来越小,因此,要考虑长远的效果。

由于世界经济一体化的进程,人类的经济活动越来越趋于频繁和紧密。品牌超越空间的限制就成为一个当今商家营销活动的主要问题,它是指品牌超越地理文化边界的限制,放眼于世界的问题。由于世界各国的历史文化传统、语言文字、风俗习惯、价值观念和审美情趣不同,对于一个品牌的认知、联想必然会有很大差异。试想,若将"Sprite"直译成"妖精",又有多少中国人会乐于认购呢?译成符合中国文化特征的"雪碧",就比较准确地揭示了品牌标定产品的"凉"、"爽"等属性。美国通用汽车公司,曾因其一个叫"诺瓦"(Nova)的品牌在西班牙语中含有"不走"或"走不动"的意思,在西班牙语系的国家销售受阻,后改为拉美人比较喜欢的"加勒比",结果很快打开市场。

8.2.2 品牌策略

企业从事品牌运营,科学而合理地制定品牌策略是其核心内容。依品牌运营的主要作业环节,品牌策略主要包括品牌有无、品牌归属、品牌统分、品牌延伸、多品牌和品牌复苏等抉择内容。

1. 品牌有无策略

品牌运营的第一个作业环节就是企业生产经营的产品是否应该有品牌。不言而喻,拥有自己的品牌,必然要付出相应的费用(包括包装费、法律保护费等);增加企业运营总成本,同时也承担一定的市场风险(若某品牌不受欢迎,损失自负),但品牌对使用者或营销商的益处更是不可低估的(本节"品牌的作用"中已有阐述)。品牌的有益作用是企业选用有品牌策略的重要缘由。

尽管品牌能够给品牌所有者、品牌使用者带来很多好处,但并不是所有的产品都必须有品牌,要视品牌运营的投入产出测算而定。实践中,有的营销商为了节约包装、广告等费用,降低产品价格,吸引低收入购买力,提高市场竞争力,也常采用无品牌策略。例如,在国外的超市里就有无品牌产品,它们多是包装简易且价格便宜的产品。在美国,无牌杂货产品要比同类的品牌产品便宜 20%~25%。必须说明的是,产品无品牌也有对品牌认识不足、缺乏品牌意识等原因。当然,产品有无品牌不是一成不变的。随着品牌意识的增强,近年来,我国企业品牌化程度不断提高,农产品品牌(如"七河源"大米等)更是引人注目。

2. 品牌归属策略

确定产品应该有品牌以后,就涉及如何抉择品牌归属问题。对此,企业有四种可供选择的策略,其一是企业使用属于自己的品牌,这种品牌叫做企业品牌或生产(制造)商品牌,或全国性品牌;其二是企业将其产品售给中间商,由中间商使用它自己的品牌将产品转卖出去,这种品牌叫做中间(经销)商品牌或私人品牌;其三是企业对部分产品使用自己的品牌,而对另一部分产品使用中间商品牌;其四是产品中同时出现两家公司的品牌名称,称为联合品牌。如,PC 计算机芯片制造商的品牌名称和 PC 制造商的品牌同时出现(如"Intel inside")。两个品牌或其中一个品牌能够从中获益,因为一方的良好形象影响了另一方。

在早期的品牌运营实践中,由于产品的设计、产品的质量水平和产品特色等都决定于制造者,加之市场供求关系对生产企业的压力还不太大,所以,品牌几乎都为生产者或制造商所有。可以说,品牌是由制造商设计的制造标记。生产商使用自己的品牌,可以建立自己产品的长期市场,可以获得品牌所带来的各种利益。于是,随着市场经济的发展,市场竞争日趋激烈,在品牌的作用日益为人们所认知的情况下,中间商对品牌的拥有欲望也越来越强烈。近年来,中间商品牌呈明显的增长之势。许多市场信誉较好的中间商(包括百货公司、超级市场、服装商店等)都争相设计并使用自己的品牌。例如,美国的 Sears 公司经销的产品的 90% 都标有自己的品牌。中间商品牌的出现与发展掀起了新一轮更宽范围的品牌战。

制造商放弃使用自己的品牌而借用中间商的品牌,可以节省有关品牌建立的各种费用,相对降低营销成本,也可以避免品牌声誉受损而造成的营销风险。但是,制造商在使用中间商品牌时,对经销商的依赖加深,因而使自己的营销风险加大。如果经销商突然拒绝销售制造商的产品,或者不断提出降低供货价格的要求时,会使制造商的营销效益极大降低。所以,制造商一般只是在面对有较高的市场进入壁垒时,才会使用中间商品牌。例如,印度的机床业、计算机软件业,就是长期利用欧美国家著名的中间商品牌向西方工业发达国家经销产品的。这样做的结果,使印度成为世界机床和软件出口大国,但获利甚微。

企业选择生产者品牌或中间商品牌,即品牌是归属生产者还是中间商,要全面考虑各相关因素,综合分析得益损失,最关键的问题要看生产者和中间商谁在这个产品分销链上居主导地位、拥有更好的市场信誉和拓展市场的潜能。一般来讲,在生产者或制造商的市场信誉良好、企业实力较强、产品市场占有率较高的情况下,宜采用生产者品牌;相反,在生产者或制造商资金困难、营销力量薄弱的情况下,不宜选用生产商或制造商品牌,而应以中间商品牌为主,或全部采用中间商品牌。必须指出,若中间商在某目标市场拥有较好的品牌忠诚度及庞大而完善的分销网络,即便生产者或制造商有自营品牌的能力,也应考虑采用中间商品牌。这是在进入海外市场的实践中常用的品牌策略。

中间商使用自己的品牌进行营销,可以获得以下好处:①中间商在使用自己的品牌经销时,可以找到用较低的成本生产和供货的生产商,从而大大降低进货成本;②中间商直接面对顾客,具备比生产商更有利的"地理优势",从而具有成本优势,因为中间商比较接近顾客,易把握市场的脉搏,所以比生产商更具有灵活性和应变性,这样,就可以节省许多成本支出;③使用中间商品牌的商家由于总的经营费用较低,可以获得极大的经济利益,同时,还可以以较低的市场价格进行产品销售,使其产品颇具市场竞争力;④由于中间商在销售产品时具有"展示面积"优势,也就是中间商掌握着货柜、货架、橱窗和展台的优先权,因而具有比制造商更多的捕捉商机的机会;⑤中间商在使用自己的品牌销售产品时,能单独对顾客提供各种销售服务,这比用生产商提供此类服务要周到、及时和快捷得多,因而能培育出品牌更高的美誉度和市场感召力。

中间商使用自己的品牌进行营销具有以下不利之处:①中间商必须就产品的质量对顾客负责,因而需要费力寻找能提供质量保证的生产商;而生产商在无须用自己的品牌销售时,对质量的责任心远不如用自己的品牌销售时强;②中间商建立和运作品牌时的经营费用可能会大幅增加,包括中间商转换定做产品的生产商时的较高的产品检验成本和质量控制成本;③中间商在与生产商签订合同后,必须购买由中间商制定品牌的产品,这样会降低中间商应变市场的灵活性和机动性。

3. 品牌统分策略

品牌,无论是归属于生产商,还是归属于中间商,或者是两者共同拥有品牌使用权,都必须考虑对所有的产品如何命名的问题。是大部分或全部产品都使用一个品牌,还是各种产品分别使用不同的品牌,如何对此进行决策事关品牌运营成败。决策此问题,通常有四种可供选择的策略。

(1)统一品牌(也称"家族品牌"或"伞状品牌")。即企业所有的产品(包括不同种类的产品)都统一使用一个品牌。例如,中国的四川长虹公司生产的所有的产品均采用"长虹"品牌;飞利浦公司的所有产品(包括音响、电视、灯管、显示器等)都以"Philips"为品牌;佳能公司生产的照相机、传真机、复印机等所有产品都统一使用"Canon"品牌。企业采用统一品牌策略,能够降低新产品宣传费用,可在企业的品牌已赢得良好市场信誉的情况下顺利推出新产品;同时也有助于显示企业实力,塑造企业形象。不过,不可忽视的是,若某一种产品因某种原因(如质量)出现问题,就可能波及其他种类产品而影响企业全部产品和整个企业的信誉和形象。当然,统一品牌策略也存在着让消费者难以区分产品质量档次的问题。

(2)个别品牌。是指企业对各种不同的产品分别使用不同的品牌。在第 6 章中所列举的宝洁公司的产品定位中的产品品牌策略正是这种策略的体现。这种品牌策略可以保证企业的整体信誉不至于受其某种产品"马失前蹄"的影响;便于消费者识别不同质量、档次的产品;同时也有利于企业的新产品向多个目标市场渗透。当然,营销传播费用较高也是不可忽视的。

(3)分类品牌。是指企业在对所有产品进行分类的基础上,各类产品使用不同的品牌。如美国著名的 Sears 大型百货公司对自己经营的器具类产品、妇女服装类产品、主要家庭设备类产品分别赋予不同的品牌名称及品牌标志。科龙公司分别对空调系列和电冰箱系列采用"科龙"和"容声"品牌。上海家化公司对沐浴露、花露水和香皂采用"六神"品牌;对牙膏、摩丝、洗发水和护手霜采用"美加净"品牌;对中高档护肤彩妆品采用"清妃"品牌。这些品牌命名策略实际上是对前两种做法的一种折中。

(4)企业名称加个别品牌。其做法是企业对其各种不同的产品分别使用不同的品牌,但需在各种产品的品牌前面冠以企业名称。例如,美国凯洛格公司采取这种品牌策略,推出"凯洛格富来卡米饼"、"凯洛格敖皮葡萄干"等;中国的海尔公司推出"海尔小神童"、"海尔小王子"、"海尔大王子"等洗衣机、冰箱。这种在各不同产品的品牌名称前冠以企业名称的做法,可以使新产品与老产品统一化,进而享受企业的整体信誉,节省广告宣传费用,又可使品牌保持自己的独立性。与此同时,各种不同的新产品分别使用不同的品牌名称,又可以使不同的新产品各具特色。

4. 品牌延伸策略

统一品牌、个别品牌、分类品牌、企业名称加个别品牌这四种品牌策略,不管企业选择了哪一种,经过科学而有效地运营都有可能获得较好的品牌知名度和美誉度。那么,一个品牌获得了较好的市场信誉,赢得了较高的品牌忠诚度以后,该品牌是否可用在其他产品上而使该品牌得以拓展或延伸? 这也是品牌运营过程中的重要课题。品牌延伸就是指企业利用其成功品牌的声誉来推出改良产品或新产品。例如,中国海尔集团成功地推出了海尔（Haier）冰箱之后,又利用这个品牌及其图样特征,成功地推出了洗衣机、电视机、空调、个人计算机、手机等新产品,显然,如果不利用"海尔"这个成功的品牌,这些新产品不一定能很快地进入市场。

通过品牌延伸策略推出新产品给企业带来的好处是:①降低消费者可感知的风险。对一个著名的品牌或广为喜爱的品牌来说,消费者经过长期的关注已经形成了一个良好的认知,凭着品牌的一贯性的承诺,他（她）可以把这种良好的认知带到此品牌的新推出产品上,迅速形成对新产品的喜爱和偏好,直至产生购买行为。②增加中间商接受的可能性。作为品牌延伸的新产品能潜在的增加消费者的需求,产生一种"拉"的市场推广效果,从而更容易令零售商进货和推销产品。③增加每一单位市场推广费用的效果。④降低进入和后续营销活动的成本。⑤避免建立新品牌失败的成本。⑥提高包装和标签的效率。⑦给消费者更多的选择。

同时,品牌延伸也会带来一些风险:①可能导致消费者混淆和挫折。品牌延伸的新产品可能与原有产品差异很大,这样就会使消费者对原有品牌的认知发生动摇,在消费者的脑海里出现不知所措的状态。②可能面临零售商的抵制。③可能失败,给根品牌的品牌形象带来损害。所谓的根品牌,就是指最初的和主打的品牌形象。④可以成功,但与根品牌"自相残杀"。⑤可以成功,但稀释了品牌个性。⑥可能成功,但给根品牌形象带来损害。⑦可能歪曲品牌含义,损害原品牌的形象。⑧意味着放弃建立新品牌的机会。

值得注意的是,品牌扩展策略是一把双刃剑。若利用已成功的品牌开发并投放市场的新产品不尽如人意,消费者不认可,也会影响该品牌的市场信誉。

5. 多品牌策略

品牌扩展因其市场进占成本较低而备受企业青睐,但并非所有的品牌都适合扩展,也并不是所有扩展的品牌都一定能扩展成功。若品牌扩展难以获得理想的预期效果,那么,新产品入市问题就只能借助新品牌,这样一来,企业产品品牌就会多起来。多品牌策略即是指企业同时为一种产品设计两种或两种以上互相竞争的品牌的做法。这种策略由宝洁公司（P&G）首创并获得了成功。在中国市场上,宝洁公司为自己生产的洗发液产品设计了三个品牌:飘柔、海飞丝和潘婷。宝洁公司洗发液产品的多品牌策略在中国市场上获得了令人瞩目的市场业绩,飘柔、海飞丝和潘婷三个品牌的市场占有率总共达到了 66.7%。

企业运用多品牌策略的好处是:①可以在产品分销过程中占有更大的货架空间,进而压缩或挤占竞争者产品的货架面积,为获得较高的市场占有率奠定基础。②许多消费者都是品牌转移者，有求新好奇的心理，喜好试用新品牌，这样，多种不同的品牌代表了不同的产品特色，多品牌可吸引多种不同需求的顾客，进入不同的细分市场。③多品牌可以把竞争机制引进企业内部，使品牌经理之间相互竞争，提高效率。

还需注意的是，多品牌策略具有以下的劣势：①由于多种不同的品牌同时并存必然使企业的资源过度分散，不能集中于少数品牌的提升上，可能导致没有带来较高赢利水平的明星品牌产品的局面。②存在自家不同品牌之间倾轧和竞争的风险。这样，就要求在运用多品牌策略时，分析新品牌可能夺走本企业其他品牌及竞争品的销量有多少，要注意各品牌市场份额的大小及变化趋势，适时撤销市场占有率过低的品牌，以免造成自身品牌过度竞争。

6. 品牌复苏

品牌创建成功以后，不管曾经有过怎样盛极一时的辉煌，随着时间的迁延，有些品牌因为种种原因不能再得到消费者的认同和喜爱，被消费者淡忘、冷落乃至抛弃，变得委靡不振，死气沉沉，老化暮气，长此以往也就失去继续存在的价值。在这种情况下，营销管理人员就需要使老化、没落、陈旧、落伍过时的品牌重新焕发青春和活力，与时俱进，起死回生，使之复苏(复活)。能够使老品牌复苏的策略多种多样，主要有：增加使用量；新用途；进入新市场；品牌重新定位；产品/服务的改进；产品/服务的增加；促使当前产品过时；品牌扩展，等等。在这些策略中，只有重新定位会把旧品牌的复苏当做主要目标。其他的策略都是通常都把增加销售量作为主要目标，品牌复苏(brand revitalization)只是这个目标获得成功的结果。

某一品牌最初在市场上的定位无论如何适宜，随着市场的演变，到后来都有可能不得不对它进行重新定位。所谓品牌重新定位(也称再定位)，就是指全部或部分调整或改变品牌原有市场定位的做法。虽然品牌没有市场生命周期，但这绝不意味着品牌设计出来就一定能持续到永远。为了使品牌能持续下去，在品牌运营实践中还必须适时、适势地做好品牌重新定位工作。"七喜"的"非可乐"定位是品牌重新定位的成功范例。

受竞争者品牌逼近(竞争者品牌定位于本企业品牌附近，侵占了本企业的品牌市场份额)和部分消费者偏好的变化(消费者改变对本企业品牌的信任，转购竞争者品牌的产品，使本企业品牌的市场占有率下降)等原因的影响，即便某一品牌在市场上的最初定位很好，随着时间的推移也需要重新定位。

品牌重新定位的目的是使现有产品具有与竞争者产品不同的特点，与竞争产品拉开距离。品牌重新定位可以通过三种方法来实现：进入极具吸引力的新细分市场；改变或增加新联想；改变竞争目标。

企业在进行品牌重新定位时，要综合考虑两方面影响因素：一方面，要考虑再定位成本，即把企业自己的品牌从一个市场定位点转移到另一个市场定位点所支付的成本费用，包括改变产品品质费用、包装费用和营销传播费用等。一般认为，重新定位的距离越远，其再定位成本就越高。另一方面，要考虑再定位收入，即把企业品牌定在新位置上所增加的收入，它取决于产品在新的市场位置能吸引的顾客数量、这些顾客的购买力、竞争者的数量和竞争强度以及产品的标价。

8.2.3　互联网域名商标策略

域名(domain name)是对应于互联网数字地址(internet protocol address，IP 地址)的层

次结构式网络字符标识,是进行网络访问的重要基础。Internet 中的地址方案分为两套:IP 地址系统和域名地址系统。IP 地址是数字型的,域名地址是字符型的。这两套地址系统其实是一一对应关系。如 3721 中文网址服务站,它的 IP 地址是 61.129.64.151,域名地址是 3721.com。当用户在计算机上输入域名时,计算机上的 Internet 软件通过域名系统(domain name system,DNS)将域名自动换成对应的 IP 地址,据此找到相应的主机。这样互联网上的资源访问起来就很容易了。

域名分多级,各级之间用"."隔开(如新浪网域名:sina.com.cn),其中最右边的是第一级域名,又称顶级域名。向左依次是第二、三级域名,顶级域名往往是国际或地区代码,例如,中国用 cn 表示,英国用 uk 表示。另外有 3 个以 3 个字母命名的通用顶级域名:.com(商业机构),.net(网络服务机构),.org(非营利组织);此外,还有三个用于特定机构的顶级域名.edu(教育机构),.mil(军事机构)和.gov(政府机构)。近年来,随着互联网的广泛普及和大量应用,注册域名的企业越来越多,致使原有的 3 个通用顶级域名.com(公司)、.org(事业单位)、.net(网络单位)已不够用,于是,由互联网社会 (ISCO)、互联网分址当局(IANA)、互联网结构理事会(IAB)、国际电信联盟 (ITU)际商标协会(NTA)和世界知识产权组织 (WPO)共同发起成立的 11 人委员会(简称 IAHC)发表了"通用顶级域名管理操作最终方案"。由此,顶级域名增加了 7 个,即:.firm(企业或公司域名)、.store(销售货物的企业域名)、.web(与 WWW 活动有关单位的域名)、.arts(文化和娱乐单位的域名)、.rec(康乐活动单位的域名)、.info(提供信息服务的单位的域名)、.nom(个体或个人域名)。

在我国,中国互联网信息中心(CNNIC)负责管理和运行中国顶级域名 cn,其下的二级域名分为"类别域名"和"行政域名"两类。"类别域名"有 6 个,其中,ac 适用于科研机构,com 适用于工、商、金融等企业,edu 适用于教育机构,gov 适用于政府结构,net 适用于互联网络、接入网络的信息中心和运行中心,org 适用于各种非营利性组织。行政区域名有 34 个,如北京用 bj,河南省用 ha,广东省用 gd,香港用 hk 等。

在互联网络中,顶级域名和类别域名只有有限的选择,由企业自己命名的部分是二级或三级域名,能够体现价值性和知识性的也是指域名的这一部分。工商企业多集中在.com 上注册域名,在它下面注册的二级(或三级)域名最具商业价值。不难看出,域名具有以下特点。

(1) 标识性。域名产生的基础是为了在网络上区分不同的组织与机构。也就是说,在互联网上不同的组织机构是以各自的域名来标识自身,进而相互区分的。

(2) 唯一性。域名的命名具有一定的规范,同时它又与 IP 地址等价,可以具有高度的精确性,而从地域上看,域名借以存在的互联网是全球范围的,没有国家和地域之分。在此技术特性的基础上,域名便具有全球唯一性,每个域名都是独一无二的。无论该企业的所处地域是否变动,域名总是不变的。这也是域名的标识性的根本保障。

(3) 排他性。由于互联网是覆盖全球的,使用范围的广泛性决定了域名必须具有绝对的排他性。使用域名必须申请注册,仍然采用注册在先的原则,谁先注册,谁就拥有了域名的使用权。一旦获得注册,它就排斥了此后其他组织再申请与自己相同域名的可能性。域名的所有权属于注册者。域名的排他性是其唯一性的必要保证。域名的唯一性是全球范围的,因此其排他性也是全球性的、绝对的。

(4) 域名系统资源的有限性和稀缺性。由于域名只能由字母、数字和连接符"-"组成,且长度不能超过 20 个字符,与实体世界的商业标识可以是文字、图形等各种不同组合相比,它的选择要受到字符数和命名规则的限制,具有有限性和稀缺性。

(5) 域名具有商业价值。由于大部分组织是用自己的单位名称的缩写或自己所用的商标来定义自己的域名,这样做在很大程度上能够方便他人认识自己、查找自己。于是,域名实际上就与企业名称、产品商标和其他标识物有了相类似的意义,因此,有人把域名地址又称为"网络商标"。除了便于标识以外,一个企业的域名根据该企业的商号或者产品商标进行命名,还能够成为提高企业或者产品知名度的一种手段。正因如此,许多企业都把知名商标注册成域名。许多驰名商标,几乎都成了互联网上的域名。一个域名用得久了,人们对它就有了特殊的感觉与记忆。企业一旦有了域名,就表明企业在互联网上拥有自己的门牌号码,有了通往网络世界把握商机的一把钥匙。由于域名系统(DNS)是国际共有资源,可较好地实现信息传播,这就决定了它有巨大的商业价值。

作为互联网的单位名称和在 Internet 网络上使用的网页所有者的身份标识,它不仅能给人传达很多重要信息(如单位属性、业务特征等),而且还具有商标属性。商标的本质是在现实世界中帮助消费者区别不同产品或服务来源,而域名则是进入网络"虚拟空间"搜集信息、享受不同产品或服务的门户。

随着互联网对世界经济的影响越来越广泛,企业的业务由网下拓展到网上,我们已经无法将现实世界与"虚拟世界"截然分割开来。而域名与商标在标识企业及其产品或服务的出处、代表企业的形象和商誉等方面具有相似的功能,因此,为了使企业更好地利用互联网资源开展营销活动,发挥域名在"虚拟世界"的标识功能,更好地保护企业的商标在互联网络上的专用权,需要研究域名与商标的联系。

(1) 识别功能和显著性。这是发挥"区别不同来源"作用的客观要求和必然属性。在市场经济中,要想购买产品或获得服务,就要涉及商标。如果没有商标制度,消费者就无法区别不同的产品或服务的提供者,市场经济的正常秩序就很难保证,商业组织的商业声誉、知识产权的无形价值就无从体现。而域名就像是一个门牌号码,要进入互联网,必须使用域名,通过不同的域名可以进入不同的网站。没有域名系统,互联网就无法正常运行。

(2) 专有性。商标是生产者或经营者的标志,由特定的企业使用,在一定的地域范围和产品(服务)类别上具有排他性。域名由于其技术特性更是决定了其全球的唯一性。

(3) 价值性。商标作为企业的知识产权,由于它在企业品牌建立和维护方面的作用,具有巨大的潜在价值,是企业重要的无形资产;而域名的巨大价值和利益性,则是通过其严格的注册程序和规则来保障和实现的。否则,人们完全可以通过无限制的扩容域名来个皆大欢喜,使之价值不再,而没有必要对域名后缀作出限制,同时还对域名的具体表现形式作出详尽的标定。

(4) 域名和商标的使用相互关联。在网络环境下,要发挥商标的识别作用,企业就必须利用域名来标识自己的网站,在自己的空间里进行品牌宣传及其他与消费者互动的营销活动。同时,电子商务中域名的使用也离不开商标。只有域名,没有具体的商标,要在用户心目中建立起域名的独特形象十分困难。二者结合使用可以获得更大的效用。

(5) 域名和商标的一体性。为了充分发挥商标与域名的作用,在很多情况下,企业域名的主体部分一般也是其商标的主体部分。这种统一非常有利于企业的宣传和知识产权的保护。

当然,作为不同环境下的识别标识,域名与商标也存在着区别。认识二者的区别,为更好地管理商标和域名打好基础具有重要意义。

(1) 专用权的范围不同。商标注册是按产品或服务类别进行的,同一文字商标可能被不同企业使用,只要其经营的产品或服务类别不类似即可(驰名商标除外);而目前的域名注册机制不可能按产品或服务类别再细分,同样的二级域名在同一个顶级域下只能属于一个主体,绝不可能出现两个完全相同的域名,也即前述域名具有绝对唯一性。同时商标权具有地域性,一般只在一定的地域范围内有效,不同国家的法律主体可能拥有完全相同的商标而彼此相安无事;而域名则具有超地域性,是全球通用的,无论哪个国家的主体,一旦注册了某个域名,则在全球范围内的其他任何国家的人都无法再注册同样的域名。

(2) 判断相似的标准不同。申请注册的商标,同他人在相同产品或类似产品上已经注册或初步审定的商标相同或近似的,则不会获得注册。对于域名,只要不是与已注册的域名完全相同,就可以获得注册,因此几个相似的域名能够同时存在,互不侵犯。这是由互联网技术系统特性决定的,只要两个域名之间有细微的差别,计算机就可以精确地识别出来。

(3) 注册分类标准不同。商标须按产品或服务的类别进行注册,而域名则按照申请注册的主体性质分类,各类企业无论产品或服务类别,在三个通用顶级域下都可以注册。但由于初期企业多在 com 下注册,用户已经形成输入 com 来查询企业的习惯,使得 com 比其他两个域名更有价值。目前企业仍多在 com 下注册自己的域名。

(4) 构成要素和设计要求不同。域名本身只能包含字母、数字和连接符"-",虽然使用文字的限制性很弱,但由于它是适应技术的要求而发展起来的,其组合、排列、分配、选择的规则须符合域名系统(DNS)的规定,具有独特的规则性,因此可供选择的形式也很有限;而商标则可以是文字、图形或二者的结合,构成要素比域名丰富得多,但使用的文字、图形或其组合有很强的限制性,有明确的禁用条款。

但是,正像商标的功能由当初仅表示产品来源和出处发展到后来代表产品(或服务)的质量和信誉一样,域名也具有在互联网上代表企业形象和商誉的功能,成为企业在新的信息环境下参与国际市场竞争的重要手段。它不仅代表了企业在互联网上的独有位置,也是企业的产品、服务范围、形象、商誉等的综合体现,是企业无形资产的一部分。同时,作为有文字含义的商业性标记,域名在构思选择的过程中,需要一定的创造性劳动,特别是在域名的选择编排方面通过对独创性、简明性、内涵性的不懈追求,使得代表自己公司的域名简洁、有表征意义并具有吸引力,以便公众熟知并对其进行访问,从而达到扩大企业知名度、促进经营发展的目的。因此域名也是一种智力成果,与商标类似,体现了相当的创造性;可以说,域名不仅仅是一种标识性符号,而且还是企业商誉的凝结和知名度的代表。

复习思考题

1. 如何认知品牌与商标的区别?何谓品牌资产?
2. 品牌策略主要有哪几种?应如何选择选用?
3. 驰名商标有哪些法律特征?驰名商标应如何认定?
4. 结合我国品牌运营实践,谈谈如何进行品牌延伸。
5. 域名与商标的联系与区别是什么?

第 9 章

价格策略

价格策略是营销组合中最重要、最独具特色的因素之一。一方面,它直接关系到产品能否为消费者所接受,消费者获得的消费价值多少,市场占有率高低,需求量的变化和利润的多少;另一方面,与产品策略、分销策略和营销传播策略相比,价格策略是企业可控因素当中最难以确定的因素。企业的营销管理人员,不仅需要充分认识价格策略在营销组合中的地位和作用,更有必要掌握营销中定价的经济学和财务学等学科提出的科学理论依据,合理制定企业的定价目标和程序,深刻认识制约定价的实践经验判断等感性因素,在日益激烈的市场竞争中,艺术性地运用基本的定价策略和方法。

9.1 定价的目标

9.1.1 定价的重要性

在营销管理中,价格是指为了得到某种产品或服务而作出的让渡。一般来讲,价格表现为交换某种产品或服务而支出的货币数额。不仅如此,还应包括消费者在购买产品或服务过程中的时间消耗。例如,在 1999 年北京国美电器商场有数款国产 29 英寸彩电降到 2 000 元以下时,有些购买者为购买到此种彩电而连夜排队等候。在这种情况下,消费者购买到的彩电价格就不仅包含货币支出,还应包含时间和精力的耗费。除此之外,对于那些失业人员来讲,如果他们是靠慈善机构的施舍来获取食物和衣物,那么,这些人支付的价格是"失去的尊严"。

定价策略是营销理论的基础部分。在营销观念发展的不同阶段,对定价策略的重要性以及定价策略在营销组合中的地位的认识,有一个不断发展变化的过程。在人类社会进入商品经济的早期,生产力发展的水平和消费水平较低,制造商向市场提供的产品主要是原料、食品和生活必需品。这些产品在质量、性能、外观等方面,具有较多的共性,差异性较小,加之当时的消费者收入水平较低,购买力水平十分有限,购买力投向主要在生活必需品上,价格变动对消费者的购买行为影响较大,所以市场竞争主要倾向于价格竞争。

第二次世界大战后,科技革命推动了生产力的高速发展,导致生产规模迅速扩大,产品可以较多地从性能、式样、品牌等方面进行个性化生产。同时，随着经济的发展，整个社会的收入逐渐增加，消费水平逐步提高，选购品和奢侈品的需求增长迅速，这些产品的价格可比性降低。因此，20 世纪 50 年代至 70 年代初期，市场竞争较多地重视非价格因素。但在这一时期中，价格仍然是营销活动中最重要的因素之一。进入 20 世纪 70 年代后，随着营销理论研究的深入和实践的拓展，特别是价格的心理含义和行为理论为人们所认识之后，定价策略在营销中又重新居于核心位置。

定价策略之所以在营销活动中居于十分重要的地位，主要在于：①价格直接影响企业利润目标的实现。企业营销活动的直接和最终目的是追求满意的利润，而利润又受到价格变动的影响，价格在企业营销活动中作为一个可控变量，决定着企业的盈或亏。②价格是市场竞争的重要手段。首先，价格是购买行为能否发生的最具影响力的因素之一。购买作为一种经济行为，其执行者必须首先考虑价格的高低。一般情况是，在获得既定效用的前提下，选择价格尽可能低或适中的产品。合理或迎合消费需求的价格会对顾客的心理产生良好的刺激作用，本身就具有营销传播的功能。因此，价格策略优劣直接关系到消费者购买行为的状态，因而也就决定着营销商的竞争力和营销绩效。其次，价格是同行业内最常用、最易仿效的竞争手段。在现代市场经济条件下，任何一个企业都不可能长期保持对某一产品的市场独占，新产品进入市场之初，企业的最高决策者必须作出正确的价格决策，是实行厚利精销的高价策略，迅速收回投资成本；还是薄利多销的廉价策略，以获取规模经济效益。高价厚利的定价策略将招来同行业众多的竞争者，市场竞争激烈。而薄利多销的定价策略，则可能使新的竞争者放弃加入同类产品市场的角逐，从而获得较高的市场占有率和规模经济效益。

价格是营销因素组合中最关键、最活跃、最具艺术性的因素，它随市场变化而上下波动，协调着买卖双方的利益关系。在市场经济条件下运作的营销商，如果能在定价决策过程中正确制定价格变动的幅度、价格变动的时间和价格变动的地区，就能在瞬息万变的市场竞争格局中，掌握市场竞争的主动权，取得良好的营销业绩。

9.1.2 制定价格的影响因素

企业的定价决策既受企业内部因素影响，也受外部环境因素影响，如图 9-1 所示。

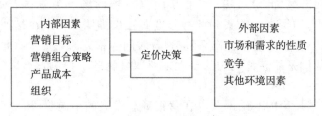

图 9-1　影响价格决策的因素

1. 营销目标

在定价之前，企业必须确定营销战略目标。如果企业已经审慎地选择了目标市场和市场定位，那么接下来就很容易确定营销组合策略，这当中当然包括价格。例如，如果上海通用汽车公司准备生产一种适合中国国情的经济型家庭轿车，以便满足中国民众对轿车日益增长的需求和适合中国家庭收入状况,这就意味着该公司应该制定一个较低的价格,因此"塞欧"的价格大概在 6 万元左右。而中国"一汽"所生产的"奥迪"2.4 款及 3.0 款轿车主要为高档商务市场所使用,因此它的价格就可以定得较高,一般都在 40 万元以上。总之,定价战略在很大程度上取决于市场定位战略。

那么,企业的营销目标是什么呢? 在下一个问题中将详细阐述。

2. 营销组合策略

价格只是作为企业用来实现营销目标的营销组合工具中的一种。价格决策必须和产品设计、分销和营销传播决策相配合,才能产生一个有效的营销方案。对其他营销组合变量所作的决策会影响定价决策。下面将分析其他营销组合因素的变化对定价的影响。

(1) 产品。在制定价格时,营销管理人员必须考虑所售产品的属性,如果产品的属性比较独特,购买者对这些属性的评价又比较高,那么定价就可以高一些。反之,则相反。除了产品的有形属性外,定价时还应考虑产品的无形属性。比如,产品的品牌知名度和美誉度、产品款式和时尚等。除此以外,营销管理人员还应考虑产品的保证条件、造型、耐用性、性能和使用情况等因素,以及这些因素与竞争对手的比较等。这些属性和因素如果被消费者所看好,那么,产品的价格就可以定得较高。

(2) 分销渠道。定价决策要考虑渠道成员的利益状况,也就是说,营销管理人员在确定价格时,不仅要考虑最终购买者愿意支付的价格是多少,而且要考虑渠道成员能够积极推销本产品所需要得到的利益是多少。这样,不仅要考虑市场上的最终零售价,而且要分析给各类中间商的批发价。

在现代竞争异常激烈的社会中,各商家都在积极缩短渠道长度,减少中间环节,尽量做到 B2C 的水平,实现市场上最低零售价的目标。

(3) 营销传播。营销管理人员在确定产品的价格时要考虑营销传播费用的多少,营销传播费用是产品成本的一个重要构成要素,而且不同的产品营销传播费用大不相同,对选购品就必须花较高的营销传播费用才可能为消费者所接受,这样其成本也必然较高,市场价格自然也就应该高一些;生活必需品营销传播费用低,成本自然也就低一些,市场价格相应的定得低一些。因此,营销传播策略和定价策略要相互配合,营销传播策略的选择既要适应开拓市场的需要,又要考虑能否有相应的定价策略的支持以及消费者对价格的心理承受能力。

3. 产品成本

在一般情况下,产品的定价必须首先补偿成本,成本是产品定价的下限。产品成本是由产品的生产过程和销售过程所花费的物质消耗和支付的劳动报酬所组成的。在实际营销活动中,产品定价的基础因素是产品的成本。对于产品价格的主要组成部分——产品成本,企业可以相当精确地计算出来。

产品成本可以分为以下几种,它们对定价起着不同的影响作用。

(1) 固定成本。是指在既定生产经营规模范围内,不随产品种类及数量的变化而变动的成本费用。如折旧、照明、空调、产品设计、市场调研、管理人员工资等各项支出。

(2) 变动成本。是指随产品种类及数量的变化而相应变动的成本费用。主要包括用于原材料、燃料、运输、存储等方面的支出,以及生产工人工资、部分营销费用等。

(3) 总成本。即全部固定与变动成本费用之和。当产量为零时,总成本费用等于未开

工时发生的固定成本费用。

(4) 平均固定成本。是指单位产品所包含的固定成本费用的平均分摊额,即固定成本费用与总产量之比,它随产量的增加而减少。

(5) 平均变动成本。是指单位产品所包含的变动成本费用的平均分摊额,即总变动成本费用与总产量之比。它在生产初期水平较高,其后随产量增加呈递减趋势,但达到某一限度后,会由于报酬递减率的作用转而上升。

(6) 平均成本。是指总成本费用与总产量之比,即单位产品的平均成本。

在理论上,从长期来看价格不应低于总成本;但从短期来看,价格则不应低于变动成本。由于企业的产品定价最终要考虑使总成本得到补偿,这就要求价格不能低于平均成本。但是这仅仅是获利的前提条件。由于平均成本包含平均固定成本和平均变动成本两部分,而固定成本并不随产量变化而按比例发生,因此,企业取得赢利的初始点只能在价格补偿平均变动成本之后的累积余额等于全部固定成本之时,即盈亏分界点 E,如图 9-2 所示。

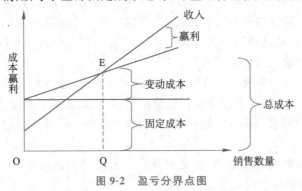

图 9-2　盈亏分界点图

图 9-2 表明:①随着产品销售数量的增长,必存在一时点,这时,从销售收入中扣除已发生的变动成本,余额刚好能够补偿全部固定成本。②由于销售收入是产品单位价格与销售数量的乘积,所以,合理定价以使企业赢利既受总成本以及固定、变动成本构成比例的制约,也必须以一定的销售数量为前提。显然,必须进一步考虑价格—销售数量的相互影响。

4. 销售数量

就单个产品而言,如果产品成本不变,则价格越高,赢利越大。但是企业赢利总额并不是单位产品赢利之和,单位产品包含的赢利水平高并不意味着企业总赢利水平必然就高。正确的计算公式是:

企业赢利=全部销售收入-全部成本

=产品销售数量×(单位产品价格-单位产品成本或平均成本)

由上式可见,企业赢利是单位产品实现的赢利与销售数量两者的乘积。但这两个因素是相关的。由于价格对需求存在反向作用,价格过高可能导致需求量及销售量的缩减,进而减少企业收入和赢利水平。因此,其他条件既定,企业赢利状况最终取决于价格与销售数量之间的不同组合。

利用边际收入与边际成本的关系是寻求价格与销售数量之间的最佳组合状态,从而实现最大赢利的有效方法。理论上认为,边际收入与边际成本相等时,销售数量与销售价格达到最佳结合,实现了最大化赢利。

5. 需求的价格弹性

需求的价格弹性,是价格决策的重要基础理论。价格变化和由此产生的需求量变化的程度,叫做需求的价格弹性,简称需求弹性,它表明了需求量对价格变动反应的灵敏度。需求弹性是用弹性系数表示的,该系数是需求量变动的百分比与价格变动百分比之间的比值。

需求弹性可分为三种情况:需求弹性>1,其含义是需求量变动的幅度大于价格变动的幅度,为需求弹性大(或富于弹性);需求弹性<1,其含义是需求量的变动幅度小于价格变动的幅度,称为需求弹性小(缺乏弹性);需求弹性=1,说明需求量与价格变动的幅度相等,是弹性大与弹性小的分界点。

价格变化对需求的影响效果也会反映在总收益上,因此弹性也可以凭借观察总收益的变动来测量。①当价格下跌而总收益上升时,需求是富弹性的;②当价格下跌而总收益下跌时,需求是缺乏弹性的;③当价格上升而总收益上升时,需求是缺乏弹性的;④当价格上升而总收益下跌时,需求是富弹性的。

需求弹性对企业提高价格或降低价格的决策作用非常重要。我们只要能确定需求弹性的大小,就能知道一个给定的价格变化对总收入有什么影响,从而决定价格的变动方向。需求弹性、价格与总收入的关系如表 9-1 所示。

表 9-1　需求弹性、价格与总收入的关系表

需求弹性	价格下跌时总收入的变化方向	价格上涨时总收入的变化方向
需求弹性>1	增加	减少
需求弹性<1	减少	增加

由此,可以得出以下结论:

(1) 当需求弹性大于 1 时,价格的升降与总收入的增减成反比,应采取降价策略,因为价格的降低总是带来需求量更大幅度的增加,从而使总收入增加。

(2) 当需求弹性小于 1 时,价格的升降与总收入的增减成正比,应采取提价策略,因为需求弹性小,价格上涨能带来总收入的增加。

应该指出,需求弹性分析是在产品的需求曲线已确定的条件下进行的。然而,一种产品的需求曲线往往难以准确判定,其需求弹性也就难以准确计算。但它作为一种分析方法和思路,对企业价格决策有着重要作用。在应用中,应注意以下问题。

第一,一种产品需求弹性的大小主要取决于三个因素:①产品被一般消费者视为必需品的程度。②消费者获得满足同样需要的替代品的可能性。③购买这种产品占消费者收入的份额的大小。产品越是必需品,越是具有不可替代性(如民用电、自来水),弹性就越小,反之则大。一些贵重物品的购买,需花费消费者很大的收入份额,其需求的敏感性就大,而一些日常用品所占的收入份额则很小,人们往往不愿意花时间和精力去计较价格,需求对价格的敏感性就小。

第二,同一种产品在不同的时间、不同的地区、对不同的顾客,其需求弹性也是可变的,这就是为什么有的产品淡季和旺季的价格不一样、不同类型的顾客购买同样产品所付代价不一样的主要原因。分析这些弹性的特点,可为企业价格政策的制定提供依据。

第三,弹性分析是一种定价的基础理论,不应因无法准确计算(如企业往往没有固定不变的需求曲线,也无法准确确定自己产品的需求曲线等)而否定它的作用。在决定价格时,

应尽力判断弹性的大小，以避免决策的失误。

第四，应克服不分情况、不分条件地把"薄利多销"作为一切产品定价原则的倾向。需求弹性的原理告诉我们，薄利不一定多销，厚利不一定少销，要具体情况具体分析。

6. 竞争因素

价格是在竞争中形成的。按市场竞争的程度，竞争可以分为完全竞争、不完全竞争、寡头垄断、完全垄断四种状况。不同竞争状况对营销商制定产品价格产生不同的影响。

（1）完全竞争对制定价格的影响。完全竞争是指没有任何垄断因素的市场状况，同种产品有多个卖主和买主，生产要素可以自由流动，产品同质，任何一个卖主或买主都不可能单独左右该种产品的价格，产品价格在多次市场交换中自然形成，买卖双方都是价格的接受者，没有哪个购买者或销售者有能力来影响现行市场价格。营销商无法将价格定得高于现行价格，因为购买者能以现行价格买到产品，而且要多少有多少。营销商的定价也不能低于市场价格，否则将血本无归。完全竞争市场能保证消费者以较低的价格获得较多的产品；同时，企业追求利润最大化的努力，只能以提高劳动生产率、降低营销费用的形式出现，因而在完全竞争市场上能使资源得到最佳配置。

（2）不完全竞争对制定价格的影响。在不完全竞争情况下，市场是由众多按照系列价格而不是单一市场价格进行交易的购买者和销售者组成的。系列价格产生的原因是由于销售者提供的产品之间存在差异造成的，购买者也愿意为这些差异支付不同的价格。这种差异可以是产品质量、分销渠道、营销传播活动等。企业根据其"差异"的优势，可以部分地通过变动价格的方法来寻求较高的利润。

（3）寡头垄断对制定价格的影响。在寡头垄断的情况下，市场由几个对彼此的定价和战略高度敏感的营销商组成。产品可能均质（铁、铜），也可能非均质（汽车、彩电）。由于在市场上只有少数几家企业，因而它们能控制价格，它们之间也是依存和影响的关系。这是竞争和垄断的混合物。由于少数企业共同占有大部分的市场份额，它们有能力控制和影响市场价格，其他企业要求进入这一市场会受到种种阻碍。任何一个寡头都不能通过减价来实现其目标，当然降价也不会有人跟进。也就是说，寡头企业之间不能随意改变价格，只能相互依存。因为任何一个企业的降价或涨价活动都会导致其他几家企业迅速而有力的反应而难独自奏效。所以，在寡头垄断情况下，彼此价格接近，企业的成本意识强。

（4）完全垄断对制定价格的影响。完全垄断是一种产品完全由一家企业所控制的市场状况。该企业可能是一家政府垄断组织，也可能是一个被行政命令授权的垄断组织（如自来水公司），或一个非政府授权的纯粹营利性垄断企业。对政府垄断组织而言，如果其生产的产品关系国计民生，对民众意义重大，购买者又无力支付全部成本，则可把价格定得低于成本，让社会上大多数人均能消费得起，保持整个社会的稳定，实现社会效益的目标。对于被行政命令授权的垄断组织，政府可以让公司确定一个"合理报酬"的利润率，让企业获得一个被社会认可的回报。对于非政府授权的纯粹营利性垄断企业可以控制市场价格，主要通过市场供给量调节市场价格。完全垄断只有在特定的条件下才能形成，如拥有资源垄断、专卖、专利产品的企业，就可能处于垄断地位。完全垄断市场使企业缺乏降低成本的外在压力，导致较高的产品销售价格、较高的产量和垄断超额利润，结果是生产效率低下，社会资源配置不佳。

7. 组织因素

价格是由企业中的哪个部门来制定的是一个必须考虑的问题。一般来讲,在小企业中,价格通常由高层管理部门而不是由销售或营销部门制定,在大企业中,价格一般是由部门或产品经理来制定。对工业品来讲,可以允许销售人员在公司规定的价格范围内与顾客进行谈判。在一些价格比较敏感的行业(如航空、铁路、电信、石油行业)中,企业经常会设置一个定价部门来制定最好的价格或帮助其他部门来制定价格。定价部门向营销部门或高层管理部门负责。其他会影响定价的人员包括销售经理、生产经理、财务经理等。

8. 法律和政策因素

由于市场机制的盲目性和自发性,市场经济会产生某些自身无法克服的弊端。于是,实行市场经济体制的国家,绝大多数政府都制定了一系列的政策和法规,对市场价格进行管理,这些政策和法规,有监督性的,有保护性的,还有限制性的,它们在市场经济活动中制约着价格的形成,是各类企业制定价格的重要参考依据,企业在制定价格策略时不能违背。

9. 心理因素

消费者的心理和行为,是营销商制定价格时最不易考察的一个因素,但又是企业定价必须考虑的重要因素之一。在市场经济条件下,收入结构呈现多层次化,使购买心理和行为复杂化,如低收入阶层的求实、求廉心理;中等收入阶层的求美、求安全心理;高收入阶层的求新、求名心理;暴发户的炫耀性消费心理,等等。这些错综复杂的心理因素,对产品定价的影响将越来越大。这样一来,消费者就会根据某种产品能为自己提供的效用大小来判定该产品的价格,他们对产品一般都有一个主观的估价,即在消费者心目中,该产品值多少钱,形成消费者心理上的认知价值或理解价值,依照这种价值的估价称为期望价格。期望价格一般不是一个固定的具体金额,而是一个价格范围。如果企业定价高于消费者心理期望值,就很难被消费者接受;反之,低于期望值,又会使消费者对产品的品质产生疑虑,甚至拒绝购买。消费者形成的认知价值或理解价值是产品定价的上限。这样一来,营销商就可以确定产品价格的上限与下限,如图 9-3 所示。

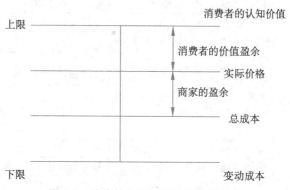

图 9-3　价格的上限与下限的价值盈余

显然,产品的实际价格会在价格的理论上限和下限之间波动。当消费者的认知价值大于实际价格,消费者会感到物超所值,此时会产生消费者的价值盈余;当实际的价格大于总成本,超出的部分为商家的利润,也就是商家的价值盈余。

9.1.3 定价目标

如同企业采取其他行动一样，定价工作也必须在事先决定的目标下进行。定价目标是指企业通过制定特定水平的价格，凭借价格产生的效用所达到的预期目的。在高度竞争的市场环境中，企业需要设定特定的、可达到的及可衡量的目标。企业的定价目标取决于企业的经营目标，同时，也要与其他目标相协调。定价的目标似乎是为了获取最大的利润，但事实上却往往不是这样。不同行业的企业、同一行业的不同企业以及同一企业在不同时期、在不同的市场条件下都可能有不同的定价目标。企业应根据自身的性质和特点，权衡各种定价目标的利弊而加以取舍，表 9-2 列举了一些企业在实际工作中确定的定价目标。

表 9-2　15 家大公司的定价目标表

公 司 名 称	定价主要目标	定价相关目标
阿尔卡公司	投资报酬率（税前）为 20%；新产品稍高（税后投资报酬率约为 10%）	对新产品另行制定促销策略；求价格稳定
美国制罐公司	保持市场占有率	应付竞争（以替代产品成本决定价格）；保持价格稳定
两洋公司	增加市场占有率	全面促销（低利润率政策）
杜邦公司	目标投资报酬率	保证长期的交易；根据产品生命周期对新产品定价
埃克森公司	合理投资报酬率目标	保持市场占有率；求价格稳定
通用电气公司	投资报酬率（税后）20%，销售利润率（税后）7%	新产品促销策略；保持全国广告宣传产品的价格稳定
通用食品公司	毛利率 33.3%（1/3 制造，1/3 销售，1/3 利润）；只希望新产品完全实现目标	保持市场占有率
通用汽车公司	投资报酬率（税后）20%	保持市场占有率
固特异公司	应付竞争	保持地位；保持价格稳定
海湾公司	根据各地最主要的同业市场价格	保持市场占有率；求价格稳定
国际收割机公司	投资报酬率（税后）10%	保持稍低于统治地位的市场占有率
琼斯-曼维尔公司	投资报酬率略高于过去 15 年的平均数（约为税后 15%）；新产品稍高	市场占有率不大于 20%；保持价格稳定
堪尼科特公司	稳定价格	目标投资报酬率（税前）20%
科如捷公司	保持市场占有率	目标投资报酬率（税前）20%
美国钢铁公司	根据市场价格	增加市场占有率

资料来源：罗伯特·F. 兰茨罗蒂. 大公司的定价目标. 载美国经济评论. 1985(12)

1. 以利润为定价目标

利润是企业从事营销活动的主要和重要目标。在实际营销活动中不少企业就直接以获取利润作为制定价格的目标。

(1) 以获取最大利润为定价目标

以获取最大利润为定价目标,这一目标表明企业要制定一个能达到最大利润的价格,是指所制定的价格要使总收益能够尽可能地相对大于总成本。例如,商家在新产品开始推向市场之时,为了能在短期内收回产品开发研制的高昂投入成本,以及赚取尽可能多的当期利润,往往采用利润最大化的定价目标,把价格定得很高。国外品牌的手机在开始进入中国市场时,价格都很昂贵;诺基亚 5110 在投放市场之初,价格近 4 000 元,而短短数年之后,就降到 1 000 元以下。

当然,利润最大化的目标并不必然就是指制定一个不合理的高价,因为不管是收益还是利润都取决于商家所面对的竞争环境,商家可以在综合分析市场竞争、产品专利、消费需求量、各种费用开支等因素后,以总收入减去总成本的差额最大化为定价基点,确定单位产品价格,争取最大利润。所以有时候低价反而能增加销量,进而获得最大的利润。因此,利润最大化的定价目标,是在市场竞争状况能接受的前提下,尽可能制定的高价。不过,商家也不应该把价格定得高出消费者对产品的认知价值,因为消费者对产品的认知价值是价格的上限。在一般的市场竞争环境中,企业产品的价格不能定得过高,以免超出消费的认知价值,遭到社会各方面的抵制和对抗,诸如需求量减少、代替品加入、竞争者增多、购买行为推迟,甚至会引起公众的不满而招致政府的干预等,反而会降低利润。

营销学认为,一方面,价格高低固然是影响企业利润的重要因素,但它不是决定利润大小的唯一因素,诸如固定资产利用率的变化、替代品的盛行、竞争者队伍的扩大以及政府政策的干预等,都对企业实现利润的多少有很大影响。追求利润最大化应以长期的最大利润为目标,如果一个企业盲目追求眼前利润,即短期的最大利润,以提高价格或以次充好等不正当手段蒙骗顾客,结果必将丢失市场。有远见卓识的企业管理者,为了追求长期最大利润,可以在短期内采取低价策略甚至亏本的方法先占领市场。

另一方面,有时要从企业的整体经营效益来追求利润最大化,当新进入某一市场,或企业的某一种产品新进入市场时,为了迅速开拓市场、争取顾客,经常采取低价渗透策略,使某一产品或某一市场在一定时期内没有赢利;此外,当企业经营多种产品时,有些产品的价格可能会定得很低,赔钱出售,目的在于招徕顾客,并借以带动其他产品的销售,从而在整体上得到更大的利益。

(2) 以获取合理利润为定价目标

以获取合理利润为定价目标,指企业在激烈的市场竞争压力下,为了保全自己,减少风险,以及限于力量不足,只能在补偿正常情况下的平均成本的基础上,加上适度的让投资者(股东)满意的利润作为产品价格。这一定价目标能够稳定市场价格,避免不必要的竞争和社会风险,从而使企业获得长期稳健的发展和利润。价格适中,消费者愿意接受,又符合政府的价格指导方针。这是一种兼顾企业利益、股东利益和社会利益的定价目标。

(3) 以取得适当的投资收益率(ROI)为定价目标

企业通过定价,以有利于实现企业的投资在一定期间内达到一定的投资报酬,采用这种定价目标的企业,一般是根据投资额规定的利润率,计算出各单位产品的利润额,把它加在产品的成本上,就成为该产品的销售价格。西方企业根据市场实际情况,一般将投资收益率确定在纳税后的 8%~20%。投资收益率应有一定的弹性,确定时要留有余地,其标准为企业开工率达 80%,即可保证实现既定的投资收益率。投资收益率可以是长期的,也可以是短期的，多数企业以长期收益平均化确定为投资收益率。

采用这种定价目标，必须注意两个问题。一是要确定合理的利润率。一般说来，预期的利润率应该高于银行的存款利息率，但又不能太高。价格太高，消费者不能接受。二是采用这种定价目标必须具备一定条件，即自己的产品是畅销产品，敢与竞争对手正面交锋，否则，产品卖不出去，预期的投资利润就不能实现。

显然，此法的优点是，可根据企业所希望的投资收益率来制定价格，确保产品的利润率。缺点是易忽略市场的需求情况。如果企业确定的投资收益率过高，将会导致价格也随之高起，以致可能无法实现预期的销售量。且此法定出的价格较缺乏弹性，因此不适合作为短期价格政策。

2. 以销售额为导向的定价目标

（1）以维护或提高市场占有率为定价目标

以维护或提高市场占有率为定价目标是指企业从占领市场的角度来判定产品的价格。市场占有率的高低，对于价格的高低有很大影响。一般说来，在市场占有率既定的情况下，为了维持或提高市场占有率，要运用低价策略。市场占有率显示了企业在市场中的地位。采用这种定价目标，有时比采用投资利润率的定价目标更重要。因为一个企业的投资报酬率并不能反映该企业的市场地位，更不能反映它同其他竞争企业的关系。而一个企业市场占有率的高低，反映该企业的经营状况和竞争能力，关系到该企业的产品在市场上的地位和兴衰，它考虑的是企业长期经营效果。例如，当投资利润率较高时，市场占有率开始下降，从长远看，其经营效果并不太好。（通常情况下，市场占有率高说明企业在市场上处于举足轻重的地位，市场占有率上升就是增加市场份额，市场占有率下降就是减少市场份额。）

但在采用这一定价目标时也必须慎重考虑，量力而行。因为运用低价策略扩大市场占有率，必然会使需求量急剧增加。因此，企业必须有充足的产品供应，否则，由于供不应求而造成潜在的竞争者乘虚而入，这反而会损害企业的利益。

（2）以销售最大化为定价目标

有时企业侧重追求销售额或销售量的最大化，而非追求市场占有率的最大化。如果企业定价偏好于这一目标，那么营销管理人员的任务便是计算价格与销售数量的关系。销售最大化的目标经常应用在想要有效地出清库存以产生现金回收，或追求销量目标以求返利的情形中。不过，现金回收最大化一般只是短期的权宜之计，而非长期的目标，因为现金回收最大化可能只有一点点儿的利润，甚至完全没有利润。

3. 以维持现状为导向的定价目标

以维持现状为导向的定价目标是指企业通过服从竞争需要来制定价格，主要是维持现有价格，或是应对竞争者的价格。这种定价战略主要是一种被动的政策，它不需要太多的计算和规划，采取这种战略的商家通常处在一个具有价格领袖的产业中。

一般说来，企业对竞争者的行为都十分敏感，尤其是价格的状况。事实上，在市场竞争日趋激烈的形势下，企业在定价前都仔细研究竞争对手的产品和价格情况。企业通常把对产品价格有决定影响的竞争者和行业领导者商家的价格作为基础，并与自己的产品进行谨慎比较、权衡，然后根据企业的自身经营实力来制定企业的产品价格。所谓领导者商家的价格，就是在同类产品中实力最雄厚，或市场占有率最高的企业的定价。

4. 以短期生存为导向的定价目标

（1）以维持企业生存为定价目标

市场上产品的价格瞬息万变。有的企业从长期利益考虑，以维持企业生存为定价目标，追求稳定的价格，即不随短期市场产品供求关系的剧烈变动而大幅度调整产品价格，这样可保全自己，在竞争中避免因价格战而出现"两败俱伤"和其他风险。尤其当一个企业拥有较丰富的后备资源，准备通过长期营销努力巩固市场阵地时，需要有一个稳步发展的过程，以维持企业生存为定价目标是一种稳妥的保护政策。所以，在同一行业中举足轻重的几家主要企业往往互相默契地制定较固定的价格，以期消除价格战。而其他企业往往与实力雄厚或市场占有率最大的企业的价格保持一致，而不轻易变动价格。这是安全第一的策略。

（2）以现金流量为导向的定价目标

有些企业会将价格定在使现金回收最大化的水准上，这是当产品市场生命周期很短时，为尽早回收资金所采取的做法。在这种情形下的价格会偏高，因此，有时会招致竞争对手的加入。

5. 以应付和防止竞争为导向的定价目标

企业从有利于竞争的目标出发选择定价目标，一般有以下几种：

（1）对于力量较弱的企业，应采用与竞争者价格相同或略低于竞争者价格出售产品的方法。

（2）对于力量较强的企业，如果想扩大市场占有率，可采用低于竞争者的价格出售产品的方法。

（3）对于资本雄厚，并拥有特殊技术或产品品质优良或能为消费者提供较多服务的企业，可采用高于竞争者的价格出售产品的方法。

（4）对于想防止别人加入同类产品竞争行列的企业，在一定条件下，往往采用一开始就把价格定得很低的方法，从而迫使弱小企业退出市场或阻止对手进入市场。

6. 以非经济性为导向的定价目标

（1）以产品质量领先为定价目标

如果企业主要考虑表达其至高无上的企业形象和最好的产品品牌形象，或者目标市场的消费者关心质量胜于关心价格，那么企业便可考虑质量领先的定价目标。因为高价格往往代表着高质量，中国人常讲"一分价钱一分货"，"好货不便宜，便宜没好货"，就是这个道理。高质量需要高的投入，在产品的制造和销售过程中始终保持"质量最优化"的指导思想，这就要求用高价格来弥补生产和控制及研究开发的高成本。另外，采取此目标的企业，要密切注意市场上竞争者之间的价格与质量的相对水平。

（2）其他非经济性的定价目标

以社会责任为定价目标，是指企业由于认识到自己的行业或产品对消费者和社会承担着某种义务，而放弃追求高额利润的目标，遵循以消费者和社会的最大利益为企业的定价目标。主要有两种类型的企业采用这一定价目标。

① 政府代理机制。这一类型的企业为社会提供有偿服务，不以赢利为其经营目标。它们提供的产品和劳务在定价时，一般都以社会责任为其定价目标，追求社会效益的最大化，如中国的投资银行、农业发展银行业、高等院校等。

② 公共事业型企业。这一类型的企业虽然有赢利的要求,但由于政府的某些价格管制,必须以向社会提供最大化的社会效益为主要目标。如各国的公交企业、自来水供应企业、电力供应公司、水利设施等,都以社会责任为定价目标。

在实际营销管理中,以上6种定价目标有时单独使用,有时也会配合使用。定价目标是企业定的,当然也要由企业灵活运用。

9.2 定价的方法

在实际工作中,企业的定价方法是比较多的。一般说来,定价方法的具体运用不受定价目标的直接制约。不同企业、不同市场竞争能力的企业以及不同营销环境中的企业所采用的定价方法是不同的,就是在同一类定价方法中,不同企业选择的价格计算方法也有所不同。因此,我们从价格制定的不同依据出发,把定价方法分为三大类。

9.2.1 成本导向定价法

以营销产品的成本为主要依据,综合考虑其他因素制定价格称为成本导向定价。由于营销产品的成本形态不同以及在成本基础上核算利润的方法不同,成本导向定价有以下几种具体形式。

1. 成本加成定价法

成本加成定价法是一种最简单的定价方法,就是在单位产品成本的基础上,加上预期的利润额作为产品的销售价格。售价与成本之间的差额即利润。由于利润的多少是有一定比例的,这种比例人们习惯上叫"几成"。所以,这种方法就叫成本加成定价法。

成本加成定价法在实际运用中,又分为以下两种情况。

（1）总成本加成定价法

总成本是企业在生产产品时花费的全部成本,包括固定成本和变动成本两部分,在单位产品总成本上加一定比例的利润,就是单位产品的价格,计算公式如下:

$$单位产品价格 = \frac{总成本 + 预期总利润}{预期产品产量}$$

$$= (固定成本 + 单位变动成本 \times 产量) \times \frac{1 + 预期成本利润率}{预期产品产量}$$

$$= 单位产品总成本 + 单位产品预期利润$$

此种定价方法适用于:产品是高度定制化的;产品的市场竞争环境不激烈;新产品的上市尚无参考价格。

此法的优点是:简单易行;在市场环境诸因素基本稳定的情况下,此法可保证收回成本及获得预期的目标利润;可大致了解竞争对手的产品成本结构,并且不会导致与竞争者的价差太大而丧失价格竞争力;在完全垄断市场中此法可以缓和价格的竞争;在通货膨胀时,可根据成本的升幅合理地调整市场售价,易为政府和消费者所接受。

此法的缺点是:完全以产品的全部成本资料一厢情愿地自我确定价格,忽视考虑产品的需求弹性,因而是典型的生产导向观念的产物;由于此法并未将总成本划分为固定成本和变动成本,因此往往会因为价格低于总成本而拒绝客户订单。但财务学和经济学理论认为,在竞争形势激烈或企业生存受到威胁时,只要产品售价高于其变动成本,此产品仍可继续经营,因为它可以弥补部分固定成本,若放弃此产品会给企业带来更大的损失;由于对产品销售量很难预知,因此导致成本和价格的计算缺乏科学性;此法往往以单一的加成比例用于公司的所有产品,但现实中有多种因素(如产品市场生命周期等)影响加成的比例,因此不同的产品需要不同的加成比例,加之多种产品的经营企业如何分摊的问题,这样,此种方法的局限性不言而喻。一般来讲,这种定价方法一般限于卖方市场条件下使用。

(2)变动成本加成定价法

变动成本加成定价法,也叫边际贡献定价法,即在定价时只计算变动成本,而不计算固定成本,在变动成本的基础上加预期的边际贡献。所谓边际贡献(亦称边际收入),是指企业每多出售一单位产品而使总收益增加的数量,可用总销售收入减去变动成本后的余额来计算。采用这种定价法,价格的计算公式为:

$$单位产品价格 = \frac{变动总成本 + 预期边际贡献}{预期产品产量}$$

$$= 单位产品变动成本 + 单位产品边际贡献$$

这种定价方法一般在卖主竞争激烈或困难时采用。因为这时如果采取总成本加成定价法,必然会因为价格太高影响销售,出现产品销售困难。采用变动成本加成定价法,一般价格要低于总成本加成定价法,所以容易迅速扩大市场。这种定价方法,在产品必须降价出售时特别重要。如果售价不低于变动成本,说明生产可以维持;如果售价低于变动成本,则生产越多亏本越多。

此种方法的优点是:当企业经营多种产品时,此法不会发生固定成本分摊问题;当企业的产能未被充分开发时,可根据售价是否大于变动成本的状况来作为是否增产的依据,以达到企业的最大利润目标。

此种方法的缺点是:此法根据企业内部的产品成本数据确定价格,自我意识严重,有可能会忽视外在竞争对手的攻击性价格策略以及消费者的需求弹性,甚至当企业的产品成本偏高时也未能察觉;此法只注意到固定成本的回收,可能因此会忽略固定成本的补偿,长期来讲,将对企业的生存造成威胁;接受低于常规水平的临时订单后,可能以后不易恢复正常,导致长期性的接受低于常规价格水平的订单;此法中的成本性质不易划分;易形成同行之间的杀价竞争。

2. 盈亏平衡定价法

盈亏平衡定价法是指在预测产品销售量和已知固定成本、变动成本的前提下,通过求解产品盈亏平衡点来制定产品价格的方法。盈亏平衡点的计算公式为:

$$盈亏平衡点的销售量 = \frac{固定成本}{单位产品售价 - 单位产品变动成本}$$

或

$$产品单价 = \frac{固定成本}{盈亏平衡点的销售量} + 单位产品的变动成本$$

但是,企业从事营销活动不仅仅是为了保本,而是要获得目标利润。因此,制定价格时还必须加上目标利润。其公式为:

$$产品单价 = \frac{固定成本}{盈亏平衡点销量} + 单位产品变动成本 + 目标利润$$

3. 投资报酬定价法

投资报酬定价法是指企业为了确保投资按期收回,并获得利润,根据投资项目所生产的产品或服务的成本及预期的生产产品或服务的数量,确定能实现投资回收期的产品价格的定价方法。其计算公式如下:

$$单位产品价格 = \frac{固定成本 + 投资报酬}{产品销量} + 单位变动成本$$

这个价格在投资回收期内不仅包括了单位产品或服务应摊的投资额,也包括了单位产品或服务新发生或经常发生的成本。投资报酬是投资额和投资报酬率的乘积。这种投资报酬率的多少,由企业或投资者确定,具有一定的技巧,但一般不低于银行存款的利率。

利用投资回收定价法,必须注意产品销量或服务设施利用率的保证,否则就不能保证每年的投资回收率。

4. 增量成本定价法

所谓"增量成本"是在增加某批产品生产时,所必须增加的成本数量,即:

$$增量成本 = 单位变动成本 \times 增产的数量 + 增加的固定成本$$

增量成本定价法可在算出增量成本以后,加上某一数额的预期利润,作为此批产品的定价。通常这种定价方式用在整批采购的工业品或短期特殊订单的情形中。

9.2.2 需求导向定价法

需求导向定价法(亦称顾客导向定价法)是以产品或服务的社会需求及对价格的敏感性为主要依据,综合考虑企业的营销成本和市场竞争状态,制定或调整产品或服务价格的方法,即在市场需求强度大时,可适当提高价格,而在市场需求强度小时,则适当降价。由于与社会需求有联系的因素很多,如消费习惯、收入水平、产品市场生命周期、市场购买能力、消费心理、销售区域等,企业对这些因素的重视程度不一,便形成了以下几种具体的需求导向定价法。

1. 习惯定价法

习惯定价法又称便利定价法,它是企业考虑并依照长期被消费者所接受和承认已成为习惯的价格来定价的一种方法。这种习惯的、便利的价格,在日常生活消费品中较为常见。对这类产品,任何营销商要想打开销路,必须依照习惯价格或便利价格定价,即使生产成本降低,也不能轻易减价,减价容易引起消费者对产品质量的怀疑;反之,生产成本增加,也不能轻易涨价,只能靠薄利多销来弥补低价带来的损失,否则将影响产品的销路。

2. 理解价值定价法

理解价值定价法(亦称认知价值定价法)是根据消费者对产品价值的理解和肯定程度的高低,即产品在消费者心目中的价值认知所决定的定价法。这种定价不是以卖方的成本为基础,而是以买方对产品的需求和价值的认识为出发点。这种定价方法的理论依据是:定价的关键问题是消费者的价值观念,而不是产品的实际成本。企业运用营销推广因素,特别是基本的非价格因素以影响消费者,使他们在思想上形成一种价值认知,然后,根据这种价值认知制定价格。

理解价值定价法认为,某一产品在市场上的价格和该产品性能、质量、服务水平等,在消费者心目中都有特定的价值,企业产品的价格和消费者的认知价值是否一致,是产品能否销售出去的关键。也就是说,理解价值定价法要与企业产品的市场定位策略相一致。这样一来,理解价值定价法的关键之一,是要求企业对消费者理解的相对价值(即与竞争对手相比较的价值),有正确的估计和判断。如果卖主对于消费者的理解价估计过高,定价必然过高,影响销售量;反之,如定价过低,则不能实现营销的目标。

3. 需求差异定价法

需求差异定价法也叫市场细分定价法或差别定价法,是指对于具有不同购买力、不同需求强度、不同购买时间或不同购买地点的顾客,可以根据他们的需求强度和消费感觉不同,采取不同的价格。这种定价的基础是:顾客心理差异、产品样式差异、出售时间和地点差异等。应引起注意的是,这种价格间的差别并不和产品成本的变化成正比。可采用以下几种形式进行差异定价。

(1) 以顾客为基础的差异定价。同样的产品或服务,对不同的顾客可制定不同的价格。如影剧院的门票卖给个人与卖给团体就采用不同的价格。

(2) 以产品的外观、式样、花色等为基础的差异定价。同等质量和规格的产品,式样老的可定价低些,式样新的可定价高些,高档产品和低档产品,价格也可拉开差距。

(3) 根据出售的地理位置和时间差异定价。如产品在旺季时价格可定得高一些,在淡季时可适当降低价格,有些产品或服务甚至根据不同的时间规定不同的价格。例如,电报、电话等公用事业,在白天、夜晚、节假日等都有不同的收费标准。音乐会的门票价格根据距演奏者的远近不同而有所差异。

这种需求差异的定价,应具备:①要能够细分市场并能掌握其需求的不同。②要注意防止低价细分市场买主向高价细分市场转售。③要确实了解高价细分市场的竞争者不可能以较低价格竞销,因为细分市场增加的开支,不要超过高价所得,以免得不偿失。④差异价格不致引起顾客反感,等等。

4. 比较定价法

比较定价法是根据产品需求弹性的研究与市场调研来决定价格的方法。一般认为,价格高,获利则多;反之,获利则少。其实,根据市场需求情况,实行薄利多销,定价虽低,销量增加,反而可以获得较高利润。

究竟是采取低价薄利多销,还是采取高价高利少销,可以通过对价格弹性的研究与市场调研来测定。对富于需求弹性的产品,可以采用降价的办法;对于缺乏需求弹性的产品,则应采取提高价格的办法。在市场上把产品分别按高价、低价出售,然后计算其销量和利润,比较其利润的大小,从而判断出哪种价格对企业有利,这种方法具有较高的实用性,深受现代企业的重视。

5. 反向定价法

反向定价法是以零售为基础,反向计算出批发价、出厂价的方法。这种定价不仅以市场需求、购买力情况、消费者愿支付的价格为依据,而且能满足在价格上与现存类似产品竞争的需要,设计出在价格方面能够参与竞争并具备竞争能力的产品。

9.2.3　竞争导向定价法

企业以竞争者的同类产品的价格为主要依据,充分考虑自己产品的竞争能力,选择有利于在市场竞争中获胜的定价方法。

1. 通行价格定价法

通行价格定价法是根据行业的平均价格水平,或以竞争对手的价格为基础制定价格的定价方法。这种定价的目的是:①平均价格水平在人们观念中常被认为是"合理价格",易为消费者接受。②试图与竞争者和平相处,避免激烈竞争产生的风险。③一般能为企业带来合理、适度的利润。

在有许多同行相互竞争的情况下,两个企业都经营类似的产品,价格高于别人,就可能失去大量销售额;价格低于别人,就必须增加销售额来弥补降低了的单位产品利润,而这样做又可能使竞争者随之降低价格,从而失去价格优势。因此,在现实的营销活动中,由于"平均价格水平"在人们观念中被认为是合理的,易为消费者所接受,而且也能保证企业获得与竞争对手相对一致的利润,使许多企业倾向与竞争对手价格保持一致。尤其在少数实力雄厚的企业控制市场的情况下,对于大多数中小企业而言,由于其市场竞争力有限,更不愿与生产经营同类产品的大企业做正面的"硬碰硬"竞争,而采取价格尾随(price taker),根据大企业的产销价确定自己的实际价格。

通行定价法有很多优点:第一,现已形成的价格水平代表着行业中所有企业的集体智慧,利用这样的价格,可获得平均利润。第二,依照现行行情定价,易于与行业中的各企业保持一致,免于相互"残杀",从而使企业着眼于自己服务方式的优化和服务水平的提高,以培养更多的顾客。第三,在企业对一些产品的成本不易核算、市场需求和竞争者的反应难以预料的情况下,采用这种定价方法可以为营销、定价人员节省很多时间。

2. 竞争价格定价法

与通行价格定价法相反,竞争价格定价法是一种主动竞争的定价方法。此定价法一般为实力雄厚或独具产品特色的企业所采用。

首先,定价时将市场上竞争产品价格与本企业产品的估算价格进行比较,分为高于、低于、等于三个层次。其次,将企业产品的性能、质量、成本、式样、产量与竞争企业进行比较,分析造成价格差异的原因。再次,根据以上综合指标确定本企业产品的特色、优势及市场地位,在此基础上,按定价所要达到的目标,确定产品价格。最后,跟踪竞争产品的价格变化,及时分析原因,相应调整本企业价格。

3. 密封竞标定价法

密封竞标定价法是社会集团购买者在进行批量采购,从事大型机械设备购买或建筑工程项目投资时选择承造商(承包商或承建商)时的一种常用方法。其目的是通过引导卖方竞争的办法来筛选出最合适的合作者。征求承包人的一方(买方)称为"招标人",应征前来参加竞争的应招者称为"投标人",经过竞争以后的优胜者称为"中标人"。一般而言,采用密封竞标定价法会针对各种可能的出价,来预测其中标的概率与可能的利润,最后求得各种出价下的期望利润,最后选择最高期望利润的价格。

其操作过程一般为:第一,由一家买主或发包方发出招标公告,说明所要购买的产品或建设项目的具体技术要求,凡愿按条件交易者,可在规定的期限内用密封信函将报价寄给招标人。第二,招标人在规定的时间内召集所有投标人,将报价信函当场启封,选择其中条件最有利一家卖主或承包方为中标人,并与之签订合同,进行交易。

4. 谈判定价法

谈判定价法主要适用于大型的投资项目,如政府的公共工程、单价高昂的大型机器设备和大型建筑物等。谈判定价法是指价格是通过买卖双方的协商谈判、讨价还价来产生的,而非通过对众多方案的科学复杂的计算评估来敲定的。

5. 拍卖定价法

拍卖定价法是事先不规定产品价格,由买主公开出价竞购,然后以最有利的价格拍卖成交的定价方法。这是一种公开进行的、由买者为产品定价的方法。在出售土地、珍贵文物、艺术珍品或清理倒闭企业的财产时,常采用这种方法定价。

拍卖方式为拍卖行接受出售者的委托后,张贴通知或刊登广告,说明货物的品种、交付期限、拍卖方法、拍卖条件、存放地点、拍卖时间和地点,任人前往看货。到时拍卖行主持公开拍卖,把货物出售给出价最高的购买者,当场成交。

拍卖时,通常由拍卖人喊一最低价格,由买主竞相加价,直到无人继续加价时,拍卖人即敲打小木杆锤,以示拍板成交。也有先拍卖人喊一最高价格,如无买主时,拍卖人逐渐减价,直到有人购买时拍板成交。拍卖行的经营者按每笔成交额向卖方或买卖双方收取一定百分比的佣金。

9.2.4 定价程序

在实际定价决策中,很多企业没有遵循一个科学的、规范的定价程序,往往是根据知觉或竞争对手的做法来进行定价决策。其实,遵照一种合乎逻辑的定价程序,对实现企业的营销目标是非常有意义的。具体的定价程序见图 9-4。

图 9-4 定价决策程序

这种定价决策程序看上去很简单,但实际中的具体决策是非常复杂的,因为有许多因素在影响定价战略的成功。营销商可以从模拟消费者对各种价格反应的计算机决策模型中获得决策帮助。大企业在营销决策支持系统中拥有自己的定价模型来帮助决策,小企业可以使用个人计算机上的定价软件进行价格决策。

(1)制定定价目标。定价过程起始于营销商界定定价战略的目标,这种目标是定价决策的最终指导方针。它们为目标市场的消费者创造消费价值提供支持。这样也就支持了总体营销目标的实现。

因为价格水平直接关系着售卖的产品数量和企业所获得的收益,因此企业的定价目标必须和公司的其他职能相互协调。例如,负责生产的人员要能保证企业在一种给定的价格条件下生产出产品来;负责财务的人员要能够管理好在预计的销售和生产水平下的资金的流入和流出。定价和其他职能的关联性意味着企业的定价活动是另一个可以从跨职能团队

运作中获得收益的营销领域。

（2）评估消费者的反应和其他制约因素。不论营销商的目标如何，有许多因素限制企业所确定的价格水平。例如，国产乐凯彩色胶卷想获得高利润，但是企业不能给它定出每卷50元的高价，因为中国的消费者不可能在这个价格水平上购买国产胶卷。这样，营销商必须分析和评估消费者需求的特点和其他定价的限制因素。

在估测消费者反应时，营销商要考虑目标市场上有多少消费者将会在给定的价格水平下产生购买行为，营销商也要考虑消费者对产品种类、产品式样、产品品牌的需求。它们还要从总体上考虑需求水平和价格影响需求变化的程度。

定价的其他限制性因素包括产品自身的特点、产品的生产和销售的成本、法律规定、竞争者的价格水平等。

（3）分析利润潜力。在确定定价目标和了解了定价的限制性因素以后，营销商就要决定产品的价格范围是怎样的。接着营销商必须分析在这个价格范围内，能给公司带来的潜在利润是多少。为了做到这一点，营销商需要搜集各种各样的信息来分析需求的类型，此时，经济学中的边际分析技术就能给营销商带来关于价格、需求和利润之间关系的信息。

（4）确定初步价格水平。为了制定初步的价格，营销商可以考虑使用综合成本、竞争和消费价值的模型来进行决策。另外，营销商在初步定价时还需考虑价格与其他营销组合要素相匹配的程度。例如，如果营销商准备在低价的货仓商场销售，就可以把价格定得低一点。相反，如果营销商正筹划搞一个营销传播活动来显示其产品优越于竞争对手，那么此时就可以把价格定得高一点。

（5）若需要，进行价格调整。有许多原因来调整已确定的价格。营销商为了吸引购买者可能会采取临时的价格推广策略。另外，营销商可对不同的消费群体提供不同的价格以反映对其服务成本的差异，例如，对大量订购者给予每单位产品较低的价格。决定何时和如何提供不同类型的价格是定价决策过程的最后环节，具体策略见下一节。

9.3 定价的策略

制定价格不仅是一门科学，而且需要一套策略和技巧。当企业的营销管理人员根据企业的价格政策、定价目标和定价程序对某种产品或服务的价格进行规划后，就会形成一个所谓的基价（base price）。基价代表着企业对所售产品或服务一般价格水平的预期，这个价格水平与公司的价格政策有关，可能在市场价格水平之上、与市场价格相同或在其之下。定价的最后一个环节就是对基价进行策略性调整以适应特定的营销情形。

显然，定价的方法着重于确定产品的基本价格，定价的策略则着重于根据市场的具体情况，从定价目标出发，运用价格手段，使其适应市场的不同情形，实现企业的营销目标。这样一来，定价就是一门具有高度艺术性的活动，也体现出其灵活性和多变性的特色，进一步地，亦在很大程度上体现出营销实践的艺术性。

9.3.1 新产品价格策略

新产品在投入期的定价策略是非常具有挑战性的，首先应根据新产品究竟是模仿现有产品的非创新性产品还是有专利保护的创新性产品而决定不同的价格策略。

1. 非创新性产品的定价

如果新产品是模仿现有产品而非创新性产品,则应先根据新产品与竞争产品在价格与品质上的比较,决定新产品的定位,然后再来选择适当的定价策略。如图 9-5 所示,营销商有四种定价策略可供选择:

(1)溢价策略:生产高质量的产品,定价最高。如劳力士表(Rolex)有很高的品质,但价格也很高。

(2)经济策略:生产较低质量的产品,制定低价。如天美时表(Timex)品质良好,而价格较低。

(3)超值策略:这是攻击高价策略者的一种方法。它提供高质量的产品,但价格较低,强调物超所值,可吸引对质量敏感的购买者。

	价格	
	较高	较低
品质 较高	溢价策略	超值策略
品质 较低	超价策略	经济策略

图 9-5　价格—品质策略

(4)超价策略:相对于其质量而言,价格过高。此策略迟早会让购买者感到受骗而停止购买,因此应避免采用。

2. 创新性产品的定价

对拥有专利保护的创新性产品,营销商有两种定价策略可供选择,即撇脂定价和渗透定价。

(1)撇脂定价

许多发明新产品的公司在新产品上市初期制定高价,以便能从市场中快速收回投资及获得收益,这种定价方法称为撇脂定价。英特尔(Intel)就是采取此策略的高手。当英特尔首先推出一种新电脑芯片时,它尽可能把价格定在最高点,使某些细分市场认为正好值得去购买装有此新芯片的电脑。当初期销售量缓慢下来以及竞争者也要推出相似的芯片时,英特尔就会降价以吸引对价格敏感的细分市场。

例如,当英特尔推出 Pentium 芯片时,每片价格 1 000 美元,结果电脑厂商把首批的 Pentium PC 定在 3 500 美元或以上,只吸引那些前卫的电脑使用者和企业购买者。但在投入期之后,英特尔的 Pentium 芯片每年降价 30%,最后使 Pentium PC 的价格大幅下降到家庭购买者愿意支付的一般价格范围内。利用此种策略,英特尔从不同的细分市场和不同的市场生命周期阶段获取最大的收益。

撇脂策略只有在下列三个条件下才行得通:第一,产品质量和形象必须支持较高价格,而且有足够的购买者愿在此价格水准下购买此产品。第二,产量较少时生产成本不会高到抵消制定较高价格的利益。第三,竞争者不可能轻易进入市场并以较低价格出售。

(2)渗透定价

渗透定价和撇脂定价正好相反。渗透定价是在新产品上市初期制定低价用以快速而深入地渗透市场——快速吸引大量购买者,赢取大的市场占有率。例如,Dell 和 Gateway 采用渗透定价,通过成本较低的邮购渠道销售高质量的电脑产品;当 IBM、Compaq、苹果和其他利用零售店销售的竞争者在价格上无法与之竞争时,Dell 和 Gateway 的销售量大幅上升。

渗透定价需要若干有利的条件:第一,市场必须对价格高度敏感,以便低价可带来更多的市场成长。第二,生产和分销成本必须随销售量的增加而下降。第三,低价必须有助于阻止竞争,否则,价格利益可能只是暂时的。例如,当 IBM 和 Compaq 建立了它们自己的直接分销渠道时，Dell 和 Gateway 就面临着困难。

9.3.2 系列产品价格策略

系列产品具有销售上的相互联系性，经营多种产品的企业可以利用这种联系性制定价格策略。

1. 替代品价格策略

替代品是指基本用途相同的产品。例如，一个企业经营的不同型号的照相机、不同型号的汽车、不同型号的电冰箱等，就属于这种情况。具有替代关系的产品，降低一种产品的价格，或增加一种低价的新项目，会提高该产品的销售量，同时减少替代品的销售量。相反，如提高一种产品的价格，或增加一种高价格的新项目，会使该产品的销售量降低，同时增加其他产品的销售量。根据替代产品的特点，定价时应注意以下问题：

（1）正确处理各种产品的价格级差。企业要结合各种产品的功能、品质上的差别、顾客的评价、成本的差异、竞争者的价格，决定产品的价格级差。一般来讲，①级差小，顾客就会选购那些价格高但性能更为先进的产品，有利于系列产品中高档产品的销售；级差大，顾客就可能选购不太先进或时尚但价廉的产品，有利于低档产品的销售。②产品之间能够觉察到的差别，应与能够觉察到的价格差别相适应。③实践中，普遍认为系列产品中，越是高级产品的价差应越大，低档产品的价差应小些。④分级应明显，使顾客在性能档次与价格之间形成稳定和相对一致的看法。

（2）注意最低价格与最高价格。对任何产品来说，购买者心目中都有一个他们认为可以接受的最高价格和最低价格的范围。如果产品价格在这个范围之内，顾客就愿意购买。实践证明，一方面，产品系列中，最低的价格是最容易被顾客察觉，也是最容易被顾客记住的价格。对那些价格敏感者有相当大的影响。另一方面，产品系列中价格最高的产品，也是十分引人注目的，高价格意味着高质量，也会起到刺激需求的作用，这两个价格会影响到产品系列中全部产品的销售，应特别认真对待。

（3）利用替代关系，灵活制定价格策略。一方面，企业可以降低高档品或低档品的价格，以促使需求档次的转移；另一方面，企业可以提高一种知名产品的价格，突出它的优质、高级和名牌的形象，创造出一种声望，以便利用这种产品形象，促进产品系列中其他型号产品的销售。

2. 互补产品价格策略

互补产品是需要配套使用的产品。例如，剃须刀片与刀架，打印机与墨盒，旅游与购物等均属互补产品。具有互补关系的产品，降低一种产品的价格，不仅会使该产品销售量增加，企业还可以以此促进系列产品的销售。低价产品起到招揽生意的作用，利润则主要从其他产品销售中获得。这种方式应用很广泛。例如，吉列公司常以低于一般水平的价格出售剃刀架来增加吉列刀片的销售；柯达公司曾推出一种方便廉价的照相机来促进柯达胶片的销售，等等。

3. 一揽子价格策略

一揽子价格策略即把相关产品进行搭配销售定价的策略。主要有以下两种方法。

（1）分级定价策略。即把企业的产品只分成几个价格档次，而不提供过多价格种类的策略。例如，服装企业可以把自己的产品按大、中、小号分级定价，也可以按大众型、折中型、时髦型划分价格。这种明显的等级,也容易使顾客产生依据价格的高低判断产品质量的高低档次,便于满足不同顾客对产品质量、性能、品位等的消费需要,同时还能简化企业的计划、订货、会计、库存、推销工作。关键是价格分级要科学合理,要符合目标市场的心理需要,否则达不到应有的效果。

(2) 配套定价策略。即把有关的多种产品搭配好后一起卖出。如多件家具的组合、礼品组合、化妆品组合等。成套定价的产品中有赔有赚,但总体上保证企业赢利,而且使消费者感到比单件购买便宜、实惠,从而促进销售。

9.3.3 差价策略

差价策略是相同的产品以不同价格出售的策略,目的是通过形成数个局部市场以扩大销售,增加利润。

1. 地理差价策略

地理差价策略即企业以不同的价格策略在不同地区营销同一种产品,以形成同一产品在不同空间的横向价格策略组合。差价的原因不仅是因为运输和中转费用的差别,而且由于不同地区市场具有不同的爱好和习惯,具有不同的需求曲线和需求弹性。明显的例子就是国内市场价格与国外市场价格的不同。像发达城市中对饮料的需求的强度高于边远小城镇市场,那么,同种饮料,前者的价格要高于后者。

2. 时间差价策略

时间差价策略即对相同的产品,按需求时间不同制定不同的价格。这只能在不同的时间需求的紧迫性差别很大时才能采用。例如,夜间实行廉价的长途电话费,旺季的产品在淡季廉价出售等。采用此种策略能鼓励中间商和消费者增加购货量,减少企业仓储费用和加速资金周转,从而保证企业处于竞争的最佳位置。

3. 用途差价策略

用途差价策略即根据产品的不同用途制定有差别的价格。实行这种策略的目的是通过增加产品的新用途来开拓市场。例如,粮食用于生产饲料和生产粮食制品,其价格不同;食用盐加入适当混合物后成为海味盐、调味盐、牲畜盐、工业用盐,以不同的价格出售;再如,标有某种纪念符号的产品,往往会产生比其他具有同样使用价值的产品更为强烈的需求,价格也要相应调高,如奥运会期间,标有会徽或吉祥物的产品,其价格比其他未做标记的同类产品价格要高出许多。

4. 折扣价格策略

企业为了调动各类中间商和其他用户购买产品的积极性,对某些产品销售作出减价、降价、加赠物品或给予一定的津贴等,以鼓励购买者的积极性,或争取顾客长期购买。折扣价格策略的具体形式很多,常用的有以下几种。

(1) 现金折扣

现金折扣也称付款期限折扣,是指企业对现金交易的顾客或按约定日期提前以现金支付货款的顾客给予一定折扣。在分期供货的交易中常用这种折扣方式,目的在于鼓励顾客提前付款,以加速企业资金周转。现金折扣的大小,一般应比银行存款利息率稍高一些,比

贷款利率稍低一些。这样对企业和顾客双方都有好处。美国许多企业规定提前10天付款者，给予2％折扣；提前20天付款者，给予3％折扣。

（2）数量折扣

数量折扣是指卖方为了鼓励买方大量购买，或集中购买自己的产品，根据购买者所购买的数量分别给予一定的折扣。购买数量越多，折扣越大。数量折扣实质上是将大量购买时所节约的费用的一部分返回给购买者。数量折扣分为累计折扣和非累计折扣。

① 累计数量折扣。规定顾客在一定时间内，购买产品达到一定数量或金额时，按总量的大小给予不同的折扣。这可以鼓励顾客经常向本企业购买，成为可信赖的长期客户。

② 非累计数量折扣。即规定顾客再次购买达到一定数量或购买多种产品达到一定的金额时所给予的价格折扣。例如，根据每次交易的成交量，按不同的价格折扣销售，购买100件以上按基本价格的95％收款；购买800件以上按90％收款；购买2 000件以上按80％收款。采用这种策略能刺激顾客大量购买，增加赢利，同时减少交易次数与时间，节约人力物力等开支。

（3）交易折扣

交易折扣（又称同业折扣或功能性折扣）是根据各类中间商在营销中的作用和功能差异，分别给予不同的折扣。折扣的大小，主要依据中间商所承担工作的风险而定。一般给予批发商的折扣较大，给予零售商的折扣较小。通常的做法是先定好零售价格，然后按不同的差价率顺序相加，依次制定各种批发价和零售价。例如，某种产品的零售价为400元，对批发商、零售商的折扣率分为10％和5％，这样，给予批发商和零售商的折扣价格分别为360元和380元。

（4）促进销售折扣

促进销售折扣是指制造商对中间商为其产品提供各种营销传播工作而开支的费用给予减价或津贴作为报酬的一种策略。它鼓励批发企业和零售企业对制造商生产的产品扩大广告宣传，如刊登广告、布置新产品橱窗等，以增加产品销售。如果中间商展销制造商的产品很出色，制造商免费供应若干数量的产品作为津贴。一个零售商在地方报纸杂志上、电视中登载宣传制造商的某种产品广告，制造商为零售商支付一部分广告费作为津贴。

9.3.4 心理定价策略

心理定价策略是运用心理学原理，根据不同类型的顾客购买产品的心理动机来制定价格，引导消费者购买的价格策略。

1. 尾数定价策略

尾数定价也称非整数定价策略，即给产品定一个零头数结尾的非整数价格。消费者一般认为整数定价是概括性定价，定价不准确。而尾数定价可使消费者产生减少一位数的功能，产生这是经过精确计算的最低价格的心理。同时，消费者会觉得企业定价认真，一丝不苟，甚至连一些高价产品看起来也不太贵了。

一般说来，产品在5元以下的，末位数是9或8的定价最受欢迎，如一块香皂3.90元，一包纸巾2.80元等，这样给顾客以便宜的感觉；在100元以上的，末位数是98、99元定价最畅销，如一个MP3播放器298元，一台笔记本电脑6 999元等，这样也能给消费者的心理上产生一种实惠的效果。当然，尾数定价策略对那些名牌商店、名牌高档产品就不一定适宜。

2. 整数定价策略

价格不仅是产品或服务的价值符号，也是产品质量和品牌的"指示器"。对价格较高的产品,如面子产品(如服装等)、高档产品、耐用品和礼品,或者是消费者不太了解的产品,则可采取整数定价策略,以迎合消费者"一分价钱一分货"、"便宜无好货"、"高级店,高级货"、"高价钱,是好货"的心理,以产品的高价格来标榜产品的高质量,激励消费者购买。例如,对古董或艺术品等高档产品,宁标 1 000 元不标 996 元,以提高产品的档次。

3. 声望定价策略

声望定价策略适用于两种情况:一是在消费者心中有声望的名牌企业、名牌商店、名牌产品,即使市场上有同质同类的产品,消费者也会愿意支付较高的价格购买它们的产品。质量不易鉴别的产品最适宜采用此法,因为消费者有崇尚名牌的心理,往往以价格判断质量,认为高价代表高质量。二是为了适应某些消费者,特别是高收入阶层的虚荣心理,把某些实际价格不高的产品价格定得很高。如首饰、化妆品和古玩等,定价太低反而卖不出去,但也不能高得离谱,使目标消费者群不能接受。

4. 招徕顾客定价策略

产品定价低于一般市价,消费者总是感兴趣的,这是一种"求廉"心理。有的企业就利用消费者这种心理,有意把几种产品的价格定得很低,以此吸引顾客上门,借机带动其他产品销售。采用这种策略,从几种"特价品"看企业不赚钱,甚至亏本,但从企业总的经济效益看还是有利的。应引起注意的是,该策略对日用消费品和生活必需品比较奏效;商场的规模必须较大;削价必须真正能吸引顾客;降价的产品品种和数量要适当。

5. 习惯价格策略

习惯价格策略即在定价时参考已经存在的习惯价格进行定价。习惯价格是指那些在一定时期内顾客已家喻户晓、习以为常,个别生产者难以改变的产品价格。比如在很长一段时间内中国的每盒火柴的价格是两分钱。即使生产成本提高很大,在按原价出售变得无利可图时,企业也不能提价,否则会引起顾客的不满,只能采取降低质量、减少分量的办法进行调整;还可以推出新的花色品种,改进装潢以求改变价格。

综上所述,市场上具体的价格策略是变化多端、多姿多彩的,最易使人"捉摸不定"。企业在定价时要注意与其他非价格竞争手段的协调配合。单纯的价格竞争可能引出企业间的价格战,使企业的未来利益受损。

9.4 价格变动及对价格变动的反应

由于各种营销环境因素不断变化,企业需要对已有的产品价格进行必要的调整和改变。即通常说的"提价"和"降价"。在营销管理中,需要对价格变动的时机、条件、竞争者可能对价格变动作出的反应等进行分析,才能保证价格变动达到预定的营销目标。

9.4.1 提高价格

1. 提高价格的主要原因

提价,对于营销商来说,目的不单是提高利润,也存在一些非利润追求的提价因素。提高价格的主要原因有以下几个方面。

(1) 成本提高。导致成本提高的原因很多,如通货膨胀、原材料短缺、生产技术改变、法律(如环保立法)改变等。一般而言,单个企业的成本提高,将不会构成可以支撑提价的理由;但是,行业性的成本提高,企业提价的可能性就存在了。

(2) 供不应求。在这种情况下,企业有足够的理由和市场基础可以提价,通过提价可得到两个明显的好处:一是可以减轻市场对供给的压力;二是可以使企业迅速得到更多的回流资金和利润,以扩大供给能力。

(3) 通货膨胀。通货膨胀对营销企业的影响,除了已经提到的促使成本增高以外,还由于货币贬值原因,企业只有通过提高价格来保持真实价值的实现。因此,在通货膨胀期间,企业往往采取提高价格的办法来对付这种不正常的经营环境。

(4) 市场领先者发动提价。当市场领先者不论什么原因发动了提价,对于许多实行市场跟进策略的中小企业来说,都有理由将自己的产品价格提高,以便得到更多的经营利润。当然,在这种情况下,企业提价也是为了不改变与领先者所保持的竞争定位关系。

2. 提价策略

无论任何原因,当营销商需要提高价格的时候,可以采用的策略主要有以下四种。

(1) 单步提价策略

单步提价策略指企业一次就把现有市场产品的价格提高到企业欲涨价的价位水平。这是比较简单,也比较常用的一种提价策略。具体做法有推迟报价定价、规定"调整条款"定价和挂牌提价等。

① 推迟报价定价(delayed quoting pricing)。指企业对于现在订货的买主,暂不确定交货时的价格,而只以"参考价"或"意向价格"的形式写在订货合同相关条款中。在产品完工或到了交货期时,才最后看"行情"来定价。这种方法适合于生产周期较长的产品,顾客一般习惯于依据当时的行情定价(因为买主在这样的订货合同中也有享受降价的机会)。

② 规定"调整条款"定价(escalator clause pricing)。即企业在订货合同上,对使用的价格作出附加规定:交货时,买卖双方同意按某一市场价格上升指数(如成本上升指数、通货膨胀指数等)调整价格,并要求买方补交因这些调整指数升高而相应增加的货款。

③ 挂牌提价。即企业通过直接更换价格标签的形式,将价格一次提高。在商业企业中,大都采用这种做法。

单步提价策略的主要优点是:①迅速抵消不利的环境对企业营销造成的影响(如通货膨胀期间,原材料的供应价格已经大幅度提高,企业的生产成本将大幅度上升,提价后,就可以保持原有的生产规模,保持原有的利润水平)。②有利于企业保护自己现有的分销渠道和维持原有的销售措施。因为如果企业面对的是供不应求的局面,有些中间投机商就可能利用企业原来的定价与现在市场价格之间的价差,进行倒卖倒买,这将损害消费者与企业的利益。③有一定的营销传播作用。指那些先行提价的企业可能会受到关注(这种关注并不表明是赞同)。

单步提价的策略主要缺点有:①在一定时期可能削弱企业产品的市场竞争力;②如果提价并没有使企业实际利润增加,那么,有可能导致企业利润直接的分享者(如某些政府部门、股东、供应商等)提出多分享利润的要求,无法实现提价的预期利益,严重时,企业只有虚增的销售收入而没有实际的利益,得不偿失;③容易成为政府价格管制的制裁对象,尤其对于营销那种顾客对产品价格敏感的产品的企业更是这样。

（2）分步提价策略

分步提价策略指企业在一段时间内,分几次涨价,将企业的产品价格从原来的价格提高到企业所确定的提价价位。

分步提价策略的主要优点是:①企业可以根据行业价格变动情况来逐步上调价格,即与行业中的其他企业相比,始终保持一定价格变动的滞后性,可使企业主动消化导致价格上涨的因素,更有效地使用企业的内部资源,增强企业产品的市场竞争力;②可以采用竞争追随的方法提价,充分利用那些采用单步策略提价的企业或竞争对手的市场竞争力减弱所留下的市场机会,提高企业产品的市场份额;③避免企业利润的直接分享者提出增加分享利润的要求;④保持与目标顾客关系的灵活性。

分步提价策略的主要缺点是:①企业需要比较强的市场预测能力。如果该能力差,企业面对的又是营销环境异常剧烈的变化,即企业每一轮调价刚实行,市场价格又普遍上升,将很难再次实行调价,若不动价格,将面临较大的利益损失。②难以统筹不同营销环节的价格变动量,易被市场投机商"钻空子"。③由于不能对长期的市场收益作出估计,企业难以制定长期营销策略。

实行分步提价策略,企业需要考虑的主要策略要点有:①是等额等时提价,还是相继进行决策? 前种方法缺乏相应的提价灵活性,但较宜安排营销活动;后者则正好相反。②各销售环节是同步同时进行还是异步进行? ③提价到位（目标）的时间越短,越接近单步提价策略,则越会带有单步策略的缺点;分步太多,时间太长,意味着企业可能要在较长的时间内容忍成本升高对利润的侵蚀。

（3）保持名义价格不变策略

保持名义价格不变的提价策略也是"隐性（隐蔽）提价策略"。当目标市场的消费者对价格敏感,反对涨价时;或由于政府对价格有控制要求;或者因为竞争需要等原因,产品的市场销售价格不能明显提高,而企业又确实需要在营销环境变化的时候提高产品的价格时,可以考虑采用这种提价策略。

采用该种提价策略,企业不改变产品的名义（即现有的市场销售）价格,通过取消原来某些不收费的服务项目或产品、减少价格折扣的数量、适当降低产品质量、减少产品的特色或附加服务、降低包装档次,或减少一个包装物内产品的数量等方法来提高销售价格。

保持名义价格不变策略的优点是:①只要做得适当,即能使顾客对产品的认知价值不发生较大变化,容易为顾客接受,因此对产品的市场竞争力不会有太大的不利影响;②企业可以在一定时期减少对市场产品的有效供给,又能做到避免失去过多的客户;③企业原有的营销传播效果或效应可以继续发挥作用,如广告价格可以保持不变;④有利于企业用提高价格后增加的收入来重点解决成本提高的问题,因为企业的利润的分享者在此情况下不会提出更多的分享利润的要求。

保持名义价格的提价策略的主要缺点:①对于市场信誉相当重要,或要想保持产品认知价值不变很困难时,采用这种策略将使企业面临丢失信誉的市场风险;②当市场涨价压力过大或者涨价频繁时,这种策略在涨价跟进上比较被动。比如刚改小的包装就不能立即再改小。

采用这种策略,企业需要对所冒市场风险作充分估计,对于市场信誉要求高的产品或服

务,不宜采用这种策略。

（4）利用"灰市"价格策略

"灰市"是一种特殊的"市场",当政府要对价格进行严格管制,而在市场上,按照政府规定的价格又不能购买到产品时,顾客必须用更高的价格才能购买到需要的产品,"灰市"就可能存在了。

比如,在通货膨胀期间,如果政府对一些产品采取了严厉价格控制,这时,企业必须执行政府价格控制规定。通常,由政府所规定执行的价格称为"牌价"。但事实上,在按"牌价"不能买到产品时,消费者就只能在自由市场上按一种高于"牌价"的价格购买产品,这种市场显然是违背国家规定而存在的,但它是公开的,故通常将其称为"黑市";"黑市"通行的价格叫"黑市价格",但产品要能流入"黑市",不是从产品供应者即生产制造企业那里来的,因为企业是处在严密"监视"之下的,不能违背政府的价格规定向"黑市"供应产品或服务;因此,存在另一种市场,这种市场是"隐蔽"的,在这个市场上进行交易的人,能得到比"牌价"价格高而比"黑市"价格低的产品,然后将这些产品通过"黑市"销售出去。这种联系"牌价"市场与"黑市"的市场,就是"灰市"。在有"灰市"存在的情况下,"牌价"与"黑市"之间的价格差额成为灰市利润的来源,即"牌价"与"黑市"价格差额,既不为生产制造企业带来好处,也不为消费者获得。所以,企业可以采用一些附加的交易条件,将可能超过"牌价"的利益拿到一部分,或让渡给消费者,减少"灰市"交易人的收入。具体的做法有:

① 预收款供货制。企业按"牌价"规定,对需要企业产品的顾客,预先收取供货款。从收到货款到供货的这一段时间,企业至少得到了消费者在同一时期的储蓄利息,形成一种事实上的加价。很明显,这样做,可以限制"灰市"交易人过多的攫取不当利润。

② 凭证供应。即企业采用分发供应凭证的方法,把产品的购买权尽量限定在最终顾客手中,不让"灰市"交易人从中谋利。采用这种方法,企业没有得到名义上的好处,但因将真正的好处让渡给了顾客,有利于企业培养长期的忠实顾客。从营销传播的角度看,企业也得到了市场宣传的实效或是在公共关系上增加了一笔投资。

③ 配套出售。一个企业如果生产某些相互关联的产品,其中有些产品项目属于国家要进行价格控制的项目,必须执行"牌价";而有些则没有此限制,且市场上并不紧俏,可以将其和必须执行"牌价"又紧俏的产品项目配套出售,通过增加销售量的方法增加利润或收入,达到提价效果。

④ 原材料产成品串换交易。在国家既有价格限制又有分销渠道限制的情况下,如规定只能将产品交给国有商业部门销售,企业在符合国家相关规定的条件下,可以选择将产品提供给能对企业提供"牌价"原材料供应的国有（国营）商业部门,同时要求其提供按"牌价"难以得到的原材料。

9.4.2 降低价格

1. 降价原因

由于下列原因,会使企业考虑降低已有的产品价格。

（1）价格战的需要。一种可能是竞争对手发起了价格战,企业在许多情况下将不得不应战;另一种可能是估计竞争对手将会发起价格战,为了阻止竞争对手,企业先发制人,先于竞争对手主动降低价格。

（2）生产能力过剩。当企业的产成品库存过多，或者目前开工不足时，需要通过降价来扩大销售量，或是使存货能尽快地脱手，需要采用降价措施。

（3）为阻止市场占有额下降或为争取到一个更大的市场份额。如美国的汽车行业，为了阻止日本汽车向美国和世界市场进攻，连续10年，采用不断降低汽车价格的办法。中国四川长虹公司，在1996年率先发动彩电降价，引起中国整个彩电行业的震动。

（4）行业性的衰退或产品进入了衰退期。特别是衰退速度快，企业已经准备转向别的行业或退出当前所在行业。

2. 降价策略

降价，对于企业来说，很可能导致一场价格战，尤其是在市场上竞争对手的力量对比比较均衡（势力相当）时。价格战的结果，往往是几败俱伤。因此，需要对引起价格战的后果作慎重考虑。一般在技术的更新和发展比较快的行业，降价是较常采用的做法，以便使已经属于落后的技术所生产的产品尽快脱手。20世纪90年代以后，像通信、计算机等行业，因为技术进步极快，产品降价是比较常见的现象；而在技术比较成熟又没有较大技术突破的行业，一般极少采用降价的措施；企业在决定降价时，还要注意防止使消费者的认知价值降低。因为在消费者认知价值降低的情况下，企业就很难达到降价目的。可奉行的降价策略主要有以下几种。

（1）让利降价。即企业确实是通过削减自己的预期利润来调低产品价格。通常，许多企业采用通告的形式，公布让利幅度，意在通知竞争者，这种做法并没有什么甜头，同时使顾客也能知道，企业向市场提供的产品在质量和功能等方面没有任何改变，防止消费者的认知价值降低。

（2）加大折扣比例或放宽折扣条件。如原来购买100件产品给予5％的折扣，现在给予10％的折扣；或者，原来需要购买100件才能享受折扣，现在可以从购买50件起就享受折扣。

（3）心理性降价。企业对于新推出的产品，先用很高的价格上市，但并没有寄希望在这个价位上能够卖出多少产品，经过一段时间，消费者对产品或价格习惯后，降低到市场可以接受的价格水平，使产品能很快打开销路。多年来，计算机行业的许多产品均采用了这种方法。

（4）增加延期支付的时间。如原规定10天内付清全部货款，现在可以规定30天内付清。对于那些资金周转比较困难的顾客，此法有较大的吸引力。

（5）按变动成本定价。这意味着企业连边际利润也不索取，是最低定价，目的是为了能快速处理存货或者摆脱经营困境。

（6）拍卖。拍卖是企业不对产品事先定价，通过买主的叫价来销售产品。一般这种拍卖，先给出一个企业拍卖叫价，然后看是否有人应价，没有，再降低一次叫价……直到有人应价，即成交。

3. 顾客对价格变动的反应

顾客对于企业产品价格的反应，无疑会直接影响价格变动的目的能否实现。通常，顾客对于价格变动的反应，通过顾客对原来购买的产品数量的增减可以反映出来。但是，在企业变动价格之前，需要确定价格在顾客决定购买这种产品时，所起的作用有多大。如果顾客对于价格很敏感，营销这样的产品，一般提价的阻力大而降价时的预期效果很容易达到。相反,如果价格敏感度低,降价时,必须防止顾客认知价值降低,才能达到降价目的。因此,预测或弄清价格变动时,顾客对特定产品的认知价值的影响,是考察顾客对价格变动会如何反应的最好方法。

4. 竞争者对价格变动的反应

当企业准备进行价格变动的时候,还需认真考虑竞争者可能会有什么反应。因为,竞争者通过改变它的价格和其他营销方法,不仅会造成对企业价格变动效果的影响,甚至对于整个竞争局势也发生重要影响。

一般来讲,竞争者对于企业价格的变动的反应可以归结为以下三类。

(1) 跟进。竞争者的跟进,指它也出台同样的价格变动的措施。当企业发动降价可能对竞争者的市场份额有威胁时,或者企业提价,竞争者看到有明显的好处时,都可能跟进。

(2) 不变。竞争者在下面一些情况下,可能在企业变动价格时,不会变动其现有的价格:当降价企业所占市场份额很小,声誉较低时,竞争者就不会感到降价有多少威胁;竞争者拥有比较稳定的忠诚顾客群;竞争者想避免打"价格战";或者,竞争者认为整个市场增长潜力太小,变动价格没有什么意义时。

(3) 应战。应战的意思就是竞争者将针锋相对地进行价格调整,不惜与发动价格变动的企业打"价格战"。往往在下列情况下竞争者可能作出这样的反应:竞争者认为企业的价格变动本身是针对自己来的,并且认为变动价格的企业将会对自己的市场地位产生威胁;竞争者是市场中的领先企业,不愿意放弃自己的领导地位;竞争者相当看好当前的市场,将通过包括价格竞争在内的方法排挤掉对手以谋长远利益。

无论竞争者会作出什么反应,企业应该事先掌握竞争对手的可能的反应,并且能够估计竞争者的这种反应对于企业的营销活动有哪些不利的影响,如果有不利影响,应该考虑制定相应的应对措施。

5. 企业对价格变动的反应

如果改变价格的不是本企业而是竞争者的话,那么企业应怎样应对呢?

一般说来,在竞争对手改变价格的时候,企业有以下应对方法。

(1) 在同质产品市场上,如果竞争对手降价,企业一般应该跟进,因为如果企业不跟进,顾客将购买价格最便宜的产品,因而造成企业的产品完全滞销;在非同质产品市场上,竞争对手提价时,不一定非要跟进,这时企业应该好好分析一下,竞争对手提价,是否是它的产品具有很高的顾客评价价值或受欢迎的特点,如果情况相反,那种有受顾客欢迎的产品特点的竞争对手发动降价的话,企业除非能够改进自己的产品来维持原价,否则应该考虑降价。

在作出反应前,企业应该考虑的问题是:①为什么竞争者会变动价格? 即变动价格的主要目的是什么? ②竞争者计划作出的这个价格变动是临时的还是长期的措施? ③如果企业对此不作出反应,对企业的市场份额和利润会有什么影响? ④企业对付价格变动的措施,将会使竞争者再出现什么反应?

(2) 对于市场领导者来讲,当市场挑战者或其他更小的企业发起价格攻势时,需要分析从哪些方面进行应对才更为有利,市场领导者有下列可选择的方法:

① 维持原价。市场领导者如果认为,降价会失去太多的利润;保持现有价格不会导致

份额丢失过多;或者以后可以很容易地夺回失去的市场,再或者宁愿丢失一些不太忠诚的顾客,可以考虑保持原价。

② 提高产品的认知价值。如果维持原价比较困难,而又想维持原价,领导者就需要提高产品或服务的顾客认知价值。可以考虑改进产品,或者增加免费服务项目,提高品牌或企业形象等。

③ 降价。市场领导者也可以考虑降价应付进攻。如果市场领导者的成本本来就处于领先地位,或者还有潜力可挖;或者产品的经验曲线陡峭,如果不降价,面对对市场价格极为敏感的顾客,将丢失过大的市场份额,并且失去了份额后,以后再想夺回将很困难。降价会引起利润减少,有些企业采用降低质量、减少服务或减少营销沟通的做法来降低成本,这样又可能影响企业的长期市场。因此,企业在降价时,即便利润降低,也应努力维持自己产品的价值。

④ 提价并提高产品的价格。市场领导者可以提价,同时提高产品或服务的价值。一般这种策略实行在质量敏感性的顾客市场上,因此需要使顾客相信,即便市场上有人在降低价格,但是购买这种产品,首先应该选择的是质量而不是价格。企业提价,说明对于质量有了重大的改进。如果这些宣传能够奏效,则可能使顾客将那些先行降价的企业看成是提供"劣质"产品的企业,因而用提价策略能够进行反击。

⑤ 推出廉价产品。市场领导者也可以在产品线上推出低端产品,使之成为廉价产品,来回应降价者的进攻。有时,为了防止对当前产品产生影响,甚至可以用新的品牌销售这些廉价产品。如果企业面对的某个细分市场是价格敏感性的,则廉价产品策略是很容易奏效的。

对于价格变动的反应,对于企业来说,主要的困难来自于时间,即竞争者可能已经为某次价格变动作了很长的准备。而当其价格政策出台后,企业需要在几天甚至几小时内作出反应。因此,最好的解决方法是企业能够建立价格反应机制,依赖经常性的市场信息搜集,企业的市场信息系统应能经常就当前的市场竞争者的价格情况进行监控和分析。图 9-6 是降价反应机制的示例。

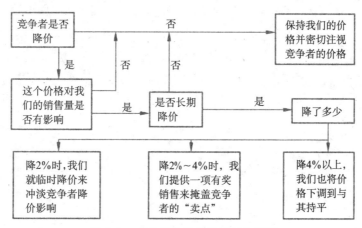

图 9-6　应付竞争者降价的反应机制

复习思考题

1. 如何认识价格策略对企业营销成功的重要性?
2. 影响产品市场价格的因素有哪些?
3. 企业的定价目标有哪些?
4. 试对比成本导向定价法与需求导向定价法的优劣。
5. 试分析竞争导向定价法在企业经营实践中的意义。
6. 价格策略有哪些类型? 如何运用?
7. 企业对竞争对手的价格变动应作出怎样的反应?

第 10 章

分销渠道策略

　　企业生产出来的产品,由于各种原因而存在着与消费者之间的时间和空间上的背离,为了克服这种背离,只有通过一定的分销渠道,经过物流配送过程,才能在适当的时间、适当的地点以适当的方式提供给适当的消费者,从而满足他们的需要,为消费者创造消费价值,实现企业的营销目标。在现代激烈竞争的社会中,对消费品的营销商来讲,拥有合适的渠道结构和终端往往能够胜人一筹,脱颖而出,争夺消费者的战争首先是争夺分销渠道的行动,"决胜终端"、"渠道为王""得渠道者得天下"的口号便是明证。在现代商业环境中,产品的终端表现已成为制造商关注的焦点,制造商把更多的目光投放在强化终端管理、争夺终端市场占有率上。营销商有时也采取终端拦截或封死渠道的做法实现自己的营销目标。因此,如何以快而有效的渠道将产品递送给消费者,是成为企业所面临的最复杂、最富有挑战性的问题之一。

10.1 分销渠道的性质及类型

　　企业在产品生产出来以后,必须面对产品如何进入市场的问题,也就是要把生产出来的产品投放到目标消费者能够买到或愿意去买也方便购买的地点。解决这些问题的决策一般会涉及:①在哪些区域和终端投放产品,为顾客在终端购买本企业产品提供何种服务策略,在终端实施何种服务竞争战略与战术。②通过哪些中间商(经销商、代理商和零售商①)来分销和销售产品、让消费者对所营销的产品易见到,乐意买及买得乐,消费品的分销尤其如此。③通过哪些中介机构或采用何种方式将产品送往市场。这些在营销学中称为分销渠道(也称分销通路、营销渠道或贸易渠道)的决策,也可称之为铺货或铺市的决策。通过这一决策将使企业建立起某一产品的市场分销网络和实体配送网络。显而易见,分销渠道是指将产品由制造商转至最终消费者那里所经历的路径、环节和网络、是一种"价值网络"。

　　企业的分销渠道决策对企业的其他营销决策具有重要的影响,一般来讲,企业分销渠道的决策常常具有长期效应和惯性,还体现出一定的地域文化特色,往往比产品、价格和营销

---

　　① 经销商、代理商和零售商的概念将在 10.3.2 小节中阐释。

传播决策更难以改变,而且渠道运营的成本在企业总成本中占据非常显著的比重,因此对其处理应慎之又慎。另外,在现代商业经济条件下,分销渠道也是企业拥有的一项重要的外部资源,而不是独立于企业的可有可无的累赘。因此它是企业营销管理中主要的决策活动之一。

10.1.1 分销渠道的性质

产品克服时间和空间上的背离,由制造领域转移到消费领域所经过的所有环节及其中介机构,构成了产品的分销渠道。事实上,产品由生产领域向消费领域转移的一系列分销活动大体上可分为五大类。一般来讲,将其归纳为"五流",即商流、物流、货币流、信息流、营销传播流(见图 10-1)。

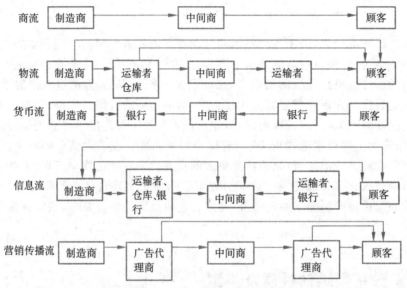

图 10-1　分销活动中的"五流"图

商流是指产品从生产领域向消费领域转移过程中的一系列买卖交易活动。在这一活动中,实现的是产品的所有权由一个渠道成员向另一个渠道成员的转移。有些成员表面上也介入这一过程。例如,有些中间商(代理商)以代销方式经营某一产品,但由于它实际上并不拥有产品的所有权,所以就不应包括在商流活动之中。例如,在汽车分销渠道中,原材料及零部件的所有权由供应商转移给制造商,汽车所有权则由制造商转移到代理商(汽车交易中心),而后到顾客。如果代理商以寄售身份保存汽车,则不应列入其中。

物流是产品从生产领域向消费领域转移过程中的一系列产品实体运动。它具体包括产品实体的储存以及由一个渠道成员向另一个渠道成员进行运输的过程,同时还包括与之相关的产品包装、装卸、流通加工等活动。物流活动从实质上保证了产品由生产领域向消费领域的安全转移。在上例中,原材料、零部件、发动机等从供应商运送到仓储企业,然后被运送到制造商的工厂制成汽车。制成成品后也须经过仓储,然后根据代理商订单而运交代理商,再运交顾客。如遇到大笔订单的情况,也可由仓库或工厂直接供应。在这一过程中,至少须用到一种以上运输方式,如铁路、飞机、卡车、船舶等。

货币流是指产品从生产领域向消费领域转移的交易活动中所发生的货币运动,它一般是同商流的方向相反的,即由顾客将货款支付给中间商,再由中间商扣除佣金或差价后支付给制造商,其中一般要以银行或其他金融机构作为中介。

信息流是指产品从生产领域向消费领域传递过程中所发生的一切信息搜集、传递和处理活动。它既包括制造商向中间商及其顾客的信息传递(如产品、价格、销售方式等方面的信息),也包括中间商及其顾客向生产者所进行的信息传递(如购买力、购买偏好、对产品及其销售情况的意见反馈等)。通常,渠道中每一相邻成员间会进行双向的信息交流,而不相邻的成员间也会有各自的信息流程。所以,信息流的运转方向是双向的。

营销传播流[①]是指由一渠道成员通过广告、人员推销、宣传、市场推广等活动对另一渠道成员施加影响的过程。它包括产品从生产领域向消费领域转移过程中,制造商通过广告公司或其他宣传媒体向中间商及其顾客所进行的一切传播努力。它包括利用广告、人员推销或公共关系等手段向其销售对象传递有利于产品销售信息的一切活动。

"五流"的活动,形成了分销渠道特定的功能,体现在以下四个方面。

1. 媒介交易

各类中介机构能沟通制造商与消费者的联系,为消费者提供有关产品的供应信息,为生产者寻找潜在顾客,并促进和实施他们之间的产品交易活动。

2. 运转实体

通过物流活动能及时地把产品运送到销售市场和消费者身边,还能根据消费者的需要对产品进行分等分类,合理配组,并通过包装和储存使产品的使用价值在实体运转过程中不受损害,以期在适当的时候投放市场。

3. 周转资金

通过中介机构的活动,能加速资金在各个环节之间的周转,减少资金的积压和呆滞,使资金发挥更大的作用、产生更大的效益。

4. 分担风险

分销渠道中介环节的增加,实际上是将原先由生产者所承担的风险分散到各个中介机构,从而使产品销售的风险可通过各中介环节之间的利益调整和专业化经营效率的发挥而得以减缓。

通过分销渠道这些功能的发挥,就能使生产者更有效地将他们的产品广泛地打入各个目标市场,并通过对分销渠道合理地选择运用来实现最佳的经济效益。

在这"五流"之中,商流和物流是最主要的,它们是整个产品分销活动得以实现的关键。商流的买卖交易活动是其他分销活动得以成立的前提,没有产品所有权转移的需要和实施,就不可能出现产品实体转移或货币运动,与之相关的信息活动和营销传播活动也就失去了存在的意义。而物流所进行的产品实体转移则是产品由生产领域向消费领域的实质性运动。值得指出的是,只有当商流和物流都存在的情况下,产品的分销活动才得以成立。但是,在实际的分销活动中,商流活动和物流活动并不一定同时发生。物流活动有可能先于商

---

① 营销传播的内涵将在第 11 章中详述。

流活动(如赊购赊销或分期付款)，也可能后于商流活动(如期货贸易或合同订货)。而且物流活动所经过的中间环节和运动轨迹也不一定同商流轨迹完全一致。所以，它们有可能形成各自的渠道和运行方式。当然，对于货币流、信息流和营销传播流来讲，也会形成各自的渠道和运行方式。对于各类分销活动的运行渠道和运行方式进行正确地选择并加以合理地组合，是有效地实现企业的营销目标和提高营销效益的关键。

10.1.2 分销渠道的类型

从一个企业在分销渠道决策时所面临的选择来看，分销渠道大致有以下几种分类。

1. 直接渠道和间接渠道

直接渠道和间接渠道的区别实际上就是企业在其分销活动中是否利用中间商的问题。

(1) 直接渠道

直接渠道是指产品从制造领域转移到消费领域时不经过任何中间环节，而直接把产品销售给消费者的分销渠道。

直接分销渠道是工业品分销渠道的重要类型，大约80%的工业品是直接销售的。消费品分配有时也采用直接渠道，这主要表现在传统产业和新兴服务业这两大领域中。在我国，鲜活产品、食品和手工工业制品，有着长期传统的直销习惯；新技术在流通领域中的广泛应用，也使邮购、电话电视销售和网上销售方式迅速崛起，促进了消费品直销方式的发展。企业直接销售的方式很多，概括起来有如下几种。

① 订购销售。这是直接渠道中最常见的一种销售方式。制造商与用户先签订购销合同或协议，在规定时间内，按合同条款供应产品、交付款项。订货的方式如产品订货会和展销会、面谈订购、电话和邮购等。

② 自开零售店销售。制造商通常将销售店设立在生产区外、客户较集中的地方或商业区。

③ 联营销售。这种方式，常见于工、商企业之间，也有一些制造商联合起来进行销售。

直接渠道有利于生产者掌握市场状况与发展趋势。由于去掉了产品流转的中间环节，往往可降低产品在流通过程中的损耗。但直接渠道在生产集中、消费需求分散的情况下，就不能胜任。制造商缺乏分销和销售方面的经验，若自己承担商业责任，会加重制造商的管理难度，分散制造商的精力。

(2) 间接渠道

间接渠道是指企业通过一个以上的中间商向消费者销售产品的分销渠道。中间商必须将产品买进后再转手卖出。如果只是以代销的形式帮助厂家销售产品，也不能算作是间接渠道。

间接渠道是消费品分配的主要类型，大约95%的消费品通过间接渠道销售。此外，一部分工业品也通过间接渠道进行销售。大多数制造商缺乏直接营销的财力和经验，而采用间接渠道，能够发挥中间商广泛提供产品和进入目标市场的最高效率。利用中间商的分销网络、业务经验、专业化和规模经济优势，通常会使制造商获得高于自营分销和销售所能取得的利润。此外，利用中间商能减少交易次数，达到减少交易成本的目的。

2. 长渠道与短渠道

对于间接渠道来讲，根据介入的中间商层次的多少又可区分为长渠道和短渠道。营销学中,用渠道级数来表示中间商介入的层次。所谓渠道级数是指在推动产品及其所有权向最终买主转移过程中承担若干工作的中间机构。下面将分销渠道级数按消费品和工业品来进行分别说明,如图 10-2 所示。

在现代竞争激烈的商业环境中,为了给消费者提供尽可能高的消费价值和为自己获取尽可能多的利润,商家不断追求减少渠道级数的目标,也就是追求渠道的扁平化效果。渠道扁平化以后,削减冗长无用的环节,商品的流通费用可以降低,递送的时间也可以相应的缩短,提高了渠道运作的效率,在制造商、中间商、顾客间构筑一个完整、有机、高效网络体系,使成千上万的顾客通过这个网络同厂家、商家进行信息的交流和互动。

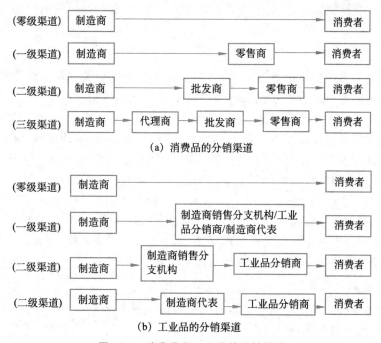

图 10-2 消费品和工业品的分销渠道

3. 宽渠道与窄渠道

从横向来分析,根据企业在同一层次上并列使用的同类中间商的多少,企业的分销渠道又可以分为宽渠道和窄渠道。如图 10-3 所示。

零级渠道是指制造商直接将产品销售给消费者,无任何中间商介入;一级渠道是指制造商直接将产品销给零售商,再由零售商转卖给消费者,其中只有一个层次的中间商介入;二级渠道则是有两个层次的中间商介入,一般是有一个批发商层次和一个零售商层次;三级渠道则是指有三个层次的中间商介入。以此类推,渠道的级数越高,渠道就越长,渠道的级数越低,则渠道就越短。一般而言,渠道越长,企业产品市场的扩

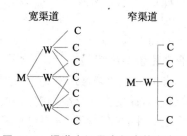

图 10-3 渠道中运用中间商的宽窄图

展可能性就越大,但企业对产品销售的控制能力和信息反馈的清晰度就越差;相反,渠道越

短,企业对产品销售的控制能力和信息反馈的清晰度就越好,但是市场的扩展能力则会相应下降。

制造商通过两个或两个以上的中间商来销售自己的产品,称为宽渠道。一般日用消费品,如毛巾、洗涤品、食品、内衣、烟酒等都是通过宽渠道进行销售的,由多家经销商经销,又转卖给更多的零售商去进行销售,从而能大量地接触消费者,大批地销售产品。只选用一个中间商销售自己的产品,称为窄渠道。它仅在一些专业技术性强,而且生产批量小的产品销售中适用。经营这类产品的制造商,一般只选用熟练掌握这种产品技术性能的中间商独家经销。这种中间商可以是零售的,也可以是批发的。窄渠道对制造商来讲,比较容易控制,但市场的分销面就受到限制。因此,窄渠道一般仅适用于专业性较强的产品或较贵重的耐用消费品。

4. 单渠道和多渠道

根据制造商所采用的渠道类型的多少,分销渠道又可以分为单渠道和多渠道。有些制造商采用的渠道类型比较单一,例如,所有产品全部自己直接销售或全部交给批发商经销,可称为单渠道。而有的生产者根据不同层次或地区消费者的不同情况而采取不同的分销渠道,例如,在本地区采用直接渠道,对外地则采用间接渠道;在有些地区利用独家经销,而在另一些地区则利用多家分销;对消费品市场采用长渠道,对工业品市场则采用短渠道,等等。在营销学中,常把采用两种或两种以上渠道来经销相同的基本产品给一个目标市场的多渠道分销系统称作双重分销系统。一些企业在同一层次中利用不同类型的销售组织形式,如在零售商中,既利用百货商店,又利用专业商店,也利用超级市场销售,则可称为多渠道分销系统。譬如,美国的贵格麦片公司通过超级市场、餐厅、仓储联合社、现烤现卖面包专卖店,以及飞机、学校与医院的餐点将其早餐产品卖给消费者。

5. 传统渠道与渠道系统

分销渠道如果按照一条渠道中渠道成员相互联系的紧密程度,又可分为传统渠道和渠道系统(也称纵向营销系统)。

在传统渠道中,制造商、经销商、批发商、代理商、零售商相互独立,各自为政,各行其是,以单纯的买卖交易关系联结在一起,各自追求自己的利润最大化目标。对产品分销的全过程,任何渠道成员都不承担责任,因此也没有一个成员可以对分销渠道进行事实上的系统控制。在这种情况下,企业的分销渠道是很不稳定的。渠道中各成员都以自己的利益最大化为目标,就有可能破坏分销活动中应有的相互衔接和协调,从而使整体效益受损。

20世纪70年代以后,在西方国家,流通领域的集中和垄断愈演愈烈。一方面,大企业为了控制和占领市场,往往采取工商前后一体化和商工后向一体化的经营方式;另一方面,中小企业也纷纷组织起来,以联营的方式谋求生存和发展。这样,产生了纵向联合营销系统,也称渠道系统。它是指用一定的方式将分销渠道所有成员联结在一起,采取一致目标下的协调行动,促使实体分配的整体效益最优化。这种新型的渠道系统,其组建方式按主导企业对渠道管理的控制程度分为以下三种类型。

(1) 公司系统

公司系统是指一家公司拥有和统一管理若干制造商、经销商和零售商,控制分销渠道的若干层次,甚至控制整个分销渠道。也就是在单一所有权下把生产和分销这两个连续阶段结合在一起。这样一来,矛盾冲突减少,协调性增加。公司系统的形态不止一种,经销商有可能拥有其供货厂家的所有权,零售商也可成为提供产品的经销公司或生产厂家的股东之一。

建立公司系统通常需要产权的投资,但这样可以减少管理费用,并使各种职能的协调工作得到提高。同时,由于公司直接控制着各种职能,因而不必太担心货源短缺和中间商节约不当等问题。此外,建立这种系统会增强购买力。所有这些公司系统所带来的利益有时会以廉价形式或改进服务的形式提供给消费者。

（2）契约系统

为了避免较大投资而又得到公司系统的有利之处,或者为了与公司系统的竞争者相抗衡,制造商、经销商和零售商建立了纵向联合销售的契约系统。这种分销系统有各种变化形式,但它们都有一个相同的准则:几方当事人在契约下联合起来,以便控制分销链中两个以上的环节。在理论上,这些变化形式很容易分辨,但在实际中它们却非常相似。近年来,这种组织发展很快,包括自愿联合组织、零售合作组织、特许代营组织、生产者合作组织、消费者合作组织。

（3）管理系统

管理系统是由一家规模大、声誉高、实力强的制造商来协调渠道系统各成员关系的分销系统。在管理系统中,制造商(或中间商)不是通过所有权或契约,而是通过自愿合作和其他成员的支持来协调这个渠道的。管理系统建立在互相尊重和谅解的基础之上,制造商(或中间商)负责提出和确定经营目标和零售政策,其他渠道成员则以合作的方式支持这种目标和政策。拥有品牌优势的制造商可能会得到中间商强有力的贸易合作与支持。通用电气公司和可口可乐公司都是运用管理系统很成功的公司。

6. 电子渠道

20 世纪后半期,人类经历了互联网技术革命的浪潮冲击。互联网的兴起和普及不仅改变了人类社会的生活方式,而且将从根本上改变分销渠道的结构和战略,以致未来的分销前景与我们今天所看到的完全不同。电子分销渠道的出现便是最主要的表现之一。罗森布罗姆认为,电子分销渠道指的是应用互联网提供可利用的产品和服务,以便使用计算机或其他能够使用技术手段的目标市场通过电子手段进行和完成交易活动。电子分销渠道的出现,使得制造商能够绕过批发商和零售商,直接将产品或服务出售给消费者,实现了渠道扁平化的目标。这种现象称为非中介化(disintermediation)。不过,消费者在大量的在线制造商之间进行选择是相当困难的。因此新的在线辅助手段正在出现,它们取代了传统中介的角色。这些手段被称为再中介化(reintermediation),它们在数字环境中充当了新中介的角色。

7. 制造商与中间商之间基于业务分工关系的分销渠道模式

制造商(厂商)与中间商之间的合作关系有多种形态。中间商在渠道网络中可以扮演多种角色,起到多种作用。制造商往往需要借助中间商的力量把产品分销出去,这中间的大量工作都需要与中间商之间进行适当的分工和合作,形成各种管理模式。从中国企业的分销渠道的实际来看,厂商与中间商的关系结构模式大概有四种渠道模式。

① 传统渠道模式。厂商直接以经销商为自己的下级批发商,厂商的目标客户主要以一级经销商为主,对分销渠道的管理也主要是对这个一级批发商的关系协调。

② 代理模式。厂商可以利用代理商的现有销售网络迅速建立分销渠道。在这种模式下，厂商按照商定的条款把产品交给代理商就可以了，由代理商负责完成余下的把产品分销给消费者的工作。

③ 掌控终端模式。厂商建立了直接管理终端的销售方式，直接管理的客户从经销商、代理商转变成了终端客户。在这种模式下，中间商在产品分销过程中只是起到了中间流转环节的作用，大量的关键性分销工作主要是由厂商完成的，中间商只起配角的作用。

④ 厂商助销模式。厂商通过投放由自己管理和控制的人、财、物等各类资源，全面系统地支持经销商开拓市场。在这种模式中厂商与中间商齐心协力地完成产品的分销工作，在此过程中根据分销业务的需要各自扮演着恰当的分工角色。这四种渠道模式各自工作的内容见表10-1。

表 10-1　不同渠道模式下厂商与经销商的工作分工[①]

分工＼模式		传统模式	代理模式	掌控终端模式	厂商助销模式
厂商关注点		厂商仅关注与一级经销商的业务关系	厂商仅关注与代理商的业务关系	厂商关注经销商对终端产品的配送与终端服务需求的实现	厂商关注经销商对终端产品的配送与终端服务需求的实现
厂商对终端的拉动力		根据产品特性选择相应的消费者进行拉动	厂商对终端无拉动力，代理商直接面对终端	根据产品特性选择相应的消费者进行拉动	根据产品特性选择相应的消费者进行拉动
厂商与经销商的分工		经销商完成全部销售服务，厂商监控少	代理商完成全部销售服务，厂商监控销售区域和价格管理	厂商完成终端推动和终端服务，经销商重点完成物流配送	厂商完成终端推动和终端服务，经销商重点完成物流配送
具体业务分工	新客户开发	经销商完成	代理商完成	厂商完成	厂商/经销商共同完成
	客户拜访	经销商完成	代理商的工作重点	厂商完成	厂商/经销商共同完成
	订单处理	经销商的工作重点	代理商的工作重点	厂商/经销商共同完成	经销商完成
	促销	经销商完成	代理商完成	厂商/经销商共同完成	厂商/经销商共同完成
	仓储配送	经销商的工作重点	代理商的工作重点	经销商完成	经销商完成
	收款对账	经销商的工作重点	代理商的工作重点	经销商完成	经销商完成
	售后服务	经销商完成	代理商完成	厂商/经销商共同完成	厂商/经销商共同完成

① 资料来源:医药经济报.2007－05－11

10.2 分销渠道策略

10.2.1 影响分销渠道决策的因素

分销渠道的选择是多种因素相互作用的结果。每一渠道成员在选择渠道模式中都会受到一系列主客观因素的制约。这些因素主要有下列四类。

1. 产品因素

产品因素往往是企业进行渠道选择时必须首先考虑的问题,它包括以下四方面因素。

(1)产品的物理化学性

对一些易腐易损产品、危险品,应尽量避免多次转手,反复搬运,应选用较短渠道或专用渠道。对于一些体积大的笨重产品,如家具、木材等,应减少中间环节,尽可能采用直接渠道。

(2)产品单价高低

一般而言,价格昂贵的工业品、耐用消费品、奢侈品,多应减少中间环节,采用较短渠道;单价较低的日用品、一般选择品,则可选择较长较宽的分销渠道。

(3)产品式样

式样花色多变、时尚程度较高的产品,如高档玩具、时装、家具等,为避免过时,宜采用短渠道分销;款式不易变化的产品,分销渠道则可长些。一些非标准品及有特殊式样、规格的产品,通常由企业销售部门直接向用户销售。

(4)产品的技术性与复杂性

对于技术性强而又需要提供售前售后服务的产品,如耐用消费品和多数工业品,采用直接销售或短渠道的要求更迫切。非标准化产品(如顾客定制的机器和专业化商业表格),通常由企业推销员直接销售,这主要是由于不易找到具有该类知识的中间商。需要安装、维修的产品经常由企业自己或授权独家专售特许商负责销售和保养。

2. 市场因素

市场因素体现在以下四个方面。

(1)目标市场范围的大小

市场范围越大,分销渠道一般相应越长;相反,则可短一些。

(2)消费者因素

消费者对分销渠道的影响,首先表现为产品消费面的大小。消费面大的产品,要求能在市场上广泛分布,并具有一定的区域延伸性,分销渠道就应当既"长"又"宽"。比如,日用品的分销渠道的安排就应如此。

消费者的购买习惯对分销渠道选择也会产生很大影响。如消费者购买频率较高,交易工作量就会相应增大,企业一般就应当多利用一些中间商开展分销活动;相反,购买频率低,每次购买量大,企业就可少利用一些中间商,而采用较短的渠道来进行销售。有些产品(如肥皂、牙膏等日用消费品),消费者喜欢就近购买,渠道分布面就应宽一些、长一些,最好能深入居民区附近;有些产品(如高级时装、汽车、家具等),消费者喜欢到商业中心区的高档商场或专卖店精心选购,企业就可以直接销售或委托地处商业中心区的零售商经销。

此外,消费者的地区分布状况也会对分销渠道的选择产生影响。有的产品消费者地区分布比较集中(如少数民族用品或专业技术用品),分销渠道就可短一些、窄一些;而一般的日用消费品,消费者分布于全国各地,分销渠道就应当长一些、宽一些。

(3) 中间商因素

中间商的性质、功能及其对于各种产品销售任务的适应性也是企业进行分销渠道决策的重要影响因素。如有些产品技术性较强,就需要有具备相应技术能力或设备的中间商进行销售;有些产品需进行一定的储存(如季节性产品、冷冻冷藏产品等),就需要拥有相应储存能力的中间商来进行营销。零售商的实力较强,经营规模较大,企业就可直接通过零售商经销产品;零售商实力普遍较弱,经营规模较小,企业就只能通过批发商来进行分销。

(4) 竞争者因素

企业进行分销渠道决策时应充分考虑竞争者的渠道策略,并采取相应对策。企业在考虑渠道竞争对策时,有两种不同的做法:或是在竞争对手分销渠道的附近设立销售点,正面竞争,以优取胜,称为正位渠道竞争;或是避开竞争对手的分销渠道,在市场的空白点另辟渠道,如当竞争对手以零售商店为主要分销渠道时,企业则可以以人员推销作为自己的主要渠道,以避开锋芒,稳操胜券,称为错位渠道竞争。一正一错,都必须以竞争者的渠道策略为转移。所以,竞争者是分销渠道决策中不可忽视的重要市场因素之一。

3. 企业自身因素

分销渠道的选择必须考虑企业自身情况。

(1) 声誉与规模

制造商声誉高、规模大、实力雄厚,可自由地选择分销渠道,直接销售,也很容易取得与中间商的广泛协作,甚至由中间商找上门来;反之,声誉低、规模小、资金有限、实力薄弱,中间商就不大乐意协作,制造商选择渠道的自由度较小。此时,制造商应努力争取中间商的支持和合作。

(2) 销售经验和服务能力

制造商销售经验丰富,且在售前、售中和售后为顾客服务的能力较强,可考虑直接渠道或短而窄的间接渠道;反之,经验不足,服务能力低,则应尽力争取较多的精明能干的中间商,协助厂家进行分销。而且,以前曾通过某种特定类型的中间商销售产品的企业,会逐渐形成渠道偏好。

(3) 企业控制渠道的愿望

有些制造商为了有效控制分销渠道,宁愿花费较高的直接销售费用,建立较短而窄的渠道;也有一些制造商可能并不希望控制渠道,则可控制销售成本等因素而采取较长而宽的分销渠道。

(4) 企业可能提供的服务

中间商一般希望制造商能承担更多的广告、展览、培训或经常派技术服务人员驻店,为产品销售创造条件。如企业能提供这些服务亦能增强中间商经销或代销产品的兴趣;反之,制造商只好自行销售。

(5) 企业产品组合的特征

企业产品组合也会影响其渠道类型。企业产品组合的广度越大,则与顾客直接交易能力越强;产品组合的深度越大,则使用独家专售或选择性代理商就越有利;企业产品组合的关联性越强,则越应使用性质相同或相似的分销渠道。

4. 环境因素

各种政治、经济、自然环境的特征与变化也会对企业的分销渠道决策产生影响。

一个国家在市场方面的政策对企业的分销渠道影响很大。如我国曾一度实行高度集中的计划经济体制,企业生产的产品完全由国营商业企业统购包销,分销渠道不可能任意选择,而只能是单一渠道的流通。经济体制改革以后,企业实行了市场经济体制改革,企业产品的分销渠道的选择面得以大大拓宽,产品出现了多渠道分销的局面。

经济环境的变化也会影响到分销渠道的决策。在产品供不应求的卖方经济环境格局下,商业部门(中间商)要货迫切,制造商一般都将产品交给商业部门(中间商)经销;在产品供过于求的买方经济环境格局下,商业部门(中间商)要货积极性不高,制造商就只能开辟自己的分销渠道,直接销售。

自然环境主要表现为地理条件对分销渠道的影响。地处商业中心或交通枢纽附近的企业,由于地理位置比较有利,开展直接销售的可能性比较大;而地处偏远地区或交通不便地区的企业,则可能因为地理条件的限制而只能采用较长的分销渠道。

10.2.2 分销渠道决策

分销渠道决策,不仅要能保证产品及时到达目标市场,而且要求设计(选择)的渠道销售效率高,分销费用少,能取得良好的经济效益。分销渠道决策,必须以企业目标市场为起点,综合分析企业的战略目标和营销组合策略。在此基础上,企业应首先确定分销渠道目标,然后才能作出一系列的决策。这些决策主要包括:是否采用中间商的决策,渠道长短的决策,渠道宽窄的决策,以及选择具体渠道成员的决策。

1. 确定分销渠道目标

确定分销渠道目标是要解决分销渠道应该怎样与企业战略及其他营销策略融为一体,怎样与企业目标市场相配合的问题。具体来讲,确定渠道目标应对以下问题进行分析:

(1) 目标市场在哪里?顾客是谁?

(2) 顾客为什么需要购买我们的产品?

(3) 顾客在什么时间、什么地点购买?

(4) 顾客想以什么方式购买?

(5) 可利用的中间商有多少?分布范围如何?

(6) 企业对市场占有率要求达到什么水平?

(7) 企业的销售额和利润目标是多少?

(8) 企业对销售、库存、服务水平有什么要求?

(9) 企业将开展什么样的营销传播活动?

(10) 企业的长期目标是什么?

通过对问题(1)~(5)的分析,就可以确定目标市场对分销渠道的要求,通过对问题(6)~(10)的分析,可以帮助我们明确企业的总体目标及营销策略对分销渠道的要求。在此基础上,便可拟定出分销渠道应达到的具体目标。事实上,以下步骤的决策,正是渠道目标

的展开和落实。

2. 直接销售还是间接销售的决策

第一步是进行直接销售,实行产销一体化还是利用中间商的销售决策。企业应根据自己的实力、产品情况、市场条件等,全面权衡利弊,加以选择。

3. 长渠道与短渠道的选择

假如生产企业采用间接销售的策略,第二步就面临着进一步选择渠道的长度,即经过多少中间环节的问题。

制造商选择长渠道还是短渠道,应综合地考虑市场销售量、中间商销售能力、产品类型、消费者购买习惯等因素。一般来说,在销售量一定时,中间商的销售能力大,中间商配置层次就少。如零售商规模较大,实力雄厚,有足够的力量进行较大的销售时,那么,批发环节就可能是多余的。产品的技术性强,就不宜采用多层次的长渠道。对消费者选购时选择性不强,要求方便购买的产品,则可选择长渠道。此外,还得考虑企业本身的销售能力和财力。生产企业如销售能力强,且资金能维持,则可减少中间环节,直接销售给零售商或消费者。值得注意的是,我们不能仅从单个因素去考虑渠道的选择,而应该看到多种因素的相互关系及对渠道长短的影响。

4. 宽渠道与窄渠道的选择

企业在确定了渠道的长度后,还面临着渠道宽度的选择。分销渠道的宽度则取决于渠道各个层次中使用同种类型中间商数目的多少。供制造商选择的渠道策略主要有以下三种。

(1) 密集性分销,又称广泛分销。这是指制造商广泛利用大量的批发商和零售商经销自己的产品。实行密集性分销是将产品分销到每一个合适的分销处。这种策略假设购买者不想四处寻找最好的或某个特殊品牌的产品。因此,密集性分销常常用于快速消费品——价格低廉和差别不大的产品——和与快速消费品性质相似的工业品。对这些产品的制造商来说,密集性市场展露是至关重要的,如果不能使中间商经办自己公司的产品,则意味着与该中间商有关的顾客就会购买别人的产品。标准化程度较高的产品,也比较适用于这种策略。例如,在许多家零售商店里销售某品牌化妆品,就能使该产品得到充分的展露,既便利消费者购买,也促使制造商的化妆品迅速、广泛地占领市场。

密集性分销具有能够接触所有潜在顾客的优点,除此之外,还能引起对全国性的广告宣传的更大反响,使筛选中间商的工作简单易行,那些有能力经销公司产品和能及时付账的中间商将会被选中。

但是,采用这种策略时,制造商要与众多中间商发生业务联系,而中间商往往同时经销众多厂家的产品,就难以为某个特定的制造商承担广告宣传费用,或采取专门的市场推广措施。这样,必然导致工商企业间的合作困难,也使制造商难以控制渠道,制造商通常要负担较高的营销传播费用。因此,制造商应当设法鼓励和刺激中间商积极推销自己的产品。

(2) 选择性分销。这是指制造商从愿意合作的众多中间商中选择一些条件较好的批发商和零售商去销售本企业的产品。这种策略适用于所有产品,但相对而言,对于高档选购品或精选特殊品更为适宜。尽管这种方式的市场渗透力有所减弱,但仍有许多可取之处。与密集性分销相比,选择性分销所需的合同较少,制造商可与那些水平较高的中间商接触,而在选择过程中取缔与低能中间商的业务联系。挑选出来的中间商,其经营水平常高于平均水平,能与厂家进行良好的合作。双方通过履行合同或协议,共担风险,同享利润。制造商不需在所有的销售点花费很大的精力与财力,可集中有限的资源,在整体上促进产品的销售;也有利于制造商对渠道中其他成员的控制。此外,由于交货效率提高了,各个中间商的订货量可能会增大。

然而,这种策略也存在着弊端,首先,它受条件限制。采用此策略的制造商应具备两个条件之一,即能向中间商提供较优的推销条件和费用,或能向中间商提供俏货。这样,才会有较多的、愿意合作的、能力较强的中间商供制造商挑选。而在现实生活中,制造商要具备这样的条件,则需付出艰苦的努力。其次,这种策略受合约履行情况的影响。产销双方常以合同协作,但是,由于市场因素的不断变化,有时会导致一方经营受挫,丧失履行合约的能力。而工商企业间的失约,不仅会严重阻碍产销协作关系的发展,而且会导致产方或销方的巨大经济损失。

(3)专营性分销。生产者选择有限数量的中间商去处理他们的产品。专营性分销的极端形式是独家经销,即由一个经销商去推销某制造商的产品。这种策略通常适用于高档特殊品,或适用于使用方法复杂、需要较多销售服务的产品推销。这种分销方式具有排他性。例如,某计算机制造商规定某经销商只能在某特定的市场中销售自己的产品,不允许销售本厂竞争对手的计算机。除了选择性分销所具有的优点以外,专营性分销还具有另外一些优点:与中间商保持紧密的经营关系;能够最有力地掌控产品价格及销售状况;增强了产品和零售商的声誉。此外,还可指望中间商为制造商做些额外的工作,如多承揽一些库存、提供产品的维修服务等项目。

但是,采用这种策略风险较大。由于产销双方依赖性太强,一旦某中间商经营失误,往往使制造商蒙受巨大损失,甚至使制造商失去某一目标市场。

5. 渠道成员的选择

当上述问题决定以后,就应根据营销活动的需要,选择理想的中间商作为渠道成员,制造商在选择中间商时要搜集有关中间商的信息,制定审核标准[①],并要说服中间商经销自己的产品。中间商的选择关系到能否实现渠道目标和效率的问题,因而应十分慎重。如果制造商有一些品牌声誉高且利润可观的产品,就会比较容易地寻找到满意的中间商。但对于一个新开业的较弱小的制造商来说,要吸引其所需要的中间商并不是太容易的事,除非它能使中间商确信销售制造商的产品简单易行并有利可图。由于渠道的长度与宽度的不同,制造商选择的标准也有差异。但一般来说,较理想的中间商应具备以下条件。

(1)与生产企业的目标顾客有较密切的关系。

(2)经营场所的地理位置较理想。

(3)市场渗透能力较强。

(4)有较强的经营实力(包括有足够的支付能力、训练有素的销售队伍、必要的流通设施)。

---

① 中间商的审核标准见 10.3 节。

（5）在用户中声誉较好。

在选择渠道成员的同时,还应对成员各自应负的责任,包括定价政策、交易条件、广告宣传、产品的储存运输、市场调研等,用相互协商的方法加以明确。

应当指出,渠道的决策和建立不是一件容易的事,一个企业有时无力单方面作出全部决策。渠道决策往往是由所有渠道成员共同作出的,是一个决策、协商、修正、再决策的过程。分销渠道一经建立,就有一种保持现状的惯性,有必要加以维护和管理。

10.2.3 分销渠道中的权力、矛盾与合作

1. 渠道权力

分销渠道中的权力是指渠道中某一成员影响同一渠道中另一个成员营销行为的能力。具体来讲,某渠道成员,譬如 A 公司,对另一个渠道成员(譬如 B 公司)的权力,可以定义为 A 公司在对 B 公司施加影响后,使 B 公司的某些行为得以改变。

分销渠道可以被看做是没有首脑的社会体系,然而,把渠道视为一种体系的成员,都想对体系中的职能分布方式(哪个成员负责哪项任务)和补偿各个成员的方式(每个成员得到的利润率)施加影响。过去,人们总是认为制造商是渠道的首脑(控制者),有关分销网点的类型和数量、渠道成员的选择以及各成员应承担的分销任务等决策通常是由制造商作出的。但是今天,越来越多的人对此持有异议。对消费者来说,世界上许多著名的商店其商店名称比这些商店所出售的产品更为重要。事实上,中间商往往有相当的自由来建立它们自己的渠道。大零售商越来越频繁地担负起首脑的作用。在某些制造商和零售商都比较小的国家里进行国际贸易的时候,批发商往往扮演着决定性的角色。

渠道成员所行使权力的大小取决于许多方面的原因:规模和财力状况;品牌形象;每个成员提供的产品与竞争产品的差异程度;每个成员所面对的竞争者的数量;此外还有其他条件。但是,所有条件都可基本归纳为两种:规模和垄断。将渠道中的规模大的成员与规模小的成员相比,前者的权力要大于后者,所以通用电气公司和可口可乐公司都是各自渠道的首脑。那种具有产品垄断、技术垄断、信息垄断、地域垄断和市场垄断的公司,尽管不是规模最大的成员,但也可以控制分销渠道。比如,一个对需求大的新产品拥有专利的小制造厂家可能会比某些大零售商拥有大得多的权力(产品垄断);同样,在某个小的但很重要的城市里仅有一个百货商店,那么它的权力要大于那些想在这个城市中销售产品的制造商或批发商(地域垄断)。倘若各个成员之间的规模相似或每个成员都具有某种(相近)程度的垄断,那么它们将平均分享权力:制造商控制一些职能,中间商控制另外一些职能。

权力对渠道成员十分重要,影响着它们达到自己目标的能力及可能性。要想获得权力,生产者和中间商就要以产品质量和通过推销活动来建立消费者的忠诚。

2. 渠道冲突与合作

在分销渠道的交易活动中,经销商往往会产生机会主义的行为。所谓机会主义"是指不充分揭示有关信息,或者歪曲信息,特别是那些精心策划的误导,歪曲颠倒或其他种种混淆视听的行为,直接或间接导致了信息不对称问题,从而使经济组织中的问题极大地复杂化

了"。其表现形式有以下几种[1]。

① 侵害。机会主义方在环境不变时,违反显性或隐性契约,寻求机会主义的行为。如渠道中经常上演的窜货问题,引发矛盾和冲突,而窜货也必将导致渠道整体利益的损失和渠道的和谐运营。

② 强制让步。机会主义方利用渠道环境发生的改变,依靠环境的掩护,迫使渠道劣势方让步,从而获得额外收益,而这恰恰违背了渠道双方契约的初衷,如 2004 年爆发的专业家电经销商要求格力等制造商降低价格的渠道冲突事件。

③ 逃避。环境没有重大变化,由于缺乏相关的明确规定,机会主义方逃避应承担的责任和义务,向渠道的另一方转嫁损失。由于任何渠道契约的规定都必将受到信息不对称的影响,渠道机会主义就可以凭借渠道固有的先天不足,谋求来自于信息损失方的转移支付的利益。

④ 拒绝调整。环境改变时,机会主义方拒绝进行有利于改善渠道整体运作的行动,主导渠道改革方必须牺牲利益,才可以换取渠道改革的整体行动,另一方则借机谋求利益。例如,格力省级经销商抵制格力由于渠道环境改变所进行的渠道变革。

机会主义导致渠道的不和谐,冲突也就不可避免。另外,当渠道成员不能就经营目标的实施计划或实际行动等取得一致的意见时,他们之间也会产生冲突。

渠道冲突是指下述这样一种状态:一个渠道成员正在阻挠或干扰另一个渠道成员实现自己的目标或有效运作;或一个渠道成员正在从事某种会伤害、威胁另一个渠道成员的利益的活动;或者以损害另一个渠道成员的利益为代价而获取稀缺资源的活动。严重的冲突常常会降低各种活动的效率,但冲突不一定就是坏事。一般认为,微小的冲突可以刺激创新精神和消除自满情绪。渠道成员之间(尤其是制造商与经销商)的交往过程,就是一个互相斗争、互相扯皮、互相合作的过程。

(1) 冲突的根源

冲突的根源有很多。任何买卖交易本身都存在着冲突。销售者总想以高价出售,并希望得到现金支付;购买者则希望以比较优厚的信用条件支付较低的价格。

此外,制造商和中间商常常有不同的经营目标。制造商希望市场占有率的提高、销售量的增长和利润的增长;而大多数零售商特别是小零售商,则希望在当地市场上保持适当的地位。对某些小零售商来说,一旦销售情况和利润情况达到满意的程度,满足个人的悠闲生活便成了他们的主要目标。制造商需要中间商销售自己品牌的产品;而中间商则不管是什么品牌的产品,只求能有好的销路。制造商还希望中间商能把厂家提供的某些折扣优惠再提供给消费者;而中间商则喜欢把这种折扣据为己有。制造商要中间商宣传本公司品牌的产品;而中间商则要制造商担负这部分广告费用。分销渠道的每一位成员都想要其他成员存储更多的产品。所有这些冲突问题都会因为各成员之间缺乏交往而变得更加激烈。最终,如果仍不能避免、削弱或处理冲突问题,则需要对这个分销渠道进行重新组织或者解散。表 10-2 列举出了渠道冲突的各种原因。

---

① 高维和.渠道长途管理的"生命周期观".南开管理评论.2003(3)

表 10-2　渠道冲突的潜在原因①

因　素	产品（服务）提供者的目的	中间商的目的
定价	建立与产品形象一致的最终价格	建立与中间商形象一致的最终价格
购买条件	确保迅速、无误的付款	尽可能拖延付款，确保拿到折扣，减少折扣
货架空间	获得足够多显眼的货架空间，使本品牌销售量最大化	将货架空间分配给多种品牌，使得产品销售总量最大化
专营性	压制各个中间商库存中竞争品牌的数量，同时自己通过多个中介商进行销售	压制销售相同品牌的竞争性中介商的数量，同时自己销售多种不同的品牌
送货	在要求送货之前得到适当的通知	获得快速的服务
广告支持	确保从中间商那里获得广告支持	确保从制造商/服务商那里得到广告支持
赢利性	有适当的边际利润	有适当的边际利润
连续性	有规律地收到订单	有规律地收到订货
订单规模	订单规模最大化	使订单规模与消费者的需求一致，以使库存投资最小化
品种	提供有限的种类	确保种类足够齐全
风险	让中间商承担风险	让制造商/服务商承担风险
品牌化	以制造商/服务商的名义销售产品	销售私有品牌的产品，也销售制造商/服务商品牌的产品
渠道进入	在制造商/服务商愿意的地方销售产品	只经营中间商愿意要的那些产品
各方重要性	不允许任何一个中间商占主导地位	不允许任何一个制造商/服务商占主导地位
消费者忠诚	使消费者忠诚于制造商/服务商	使消费者忠诚于中间商
渠道控制	重大渠道决策自己做主	重大渠道决策自己做主

（2）渠道冲突的类型

渠道冲突常发生在垂直、水平与多重渠道中。

① 水平冲突。水平冲突是指同一渠道阶层中各成员间的冲突。例如，芝加哥的某些福特汽车经销商抱怨该地区的其他经销商在价格和广告方面过度竞争或跨区销售，抢走了不少生意。有些 Pizza Inn 的特许店抱怨 Pizza Inn 的部分特许店用料成分不实，服务态度不好，破坏了顾客对 Pizza Inn 的整体形象。

② 垂直冲突。垂直冲突是指同一渠道中不同阶层间的冲突。例如，通用汽车公司为加强服务，在制定定价及广告政策时曾与其经销商发生冲突；可口可乐公司也曾因为其所属的某些饮料厂商同意替 Dr. Pepper 产品装瓶而与这些厂商有过冲突；Mc Culloch 在决定越过其批发商而直接将其链条锯卖给像 JC Penney 和 Kmart 这类大零售店，而让大零售商直接与其较小型经销商竞争时，曾造成冲突；固特异公司决定将其轮胎通过商店经销时，也曾和其经销网络发生冲突。

---

① 乔尔·巴文斯，巴里·伯曼.市场营销教程，张智勇译．北京：华夏出版社，2000

③ 多重渠道冲突。多重渠道冲突是当制造商建立两条或两条以上的渠道,且彼此在同一市场相互竞争时所产生的冲突。例如,当 Levi Strauss 同意在其传统的专门店渠道外,也将其牛仔裤产品卖给 Sears 与 JC Penney 这两家大零售商店时,便遭到专门店的强烈不满;一些服饰制造商,如 Ralph Lauren、Liz Claiborne 与 Anne Klein 等,开设它们自己的商店时,那些平时销售它们的服饰的百货公司即大为不满;当固特异公司把其畅销的轮胎品牌也让 Sears、沃尔玛和 Discount Tire 等大型零售店去经销时,也曾使它的独立经销店大为恼火。

除了上面的三种渠道冲突形式外,还有一种重要的渠道冲突形态——窜货。窜货也称"冲货"或"越区销售",是指分销渠道中的某个中间商受经济利益的驱使,为获取非正常利润,以低于正常价格向授权区域以外的地区倾销产品造成市场价格混乱,从而对其他渠道成员造成经济上的损害和经营上的麻烦,亦使受害渠道成员对产品销售失去信心的营销行为。

造成某些渠道成员窜货的原因有以下多种。

① 不同渠道成员得到产品的价差太大为窜货提供了直接原因。这种价差可能是地区之间的价差;可能是不同季节之间的价差;可能是调价前后的价差;可能是大小客户之间的价差;可能是不同订货量之间的价差,等等。

② 销售管理政策的缺陷为窜货埋下了祸根。表现在:年度销售任务目标定得太高,渠道成员和企业自己的区域销售经理和业务员都感到难以完成任务,此时只有铤而走险合谋实施窜货,甚至贴现窜货;年终为完成销售任务,为了个人业绩,区域经理要求中间商压货,并以其他市场推广措施相支持(变相降价),来年中间商只有窜货才能变现资金;对中间商的奖励政策不合理:当奖励随几何级数增加时,导致中间商为拿奖励而窜货;年终返利太高,使得中间商为了年终的高额返利而大肆窜货;实物奖励的政策导致某些中间商在自己的销售区域内由于市场饱和不能甩掉库存而不得不窜货。

③ 中间商和业务员缺乏诚信和商业道德是造成窜货的社会原因。主要体现在:中间商和业务员为了不费力气就拿到利润,不惜低价出货,销到异地(尤其是销量大、终端市场推广做得好的区域)去;一些中间商与企业业务员甚至区域经理联合造假;中间商对一些即将过保质期的产品大量甩货;当中间商资金困难需要套现时,也会不惜低价倾销;中间商欲放弃企业的产品或者即将倒闭时,会低价窜货乱市,等等。

渠道冲突有时会形成良性的竞争,促使渠道成员更加卖力,有助于提升整个渠道的绩效。但渠道冲突有时则会造成力量的抵消,降低渠道的整体绩效。为避免或降低渠道冲突的不利影响,对渠道冲突必须加以管理。每个渠道成员的角色应明确定位,以免因角色模糊或混淆不清而造成不必要的冲突。

(3) 控制渠道冲突与促进渠道合作

促进合作通常是解决冲突的一种方法。要成功地控制冲突,实现渠道系统的优化和高效运作,要求渠道首脑或其他成员把渠道看做是一个系统,以系统的思想谋求渠道成员的利益,实现渠道成员的多赢局面,减少恶性的渠道冲突,促进渠道成员的良性合作是实现渠道高效运作的重要举措。

那么,如何控制冲突和促进合作呢?

首先,管理部门要清醒地认识到渠道中可能存在的潜在冲突。比如,制造商必须懂得中间商的处世哲学与自己不同:它们希望销售不同生产厂家的各种各样品牌的产品,而不愿只出售一个厂家较窄的产品线；而且，他们是以消费者的采购代理人身份从事经营活动，并以此取得赢利。

其次，营销商必须有计划地监测渠道中的冲突，识别现实的和潜在的症结。渠道成员之间的交易往来能够提供冲突发生的线索，如抱怨、延期付款或延期交货等。观察渠道成员的情况可以了解他们的满意程度，得到改进工作的线索。但营销商要注意，如不打算改进自己的工作，就不要轻易许诺。

最后，公司必须筹划解决冲突的策略。管理渠道冲突的策略应视具体情况和分销渠道的不同而异。下面我们讨论几种常用的冲突管理方法。

① 建立最高目标。最高目标是指那些卷入冲突的渠道成员所共有的目标。最高目标不能靠一个企业实现，而是需要渠道全体成员共同参与、一致努力方能达到。也就是说，解决冲突的有效途径就是找到一个全体成员都认同的共同目标，或者一组大家都感兴趣的利益。这样，渠道成员便会觉得自己是整个分销系统中不可分割的一部分。

② 调解斡旋。渠道的冲突调解与其他调解过程类似，亦可利用第三方来解决渠道冲突。由调解人先澄清事实和问题，安排冲突各方相互磋商，然后促其达成协议，并监督协议的执行。调解主要是向冲突各方提供一些他们自己可能没有看到的机会。而且，渠道成员可能更愿意接受由一位调解人所提出的解决方法。

③ 仲裁。仲裁有强制仲裁和自愿仲裁。如果是强制仲裁，则要求渠道成员根据法律将其争议提交给第三方，第三方的决定是最终和有约束力的。一般认为，通过法律手段解决渠道冲突并非最佳选择。

④ 人员交换。通过角色交换的办法，一个渠道成员的员工到另一个渠道成员中临时任职，这一相互渗透的目的在于增进渠道成员之间各自作用和困难的了解。人员交换方案的参与者通过全面了解对方的任务和活动，增加了信任，从而也就减少了发生冲突的可能性。

⑤ 共同参加贸易协会。多数情况下，邀请制造商参加中间商的贸易协会，或者邀请中间商参加制造商的贸易协会常常是解决冲突的一个十分有效的途径。这一方法的主要好处就是通过渠道成员共同承担一个有价值的任务，相互悉心合作、有效配合，以减少彼此的对立。该方法的局限性是渠道成员在参与协会主办的活动中的合作是偶然的，不足以解决日常分歧和长期矛盾。

⑥ 教育、规劝和协商。通过教育、规劝和协商，可以增加渠道成员的知识和了解，或者改变渠道成员的价值观。例如，许多生产厂商和批发商通过教育零售商，使其树立了以投资回报率为主，而不是毛利率为主的利润观念。

⑦ 行使权力和制定奖惩制度。自愿联合组织中的批发商和特许人采取提供援助或者禁止提供经营援助的方式来行使权力；公司系统则使用利益分配制度和奖金制度来鼓励最佳执行者，或开除不符合条件的成员。

控制冲突的目的是使所有成员心甘情愿地工作，这就要求渠道首脑以身作则。首脑公司可以以哪些方式来促进合作和带头合作呢？可以通过培训中间商的推销人员；向生产厂家反馈有关市场信息；以及提供推销援助和资金援助等。另外，友好交往是促进合作的必备因素。

10.2.4　分销渠道的评价

为应付市场竞争和改进经营目标,制造商必须定期或不定期地评价其渠道政策。最主要的评价内容是考察现有的分销渠道的营运状况:顾客满意度、销售额指标和成本指标、平均存货水准、损坏与遗失货品的处理、对制造商市场推广和训练方案的合作程度、检查正在使用的分销渠道是否以令人满意的成本和服务水准让目标消费者的需求得到满足。中间商评估的结果应作为奖励或惩罚的依据,评估才有效。对评估结果优秀的中间商,应予以表扬和奖励;对于评估结果不良的中间商,应设法了解其原因,加强辅导与训练,在不得已时方可予以撤换,终止经销关系。其次是中间商的形象问题。因为人们常常把中间商看做是制造商的一个延伸部分。对大多数产品而言,由形象良好的中间商来经销,有利于产品的销路的扩大。再次是权力,一个公司的权力越大,也就越能左右其分销渠道的发展方向。同样,任何一家公司都希望能置身于它有权制定政策的分销渠道之中。最后是渠道结构的灵活性。虽然渠道决策属于长期决策,但环境的迅速变化会使营运灵活的渠道甚为理想,而反应迟钝、墨守成规的渠道却效率低下、不合时宜。这是一个长期存在的问题。为适应环境变化的需要,公司可以放弃一个在短期内有某些利益的渠道。假如,根据一个有效期为十年的合同,一个小厂家把包销权提供给了一个批发商。在短期内这个小厂家可能获利,但五年以后的情形还会如此吗?假定这个厂家发展壮大了,自己从事销售会比通过批发商销售更有利。此时,先前的合同就起到了阻碍的作用,这种呆板的分销渠道足以给这个厂家造成巨大的利润损失。在设计分销渠道时就应对渠道结构和企业状况之间的适应关系作出估计,营销管理人员应该随时分析和查明目前使用的渠道是否为最合适的方案。

10.3　中间商

中间商是指在生产者与消费者之间参与产品交易业务、促使买卖行为发生和实现、具有法人资格的经济组织或个人。在分销渠道中,中间商处于制造商或生产者与以使用或最终消费为目的而从事购买的消费者之间。相对制造商(生产者)和消费者而言,中间商是专门从事产品流通的独立行业,即商业,属于第三产业。

10.3.1　中间商的作用

从根本上说,中间商是商品生产、商品交换和商品经济发展的必然产物,是社会分工进一步扩大的结果。商品经济愈发达,社会分工愈细,商品流通量愈大,生产与消费之间存在的数量、品种、时间、地点等方面的矛盾愈深,中间商的必要性和作用也就愈大。中间商对制造商(生产者)产品效益的状况有着重要影响,在大多数情况下,制造商(生产者)对中间商的选择是艰难的和慎之又慎的。表 10-3 列出了制造商对中间商的审核表。

表 10-3　制造商选择中间商审核表

① 经销组织首脑人物的经营能力如何？该商号在本地区的信誉如何？
② 有没有与本公司相冲突的产品或产品线？
③ 是否具备一个营运正常和训练有素的组织？
④ 有没有足够的资金保障？
⑤ 是否有赢利？
⑥ 有没有经营本公司产品的设备和设施？
⑦ 是否有一支充分的和信息灵通的销售队伍？
⑧ 有没有与本公司产品相协调和一致的产品？
⑨ 有没有销售培训项目？是否允许供货厂家参加这种培训活动？
⑩ 成员受教育的平均程度如何？
⑪ 是否重视销售？有没有兴趣和能力推销本公司产品？
⑫ 是否愿意派一位管理人员直接负责本公司产品？
⑬ 经销范围是否遍及整个所在地区？
⑭ 渗透对象是包括消费者、管理人员、工程师和经营人员，还是只包括采购人员？
⑮ 是否接受进货定额？并努力去实现这种定额？
⑯ 是否按本公司销售计划来接受和使用市场推广工具和设备？
⑰ 有没有在条件严峻的时候保持一定收益的勇气？
⑱ 能否为本公司产品的信誉向消费者提供持续不断的服务项目？
⑲ 是否欢迎本公司管理人员参加销售工作会议？
⑳ 能否提供其内部和外部推销员的姓名和地址，以便本公司向他们迅速传达信息？
㉑ 如果本公司产品线较小，是否愿意突出本公司产品线的特点并加以推广？

中间商的重要作用主要有以下四个方面。

1. 中间商的存在可以简化交易联系，减少交易量，提高效率和效益

如图 10-4 所示，中间商的介入使交易次数减少，从而减少了流通费用并相应的降低了售价，给整个社会带来极为惊人的成本节约。

2. 中间商具有产品集中与分散的功能

专业化生产往往是生产产品种类不多但数量很大，而消费者需要的产品种类繁多，但数量很小。中间商将小批量的产品汇集成大批量，再将大批量的产品分割成许多小批量提供给消费者，发挥集中产品和扩散产品的功能，从而解决了供需双方在产品数量上的矛盾。

3. 中间商的服务增加了产品的价值

由于中间商进行了产品的存储与运输，解决了供需双方在时间和地点上存在的矛盾，并增加了产品的价值。通过存储

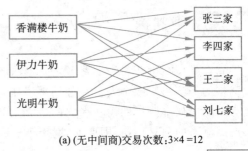

(a) (无中间商)交易次数：$3 \times 4 = 12$

(b) (有中间商)交易次数：$3 + 4 = 7$

图 10-4　中间商简化交易示意图

创造了产品的时间效用,当消费者需要时就可购买到产品;通过运输创造了产品的地点效用,消费者能比较方便地买到产品,这些产品对消费者来说就更具价值。此外,中间商通过分类、分等、包装、商标等手段为产品增加形态效用,从而创造了产品的价值。

对中间商的作用,还有人归纳为交易、后勤和促成三方面,见表10-4。

表 10-4　中间商的功能

功能	项　　　目
交易功能	采购:购买产品用以转售 销售:把产品推销给潜在的消费者并争取订单 风险承担:承受制造商的风险(因拥有产品而发生产品变质、损毁或过期的风险)
后勤功能	产品集合:将不同地域的产品集中在一起 储藏:维持存货和保护产品以满足消费者的需要 分类:大量采购并分装产品,包括:①集中,将相似的产品从不同来源集合成一批较大量的同质供应品;②分装,把同质的供应品分装成较小的包装;③组合,把不同来源的产品组合起来服务消费者;④整理,把异质性的供应品分解成单独的同质性的存货
促成功能	运输:将产品从制造的地点运送到采购或使用地点 财务:提供资金或贷款以促成交易 分级:检验产品,并根据产品质量分成等级 市场调研:搜集有关市场环境、预测销售量、消费趋势和竞争力量的信息;提供有关的信息

资料来源:费迪南德·F.莫瑟.现代市场销售管理,1961

4. 中间商成为沟通制造商与消费者的桥梁,更好地满足消费者的需求

一方面,中间商一面连接着制造企业,一面连接着消费者,接触面广,熟悉市场,能及时为制造商提供有关市场的信息资料。制造商的精力主要放在生产上,它们常常缺乏销售技术和诀窍。中间商协助制造商实现销售职能,提供各种各样的服务项目。它们识别制造商所生产产品的消费者,并且常常通过承担库存、推销和信用的成本来资助制造商。另一方面,中间商给消费者以消费指导,向消费者传递产品信息。如果没有中间商,消费者就不得不为购买一针一线去直接寻找制造商。

10.3.2　中间商的类型

在实际分销活动中,中间商的类型是多种多样的,大致可分为几种主要类型。例如,可将所有的中间商分为经销商(买卖中间商)和代理商(代理中间商)两大类型。

经销商是指将产品买进、取得产品所有权以后再卖出的中间商;代理商则是指受生产者委托代理销售业务的中间商。经销商与代理商的主要区别在于:①经销商拥有所经营产品的所有权,而代理商只是受生产者委托代理销售业务,并不买进产品,所以不拥有产品的所有权。②由于经销商要先购进所经营的产品,所以需要预先垫付一部分商品资金。而代理商经营的是代销业务,所以无须垫付商品资金。③经销商赚取的是产品购进价与销出价之间的差额,以此作为企业的经营利润。代理商赚取的并非是产品的购销差价,而是委托销售的制造商按规定所支付的佣金。

1. 经销商

经销商是中间商的主要形式。因为大多数制造商在其分销活动中都愿意将产品一次性卖断给中间商,这样就可以迅速回收资金,投入再生产,同时也可将市场风险完全转移给中间商。经销商也有不同的分类,其中最主要可将其分为批发商和零售商两大类型。

（1）批发商

批发商是大批购进产品再出售给客户,让其用于转卖或生产性消费,以赚取购销差价为经营目的的中间商。批发商的主要工作是把产品卖给那些为转售而购买的零售商和其他批发商;还卖给那些为了把这些产品用于经营活动的购买者,如零售商、其他批发商、工业企业、商业企业以及公共机构等。由于批发商具有一次性大批购进同类产品以及进行储存、组配、运输、分配和资金融通等功能,所以是制造商在其分销活动中最为重要的渠道成员。表 10-5 概括了批发商对客户和供货商两方面的职能。根据其经营范围和具有的功能不同,批发商主要有以下几种类型。

表 10-5　批发商的职能

为客户服务
① 预测客户需求
② 发现和接触销售者,并从其购买产品
③ 进行批货处理,提供较多的产品种类
④ 存储产品,提供货源
⑤ 承担货主风险(如损伤、损耗风险,盗窃风险及陈旧过时风险)
⑥ 承担从卖方到买方的运输和送货任务
⑦ 提供赊购信用
⑧ 提供管理信息和产品信息
为供货商服务
① 发现购买者并向其销售产品
② 大量购买产品
③ 保存产品,保持库存
④ 承担货主风险和信用风险
⑤ 提供市场信息

① 专业批发商。是指专门经营某一类产品批发业务的中间商。如五金批发商、钟表批发商、药品批发商等,由于其经营产品的范围比较窄,所以经营的品种深度就比较深,品种项目以及花色规格比较齐全,并可能有一些专用的技术设备。对于品种项目比较复杂、技术性比较强的产品,大多是通过专业批发商进行分销的。

② 综合批发商。是指同时经营多种类型产品批发业务的批发商。如百货批发商、供销合作社等。一般的综合批发商也有某些重点经营的产品范围,但也有些批发商仅是以所经营产品的获利大小为选择经营品种的标准。综合批发商由于所经营的产品面比较广,所以在花色品种上往往就不够齐全,而且一般也不具备专用的技术设备。一般的日用消费品都是通过综合批发商进行分销的。

③ 多功能批发商。也称全功能批发商或完全服务批发商。这些批发商除了从事产品批发交易业务之外,还从事产品储存运输、广告推广、邮递送货、信贷结算等业务,有些还具有情报处理和通信联络等功能。在现代的营销活动中,批发商的功能日趋健全,往往集商流、物流和信息流的功能于一体,是批发商发展的重要趋势。有些批发商不具备上述全部功能而只具备其中一项或几项功能,因此也称为有限服务批发商。

④ 工业品批发商。是指向工业品购买者而不是向零售商供应产品的批发商。它们所供应的产品也有综合性和专业性之分。工业品批发商往往能提供储存、送货和信贷结算等服务。

（2）零售商

零售是将产品销售给为个人或家庭使用而购买的最终消费者的过程。零售商是成批购进产品再转售给顾客作生活消费或其他非生产性消费之用，以赚取购销差价为经营目的的中间商。零售商是直接面对广大消费者的，所以零售商的形式往往应考虑同消费者的购买行为相适应。由于消费者的购买行为是多种多样和变幻莫测的，所以零售商的形式也是多种多样的。从国内外零售商发展的情况看，主要有以下几种类型。

① 商店零售商。商店零售商的特点，是有固定的供顾客选购产品的营业场所（或门市部）主要有以下类型。

- 百货商店。是指在同一商店中分部门经营多种类型商品的零售商店。它的基本特征是规模较大，经营产品范围广泛、种类繁多、规格齐全，同时以经营优质、高档时髦产品为主，并为顾客提供优良的服务与设施。它在管理上实行依产品线分部管理，一般设立于城市中心，是零售业中的重要组成部分，也是零售商业中最早出现的一种形式。

- 专业商店。它是专业化程度较高的商店，专门经营一类产品或某一类产品中的某种产品，也有经营几类产品的，但往往以其中的主要产品类别为店名。在经营的同一类产品中，它拥有系列化产品，规格齐全，便于消费者充分挑选，可满足消费者的各种特殊需要。

- 超级市场。超级市场是采取自取服务售货方式的零售商店。其特点是规模大、自动售货、价格低、高销售量、一次性结算、经营品种繁多。超级市场在 20 世纪得到长足发展，目前的发展趋势是规模越来越大、经营的产品种类越来越多，许多超级市场已由原来主营食品转向大量扩充非食品，如洗涤剂、药品、运动用品、小五金、园艺工具，甚至照相机等。

- 廉价商店。廉价商店的特点是价格低；利润率低；店内陈设所需费用低；规模大；停车方便；售货员少；顾客服务项目少。所以，廉价商店的经营成本较低，其出售的产品价格必定会低于传统零售店。另外，廉价商店的存货周转率高，这可使每元投资能带来更多的销售收入。由于上述这些特点，廉价商店成了一种发展很快的零售店。

- 方便商店。这是分散在城乡各居民区的小杂货店。近年来，方便商店发展较快，从城市到乡镇，方便店星罗棋布，多为个体商贩或租赁经营的店铺。方便店主要经营日杂百货、副食品类、各种冷热饮食类等产品。其经营规模小，营业时间长，顾客能方便地购买。

- 折扣商店。一种以较低价格销售标准产品的商店类型。商店通常设在租金较低的地段，以低价吸引较远的顾客。商店着重经营全国性品牌，低价并不意味着质量差。商店实行自我服务售货方式，尽量少用雇员，商店设备、装置简陋而实用。

- 仓库商店。这是一种仓库和商店合一的形式，多设在郊区房租低廉的地区，室内装修简单，服务有限。其特点是低价销售大量产品。仓库商店的形式极多，其中常见的是家具展览仓库。商店在低租金地区建立大型销售展示仓库，展销各式家具。顾客可进场挑选,订货交款后即可提货或要求商店送货。

- 样本售货商店。这种商店是通过展出产品彩色样本进行经营的,主要经营毛利高、周转快的有品牌的产品。商店定期发送彩色目录,标明每种产品的定价及折扣率,顾客可根据目录册电话订购,商店送货上门,也可到展览室看样付款取货。

② 无店铺的零售商。无店铺零售在近年来发展迅速。一些发达国家的社会商品零售额中,有1/3左右是通过非商店渠道实现的。

- 直复营销。其具体方式是邮寄产品目录给目标顾客,通过广告邮售或电话售货,直接信函推销,电话、电视推销等。现在,一些发达国家采用电子销售,即利用视频信息系统或计算机联网系统推销产品。其优点是人员少、费用低;地址无限制,投资少;顾客面广,不受地区经济影响;按销进货,无盲目性。缺点主要有:邮购订货没有感性体验,顾客难以称心满意,需要一定运寄时间。

- 自动售货机售货。企业通过用货币开动的机器出售货物和劳务给消费者。自动售货机向顾客提供24小时售货、自动服务和无须搬运产品的便利条件,具有灵活方便、清洁卫生的优点。但产品种类有限,且售价较高。

- 购物服务公司。这是一种专门为某些特定的顾客服务的零售方式。一些大型单位,如学校、医院、政府等单位,派一采购人员参加一个购货服务组织,该组织与许多零售商订有契约,对组织成员凭购货证给予价格优惠。

- 直接销售。即直销公司派销售人员上门直接向顾客推销产品。其方法有挨家挨户、逐个办公室上门推销,家庭聚会、销售俱乐部推销等。这种方式有利于介绍产品的特点,培养与消费者的感情,便于获得消费者对产品的意见。

③ 零售组织。这是结合式的零售类型,主要有以下几种类型。

- 总体式连锁店。连锁店是由多家(10家以上)同类商店组成的联合经营组织,其成员经营类似的产品线,实行集中采购、统一销售活动,店面装潢风格一致。总体式连锁店是连锁店中结合紧密、规模较大的一种类型。它的特点是各连锁店经营的产品种类由总部控制,总部集中采购产品并配送到各分店,决定价格、市场推广及其他主要销售政策。这种连锁店比独立商店具有价格优势,可以通过薄利多销方式获取更大利润。其优点主要有:由于规模较大,可以大量进货以获得最大数量折扣及较低的运输成本;统一进行市场推广活动,费用分摊到更多的售出产品上去,成本较低;中心组织聘请专家负责制定产品政策,效果好,费用省。缺点是由于统一管理而缺乏灵活性。

- 自愿连锁和零售商店合作组织。独立零售商在自愿原则下组织起来,目的在于同连锁店进行竞争。具体形式有两种:一种是自愿连锁,由某家商誉较高的批发商发起,由若干零售商参加,实行大规模购买和统一买卖的组织。另一种是零售商商店合作组织,由若干零售商组成,成立一个做批发业务的仓储公司,为成员商店的大量进货和仓储服务,并进行联合市场推广活动。但组织成员仍保持自己的经营管理制度。

- 特许专卖店。这是由拥有特许权的特许人(制造商、批发商或服务机构)与接受特许权者(购买某种特许权而营业的独立商人)之间订立契约关系所形成的组织。一些独特的产品、服务、商标、专利等,常可采用特许专卖组织经营。特许专卖方式给双方都带来利益,大型企业不用自己开设很多零售店就可以大量销售自己的产品和劳务,而专卖店则可用小本钱做大生意。

● 消费合作社。这是一群消费者为了减少中间商的剥削,维护自己的利益而共同创办、拥有和经营的企业。消费者缴纳入社费和定额租金即可参加,由社员选举产生管理小组。合作社以低价或正常价格向社员提供产品服务,社员可得到一定的股息并按个人购买量多少相应分到红利。

零售结构不是一成不变的。零售结构循环假说认为,新型零售业态以较低的加价和售价、较少的服务项目、较低的商店租金和较低的信誉打入市场。如果这种零售方式成功了,竞争者就会蜂拥而入。随着竞争加剧,各零售商就会增加服务项目、提高产品质量、改善商店设施、增加广告开支等以便提高自己的地位和收益。实施上面这些活动必然会使营运成本增加而导致价格上涨,从而为另一个销售低价的新型零售业态留下了产生的空间。这样便完成了一个零售结构的循环。

超级市场和廉价商店便是零售商结构假说的实例,但是我们不能以这种理论去解释所有的零售结构的变化,如自动售货机的零售形式。因此,营销学的研究者们借用产品寿命周期的概念发明了机构寿命周期的概念来解释新型零售机构。表 10-6 列出了已经实际存在的机构寿命周期。

表 10-6　机构寿命周期

零售机构	早期发展	成　熟	所属时间
百货商店	19 世纪 60 年代中期	20 世纪 60 年代中期	100 年
杂货店	20 世纪初	20 世纪 60 年代中期	60 年
超级市场	20 世纪 30 年代中期	20 世纪 60 年代中期	30 年
廉价百货商店	20 世纪 50 年代中期	20 世纪 70 年代中期	20 年
快餐服务业	20 世纪 60 年代早期	20 世纪 70 年代中期	15 年
家庭改善中心	20 世纪 60 年代中期	20 世纪 70 年代末期	15 年
家具仓库陈列室	20 世纪 60 年代末期	20 世纪 70 年代末期	10 年
样品陈列室	20 世纪 60 年代末期	20 世纪 70 年代末期	10 年

2. 代理商

代理商大多经营批发销售业务。但在整个批发销售量中所占的比重不大。因为企业利用代理商销售产品,大多是在自己的推销能力不能达到的地区,或是销售批发商不愿收购自己的产品,或是无法找到合适的销售对象的情况下,所以,对代理商的利用是对经销商利用的一种补充。一般而言,在产品比较好销的情况下,利用经销商的机会比较多;而在产品滞销的情况下,则利用代理商的机会比较多。利用代理商的风险转移程度比利用经销商要低得多。

代理商大致有以下几种不同的类型。

(1)企业代理商

企业代理商是一种同时为多家生产企业代理销售业务的专职代理商。它们同委托代理的企业订有书面合同,对价格政策、地区、订单处理程序、产品或服务保证以及佣金等都有稳定的协议,利用其熟悉市场的条件,为各生产企业在其能力不可达的地区推销产品。企业代理商的销售区域是确定的,在非同类产品的情况下,可接受任何其他企业的委托代理业务。

（2）销售代理商

销售代理商是一种受某生产企业委托独家代理销售其全部产品的代理商。销售代理商类似于该企业的销售部门，除负责推销该企业产品之外，其他限制比较小，因此在价格、地区和交易条件方面有较大的影响力和自主权。

（3）佣金代理商

佣金代理商是一种接受制造商临时委托，代理销售产品，并按销售收入提取佣金的代理商。佣金代理商一般能预先获得产品实物，自行销售，然后将所得货款扣除佣金和开支后交还给制造商。

（4）经纪人

经纪人是一种特殊的代理商，他们并不卷入产品交易实务，而只是为买卖双方牵线搭桥，促成他们之间的交易。买卖双方生意成交后，由委托方付给佣金。所以，经纪人既不经手产品，也不经手财务，不承担任何风险。某些经纪人不仅为卖方代理业务，介绍买主，有时也为买方代理业务，寻找合适的卖主。

3. 其他中间商

除了经销商和代理商之外，在分销渠道中还存在着一些特殊类型的中间商。主要有以下几种。

（1）交易市场

交易市场是一种以提供服务为主的中间商形式，通常是提供一个商品交易的场所和有关设施，卖主可将自己的产品带入市场进行销售，完成交易活动，并向交易市场的所有者或管理机构缴纳规定的费用；也可将产品交给交易市场，委托代销，并支付代销佣金。由于交易市场能吸纳各方的生产者或其他卖主入场交易，使市场成为产品的集散中心，所以也就能对广大卖主产生很大的吸引力。交易市场大多是专业性的，但也有综合性的。有以现货交易为主的，也有以期货交易为主的。有些交易市场不仅能提供交易场所，而且还能提供储存、运输、通信、联络、住宿、就餐等服务设施，对买卖双方的吸引力更强。

（2）贸易货栈

贸易货栈是以收购分散的小生产者的小批量产品，并予以转卖或代销的中间商形式。贸易货栈经营的大多是农副产品，一般设置在车站码头附近或农村集镇，将零星分散的农副产品收购起来，汇集成较大的批量转运到市场上去进行销售。贸易货栈的经营形式既有经销，也有代销，交易方式也比较灵活，是农牧渔业生产者开展分销活动的主要渠道。

（3）拍卖行

拍卖行是将卖主的产品陈列出来，由买主从某一价格水平起竞相叫价，直至由最高叫价人买得产品的中间商形式。在拍卖行拍卖的产品，一般都是买主必须亲眼审视的产品或是价值较高的产品。

10.3.3　中间商的激励与评估

中间商一旦选定之后，还须持续给予激励，使它们竭尽全力销售制造商的产品。制造商不仅要通过中间商来销售其产品，也要把产品卖给中间商。

要激励中间商,取得中间商的真诚合作,最有效的方法是设法和中间商建立长期的合伙关系。制造商可以通过垂直营销系统的安排和中间商建立共存共荣的长期合作关系,使中间商愿意投入最大的心力,以最有效的经营方式和营销策略来销售制造商的产品,达到彼此双赢的目标。

按照中国人讲的,"授之以鱼,不如授之以渔"。制造商可以向渠道成员提供"造血机制"的方式来激励渠道成员。也就是说,制造商不仅要让下游的各级经销商赚钱,而且要教会它们赚钱的方法。这样一来,对制造商的营销能力提出了极高的要求。不断提高经销商的市场经营能力,提高其市场业绩,不仅体现了"制造商与经销商共赢"的渠道战略,而且,提升经销商的竞争力其实就是提升制造商自己的竞争力。

10.4 物流管理

10.4.1 物流管理的基本问题

分销渠道策略与物流策略是紧密相关的。分销渠道策略解决的是如何正确地选择分销渠道,以使产品以顾客满意的服务水平低成本地到达消费者或用户手中。然而,实体产品的制造者必须以有效的方法将其产品储存、处理和运送到市场,让他们的顾客可以在适当的时间和适当的地点获得适当的产品搭配。这种如何使产品有效地从制造商那里到达中间商,最后到达消费者或用户手中的活动就是物流管理策略关注的内容。准确地讲,物流是指与产品从制造商到中间商再到消费者或用户的实体流动有关的一系列活动。物流管理就是对产品实体在分销渠道内发生移动的管理,亦称实体分配。物流管理包括在以生产者的供货去满足消费者需求的过程中所需要的订单、运输、储存和信息等的处理活动。

1. 物流管理受到重视的原因

早期是不怎么重视物流管理活动的,只把这些活动看成是不需要进行协调的独立活动。随着营销活动的深入,传统的做法和观点已有很大改变,原因有以下两点。

(1) 需求模式的改变。与早期相比,今天的消费者具有更高的收入和文化水准,因而其需求也更加多样化、丰富化和个性化。这样,奉行市场营销观念的生产者就会生产出样式繁多、款式齐全的产品以力求满足这种需求。但这种需求给库存施加了很大的压力,当增加新的型号和品牌的产品时,尽管需求的增长幅度不大,库存也必须迅速得到扩大。如果把这笔扩大库存和支付库存设施的钱用于其他投资,则可赚回更多的钱。另外,人口流动也会带来消费者需求的地域变化。例如,20 世纪六七十年代中国的"三线"建设导致许多内陆偏僻地区的人口和工业急剧增长,迫使当时的商业部门以很大的代价在那里建立批发部、库房、零售店和运输网络。

为应付需求变化而改进物流设施要花费较大的代价。有学者经过科学分析得出物流成本要占购买者支付价格的 5%～25%的结论(见表 10-7)。这种分析结论充分说明了科学的物流管理可以增加销售和降低成本,从而给公司带来更多的成功机会。

表 10-7　分销成本占销售额的百分比　　　　　　　　　单位：%

行　业	运出成本	库存搬运成本	仓储成本	管理成本	发货与到货成本	包装成本	订单处理成本	总成本
制造企业：	6.2	1.3	3.6	0.5	0.8	0.7	0.5	13.6
化学与塑料	6.3	1.6	3.8	0.3	0.6	1.4	0.6	14.1
食品	8.1	0.3	3.6	0.4	0.9	—	0.2	13.4
药品	1.4	—	1.2	0.7	0.5	0.1	0.5	4.4
电子产品	3.2	2.5	3.2	1.2	0.9	1.1	1.2	18.3
纸张	5.8	0.1	4.6	0.2	0.3	—	0.2	11.2
机械和工具	4.5	1.0	2.0	0.5	—	1.0	—	10.0
其他	6.8	1.0	2.9	1.2	1.4	0.4	0.4	14.1
商业企业：	7.4	10.3	4.2	1.2	0.6	1.2	0.7	25.6
消费品	8.1	8.5	4.0	1.3	0.9	0.9	0.5	24.2
工业品	5.9	13.7	2.9	0.7	0.2	2.0	1.0	26.4

资料来源：B.J. 拉朗德与 P.H. 津泽合著《消费者服务的意义及其评价》,1976 年版

（2）技术在不断进步。第二次世界大战期间,为了赢得战争,部队需要更有效地运送军事人员和军用物资的手段,很多先进的技术便应运而生。战后,借鉴了军事上成功的经验,私营企业也对自己的技术进行了改进。大型运载工具和新型组合车辆极大改进了货物运输手段;在机械化或自动化库房里,一个人坐在计算机控制台前就能提取整个库房中的存货。计算机还为信息技术带来了深刻的变革,管理人员利用计算机数据处理技术可以保存有关库存水平、订货状况和装运成本等方面的更详细和更及时的数据记录,计算机还可简便迅速地分析大量信息,如仓库布局或分配成本等。

无论需求的变化还是技术的发展,都已使物流管理任务复杂化了;同时也说明,物流管理的效率对顾客满足和营销成本有很大的影响。如果物流管理科学,企业就能获得巨大的利益。

物流管理的职能是将产品由其生产地转移到消费地,从而创造地点效用。一般来讲,物流管理的目标是:对产品进行适时适地的传送,兼顾最佳顾客服务与最低配送成本。实际上,这个目标隐含着矛盾。一方面,最佳的顾客服务要求最大的存货、足够的运力、充分的仓容,而所有这些都势必增加营销成本;另一方面,最低的配送成本要求低廉的运费、少量的存货和仓容,而这又势必会降低服务水平。

2. 合理的物流管理目标

（1）具体要求

合理的物流管理目标,应是通过有效的选择,适当兼顾最佳顾客服务与最低配送成本。具体要求是:①将各项实体分配费用视为一个整体。在致力于改善对顾客服务的过程中,重要的是努力降低物流的总成本,而不只是个别项目成本费用的增减。②将全部营销活动视为一个整体。在各项营销活动中,必须考虑到物流的目标,联系其他活动的得失加以权衡,避免因孤立地处理某一具体营销业务而导致物流费用不适当地增加。③善于权衡各项物流费用及其效果。为维持或提高顾客服务水平而增加的某些成本项目应视为必需,而不能使消费者受益的成本费用得以压缩。

物流管理的各项活动之间有高度的互动关系,各项活动成本也都相互影响。例如,存货

部门为降低存货成本而喜欢保持较低的存货水准,但存货水准低容易导致缺货、延迟订货及较高的运输成本;运输部门为降低运费而喜欢以铁路运输代替空运,但铁路运输较慢,将造成资金积压、顾客延迟付款和缺货,甚至会导致某些顾客的流失。因此,物流管理的决策必须从整个系统的角度来考虑。

（2）实现物流管理目标中存在的矛盾

物流管理的目标是把货物以最低成本,在准确的时间运到规定的地点,提高对顾客的服务质量。但要达到这一目标并不容易,存在着种种矛盾,突出表现在以下两方面。

① 提高服务质量与最低成本之间的矛盾。要提高供货服务水平,即迅速及时满意地供货,就必须大量地存货,临时零星的运输,广设仓库,频繁地发货。但这样势必增加成本;反之,若要降低成本,则要求降低运费,减少存货,集中库存,批量发货,这又将降低服务水平。

② 物流活动自身各环节之间的矛盾。如某个环节的目标能够达到,而另一个环节的目标却不能达到;装运部门为了减少费用而采用廉价容器,导致货物破损严重;降低产品储存量可降低存货费用,但导致发货批量少而损失运价上的数量折扣优惠,运费反而增加。

为了解决这些矛盾,企业不仅仅要重视物流技术的革新,而且主要应着眼于合理制定物流管理决策,关键在于更新观念,树立系统管理的思想。首先,物流管理绝不等于企业的运输管理、储存管理和搬运管理的简单机械相加,而是应该把分散的产品实体安排转变为系统的物流活动,树立系统观念。"流"之含义就是这种思想的概括。其次,物流管理是整个营销活动的一个环节,所以物流管理策略的制定不能脱离企业的营销战略目标,必须把其纳入企业的营销战略进行综合管理,即围绕目标市场的需要,与企业的产品、价格、营销传播,特别是分销渠道选择的策略结合起来,只有树立"系统、成本、顾客服务"的思想,才能从战略高度解决各环节彼此脱离、相互矛盾的问题。

10.4.2 物流管理决策

物流管理可以从订货、储存和运输三大环节来进行研究。

1. 订货过程

物流管理是从顾客订货开始的,订货程序的简捷和准确程度往往是吸引顾客的关键。因此,合理地设计顾客的订货程序,迅速准确地进行订货处理是一项十分重要的工作。为了提高效率,缩短订货周期,许多企业已采用计算机控制系统。从收到顾客的订单开始,计算机就会依次进行如下工作:查看顾客的信用情况以及库存中是否有存货,货存在什么地方;发出装运指令,并开出账单和修改库存记录;发出生产(或进货)指令,以增加库存量;通知销售人员货已发出。这一切均由计算机操作,既准确又迅速。

2. 产品储存

由于多种原因,产品储存成了生产厂家和中间商所要重点考虑的问题。第一,在供求由于季节性变化而发生波动的情况下,储存可保证生产厂家为实现季节性销售而进行的全年连续生产。反之,生产厂家和中间商也可利用产品储存全年销售季节性生产、加工或收获的产品。第二,未来市场供求的不确定性,常常造成营销商不能严格按照订单进行生产和采购,客户也会因为不愿浪费等待时间而转向别处,产品储存可以缓解这类问题。营销商还可根据预测,多生产和购买产品,以备因突发事件(如罢工、水灾等)造成的货物短缺。第三,季节性价格波动或意外价格波动也加强了人们对产品储存的重视程度。企业可以利用价格波动进行投机:价格低的时候买进并储存产品,在价格上涨时再拿出来使用或出售。不过这样做所节约的成本必须高于增加存货的成本。第四,追求低成本的经营目标。由于整车运货的运输费用较低,企业一次性大量购买仅需支付较低的运费,数量折扣也可能高于额外存货成本。另外,产品储存可以减少订货次数,在一定的储存成本条件下,仅需几次大批量订货就可满足要求,从而节省了订货的处理成本和准备成本。

企业在产品储存的问题上主要面临两个方面的具体决策:一是储存场所(仓库)的选择;二是存货数量的控制。

（1）仓库选择

企业对于储存场所(即仓库)的选择,涉及三个问题:一是仓库的数量;二是仓库的性质;三是仓库的分布。

仓库的数量多,往往能增加企业交货的便利性,从而提高对顾客的服务水平,但必然会使企业在仓储方面的成本相应增加,所以应当在这两方面进行平衡,把仓库的数量控制在适当的水准。

企业可自建仓库(私人仓库),这样使用比较方便,但投入的固定成本比较大,限制了资金周转;企业也可租用公共仓库(公共仓库是某些独立公司所拥有的、凭出租仓库面积而获得利润的仓库),这样投入的资金比较少,但使用起来就不可能随心所欲。另外,公共仓库可以设立在距离客户较近的地方,在市场行情发生变化时便显示出灵活的优越性。因此,企业应当根据产品和市场的特点结合自身的能力,合理选用不同类型的仓库。

仓库位置的分布必须全面考虑市场容量、交货便利性,以及运输成本等因素。

（2）存货控制

管理人员在决定订货时间和订货数量之前,必须做好这样一些前提工作:①手头有多少存货? 可以利用新型的电子装置记录的库存数额以及定期的存货清单来检查库存记录和货物被盗、损失的情况。②预计需求量有多大? 保持存货是为了应付需求,所以应根据对客户购买时间和购买量的预测来决定存货数量。③从订货到交货之间的时间有多长? 如果一订货便可交货,也就不需要存货。但如果交货期过长,则手头必须有足够的存货来保障从订货到收到这批货物之间的市场供给。

存货水平的高低与顾客的需求量密切相关。存货水平太低可能会产生产品脱销的危险而导致不能满足顾客的需求,但可以降低存货的成本;存货水平太高可以使顾客需求随时都能得到满足,而大量的存货必然会导致存货成本的上升,减少经济效益。因此,为了保持适当的水平要做好两项决策:一是何时进货(订货点);二是进多少货(进货量)。

① 订货点。存货水平随着不断销售而下降,当降到一定的数量时,就需要再进货。这个需要再进货的存量就是订货点。

订货点的确定要考虑办理进货手续的繁简,运输时间的长短,是否容易发生意外情况以及该货的销售率,对服务标准要求的高低等因素。总的原则是既要避免断档脱销带来的声誉损失,又要防止货物积压而造成经济损失。则是在权衡存量过低的风险以及过量存货的成本之后才决定的。

② 进货量。进货量就是每次进货的数量。进货量同进货频率是相互联系的,二者成反比。进货量的确定要考虑办理进货的成本和保持存货的成本之间的关系。

有关存货决策还应明确的是:要提供完善的服务——从来不断档缺货——需要很大的成本。客户服务成本的增长速度远远高于对客户服务的改进速度。例如,当客户服务水准从 90％提高到 95％时,存货成本要增长 50％;而从 95％提高到 98％,库存成本则会增长一倍[1]。

3. 产品运输

运输是产品实体流通的主要形式。产品只有通过运输才能实现其地区之间空间位置的转移,才能到达适当的地点,提供给适当的消费者予以消费。由于运输方式种类繁多,所以制定运输决策是一项极为复杂的工作。在制定这种决策时,管理人员必须权衡运输成本与所需的客户服务水准,而这两个目标的变化趋势往往也是矛盾的。运价通常占运输成本的大部分,运输成本还包括启运打包成本、到货拆包成本和中途储存成本。客户服务包括保证运货速度、遵守交货时间和防止货物损坏等许多方面。运输的客户服务水准越高,其成本也就越大。要确定成本和服务水准的最佳平衡点有两种方式:以最低成本提供已有的服务水准;或者以已知的成本提供最多的服务项目。所以,在确定运输方案时,也必须综合平衡,以求得整体效益的最优化。

企业在运输方面的决策,主要涉及运输工具的选择、运输路线的规划和运输形式的组织等问题。

10.4.3 物流管理的其他管理问题

虽然上述内容已经涉及物流的管理主要问题,但还没有用系统理论、控制理论、信息理论的观点来研究此问题。

(1) 物流管理的目标和系统观念。物流活动的管理人员应树立三种目标:成本目标;顾客服务目标;灵活性目标。在实际操作中,很难同时达到这三种目标,成本目标就常常与顾客服务目标相互抵触。有些公司不是在提高顾客服务水准上下工夫,而是在参照同行竞争者服务水准的前提下,努力寻求如何降低成本,其结果是失去了在服务水准较高条件下所能获得的较高的客户需求量。灵活性也很重要,因为许多物流管理决策都是长期决策,比如,通过预测未来的市场需求量,企业决定购进一些卡车或建造一座自动化仓库等,但这种预测如果出现较大的偏差或失误,就会给企业带来不可避免的损失。如果对需求作出过于乐观的预测,建起的仓库则不能被充分利用;而如果对需求估计过低,则会出现仓库不够用的现象。所以说,缺少灵活性的物流系统难以应付不确定的因素,并导致成本的上升和收入的下降。

物流活动的决策者常常是公司内不同职位和不同区域的管理人员。由于这些经理常常拥有不同的和相互冲突的目标,造成物流过程成为一组互不相连的活动,其结果损害到企业最为主要的目标——利润增长——的实现。当经理们认识到所有的物流过程是一个相互依存、相互制约的整体性活动的时候,企业的利润就会得到大幅度的增长。这种系统的方法叫

① 资料来源:弗雷德里克·拉斯,查尔斯·柯克帕特里克.销售学.张明伟等译.北京:电子工业出版社,1987

做物流管理系统观念。这种观念着眼于解决全部成本,寻求所有成本的最低化。所以说,如果使用了较昂贵的运输方式,但却节省了储存费用,也不一定是坏事。这种系统观念强调的重点是:物流管理决策与其他的营销决策和非营销决策是相互关联的。

按照这种系统观念建立企业内部各种目标,物流系统的改进工作就会简单易行。企业改进物流系统能得到一种市场竞争优势。因为物流管理策略不像定价策略和广告策略那样显而易见,而且它还要涉及更雄厚的资源,与模仿其他策略相比,竞争者如要模仿物流管理策略就困难得多。所以,对物流管理进行改进和创新可使企业得到强大而持久的竞争优势。

(2) 物流活动的组织管理。在确立了物流观念以后,就应该在企业中设置一个新的职位:物流管理经理或副总裁。这个职位一般负责所有的物流活动——运输、仓储和信息搜集等。除此之外,还有一个这个新职位向谁负责的问题。有两种方案可供选择,一种是这个经理应与销售经理、财务经理、生产经理和人事经理处于同等的地位;另一种是物流管理经理应向上一种方案中提到的那些职能部门经理中的一个经理(一般是生产经理或销售经理)汇报工作情况并受其领导。

(3) 信息处理。在物流活动的计划、协调和管理活动中信息起着很重要的作用。作为重要信息来源的销售订单是实体分配系统运行的血液,从而决定着产品的流程。另外,信息本身也是一种客户服务项目。订货状况的报告可以帮助客户了解交货速度的变化,从而作出相应的安排和弥补措施。

(4) 物流管理的现代化。实体分配的现代化涵盖实体分配的多个环节,需要多种技术支撑,其中包括条形码、电子货币、电子收款机和电子数据交换。

条形码(bar card)是一项自动识别技术,是产品国际化的标志,也是实现实体分配自动化与产品管理自动化的基础。产品条形码可以分为原印码和店内码。

电子货币,包括信用卡(credit card)、储蓄存款卡(deposit card)、扣账卡(debit card)、现金卡(cash card)、IC卡等多种金融交易卡,不仅可以减少流动资金积压及大量资金的清点搬运,增加资金周转率,促进销售,而且通过计算机和信息通信网络可以建立家庭银行,实现家庭购物。

电子收款机(electronic cash register,ECR)要求极高的技术性能。首先必须稳定可靠,具备抗一般电器波动、抗干扰信号、抗恶劣环境的能力;运行中基本不出现故障或出现故障后能在不破坏数据的情况下及时排除;在网络或主机出现故障时,能独立运行;其次必须可接收条码阅读器、磁卡刷卡器、电子秤等多种外接设备;最后必须具有现金、支票、信用卡等多种付款方式和零售、批发等多种交易方式,以及快速反应和处理能力等。

电子数据交换(electronic data interchange,EDI),按国际标准组织的定义,是"将商业和行政事务处理按照一个公认的标准,形成结构化的事务处理或文档数据格式,从计算机到计算机的电子传输方法"。也就是按照贸易双方商定的协议,将网络商业文件标准化和格式化,并通过计算机和互联网,在贸易伙伴之间进行数据交换和自动处理。因而被称为"无纸贸易"或"电子契约社会"。在EDI的发展过程中,标准化是至关重要的条件。

复习思考题

1. 什么是分销渠道？它有哪些类型？
2. 影响分销渠道决策的因素有哪些？分销渠道决策的内容有哪些？
3. 中间商的作用和类型有哪些？它们各自的作用是怎样的？
4. 物流管理的实质和决策内容有哪些？
5. 为什么说选择性分销往往要比密集性分销效率高？
6. 为什么说不易模仿物流管理策略？
7. 物流系统的概念是什么？

第 11 章

整合营销传播策略

营销传播策略是营销组合的一个重要组成部分。营销不只是开发好的产品、制定有吸引力的价格和选择合适的渠道，还需要对顾客做有效的沟通与传播。在现代社会，产品供给异常丰富，市场竞争极为激烈，消费者面对信息爆炸的环境，加之制造商与消费者之间的地理距离越拉越长，销售环节增多，难免出现信息流通和销售上的各种障碍。依靠有效的信息传播活动，有利于克服产品"深藏闺阁人未知"及销售的阻滞现象，使消费者更加喜爱本企业及提供的产品。营销在某种意义上讲就是一种信息传播活动。营销传播是指营销商在自己与目标消费者之间相互沟通，以促使消费者了解、认识并喜爱公司的全部产品诉求（total product offering）。营销商的整合营销传播方案称为促销组合（promotion mix），亦称营销传播组合。

11.1 传播概述

11.1.1 信息的传播过程

营销需要有效的传播。如果传播无效，营销必然失败。为有效传播，提高传播的效率，营销人员必须了解传播过程，了解传播是如何进行的。

传播过程，如图 11-1 所示，包括信息源（source）、编码（encoding）、信息渠道（message channel）、解码（decoding）、接受者（receiver）、反馈（feedback）及干扰（noise）七个要素，其中以信息来源和接受者这两个要素最为重要。信息源（即信息发送者）想要把某一信息传递给接受者；接受者不只评估信息，也会评估信息来源的可靠性与可信性。

信息来源能使用许多信息渠道来传递信息，信息渠道是指信息的运送者，如销售人员和广告都是常见的信息渠道。销售人员以声音和行动亲自传递信息，广告则利用杂志、报纸、广播、电视和其他媒体来传递信息。利用销售人员来传递信息的一个主要优点是销售人员可立即从接受者得到反馈，销售人员可判断接受者接收信息的情形并据此作必要的改变。利用广告来传递信息时，通常必须依赖市场调研或销售数字才能获得反馈，耗费的时间较长。

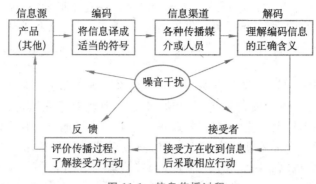

图 11-1　信息传播过程

（1）信息源。企业准备向外传播的信息。

（2）编码。把信息转换成便于向接收者传播的有效符号（如文字、声音、图像、动作等）。

（3）信息渠道。包括各个传播媒介、传播机构、推销员等。

（4）解码。接收方对信息的理解过程。

（5）接受者。接收信息的受众，并采取某种消费行为。

（6）反馈。信息源从接收方了解所传递信息的效果，以便评价传播过程是否理想，决策是否作出调整。

在这 6 个部分中，任何一个部分出现问题都将影响信息传播的准确性。

干扰（也称噪声）是指在沟通过程中会降低沟通效果的那些令人分心的事物。例如，在电视广告播出时的交谈和吃点心都是干扰；报纸把相互竞争的广告摆在一起刊登也是一种干扰。营销人员应了解在沟通过程中有许多干扰会阻碍有效的沟通。

11.1.2　营销传播的作用

营销传播就是为达到促进销售的目的，营销商将有关本企业及产品的信息通过各种方式传递给消费者和用户，激发其购买欲望并最终实现购买行为的一系列活动。它是营销商对购买者提供产品信息的特殊的和暗示性的许诺，目的在于笼络现实的购买者，并吸引那些有需求的潜在的购买者。营销传播实质是营销商与购买者之间的信息沟通，可通过各种营销传播手段来传递有关企业及产品的信息。沟通是营销传播活动的精髓。例如，可通过市场推广方式来加深顾客对产品的了解，进而促使其购买产品；也可通过各种公关工作来改变企业在公众心目中的形象，还可派遣推销员面对面地说服顾客购买产品。企业可采用多种方式加强与顾客之间的信息沟通，促进产品的销售。

从一般意义上理解，营销传播的作用主要有四个方面。

（1）提供产品或服务的信息。无论产品正式进入市场之前或进入之后，公司都需及时向市场介绍产品。对消费者或用户来讲，营销信息起着引起注意和激发购买欲望的作用；对中间商来说，则是为他们的采购决策提供依据，调动他们的经营积极性。

（2）激发消费需求，提高销售量。有效的营销传播活动在诱导和激发需求方面的作用是显而易见的，不仅如此，在一定条件下还可以创造需求。营销传播可使市场需求朝着有利于企业产品销售的方向发展。

（3）突出产品特点，树立产品形象。市场上同类产品竞争激烈，产品之间存在的细微差异，消费者往往难以辨别，营销传播可以借助商标、产品特征、价格和效能克服人们在购买产品时的犹豫不决，使消费者明确对差别的理解，形成对公司产品的偏好心理，建立起与众不同的产品形象。

（4）维持和扩大产品的市场占有率。市场环境的复杂性常使许多公司的销售量波动很大。企业如能有针对性地开展营销传播活动，使更多消费者了解、熟悉和信任本公司的产品，这对稳定销售乃至扩大企业的市场份额，巩固企业的市场地位均有重要作用。

在变幻莫测、竞争异常激烈的市场上，营销商应对营销传播策略从竞争的角度加以认识。在第二次世界大战以前，企业间的竞争角逐主要集中在价格和数量上。只要产品功能基本上可以满足消费者需要，谁的数量庞大，谁的价格低，谁就能占据市场竞争的主动权，营销传播在当时是可有可无的事，这正好适应了当时物质产品普遍匮乏和社会购买力较低的情况。第二次世界大战后，产品供给不足已经成为历史，购买力与消费水平的大幅度提高使消费者对产品价格的敏感度降低，生活方式与消费方式日益朝着多样化、个性化方向发展。而且，现代科技的应用，已经使得同类产品特色逐渐消失，产品质量差异愈来愈小。这些情况使市场竞争发生了深刻的变化，即非价格竞争手段成为现代市场竞争的主导手段。营销商想方设法制造差异，以期能在产品的海洋中使自己的品牌出人头地。他们纷纷瞄向了消费者的心理需求，在产品名称、商标、包装、款式、服务上大做文章，并借助强有力的营销传播手段来明确、渲染甚至制造差异，以求树立鲜明的形象，赢得顾客的喜爱。许多传奇式的企业，依靠非价格竞争手段获得巨大成功，成为市场的成功者。尽管它们的产品质量可能不是最好的，但在消费者心目中和感觉中，它们却是最好的。

营销传播在非价格竞争手段中起着举足轻重的地位。优秀的营销传播策略可以先于产品在人们心目中树立起强有力的形象，激发购买欲望，它可以使相差无几的产品在人们的心理上产生大不一样的感觉。例如，许多品牌的啤酒在味觉、颜色和储运上实际是一样的。消费者却会持久喜欢某一品牌或某几种品牌而对另外一些品牌漠然视之。因为营销传播在成功地影响着人们的感觉和态度，所以有人说消费者喝的简直可以说不是饮料，而是广告。不可否认，在一些经济比较落后的地区，价格的高低依然是影响产品销路的主要原因，价格竞争将在很长时间是最主要的竞争手段。而在市场经济比较充分发展的地区，如何塑造品牌形象，如何卓有成效地开展营销传播攻势，在打开销路、占领市场的征途中将扮演更为重要的角色。因为在这些地区，消费者具有很强的购买力，经济上的标准远不如心理上或社会交往方面的追求那么重要。

11.1.3 营销传播的目标

营销商通过编制营销传播方案去达到某种特殊目标，其中，主要的目标是说服购买者前来购买，或是为了使购买者对企业、企业产品的优点有所了解。营销传播目标必须与企业总体目标及销售目标相互协调。一般来讲，企业目标是使业主资本或投资的报酬实现最大化。为达到企业目标，营销管理者总是寻找在获利基础上的最大销售量（市场占有率）。根据企业的总体战略目标，营销管理者可以制定各种不同的营销传播目标。

1. 吸引原始需求和选择需求

原始需求是对某种或某类产品或劳务的需求。比如，所有想购买汽车的消费者的欲望，构成了市场上对汽车的原始需求。针对原始需求的营销传播工作,通常要由行业协会来进行。中国的行业协会这方面的职能还没有显露出来。在美国,牛奶产品的营销传播工作一般是由全美奶制品协会推行,营销传播费用由奶牛场主承付;全美禽蛋协会推销鸡蛋;科罗拉多牛肉食品协会推销牛肉,等等。所有这些组织的努力都是为了转移原始需求,让人们由喝饮料改为喝牛奶,由吃猪肉改为吃牛肉。

选择需求是针对某种品牌产品或劳务的需求。比如,有"康佳"牌彩电和"创维"牌彩电,有"两面针"牌牙膏和"黑妹"牌牙膏,纯净水也有"康师傅"和"娃哈哈"的品牌差异,等等。选择需求决定着每一个营销商的市场占有率,它是原始需求的一部分。毋庸置疑,吸引选择需求是每一营销商的最为基本的工作,其做法在"营销战略"一章中已有阐述。

2. 提供信息、说服、提示

提供信息,就是向受众说明企业的现状。企业在出售什么产品?某种品牌产品的价格是多少?在哪里能够买到它们?企业还为消费者提供哪些服务?假如某种产品的品牌很新颖,而且具有竞争优势,就特别适于采用这种通过提供信息来传播的方式。提供信息使受众感到真实可靠,尤其当这些信息通过一些权威部门或媒体发布时。

营销传播的根本要素是说服。对任何一个正常的人来说,掏钱"拔毛"的事情总是非常困难的,只有通过有效的、艺术性的说服工作才可能奏效。营销商要使购买者买公司的产品,就必须使他们相信,购买这种或那种产品,有利于维护、巩固和提升他们的自我观念,增进其自身利益。通过说服工作使购买者从知晓到感兴趣、产生欲望并最后付诸行动。这是最常用的营销传播策略。

通过提示的方法促使购买者采取购买行动是营销传播的一种重要方式。这种方式是针对公司的现实顾客的,而不能用于潜在的购买者。对市场领导者的公司来说,实施提示性的营销传播活动主要起防御作用。

3. 树立品牌形象和企业形象

营销传播活动的一个重要内容,是树立和表现公司各种不同品牌产品的个性和诉求。前文已经述及,品牌是用来识别某一个或某些营销商的产品或劳务,并用以和其他竞争者产品和劳务相区别的一个名称、术语、符号或设计,或者这些内容的组合。品牌形象是一个复杂的概念,它包括购买者通过品牌名称而引起的情绪变化,并决定于产品实体、产品价格、产品零售商、产品的购买者和使用者以及针对品牌的营销传播工作等许多影响因素。购买者购买产品是为了得到满意,这使得营销商的全部营销工作,不得不受购买者的想法和购买行为的制约。

品牌形象是与产品有关的概念,企业形象则属于与企业实体有关的概念。企业形象是指企业的外感形象和内在精神在社会公众心目中的总体印象和感知。外感形象包括:企业服务特色、产品质量、经营规模、推销方法、公共关系、销售点的格调、产品的外包装、广告以及企业标志、图案、造型等。内在精神有:企业宗旨和使命、经营管理特色、员工素质、技术力量、产品的研制力和开发力以及创新和开拓精神等。提升企业形象的营销传播目的在于使产品常常带有其营销者的特点。这就是说,购买者不仅决定买什么,还要决定从哪里买。品牌形象是产品的个性,企业形象是产品营销商的个性,两者之间相互依存、相互制约。

11.1.4 营销传播的方法

营销传播的基本方法有四种:人员销售、广告、市场推广和公共关系。

（1）人员销售。人员销售又称为人员传播，是通过企业销售人员对顾客作口头上的介绍，以促进销售的方法。人员销售可以是面对面的交谈，也可以通过电话、信函交谈。这种方法灵活，针对性强，信息反馈快，是一种"量体裁衣"式的信息传递方式。

（2）广告。广告是企业通过一定媒介向广大顾客传递信息的有效方法。广告可以同时将信息传递给成千上万的消费者，节约人力，并且广告稿件可以很好地控制。但广告的反馈很慢而且困难。

（3）市场推广。市场推广一般只作为人员销售和广告的补充措施。它刺激性强，吸引力大。诸如样品、奖券、赠券、展览、陈列等，都属于市场推广的范围。与人员销售和广告相比，市场推广活动不是连续进行的，只有一些临时性的措施。

（4）公共关系。公共关系是指对企业有关的个人或组织之间关系的培植。良好的公共关系可以达到维护和提高企业的声誉，获得社会的信任的目的，从而间接地促进产品的销售。公共关系与广告都具有大众传播的性质，但不同的是，公共关系培植起来的信任感享有公正的声望，公共关系不易被企业操纵或控制，不能为金钱所收买，还可能接触到那些不注意广告的顾客。

表 11-1 列出了各种营销传播工具的优点和缺点。

表 11-1 各种营销传播工具的优点和缺点

营销传播工具	优 点	缺 点
广告	①可同时接触大量的购买者 ②有许多媒体可供选择 ③可生动地描述公司及其产品 ④有效率，单位展露成本低	①会接触到许多非潜在购买者 ②广告的公正性易受怀疑 ③展露时间通常较短 ④总成本可能很高
人员销售	①面对面的双向沟通，销售人员可作立即的反应 ②有可能与购买者保持长期的关系 ③可让购买者注意倾听、观看销售者的陈述或展示	①单位接触成本最高 ②销售人员的雇用代表较长期的成本投入 ③优秀销售人员的招募、训练和激励耗费较大 ④不同销售人员间的销售技巧不一致
市场推广	①有多种形式可供选择 ②可在短期间内刺激销售 ③易于和其他营销传播工具结合使用形象	①只有短期的销售效果 ②与减价有关的销售可能会伤害品牌 ③容易被抄袭
公共关系	①可信度高 ②可接触到那些回避其他营销传播工具的潜在顾客 ③可生动地展示公司和产品 ④总成本可能较低	①对信息的影响力很小 ②媒体不一定配合

营销传播组合从策略角度看，包括"推式"策略和"拉式"策略。它们对营销传播组合设计影响很大，往往同时决定营销传播手段和媒体的选择。所谓"推式"策略是指将产品沿着分销渠道垂直地向下推销，即以中间商为主要营销传播对象，再由中间商影响消费者而使他们购买企业的产品。相反，"拉式"策略则是通过某种营销传播手段，先激起潜在购买者对产品的兴趣和需求，促使他们主动向中间商询问这种产品，并且督促中间商向制造商订购产

品,从而达到企业的销售目标。两种策略的营销传播过程如图 11-2 所示。

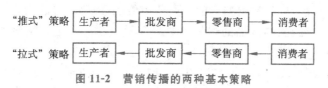

图 11-2　营销传播的两种基本策略

在营销传播实践中,这两种策略既可混合使用,也可单独使用。一般说来,采用"推式"策略时往往靠人员推销,而"拉式"策略则常常大量使用广告和市场推广。

11.1.5　营销传播组合

企业在制定营销传播策略时,可以单独采用一种营销传播方法,但在多数情况下,企业往往将不同的营销传播方法结合使用,以达到特定的目的,这就产生了营销传播组合的问题。一般都以一种方法为主、其他方式为辅的方式制定自己的营销传播组合策略。企业在设计营销传播组合策略时,影响最大的因素是产品的性质、产品的生命周期、产品的价格与分销渠道、市场特点、营销传播预算等。

1. 产品的性质

产品性质不同,购买者的行为往往存在很大差异,因而制约着营销传播组合的选择。工业品的销售,由于产品技术复杂,往往需要详细的说明、解释、示范,需要提供良好的技术咨询、安装和维修服务。所以多采用人员销售为主的营销传播组合。广告对工业品的销售所起的主要作用是:使用户认识产品;帮助销售人员;提醒用户如何使用产品;建立和提高企业声望。而消费品的销售,由于产品的技术、结构较简单,购买者人数众多,可以采用以广告为主的营销传播组合。人员销售在消费品的销售中,主要应用于对中间商的推销,以维持与中间商的关系,鼓励他们多进货,激发他们的经销热情,帮助他们解决问题。生产资料与消费品的营销传播组合示意图如图 11-3 所示。

2. 产品的生命周期

产品处于生命周期的不同阶段,营销传播组合策略也应灵活调整,与之相适应。

(1)在产品引进阶段,顾客对产品的接受能力很低,营销传播的主要目的是将新产品的信息告诉顾客,激发顾客的初始需求。在这一阶段,人员销售和广告都很重要。可以利用销售人员去寻找、说服中间商经销产品,也可直接寻找用户,介绍产品,鼓励他们试用。这个阶段的广告通常是告知性的,主要解释产品的性能、特点,以及顾客可从中得到的利益。

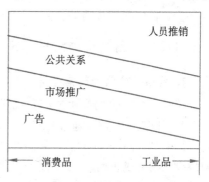

图 11-3　营销传播组合示意图

(2)产品进入成长阶段,可观的销售增长率和利润开始吸引竞争者进入市场,这时,营销传播的重点应放在宣传企业产品的品牌上,争取顾客的偏爱,激发顾客的选择性需求。这一阶段,人员销售的任务是开发分销渠道,争夺市场占有率。广告的费用也要增加,广告的内容要从告知性转向宣传品牌的突出优点和特色,以提高产品和企业的声誉。

（3）到了成熟阶段，竞争者很多，但竞争的态势已趋稳定，弱小的竞争者退出市场，产品也逐渐相似。这一阶段，广告是消费品的主要营销传播形式，广告的内容应集中宣传本品牌与其他品牌的不同之处，强调产品的附加利益。提示性的广告也开始出现。工业品则主要采用人员销售的方法。

（4）产品进入衰退阶段：由于销售和生产开始下降，整个营销传播预算也应逐步削减，以节约开支。一般只适当运用提示性广告，许多企业将市场推广作为衰退期的主要营销传播方法。

3. 产品的价格与分销渠道

对于廉价的快速消费品来说，利润很薄，需要大批量销售，广告的效果较大；而价高利厚的产品，顾客的选择性很强，多采用人员销售，有利于克服顾客购买的阻力。当企业采用直接销售的方式时，自己负担整个销售过程，营销传播组合的重点应放在人员销售上；反之，当分销渠道很长、环节很多时，营销传播组合的重点应放在广告上，以吸引顾客到商店去购买产品。

4. 市场特点

当市场广阔、用户分散时，企业要向众多的消费者传递信息。显然，广告是最为有效的营销传播工具。相反，对于顾客少而集中的市场，则以人员销售作为主要方法。

5. 营销传播预算

企业能用于营销传播的费用，也是确定营销传播组合的重要依据。每一种营销传播方法所需费用是不相同的，企业应在财力限制下，结合其他因素，选择适宜的营销传播方法。

另外，制造商在制定营销传播组合策略时，还应将中间商的营销传播活动联系起来考虑。因为这些中间商也有自己的营销传播活动，相互配合不好，会影响营销传播效果。例如，制造商的广告能帮助商店吸引顾客，如果商店不积极出售该产品，将其放在不显眼的位置，这样，广告反而会使摆在显眼处的竞争产品得到好处。因此，制造商应尽可能争取与中间商开展联合营销传播活动。

11.1.6 营销传播组合的常用方法和技巧

1. 营销传播组合的常用方法

营销传播组合的常用方法有说服教育法、情感共鸣法和新闻聚焦法等。

（1）说服教育法。通过介绍产品的原理、使用方法、功能效果等有关知识，使消费者认识到产品能给自己带来的利益，从而产生购买的欲望和动机。这种方法一是适用于产品生命周期的投入期和成长期；二是适用于文化程度较高的理智型的消费者；三是适用于工业品。

（2）情感共鸣法。这种方法注重情感交流和激发情感，主要是利用推销人员面对面的有针对性的推广，以及在广告中利用情感型的创意和色彩、音乐及画面，激发受众的潜意识及情感共鸣，以达到营销传播的目的。这种方法一是适用于消费品中的软性产品，如饮料、服装、小工艺品、化妆品及装饰品等；二是适用于情感型消费者，如女性消费者、少男少女类消费者等；三是适用于处于产品生命周期的饱和期和衰退期的产品，因为消费者对这类产品已经非常了解，需要运用情感的刺激，以期他们继续保持对产品的忠诚和信心。

（3）新闻聚焦法。以重大的新闻事件和新闻人物为契机，及时把本企业或本企业的产品与它联系起来加强广告宣传，使受众在关注新闻事件和新闻人物的同时也能注意到企业和企业的产品，达到广为宣传企业和企业产品的目的。所谓的新闻事件和新闻人物也可以由企业有意地制造出来。例如，中国教练马俊仁的长跑队获得前所未有的世界级荣誉，一时成为神州大地妇孺皆知的新闻事件，广东今日集团不失时机地从马俊仁教练那里购买到他给运动员使用的中药补品配方，制成"生命核能"饮料，顿时走俏市场。

2. 有效传播组合的常用技巧

有效传播组合的常用技巧有实证、论证、证据、权威和对比等。

（1）实证。运用产品本身的实际特性来表明产品的优良性能，消除消费者的种种疑虑，是最有说服力的营销传播技巧。例如，展销会、现场示范、时装表演、试用、品尝等，以及广告当中运用的生产过程、操作使用过程和实际使用效果等的录像及摄影照片都属于实证。

（2）论证。论证是运用逻辑推理的办法来证明产品的优良，从而说服消费者产生购买欲望和动机的营销传播技巧。例如，"乐百氏"含有双歧因子的 AD 钙奶能帮助消化，增进食欲，是常患有厌食症儿童的有益饮品。

（3）证据。这是一种列举充分的证据来证明产品的优良品质，从而使消费者信服的营销传播技巧。如权威部门的质量抽检报告、市场占有率排行榜、奖牌、奖章、奖励证书等。

（4）权威。利用专家学者、权威机构的证言、证词向消费者推荐产品，或者由权威机构或权威人物出面推荐产品。例如，利用影视明星推荐服装、化妆品等，利用医生推荐医院、药品等。

（5）对比。这是一种将本企业产品与同类产品或替代产品在价格、质量、性能、服务、款式等方面进行比较，以证明产品质量优的营销传播技巧。在比较过程中，应使用间接不明指的对比法，以避免法律纠纷。

11.1.7 营销传播策略的制定

营销传播是一项花费很大的活动，为使营销传播取得满意的效果，避免失误，企业必须按照科学的程序作出营销传播策略的决策。其主要的决策程序如图 11-4 所示。

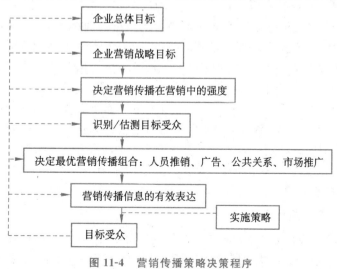

图 11-4 营销传播策略决策程序

1. 决定营销传播在营销战略中的强度

决定营销传播在营销战略中的强度是最基本的决策。企业要根据制定的打入市场的战略计划期的总目标，决定实现企业目标需要什么水平的营销传播工作。一般来讲，消费品比工业用品需要更多的营销传播工作，因为消费品的用户地理分布异常广阔，只有通过较高的营销传播水平和较多的营销传播工作，才能从心理上争取广大顾客。而销售工业品则可以通过传播产品特征、性能及成本的信息，刺激用户理性的购买动机。如果某种产品高度适应某一特定细分市场，与那些具有广泛适应性的产品相比，所需要的营销传播必定少些。另外，目标市场潜力大小、产品生命周期阶段、竞争和打入模式，也决定着营销传播水平的强度。显然，具有较大市场潜力的市场理应配合更多的营销传播。新产品投入期比产品生命周期以后阶段需要更大声势的营销传播工作。如果竞争者在市场上大力进行营销传播，企业就不得不采取行动在某种程度上与之抗衡。利用经销商的企业，可将营销传播工作全部或部分转给经销商完成；若企业通过自己的子公司销售产品，则必须承担全部营销传播工作。所有这些，实际上是对营销传播在整个营销战略中加以定位，营销传播的所有决策都要依赖于对这一问题的回答。

2. 识别、估测目标受众

识别、估测目标受众要解决的是对谁说以及为何说的问题。对目标受众做到心中有数是成功的营销传播必不可少的条件。制造商总是希望渠道成员销售出更多的产品，希望消费者或客户购买得更多，并希望公众觉得公司及公司产品更讨人喜爱。这就要求我们决定：营销传播信息应该向我们的渠道成员传递，还是应该向最终消费者和客户传递，或者对两者都应该传递。在营销传播活动中，无论是导入一种新产品，开发受人称道的商标形象，还是支持渠道成员或发展新的渠道成员，对抗竞争对手的营销传播及树立公司与产品的信誉等，都依赖于对目标受众的了解。营销者对目标受众的购买动机及行为、购买力、人口统计特征、文化观及其他特征了解越多，越有利于制定切实有效的营销传播策略。然而，要了解这一切并非易事。

3. 提出购买建议：信息主题

信息主题是企业要传达给目标受众的主要话题。它是营销传播信息的核心内容，是企业或产品有说服力的售卖要点。也就是说，必须决定什么样的信息才能引起人们的购买。一个富有成效的购买建议的提出，要求营销商从属于不同文化和社会的预期接受者的角度来考虑公司的产品。例如，牙膏广告，很少仅作为洁齿剂进行宣传，一些牌号的牙膏会从一个有趣的约会开始说到婚姻，说到事业成功，甚至说到与孙儿孙女生活在一起称心的退休生活。很多其他产品，如除臭剂、洗头水、剃须刀片、皮鞋、袜子、内衣，甚至早餐麦片等广告，也同样别出心裁。它们的成功是因为迎合了消费者的行为动机和生活方式。但有什么理由可以相信这样的信息能迎合英国、法国，以及亚、非、拉国家消费者的情趣，并能获得成功？所以说，信息主题须顾及消费者心理要求和文化特质。

4. 决定最优营销传播组合

前面已提到，营销传播方式有四种，企业在面临营销传播问题时，往往综合运用各种营销传播工具，这便产生了组合及如何组合的问题。从组合策略的制定过程来看，营销传播组合只有建立在确定了营销传播在营销中的强度,识别了目标受众,明确了传播信息主题的基础上,企业才能决定以何种营销传播方式为主,以何种营销传播方式为辅的组合问题,或者,在某一阶段上以某种方式为主,其他方式为辅,而在另一阶段上,则是以另一种方式为主,其他方式为辅。营销传播组合根据销售状况及条件的变化作相应的调整,由此使营销传播组合在不断的组合变换中产生出极大的销售魅力。

由于在营销传播组合中,人员推销与广告是两种最主要的营销传播方式,因此在决定最优营销传播组合时,通常需要考虑是以人员推销为主还是以广告为主的问题。一般来说,选用这两种方式时所遵循的规律见表 11-2。

表 11-2　人员推销、广告与产品类别的关系

产品类别	广　告	人员推销
低价消费品	多	少
高价消费品	多	多
低价工业品	中等	多
高价工业品	多	少

5. 营销传播信息有效表达

营销传播信息有效表达是在决定了最优营销传播组合问题的基础上,进一步要解决如何说的问题。营销传播信息的表达必须要适应目标受众的需要与动机才可能有效。在后面的各节中,这一问题将得到进一步的讨论。

总之,营销传播策略的制定表现为由一系列相互关联的决策所构成的程序。它始于企业的营销目标,终于目标受众。它的直接目的便是将企业的有关信息有效地传递给目标受众,并产生有利的反应。

11.1.8　整合营销传播

整合营销传播(integrated marketing communication,IMC)是一种营销传播策划观念,即在策划中对不同的传播形式,如一般性广告、直接反应销售、市场推广(也称销售促进,即 SP)、公共关系等的战略地位作出估计,并通过对分散的信息加以综合,将以上形式无缝隙地结合起来,从而达到明确的、一致的及最大限度的低成本传播效果。

整合营销传播的产生有其深厚的背景原因,它是营销环境发展的必然结果。IMC 创始人舒尔茨教授认为,整合营销传播受到企业界的重视,主要是出于以下原因。

(1) 从广告代理商角度看,有两方面的压力,迫使广告代理商采纳 IMC。一是在 20 世纪 70 年代末 80 年代初,客户突然把他们花在媒体广告上的钱转投到顾客和商业市场推广上。造成这种情况的原因是多样的,但最主要的是渠道的控制权已经由制造商移向零售商。二是广告代理商面临广告佣金不断下降的压力,迫使广告代理商不得不涉及其他传播领域,向客户提供更多的服务。广告代理商采用整合营销传播,以达到"肥水不流外人田"的效果。

(2) 从企业角度看,传统的营销策略已不再有用,企业面临的是日益趋分众化(demassification)的社会,传统广告的作用受到稀释。加上媒体的细碎化,迫使企业对各种传播策略进行整合。

(3) 从顾客角度看,研究显示,每个顾客每天都会听到和看到 1 500 个广告。面对如此

多的信息,顾客不再被动地接受,他们开始主动地去搜寻自己想要的信息。顾客处理信息的方式已经发生变化:

① 顾客把信息局限在必须知道的最小范围内。

② 顾客"浅尝"式地处理营销信息。由于信息的流量和内容都越来越多,顾客被迫在周围爆满的信息杂音中杀出一条路来。顾客在信息汪洋中"蜻蜓点水",把获取的碎片残余整合起来,组织成某种知识,并据以行事。

③ 传播者和接受者的经验领域,在传播过程中非常重要。

④ 新信息并不能取代旧信息,而是和原有的概念结合。

由于顾客"浅尝"式地获取信息,而且新信息并不能取代旧信息,这就要求广告代理商和企业在制定传播策略时,要保证信息的一致性。此外,科技的发展、互动的市场环境、财务需求及发展全球品牌的需要是企业进行整合的主要动因。

整合营销传播主要强调以下几点。

1. 以利益关系人为导向的营销过程

整合营销传播是用来计划、发展、执行和评估长期针对顾客、潜在顾客和其他内外部相关目标受众的相互协调、可衡量和具有说服性的品牌传播计划。营销商除了销售产品外,还应该注意建立自身的品牌形象,把营销传播的对象扩展到所有利益关系人身上。利益关系人主要包括投资人、金融市场分析师、金融报章杂志、产品供货商、顾客、员工、政府官员、竞争者、媒体 9 种不同领域且与企业彼此互动的关系人。

2. "由外而内"的过程

整合营销传播在找出和消费者的接触点上不是"由内而外"(inside-out)的取向,而是由消费者开始的"由外而内"(outside-in)的取向。整合营销传播以实现顾客和潜在消费者的需求为思考的原点,以便能满足顾客真正需求,并促发其购买行为的产生,而且使顾客在购买产品或服务后,能运用不同的渠道将使用的感受回馈给企业,使企业能不断地改进及创新,为消费者及其他关系利益人提供更好的服务。

3. 双向沟通

整合营销传播是一种以经营品牌关系为最终目的的交互作用过程,公司应加强与关系利益人间的积极对话,以了解他们真正的需求,增进其对品牌信赖的程度。双向沟通的目的即在与关系利益人产生互动,如能将互动媒体加入运作,不但可以得到更多的响应,也可以接触到其他更多的潜在顾客。

4. 信息一致

整合营销传播虽由广告主或产品品牌通过不同的媒体传播渠道,传递信息给消费者,但必须架构在"一致的声音"下。因此,整合营销传播应将所有的营销传播技能和工具加以紧密的结合,以维持并传达清楚、单一、一致的形象、定位、主题、信息、标语等。除此之外,运用整合营销传播的企业也应通过所建立的内部网络系统,将这种一致性的信息传达给所有的内部成员及其他的关系利益人,以建立一致性的产品形象,甚至是整体的企业形象。

5. 使用多种传播工具

整合营销传播需要协调各种传播工具(如广告、公关、市场推广、人员推销等),以便提供明确、一致性的信息,达到最大的传播影响效果。因此,企业应对能传达企业或品牌信息的各种传播手段进行评估,这些传播手段可能包括电视广告、杂志广告、展览会或任何可以运用的信息媒体渠道,或是公关活动、市场推广活动及人员推销等,以与消费者直接进行双向沟通。

6. 建立关系

整合营销传播的信念之一是:成功的营销传播是需要在企业(品牌)与消费者之间建立长久的关系的,经由关系的维持和持续的联结,使得消费者重复购买产品,建立起消费者对品牌的忠诚。整合营销的目的不只在销售产品,更在于与顾客和消费者建立起"品牌关系",这与"关系营销"的理念不谋而合。

7. 数据库的应用

企业要执行整合营销传播,拥有一个数据库是非常关键的。Mc Fadden 和 Hoffer 将数据库定义为"由互相关联的资料所组成的,为满足组织各种信息需求设计而成"。而舒尔茨在其整合营销传播企划流程的架构中,把顾客数据库作为其思考模式的起点。

11.2 广告

11.2.1 广告的概念

1. 广告的定义

多年来,研究人员从不同角度对广告进行了不尽相同的解释。美国广告学者波顿(Neil H. Borden)认为:"广告是企业采用视觉或语言的方式将产品、劳务、商标等信息传递给消费者的活动,目的在于得到对企业有利的反应。"艾文·格拉哈姆认为:"广告是销售产品或劳务的个人或组织,将有关的销售信息向现时或潜在的购买者进行的非人员传播的活动。"美国营销协会对广告下的定义则是:"广告是由明确的广告主,将其创意、产品、劳务等,以付费的方式所进行的非人员提示、推荐活动。"

无论对广告的解释有多少种,其基本的要点应包括如下几个方面。

(1) 广告的主体是明确的。广告是一种企业行为,这是一种狭义的解释,它是企业为实现一定的营销目标而向现时或潜在的购买者传递商业信息所进行的活动。产生广告行为的企业被称为"广告主"。同时,广告也可以是非营利性组织的行为,这是一种广义的解释,如各类公益性广告。产生广告行为的非营利性组织也被称为"广告主"。任何广告均有明确的广告主。

(2) 广告的内容是产品、劳务或观念。广告主通过广告诉求所要传递的信息一般表现为:①产品信息,即有关产品品牌、特性、质量等方面的信息。②劳务信息,即有关劳务种类、方式等的信息。③观念信息,即信誉、形象等信息。

(3) 广告的传播方式是非人员的大众传播方式。与人员推销时的人际传播不一样,广告是通过大众传播媒体进行的信息沟通,因此,它不是以个人而是以群体作为传播对象。

(4) 广告需要支付费用。广告在制作与发布过程中都需要发生制作费用及媒体刊播费用。

（5）广告具有明确的针对性和目的性。广告的对象是消费者或目标顾客，其目的是刺激消费者的欲望，形成对营销商的产品、劳务的需求或对营销商有利的反应。

基于以上各点，我们认为广告的定义是：所谓广告，是广告主将产品、劳务或观念等信息，采用付费的非人员大众传播方式向现时或潜在的顾客所进行的一种信息传播活动，目的在于使消费者产生对广告主有利的反应。

在本书中，我们主要讨论企业的广告行为。

2. 广告的作用

现代社会，广告作为一种经济现象，无处不有，无时不在。从营销的角度看，广告的作用主要有以下几点。

（1）介绍产品。广告能使顾客了解有关产品的存在、优点、用途及使用方法等，有助于顾客根据广告信息选择适合自己需要的产品。同时，广告信息的传播，对培养新的需求和新的消费方式有一定作用，对扩大销售量和开发新产品具有重要意义。

（2）促进试验性购买。顾客使用产品是广告要达到的目的，对于产品的潜在顾客以及新产品的推广，广告具有刺激、鼓励人们做第一次购买的作用。顾客通过试验性购买和使用产品，才有可能成为企业的忠实顾客。

（3）开拓新市场、发展新顾客。企业要发展壮大，就需要谋求扩大市场、拓展产品销路。对于新的细分市场，由于广告能广泛、经常地接近顾客，因而能起到开路先锋的作用。广告是进行市场渗透的有力武器。

（4）保持或扩大市场占有率。企业要做到这一点，就必须让消费者经常感觉和认识到该产品的存在。广告是达到这一目的的有效手段。

（5）树立或加深企业商标的印象。顾客购买产品时，企业的名称和商标往往是选择的重要依据。因此，企业名称和商标是否能赢得顾客的好感和信赖，直接关系着产品的销售。广告是确立理想的企业与商标印象的重要途径。

（6）消除对产品的偏见，改善对产品的评价，确立好感。

（7）支持中间商，改善与中间商的关系。

总之，广告的作用是多方面的，在品种繁多的现代产品市场上，广告已经成为企业在竞争中取胜的必要手段。

但是，过分夸大广告的作用也是不正确的。对广告作用的认识，目前存在着很多评价，有褒有贬，但有一个共同的基本结论是工商界和广告界人士所赞同的。这个结论是 1976 年对欧洲 8 个国家的 25 个市场进行了 10 年以上的调查得出的，其要点是：第一，社会经济力量才是销路大小的决定因素，广告刺激总市场而使其膨胀的力量是有限的。第二，当市场容量有限时，广告泛滥，竞争加剧，其受害者最终是消费者。因为广告费用是要转嫁到消费者身上的。第三，广告的经济效果必须同企业整个营销活动结合起来，才能得到了解，很难孤立地评价广告效果。第四，广告的内容比广告的数量更重要。广告的真实性是广告的生命。

3. 广告的分类

广告可以按不同的标准分类。按广告的不同对象区分，可分为：消费品广告，工业品广告，商业批发广告；按广告的媒体区分，可分为：报纸广告，杂志广告，广播广告，电视广告，路牌广告，邮寄广告等；按广告的直接目的区分，可分为：产品广告，组织广告，观念广告。这里仅介绍后一种分类。

（1）产品广告

产品广告是以产品为中心，以销售产品为目的的广告。

这类广告可分为以下三种。

① 开发性广告。这是一种报道性广告，即通过向消费者介绍广告的性能、用途、价格等，以刺激消费者的初始需求。当一种新产品进入市场时，人们对它还不了解，市场上也无同类产品出现，因而广告的重点是向潜在顾客介绍产品，以及产品能满足顾客什么样的需要。其特点是针对某种产品，而不是针对某种品牌。

② 竞争性广告。这是一种说服性广告，目的是使消费者偏爱某一种品牌，刺激消费者的选择性需求。当市场上竞争者增多，品牌之间竞争激烈时，就不宜泛泛地宣传某一产品，而应突出特定品牌的优点和过人之处，以便消费者作出有利于企业的选择。

③ 揭示性广告。这是一种备忘性广告。对于消费者已建立起购买习惯和使用习惯的产品，提醒他们不要忘记产品的品牌，刺激重复购买。这种广告有利于保持产品在顾客心目中的印象。

（2）组织广告

组织广告是以宣传整个企业为中心，以建立或提高企业声誉为目的的广告。这类广告并不直接介绍产品或宣传产品的优点，而是宣传企业的一贯宗旨和信誉、强大的经济与技术实力、历史成就、对社会的贡献等。这类广告又称为"公共关系广告"，它是通过企业形象的树立，来沟通企业与消费者的关系，使消费者对企业产生好感，从而达到促进产品销售的目的。例如，日立公司的一则广告，其标题是"日立产品从小到大，无所不有"，并着重介绍公司强大的经济、科学和生产能力，给观众留下了深刻印象，使人们见到日立产品，就联想到这是高科技、高质量的象征，产生信赖感。

（3）观念广告

观念广告是以改变或建立某种消费观念为目的的广告。这类广告不直接介绍产品或企业，而告诉人们一种新的消费观念或新的消费方式，通过新的需要的培植来促进产品销售。

4. 广告的原则

广告效果，不仅取决于广告媒体的选择，还取决于广告设计的质量。高质量的广告必须遵循以下原则来设计。

（1）真实性

广告的生命在于真实。虚伪、欺骗性的广告，必然会丧失企业的信誉。广告的真实性体现在两个方面。一方面，广告的内容要真实，包括：广告的语言文字要真实，不宜使用含糊、模棱两可的言词；画面也要真实，并且两者要统一起来；艺术手法修饰要得当，以免使广告内容与实际情况不相符合。另一方面，广告主与广告产品也必须是真实的，如果广告主根本不生产或不经营广告中宣传的产品，甚至连广告主也是虚构的单位，那么，广告肯定是虚构的、不真实的。企业必须依据真实性原则设计广告，这也是一种商业道德和社会责任。

（2）社会性

广告是一种信息传递。在传播经济信息的同时，也传播了一定的思想意识和价值观念，必然会潜移默化地影响社会文化、社会风气、社会习俗。从一定意义上说，广告不仅是一种

营销传播形式,而且是一种具有鲜明思想性的社会意识形态。广告的社会性体现在:广告必须符合社会文化、伦理规范、思想道德的客观要求。具体说来,广告要遵循政府的有关方针政策,不违背国家的法律、法令和制度,有利于社会风气的改善,有利于培养民众的高尚情操,杜绝损害民族尊严和个人人格的,甚至是淫秽、迷信、荒诞内容的广告等。

(3)针对性

广告的内容和形式要富有针对性。即对不同的产品、不同的目标消费群体、不同的历史时期、不同的情景要有不同的内容,采取不同的表现手法。由于各个消费者群体都有自己的喜好、厌恶和风俗习惯,为适应不同消费者群体的不同特点和要求,广告要根据不同的广告对象来决定广告的内容,采用与之相适应的形式。

(4)艺术性

广告是一门科学,也是一门艺术。广告把真实性、针对性、思想性寓于艺术性之中。利用科学技术,吸收文学、戏剧、音乐、美术等各学科的艺术特点,把真实的,富有思想性、针对性的广告内容通过完善的艺术形式表现出来。只有这样,才能使广告像优美的诗歌、美丽的图画、动人的景致一样,成为精美的艺术品,给人以很高的艺术享受,使人受到感染,增强广告的效果。这就要求广告设计要构思新颖、语言生动、有趣、诙谐,图案美观大方,色彩鲜艳和谐,广告形式要不断创新。

11.2.2　广告目标与预算

1.　广告目标

广告目标是指一个特定时期内针对某类受众所要完成的特定传播任务。

广告目标由营销目标派生而来,确定广告目标首先应对企业营销目标、企业的产品、定价和渠道策略加以综合分析,才能明确广告在配合其他营销策略、在营销整体效果中所起的作用和应完成的任务。其次,要对目标市场进行分析,了解现在和潜在的市场规模及容量,顾客对企业品牌、企业形象的认知状况进行分析,有助于确定具体的广告目标。

具体的广告目标有以下三类。

(1)传播效果目标

广告本身是一种信息传递活动,是广告主与广告对象之间的一种信息沟通。无论广告主要向广告对象传递何种信息,必须使信息能够有效地达至广告对象,才能指望广告对象产生沟通反应。因此,规划广告方案、确定广告目标,首先要从量和度的角度、时空的角度考虑广告传播效果的要求,进而确定具体的广告目标。比如,在什么时间、多长时期内,将信息传递给什么样的受众群体,期望达到什么样的信息接受程度。显然,传播效果的目标不一样,广告行为便有所不同。比如,要想使广告信息传递给较大范围的受众,达到较高程度的知晓与理解反应,那么,广告活动的范围、频率等必有不同。

(2)市场推广的目标

市场推广的目标即把在一定时期内促进销售、提高销售额、扩大市场占有率作为广告目标,并据此规划、设计广告主题、内容、表现形式等。要使广告产生促进销售的作用,还须将广告功能与其他营销功能,如市场调研基础上的需求评价,目标市场特性研究,产品定价、分销等结合起来。

（3）树立形象的目标

树立形象的目标是把提升品牌、企业在消费者中的认知状况,形成对产品品牌、企业形象有利的信念和态度作为广告目标。

也有人把广告的目标划分成告知性、说服性和提醒性三类,见表 11-3。

表 11-3　广告目标分类

告知性的目标	说服性的目标	提醒性的目标
告知新产品上市的品牌 告知产品的新用途 告知产品的销售地点 告知产品的价格或价格的变动 说明产品的性能 建立商家的形象	建立品牌的偏好 说服顾客改买本公司的品牌 改变顾客对产品特性的认知 说服顾客接受销售的拜访	让顾客在淡季时仍然记得本公司品牌 保持品牌的知名度 维持商家的良好形象

在现代市场条件下,许多产品的替代程度越来越高,相互之间的差异越来越小,消费者根据产品特点作出购买决策也越来越困难,不少企业为了适应这样的营销环境,便把眼光转向了提升品牌、企业形象方面,通过在消费者心目中树立起良好的形象来保证企业的长远生存与发展。正因为如此,愈来愈多的企业把提升企业形象放到了带动全局的营销战略当中,并视形象塑造为利在长远的投资行为。在这样的背景下,便产生了以"树立、提升形象"为目标的广告行为。这种广告行为并不以短期内的销售量提高为目标,而是把每一次广告都作为对培养长期良好形象的投资。

总而言之,广告最基本的和最直接的目标是:改变广告受众(往往是购买者)的态度和行为。

在广告规划过程中,一旦广告目标被确定下来,广告类型便相应的确定下来。

当广告目标系统是促进销售时,相应的广告类型便多为产品广告。由于产品有市场生命周期,而且在市场生命周期中的不同阶段面临不同的需求状况与市场条件,这样以促进销售为目标的产品广告,便自然会因产品在市场生命周期中的不同阶段,而有与之相适应的阶段广告目标。在产品投入期,产品广告的目的是促发初始需求,这就决定了产品的信息介绍;在成长期,由于竞争激烈,企业的目标是建立对其品牌的选择性需求,因此,该阶段的广告目标便是所谓的"说服",即通过对产品进行比较,达到促进某种品牌的产品销售;在成熟期,产品广告的目标则是"提醒"和"强化",刺激重复购买,延长生命周期。

当广告目标为树立形象时,那么相应的广告类型便是"机构"与"观念"广告。这些广告不直接进行有关产品的特性方面的信息沟通活动,而以企业精神、理性、社会责任、统一的识别系统与行为规范来展示企业的风貌,培养消费者对企业有利的信念与态度。这种以提升企业形象为目标,以企业自身为内容的广告类型,是企业形象识别系统的一个重要组成部分,也是一种愈来愈被广为采用的广告类型。

2. 广告预算

在着手确定广告目标时,也需考虑广告预算,因为广告目标与广告预算直接相关。广告可以有很多目的,但任一目的的实现均受制于预算。

广告预算是以货币为单位对广告方案进行表示的计划手段,它应与广告活动的进度安排相结合；广告预算也是一种控制手段，如果广告活动不按计划进行，实际的广告支出就会超出预算费用。这样，我们可以把广告预算概括为两类问题：支出多少广告费用；广告费用应何时支出以及怎样支出。根据经济学边际分析原理，只要增加的每一元货币支出能使利润总额增加，就应该增加预算。这就是说，增加利润也是增加广告预算的目的。但是，与利润最大化问题一样，实现广告预算的目的也要考虑一些现实问题。

国外学者认为，销售额与广告费用支出关系表现为这样一个模式，如图11-5所示。

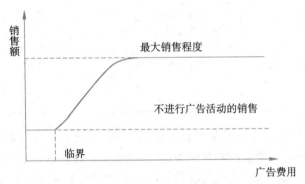

图 11-5　销售额与广告费用支出的关系

根据这一模式，企业在不做任何广告的情况下也能售出一定的产品，此时的销量为最低销量。另外，产品也有一个最高销量，最高销量取决于市场状况与企业的营销努力。而在最低销量与最高销量之间能够产生作用而成功的广告，则是用尽可能少的费用达到最大销量，这是确定广告预算的指导思想。

企业在确定广告预算时常可采用以下方法。

（1）销售比例法

销售比例法是根据广告与销售额或利润的关系确定预算的方法，即企业以过去的经验为基础，按计划销售额或销售利润，定出一定的百分比，来确定广告费用的支出额。这种方法的缺陷是将销售额与广告费用联系在一起，但却给人一种本末倒置的感觉，好像是销售额引起广告，而不是广告带来销售收入。将广告费看成是一项固定支出，而不是争取市场机会的弹性支出，且方法呆板。当竞争激烈而引起销售额下降时，客观上应支出更多的广告，而这一固定经费则会使广告费变得更少。而当销售增长过快时，广告费又可能太多，造成不必要的浪费。由于销售百分比法简便并且易于与竞争者进行比较，所以它还是一种最为流行和广泛采用的方法。

（2）任务法

任务法是根据完成广告目标所必须完成的工作任务，计算其成本，得出的累计数就是广告预算。营销商在编制广告预算时要回答三个问题：企业的销售目标是什么或销售预测的情况怎样？什么样的广告活动能为实现销售（预测）目标作出更大的贡献？广告活动的成本有多大？这种方法在理论上是可取的，但在实际工作中往往难以准确计算各项工作的费用，在很大程度上依赖于管理者的主观判断，因此费用支出的合理性也就值得怀疑了。即使到了如今的信息时代，也找不出哪种方法能预先精确确定广告活动的效力，也没有一种可以事后准确衡量广告活动效益的简易手段。

（3）极限支出法

极限支出法是一种先根据销售预算估计总费用支出，然后再根据支付能力确定广告预算的方法。这往往是新产品引入市场时和处于困境的企业被迫采用的方法。有的企业则采用这种方法来确定广告费用的最高限额。它的缺点是广告开支可能起伏不大，不一定符合市场发展变化的需要。而且，采用这种方法的营销商把广告视为一种奢侈，一种"多余"的支出，而不是把广告作为营销组合因素中的一个必不可少的组成部分。

（4）竞争敌偶法

竞争敌偶法是根据同行业，特别是有竞争关系的企业的广告支出来预算企业的广告费用，以求能与竞争者匹敌或超过竞争者的广告费用水平。这虽是一种普遍被采用的方法，但却难以直接与广告目标挂钩。另外，采用这种预算策略时要极其谨慎，因为竞争者的广告预算并不一定十分合理，况且各自的目标、问题和机会有所不同。

（5）投资收益法

投资收益法即把广告费用支出看做是一种投资，按某种回收标准确定广告预算。具体做法是：首先确定投资目标，按一定投资效益和回收率来确定，然后，根据广告的经济效益测算预算。这种方法的缺点在于广告效果并不能全部折算成经济效益。

无论采用哪种编制广告预算的方法，广告预算费用总额必须按不同的广告项目进行划分。这些广告项目包括：促进产品销售或增强公司形象的广告；各推销区域或各个市场的广告；各种和各类媒体的广告；各种产品品牌的广告以及各个时期的广告，等等。从实际工作出发，划分广告费用的标志要依据过去的销售情况，或者以广告活动的经费的预计为基础。

11.2.3　广告媒体

1. 广告媒体分类及特点

广告媒体是指能借以实现广告主与广告对象之间联系的工具，或者说，广告媒体就是广告信息的传递工具。研究广告媒体，就是要解决通过什么方式将广告信息有效地传递给目标受众的问题。特别是在广告的整体活动中，媒体的刊播费用要占广告支出的绝大部分。因此，媒体选择的失误、策略使用的不当，会造成广告支出上的巨大损失以及广告活动的无效。媒体作为商品经济的产物，在科学技术的推动下，类型愈来愈多，因此了解媒体的主要类型及特点，对于选择适当的媒体、进行有效的信息传播活动，无疑是十分必要的。

（1）广告媒体的分类

由于广告媒体的不断发展，对广告媒体的分类也日趋复杂。常见分类有如下几种。

① 按媒体的物质自然属性分类。印刷品媒体，如报纸、杂志、书籍、传单等；电波媒体，如电视、广播、电子类媒介等；邮政媒体，如销售信，说明书，产品目录等；销售现场媒体，如店内灯箱广告、货架陈列、实物演示等；纪念品（礼品）媒体，如年历、手册、小工艺品等。

② 从接受者的感觉角度分类。视觉广告媒体，如报纸、杂志、电视、电子类媒体等；听觉广告媒体，如广播、音响等；视听觉广告媒体，如电视。

③ 从传播时空角度分类。可以分为国际性广告媒体，国内广告媒体，地区广告媒体，长期广告媒体，短期广告媒体，大众传播媒体，企业自办媒体等。

（2）广告媒体的特点

不同的媒体具有不同的特点，就几种主要媒体来说，它们各自的特点如下。

① 报纸。报纸是最经常采用的一种广告媒体，它有很多优点：传播范围广，覆盖率高；读者稳定；传播及时；能详细说明，传播信息量大；读者看广告的时间不受限制；广告刊出的日程选择自由度大；费用低。其局限性是：时效短；注目率低；庞杂的内容易分散读者的注意力；印刷不精美，广告表现能力有限。

② 杂志。杂志分类明确，作为广告媒体的优点主要有：读者稳定，容易辨认；可以利用专业刊物在读者中的声望加强广告效果；传播时期长，可以保存；能传播大量信息；可以运用色彩，图文并茂；有辗转传播的效果。它的局限性是：受定期发行的限制，广告难以适时；注目率低；传播范围较小；制作时间较长，灵活性较差。

③ 广播。广播作为广告媒体的优点是：听众广泛；迅速及时；广告内容变更容易；可多次播出；制作简便，费用低廉。其局限性是：传递的信息量有限；只能刺激听觉，印象不深，遗忘率高；难以把握收听率。

④ 电视。电视是广告信息传播最理想的工具。它的主要优点有：形声合一，形象生动；能综合利用各种艺术形式，表现力强，吸引力大；覆盖面广；注目率高；能触及没有能力或不愿意看报纸、杂志的观众。电视最大的局限性是费用昂贵，时效短。

以上四种广告媒体是最常用的，被称为四大广告媒体。除此之外，20世纪90年代以后，互联网广告迅速发展，比之所有传统媒体，具有速度快、容量大、范围广、可检索、可复制，以及交互性、导航性、丰富性等优点，发展极为迅速。已有人将报刊、电台、电视台称为三大传统媒体，而将互联网称为"第四媒体"。

值得注意的是，最近几年，人们看到越来越多的"电子广告牌（digital signage）"，如机场的候机楼、百货商场的外墙、城市广场周围和道路上方等。有研究机构预测，到2011年全球电子广告牌的市场规模可望达到140亿美元，有成为第5大媒体的趋势。

（3）户外广告媒体

凡是在露天或针对户外行动中的人传播广告信息的工具均称为户外广告媒体。它主要包括以下两类。

第一类：售卖现场广告媒体（POP媒体）。如橱窗、商店陈列、现场演示、卡通、灯箱、霓虹灯、电子快播报等。

第二类：非现场广告媒体。如路牌、招贴、建筑物、气球、标语、计算机显示牌、彩讯动画看板等。

户外广告媒体的特点主要有：

① 长期固定在一定场所，反复诉求效果好。

② 可根据地区消费者的特点和风俗习惯设置。

③ 可较好地利用消费者在行动中的空白心理。

④ 有很大的开发利用余地。

⑤ 媒体费用弹性较大。

⑥ 最大缺点是宣传区域小。

表11-4列出了各种媒体的优缺点。

表 11-4　主要广告媒体的优缺点

媒体	优点	缺点
报纸	弹性;时效;能涵盖地区性市场;可广泛被接受;可信度高	寿命短;再制品质不好;传阅的读者不多
电视	大众市场涵盖面大;单位展露成本低;结合画面、声音和动作;诉诸感觉	绝对成本高;嘈杂;短暂的展露;不易选择受众
直接邮件	受众选择性高;弹性;在相同媒体内没有广告竞争	单位展露的相对成本高;"垃圾"邮件
广播	易接受;高的地区与人口选择性;成本低	只有声音;短暂的展露;低注意力;散布各地的听众
杂志	地区与人口的选择性高;具可信性及声音;再制品质高;持续时间长和传阅的读者多	购买广告的前置时间长;高成本;无法保证版位
户外广告	弹性;高的重复展露;低成本;低信息竞争;位置选择性好	极难选择观众;创造力的限制
网络广告	真正的互动媒体;大量的受众;及时反应;高度针对性;购买力强的市场;提供详细的信息;飞速成长的行业;到达工业品客户;社论式广告;实际门市	未经验证;定向成本昂贵;下载速度缓慢;尚不属于主流媒体;广告发布位置也许不当;不是所有人都有上网的渠道;全球性营销的限制

2. 广告媒体策略

广告媒体策略就是在一定的费用内利用各种媒体的组合将广告表现、广告信息有效地传达到目标市场所作的决策。

制定广告媒体策略,主要解决三个问题。第一,广告对象;第二,广告时机;第三,广告次数。如果通过恰当的广告媒体策略很好地解决了这三个问题,便能实现广告目标,产生广告效果。

(1) 媒体策略考虑的因素

为了制定恰当的广告媒体策略,须考虑产品生命周期、产品特性、竞争关系、广告对象接触媒体习惯、媒体的影响力及费用等因素。

① 产品生命周期与媒体选择。由于产品具有生命周期,在周期中的不同阶段,消费者的购买行为有所不同。因此,在产品生命周期的不同阶段,媒体选择应有所不同。比如,当一种产品采用高价策略进入市场时,其目标对象可能是"创新采用者"或其他消费阶层,这时便须采用这些目标对象易接触的媒体。

② 产品特性与媒体选择。不同性质的产品对媒体的要求必有不同。日用品、方便品等购买频率较高的产品,需要传播范围广,相对费用较低的媒体;而耐用消费品则须选择能够包容较多信息的媒体。

③ 竞争关系与媒体选择。在竞争的市场中,媒体选择上也须定位。竞争愈是激烈,愈是需要强调产品差异与品牌、企业形象。为此,须研究竞争品牌使用的是什么媒体,采用的是什么媒体策略,进而确定自身的产品品牌及相应的媒体所在位置。

④ 目标对象与媒体选择。媒体选择的目的是要将广告信息有效地传达到目标市场。而目标对象可能因其分布的地区、接触媒体的习惯的不同而存在较大的差异,这就

要求在选择媒体时须考虑这些因素。比如,行销全国与行销某一地区的产品,其目标对象便存在着地理分布上的较大差异。相应的,媒体的选择也应作全国性还是地区性媒体的决策。

目标市场的顾客也可以从不同的媒体中获取不同的信息,报纸在人们的公共生活方面影响大,而电视机对于人们个人生活影响大。表11-5列出了人们选择媒体的主要动机。

表 11-5　人们选择媒体的主要动机　　　　　　　　　单位:%

项　目	性别	报纸	电视	杂志	广播
为了了解国内情况	男	63.1	32.0	0.4	4.9
	女	46.6	47.4	1.9	3.7
为了了解舆论动向	男	65.4	24.8	4.1	3.8
	女	54.9	36.6	4.9	3.0
为判断意见搜集材料	男	62.0	23.3	7.1	5.6
	女	54.9	34.0	3.4	3.0
为了提高教养	男	61.3	19.2	6.0	4.9
	女	61.6	26.5	3.4	5.6
为了对工作和日常生活起作用	男	54.1	26.7	6.8	7.1
	女	38.4	44.4	6.3	9.3
为了有趣	男	23.3	41.7	22.9	6.0
	女	16.4	57.1	14.6	7.1
为了丰富谈话材料	男	26.7	41.7	21.1	6.8
	女	20.9	50.4	17.9	9.3
为了娱乐	男	3.0	79.7	7.5	7.1
	女	2.2	81.0	11.9	3.7

⑤媒体的影响力与媒体选择。不同的媒体对受众的影响不一样。报纸杂志的发行量、阅读率,电视、电台的覆盖范围、收视率、收听率等是媒体影响力的重要指标,同一广告投放在不同的媒体,会因媒体的影响力不同而产生不同的广告效果。

⑥媒体费用与媒体选择。企业都希望用最小的费用达到传播的目的。由于媒体费用是广告预算的主要支出部分,必须在预算限制下选择费用较低而效果较好的媒体。在传播效果大体接近时,采用成本较低的媒体是明智的。

（2）媒体策略

在对前述媒体选择的因素作综合分析后,企业便可着手解决这样一些问题,诸如各种媒体如何组合的问题,在刊播的频率上是高还是低的问题,等等。选择解决这些问题的方式便是对所谓媒体策略的选择。

①对广告对象的媒体组合策略。消费者行为理论告诉我们参与购买过程的角色对购买行为有着不同的影响。介入程度高、品牌间差异大的产品,其购买决策过程往往较复杂,这种复杂性要求就这类产品的广告制定媒体策略时,要考虑采用不同的媒体向不同的购买参与角色实施刺激。这就需要将不同媒体进行组合,组合的原则是根据消费者在购买过程中介入的程度与所起的作用来划分媒体比重,并且注意要让针对不同角色的媒体所选择的广告主题有所区别。显然,制定这一策略的关键在于对目标对象接触媒体的情

况有准确的估计,只有这样,才能有区别地选择最合适的媒体并进行合理的分配与组合。这种分配与组合,既可以是不同媒体的分配与组合,也可以是同一媒体不同时段、不同版面的分配与组合。

② 到达率与暴露频次策略。到达率是指特定对象在特定时期内看到某一广告的人数占总人数的比率。在某些情况下,到达率也作累积视听众、净量视听众或无重复视听众等。暴露频次是指在一定时期内,每个人(用户)接到同一广告信息的平均次数。

在确定如何使用媒体和选择不同媒体时,常常会涉及强调到达率还是强调频次的问题,二者何为重点会涉及不同的效果和费用。

通常,强调到达率为主的,要具备这样一些条件:比如,推出新产品;某些正在发展的产品类别;已有一定信誉和一般处于"领导者"位置的品牌;目标对象较宽、购买次数较少的产品或劳务。

如果强调以频次为主,则须在这样的情况下采用:比如,处于激烈竞争中的产品或劳务;购买次数频繁的产品或劳务等。

③ 媒体的播放频率策略。媒体的播放频率是指在一定的时间内的广告播放次数。媒体的播放频率策略主要有三种:连续型策略、间歇型策略和脉动型策略。

连续型策略是针对特定市场在媒体计划期内连续刊播广告,从而使目标对象与广告接触机会增多,达到熟知广告的目的。同时,这种策略也期望通过连续播放涵盖所有广告对象的购买周期,促使购买行为的产生。另外,连续策略的又一个作用是通过连续集中投入获得媒体费用折扣。这种策略适用于需求稳定、经常被购买的产品与劳务以及已建立起信誉、销路较好的产品,而且多是"备忘"性质的广告产品。

间歇型策略是根据市场竞争状况和产品购买周期的特点,在必要时做广告投放。这种投放可采用集中型的投放方式,进行"轰炸式"的广告刊播,期望在短期内达到预定传播目标,增大销售;也可根据季节性需求和购买周期特点,在产品购买周期内作间隔式的一般投放。

脉动型策略是连续型和间歇型的中间形态,兼具两者优点。采用这种策略,既可用于传播产品基本信息所进行的连续刊播,同时也能顺应季节性、周期性的市场动向进行间隔型投放。实际上,这种策略就是在媒体计划周期内,一方面进行较低频次的连续刊播;另一方面在季节性需求出现之时和购买周期来临之际,在连续型投放的基础上加大投放频次。

脉动型策略与间歇型策略一样,近年来在国内外广告界受到很高的评价,如图 11-6 所示。

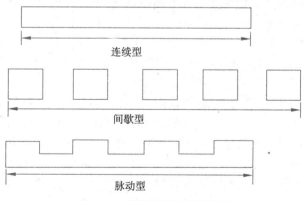

图 11-6　媒体的播放频率类型

11.2.4 广告的艺术性

广告活动的艺术性指广告在实际编排过程中的活动,它包括确定广告吸引购买者的方法、广告标题和图像拟定方式以及最佳的广告文字内容。广告中的任何微小差别都可能产生难以想象的效力。广告的对象是人,而人是有心理活动的。要提高广告效果,就必须运用心理学原理分析人对广告的心理活动。广告的艺术标准,在于引起人们对广告内容的注意,激发消费者的购买欲望,促进消费者的购买行动。因此,在广告的方案设计中,要运用适当的艺术形式,调动一切艺术手段,提高广告效果。

1. "对方立场"原则

广告内容的确定要站在对方的立场上予以充分考虑,这里的"对方"就是指信息的接受者、从信息的传播过程可以知道,接受人是根据自己的理解来接受外部各类信息的,即所谓的"解码"。只有当传送人(信息源)正确地制定出信息的组合,才能保证接受者正确地"解码"传送人(信息源)所想传递信息的本意。很多不成功的广告就是因为广告内容的原因,使接受者进行了错误的"解码",从而造成广告的失败。

要使接受者能正确地"解码",其基本原则就是摆脱传送者本位,而代之以接受者本位。这种原则称为"对方本位态度"。根据这一原则,企业在制定广告内容时,首先要充分研究接受者,站在接受者的立场进行策划与制作。

有一个著名的例子恰当地说明了"对方立场"原则。一则广告在宣传产品时,有以下两种表达内容:"产品畅销 20 年";"产品承蒙厚爱 20 年"。后者的表达内容站在了"对方立场",代表了用户的观点,并且使接受者有进一步为他们服务的意愿;而前者则站在了企业本身的立场,使企业有仅从自己利益考虑的嫌疑。

"对方立场"原则一般要求广告内容中主语最好是第二人称"您",避免或少用第一人称"我"。

2. 广告要有吸引力,能引起人们的注意

要引起人们对广告的的注意一是要分析人们注意的心理,采取相应的广告宣传艺术;二是要激发人们对广告内容的关心,使其发生兴趣。

在心理学上,注意分为无意注意和有意注意。无意注意是指人们在注意某一事物时不是由于自觉的行为,而是由于外部刺激所引起的,也叫非主动注意。例如,人们在看体育比赛现场直播的时候,突然插进某一广告,这个广告就很容易被观众注意到,因而提高了广告的效果。有意注意就是主动地、自觉地了解自己所要关心的情况,也叫主动注意。例如,想要购买等离子平板电视机的消费者,会有目的地查找有关的广告宣传资料,从中找到自己满意品牌的等离子平板电视机。

要激发人们对广告内容的关心,使其发生兴趣,必须在广告中诱发受众的感情,诱发感情既能引起注意,又能产生关心心理。比如,"爱妻号"洗衣机的品牌名称,就很容易引起人们的情感,也就较容易引起人们的关心和兴趣。注意与关心是相互作用的,有关心才能引起注意,不注意则无所谓关心。

广告要有吸引力,除符合人们的心理需求外,还要力求文字简练、风趣、顺口、通俗和成语化。

3. 广告要有启发性

所谓启发,就是通过阐明事理以引起人们联想而有所领悟。要使广告对人们有启发,关键在于引起人们的联想,激发想象力和想象空间。

广告艺术的另一个重要方面,就是广告信息的事实性部分与心理性部分的搭配艺术。广告内容一般分为两个部分,一部分是心理部分;另一部分是产品功能实体部分。每个部分不仅要讲究表达艺术,而且两部分的搭配也要讲究艺术。广告的种类不同,搭配比例也会不同。开发性广告一般是刚进入市场的新产品,广告信息应以事实性部分为主,则能有效地造成消费者对产品的原始需求。竞争性广告一般是市场上已有同类产品或相似的代用品,广告信息则应以心理性部分为主,重点宣传企业产品的形象。因为消费者对这类产品已有所知晓,处于犹豫状态,以心理性部分为主,则能诱导和满足消费者的选择需求。揭示性广告对心理性部分的比例要求就更多一些,广告信息则应着重于心理性部分以提示消费者的记忆与留恋,激发购买欲望。

11.2.5 广告效果

迄今为止,对广告效果的评价还是一个没有很好解决的问题。企业进行广告活动,总是希望实现一定的销售目标。广告对销售目标的贡献,一般表现为销售额的增长,或者防止销售额的减少。但是,这种贡献是广告与其他营销功能共同作用的结果。同时,广告的作用既可能是即时的,也可能是延迟的。因此,在这种情况下,要测算出广告对销售目标的直接贡献是困难的。

多年来,学者和一线操作人员总倾向于从广告信息传播效果的角度评价广告效果,并且建立和发展了评价这种广告效果的步骤和方法。评价广告效果的步骤分为三个阶段,即事前测定、事中测定、事后测定。各个阶段中各自具有相对应的评价方法。

1. 事前测定

事前测定就是通过对广告进行传播前的测定,来了解广告信息在未来的传播过程中会引起什么样的反应与行动。

事前测定的方法有以下三种。

(1) 销售实验法。即模拟一个销售环境,通过实验的方法来检验广告的效果。比如,通过电视媒体,将录好的广告内容在典型的购物环境中进行播放,由此观察所造成的销售效果。

(2) 消费者评价法。这种方法就是将若干广告方案交由选出来的消费者代表进行效果评定,并请消费者从中择优。

(3) 检查表测验法。检查表测验法又称要点采分法。采用这种方法需要事先设计一个广告要点采分表(也叫广告效果评价表),然后请消费者就提出的广告要点评分,由此测定广告效果。

2. 事中测定

事中测定,是在广告的执行过程中,对广告进行效果的测定。测定的方法主要有以下两种。

(1) 销售地区实验法。这是实地测验法的一种,采用这种方法旨在直接检测广告的销售效果。具体方法是先将销售地区分为实验城市与控制城市，然后在实验城市进行广告活动，经过一个时期，再将实验城市的销售情况与控制城市的销售情况作对比，以此了解孰优孰劣，广告效果自见分晓。

（2）分割测定法。分割测定法的具体活动是将一则广告刊登在报纸或杂志的一半版面上，另一则广告则刊登在同期的另一半版面上，然后将二者平均寄给读者，最后将信息反馈统计后即可得出两则广告销售的比较值。

3. 事后测定

事后测定即对广告活动之后的状况进行评定与检查，主要方法有以下三种。

（1）事前事后法。即将广告活动前后的销售情况，比如将销售额、利润额与广告费用结合起来，比较和衡量广告效果。

（2）认知测定法。即对刊播过的广告进行消费者认知状况调查。通过认知程度的高低判断广告效果的优劣。

（3）态度测定法。即通过调查问卷、检查表测验、语言差别法、量表等调查工具，检测人们对广告的态度或看法，经统计处理后，判断出广告效果的好坏。

11.3 人员推销

11.3.1 人员推销的性质

人员推销是最古老的销售方法，也是现代企业重要的推销手段。人员推销是指企业的销售人员与有可能成为本企业产品购买者的人进行交谈，作口头宣传，以达到推销产品，实现企业营销目标的一种直接销售方法。这里所指的销售人员包括：企业的推销员、市场代表、商店售货员、批发企业的供货员以及其他直接同消费者接触的销售人员。人员推销是企业重要的营销传播手段之一。

一般而言，销售人员的任务可归纳为下列六项。

① 发掘顾客。销售人员要积极寻找或发掘新的潜在顾客，以开拓市场。

② 沟通。销售人员通常要花费很多时间来提供给顾客有关公司及产品的信息，并与现有或潜在顾客沟通意见，以期能争取顾客的惠顾。

③ 推销。销售人员应运用推销术，与顾客接近，展示产品，回答疑问及完成交易。

④ 服务。销售人员尚需为顾客提供各种服务，使顾客满足。销售人员的服务事项不一而足，如充当顾问、提供修理和安装服务、安排财务融通、催促送货等。

⑤ 搜集信息。销售人员也须执行市场信息搜集工作，探测市场动态，并定期向管理阶层提出各项市场走势报告。

⑥ 分销产品。遇到货物缺乏时，销售人员必须协助安抚顾客及分配有限的产品。

对销售人员而言，这六项任务有时不易划分清楚。例如，当销售人员向一位重要客户介绍新产品的功能时，他一方面在与顾客沟通，进行推销；另一方面也在做信息搜集的工作，要从客户的反应中判断此项新产品在客户心目中的评价以及客户对产品的改进意见。不过，厂家虽不容易将其销售人员的任务很清楚地加以划分，但对其销售人员的任务仍应有清楚的规范，使其明了其工作重点。图 11-7 对销售人员的职责作了更进一步的概括。

销售人员

产生销售	为消费者提供服务	区域管理	专业发展	公司服务
拜访前规划	提供技术/管理咨询	搜集和分析有关消费者、竞争对手的市场总体发展信息	参与：	培训新的销售代表
寻找潜在客户	监管安装与修理	向公司内部人员传递信息	销售会议	履行员工义务
销售陈述	检查存货状况	制定销售发展战略和计划	专业协会	
排除障碍	配备货架	预测及预算	培训计划	
通过要求订单来成交	提供商品化支持			
安排交货	销售点展示宣传册			
招待	监管产品和设备调试			
安排信贷/财务	培训批发商和零售商销售员			
收取支付				
参与商业展示				

图 11-7　销售人员的职责概述

人员推销是一种双向沟通，它是企业所有营销传播手段中唯一利用人员所进行的营销传播活动，因此它具有同其他营销传播手段不同的显著特点。

(1) 适时、应变性强。推销人员与顾客保持直接联系，可以根据各类顾客的欲望、要求、反应，灵活适时地采取必要的调整，对顾客提出的问题及时交换意见，当场解决顾客的各种疑虑。

(2) 能有效地接近顾客，向顾客展现所售之物。销售人员能够通过自己的努力找到潜在的目标消费者，然后经过自己的摸索接近这些消费者，直接向他们展示所售产品或服务。而且，推销人员可以当场示范，回答问题，解除疑虑，介绍使用方法，容易使顾客信服。

(3) 当场促成交易。人员推销直接与顾客洽谈，通过及时交换意见、展示产品，能有效地增强顾客的购买信心与决心，从而促进现场交易。

(4) 提供售中服务。人员推销过程中，可以为顾客提供各种满足其需求的信息，帮助顾客了解产品的性能、用途、操作方法等。

(5) 成本较高。随着社会的发展，人力资源的成本有不断增高的趋势。当市场广阔而又分散时，需要的推销人员较多，费用大。为了提高推销人员的素质，需要加强管理和增加培训的支出。

11.3.2　人员推销的步骤

人员推销的理论有很多，有所谓的"爱达公式"和"迪佰达公式"。"爱达公式"将推销过程分为四个阶段：引起注意(attention)→激发兴趣(interest)→促动欲望(desire)→导致行动(action)。这四个阶段的第一个英文字母组合形成中文音译"爱达"(AIDA)。"迪佰达公式"将推销过程分为六个阶段：发现需求(discover)→激发兴趣(interest)→增强信任(proof)→促使接受(accept)→促动欲望(desire)→导致行为(action)。同样，"迪佰达"(DIPADA)也是这六个阶段英文第一个字母的组合的音译。

在这里，我们着重介绍应用最广泛的"公式化的推销"理论。这种理论把推销过程分成以下七个不同阶段。

1. 寻找顾客

成为推销工作的目标顾客必须具备五个条件：有需要；有购买力；有购买决策权；有接近的可能性；有使用能力。寻找顾客的方法很多，可以通过推销员个人观察、访问、查阅资料等方法直接寻找，也可通过广告开拓，或利用朋友介绍，或通过社会团体与推销员间的协作等间接寻找。因推销环境与产品不同，推销人员寻找顾客的方式不尽一致。成功的推销员都有其独特的方法。

2. 事前准备

在走出去推销之前，推销人员必须具备三类基本知识，即产品知识、顾客知识和竞争者知识。同时，要选择最佳的接近方式和访问时间。

3. 接近顾客

接近顾客是指推销人员与顾客发生接触，以便成功地转入推销面谈。此时，推销人员的头脑里要有三个主要目标：①给对方一个好印象。推销员既要注意礼仪，又要不卑不亢；同时，不宜诋毁竞争对手。②验证在预备阶段所得的全部情况。③为后面的谈话做好准备。

4. 介绍阶段

介绍阶段是推销过程的中心，推销人员这时要运用各种方法引发顾客的购买欲望和行为。推销说服的策略一般有两种：①提示说服。通过直接或间接、积极或消极的提示，将顾客的购买欲望与产品特性联系起来，由此促使顾客作出购买决策。②演示说服。通过产品、文字、图片、音响、影视、证明等样品或资料去劝导顾客购买产品。

5. 处理异议

异议是指顾客针对推销人员提示或演示的产品或劳务提出反面的意见和看法，推销人员必须首先认真分析顾客异议的类型及其主要根源，然后有针对性地施用处理策略。

6. 达成交易

达成交易是推销人员要求对方订货购买的阶段。多数推销人员认为，接近顾客和达成交易是推销过程中最困难的步骤。在洽谈过程中，推销人员应随时给予对方成交的机会，有些买主不需要全面介绍，推销人员应立即抓住机会成交。在这个阶段，推销人员还可提供一些优惠条件，促进交易。

7. 跟踪服务

跟踪服务是指推销人员为已购产品的顾客提供各种售后服务。跟踪服务是人员推销的最后环节，也是推销工作的始点。跟踪服务能加深顾客对企业和产品的信赖，促使顾客重复购买。同时，通过跟踪服务可获得各种反馈信息，为企业决策提供依据，也为推销员积累了经验，从而为开展新的推销提供广泛而有效的途径。

11.3.3 人员推销的管理

1. 销售人员管理的复杂性

销售人员活动范围广、灵活性高、弹性大、人员素质要求高等特殊性，导致管理工作比较困难，表现在以下几个方面。

（1）招聘人员以经验取人。企业总是希望找到能迅速为企业带来客户和订单的销售人才，因而绝大多数的招聘都十分强调应聘者的"相关工作经验"，而且，如果招聘主考官是企业销售主管，还往往以自己的销售经验、能力和水平去衡量应聘者。事实上，销售人员过去的工作经历在给他们带来了工作经验的同时，也给他们打上了过去工作的烙印。由于不同企业有不同的企业文化、不同的管理制度、不同的销售策略和政策，因此，在实践中往往出现这样的情况：招聘来的销售代表越是经验丰富，就越是难于融入企业的销售团队当中，其行为与企业的销售管理行为冲突就越大，也越容易跳槽。

（2）销售人才流动量大。销售人员跳槽将对整个企业的采购、销售活动产生极大的负面影响：一是每个企业培养一名优秀合格的销售人员都要付出相当的代价，他们的离开，有使一切努力付诸东流的可能；二是销售人员的流失将带走客户和分销渠道，会增强竞争对手的实力；三是销售人员跳槽还会带走对企业至关重要的信息和有关资料，给企业造成损失。

（3）人员培训不注重实效。近年来，在企业职员在岗培训中，销售人员培训无疑是最受重视的。可是，往往存在着一个普遍的误区：把销售人员的销售业务工作错误地等同于企业的营销，所以，对销售人员进行培训时，企业往往是从当地高校请一位教授营销学的老师去讲授营销课，而且，培训形式也几乎都是以教师讲授为主，受训人员极其被动。事实上，从销售人员的角度来看，这种培训供给与培训需求常常错位。

（4）销售人员难以控制。销售人员的外勤工作性质使管理难度较大，差旅费、住宿费、电话费、广告费、公关费等费用居高不下；对呆账、赖账未制定相应的制度和办法，回笼货款不及时上缴，公款私用，甚至携款潜逃；企业管理的方法不当、控制力度不够，多数销售人员处于无效率状态，有些甚至是无组织状态，见利忘义之事时有发生，缺乏基本的职业道德。

（5）保障体系不健全。无论企业的广告与推广力度有多强，或覆盖面与影响面有多大、多广，企业的销售任务一旦落实到销售人员身上，都要求一线销售人员必须完成。一线销售人员往往为了完成销售任务而经常提心吊胆，甚至患有心理障碍。另外，企业往往无法有效地将销售人员的个人发展计划与企业整体运作与发展协调起来，对销售人员缺乏引导。销售人员整天为销售任务而奔波，就会经常产生干一阵算一阵的消极思想，导致短期工作效应。

(6) 考核和激励单一。不少企业或者用同一套激励工具和方法对全体销售人员进行统一的激励,或者只是简单地根据销售数额进行激励。结果要么难以激励大多数销售人员,要么激励效果与企业的整体营销目标背道而驰。另外,在一些销售经理甚至企业管理层看来,销售人员的任务就是实现一定的销售额,在一定时间内完成的销售数额越多,该销售人员就越优秀,至于如何实现这样的销售数额,则往往是采取"只看结果,不问过程"的态度,放任销售人员"八仙过海,各显其能"。如果这种思想再加上以按销售数额进行业绩评价和取酬的政策,则往往使企业的市场区域划分、价格体系以至于整个销售计划遭到致命的破坏。

2. 销售人员的组织

销售人员常见的组织形式有按地区组织、按产品组织和按顾客组织。

(1) 按地区组织

按地区组织是普遍采用的一种形式,即按产品销售的不同地区分派销售员。每一销售人员负责一个特定地区的全部销售任务。这种形式的优点是有利于推销人员与客户建立深厚的联系,容易发现新顾客,并且责任明确,减少了销售员的流动性和费用。它主要适用于产品种类和品种较少的企业。如产品种类和品种较多,完成销售任务就有不少困难。

在采用地区式的组织结构时,营销管理人员必须安排或设计每一位销售代表所负责的销售地区。销售主管在设计或划分销售代表的销售地区时,应考虑:①容易管理;②容易估计销售潜力;③能缩短销售人员拜访客户的旅程;④能为每位销售人员提供适当的工作负荷及销售潜力四项准则。具体来说,销售地区的设计应该考虑地区的大小和形状。

第一,考虑地区的大小。地区大小的设计主要有两种方式,一为销售潜力相等法,一为工作负荷相等法。这两种方式都各有其优劣点。

① 销售潜力相等法。销售潜力相等法是在划分销售地区时设法使每一个地区都具有大致相等的销售潜力,如此可以使每一位销售人员都有取得相同收入的机会,同时也可作为绩效评估的依据。在此种方式下,地区的长期销售成绩反映出个别销售人员的能力和努力的程度,可激发销售人员发挥潜能。另一方面,各地区的销售潜力大致相等,也可使销售人员在心理上感到公平。

但是,由于各地区顾客的地理分布密度往往并不相同,因此其有相同销售潜力的地区可能拥有不同的面积。被分派到较大区域的销售人员只有两条路可走,第一是和别人花一样的力气,但是销售成绩却比别人低,薪水(包括佣金)也比别人少;第二是付出更多努力,以便与别人得到相同的销售成绩;这对销售人员来说是不公平的。厂家为解决这个问题,通常可给予较大地区的销售人员多一些优惠,如佣金标准高一些或基本薪水多一些,以鼓励和吸引优秀的销售人员担任此工作。但如此一来将会提高该地区的销售成本,降低该地区的利润。

② 工作负荷相等法。为了解决上述方式所产生的困惑,有的厂家便以相同的工作负荷作为划分地区的标准。在这种方式下,每一地区的销售潜力常有差异,销售人员的报酬也不一致。因此,若销售人员的全部或部分报酬是以佣金方式给付的,即使各地区的工作负荷大

体相等,对销售人员的吸引力也大不相同。为解决这个问题,通常可对市场潜力较小的地区给予较高的佣金率或较高的基本薪资。

在操作上,厂家通常同时实行工作负荷相等法和销售潜力相等法的混合方式来建立销售地区,避免造成工作负荷和销售潜力过于不均的情况。但是经过一段时间后,由于各地区经济增长率不同,仍然会造成地区间的销售潜力和工作负荷不均的现象。解决此问题的方法是定期重划销售地区,调整销售人员的薪酬标准,或当较好地区有职位出缺时,优先指派较佳人选前往负责。

第二,考虑地区的形状。销售人员分配到销售责任区之后,他必须常常拜访责任区内的客户。责任区的形状与自然地理形态、邻近地区的协调性、交通的方便性等因素有关。由于地区的形状对交通成本、销售人员的满足感和市场的涵盖度都有影响,因此,对销售责任区的形状应妥善规划,以便在工作负荷、销售潜力、市场的涵盖度和销售人员的路途时间等各方面都能统筹考虑,以达到合理的状态。

(2)按产品组织

许多企业为了使其销售人员对特定产品有充分的认识,并对该产品负起明确的销售责任,便以产品线作为人员销售组织分工的基础。产品式的组织结构比较适用于产品的技术性复杂、产品的种类繁多且彼此的相关性不高的情况,在这种情况下,采取产品式的结构是很合适的。但是并非产品种类繁多便适宜采取产品式的组织结构。有些企业的产品种类虽多,但却卖给相同的顾客,若用产品式组织结构来组织其销售人员,将会造成同一企业的不同销售人员重复拜访同一顾客的现象,不但浪费人力,也会造成顾客的困扰。例如,某些医药用品供应者以大型医院为销售对象,如果未能妥善规划,将会造成这些医院时常要接待同一家医药用品供应商的不同销售人员的困扰。

(3)按顾客组织

按顾客组织即按照顾客的类型分派销售员。有时,一种类型的产品可供多种类型的用户使用。用户规模有大有小,业务性质也不相同。企业可将顾客分为不同类型分派销售员。这种形式可使销售员较深入掌握某一类顾客的工作特点和需要,并与之建立密切的联系。

另外,有的企业也采用综合形式组织,如地区与产品结合、产品与顾客结合、地区与顾客结合等形式。

3. 销售人员的选择与培训

企业对合格(优秀)的销售员应有明确的要求,这些要求是挑选和培训销售员的标准。

一般来讲,合格的销售员应具备以下条件:

(1)了解公司的历史、目标、组织、财务及产品销售情况。

(2)熟悉产品的制造过程、产品质量、性能、型号及各种用途。

(3)掌握产品用户的需要、购买目的、购买习惯等。

(4)了解竞争者的产品特点、交易方式及营销策略。

(5)具有判断能力。能通过顾客的各种反应准确判断其真意何在。

(6)具有较强的应变能力。在没有思想准备的情况下,能得体地应付突然出现的问题。

(7)具有良好的表达能力。销售员的工作性质是说服他人,良好的表达是接近和打动顾客的必要条件。

（8）具有较强的社交能力。要擅长社交,有与人共事的本领才能获得很多朋友。

（9）熟练掌握各种销售方法和程序。

当企业无法直接选择到符合要求的销售员时,就只能从挑选对象中择优进行培训。培训的方法主要有:讲课、讨论、示范、实习和以老带新等。

4. 推销人员的激励和考核

（1）推销人员的薪酬

企业必须制定一套有吸引力的薪酬制度,才能吸引和留住优秀的销售人员。一般而言,销售人员和管理层对薪酬制度的要求并不相同,甚至相互冲突。销售人员希望的薪酬制度是能让他们有稳定的收入,业绩优异时能获得较高的报酬,且能随着经验和资历的增加而合理调整待遇。而在管理层看来,理想的薪酬制度应该是可控制的、经济的和简单易行的。管理层和销售人员对薪酬制度的要求有时是互相冲突的。譬如,管理层希望薪酬制度具有经济性,可能与销售人员希望的收入稳定相冲突。在设计销售人员的薪酬制度时,应兼顾企业和销售人员的观点与利益。

薪酬制度包括两个重要的层面,一是薪酬的水准;二是薪酬的组成项目。薪酬的水准必须配合各类销售工作和工作能力的"市场行情"或"市场价格",如同业的平均待遇水准或同业的销售人员薪酬等。若销售人员的薪酬有明确的市场行情,则通常别无选择,只能依照市场行情来决定薪酬水准。薪酬水准偏低,不足以吸引人和留住人;薪酬水准偏高,则没有必要。但在实际操作上,销售人员的薪酬水准常没有明确的市场行情。各企业的薪酬制度中对于固定底薪和变动薪资等项目通常各有不同的侧重,同业间销售人员的能力和年资各有不同,很难作为比较的标准。而且,不同行业的平均薪酬水准也不易取得。

薪酬的项目包括固定薪资（底薪）、变动薪资、费用津贴及福利。固定薪资一般可满足销售人员对稳定收入的需求;变动薪资,如佣金、奖金、红利或利润分享等,可用来激励销售人员更加努力;费用津贴是指销售人员支付出差、食宿及应酬的费用;福利,包括休假津贴、疾病或意外事件津贴、退休金、人寿保险及其他福利,可以提高销售人员安全感与工作满足感。

营销管理人员必须决定上述薪资项目在薪资制度中的相对重要程度。一般而言,非销售性工作的固定薪资比率,应比销售性工作的比率高;而技术性较复杂的工作,其固定薪资比率也应较高;对于循环周期性或绩效依销售人员努力程度而定的销售工作,则应较强调变动薪资。

根据对固定薪资和变动薪资的处理,可得到三种基本的薪酬方法,即薪水制、佣金制和混合制。薪水制是定期付给销售人员固定的薪酬;佣金制是根据销售人员的销售成绩（销售额或毛利）付给一定比率的佣金作为薪酬,如以销售人员所实现的销售额的3%或所创造的毛利的10%作为支付给销售人员的佣金;混合制是前两种方法的混合,除支付给销售人员固定的薪资外,还根据销售人员的销售表现支付佣金。表11-6列出了这三种基本方法的优点和缺点。一般而言,混合制若设计得好,可以体现薪水制和佣金制二者的优点,避免二者的缺点,是一种较理想的方法。事实上,大多数的企业采用的是某种形式的混合制。

表 11-6 三种基本薪酬方法的比较

	优 点	缺 点
薪水制	①提供稳定的收入,让销售人员有最大的安全感 ②销售费用较易估计和控制 ③易于要求销售人员配合销售政策 ④销售人员较愿意花时间去从事可增进顾客满足的非销售活动 ⑤简单易行	①未提供销售人员努力的诱因 ②需要密切监督销售人员的活动 ③薪水与销售量或毛利无关,成为一种固定成本
佣金制	①提供销售人员努力增加销售量的足够刺激 ②不需要密切监督销售人员的活动 ③佣金与销售量或毛利直接相关联,是一种变动成本 ④可通过提高佣金率来鼓励销售人员配合销售政策(如全力销售某一产品)	①销售人员没有固定的收入,缺少财务上的安全感 ②不易控制销售人员的活动,特别是很难要求销售人员去执行没有佣金的工作 ③销售人员可能会忽视对小客户的服务 ④销售费用较不易控制
混合制	①提供某一水准的固定收入,让销售人员有一些财务上的安全感 ②提供促使销售人员努力销售的刺激 ③销售费用随销售收入变动而变动 ④对销售人员的活动可有一些控制	①销售费用中属于佣金的部分较不易估计 ②在三种方法中是最复杂的

（2）推销人员的激励

大多数推销员需要激励。激励的方式如下。

① 奖励。主要有经济报酬和精神鼓励两种方式。经济报酬是指根据推销人员完成和超额完成计划的情况给予相应的经济待遇,以此激发其努力推销。精神鼓励如表扬、晋升、授予荣誉称号等,以增强推销员的荣誉感和责任心。

② 监督。推销员的积极性往往需要通过有效监督去调动。监督的主要工具是推销定额,如推销量定额、推销额定额、利润费用定额、访问次数定额等。还可以通过严格的规章制度、推销计划、推销员的工作报告等配合监督。

（3）推销人员的考核

业绩考评的方法很多,人事考核中有诸多规定,有些新的考核方法还在不断发展之中。就推销人员的业绩考评来讲,较具代表性的方法主要有横向比较法、纵向比较法和尺度考评法。

① 横向比较法。这是一种把每一位推销员的销售业绩进行比较和排队的方法。这里并不只是对推销人员完成的销售额进行比较,而且还应考虑到推销人员的销售成本、销售利润、顾客对其满意程度等。

下面假定以销售额、定单平均批量和每周平均访问次数三个因素来分别对推销人员甲、乙、丙三人进行行业绩综合考评,见表 11-7。

表 11-7　推销人员业绩考评表 Ⅰ

考 评 因 素		甲	乙	丙
销售额	①权数	5	5	5
	②目标/万元	100	80	120
	③完成/万元	90	64	114
	④达成率/%	90	80	95
	⑤绩效水平（①×④）	4.5	4.0	4.75
订单平均水平	①权数	3	3	3
	②目标/万元	400	350	600
	③完成/万元	320	315	540
	④达成率/%	80	90	90
	⑤绩效水平（①×④）	2.4	2.7	2.7
每周平均访问次数	①权数	2	2	2
	②目标/万元	50	40	60
	③完成/万元	40	34	48
	④达成率/%	80	85	80
	⑤绩效水平（①×④）	1.6	1.7	1.6
绩效合计		8.5	8.4	9.05
综合效率（综合绩效÷总权数）		85%	84%	90.5%

在表 11-7 中，由于销售额是最主要的因素，所以把权数定为 5，另外，定单平均批量和每周平均访问次数的权数分别定为 3 和 2。用三个因素分别建立目标，由于每个推销人员所在地区环境，如该地区潜在顾客人数、竞争对手、消费者习惯和偏好等的差异，每个因素对不同地区的推销人员建立的目标是不一样的。每个推销员每项因素的达成率等于他所完成的工作量除以目标数，随后将达成率与权数相乘就得出绩效水平，再把各因素的绩效水平相加，除以总权数 10，即可得到各个推销员的综合效率。从表 11-7 中可看出，推销员甲、乙、丙的综合效率分别为 85%，84% 和 90.5%，推销员丙的综合绩效最佳。

② 纵向分析法。这是将同一推销人员现在和过去的工作实绩进行比较，包括对销售额、毛利、销售费用、新增顾客数、失去顾客数、每个顾客平均销售额、每个顾客平均毛利等数量指标的分析。这种方法有利于衡量推销人员工作的改善状况。下面举例说明，见表 11-8。

表 11-8　推销人员业绩考评表 Ⅱ

推销员：丙　　　　　　　　　　　所辖区域：西北区

考 评 因 素 \ 年份	2005	2006	2007	2008
产品 A 的销售额/元	200 000	210 000	225 000	225 000
产品 B 的销售额/元	350 000	370 000	396 000	410 000
销售总额/元	550 000	580 000	621 000	635 000
产品 A 的定额达成率/%	95	94	92	90
产品 B 的定额达成率/%	110	115	118	121

考 评 因 素 \ 年份	2005	2006	2007	2008
产品 A 的毛利/元	40 000	41 000	41 600	42 000
产品 B 的毛利/元	68 000	70 000	70 500	71 500
毛利总额/元	108 000	111 000	112 100	113 500
销售费用/元	13 125	14 000	16 200	18 900
销售费用率/%	2.39	2.41	2.61	2.98
销售访问次数	1 450	1 560	1 720	1 920
每次访问成本/元	9.05	8.97	9.42	9.84
平均客户数	140	142	145	149
新客户数	13	15	17	19
失去客户数	8	9	11	10
每个客户平均购买额/元	3 929	4 085	4 283	4 262
每个客户平均毛利/元	771	782	773	761

考评人员可以从表 11-8 中了解到有关推销员丙的许多情况。比如,丙的总销售量每年都在增长,但 B 产品的销售额每年都大于 A 产品。从完成率来看,丙在 B 产品上的业绩增长是以牺牲 A 产品为代价的。根据毛利额可以看出推销产品 B 的平均利润要高于产品 A,这与他大力推广 B 产品是不谋而合的。从销售费用来看,其增长率与销售额的增长率基本上同步,可能与访问次数增长有关。但是,该推销员在寻找新客户时,很可能忽略了现有客户,这可从每年失去客户数的上升趋势中得到说明。最后两行的每个客户平均购买额和每个客户平均毛利要与整个公司的平均数值进行对比才有意义。

③ 尺度考评法。这是将考评的各个项目都配予考评尺度,制作出考核比例表加以考核的方法。在考核表中,可以将每项考评因素划分出不同的等级考核标准,然后,根据每个推销人员的表现按依据评分,并可对不同的考评因素按其重要程度给予不同的权数,最后核算出总的得分,见表 11-9。

表 11-9　销人员业绩考评表Ⅲ

推销员:　　　　　　　　　　　　　　　　　　　　　　　　　　　　　　总分:

项目 \ 等级	90分以上	80～90分	70～79分	60～69分	60分以下	记分	权数	评分
工作实绩	超额完成工作任务,贡献比别人多得多,工作无懈可击	工作成绩超过一般人所能达到的水平	工作成果符合要求,基本能如期完成	工作成果大致符合要求,有时还需别人帮助	一般不能完成所要求的工作任务			
工作能力	具有高超的工作技能,开发新客户能力强,经常有创造性的点子	具有较强的工作技能,能主动开发新客户,时常有建设性的意见	具有完成分内工作的能力,开发新客户会有一定效果,偶尔有创见	工作技能一般,须多加指点,开发新客户需要支援,很少有创见	工作技能不能应付日常作业,开发新客户几乎不可能,谈不上有创造力			

续表

项目 \ 等级	90分以上	80～90分	70～79分	60～69分	60分以下	记分	权数	评分
工作态度	积极性很高，责任感强，能与同事和衷共济，协调性好	态度积极，总能自动负起责任，能与上司、同事协调相处	日常工作绝不拖延，对交办的工作能欣然接受，不会与同事发生无意义的摩擦	对困难工作积极性不高，责任感一般，表面上基本能与同事相处	缺乏积极性，责任感不强，工作需要不断监督，协调能力差			

11.4 市场推广

11.4.1 市场推广的性质

市场推广也称销售促进或营业推广（sales promotion，SP）。美国营销学会对市场推广下的定义是"那些不同于人员推销、广告和公共关系的销售活动，它旨在激发消费者购买和促进经销商的效率。诸如陈列、展示与展览、表演和许多非常规的、非经常性的销售尝试"。市场推广常用的手段包括赠送样品、发放优惠券、有奖销售、以旧换新、组织竞赛和现场示范等。市场推广有时也用于对中间商的促销，如转让回扣、支付宣传津贴、组织销售竞赛等。各种博览会和展销会也是市场推广经常采用的手段。

市场推广具有以下几个显著特点。

1. 针对性强，销售效果明显

市场推广是一种以激励消费者购买和经销商经营的积极性为主要目标的辅助性、短暂性的营销传播措施。市场推广的对象直接针对顾客、经销商或推销人员，市场推广一般都是通过提供某些优惠条件，调动有关人员的积极性，刺激和引诱顾客购买。因而市场推广见效快，对一些消费者具有较强的吸引力。

2. 无规则性和非经常性

人员推销和广告都是连续的、常规的营销传播形式，市场推广是一种非人员的营销传播形式，但其活动方式与广告、公共关系不同。大多数市场推广方式是无规则的和非经常性的，它只是辅助或协调人员推销及广告活动的补充性措施。大多数公司采用推销员或广告去推销产品，或采用广告和人员推销相结合的营销传播方式，几乎没有一家公司单凭市场推广去维持经营。

3. 短期效果

市场推广往往是企业为了推销积压产品，或尽快地批量推销产品，获得短期经济效益而采用的措施。但这种营销传播方式的效果往往也是短期的，如果运用不当，容易使顾客产生逆反心理或使顾客对产品产生怀疑，有时会降低产品的身份和地位，甚至给人以产品质量低劣的印象，从而有损产品或企业的形象。因此，选择市场推广形式时应慎重。

11.4.2　市场推广的管理过程

1. 明确目标

企业在利用市场推广手段时,首先应根据企业的营销目标来确定市场推广的目标,对消费者,主要是争取新顾客,扩大市场份额,或是鼓励消费者多购,扩大产品销量,或是推销落后产品,延长产品生命周期。对中间商,主要是诱导其购买新品种,储存更多的数量,鼓励其淡季购买和选择性购买本企业产品。同时,市场推广的目标要与营销传播组合的其他方面结合起来考虑,相互协调配合。

2. 选择市场推广的方法(工具)

市场推广目标一旦确定,企业就应选择适当的市场推广手段来实现既定的目标。由于每一种方法对各类顾客的吸引力不同,实现目标能力也有差别。因此,企业应根据目标对象的特点、产品的性质和市场地位、竞争对手的活动、地域环境特点、社会文化环境、费用限制等综合分析选择。

3. 具体规划

市场推广的具体规划内容如下。

(1) 要对发动市场推广的时机作出判断。

(2) 要对活动时间长短作出决定。时间过短,可能遗漏许多目标顾客;时间过长,开支的费用过大,还可能削弱推广的效果。

(3) 决定刺激强度。这个问题与选择手段有关,刺激过大,是一种浪费,短时间效果可能很好,但时间一长,效果会呈现递减趋势,而且可能造成顾客对产品质量的怀疑;而刺激过小,则不会引起顾客的兴趣,达不到推广目的。

(4) 对市场推广的范围和途径作出决定。即要确定实施的范围有多广,在什么地点和场所实施,通过什么途径传递给目标顾客等问题。

4. 评价

以上措施实施以后,可用销售额的变化和市场推广目标对比来评价市场推广活动的效果。

11.4.3　市场推广的基本策略

市场推广活动涉及企业、中间商、消费者三者之间的关系,它涵盖产品、劳务、信息等各个方面。因此,市场推广的活动对象、活动内容必须具有多样性。相应的,市场推广活动的方法和手段也是多种多样的。

1. 对消费者的市场推广

对消费者的市场推广是由生产企业或中间商进行的,在新产品进入市场和促使老产品恢复生机时经常采用。它也是对抗竞争者的销售活动的有力措施。这种市场推广的关键在于唤起消费需求的欲望,促使其自动购买。

对消费者的市场推广的手段有以下几种。

(1) 赠送样品。企业将一部分产品免费赠与目标市场的消费者,供其试尝、试用、试穿,可直接赠送,也可在销售其他产品时附送或凭企业广告上的附条领取。这种方式对于新产品介绍和推广是最为有效的。

（2）发放优惠券。企业向目标市场的部分消费者发放一种优惠券，凭券可按实际销售价格折价购买某种产品。优惠券可分别采取直接赠送或广告附赠的方法发放。这种方式可刺激消费者购买品牌成熟的产品，也可以推广新产品。

（3）开展奖售。企业对购买某些产品的消费者设立特殊的奖励。如凭该产品中的某种标志（如瓶盖）可免费或以很低的价格获取此类产品或得到其他好处；也可按购买产品的一定数量（如10个以上）赠送一件消费者所需要的礼品。奖励对象可以是全部购买者，也可用抽签或摇奖的方式奖励一部分购买者。这种方式的刺激性很强，常用来推销一些品牌成熟的日用消费品。

（4）组织展销。企业将一些能显示企业优势和特征的产品集中陈列，边展边销。由于展销可使消费者在同时同地看到大量的优质产品，有充分挑选的余地，所以对消费者吸引力强。展销可以以一个企业为单位举行，也可由众多生产同类产品的企业联合举行，若能对某些展销活动赋予一定的主题，并与广告宣传活动配合起来，营销传播效果更佳。

（5）现场示范。企业派人将自己的产品在销售现场当场进行示范表演。现场示范一方面可以把一些技术较强的产品的使用方法介绍给消费者；另一方面也可使消费者直观地看到产品的使用效果，从而能有效地打消顾客的某些疑虑，使他们接受企业的产品。因此，现场示范对于使用技术比较复杂或是效果直观性比较强的产品最为适用，特别适宜于用来推广一些新产品。

（6）消费者竞赛。即通过募集歌词、歌谱、摄影作品，为企业或产品命名，征求创意、广告语等竞赛活动，提高产品（劳务）或企业的知晓程度。

（7）交易印花。即消费者购买产品后，将零售店所发的印花集到一定张数后，便可换取赠品。

2. 对中间商的市场推广

对中间商的市场推广是由生产企业进行的，旨在促使中间商更加努力地推销自己企业的产品。对中间商的市场推广主要采用下述方法。

（1）批发回扣。企业为争取批发商或零售商多购进自己的产品，在某一时期内可给予购买本企业产品一定数量的批发商以一定的回扣。回扣的形式可以是折价，也可以是附赠产品。批发回扣可吸引中间商增加对本企业产品的进货量，促使他们购进原先不愿经营的新产品。

（2）推广津贴。企业为促使中间商购进本企业产品，并帮助企业推销产品，还可支付给中间商一定的推广津贴，以鼓励和酬谢中间商在推销本企业产品方面所作的努力。推广津贴对于激励中间商的推销热情是很有效的。

（3）销售竞赛。企业如果在同一市场上通过多家中间商来销售本企业的产品，就可以发起由这些中间商参加的销售竞赛活动。根据各个中间商销售本企业产品的实绩，分别给优胜者以不同的奖励，如现金奖、实物奖，或是给予较大的批发回扣。这种竞赛活动可鼓励中间商超额完成其推销任务，从而使企业产品的销量大增。

（4）交易会或博览会。与对消费者的市场推广一样，企业也可以以举办或参加商品交易会或博览会的方式向中间商推销自己的产品。由于这类交易会或博览会能集中大量优质产品,并能形成对市场推广有利的现场环境效应,对中间商有很大的吸引力,所以也是一种对中间商进行市场推广的好形式。

3. 对企业内部销售人员的市场推广

对企业内部进行市场推广活动,旨在使销售活动顺利进行,明确销售重点所在,策划最佳市场推广活动,提高销售人员对产品特性的认识,了解市场推广计划,促使其有效开展市场推广活动。

企业对于各种市场推广策略的选择应当根据其营销目标、产品特性、目标市场的顾客类型以及当时当地的有利时机灵活地加以选用。

11.5 公共关系

11.5.1 公共关系的性质

公共关系是企业营销传播的又一重要策略。公共关系作为一种客观存在的社会关系古已有之,现在已作为一门独立的学科,并被企业和其他组织所重视。

综合国内外研究成果,我们认为,公共关系是企业利用各种传播手段使自己与社会公众之间建立相互了解和信赖关系,在社会公众中树立起良好的形象和声誉,以取得理解、支持和合作,从而有利于促进企业目标的实现。

公共关系作为营销传播组合的一个重要组成要素,与其他方式相比,具有以下特点。

1. 注重塑造企业长期整体形象

公共关系不是追求企业产品一时一地的销售业绩,而是谋求企业长期发展的良好社会形象。公共关系不是权宜之计,不是出了问题才使用它,在大多数情况下,它是未雨绸缪,高瞻远瞩,统揽全局,为企业的长远发展奠定基础,创造条件。

2. 注重处理全方位社会关系

公共关系要注意处理好与政府部门、工商部门、税务机关、下属单位、公司股东、内部员工以及外部公众的横向关系。在这些关系中,主要内容是处理好企业同客户、政府、各类团体、社区居民和单位、同行企业以及大众媒介的关系。图 11-8 概括了这些主要内容。

3. 注重企业与公众的双向沟通

处于社会环境中的企业,需要与社会系统进行双向的信息、能量和物质的交流。公共关系的使命就是要担负起这方面的职责。在公共关系活动中,既要使企业了解公众,这里的公众是指对公司实现其目标具有实际的或潜在兴趣或影响力的群体,同时又要让公众认识企业。

4. 注重与公众的真诚合作,互利互惠

一个企业的公众对象,都是对企业的目标和发展具有一定利益关系或影响、制约力的个人或组织。这种以一定的利益关系为纽带的双方关系,特别强调平等相待、互利互惠。只顾

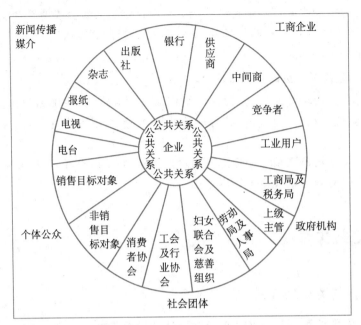

图 11-8　公共关系活动的主要内容

本单位的利益而不择手段,不顾后果,这不符合公共关系的基本原则。"与自己的公众一同发展"是公共关系的重要原则。

11.5.2　企业公共关系的构成要素

企业公共关系是由三个完整要素构成的,即社会组织、公众和信息传播。在公共关系行为过程中,这三个要素浑然一体,密不可分。

1. 公共关系的主体——社会组织

企业是整个社会大系统中的一个子系统,其生存和发展必须与外部各构成要素之间发生联系,产生各种各样的交往活动。从某种意义上看,企业必须依赖于其他组织才能生存下去。事实上,客观上要求每个社会组织都必须有意识、有目的、积极主动地开展公共关系活动,以增进社会组织之间的相互了解、沟通、支持和合作。企业作为一种营利性组织,为了使自己的产品价值和使用价值能尽快实现,并获得应有的经济效益,必须从公共关系的主体身份出发,积极开展各种各样的公关活动,以达到内求团结、外谋发展,最大限度地提高企业的经济效益及社会效益。

2. 公共关系的客体——公众

所谓公众,就是指任何因面临某种共同问题而形成并与社会组织的运行发生一定关系的社会群体。从企业角度看,公众是指与企业相关联的各类社会群体。

企业面临的公众是十分复杂的,可分为内部公众和外部公众。内部公众主要是指企业的内部职工和股东;与营销活动关系较大的外部公众主要有消费者、经销商、供应商、传播媒介、社区、政府等。根据这些公众与企业关系的重要程度,公众又可进一步细分为首要公众和次要公众;根据公众对企业的态度,公众又可细分为顺意公众、逆意公众、边缘公众等。企业公共关系的工作之一,就是要处理好与这些公众的关系。

3. 公共关系的内容——信息传播

传播是指两个相互独立的系统之间,利用一定的媒介和途径所进行的、有目的的信息传递活动。公共关系反映的是人与人之间的交往,因而也离不开信息的传递及沟通。从企业来看,信息传播就是企业正确地使用各种传播媒介,及时地向公众传递有关企业的各种信息,及时有效地搜集企业公众对企业的各种意见和了解它们的态度。信息传播过程是一种信息分享过程,双方能在传递、交流、反馈等一系列过程中分享信息,在双方信息沟通的基础上取得理解,达成共识。

11.5.3 公共关系的基本策略

企业公共关系的策略可分为三个层次:一为公共关系宣传,即通过各种传播媒体向社会公众进行宣传,以扩大企业的影响;二为公共关系活动,即通过支持和组织各种类型的社会活动来树立企业在公众心目中的形象,以获得公众的好感;三为公共关系意识,即企业营销人员在日常经营活动中所具有的树立和维持企业整体形象的意识。公共关系意识的建立,能使公众在同企业的日常交往中对企业有深刻的印象。从这个意义上讲,公共关系经常融于企业的其他营销传播策略之中,与推销、广告、市场推广等手段结合使用,从而使营销传播的效果得以增强。

具体来讲,企业营销活动中的公共关系通常采用以下一些手段。

1. 编写新闻

编写新闻是公关活动一个重要环节,是由公司的公关人员创造或开发对企业或其产品或其人员有利的新闻,包括为有价值的公司政策、所树立的楷模、活动和事件撰写新闻稿件,散发给有关的新闻传播媒介或各有关公众,争取公开发表。这种由第三者发布的报道文章,可信度高,有利于提高公司的形象,而且一般不需付费。IBM 的管理制度、可口可乐的营销策略常常是管理类杂志、报纸的热门话题。公司内部的趣闻、历史、轶事,只要故事性和趣味性强,也是报纸生活版、休闲杂志、有关电视或电台节目乐于采用的。这种轻松有趣的公关报道,最能唤起人们的认知和兴趣。"反败为胜的艾柯卡"、"奔驰汽车的故事"、"百事可乐大战可口可乐"等就是一些典型例子。

2. 散发宣传材料

宣传材料包括与公司有关的刊物、小册子、画片、传单、年报等。这些宣传材料印刷精美、图文并茂,在适当的时机向有关的公众团体、政府机构和消费者散发,可吸引他们认识和了解公司,扩大公司的影响。公司一般都十分重视宣传材料的策划和研究。日本本田汽车公司在美国四处散发一本《本田与美国社会》的小册子,列举许多事实,阐明本田对美国经济的贡献。其目的是要减轻美国人对日本经济入侵的担心和抵触情绪。

3. 社会交往

企业应通过同社会各方面的广泛交往来扩大企业的影响,改善企业的经营环境。企业的社会交往活动不应当是纯业务性的,而应当突出情感性,以联络感情、增进友谊为目的。如对各有关方面的礼节性、策略性访问;逢年过节发礼仪电函、送节日贺卡;进行经常性的情

况通报和资料交换;举办联谊性的舞会、酒会、聚餐会、招待会等;甚至可以组建或参与一些社团组织,如联谊会、俱乐部、研究团体等,同社会各有关方面发展长期和稳定的关系。

4. 社会捐助活动

社会捐助活动是日益流行的公关活动,是赢得良好社会关系、树立美好企业形象的重要途径。例如,捐助特别的文化活动、体育比赛,捐助某种的慈善事业、教育事业和重要节日等。这些捐助活动影响较大,常常受到民众和消费者的关注和好评,也属于制造新闻。美国麦当劳快餐公司每年儿童节都在世界各地的连锁店举办游乐会,组织球队,这一举措受到各地儿童及家长的喜爱。

5. 维系和矫正性活动

企业不仅要树立良好的企业形象,还要维系这种形象。当出现不利于企业形象的事件时,要采取积极措施,挽回声誉。这是一项经常性的活动,包括建立与公众的联系制度,接待来信来访的工作,及时对公众的意见作出反应等。这些工作是企业了解公众对其营销策略和经营作风的看法,并根据公众的意见调整自己的行为,或消除误解,澄清是非的重要手段,也是实现企业与公众双向沟通的重要途径。

除此之外,还有诸如举办记者招待会、策划企业领导人的演讲或报告、制造新闻事件等。公共关系对于促进销售的效应不像其他营销传播手段那样立竿见影,但是一旦产生效应,其作用将是持久的和深远的,对于企业营销环境的根本改善能发挥特殊的效应,是企业营销传播策略组合中不可或缺的重要策略。

复习思考题

1. 什么是营销传播?影响营销传播方式选择的主要因素有哪些?
2. 简述广告决策过程。
3. 什么是人员推销?它有哪些特点?如何考评推销人员?
4. 市场推广的主要方式有哪些?试举例说明。
5. 公共关系的性质和基本策略是什么?

第 12 章

营销组织与控制

与其他管理活动一样,企业的营销管理活动也需要进行精心组织和有效控制,这样才能使企业的营销活动达到预期的目标。组织和控制是营销活动有序进行的必不可少的职能,它能够保证营销活动的有效性和效率性,以便实现为顾客创造卓越消费价值的目标。

12.1 营销组织

营销组织是企业为了实现经营战略目标、履行营销职能,由有关人员协作配合而形成的有机的、协调的结构系统。制定和实施营销战略都离不开有效的营销组织。特别是实施战略,其中包含达到战略目标的一系列实际活动。没有完善的组织架构和机制,顺利完成这些活动是难以想象的。制定战略,有时可以靠少数人的工作;在新创办的小企业,创始者个人可能独自承担全部营销工作;但在现代较成熟的大、中企业里,成功地实施营销战略,必须依靠健全、有效的组织体系。

12.1.1 组织的基本问题

一个组织是由或多或少履行正式职权关系的不同的职能或活动组成的一种群体,这种群体通过组织寻求着共同的目标。组织可以看成职位的结构关系,组织结构图表达的就是这种结构关系。但组织中的职位是由人占据的,职位之间的关系反映着个人之间的优势和劣势。

组织一旦形成,管理人员必须解决下面这些问题。这些问题是管理人员面对的最具挑战性的问题,对企业的营销管理具有参考意义。

1. 对组织共同目标一致接受

以"取得一致、连贯和持续"为宗旨的企业战略和目标体系的制定过程的第一步是确定公司的目标。虽然制定企业战略和目标体系的过程有助于整合规划和决策,但还是有两项重要的工作:①把所制定的战略和目标纳入组织的行政层级系列和文件中去;②使得所有的层级接受这些战略和目标。

公司高层营销管理人员按理应该既能理解又能接受已经取得一致的公司目标。但在他们执行这些目标过程中和进行传播时,就会出现一定程度的偏差。内含于战略目标中的基本理念可能不会被完完全全地传播下去,或者战略目标中被相对强调的部分被轻描淡写地传达。这种情况的出现有些是有意识的,但大部分可能是无意识的,它反映出沟通过程的变数太多。但不管是什么原因,最终结果是在企业组织的较低的层级上缺乏对战略和目标的理解。对这个问题的补救措施之一是尽可能地充分和全面地进行沟通。同时,这并不意味着公司的销售代表需要完完全全吃透公司长期营销目标和战略中所含有的理论基础和文件精神,而是需要对它们有充分的了解,以便能认识到自己在实现公司目标过程中的角色。

另一个问题是使营销目标和战略被接受。在企业中,确实存在对营销规划中某些方面价值的不同看法。例如,为了支持广告费用的增加而不得不削减市场推广预算,这样使得销售经理难以接受。或在较低的组织层次上,被指派到一个特殊顾客群体去开辟联络渠道的销售代表可能会感觉到分配的时间太少。像这样的问题都是日常要面对的,监督人员的主要的任务就是解决这样的问题。

为了取得营销目标和战略的广泛的接受,营销管理人员必须牢记:组织是由具有多样化个别目标的人所组成的。货币收益、安全、组织中的地位都可能成为这些目标的具体表现形态。企业如何协调这些多样化的目标? 要使所有个体的目标服从公司的总体目标吗? 这个问题可以用正在寻求区域销售量增加而实施市场推广活动的区域销售经理事例来说明。为了增加销售额,区域销售经理可以使用各种各样的措施:扩大信贷,增加消费者的存货,或开立很多承诺保证金账户等。这些活动可以完成增加销售额和市场推广的任务,但结果可能对公司的长远利益有害。

管理人员的职责是为平衡个人目标和组织目标建立激励机制,完成这一任务的第一步是正确评估组织中个人的目标。

2. 平衡专业化和协调之间的矛盾

专业化是一个组织的内在本质特征。专业化的好处是不言自明的,它可以使营销组织中的各项职能的履行更加熟练。通过专业化,可以获得履行职能更低的成本支出。但是我们也应该看到伴随着专业化增长而降低的成本支出必然会导致协调成本的增加。

在把企业营销管理的总任务分配到组织中的每一个人之后,就需要协调每一个人的各种专业化的、分散的工作来实现组织的总体成功。协调导致了书面报告、正式委员会会议和非正式会议等形式的信息流。协调成本不仅仅是资金的支出(以保证管理人员之间适当的沟通),而且还包括无形成本,如延误和个人之间对同一问题的错误解释等。

组织中的专业化可以有多种形式来展现。形式之一是以直线—参谋为标准对组织进行划分。处于直线位置上的人有发布命令的权力。参谋人员以顾问的方式行事,为直线人员提供信息和推荐行动方案。但这并不意味着在组织中参谋人员不和直线人员进行沟通和共同工作。而是指他们在没有首先得到直线管理人员许可的情况下,不能给直线人员发布命令,指派工作。

直线—参谋制依据授权和责任强调专业化。其他专业化的依据包括顾客的重要性、地理覆盖范围和产品类型。图12-1包括了多种专业化形式的组织结构,它说明了在一个大型、复杂的营销组织中协调问题的重要性。

3. 在权力和责任之间建立一种适当的关系

专业化需要进行权力和责任的委派(当然,从严格意义上讲,责任不能被委派)。负责公

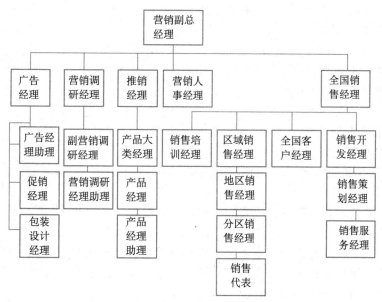

图 12-1　消费品公司的营销组织结构

司广告活动的广告经理必须有执行这项任务的权利。为避免矛盾,权利和责任都应该仔细地界定并形成文本。

4. 平衡控制的跨度和责任等级之间的关系

另一个普遍的组织问题是如何在控制的跨度和责任的层级数目之间取得满意的平衡。控制的跨度是指向某位管理人员报告的人数。显而易见,任何一个人只能管理有限数目的人员,具体的数目要考虑到特定管理者所管理问题的复杂性和多样性状况。问题越不复杂,在短时间内解决的可能性越大。另外,如果直线管理人员在面对的下属们所提出的问题基本相同,那么所花的时间较少一些,所需的技能较低。一位营销副总经理可以有 6～7 位参谋人员,每位都负责一个高度专业化的领域,如广告、新产品开发和市场研究等。这些参谋人员所要解决的问题既是复杂的又是多样化的。相反,分区销售经理可以管理 10～15 位销售代表,因为他所面对的问题比较相似也比较简单,控制的跨度比较大。目前还没有一个硬性的和可靠的关于管理人员管理下属人数的确切规则。然而,认识到控制的跨度和评估影响一个管理者监控下属人数的因素对组织的成功来讲是重要的。

在认识到了一位管理人员管理下属有最少人数的限制,就提出了组织的另一个复杂问题——责任的层级。例如,一个公司有 200 个销售代表,可以有如图 12-2 所示的两种组织形态。与组织Ⅰ相比,组织Ⅱ多了一个层次,原因是 5 个销售代表而不是像组织Ⅰ那样是 10 个销售代表向一个分区经理汇报。当责任的层级数目增加以后,需要消耗更多的时间来上传下达控制的命令。而且,随着责任层次的增加,也相应增加了一定的额外的管理费用。显然,我们要在控制跨度的有效性和责任层次增加而导致成本上升之间寻求平衡。

5. 为组织的成长、稳定和弹性提供帮助

任何一个组织都是动态的,它要不断地变化。营销组织尤其如此,因为它的工作反映出向市场推出新产品的节奏、季节周期性和长期性销售趋势。而且,与公司中企业职能机构相比,营销组织内部及营销组织之间存在着更多的人员工作流动。营销组织的这些特征使得它的成长、稳定和弹性具备了双倍的重要性。

组织的成长可以用人员的数目和他们的能力来表示。当公司的销售规模扩大以后,可以通过招募新人来扩大营销人员的队伍。同时,公司的管理当局必须培训承担更大责任的人员。如不能为有前景的生产线配备合适的人员,则明显地反映出公司有意识地培养人力增长的工作做得不到位。

稳定意味着公司在人员减损的情况下有效吸收弥补缺损的能力。为了达到这个目标,在组织内部必须具备训练有素的后备人员。每一位管理人员必须知道在他一旦提升、调离和退休之后组织中接替他的人选。事先为这种空缺作出积极准备是可能的,但更应该对由于疾病、死亡和辞职而突然产生的职位空缺做好准备。

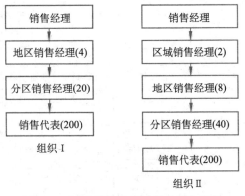

图 12-2　两种销售组织类型的责任层级

弹性的概念是指公司适应长期和短期市场需求变化的能力。例如,销售具有高度季节性的公司应该拥有满足高峰季节的人力资源储备。长期变化反映对公司产品需求的长远转移和公司有计划的转向和成长。这两个因素都能用组织的需要来解释。

应引起注意的是,营销组织可以被看做各个营销职位中的人的集合。由于企业的营销活动是由人来承担的,因而对人的管理比组织结构的设计更为重要。有些组织看起来完美无缺,但运作起来却事与愿违,造成这种现象的根本原因是由于人的因素在起作用。正因为如此,判断营销组织的基本标准在于人的素质状况,而不仅仅在于组织设计的科学性。

12.1.2　营销组织的目标

组织的目标应以组织的特点为基础。作为营销组织来讲,它应具有以下一些特点:①灵活适应性的营销组织应是可变的,是一个具有适应调节功能的系统。营销组织应该能够迅速地适应市场环境的变革,把消费需求的变革信息及时转化成企业的营销战略和策略及时调整营销组织的结构、人员构成和政策,满足消费者不断变化的需求,为企业带来稳定增长的市场业绩。②系统性。即企业的每一部门——营销、研究与开发、生产、财务、人事及营销组织所属的各部门——市场调研、广告宣传、人员推销、实体分销等,都能相互配合,通过满足顾客需要,共同完成企业的整体营销目标,成为一个整体系统。例如,营销部门与新产品开发部门必须密切合作,营销部门所属的市场调研、广告和实体分销部门必须了解它们在新产品开发每一阶段应负的责任,以及在什么时间内完成有关的任务。同样,营销部门必须得到其他部门的协作支持,才能完成好自身的工作。③有效、迅速、准确地传递信息,即很快地把有关信息资料送到需要使用这些资料的管理者和职员手中。

作为营销组织,除了应具有组织的一般特性之外,应突出这样两方面的特征:①对市场需求的灵敏、快速反应。营销组织是企业伸向市场环境的触角,直接面对着市场,它担负着搜集外部消费者需求变化趋势的职责。如果营销组织不履行这种职责,企业就失去了一个重要的行驶车轮。我们知道,市场需求是瞬息万变的,这就要求营销组织与之相适应,作出及时迅速的反应。把握市场变化的途径多种多样,企业的市场调研部门、销售人员和外部的市场研究机构都能为企业提供各种市场信息。了解到市场的变化以后,企业的反应则应涉及整个营销活动,从新产品设计开发到价格确定直至包装分销都要作出相应的变革。②增加消费价值。消费者是企业营销活动的核心。奉行市场营销观念的企业的营销活动必须把消费者的利益放在第一位,这是由营销组织来担当的。只有营销组织能确切地知道消费者的心声、痛苦和不满,才能为消费者寻找到各种解决方法,给企业的有关部门提出建设性的意见,改进企业的产品或服务,使消费者的购买活动获得应有的回报。

12.1.3 营销组织的演化

现代企业的营销组织是伴随着经济形势的变化和营销观念的更新而长期演化而来的。20 世纪 30 年代西方资本主义经济危机之前,销售部门在企业中处于无足轻重的地位。随着形势变化,企业的管理体制,包括营销管理体制发生了巨大变化。表现在:一是营销部门在企业内的地位及其与其他部门间相互关系的变化;二是营销部门本身组织构成的变化。这个演变过程至少分为五个阶段,前四个阶段如图 12-3 所示。

1. 营销部门地位的演化

营销部门组织的发展,至少可分出五个阶段。

(1) 简单的销售部门

结构如图 12-3(a)所示。

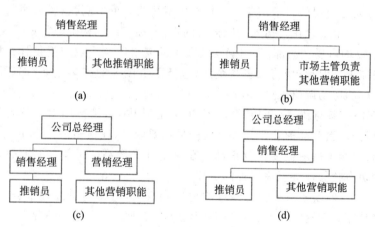

图 12-3　营销部门组织的演化

这个阶段处于 20 世纪 30 年代以前,企业以生产作为经营管理的重点,有三个基本职能:财务、生产和销售。企业的目标、规划及产品价格主要由生产和财务部门制定,销售经理的主要职责是管理推销员,促使他们卖出更多的产品。

(2) 销售部门兼管其他销售职能

20 世纪 30 年代以后,随着公司规模扩大,市场竞争日趋激烈,它需要经常进行市场调研、广告宣传及顾客服务等方面的工作。此时,销售经理可聘用一位市场主管来专职从事以上各项工作的计划、指挥、控制等非推销职能。如图 12-3(b)所示。

（3）成立独立的营销部门

公司继续扩大,其他营销职能相对于推销工作来说更重要了。最终,公司总经理意识到建立一独立于销售部门的营销部门的必要性,实质上是独立的营销部门与推销部门并立的一种形式。随着竞争的加剧与营销工作的扩展,市场调研、新产品开发、广告与市场推广、顾客服务等工作范围不断扩大,内容不断更新,需要有专人总负责。与此同时,营销经理的精力仍集中于推销工作,无暇顾及营销工作,使企业的各项工作陷于被动局面。有鉴于此,许多企业在推销部门之外专门成立了相对于销售经理的具有独立性的营销部门,使其主要负责推销以外的其他活动。如图 12-3(c)所示。在这个阶段,营销和销售在公司是两个独立和平行的部门。它们联系密切,相互协作。

（4）成立现代营销部门

虽然销售和营销部门的工作目标应是一致的,但平行和独立又常使它们的关系充满竞争和矛盾。实践证明,一事二主、两雄并立的格局是于事无益的。例如,销售经理注重短期目标和眼前的销售额,而营销经理注重长期目标和以长期导向开发满足消费者需要的产品,去满足顾客长期利益从而顾全企业长期利益。由于二者之间冲突太多,最终导致公司总经理将它们合并为一个部门,如图 12-3(d)所示。

（5）成立营销公司

最后,一家企业即使设置了现代营销部门,也并不意味着它就是以营销原则指导运行的公司。简言之,如果公司成员将营销首先看做是销售,那么,它就还不是一家"现代营销公司",只有公司成员将企业所有部门的任务看做是"为消费者服务",营销不只是公司内某个部门的名称,且还是公司的哲学信条,这时,它才成为真正的"现代营销公司"。

为保证市场营销观念在公司内得以彻底的贯彻,在组织结构上应作如下安排。

① 设置独立的市场调研部门,以确定消费者的需求以及企业应提供什么样的产品或服务来满足这些需求。但是,目前大多数企业(包括西方国家的许多企业)都还没有设置市场调研部门或专职的市场调研人员。

② 营销部门应参与新产品的开发。因为,在企业内,营销部门对消费者的需求了解最多。在现代市场上,新产品商业性开发成功的最重要因素,在很多情况下不在于技术先进程度,而在于是否符合消费者需要。营销部门在决定开发产品的种类、功能结构、外形、规格、花色等方面均负有指导性甚至决定性的责任。

③ 应给营销经理以相当于副总经理的地位和权力,直接向总经理报告工作,参与决定企业总体发展战略。而这些只有在市场营销观念在企业里扎了根的情况下才能做到。

④ 营销部门应统一负责企业的全部营销职能。但实际调查发现,情况并不完全是这样。如只有少数营销部门负责实体分配工作和全部产品的定价、包装工作,甚至广告也不全都由营销部门负责。

2. 营销部门的组织模式

随着情况的变化发展,营销部门本身的组织方式也在演化。概括而言,所有的营销组织都须适应四种意义的基本的营销活动,即职能的、地理区域的、产品的和消费者市场的营销活动。由此形成五种基本的营销部门组织模式:职能式组织、地区式组织、产品管理式组织、市场管理式组织及产品/市场管理组织。

（1）职能式组织

职能式组织是普遍通行的组织模式（见图 12-4）。营销经理的工作就是协调各专业职能

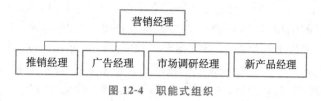

图 12-4　职能式组织

部门的活动。职能部门的数量可以根据需要随时增减，如果嫌太多，还可再分出一个层次。

职能式组织是专业化分工的产物。

它的最大优点是：①按功能分工通常可以提高工作效率，因为它避免了重复劳动。②由于专业人员在同一职能部门的相互影响，可能产生系统效应。③由于是由熟悉本部门专业的人进行管理，所以更加便于对本部人员进行监督和指导。

其主要缺点是：①本部门人员只关心自己的业务，缺乏全局观念；②功能性结构通常较为刻板，因此各职能部门之间的协调较为困难；③缺乏对每一具体产品和市场负完全责任的明确的部门。这一组织形式较适用于那些产品种类不多、市场相对集中的中小企业。

（2）地区式组织

一家销售范围不局限于本地区，而是在全国范围销售其产品的企业，通常可按地区组织其市场销售力量。如图 12-5 所示。

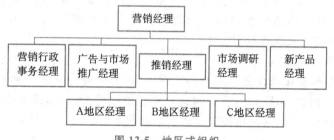

图 12-5　地区式组织

地区经理将掌握一切关于该地区市场环境的情报，为在该地区打开公司产品销路制订长、短期计划，并负责贯彻实行。随着销售地区的扩大，在地区经理下面还可以分出新层次。

（3）产品管理式组织

生产多种类或多品牌产品的企业通常还可按产品或品牌建立营销组织，如图 12-6 所示。

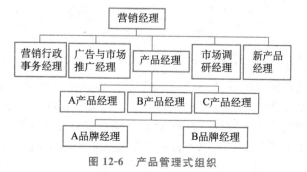

图 12-6　产品管理式组织

产品经理的任务是：①制定产品的长期发展战略。②制订产品年度销售计划，并作出销售预测。③采取相应措施实施计划，包括鼓励和刺激推销人员和经销商推销产品的积极性，协调与各职能部门的关系，如与广告、市场推广部门合作制定产品广告稿本、方案，等等。④密切注视市场环境变化，了解消费者、经销商的态度以及新产品存在的问题，以便抓住机会，改革产品，满足市场需求。⑤搜集有关产品性能、消费者对产品的态度和建议、竞争者的动态等情报，领导新产品的开发、产品线的扩展及市场的发展等营销活动，以便更好地满足变化中的市场需求。⑥协助上级管理部门制定科学的决策，确保产品线健康持续地发展。

产品管理式组织有几个优点：①能够为开发某种产品市场协调各方力量（营销组合各要素）。②能对市场上出现的机会和威胁迅速作出反应，可针对产品销售中的问题迅速采取应变措施。③较小的品种或品牌也因有专人负责而不致被忽视。④由于必须与各方人员打交道，产品经理的位置成为锻炼年轻经理的好地方。

不过，此种组织也有一些不便之处。①割裂企业的整体活动。各品牌经理均努力取得本品牌的最大销售额和利润率，可能会妨碍产品线或产品大类的总体效益。②加大成本。产品经理的决策工作量过大，需增派副职和职能性人员给予协助，大大增加了企业的管理费用。③管理复杂化。每位品牌经理为了多争预算，都精心地设计营销计划、目标、战略策略、资源计划和预算，给审查和评估这些计划的决策者带来诸多不便。往往容易导致企业的资源配置失误。④易使产品经理成为"低级的协调者"。一般来讲，产品经理没有足够大的权力去有效地履行其职责，往往不得不依靠卓越的专业权威、人际关系、直接或间接奖励及各部门对品牌计划重要性的理解和支持来获得如广告部、销售部、生产部或其他部门的配合，从而扮演低级协调人的角色。⑤产品经理往往只任职一个短时期就调走，故使营销计划缺乏长期连续性。

（4）市场管理式组织

市场管理式组织是市场细分化理论的应用，一些大企业将其同一种类的产品卖给相当不同的若干市场。例如，钢铁厂将它的钢铁分别卖给铁路部门、建筑业、加工业等。当顾客群为有差异的细分市场时，这种市场管理式组织就是必要的了。如图12-7所示。

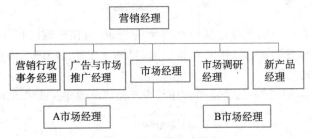

图 12-7　市场管理式组织

市场经理为自己负责的市场制订长期的和年度的计划，他们必须对市场的发展趋势、消费者的购买倾向变迁作出分析预测，并向企业领导人建议生产适应于这种发展的产品。他们的工作绩效是用企业在他们所分管的市场占有率的增长程度来衡量的，而不以企业目前从那个市场所获利润的多少来衡量。因而，他们比较注重长远的市场占有率，而不是眼前的获利能力。这种组织方式与产品经理方式有类似的优点和不足，它的最大优点是各种营销活动通过市场经理被组织起来满足不同顾客群的需要,而不是着眼于职能、地区或产品。例如,一家木材厂的家具生产线可以按厂矿、学校、餐馆、饭店、零售店划分市场,组织它的营销活动。

(5) 产品/市场管理组织

产品/市场管理组织是一种矩阵式组织,如图 12-8 所示,是产品管理式组织与市场管理式组织的有机组合与发展。它针对产品经理对各种高度分化、高度分散的市场不熟悉,市场经理对其所负责市场的各类产品难以掌握的特点,需把两者有机结合起来。产品经理负责产品的销售利润和计划,为产品寻找更广泛的用途;市场经理则负责开发现有和潜在的市场,着眼于市场的长期需要,而不只是推销眼前的某种产品。这种组织形式适用于多元化经营的公司。问题是冲突多、费用大,时有权力和责任界限不清的问题。

市 场 经 理

		男装	女装	家庭用户	工业用户
产	人造纤维				
品	醋酸纤维				
经	尼 龙				
理	涤 纶				

图 12-8　产品/市场管理组织

多样化经营公司的规模再进一步扩大,经理就把主要产品分设为独立的事业部,每个事业部下都有自己的职能部门,包括营销部门。这时,总公司的营销活动就面临几种可能的选择:

① 不再存在总公司级的营销组织,而是各事业部都有自己的营销部门。

② 精干的总公司级营销组织,从事少数几样职能,如协助总经理评价市场机会,促进公司其他部门接受营销职能等。

③ 独立的总公司级营销活动,并为各事业部提供广告、市场推广、市场调研、人员培训等服务。

④ 规模庞大的总公司级营销组织,除从事上述服务外,直接参与计划和控制事业部的营销活动。

(6) 以过程和结果为导向的营销组织

组织再造(business process reengineering)理论提出以后,许多公司把它们组织结构的设计集中于关键的业务过程,而不是以往的部门管理。部门化的组织结构被认为是顺利执行业务流程的障碍。为了获得流程结果,公司任命流程负责人,由他管理跨职能的成员小组。在这个小组中,各类营销人员和销售人员作为过程小组成员参与活动。营销部门对这个小组只负间接的责任。每个小组定期作出对营销人员的成绩考评结果。营销部门有培训其营销人员的责任,并把他们投入到流程小组中去并评价他们的业绩。

12.1.4　企业内营销部门与其他部门的矛盾

从理论上讲,企业的各个职能组织应当密切配合以达到企业的整体目标。但实际上,在

传统的层级制组织中,企业内各部门之间几乎总是存在着矛盾和争论。冲突大多来自对一些问题的不同观点,如企业的最大利益在哪里之类的问题;也有部门与部门之间对企业有限资源如人力和财力的争夺而引起的争论;看问题的角度不同,使每个部门都倾向于更强调自身的重要性。

相当数量的企业对营销的重要性持疑问态度。它们认为,企业的所有职能都均衡地影响着企业战略的成功和消费者的满意程度,没有哪一种职能处于领先位置。如图 12-9(a)所示。

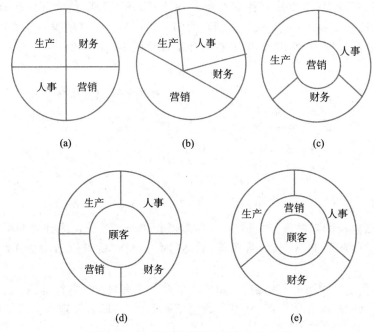

图 12-9 企业各职能部门的地位与作用

当企业销售情况不景气、销售量下降时,营销部门的重要性会略为上升,如图 12-9(b)所示。随着经营实践的深入,一些企业主管认为营销应是企业的中心职能,决定着企业的任务、产品和其他部门的职能,如图 12-9(c)所示。另一些企业主管则把顾客放在企业各项职能环绕的中心(见图 12-9(d)),他们认为企业的全部职能都应围绕"使顾客满意"这个宗旨。对这两类观点进行综合后,一些企业主管认为,营销仍应在企业诸项职能中占据中心地位,因为要靠营销部门将顾客的需求传递到企业,并协调、控制其他部门,向顾客提供有效的服务。这样,企业就会出现如图 12-9(e)所示的经营格局。

一般来讲,如果在一个企业里真正呈现如图 12-9(e)所示的情况,而不是只在销售发生困难时才想到营销和顾客导向,企业内部各部门之间的冲突才有一个正确的解决基础。

企业内的每个部门都通过它的决策和经营活动影响着顾客的满意程度,而不仅仅是营销部门。从企业整体的营销出发,希望能以市场营销观念的原则协调各部门的活动和决策。因此,营销经理的任务除了协调整个公司的营销活动外,还要处理好与财务、制造等部门经理的关系,使他们的工作符合营销原则。

与营销部门强调消费者观点一样,其他部门也会强调它们工作的重要,并力图按它们的观点规定公司目标。结果,冲突不可避免。表 12-1 列举了营销部门与其他部门之间主要的不同观点。显然,营销部门与其他各部门关心的重点是有差异的。

表 12-1　营销部门与其他部门的认识差异

部门	其他部门强调的重点	营销部门强调的重点
研究与开发	基础研究 产品内在价值 产品功能形象	应用研究 产品外在价值 产品销售形象
采购	很少产品种类 标准化零配件 材料价格 经济采购量 经常间接采购	广泛的产品系列 非标准化零部件 材料质地 大批采购避免库存不足 根据客户需要采购
制造	生产的前置时间长 型号较少,长期经营 型号不变 标准订货量 易于制造 中度质量控制	生产的前置时间短 型号较多,短期经营 型号常变 随意订货量 外形美观 高度质量控制
财务	支出严格合理化 刚性预算 定价能补偿成本	直觉性支出 弹性预算 定价能进一步开发市场
信贷	对客户全面的财务审查 长期信用风险 严控信用风险 严格的信用条件 严格的托收程序	对客户一般的财务审查 短期信用风险 松控信用风险 较松的信用条件 较松的托收程序

企业各部门之间的争论会浪费许多宝贵的时间,这些时间本来可更好地用于研究和计划如何更有效地与其他企业竞争。矛盾还会削弱各部门之间的合作关系,甚至导致彼此截留重要的信息资料。最后,无休止的争论最终将使企业丧失行动的时间、机会,损害企业实施营销战略的能力。

如何减少企业组织间的矛盾,又不导致对错误的妥协,关键是强调营销导向的组织原则。从长期来说,则是建立起一种有持久生命力的营销文化。菲利普·科特勒指出,企业主管可以采取下面 9 种措施在全公司范围内塑造营销文化。

(1) 需要使其他经理确信消费者导向型是必要的。在这里,企业主管的领导和承诺是关键因素,企业主管必须确认公司的高级经理们的工作都以消费者为中心,并越来越重视市场营销观念,企业主管应不断地向全体职员、供应商、经销商强调向消费者提供满意质量和超值服务的重要性,企业主管应身体力行对消费者提供承诺并兑现承诺,同时,奖励那些优秀的实践者。

(2) 任命高级营销员并建立较强的营销领导班子。企业应任命一位职位高级的营销管理人员并建立一个营销领导班子来制定有关规划,从而在企业内贯彻落实营销哲学。这个领导班子应包括总经理,销售副经理,负责研究与开发、采购、制造、财务、人事等各部门的副

经理,以及其他一些关键性人物。

(3) 获取外界的指导和帮助。在建立企业营销文化的过程中,营销领导班子可以从咨询公司那里获得帮助。咨询公司在帮助企业转变为消费者导向型方面颇有经验。

(4) 聘用营销精英。企业可以考虑从其他的营销业绩优异的公司中聘请经验丰富的营销能人,来主管企业的营销工作,可以使营销部门的工作大有起色,也可以提高营销部门在企业中的地位和影响。

(5) 改变企业的奖励模式。企业如果希望其所属部门的行为有所改变,就必须改变公司对部门的奖励制度。例如,采购部门和制造部门通常是因为其运作成本低而获得奖励的,显然,这种奖励制度可能导致他们拒绝因要改进对顾客的服务而导致成本增加的一些措施。这时,要改变成考核这两个部门对顾客服务的支持程度和成本降低程度并重的局面。

(6) 加强企业内部员工的营销培训。企业应为企业内各层级管理人员和全体职员制定完善的营销哲学培训计划和课程,这些计划和课程应把市场营销观念的基本内涵、重要意义、各部门履行营销原则的具体行为规范灌输给各部门的负责人及员工。

(7) 建立现代营销计划制度。培养各层、各部门管理人员营销哲学的一个有效途径就是建立现代市场导向型的营销计划制度。该计划制度要求经理首先考虑营销环境、营销机会、竞争趋势以及其他环境因素,然后再为产品和细分市场制定营销战略。

(8) 开展年度优秀营销活动的部门和经理的评比活动。企业应该鼓励那些执行营销原则和营销计划较好的单位和经理,并由专家委员会评审出最好的营销哲学的部门贯彻方案,然后在全公司范围内推广。

(9) 重新设计企业的组织架构,由一个产品导向型企业转变成一个市场导向型企业。有些企业通过建立一个专门关注具体市场和协调公司在各市场的不同产品计划和供给的机构而逐渐成为以市场为中心的公司。例如,通用电气公司的 6 个产品部门可能都在向汽车市场出售它们的产品。市场导向则意味着在企业中建立一个组织机构、专注于满足某个市场的需要(汽车市场)、协调公司不同的产品对某一市场的计划和供应。

总之,建立一个营销导向的组织,是一场改造人们灵魂的事业,目的不在于解决工作中出现的每个具体问题,而在于使企业的顾客得到满意的服务。无论这项工作有多么困难,需要多大的支出,使全体职员,特别是各级主管们懂得为顾客提供令他们满意的服务是企业获取成功和立于不败之地的基础,并将其贯穿于实施企业营销战略的行动中,这些都是值得做,并且是必须做好的工作。

12.1.5　组织营销活动

为了成功地执行营销计划和战略,必须把公司内部的人员有效地组织起来为顾客创造消费价值和实现公司的目标。营销活动必须在组织内部加以组织和实施,包括支持公司营销活动的广告机构和市场调研机构等。另外,公司的营销活动必须在公司之间进行组织,包括战略联盟和各种各样的合资联合等。

1. 在公司内部组织营销活动

在企业组织内部的营销活动是由组织的员工和支持企业营销活动的机构如广告公司和市场调研公司等组成的。可以通过各种各样的方式组织企业内部的营销活动。例如,可以通过职能的方式组织营销活动,此时,管理人员和职员被安排到各种各样的职能领域中去,如销售、市场调研、产品策划等。也可以通过地理区域来组织营销活动,此时,管理人员和职员通过洲、国家、大区、省、市的销售队伍等方式组织起来。不过,以产品和顾客为导向组织营销活动是市场导向的组织形态。

（1）以产品为导向组织营销活动

企业把它的营销活动瞄准于特定的产品。在这种组织结构中,需要具备为特定顾客群体营销产品的深厚知识和良好技能。这种组织中的管理人员需要管理各种各样的产品种类、产品线、产品项目和品牌。企业如何以产品组织营销活动取决于其有多少种产品和品牌,以及它们之间的差异程度。

有许多名称来称呼以产品为基础的组织中各种不同的管理人员的岗位,如产品种类经理(category manager)、产品经理和品牌经理等。一般来讲,产品种类经理对某个特定的产品种类中的各种产品品牌负有利润责任,例如,电视机、冰箱、牙膏等的产品种类经理就要负责它们的赢利状况。这些经理向营销经理和公司的营销副总经理汇报工作。产品经理对特殊的产品线或产品项目负责任,他要向产品种类经理或营销经理汇报工作。品牌经理通常对某个产品的品牌负责任,他要对上述的任何一种类型的经理汇报工作。有时,产品经理和品牌经理是交换使用的。

不管名称和责任如何,组织中各类的经理都有几件共同的事情要做。首先,他们有直线指挥权力,有权支配在营销部门和公司职能领域中的人员,必须利用沟通的技巧得到各职能部门经理的支持与合作。其次,他们有自己的参谋人员来帮助完成对营销战略和计划的开发、执行和控制。最后,他们中的大多数没有开发新产品的责任,但是有提供扩大和改进产品线建议的权利。

以产品或品牌为原则的组织具有一定的优势。管理人员能够对产品和目标市场的需求发展有深入的了解,产品或品牌经理对特殊产品或品牌成败能够承担明确的责任。而且,因为这些经理担当着各种各样的责任,有利于开发出管理才能。然而,产品或品牌经理要为资源而与其他职能部门展开竞争,他们的业绩是以短期销售而不是长期的消费者满意为标准的。

（2）以顾客为导向组织营销活动

为了应付新技术革命和日益增强的全球化竞争,有些企业以特定的顾客、顾客群和行业为基础来设立营销组织。例如,对比较大的组织购买者如政府或大的渠道成员,可以成立专门的销售队伍为之服务。为工业品市场服务的公司可以以所服务的行业为基础设立营销组织。

通过这种方式组织营销活动有几种优点,首先,营销组织中的员工可以成为为特定顾客服务的专才,能够协助公司为顾客提供卓越消费价值。其次,营销组织中的员工可以拥有顾客购买和消费行为方面的广博知识。最后,这种营销组织有助于公司与它的顾客建立长期的关系。

2. 在公司之间组织营销活动

当今许多企业都已认识到了在全球范围内与其他诸多公司共同开发新产品和市场的重要性。为了建立业务关系和开发能够带来利润的项目,要进行合作经营,此时需要对业务和营销活动进行协调。

（1）战略联盟

与其他公司共事需要把人组织起来建立牢固的关系。为了做到这一点，应建立战略联盟。所谓战略联盟，是指由两个或两个以上有着对等经营实力的企业（或特定事业或职能部门）之间，出于对未来市场的预期和公司自身总体经营目标、经营风险的考虑，为达到共同拥有市场、共同使用资源等战略目标，通过各种协议、契约而结成的优势相长、风险共担、资源水平或双向或多向流动的松散型网络组织。在这种组织中，各企业联合共事追求共同的目标。对迅速成长的公司的调查发现，72％的销售收入在 500 万美元或以上的公司与供应商建立了战略联盟，许多还形成其他类型的伙伴关系。

在运转良好的战略联盟中，每个公司都有自己的核心竞争力——对企业成功具有核心作用的和做得最好的程序和活动。这样，联盟就可以得到每个成员做得最好的方面，因而也就取得单个企业无法获得的优势。

由于一国与另一国在营销方面的差异，使得战略联盟对全球营销商更具有意义。不是在每个国家打造当地的营销专业技能和建立当地的关系，而是全球营销商要和当地的营销行家和关系网络建立组织上的关联。

（2）网络和虚拟组织

通过广泛战略联盟寻求弹性和专长的企业可以采取网络组织（network organization）的形态。如图 12-10 所示。网络组织的运作可以通过相互作用的独立业务单位来组成。合作的范围从单个的买卖活动到战略联盟形态。在网络组织中的单个企业只有很少的管理层次，这就使得它们能够迅速适应消费者、竞争者和其他环境要素的变化。

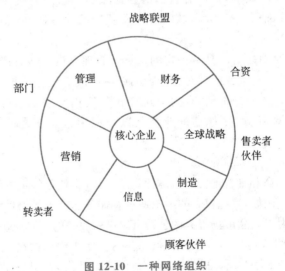

图 12-10　一种网络组织

网络组织和弹性的进一步深入发展就形成了虚拟企业（virtual corporation）——一种每个成员都在其特殊领域中发挥专长的联盟网络。在纯粹的虚拟企业形态中，每个成员都是小的和精简的，发挥出其核心能力的作用。虚拟企业可以随市场需求的产生而迅速形成，并且随市场需求的消失而终结。

在网络社会中，营销组织的形态也会发生相应的改变，美国学者阿钦尔（Achrol）在 1991 年提出了两种网络化营销组织形态：营销交换公司（marketing exchange company）和营销联合公司(marketing coalition company)。这两种形式的营销组织形态均被看做是由职能专业化的公司组成的复杂网络的组织中心,并且这两种形式都是跨组织系统的,其中重要的管理活动均是跨界活动。这类组织的核心能力是营销能力的专业化,它负责独立职能单位网络的协调,这些职能单位具有产品技术、设计和制造功能。

12.2 营销控制

12.2.1 营销控制的基本问题

1. 营销控制的必要性

控制是管理的重要职能之一。控制是为实现目标而进行的计划过程的延伸,它能把计划实施过程中的信息反馈给管理者,帮助管理者调整现有的计划方案或编制出新计划。控制与实施有密切的关系,控制的运行是在计划实施中进行的。如果把制订计划、实施计划和控制看做一个周而复始的过程,那么,控制既是前一次循环的结束,又孕育着新循环的开始。在营销管理中也是如此。概括地说,控制是一个管理过程,是确保企业按照管理意图或预期目标运行的过程。营销控制,就是营销管理者用以跟踪企业营销活动过程每一环节、确保其按计划目标运行而实施的一套工作程序或工作制度,以及为使实际结果与预期目标一致而采取的必要措施。

首先,实行控制的最简单也是最根本的原因在于,计划与实施过程中遇到的现实并不总能保持相互吻合。未来环境是未知的,计划通常是根据许多不确定因素制定的,在实施中难免会遇到各种意外事件。计划与环境之间的相互作用往往也是难以预计的。这就需要在出现新的信息的时候,通过控制对计划本身或计划的实施过程进行必要的调整。

其次,控制还有助于及早发现问题,避免可能的事故,以及寻找更好的增收节支的管理方法,充分挖掘企业潜力。例如,控制产品或地区市场的获利性,可使企业保持较高的获利水平;严格筛选新产品,可避免新产品开发失误招致巨额损失;实行质量控制,可确保产品性能可靠,使用安全,避免顾客购后产生不满情绪。

最后,控制还有一种监督和激励的作用。如果销售人员或产品经理发现营销经理非常关注产品销售的获利性,他们的报酬及前途取决于利润而不是销售量,他们的工作将会更积极,并更符合营销目标任务的要求。

不过,尽管控制制度非常必要,但调查表明,大多数企业都没有一套适当的控制制度,或只是偶然地实行一下控制。有些企业很少有明确的营销目标,当然也就谈不上对营销活动进行控制;另一些企业对其经营的每种产品获利情况不了解,不能对广告效益进行评价,也不能评价其推销人员的工作。还有些企业不能分析自己的储存成本、分销成本,不能分析产品被退回的原因,等等。

2. 营销控制的步骤与方式

营销控制的步骤如图 12-11 所示。

（1）确定控制对象

固然，控制的内容多、范围广，可获得较多信息，但任何控制活动本身都会引起费用支出。因此，在确定控制内容、范围、额度时，管理者应当注意使控制成本小于控制活动所能带来的效益。

最常见的控制内容是销售收入、销售成本和销售利润这三个方面；对市场调研、推销人员工作、消费者服务、广告等营销活动，也应通过控制评价它们的效率；对试销、新产品开发、特别是市场推广等专门项目，营销管理人员常常采用临时性的控制措施。

营销管理人员在确定控制对象的时候，还必须决定控制量——频率和范围。某种控制对象或销售活动对公司成果的重要性越大，就越要对它进行集约性控制；如果某一销售区域或活动容易脱离计划，也要予以较多的控制。反之，如果某种产品、某一销售区域或某类消费者表现出一种相对稳定的趋势，在控制过程中就不必给予经常性的注意。换句话说，管理者的自信心往往是确定控制对象和控制量的主观因素。

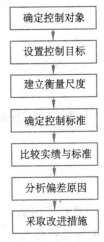

图 12-11　营销控制步骤

创造性活动（如许多市场推广工作）的控制决策很难制定。因为不应该用货币量来评价某种创造性活动的结果。然而，依据较长时间的主观判断，也能对创造性进行控制。但管理者必须注意，不能让主观判断窒息了创造精神。

（2）设置控制目标

设置控制目标是将控制与计划联结起来的主要环节。如果在计划中已经认真地设立了目标，那么，这里只要借用过来就可以了。

大多数目标最终要涉及销售收入或成本。销售管理者或许会关心效率，即产出水平是否达到需要的高度；或许要关心效益，即投入和产出的比例是否达到了需要的水平。但是，仅考虑一方面的情况是不够的。如果只以产出为目标，不考虑所支出的成本，在产出增加的同时会导致费用增长过快；反之，仅注意投入和产出的比例，会引起费用支出过小。

（3）建立一套能测定营销结果的衡量尺度

在很多情况下，企业的营销目标决定了它的控制衡量尺度，如目标销售收入、利润率，市场占有率、销售增长率等。但还有一些问题则比较复杂，如销售人员的工作效率可用一年内新增加的客户数目及平均访问频率来衡量，广告效果可以用记住广告内容的受众的百分比数来衡量。

许多公司的经验对建立衡量尺度有重要的启示。首先，采用多种衡量尺度。由于大多数企业都有若干管理目标，所以，在大多数情况下，营销控制的衡量尺度也会不止一种。其次，事后控制的一个难题，就是反馈过程过于迟缓。如果某种新产品已经失败了，也就没有对它进行评价的必要了，不如采用在它还没有失败时进行评价的方法。显然，事中控制可以避免这个问题。最后，要选择那种成本较低的衡量尺度，也就是说所提供的信息价值应超过其成本。

（4）确立控制标准

控制标准是指以某种衡量尺度来表示控制对象的预期活动范围或可接受的活动范围，

即对衡量标准加以定量化。例如,规定每个推销员全年应增加 30 个新客户;某项新产品在投入市场 6 个月之后应使市场占有率达到 3%;市场调研访问每个用户的费用每次不得超过 10 元,等等。控制标准一般允许一个浮动范围,如上述新产品市场占有率在 2.8% 也是可以接受的,访问费用标准是 10 元,最高不得超过 12 元。

设立标准还须考虑到产品、地区、竞争情况不同造成的差别,使标准也有所不同。例如,考察推销员工作效率时需考虑以下因素的影响:①所辖区内的市场潜力;②所辖区内产品的竞争力;③所推销产品的具体情况;④广告强度。因此,不可能要求每个人都能创造同样的销售额或利润额。

正确认识设立标准的方法,以及使标准水平能起到激励作用,这是两个特别重要的问题。设立标准的工作应尽可能地吸收多方面的人员参加,标准的产生应该是管理者与其管理对象相互作用的结果。这样可以开拓更广阔的信息来源,使标准更为切合实际,以便能与企业目标更好地结合。此外,公司还可以采用两种标准,一种标准按现在可接受的水平设立;另一种标准用以激励经营活动达到更高的水平。

(5)比较实绩与标准

在将控制标准与实际结果进行比较时,需要决定比较的频率和数量。频率是指多长时间进行一次比较,这取决于控制对象是否经常变动;数量是指是将全部完成情况的结果与计划进行比较,还是对其中的抽样结果与计划进行比较,这往往要考虑所花费的成本和可能性。如果营销信息管理系统较为成熟和完善,则不必采用抽样的方法。

比较结果若是未能达到预期标准,就需要进行下一步工作。

(6)分析偏差原因

产生偏差可能有两种情况:一是实施过程中的问题,这种偏差比较容易分析;二是计划决策过程中的问题,确认这种偏差通常容易出错。而这两种情况往往交织在一起,致使分析偏差的工作很可能成为控制过程中的一大难点,也是对管理和分析人员的一大考验。要避免因缺乏对背景情况的了解,或未加适当分析而"把孩子连同洗澡水一起泼出去"的错误。如某部门的情况不佳,可能只是因一种产品的亏损影响了整个部门的获利水平;某推销员完不成访问次数的标准,可能是由于在旅途中花费时间过多。这样就要改进访问路线图。但也可能是由于定额过高,这时则应降低定额以保证每次访问的质量。

确认产生偏差的最好方法是进行实验研究,但这往往超过了管理人员所能付出的技能和精力。因此,管理人员必须利用探查和询问的方法,尽可能地详细分析有关资料,以找寻问题的症结。他们应该检查计划过程的所有假设条件,分析控制标准的现实可能性。

(7)采取改进措施宜尽快

如果在制订计划时,还制订了应急计划,改进就能更快。例如,计划中规定有"某部门一季度的利润如果降低 3%,就要削减该部门预算费用的 3%"的条款,届时就可自动启用。不过,在很多情况下通常并没有这类预定措施,这就必须根据实际情况,迅速制定补救措施加以改进,或适当调整某些营销计划目标。

对营销活动进行控制的方式多种多样。年度计划控制、获利性控制、效率分析和战略控制是四种基本的控制方式,它们的区别如表 12-2 所示。

表 12-2 营销控制的四种基本方式

控制种类	负责人	控制目的	方　法
年度计划控制	最高主管、中层经理	检查计划目标是否达到	销售额分析 市场占有率分析 销售额与费用比 顾客态度跟踪
获利性控制	营销控制人员	检查企业从哪里赚钱,在哪里赔钱	各产品、地区、细分市场、分销渠道等的获利性分析
效率分析	营销控制人员、审计人员	检查营销资源的利用效益	销售人员、广告、市场推广、分销等方面的成本—效益分析
战略控制	最高主管、营销审计人员	检查企业是否最大限度、最有效率地利用了它的营销机会	营销审计

12.2.2　年度营销计划控制

1. 年度营销计划控制的概念

年度营销计划控制的主要目的有如下几点:①促使年度计划产生连续不断的推动力。②控制的结果可以作为年终绩效评价的依据。③发现企业潜在问题并予以解决。④控制工作是企业高层管理人员监督各部门工作的有效手段。

显然,年度计划控制的目的是确保企业年度计划中所拟订的销售额、利润及其他指标的实现。这种控制包括四个步骤,如图 12-12 所示。

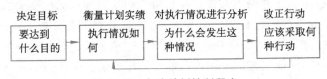

图 12-12　年度计划控制程序

第一步,管理部门必须在年度计划内规定每月每季的目标;第二步,管理部门必须衡量本企业在市场上的计划执行实绩;第三步,管理部门必须断定任何时候导致计划执行发生严重偏差的原因;第四步,管理部门必须采取措施,或改进实施方法或修正目标本身,弥补目标与实际执行结果之间的差距。

为了检查计划的执行情况,管理部门可采用五种主要的控制工具,即销售分析、市场占有率分析、营销费用占销售额比率分析、财务分析、顾客态度追踪。

（1）销售分析

销售分析衡量是评估各不同经理所制定的计划销售目标与实际销售之间的关系。这种关系的衡量和评估有两种主要方法。

① 销售差异原因分析。销售差异分析用于决定各不相同的因素对销售绩效的不同作用。

② 微观销售分析。微观销售分析可以决定未能达到预期销售额的特定产品、地区等。

（2）市场占有率分析

企业的销售绩效并未反映出相对于其竞争者而言企业的经营状况如何。如果企业销售额增加了，可能是由于企业所处的整个经济体系的发展，或可能是因为其营销工作较之其竞争者有相对改善。市场占有率正是剔除了一般的环境影响来考察企业本身的经营工作状况。如果企业的市场占有率升高，表明它较其竞争者的情况更好；如果下降，说明相对于竞争者其绩效较差。

衡量市场占有率的第一个步骤是清楚地定义使用何种量度方法。一般说来，有以下四种不同的量度方法。

① 全部市场占有率。全部市场占有率以企业的销售额占全行业销售额的百分比来表示。使用这种测量方法必须作两项决策：第一是要以单位销售量或以销售额表示市场占有率。第二是正确认定行业的范围，即明确本行业所包括的产品、市场等。

② 服务市场占有率。服务市场占有率以其销售额占企业所服务市场的百分比来表示。所谓服务市场就是：第一，企业产品最适合的市场。第二，企业营销努力所及的市场。企业可能有近 100% 的服务市场占有率，却只有相对较小百分比的全部市场占有率。

③ 相对市场占有率（相对于三个最大竞争者）。相对市场占有率（相对于三个最大竞争者）以企业销售额对最大的三个竞争者的销售额总和的百分比来表示。如某企业有 30% 的市场占有率，其最大的三个竞争者的市场占有率分别为 20%、10%、10%，则该企业的相对市场占有率是 75%（即 30/40）。一般情况下，相对市场占有率高于 33% 即被认为是强势的。

④ 相对市场占有率（相对于领导竞争者）。相对市场占有率（相对于领导竞争者）以企业销售额相对市场领导竞争者的销售额的百分比来表示。相对市场占有率超过 100%，表明该企业是市场领导者；相对市场占有率等于 100%，表明企业与领导竞争者同为市场领导者；相对市场占有率的增加表明企业正接近领导竞争者。

了解企业市场占有率以后，就要正确地解释市场占有率变动的原因。企业可从产品线、顾客类型、地区及其他方面来考察市场占有率的变化情况。

（3）营销费用占销售额比率分析

年度计划控制也需要检查与销售有关的营销费用，以确定企业在达到销售目标时的费用支出。营销费用对销售额比率是一种主要的检查方法，它由五种费用对销售额比率构成：销售人员费用对销售额（如 15%）；广告费用对销售额（如 5%）；销售促进费用对销售额（如 6%）；市场调研费用对销售额（如 1%）；销售管理费用对销售额（如 3%）。当一项费用对销售额比率失去控制时，必须认真查找问题的原因。

（4）财务分析

营销人员应就不同的费用对销售额的比率和其他的比率进行全面的财务分析，以决定企业如何以及在何处展开活动，获得赢利。

财务分析是对影响企业的净值投资收益率的各项主要因素的分析。主要因素如图12-13所示。图中的净收益率是 12.5%。

另外，应注意到净值收益率是企业的资产收益率和财务杠杆率的乘积。企业为了改进净值收益率，可以增加资产的净利润比率或增加资产对净值的比率。企业要分析其资产的成分（如现金、应收账款、存货及厂房和设备等），并研究改进对资产的管理。

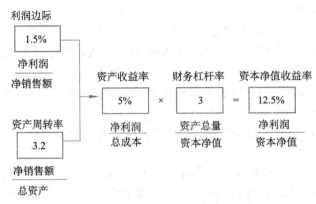

图 12-13　净值收益率的财务模式

（5）顾客态度追踪

如上所述的年度控制度量方法大部分是以财务的和数量的分析为特征的，即它们基本上是定量的分析。定量分析虽然重要但并不完全，因为它们没有对营销的发展变化作质的分析和描述。

为此，企业要建立一套系统来追踪其顾客、经销商以及其他营销系统参与者的态度。如果发现顾客对本企业和产品的态度发生了变化，企业管理者就能较早地采取行动，争取主动。

企业一般主要利用以下系统来追踪顾客的态度。

① 抱怨和建议系统。企业对顾客书面的或口头的抱怨应该进行记录、分析，并作出适当的反应。对不同的抱怨应该分析归类，做成卡片。对较严重的和经常发生的抱怨应及早予以注意。企业应鼓励顾客提出批评和建议，顾客经常有机会发表意见，企业才有可能搜集到顾客对其产品或服务反映的完整资料。

② 固定顾客样本。有些企业建立由有一定代表性的顾客组成的固定顾客样本，企业定期地通过电话访问或邮寄问卷来了解其态度。这种做法有时比投诉和建议系统更能代表顾客态度的变化及其分布范围。

③ 顾客调查系统。顾客调查系统是企业定期地让一组随机顾客回答一组标准化的调查问卷。问卷的问题可以包括职员的友好性、服务的质量等。通过对这些问卷的分析，企业可及时发现并纠正问题。

2. 改正行动

通过以上分析，当发现实际的绩效同年度计划发生很大偏离时，企业便应当采取适当的措施来修改计划或改正自己的工作。企业可选择的措施有：①削减产量；②降低价格；③对销售队伍施加更大的压力；④削减杂项支出；⑤裁减员工；⑥调整企业簿记；⑦削减投资；⑧出售企业财产；⑨出售整个企业。

12.2.3　赢利能力控制

1. 营销成本控制

营销成本是指与营销活动有关的各项费用支出。营销成本直接影响企业的利润，因此，企业不仅要控制销售额和市场占有率,同时要控制营销成本。

营销成本包括的内容主要如下。

(1) 直接推销费用。包括直接销售人员的薪金、奖金、差旅费、训练费、交际费及其他相关费用。

(2) 营销传播费用。包括广告媒体的成本、产品说明书的印刷费用、赠奖及展览会的费用、推广部门的薪金等。

(3) 仓储费用。包括租金、维护费、折旧、保险、包装费、存货成本等。

(4) 运输费用。托运费用;如果是自有运输工具运输则要计算折旧、维护费、燃料费、牌照税、保险费、司机薪金等。

(5) 其他营销费用。包括营销管理人员薪金、办工费用等。这些成本连同企业的生产成本构成了企业的总成本,直接影响到企业经济效益。营销成本中,有些与销售额有直接关系,称为变动费用;有些与销售额并无直接关系,称为间接费用。但直接费用与间接费用有时很难划分。

营销成本的控制,可以按销售地区、产品系列类型分别进行控制,其中,变动费用的控制,是按地区、产品的不同控制直接支出数量;间接费用的控制,则要按照一定的标准,在地区、产品类别之间进行分摊以后进行。

2. 赢利能力控制

利润是企业营销最重要的目标。企业的赢利能力是营销主管人员首先关心的。赢利能力可以用企业赚取的利润与有关项目的比率来考察和控制。

(1) 销售利润率

一般来说,企业将销售利润率作为评估企业获利的主要指标之一。销售利润率是指利润与销售额之间的比率,表示每销售 100 元企业获得的利润。

(2) 资产收益率

资产收益率是指企业所创造的总利润与企业全部资产的比率。

(3) 净资产收益率

净资产收益率是指税后利润与净资产所得的比率。净资产是指总资产减去负债总额后的净值。这是衡量企业偿债后的剩余资产的收益率。

(4) 资产管理效率

资产管理效率可以通过以下比率来分析:

① 资产周转率。该指标是指一个企业以资产平均总额除以产品销售收入净额而得出的全部资产周转率。

② 存货周转率。该指标是指产品销售成本与存货(指产品)平均余额之比。

12.2.4 效率控制

假设获利能力分析显示,企业关于某一产品、地区或市场所得的利润很差,那么问题便是有无较有效率的方式来管理销售人员、广告、市场推广及分销。

1. 销售人员效率

公司的各地区的销售经理要记录本地区内销售人员效率的几项主要指标,这些指标包括：①每个销售人员每天平均的销售访问次数；②每次接触的平均销售访问时间；③每次销售访问的平均收益；④每次销售访问的平均成本；⑤每次销售访问的招待成本；⑥每百次销售访问带来订单的百分比。⑦每个期间的新顾客人数；⑧每个期间流失的顾客数；⑨销售队伍成本对总销售额的百分比。

企业可以从以上分析中发现一些重要的问题。例如，销售代表每天的访问次数是否太少，每次访问所花时间是否太多，是否在招待上花费太多，每百次访问中是否签订了足够的订单，是否增加了足够的新顾客并且留住原有的顾客。当企业开始正视销售人员效率的改善后，通常会取得很多实质性的改进。

2. 广告效率

企业应该至少作好如下统计：①每一媒介类、每一媒介工具接触每千名购买者所花费的广告成本；②顾客对每一媒介工具注意、联想和阅读的百分比；③顾客对广告内容和效果的意见；④广告前后顾客对产品态度的衡量；⑤受广告刺激而引起的询问次数；⑥每次访问的成本。

企业管理部门可以采取若干步骤来改进广告效率，包括进行较好的产品定位工作，确定广告目标、预计信息，利用计算机来协助广告媒介的选择，寻找较佳的媒介以及进行广告效果测定等。

3. 市场推广效率

为了改善市场推广效率，企业管理部门应该对每一项市场推广的成本和对销售的影响作记录，注意作好如下统计：①由于优惠而销售的百分比；②每一销售额的陈列成本；③赠券收回的百分比；④因示范而引起询问的次数。企业还应观察不同市场推广手段的效果，并使用最有成本效果的推广手段。

4. 分销效率

分销效率有助于企业积极寻找经营的经济性。分销效率主要是对企业存货水准、仓库位置及运输方式进行分析和改进，以达到最佳配置并寻找最佳运输方式和途径。

12.2.5 战略控制

营销环境变化很快，往往会使企业制定的战略方案失去作用。因此，在企业营销战略实施过程中必然会出现战略控制问题。战略控制是指营销管理者采取一系列行动，使实际营销工作与战略方案尽可能一致，或在控制中通过不断评审和信息反馈，对战略不断修正。营销战略的控制既重要又难以准确实现。因为企业战略的成功是总体的、大局的、全局性的，战略控制的是未来，是还没有发生的事件。战略控制必须根据最新的情况重新估价计划和进展，因而难度比较大。

企业在进行战略控制时，可以运用营销审计这一重要工具。但是营销审计尚未建立一套规范的控制系统，有些企业往往只是在危机出现时才进行，其目的是为了解决一些临时性的问题。目前，国外越来越多的企业运用营销审计进行战略控制。

12.2.6 营销审计的内容

所谓营销审计，是对一个企业营销环境、目标、战略、组织、方法、程序和业务等综合的、系统的、独立的和定期性的查核，以便确定困难所在和各项机会，并提出行动计划的建议，改进营销管理效果。营销审计实际上是在一定时期对企业全部营销业务进行总的效果评价，其主要特点是不限于评价某些问题，而是对全部活动进行评价。

营销审计包括如下内容。

1. 营销环境审核

（1）宏观环境

① 人口方面

- 人口方面有些什么重要发展及趋向，能否成为本公司的机会或威胁？
- 本公司为适应这些发展和趋向采取什么措施？

② 经济方面

- 收入、价格、储蓄和信贷等方面有什么重要发展及趋向，能否对本公司产生冲击？
- 本公司为适应这些发展和趋向应采取什么措施？

③ 生态方面

- 本公司需要的各项天然资源和能源，其成本及供应情况的展望如何？
- 外界对本公司在污染及节约方面已表现了怎样的关切？本公司已采取什么步骤？

④ 技术方面

- 产品技术方面现已出现什么重大变化？本公司在这类技术中的地位如何？
- 有什么重大的基本替代品可能取代这项产品？

⑤ 政治方面

- 有哪些正在研议中的政策和法令可能会影响营销策略和营销战术？
- 各级政府机构的哪些行动、措施应该重视？在污染管制、质量管制、产品安全、广告、价格管制等方面有哪些情况与营销策略有关？

⑥ 文化方面

- 消费者对于企业和各项产品，如本公司生产的产品，现采取什么态度？
- 消费者和企业的生活方式和价值观现正出现什么变化？对公司的营销策略具有什么影响？

（2）微观环境

① 市场方面

- 在市场大小、成长、地理分布和利润方面正在出现什么情况？
- 主要的细分市场如何？各主要细分市场的预期成长率如何？哪些是高机会的市场，哪些是低机会的市场？

② 顾客方面

- 现有顾客及可能顾客对本公司及竞争对手的评价如何，尤其是在公司声誉、产品品质、服务、销售实力及价格等方面。
- 不同类型的顾客如何作购买决定？
- 本市场的买主有些什么新兴的需要和追求？

③ 竞争对手方面

- 主要竞争对手是谁？各主要竞争对手的目的和策略是什么？他们有些什么优势和弱点？他们的市场占有率如何？趋势怎样？

● 对未来竞争能预见什么趋势？对此项产品能预见什么替代产品？

④ 中间商方面

● 产品送至顾客的主要营销渠道是什么？

● 各种分销渠道的效率及其成长潜力如何？

⑤ 供应商方面

● 生产所用的各项主要资源，其供应的前景如何？

● 供应商的销售方式目前的变动趋向如何？

⑥ 营销中介方面

● 运输服务企业的成本及供应商的前景如何？

● 仓储服务业的成本及供应商的前景如何？

● 金融服务业的成本及供应商的前景如何？

● 广告代理商的绩效如何？

⑦ 公众方面

● 在金融公众、广告媒体公众、政府公众、消费者运动公众、地方利益公众、一般公众及内部公众等项公众中，何者代表本公司的机会和威胁？

● 本公司为了有效地与主要公众接触，已采取什么步骤？

2. 营销战略审核

（1）企业使命方面

● 本公司的使命是否用市场营销观念的文字明确叙述？

● 本公司的使命对本公司运用各项机会和资源是否有可行性？

（2）营销目标方面

● 本公司的总体目标是否有明确的指标加以叙述，逻辑上是否能推演为营销目标？

● 本公司的营销目标是否足以作为营销规划及其后的绩效评估的依据？

● 就本公司的竞争态势、资源及机会而言，本公司的营销目标是否确切？本公司是否有确切的策略目标？

（3）战略方面

● 本公司达到目标的核心营销战略是什么？是否是一项良好的营销战略？

● 为达成营销目标，是否已编列足够的资源预算，或是否编列过多？

● 对各主要细分市场、地区及产品等的营销资源分配是否为最优的分配？

● 对营销组合各要素，即产品品质、服务、销售力量、广告、推广及分销等的营销资源分配，是否是最优的分配？

3. 营销组织审核

（1）领导结构方面

● 本公司是否设有一个高层营销主管的职位，对于影响顾客满意度的各项业务是否拥有足够的职权和职责？

● 各项营销职责是否在功能、产品、最后使用人及地区分割等方面有最适当的组织安排？

（2）职能效率方面

● 营销部门和销售部门间是否有良好的沟通及良好的业务关系？

- 产品管理制度是否能有效地工作？产品经理是有能力制订利润计划，还是仅能做销售记录？
- 营销部门是否有些单位尚需多加训练、激励、监督或考核？

（3）部门之间合作效率方面

- 营销部门和制造部门间是否有良好沟通和合作关系？
- 营销部门和研究发展部门间是否有值得注意的问题？
- 营销部门和财务部门间存在什么问题？
- 营销部门和采购部门间是否有需要关注的问题？

4. 营销系统审核

（1）营销信息系统方面

- 本公司的营销情报系统是否能搜集整理出有关市场发展的正确、充足和适时的信息？
- 本公司的市场调研是否能为公司决策者充分利用？

（2）营销计划系统方面

- 本公司营销计划系统是否完善有效？
- 本公司的销售预测及市场潜力测算是否有效实现？

（3）营销控制系统方面

- 各项控制制度，如按月控制及按季控制等是否能确保年度计划目标的完成？
- 本公司是否有一定办法规定应定期分析各项产品、市场、地区及分销渠道等的获利力？
- 本公司是否有一定办法规定应定期检查及核算各项营销成本？

（4）新产品开发系统

- 本公司对于有关新产品创意的搜集、产生及淘汰，是否有良好组织？
- 本公司在对某一新创意大量投资之前是否先进行充分地研究及事业分析？
- 本公司在开发某一新产品之前是否先有充分的产品试验及市场试验？

5. 营销效率审核

（1）获利力分析

- 本公司各项产品、市场、地区及分销渠道的效益各如何？
- 本公司短期及长期的利润结果可能如何演变？

（2）成本效益分析方面

- 是否有某类营销活动的成本太多？能否采取降低成本的措施？
- 降低成本对利润的影响有多大？

6. 营销功能审核

（1）产品方面

- 产品线的目标是什么？这些目标是否良好？现有产品线是否能完成这些目标？
- 是否有某些产品应予淘汰？
- 是否有某些新产品值得增加？
- 是否有某些产品应改善品质、性能或式样？

（2）价格方面

- 本公司定价的目标、政策和策略是什么？程序如何？本公司产品价格的制定是否有良好的成本规范及竞争规范？
- 顾客认为本公司产品的价格是否符合产品提供的价值？
- 本公司是否能有效运用价格推广策略？

（3）分销方面

- 本公司的分销目标是什么？分销策略是什么？
- 本公司的市场涵盖和售后服务是否充分？
- 本公司对中间商、业务代表和直接销售的信赖程度如何，是否有改变的必要？

（4）广告、推广及宣传方面

- 本公司的广告目标是什么？
- 目标是否良好？
- 本公司的广告费用是否适当？广告预算如何编制？
- 广告诉求是否有效？顾客及公众对本公司广告的看法如何？
- 本公司的广告媒体选择是否适当？
- 本公司对市场推广是否能有效运用？
- 本公司是否有一项设计良好的宣传方案？

（5）销售人员方面

- 本公司的销售人员的目标是什么？
- 本公司的销售人员能否实现本公司的目标？
- 本公司销售人员的组织是否依循适当的专业化原则，如按地区、市场及产品等原则进行？
- 本公司销售人员是否能表现出高度的士气、能力及努力？是否有足够的训练及鼓励？
- 本公司制定销售任务及测量销售绩效是否有科学的程序？
- 与竞争对手的销售人员比较，市场对本公司销售人员的印象如何？

复习思考题

1. 营销组织发展变革经历了哪几个阶段？各有什么特点？
2. 企业营销组织有哪些形式？各有什么特点？如何协调营销部门与其他部门之间的关系？
3. 营销计划的内容有哪些？编制营销计划的程序是怎样的？
4. 营销控制的步骤与方式有哪些？
5. 阐述年度营销计划控制、赢利能力控制及效率控制的内容。
6. 阐述营销审计的内容。

参考文献

[1] Gilbert Churchill, Jr. and J. Paul Peter, Marketing：Creating Value for Customers. Burr Ridge, IL：Richard Irwin,1995.

[2] Michael Etzel, Bruce Walker, and William Standon, Marketing, 11th ed. New York：McGraw-Hill,1997.

[3] William Perreault, Jr. and E. Jerome McCarthy, Basic Marketing：A Global-Managerial Approach,12th ed. Chicago：Richard Irwin,1996.

[4] Philip Kotler and Gary Armsrong, Marketing：An Introduction,4th ed. Upper Saddle River, NJ：Prentice Hall,1997.

[5] C. Bovee, M. Houston and J. Thill,Marketing,2th ed. New York：McGraw-Hill,1995.

[6] 约翰·W. 马林斯. 营销管理[M].北京：清华大学出版社,2008.

[7] 罗杰·卡特赖特. 市场营销学[M].北京：经济管理出版社,2008.

[8] 卡尔·麦克丹尼尔. 市场营销学[M].上海：上海人民出版社,2009.

[9] 菲利普·科特勒. 营销管理(第13版)[M].上海：上海人民出版社,2009.

[10] 诺埃尔·凯普. 21世纪的营销管理[M].上海：上海人民出版社,2003.

[11] 威廉姆G.齐克芒德,迈克尔·达米科. 有效的市场营销:创造竞争优势[M].北京:机械工业出版社,2003.

[12] 刘军. 定位定天下[M].上海：东方出版社,2010.

[13] 林建煌,营销管理[M].上海：复旦大学出版社,2003.

[14] 晁钢令. 市场营销学[M].上海:上海财经大学出版社,2009.

[15] 吴泗宗. 市场营销学(第2版)[M].北京:清华大学出版社,2005.

[16] 吴青松. 现代营销学原理[M].上海：复旦大学出版社,2003.

[17] 吴健安. 市场营销学(第3版)[M].北京:高等教育出版社,2007.

[18] 迈克尔·J.贝克. 市场营销百科[M].沈阳:辽宁教育出版社,1998.

[19] 郭国庆.营销理论发展史[M].北京:中国人民大学出版社,2009.

[20] 爱成.心智战[M].北京:机械工业出版社,2005.

[21] 李传屏.营销论语[M].北京:中国市场出版社,2006.

[22] 吕巍、周颖.战略营销[M].北京:机械工业出版社,2007.

[23] 于建原.营销策划[M].成都:西南财经大学出版社,2005.